BESTSELLER

Bernard Minier (Béziers, 1960) pasó su infancia al sur de los Pirineos y en la actualidad reside en París, donde se dedica a la escritura. Es autor de diez novelas, entre las que destacan *Bajo el hielo* (Premio Polar en el Festival Polar de Cognac, Premio de l'Embouchure y adaptado a una serie de televisión emitida con gran éxito en M6 y Netflix), *El Círculo* (Premio de las Bibliotecas y Mediatecas de Cognac), *No apagues la luz*, *Una maldita historia* (Premio Polar en el Festival de Cognac), *Noche*, *Hermanas* y *Lucía*. Traducido a veinticinco idiomas, Minier se ha convertido en una referencia imprescindible del thriller francés y europeo, y las ventas de su obra ascienden a más de cinco millones de ejemplares.

BERNARD MINIER

Bajo el hielo

Traducción de
Dolors Gallart

DEBOLS!LLO

Papel certificado por el Forest Stewardship Council®

MIXTO
Papel | Apoyando la
silvicultura responsable
FSC® C117695

Penguin
Random House
Grupo Editorial

Título original: *Glacé*

Primera edición en Debolsillo: mayo de 2025
Primera reimpresión: agosto de 2025

© 2011, XO Éditions
© 2012, 2025, Penguin Random House Grupo Editorial, S.A.U.
Travessera de Gràcia, 47-49. 08021 Barcelona
© 2012, Dolors Gallart, por la traducción
Diseño de la cubierta: Penguin Random House Grupo Editorial / Claudia Sánchez
basado en la cubierta original de David Baldeosingh Rotstein para Minotaur Books
Imagen de la cubierta: Gondola © Alita Bobrov / Shutterstock.com;
Trees © tjwvandongen / Shutterstock.com

Printed in Spain – Impreso en España

ISBN: 978-84-663-7922-9
Depósito legal: B-4.656-2025

Impreso en QP Print

P 3 7 9 2 2 9

A la memoria de mi padre.
A mi mujer, a mi hija y a mi hijo.

A Jean-Pierre Schamber
y Dominique Matos Ventura,
que lo han cambiado todo.

DE:
DIANE BERG
GINEBRA

PARA:
DR. WARGNIER
INSTITUTO PSIQUIÁTRICO WARGNIER
SAINT-MARTIN-DE-COMMINGES

Currículum vítae de Diane Berg
Psicóloga, miembro de la Federación Suiza de
Psicólogos
Especialista en psicología legal, miembro de la So-
ciedad Suiza de Psicología Legal

Fecha de nacimiento: 16 de julio de 1976
Nacionalidad: Suiza

TÍTULOS ACADÉMICOS:
2002: Licenciada en psicología clínica (DES) por la
Universidad de Ginebra. Memoria: «Economía pulsio-
nal, necrofilia y descuartizamiento en los homicidas
compulsivos».
1999: Diplomada en psicología por la Universidad de
Ginebra. Memoria de fin de ciclo: «Algunos aspectos
de los miedos infantiles entre los 8 y los 12 años».
1995: Selectividad, clásica y latín.
1994: First Certificate of English.

EXPERIENCIA PROFESIONAL:

2003: Consulta privada de psicoterapia y de psicología legal, Ginebra.

2001: Ayudante de P. Spitzner en la Facultad de Psicología y Ciencias de la Educación (FPSE) de la Universidad de Ginebra.

1999-2001: Cursillo de prácticas de psicología, Instituto Universitario de Medicina Legal, Ginebra.

Cursillo de prácticas de psicología en el Servicio Médico de la cárcel de Champ-Dollon.

ASOCIACIONES PROFESIONALES:

International Academy of Law and Mental Health (IALMH)

Asociación de psicólogos-psicoterapeutas de Ginebra (AGPP)

Federación Suiza de Psicólogos (FSP)

Sociedad Suiza de Psicología Legal (SSPL)

AFICIONES:

Música clásica (diez años de violín), jazz, lectura.

Deportes: natación, atletismo, submarinismo, espeleología, salto en paracaídas.

Prólogo

*D*gdgdgdgdgd - *tactactac* -ddgdgdgdgdg - *tactactac*

Los ruidos: el del cable, regular, y el otro, intermitente, que brotaba de las ruedas de las pilonas cuando la zapata del teleférico pasaba por encima, comunicando sus sacudidas a la cabina. A estos se sumaba la aflautada y omnipresente queja del viento, que parecía imitar un desamparo de voces infantiles, y la de los ocupantes de la cabina, que chillaban para hacerse oír entre el estrépito. Eran cinco, contando a Huysmans.

Dgdgdgdgdgd - tactactac -ddgdgdgdgdg - tactactac

—¡No me gusta nada subir allá arriba con este tiempo, hostia! —dijo uno de ellos.

Huysmans guardaba silencio, pendiente de ver aparecer, a través de las ráfagas de nieve que rodeaban la cabina, el lago inferior, situado mil metros más abajo. Como aquejados de una extraña flojedad, los cables trazaban una doble curva que se hundía perezosamente en el telón de fondo gris.

Las nubes se entreabrieron y el lago resultó visible un momento. Por un instante, ofreció el aspecto de un charco dispuesto bajo el cielo, de un simple hueco lleno de agua colocado entre los picos y las masas de nubes que se desgajaban más arriba.

—¿Y qué más da el tiempo que haga? —replicó otro—. ¡De todas maneras, nos vamos a pasar una semana metidos en esta puta montaña!

La central hidroeléctrica de Arruns constaba de una serie de salas y galerías excavadas a setenta metros bajo tierra, encumbradas a dos mil metros de altitud. La más larga medía once kilómetros. Llevaba el agua del lago superior a los conductos forzados, unos tubos de metro y medio de diámetro dispuestos en el flanco de la montaña, a través de los cuales se precipitaba el agua del lago superior a las sedientas turbinas de los grupos de producción del valle. Para acceder a la central, construida en el interior de la piedra, había un solo camino: un pozo de acceso cuya entrada se encontraba casi en la cumbre, y el descenso se hacía en montacargas hasta la galería principal que se recorría, con las compuertas neutralizadas, a bordo de tractores de dos plazas, lo que constituía un viaje de una hora en el corazón de las tinieblas, a lo largo de ocho kilómetros de galerías.

La otra vía era el helicóptero... pero solo en caso de urgencia. Cerca del lago superior habían acondicionado un área de aterrizaje, accesible cuando el tiempo era propicio.

—Joachim tiene razón —apoyó el de más edad—. Con un tiempo así, el helicóptero no podría siquiera aterrizar.

Todos sabían lo que aquello representaba: una vez que se hubieran vuelto a abrir las compuertas, los miles de metros cúbicos de agua del lago superior se adentrarían rugiendo en la galería por la que ellos iban a pasar dentro de unos minutos. En caso de accidente, serían necesarias dos horas para vaciarla de nuevo, otra hora en tractor a través de la galería para regresar al pozo de acceso, quince minutos para subir al aire libre, diez de bajada en telecabina hasta la central y treinta más de carretera hasta Saint-Martin-de-Comminges... en el supuesto de que no estuviera cortada.

Si se produjera un accidente, tardarían cuatro horas largas en llegar al hospital.

La central se estaba volviendo vetusta; funcionaba desde 1929. Cada invierno, antes del deshielo, pasaban cuatro semanas allá arriba, aislados del mundo, consagrados al mantenimiento y la reparación de unas máquinas de otra era. Era un trabajo duro, peligroso.

Huysmans siguió el vuelo de un águila que se dejaba llevar por el viento, a unos cien metros de la cabina, en silencio.

Luego posó la mirada en los helados vértigos que se extendían bajo el suelo.

Los tres enormes tubos de conductos forzados se hundían en el abismo, pegados al relieve de la montaña. El valle había desaparecido de su campo de visión hacía rato. La última pilona era visible trescientos metros más abajo, erguida en el punto en que el flanco de la montaña formaba un rellano, perfilándose solitaria en medio de la niebla. A partir de ahí la cabina ascendía directamente hacia el pozo de acceso. Si el cable se llegara a romper, caería varias decenas de metros antes de partirse como una nuez contra la pared de roca. El temporal la zarandeaba igual que un mero cesto colgado del brazo de un ama de casa.

—¡Eh, cocinero! ¿Qué vamos a comer esta vez?

—Pues no va a ser comida orgánica, eso seguro.

Huysmans fue el único que no rio; estaba mirando un minibús amarillo que circulaba por la carretera de la central. Era el del director. Después el vehículo abandonó también su campo de visión, engullido por las bandadas de nubes, como una diligencia atacada por los indios.

Cada vez que subía allá arriba tenía la impresión de captar una verdad elemental de su existencia, pero era incapaz de precisar cuál era.

Huysmans desplazó la mirada hacia la cumbre.

Se estaban acercando al final del recorrido del teleférico, un andamio metálico sujeto a la estructura de cemento de la entrada del pozo. Una vez que se hubiera inmovilizado la cabina, los hombres proseguirían su trayecto por una serie de pasarelas y escaleras hasta llegar al blocao de cemento.

El viento soplaba con violencia. Debía de hacer diez grados bajo cero afuera.

Huysmans entornó los ojos.

Había algo anormal en la forma del andamio.

Algo que sobraba… Como una especie de sombra entre los tirantes y las viguetas de acero barridos por las borrascas.

«Un águila —pensó—. Un águila se ha enganchado en los cables y las poleas.»

No, era absurdo. Sin embargo, de eso se trataba: de un gran pájaro con las alas desplegadas. De un buitre, tal vez, que había quedado prisionero de la estructura, entrampado entre las rejas y los barrotes.

—¡Eh, mirad eso!

Era la voz de Joachim. Él también se había fijado. Los demás se volvieron hacia la plataforma.

—¡Dios santo! ¿Qué es?

«No es un pájaro, en todo caso», pensó Huysmans con una creciente y difusa inquietud.

Era algo que estaba enganchado en lo alto de la plataforma, justo debajo de los cables y las poleas... como suspendido en el aire. Parecía una mariposa gigante, sombría y maléfica, que resaltaba sobre la blancura del cielo y de la nieve.

—¡Joder! ¿Qué es?

La velocidad de la cabina se redujo. Estaban llegando. La forma se volvió más grande.

—¡María Santísima!

No era una mariposa... ni tampoco un pájaro.

La cabina se inmovilizó y las puertas se abrieron automáticamente.

Una helada ráfaga cargada de nieve les azotó las caras, pero nadie se bajó. Se quedaron allí, contemplando aquella obra producto de la locura y de la muerte, conscientes ya de que jamás olvidarían aquella escena.

El viento aullaba en torno a la plataforma. Lo que Huysmans oía entonces no eran ya gritos de niños, sino los provocados por otro suplicio, unos gritos atroces ahogados por los aullidos del viento. Retrocedieron un paso hacia el interior del habitáculo.

El miedo se precipitó sobre ellos como un tren en marcha. Huysmans se abalanzó hacia el casco con auriculares y se lo colocó en la cabeza.

—¿Central? ¡Aquí Huysmans! ¡Llamen a la policía! ¡Rápido! ¡Díganles que volvemos! ¡Aquí hay un cadáver! ¡Una cosa demencial!

PRIMERA PARTE

El hombre que amaba los caballos

1

*L*os Pirineos. Diane Berg los vio erguirse ante sí en el momento en que franqueaba una colina.

Era una blanca barrera todavía distante, prolongada en toda la amplitud del horizonte, contra la cual venía a romper el oleaje de las colinas. Un ave rapaz describía círculos en el cielo.

Eran las nueve de la mañana del 10 de diciembre.

Según el mapa desplegado en el salpicadero, debía desviarse en la siguiente salida y tomar rumbo sur, hacia España. No tenía ni GPS ni ordenador en aquel viejo Lancia de otra era. Por encima de la autopista advirtió un cartel:

SALIDA N.º 17, MONTRÉJEAU / ESPAÑA, 1.000 M.

Diane había pasado la noche en Toulouse, en una minúscula habitación de hotel barato provista de un cuarto de baño prefabricado de plástico y un minitelevisor. Durante la noche la habían despertado una serie de alaridos. Con el corazón desbocado, se sentó alerta en la cama, pero el hotel estaba totalmente silencioso y creyó que había soñado, hasta que los alaridos volvieron a sonar con más fuerza que antes. El corazón le dio un vuelco. Luego comprendió que se trataba de unos gatos que se peleaban debajo de su ventana. Después de aquello le costó volverse a dormir. Hacía tan solo un día se encontraba en Ginebra, celebrando su partida en compañía de colegas y amigos. Había estado observando la decoración de su habitación de la facultad, preguntándose cómo sería la próxima.

En el parking del hotel, mientras desbloqueaba el cierre del

Lancia en medio de la nieve fundida que caía sobre la carrocería, había tomado de repente conciencia de que dejaba atrás su juventud. Lo sabía: al cabo de un par de semanas habría olvidado su vida de antes. Y dentro de unos meses habría experimentado un profundo cambio. No podía ser de otro modo, en vista del lugar que iba a constituir el marco de su existencia durante los doce meses siguientes. «Sigue siendo tú misma», le había aconsejado su padre. Mientras se alejaba de la pequeña área para dirigirse a la ya congestionada autopista, se preguntó si aquellos cambios serían positivos. Pensando en lo que alguien dijo —que ciertas adaptaciones son amputaciones— deseó que no fuera así en su caso.

No paraba de pensar en el Instituto.

En las personas que estaban encerradas allí…

El día anterior, de la mañana a la noche, la habían acosado los mismos pensamientos: «No voy a poder. No voy a estar a la altura. Aunque me haya preparado y sea la más cualificada para este puesto, no sé ni remotamente lo que me espera. Esa gente va a leer dentro de mí como en un libro abierto».

Pensaba en ellos como personas, como hombres… no como monstruos.

Eso era lo que eran, sin embargo: individuos auténticamente monstruosos, unos seres tan distantes de ella, de sus padres y de cuantos conocía como un tigre de un gato.

Unos tigres…

Así había que verlos: como seres imprevisibles, peligrosos, capaces de una crueldad inconcebible. Unos tigres encerrados en la montaña…

En el peaje se dio cuenta de que, absorta en sus pensamientos, había olvidado dónde había puesto el tíquet. La empleada la miró con aire severo mientras Diane buscaba febrilmente en la guantera y después en el bolso. No era necesaria tanta prisa, sin embargo: no había nadie a la vista.

En la rotonda siguiente tomó la dirección de España y de las montañas. Al cabo de unos kilómetros, el llano se interrumpió de manera brutal. Los primeros contrafuertes del Prepirineo surgieron del suelo y la carretera quedó circundada por boscosos cerros redondeados que no tenían, con todo, nada que ver con las altas cimas aserradas que divisaba al fondo. El tiempo cambió también: los copos de nieve se volvieron más densos.

Al doblar una curva, ante la carretera apareció bruscamente un panorama de blancas praderas, de ríos y bosques. Diane descubrió una catedral gótica encumbrada sobre una loma, junto a un pueblo. A través del vaivén del limpiaparabrisas, el paisaje comenzó a parecerse a un antiguo grabado al aguafuerte.

—Los Pirineos no son como Suiza —le había advertido Spitzner.

En el borde de la carretera, los montículos de nieve ganaban altura.

Antes de ver el cordón policial, Diane distinguió las luces giratorias a través de los copos de nieve, cada vez más densos. Los gendarmes agitaban sus bastones luminosos, y advirtió que iban armados. En la nieve sucia del arcén, al pie de los grandes abetos, habían aparcado un furgón y dos motos. Cuando bajó la ventanilla, unos algodonosos copos le mojaron al instante la cara.

—La documentación, por favor, señorita.

Se inclinó para cogerla en la guantera y percibió la retahíla de mensajes que crepitaban en las radios, combinados con el rápido ritmo del limpiaparabrisas y el ruido acusador de su tubo de escape. Una fría humedad le envolvió el rostro.

—¿Es periodista?

—Psicóloga. Voy al Instituto Wargnier.

El gendarme la examinó, encorvado sobre la ventanilla abierta. Era un individuo rubio y alto, que debía de medir poco menos de metro noventa. Detrás de la tela sonora tejida por las radios, captó el rugido del río llegado desde el bosque.

—¿Qué ha venido a hacer aquí? Suiza no queda precisamente cerca.

—El Instituto es un hospital psiquiátrico y yo soy psicóloga. ¿Ve la relación?

—De acuerdo. Puede irse —dijo, devolviéndole los papeles.

Mientras arrancaba, Diane se preguntó si la policía francesa controlaba siempre de esa manera a los conductores o si habría ocurrido algo. La carretera describía varias curvas siguiendo los meandros del río (el «torrente», según la guía) que discurría entre los árboles. Después el bosque desapareció, cediendo paso a un llano que debía de tener unos cinco kilómetros de ancho, una larga avenida recta bordeada de cámpings desiertos cuyas banderas ondeaban tristemente movidas por el viento, estaciones de servicio, bonitas casas con aire de chalets alpinos, un desfile de carteles publicitarios que pregonaban los méritos de las estaciones de esquí de la zona...

Al fondo, Saint-Martin-de-Comminges, 20.863 habitantes... al menos eso decía el letrero pintado con vivos colores. Por encima de la ciudad, unas nubes grises tapaban las cumbres, traspasadas aquí y allá por resplandores que esculpían la arista de una cima o el perfil de un collado a la manera de unos haces de faro. En la primera rotonda, Diane abandonó la dirección «centro urbano» para adentrarse por una pequeña calle de la derecha, detrás de un edificio que desde su gran escaparate proclamaba en letras de fluorescente: DEPORTE & NATURALEZA. En las calles había bastantes peatones y numerosos vehículos aparcados. «No es un sitio muy divertido para una joven.» Las palabras de Spitzner le volvieron al recuerdo mientras circulaba por las calles con la familiar y tranquilizadora compañía del ruido del limpiaparabrisas.

La carretera se elevó. Entonces percibió un momento los techos apiñados en la parte baja de la pendiente. En el suelo, la nieve se transformaba en un negruzco barro que salpicaba el suelo del coche. «¿Seguro que quieres ir allá, Diane? No tiene mucho que ver con Champ-Dollon.» Ese era el nombre de la cárcel suiza donde había realizado trabajos de peritaje legal y de seguimiento de delincuentes sexuales después de terminar la carrera de psicología. Allí se había encontrado con violadores en serie, pedófilos y casos de maltratos sexuales intrafamiliares —un eufemismo administrativo para las violaciones incestuosas—. También había tenido que practicar peritajes de credibilidad, en condición de coexperta, a menores que aseguraban ser víctimas de abusos sexuales... y había descubierto, horrorizada, hasta qué punto aquella clase de diagnóstico podía verse sesgado por los presupuestos ideológicos y morales del experto, a menudo en detrimento de la objetividad.

—Cuentan cosas bastante raras sobre el Instituto Wargnier —había comentado Spitzner.

—Hablé por teléfono con el doctor Wargnier y me causó muy buena impresión.

—Es muy bueno —reconoció Spitzner.

Sabía, no obstante, que no sería él quien la recibiría, sino su sucesor, el doctor Xavier, un canadiense que antes había trabajado en el Instituto Pinel de Montreal. Wargnier se había jubilado seis meses atrás. Había sido él quien había examinado la candidatura de Diane y la había evaluado de manera positiva antes de abandonar sus funciones. También había sido él quien la había prevenido de las dificultades de su tarea en el transcurso de sus numerosas conversaciones telefónicas.

—No es un sitio fácil para una mujer joven, doctora Berg. No me refiero solo al Instituto, sino también a la zona. Este valle, Saint-Martin... Son los Pirineos, la parte de Comminges. Los inviernos son largos y las distracciones escasas. A menos que le gusten los deportes de invierno, claro está.

—Yo soy suiza, no lo olvide —le había respondido ella con humor.

—En ese caso, le voy a dar un consejo, y es que no se deje absorber demasiado por el trabajo, que se cree espacios de libertad y pase su tiempo libre en el exterior. Es un sitio que puede acabar resultando... perturbador, a la larga.

—Procuraré recordarlo.

—Otra cosa: yo no tendré el placer de recibirla. Será mi sucesor, el doctor Xavier, de Montreal, quien se encargue. Es un médico que tiene muy buena reputación. Llegará la semana próxima. Es muy entusiasta. Como ya sabe, allá en Quebec están un poco más avanzados que nosotros en el tratamiento de pacientes agresivos. Me parece que le resultará interesante confrontar sus puntos de vista.

—Yo también lo creo así.

—De todas maneras, hace tiempo que se necesitaba un adjunto en la dirección de este establecimiento. No delegué lo suficiente.

Diane volvía a circular de nuevo bajo las copas de los árboles. La carretera no había parado de elevarse para después hundirse en un estrecho y frondoso valle que parecía encerrado en una deletérea intimidad. Había entreabierto la ventanilla y un penetrante perfume de hojas, musgo, agujas de pino y nieve mojada le cosquilleaba la nariz. El ruido del torrente próximo ahogaba casi el del motor.

—Un lugar solitario —comentó en voz alta para infundirse ánimos.

En aquella mañana gris conducía con prudencia. Los faros arañaban los troncos de los abetos y de las hayas. Una línea eléctrica seguía el trazado de la carretera; las ramas se apoyaban en ella como si no tuvieran ya fuerzas para sostenerse por sí solas. De vez en cuando, el bosque se retiraba delante de unos graneros cerrados, probablemente abandonados, con tejados de pizarra recubierta de musgo.

Un poco más lejos vio unos edificios que reaparecieron después de la curva. Eran varias construcciones de cemento y madera adosadas al bosque, provistas de grandes ventanales en la planta baja. De la carretera partía un camino que, tras franquear el torrente a través de un puente metálico, atravesaba una pradera nevada hasta llegar a ellos. Su ruinosa apariencia indicaba a las claras que estaban desiertos. Sin saber por qué, aquellos edificios vacíos, perdidos en el fondo de ese valle, le produjeron un escalofrío.

CASA DE COLONIAS LOS REBECOS

El cartel se iba oxidando en la entrada del camino. Todavía no se veía ni rastro del Instituto, y tampoco el más mínimo letrero. Era evidente que el Instituto Wargnier no buscaba hacerse publicidad. Diane comenzó a dudar si no se habría equivocado. El mapa del Instituto Geográfico Nacional a escala 1/25.000 estaba desplegado a su lado, en el asiento del acompañante. Al cabo de un kilómetro y una decena de curvas más advirtió un área de estacionamiento bordeada de un parapeto de piedra. Redujo velocidad y giró bruscamente. El Lancia salió renqueando sobre los baches, levantando nuevos chorros de fango. Luego cogió el mapa y se bajó. La humedad la envolvió al instante como una sábana húmeda y helada.

Desplegó el mapa pese a que aún nevaba. Los edificios de la casa de colonias que acababa de dejar atrás estaban indicados con tres pequeños rectángulos. Recorrió con la mirada la distancia aproximada que había cubierto, siguiendo el sinuoso trazado de la carretera comarcal. Un poco más lejos había representados dos triángulos: se juntaban en forma de T y —aun cuando no hubiera ningún indicio sobre la naturaleza de los edificios— no podía tratarse de otra cosa, puesto que la carretera acababa allí y no había ningún otro símbolo en el mapa.

Estaba muy cerca…

Se volvió, anduvo hasta el murete y… los vio.

Siguiendo el río, más arriba en la otra orilla, había dos largos edificios de piedra tallada. Pese a la distancia, adivinó sus dimensiones. Una arquitectura de gigantes, la misma clase de construcciones ciclópeas que se encontraban con frecuencia en la montaña, tanto en las centrales como en las presas y los hoteles del siglo anterior. Aquellas eran eso exactamente: el antro del cíclope, con la diferencia de que en el fondo de aquella caverna no había un Polifemo… sino varios.

Diane no se dejaba impresionar fácilmente. Había viajado a lugares desaconsejados para los turistas, practicaba desde la adolescencia deportes que comportaban una dosis de riesgo; desde niña, siempre había sido valiente. No obstante, aquella imagen tenía algo que le produjo un nudo en el estómago. No era una cuestión de riesgo físico, no. Era otra cosa… El salto a lo desconocido.

Sacó el teléfono móvil y marcó un número. Ignoraba si había una antena por la zona que garantizase la cobertura, pero al cabo de tres pitidos le respondió una voz familiar.

—Spitzner.

Sintió un alivio instantáneo. Aquella voz cálida, firme y tranquila siempre había tenido la virtud de tranquilizarla, de disipar sus dudas. Era Pierre Spitzner, su mentor en la facultad, quien había despertado su interés por la psicología legal. El curso intensivo SÓCRATES sobre los derechos del niño, que había dado bajo los auspicios de la red interuniversitaria europea Children's Rights, fue lo que la acercó a aquel hombre discreto y seductor, buen marido y padre de siete hijos. El ilustre psicólogo la había acogido bajo su protección en el seno de la facultad de psicología y de ciencias de la educación; había permitido que la crisálida se transformara en mariposa… aunque aquella imagen habría resultado sin duda demasiado convencional para el exigente intelecto de Spitzner.

—Soy Diane. ¿No te molesto?

—Por supuesto que no. ¿Cómo va?

—Aún no he llegado… Estoy en la carretera… Veo el Instituto desde donde estoy.

—¿Pasa algo?

Condenado Pierre… incluso por teléfono era capaz de distinguir la más mínima inflexión de voz.

—No, todo va bien. Es solo que… han querido aislar a esos individuos del mundo exterior. Los han metido en el sitio más siniestro y recóndito que han podido encontrar. Este valle me pone la carne de gallina…

Al instante lamentó haber dicho aquello. Se comportaba como una adolescente que debe desenvolverse sola por primera vez… o como una estudiante frustrada enamorada de su director de tesis que hace todo lo posible para llamar su atención. Imaginó que él debía de estar preguntándose cómo iba a apañárselas para resistir si la simple vista de los edificios la asustaba ya.

—Vamos —respondió Spitzner—. Tú ya has bregado con agresores sexuales, paranoicos y esquizofrénicos ¿no? Piensa que aquí va a ser lo mismo.

—No eran todos asesinos. En realidad, solo uno lo era.

No pudo evitar rememorar su imagen: una cara delgada, unos iris de color miel que se posaban sobre ella con la avidez de un predador. Kurtz era un auténtico sociópata, el único que había conocido. Frío, manipulador e inestable, sin el mínimo asomo de remordimientos. Había violado y matado a tres madres de familia, la más joven de las cuales tenía cuarenta y seis años y la de más edad, setenta y cinco. Esa era su especialidad, las mujeres maduras. Y también las cuerdas, las ataduras, las mordazas, los nudos corredizos… Cada vez que se esforzaba por no pensar en él, este se instalaba por el contrario en su mente, con su sonrisa ambigua y su mirada de fiera. Aquello le recordaba el letrero que Spitzner había fijado en la puerta de su despacho, situado en el primer piso del edificio de psicología: NO PIENSES EN UN ELEFANTE.

—Es un poco tarde para plantearse ese tipo de cuestiones

¿no te parece, Diane? —La observación le tiñó de rubor las mejillas—. Estarás a la altura, estoy seguro. Tienes el perfil ideal para ese puesto. No digo que vaya a ser fácil, pero saldrás airosa, te lo garantizo.

—Tienes razón —respondió—. Soy ridícula.

—Claro que no. Todo el mundo reaccionaría de la misma manera en tu lugar. Conozco la fama que tiene ese Instituto, pero no te obsesiones con eso. Concéntrate en tu trabajo, y cuando vuelvas, serás la más destacada experta en desequilibrios psicopáticos de todos los cantones. Ahora te tengo que dejar. El decano me espera para hablar de asuntos económicos. Ya sabes cómo es: voy a tener que desplegar todas mis facultades. Buena suerte, Diane, y mantenme al corriente.

Luego sonó el ruido de la línea. Había colgado.

El silencio, turbado tan solo por el sonido del torrente, se abatió sobre ella como una manta mojada. El *plaf* de una voluminosa placa de nieve desprendida de un árbol la asustó. Después de guardar el móvil en el bolsillo del anorak de plumas, plegó el mapa y volvió a subir al coche. Luego efectuó la maniobra para salir del área.

Un túnel. La luz de los faros se reflejó en sus negras paredes impregnadas de agua. Carecía de iluminación y había una curva justo en la salida. Un pequeño puente atravesaba el torrente a la izquierda. Allí estaba por fin el primer cartel, colgado de una barrera blanca: CENTRO DE PSIQUIATRÍA PENITENCIARIA CHARLES WARGNIER. Giró despacio y pasó el puente. La carretera se elevó con audaz brusquedad, siguiendo un sinuoso trazado en medio de los abetos y acumulaciones de nieve. Le dio miedo que su viejo coche se pusiera a patinar en la helada cuesta. No tenía ni cadenas ni neumáticos de invierno. Al poco rato, no obstante, la pendiente se suavizó.

Una última curva y luego se halló muy cerca ya.

Se apretó contra el asiento cuando los edificios acudieron a su encuentro a través de la nieve, la bruma y los bosques.

Eran las once y cuarto de la mañana del miércoles 10 de diciembre.

2

Copas de abetos coronadas de nieve, vistas desde arriba, en vertiginosa perspectiva vertical. La cinta de la carretera discurre, recta y profunda, entre esos mismos abetos de troncos orlados de bruma. Desfile veloz de copas. Allá al fondo, entre los árboles, un Jeep Cherokee abultado como un escarabajo circula al pie de las grandes coníferas. Sus faros taladran los ondulantes vapores. La máquina quitanieves ha dejado unos altos montones de nieve en los lados. Más allá, las blancas montañas bloquean el horizonte. El bosque se interrumpe de repente y entonces surge una escarpadura rocosa que la carretera rodea con una cerrada curva antes de proseguir bordeando un rápido río. Este supera una pequeña presa con tumultuoso impulso. En la otra orilla, la negra boca de una central hidroeléctrica se abre en el flanco de la montaña. En el arcén hay un cartel con un oso de los Pirineos pintado sobre un fondo de montañas y la leyenda: SAINT-MARTIN-DE-COMMINGES: PAÍS DEL OSO – 7 KM.

Servaz observó el letrero. ¿Un oso de los Pirineos? Lo que había allí eran osos eslovenos, que los pastores de la zona ansiaban como blanco de sus escopetas.

Según ellos, esos osos se acercaban demasiado a las viviendas, atacaban los rebaños y constituían incluso un peligro para los hombres. «Pero la única especie peligrosa para el hombre es el propio hombre», pensó Servaz. Cada año descubría nuevos cuerpos en el depósito de cadáveres de Toulouse, y no eran osos los que los habían matado. «*Sapiens nihil affirmat quod no probet*: El sabio no afirma nada que no demuestre», se dijo.

Redujo velocidad cuando, tras una curva, la carretera se adentró de nuevo en el bosque. Allí no había sin embargo altas coníferas, sino un monte bajo difuso lleno de matorrales. Las aguas del torrente cantaban muy cerca. Las oía por la ventanilla que mantenía entreabierta a pesar del frío. Su cristalino canto ahogaba casi la música que brotaba del lector de CD: el allegro de la *Quinta Sinfonía* de Gustav Mahler. Una música impregnada de angustia y de exaltación, acorde con lo que le esperaba.

De improviso vio las destellantes luces giratorias y unas siluetas que agitaban unos bastones luminosos en medio de la carretera.

Los gendarmes…

Cuando no sabían por dónde comenzar una investigación, montaban controles en la carretera. Se acordó de las explicaciones que le había dado Antoine Canter, esa misma mañana, en el servicio regional de policía regional de Toulouse.

—Ha ocurrido esta noche, en los Pirineos, a unos kilómetros de Saint-Martin-de-Comminges. Ha sido Cathy d'Humières la que ha llamado. Ya has trabajado con ella, me parece —le había dicho Canter, un coloso con el áspero acento distintivo de los occitanos, antiguo jugador de rugby más listo que el hambre, agresivo con sus adversarios en la melé, que de policía raso había llegado a director adjunto de la policía judicial local.

Sobre sus mejillas plagadas de pequeños cráteres, como arena acribillada por la lluvia, sus grandes ojos de iguana habín escrutado a Servaz.

—¿Qué ha ocurrido? ¿Qué es lo que ha ocurrido? —había preguntado este.

Canter había entreabierto los labios, en cuyas comisuras se había acumulado una blanquecina pasta.

—No tengo ni idea.

Servaz lo observó, desconcertado.

—¿Cómo?

—No me ha querido decir nada por teléfono, solo que te esperaba y que quería absoluta discreción.

—¿Y nada más?

—Sí.

Servaz había mirado, desorientado, a su jefe.

—¿No es en Saint-Martin donde está ese psiquiátrico?

—El Instituto Wargnier —confirmó Canter—, un establecimiento único en Francia, e incluso en Europa. Allí encierran
a los asesinos reconocidos como locos por la justicia.

¿Se trataría de una evasión seguida de un crimen? Eso
explicaría los controles. Servaz redujo velocidad. Entre las
armas de los gendarmes identificó pistolas-ametralladoras
MAT 49 y fusiles de pistón Browning BPS-SP. Bajó el cristal.
Los copos caían por decenas en medio del frío aire. El policía
agitó su tarjeta delante del gendarme.

—¿Por dónde es?

—Tiene que ir a la central hidroeléctrica. —El hombre
elevó la voz para hacerse oír entre los mensajes que brotaban
de las radios; su aliento se condensaba en forma de blanco
vapor—. Queda a unos diez kilómetros de aquí, en la montaña. En la primera rotonda de la entrada de Saint-Martin, a la
derecha. Luego hay que torcer también a la derecha en la rotonda siguiente, en dirección al lago d'Astau. Después no tiene
más que seguir la carretera.

—Y estos controles… ¿de quién ha sido la idea?

—De la fiscal. Procedimiento de simple rutina. Abrimos los
maleteros y examinamos la documentación. Nunca se sabe.

—Ajá… —murmuró Servaz, dubitativo.

Después de ponerse en marcha aumentó el volumen de la
música; los coros del *scherzo* invadieron el habitáculo del
coche. Desviando un instante la mirada de la carretera, cogió el
café frío del portavasos. Cada vez repetía ese ritual: siempre se
preparaba de la misma manera. Sabía por experiencia que el
primer día y la primera hora de una investigación son decisi-
vos, que en esos instantes hay que estar despierto, concentrado y receptivo a la vez. El café era para estar despierto; la música para propiciar la concentración y para despejar la mente.
«Cafeína y música… Y hoy, abetos y nieve», se dijo mirando
el borde de la carretera con un incipiente retortijón de estómago. Servaz era un urbanita de corazón, y la montaña se le
antojaba un territorio hostil. Recordó, con todo, que no siempre había sido así… que todos los años, su padre lo llevaba de
excursión a aquellos valles cuando era niño. Como buen pro-

fesor, le daba explicaciones sobre los árboles, las rocas o las nubes, y el pequeño Servaz lo escuchaba mientras su madre extendía la manta sobre la hierba primaveral y abría el cesto de picnic tildando a su marido de «pedante» y de «plomazo». En aquellos apacibles días, la inocencia reinaba en el mundo. Mientras observaba la carretera, Servaz se planteó si el verdadero motivo por el que no había vuelto nunca a aquellos valles no tenía que ver con el hecho de que su recuerdo estaba indefectiblemente ligado al de sus padres.

«¿Cuándo podrás vaciar por fin ese desván de allá arriba, buen Dios?» Hubo un tiempo en que iba al psicólogo. Al cabo de tres años, sin embargo, el mismo psicólogo se dio por vencido. «Lo siento mucho. Querría ayudarlo, pero no puedo. Jamás había encontrado tantas resistencias.» Servaz respondió, sonriendo, que no tenía importancia. En ese momento pensó sobre todo en la positiva incidencia que tendría el fin del análisis sobre su presupuesto.

Lanzó de nuevo una ojeada a su alrededor. Ese era el marco: ahora faltaba el cuadro. Canter había asegurado que no sabía nada, y Cathy d'Humières, la directora del ministerio fiscal de Saint Martin, había insistido en que fuera solo. «¿Por qué motivo?» Por su parte, él había omitido precisar que le convenía así: estaba al frente de un grupo de siete investigadores, seis hombres y una mujer, que ya tenían bastante quehacer. El día anterior habían concluido la investigación del asesinato de un vagabundo, cuyo cadáver fue hallado apaleado medio sumergido en un estanque, no lejos de la autopista por la que acababa de pasar, cerca de la localidad de Noé. Habían bastado menos de cuarenta y ocho horas para localizar a los culpables: unas horas antes de su muerte, varias personas habían visto al indigente, un hombre de unos sesenta años, en compañía de tres adolescentes del pueblo. El mayor tenía diecisiete años y el más joven, doce. Primero habían negado los hechos, pero enseguida habían confesado. No tenían ningún móvil, ni tampoco remordimientos.

—Era una escoria de la sociedad, un inútil… —había aducido simplemente el mayor. Ninguno de ellos había tenido ningún percance con los servicios de policía ni con los servicios sociales. Eran chicos de buena familia, con escolaridad normal,

29

sin malas compañías. Su indiferencia había dejado helados a cuantos participaron en la encuesta. Servaz recordaba todavía sus rostros infantiles, sus grandes ojos claros de mirada atenta que lo observaban sin temor... e incluso con desafío. Había tratado de dilucidar cuál de ellos había incitado a los demás; en esa clase de sucesos, siempre había un cabecilla... y él creía haberlo encontrado. No era el mayor, sino el de edad intermedia. «Un chico que curiosamente se llama Clément...»

—¿Quién nos ha denunciado? —había preguntado con consternación el muchacho delante de su abogado (se había negado a hablar con él, tal como tenía derecho a hacer, alegando que era «un chapucero»).

—Soy yo el que hace las preguntas aquí —había replicado el policía.

—Apuesto a que ha sido esa puta de la madre de Schmitz.

—Calma. Modera ese lenguaje —le había dicho el abogado contratado por su padre.

—No estás en el patio del instituto —había señalado Servaz—. ¿Sabes a qué os exponéis tú y tus amigos?

—Esto es prematuro —protestó débilmente el abogado.

—Nos vamos a follar viva a esa gilipollas. La voy a matar, joder...

—¡Para de decir groserías! —exclamó con exasperación el abogado.

—¿Me escuchas o no? —insistió Servaz, irritado—. Os exponéis a una condena de veinte años de cárcel. Haz el cálculo: cuando salgas, serás viejo.

—Por favor —intervino el abogado—. No hay que...

—Viejo como tú, ¿no? ¿Cuántos años tienes? ¿Treinta? ¿Cuarenta? ¡No está mal esa chaqueta de terciopelo que llevas! Debe de valer una pasta. ¿A qué viene esto, eh? ¡No hemos sido nosotros! ¡Que no hemos hecho nada, hostia! De verdad, no hemos hecho nada. ¿Es idiota o qué?

Un adolescente sin antecedentes, se recordó a sí mismo Servaz para neutralizar su creciente rabia. Un chico que nunca había tenido ningún tropiezo con la policía, ni incidentes en el instituto. El abogado, muy pálido, sudaba copiosamente.

—No estás actuando en una serie de televisión —le dijo

con calma Servaz—. No te vas a salir con la tuya. Ya estás atrapado. Aquí el idiota eres tú.

Cualquier otro adolescente habría acusado el golpe, pero no fue así con aquel. Ese muchacho llamado Clément no parecía hacerse cargo de la gravedad de los actos de los que se le acusaba. Servaz había leído ya varios artículos sobre menores que violaban, mataban o torturaban... y que parecían no tener la menor conciencia del horror de su gesto; como si hubieran participado en un juego de vídeo o en un juego de rol que había acabado mal. Él no se lo había querido creer hasta ese día, pensando que eran exageraciones de los periodistas, pero le había tocado enfrentarse personalmente a ese fenómeno. Lo más terrorífico no era la apatía de aquellos tres jóvenes asesinos, sino el hecho de que aquel tipo de sucesos había dejado de ser algo excepcional. El mundo se había convertido en un inmenso campo de experimentos cada vez más demenciales, surgidos de las probetas preparadas por Dios, el Diablo o el azar.

De regreso a casa, Servaz se había lavado con detenimiento las manos, se había quitado la ropa y había permanecido veinte minutos en la ducha, hasta que solo bajó agua tibia, como si se quisiera descontaminar. Después había cogido el libro de Juvenal de la estantería y lo había abierto en la sátira XIII: «¿Existe alguna fiesta, ni que sea una sola, lo bastante sagrada para dar tregua a los aprovechados, a los estafadores, a los ladrones, a los crímenes infames, a los degolladores, a los envenenadores, a los codiciosos? Las personas honradas son escasas, apenas tantas, si se cuenta bien, como las puertas de Tebas».

«Somos nosotros los que hemos hecho así a esos chavales», se dijo cerrando el libro. ¿Qué porvenir tienen? Ninguno. Todo se va a pique. Unos cerdos se llenan los bolsillos y se exhiben en la tele mientras que a los padres de estos chicos los despiden del trabajo y quedan como unos perdedores. ¿Por qué no se rebelaban? ¿Por qué no prendían fuego a las boutiques de lujo, los bancos, los palacios de los centros de poder en lugar de a los autobuses o las escuelas?

«Pienso como un viejo», había concluido más tarde. ¿Sería porque iba a cumplir cuarenta años dentro de unas semanas? Había dejado que su grupo de investigación se ocupara de los tres muchachos. Aquella distracción le vendría bien… aunque ignorase qué le aguardaba.

Siguiendo las indicaciones del gendarme, rodeó Saint-Martin sin entrar en el casco urbano. Justo después de la segunda rotonda, la carretera comenzó a subir y enseguida divisó los blancos techos de la ciudad más abajo. Paró en el arcén y se apeó. La ciudad era más extensa de lo que creía. A través de la niebla apenas distinguía los grandes campos de nieve por donde había llegado, además de una zona industrial y unos cámpings al este, al otro lado del río. Había también varias aglomeraciones de viviendas sociales compuestas de edificios bajos y largos. El centro, con su madeja de callejuelas, se desparramaba al pie de la montaña más alta de los alrededores. En sus pendientes cubiertas de abetos, una doble hilera de telecabinas dibujaba una falla vertical.

La bruma y los copos de nieve introducían una distancia entre la ciudad y él, difuminando los detalles… Intuyó que Saint-Martin no debía de desvelarse fácilmente, que era una ciudad que había que abordar de soslayo y no de manera frontal.

Volvió a subir al Jeep. La carretera seguía ascendiendo. En verano había allí una vegetación exuberante, una superabundancia de verdes, de espinos, de musgos, que ni siquiera la nieve alcanzaba a ocultar en invierno. Y por todas partes se percibía el ruido del agua: fuentes, torrentes, riachuelos… Con la ventanilla bajada, atravesó un par de pueblos que tenían la mitad de las casas cerradas. Luego vio un nuevo cartel:

CENTRAL HIDROELÉCTRICA – 4 KM.

Los abetos desaparecieron, y también la niebla y toda traza de vegetación. Quedaron solo los muros de hielo de casi dos metros de altura del borde de la carretera y una luz violenta, boreal. Puso el Cheerokee en posición hielo.

Al final apareció la central, con su típica arquitectura de la era industrial: un edificio ciclópeo en piedra tallada, con ventanas altas y estrechas, coronado por un gran tejado de pizarra que retenía gruesas placas de nieve. Detrás, tres gigantescos tubos partían al asalto de la montaña. Había gente en el parking; vehículos, hombres uniformados... y periodistas. Una furgoneta de la televisión regional con una gran antena parabólica en el techo y varios coches camuflados. Servaz reparó en los distintivos de prensa dispuestos detrás de los parabrisas. Había también un Land Rover, tres Break 306, dos furgones Transit, todos del color de la gendarmería, y un furgón con techo elevado en el que reconoció el laboratorio ambulante de la sección de investigación de la gendarmería de Pau. Un helicóptero aguardaba asimismo en la zona de aterrizaje.

Antes de bajar, se miró un momento en el retrovisor de dentro. Tenía ojeras y las mejillas un poco hundidas, como siempre —parecía que hubiese estado de marcha toda la noche, aunque no era el caso—, pero al mismo tiempo se dijo que nadie le habría echado cuarenta años. Se peinó mal que bien con los dedos el tupido cabello moreno, se frotó la barba de dos días para despertarse y se subió el pantalón. ¡Jesús! ¡Había vuelto a adelgazar!

Unos cuantos copos le acariciaron las mejillas, pero aquello no era nada en comparación con lo que caía en el valle. Hacía mucho frío. Enseguida se dio cuenta de que debía haberse abrigado más. Los periodistas, las cámaras y los micros se volvieron hacia él, pero como nadie lo reconoció, su curiosidad se esfumó al instante. Se encaminó al edificio y después de subir tres escalones, mostró su tarjeta.

—¡Servaz!

La voz resonó en el vestíbulo como un cañón de nieve. Se volvió hacia la silueta que avanzaba en dirección a él. Era una mujer alta y delgada, vestida con elegancia, de unos cincuenta años. Llevaba el pelo teñido de rubio y una bufanda desplegada sobre un abrigo de alpaca. Catherine d'Humières se había desplazado en persona en lugar de enviar a sus sustitutos; Servaz experimentó una subida de adrenalina.

Tenía un perfil y unos ojos brillantes de ave rapaz. Quienes no la conocían la encontraban intimidadora, y los que la conocían también. Alguien le había dicho un día a Servaz que preparaba unos extraordinarios *spaghetti alla puttanesca* y él se preguntó qué les debía de poner. ¿Sangre humana, tal vez? La mujer le estrechó brevemente la mano, con un apretón seco y potente como el de un hombre.

—¿De qué signo es, Martin?

Servaz sonrió. Cuando la conoció, en la época en que él acababa de llegar a la brigada criminal de Toulouse y ella todavía era un sustituta entre otras, le había preguntado lo mismo.

—Capricornio.

Ella no dio señales de haber advertido la sonrisa.

—Eso explica su tendencia prudente, controlada y flemática, ¿no? —Lo escrutó intensamente—. Tanto mejor, vamos a ver si sigue igual de controlado y flemático después de esto.

—¿Después de qué?

—Venga, que lo voy a presentar.

Se fue delante de él por el vestíbulo, vasto espacio sonoro donde resonaron sus pasos. ¿Para quién habían construido todos aquellos edificios de montaña? ¿Para una futura raza de superhombres? Todo en ellos proclamaba la confianza en un porvenir industrial radiante y colosal. Eran productos de una época de fe en el futuro que había quedado superada hacía mucho, se dijo. Se dirigieron a un cubículo de vidrio. En el interior había unos archivadores metálicos y una decena de escritorios que esquivaron para sumarse al reducido grupo de personas reunidas en el centro. D'Humières se encargó de las presentaciones: estaban el capitán Rémi Maillard, que dirigía la brigada de la gendarmería de Saint-Martin, y la capitana Irène Ziegler, de la sección de investigación de Pau; el alcalde de Saint-Martin —bajito, ancho de hombros, melena leonina y cara surcada de arrugas— y el director de la central hidroeléctrica, un ingeniero con aspecto de ingeniero: pelo corto, gafas y *look* deportivo bajo un jersey de cuello alto y un anorak acolchado.

—He pedido al comandante Servaz que nos preste ayuda. Cuando era sustituta en Toulouse tuve ocasión de recurrir a sus servicios. Su equipo nos ayudó a resolver varios asuntos delicados.

«Nos ayudó a resolver»… Muy propio de la manera de hablar de D'Humières. Entraba dentro de su personalidad el querer colocarse en el centro de la foto. Enseguida se dijo, no obstante, que era injusto: la tenía por una mujer que amaba su oficio... y que no escatimaba ni tiempo ni sudor; una virtud que apreciaba. A Servaz le gustaban las personas serias. Él mismo se consideraba encuadrado en dicha categoría: serio, tenaz y probablemente aburrido.

—El comandante Servaz y la capitana Ziegler dirigirán conjuntamente la investigación.

Servaz advirtió la expresión de consternación que se instaló en la hermosa cara de la capitana Ziegler y de nuevo dedujo que el asunto debía de ser grave. Una investigación llevada de manera conjunta por la policía y la gendarmería: fuente inagotable de disputas, de rivalidades y de disimulación de pruebas. Aunque también entraba dentro de la tendencia de los tiempos, y Cathy d'Humières era lo bastante ambiciosa como para no perder de vista el aspecto político de las cosas. Había subido todos los peldaños: fiscal sustituta, sustituta primera, fiscal adjunta... Había llegado cinco años atrás al frente de la fiscalía de Saint-Martin y Servaz estaba seguro de que no pensaba detenerse en tan halagüeño recorrido: Saint-Martin era demasiado pequeño y quedaba demasiado alejado de los focos de la actualidad para una ambición tan devoradora como la suya. Estaba convencido de que, dentro de un par de años, presidiría un tribunal de primera categoría.

—¿El cadáver lo han encontrado aquí, en la central? —preguntó.

—No, allá arriba —respondió Maillard, tendiendo el dedo hacia el techo—, al final del teleférico, a dos mil metros.

—¿Y quién utiliza el teleférico?

—Los obreros que suben a realizar el mantenimiento de las máquinas —explicó el director de la central—. Es una especie de central subterránea, que funciona sola; canaliza el agua del lago superior hacia los tres conductos forzados que se ven afuera. El teleférico es la única manera de acceder a ella en condiciones normales. Existe una pista de helicóptero, pero es solo para los casos de urgencias médicas.

—¿No hay ni camino, ni carretera?

—Hay un camino por el que se sube allá arriba en verano. En invierno está enterrado bajo dos metros de nieve.

—¿Quiere decir que quien ha hecho esto utilizó el teleférico? ¿Cómo funciona?

—Es sencillísimo: hay una llave y un botón para ponerlo en marcha. Y un gran botón rojo para pararlo todo en caso de que haya un contratiempo.

—El armario donde se guardan las llaves está aquí —intervino Maillard, señalando una caja metálica sujeta a la pared que habían precintado—. Lo forzaron. También la puerta. Colgaron el cadáver en lo alto de la última pilona. No cabe duda, el individuo o los individuos que lo hicieron cogieron el teleférico para transportarlo.

—¿No hay huellas?

—Ninguna visible en todo caso. Tenemos centenares de huellas latentes en la cabina. Ya se han enviado los transplantes al laboratorio. Estamos tomando las huellas de todos los empleados para compararlas.

Sacudió la cabeza.

—¿Y cómo estaba el cadáver?

—Decapitado. Y despedazado, con la piel desplegada a ambos lados a modo de unas grandes alas. Ya lo verá en el vídeo. La escenografía es realmente macabra. Los obreros aún no han superado la conmoción.

Servaz observó al gendarme con los sentidos alerta. Pese a la exagerada violencia de la época, no se trataba desde luego de un caso banal. Advirtió que, aunque guardaba silencio, la capitana Ziegler escuchaba con suma atención.

—¿Un maquillaje? ¿Le cortaron los dedos? —inquirió agitando la mano.

En la jerga policial, el «maquillaje» designaba las tentativas de volver inidentificable a la víctima destruyendo o retirando los órganos normalmente utilizados para la identificación: cara, dedos, dientes...

El oficial abrió los ojos con asombro.

—¿Cómo? ¿No le han dicho nada?

Servaz frunció el entrecejo.

—¿Dicho qué?

Vio que Maillard miraba presa de pánico a Ziegler, y después a la fiscal.

—El cadáver —farfulló el gendarme.

Servaz sintió que estaba a punto de perder la paciencia... pero aguardó a que acabara.

—... se trata de un caballo.

—¿Un caballo...?

Servaz observó con incredulidad al resto del grupo.

—Sí, un caballo. Un purasangre de un año más o menos, por lo que sabemos.

Entonces Servaz se volvió hacia Cathy d'Humières.

—¿Me ha hecho venir por un caballo?

—Creía que lo sabía —se defendió ella—. ¿Canter no le ha dicho nada?

Servaz rememoró su encuentro con Canter en el despacho y su despliegue de fingida ignorancia. Él sí sabía. También sabía que Servaz se habría negado a desplazarse por un caballo teniendo entre manos el asesinato del vagabundo.

—Tengo a tres chavales que han matado a un indigente ¿y me hacen venir por un penco?

La respuesta de D'Humières no se hizo esperar, conciliadora pero firme.

—No se trata de un caballo cualquiera. Es un purasangre, un animal muy caro, que pertenece sin duda a Éric Lombard.

«Ah, claro», se dijo Servaz. Éric Lombard, hijo de Henri Lombard, nieto de Édouard Lombard... Una dinastía de financieros, industriales y empresarios que reinaba en aquel rincón de los Pirineos desde hacía seis décadas, gozando por supuesto de un acceso ilimitado a las antesalas del poder. En aquella región, los purasangre de Éric Lombard tenían sin duda más importancia que un indigente asesinado.

—Y no olvidemos que cerca de aquí hay un psiquiátrico lleno de locos peligrosos. Si ha sido uno de ellos el autor, quiere decir que actualmente anda suelto.

—El Instituto Wargnier... ¿Los han llamado?

—Sí. Según ellos, no falta nadie. Ninguno de sus internos está autorizado a salir, ni siquiera de manera temporal. Aseguran que es imposible escaparse, que las condiciones de seguridad son draconianas, con varios cercos de confinamiento, medidas de seguridad biométricas, un personal cuidadosamente seleccionado, etcétera... Verificaremos todo eso, desde luego. El Instituto tiene, con todo, una fama especial debida a la notoriedad y el carácter particular de sus internos.

—¡Un caballo! —repitió Servaz.

De reojo, vio que la capitana Ziegler abandonaba por fin su reserva para esbozar una sonrisa. Aquella sonrisa, de la que solo él se percató, restó fuerza a su incipiente cólera. La capitana tenía unos ojos verdes con una profundidad de lago y, bajo la gorra del uniforme, unos cabellos rubios recogidos en un moño que debían de ser muy hermosos. En los labios llevaba solo un leve toque de carmín.

—Y todos esos controles en la carretera ¿para qué sirven?

—Mientras no tengamos la absoluta certeza de que no se ha fugado ningún interno del Instituto Wargnier no los vamos a quitar —repuso D'Humières—. No quiero que me acusen de negligencia.

Servaz se guardó para sí lo que pensaba. D'Humières y Canter habían recibido órdenes provenientes de arriba. Siempre era lo mismo: por más que tanto el uno como la otra fueran buenos jefes, muy superiores a la mayoría de los arribistas que poblaban fiscalías y ministerios, no por ello habían dejado de desarrollar como los otros un agudo sentido del peligro. Alguien de la dirección general, el propio ministro tal vez, había tenido la idea de montar todo ese circo para complacer a Éric Lombard, amigo personal de las más destacadas autoridades del Estado.

—¿Y Lombard? ¿Dónde está?

—En Estados Unidos, en viaje de negocios. Queremos asegurarnos de que se trata efectivamente de uno de sus caballos antes de avisarlo.

—Uno de sus encargados ha denunciado esta mañana la desaparición de uno de sus animales —explicó Maillard—. No estaba en su box. Corresponde a la descripción. No tardaremos en confirmarlo.

—¿Quién ha encontrado el caballo? ¿Los obreros?

—Sí, cuando subían esta mañana.

—¿Suben a menudo?

—Dos veces al año por lo menos: a comienzos de invierno y antes del deshielo —respondió el director—. La central es antigua y las máquinas viejas. Hay que efectuar un mantenimiento regular, aunque todo funcione de manera automática. La última vez que subieron fue hace tres meses.

Servaz advirtió que la capitana Ziegler no le quitaba el ojo de encima.

—¿Se sabe cuándo se produjo la muerte?

—De acuerdo con las primeras comprobaciones, esta noche —repuso Maillard—. La autopsia aportará mayor precisión. En cualquier caso, se diría que la persona o personas que lo colocaron allá arriba sabían que los obreros iban a subir hasta allí.

—¿Y la central no está vigilada por la noche?

—Sí, por dos guardias. Tienen su despacho en la otra punta de este edificio. Dicen que no vieron ni oyeron nada.

Servaz titubeó, frunciendo de nuevo el entrecejo.

—Pero un caballo no se transporta así como así, ¿no? Ni siquiera muerto. Se necesita al menos un remolque, o un furgón. ¿No hubo ninguna visita, ningún vehículo? Quizá dormían y no se atreven a confesarlo, o puede que estuvieran viendo un partido en la televisión, o una película. Y meter el cadáver en la cabina, subir allá arriba, engancharlo, volver a bajar, lleva su tiempo. ¿Cuántas personas hacen falta para cargar con un caballo, por cierto? ¿El teleférico hace ruido cuando funciona?

—Sí —intervino la capitana Ziegler, tomando la palabra por primera vez—. Es imposible no oírlo.

Servaz volvió la cabeza. La capitana Ziegler se había planteado las mismas preguntas que él. Había algo que no cuadraba del todo.

—¿Tiene alguna explicación?

—Todavía no.

—Habrá que interrogarlos por separado —indicó—. Eso implica que hay que hacerlo hoy, antes de dejar que se vayan.

—Ya los hemos separado —respondió Ziegler con calma y autoridad—. Están en dos habitaciones distintas, bien custodiados. Le… le estaban esperando.

Servaz se percató de la glacial ojeada que Ziegler dedicó a D'Humières. De pronto, el suelo comenzó a vibrar. Tuvo la impresión de que la vibración se propagaba a todo el edificio.

Durante un instante de puro extravío pensó en una avalancha, o en un terremoto… antes de comprender que era el teleférico. Ziegler tenía razón: era imposible no percibirlo. La puerta del cubículo se abrió.

—Ya bajan —anunció un ordenanza.

—¿Quién? —preguntó Servaz.

—El cadáver —explicó Ziegler—. Por el teleférico. Y los TIC, los Técnicos en Identificación Criminal. Han terminado su trabajo allá arriba.

Los TIC: el laboratorio móvil era de ellos. En el interior había material fotográfico, cámaras, maletines para la recogida de muestras biológicas y para los precintos, que después enviarían para ser analizadas al IRCGN, el Instituto de Investigación Criminal de la Gendarmería Nacional, situado en Rosny-sous-Bois, cerca de París. Seguramente había también una nevera para las muestras más perecederas. Todo ese despliegue por un caballo…

—Vamos —dijo—. Quiero ver a la estrella del día, el ganador del Gran Premio de Saint-Martin.

Al salir, Servaz quedó sorprendido por la cantidad de periodistas presentes. Le habría parecido lógico que estuvieran allí por un asesinato, ¡pero por un caballo! Al parecer, los contratiempos personales de un millonario como Éric Lombard se habían convertido en un tema digno de interés tanto para la prensa del corazón como para sus lectores.

Anduvo tratando de evitar ensuciarse de nieve los zapatos en la medida de lo posible y notó que, también allí, era blanco de la escrupulosa atención de la capitana Ziegler.

Y luego lo vio, de repente.

Era como una visión infernal… si el infierno hubiera sido de hielo.

Tuvo que vencer la repulsión para mirarlo. El cadáver del caballo estaba sostenido mediante unas anchas correas dispuestas a modo de chaleco y fijadas a una gran carretilla elevadora para cargas pesadas, equipada de un pequeño motor y gatos neumáticos. Servaz pensó que tal vez habían utilizado la misma clase de carretilla quienes habían colgado el animal allá arriba… Lo estaban sacando del teleférico. Reparando en el gran tamaño de la cabina, se acordó de las vibraciones que había notado hacía un momento. ¿Cómo era posible que los vigilantes no se hubieran dado cuenta de nada?

Después fijó, con desgana, la atención sobre el caballo. Aunque no entendía nada de equinos, le pareció que aquel debía de haber sido muy bonito. La larga cola formaba una mata de pelo negro y brillante más oscuro que el resto del pelaje, que era de color café tostado con reflejos rojo cereza. Aquel espléndido animal parecía esculpido en una madera exótica lisa y pulida. Las patas, por su parte, eran del mismo negro azabache que la cola y lo que restaba de la crin. Una multitud de pedacitos de hielo emblanquecía el conjunto. Servaz calculó que si la temperatura había descendido a bajo cero allí, allá arriba debía de hacer varios grados menos. Los gendarmes habían utilizado quizás un soplete o un soldador para fundir el hielo en torno a las ataduras. Aparte de eso, el animal era una pura llaga... dos grandes porciones de piel desprendidas del cuerpo colgaban a los lados a la manera de unas alas plegadas.

Los asistentes quedaron sobrecogidos por un vertiginoso espanto.

En las zonas donde lo habían despojado de la piel, la musculatura aparecía claramente visible bajo la carne viva, como un dibujo de anatomía. Servaz lanzó una rápida ojeada a su alrededor: Ziegler y Cathy d'Humières estaban muy pálidas, y el director de la central parecía haber visto un fantasma. El propio Servaz había visto raras veces un cuadro tan insufrible como aquel. Con gran desconcierto, cayó en la cuenta de que estaba tan acostumbrado al espectáculo del sufrimiento humano que el sufrimiento animal lo chocaba y lo conmovía más.

Estaba, además, la cabeza. O más bien la falta de ella, que dejaba una gran herida en carne viva a nivel del cuello. La ausencia confería al conjunto un algo extraño e insoportable, como una obra que proclamase la locura de su autor. De hecho, aquel espectáculo era testimonio de una incontestable demencia... de tal suerte que Servaz volvió a pensar involuntariamente en el Instituto Wargnier. Era difícil no relacionarlo, por más que el director afirmase que ningún interno había podido escaparse.

De manera instintiva reconoció que la inquietud de Cathy

d'Humières estaba justificada: aquello no era solo un caso relativo a un caballo. La manera en que habían matado a aquel animal era espeluznante.

De improviso, el ruido de un motor los impulsó a volverse todos a una.

Un gran 4 x 4 negro de marca japonesa surgió en la carretera y aparcó a unos metros de ellos. Los cámaras se dirigieron enseguida hacia allí. Los periodistas aguardaban sin duda la aparición de Éric Lombard, pero se llevaron una decepción. El hombre que bajó del todoterreno de vidrios ahumados tenía más de sesenta años y el pelo gris cortado a cepillo. Por su estatura y su corpulencia, parecía un militar o un leñador jubilado. Con este último tenía también en común la camisa de cuadros, que llevaba arremangada mostrando unos potentes brazos sin que al parecer acusase el frío. Servaz vio que no despegaba la vista del cadáver. Sin reparar siquiera en su presencia, caminó a paso vivo hacia el animal rodeando el pequeño grupo. Servaz advirtió luego cómo abatía los anchos hombros.

Cuando el hombre se volvió hacia ellos le brillaban los ojos. De dolor... pero también de rabia.

—¿Quién ha sido el canalla que ha hecho esto?

—¿Es usted André Marchand, el encargado del señor Lombard?

—Sí, soy yo.

—¿Reconoce este animal?

—Sí, es *Freedom*.

—¿Está seguro? —preguntó Servaz.

—Evidentemente.

—¿Podría ser más explícito? Falta la cabeza.

El hombre le lanzó una mirada fulminante. Después se encogió de hombros y se volvió hacia el cadáver del animal.

—¿Cree que hay muchos *yearling bay* como él en la región? Para mí, es tan fácil de reconocer como lo serían para usted un hermano o una hermana, con o sin cabeza. —Señaló con un dedo la pierna delantera izquierda—. Fíjese, por ejemplo, en ese calzado blanco a media cuadrilla.

—¿El qué? —dijo Servaz.

—La franja blanca que hay encima del casco —tradujo Ziegler—. Gracias, señor Marchand. Vamos a transportar el cadáver al acaballadero de Tarbes, donde le practicarán la autopsia. ¿*Freedom* tomaba algún tratamiento médico?

Servaz no daba crédito a lo que acababa de oír: ¡iban a practicar un análisis toxicológico a un caballo!

—Tenía una salud perfecta.

—¿Ha traído sus papeles?

—Están en el coche.

El encargado se fue a rebuscar en la guantera y volvió con un fajo de hojas.

—Aquí están la tarjeta de registro y la cartilla.

Ziegler examinó los documentos. Por encima de su hombro, Servaz percibió un montón de apartados, de casillas y rúbricas rellenadas con una letra apretada y precisa, y unos dibujos de caballos de frente y de perfil.

—El señor Lombard adoraba este caballo —dijo Marchand—. Era su preferido. Había nacido en el centro. Un *yearling* magnífico.

La rabia y la pena impregnaban su voz.

—¿Un *yearling*? —consultó Servaz a Ziegler.

—Un purasangre de un año.

Mientras inclinaba la cabeza hacia los documentos, no pudo resistir la tentación de admirar su perfil. Era atractiva y de ella emanaba una aureola de autoridad y competencia. Le calculó unos treinta años. No llevaba alianza. Servaz se preguntó si tendría novio o si sería soltera. También cabía la posibilidad de que fuera divorciada como él.

—Por lo visto, han encontrado su cuadra vacía esta mañana —comentó al criador de caballos.

Marchand volvió a asestarle una penetrante mirada en la que se expresaba todo el desdén del especialista con respecto al lego.

—Por supuesto que no. Ninguno de nuestros caballos duerme en una cuadra —espetó—. Disponen todos de un box, y de estabulaciones libres o de campos con cobertizos durante el día para socializarlos. He encontrado su box vacío, en efecto. E indicios de allanamiento.

Servaz ignoraba aquellos matices que tan importantes parecían para Marchand.

—Espero que encuentren a los cabrones que han hecho esto —añadió el hombre.

—¿Por qué habla en plural?

—¿De verdad cree que un hombre solo puede subir un caballo hasta allá arriba? Yo creía que la central estaba vigilada.

Nadie se sintió en condiciones de responder aquella pregunta. Cathy d'Humières, que se había mantenido al margen hasta entonces, se acercó al capataz.

—Dígale al señor Lombard que no escatimaremos esfuerzos para descubrir al o a los responsables. Puede llamarme a cualquier hora. Dígaselo.

Marchand examinó a la alta funcionaria como si fuera un etnólogo que tenía ante sí a la representante de una de las más raras tribus amazónicas.

—Se lo diré —respondió—. También querría recuperar el cadáver después de la autopsia. El señor Lombard querrá sin duda enterrarlo en sus tierras.

—*Tarde venientibus ossa* —declaró Servaz.

Luego atisbó un asomo de estupor en la mirada de la capitana Ziegler.

—Latín —constató esta—. ¿Qué significa?

—«El que llega tarde a la mesa solo encuentra huesos.» Querría subir allá arriba.

La capitana lo miró a los ojos. Era casi tan alta como él. Servaz intuyó un cuerpo firme, flexible y musculoso bajo el uniforme. Una chica sana, guapa y sin complejos. Pensó en Alexandra de joven.

—¿Antes o después de haber interrogado a los vigilantes?

—Antes.

—Lo acompañaré.

—Puedo ir solo —contestó, señalando el teleférico.

Ziegler efectuó un vago gesto.

—Es la primera vez que conozco a un policía que habla latín —alegó, sonriendo—. El teleférico lo han precintado. Iremos en helicóptero.

—¿Lo pilotará usted? —preguntó Servaz, con repentina palidez.

—¿Le extraña?

3

*E*l helicóptero se lanzó al asalto de la montaña cual mosquito que sobrevolara el lomo de un elefante. El gran tejado de pizarra de la central y el parking lleno de vehículos se alejaron bruscamente, demasiado bruscamente para el gusto de Servaz, que sintió un vacío en el estómago.

Bajo el aparato, los técnicos iban y venían, vestidos con mono blanco sobre el fondo blanco de la nieve, de la estación del teleférico al furgón-laboratorio, transportando los maletines que contenían las muestras tomadas allá arriba. Visto desde allí, su trajín parecía irrisorio: la efervescencia de una columna de hormigas. Deseó que conocieran bien su trabajo. No era siempre así, puesto que la formación de los técnicos en escenarios de crimen dejaba a menudo bastante que desear. Falta de tiempo, falta de medios, presupuestos insuficientes... siempre la misma cantinela, a pesar de los discursos políticos que prometían días mejores. Después el cuerpo del caballo quedó envuelto en una funda que colocaron encima de una gran camilla para transportarlo hasta una larga ambulancia que arrancó con un ulular de sirena, como si fuera necesaria algún tipo de urgencia para aquel pobre jamelgo.

Servaz miró hacia el frente a través de la burbuja de plexiglás.

El tiempo había empeorado. Los tres tubos gigantes que salían de la parte posterior del edificio escalaban el flanco de la montaña; las pilonas del teleférico seguían el mismo trayecto. Se aventuró a echar de nuevo un vistazo hacia abajo y enseguida se arrepintió. La central quedaba ya lejos en el fondo del valle y los coches y los furgones se empequeñecían a toda velocidad, reducidos a irrisorios puntos de color aspirados por la altitud. Los tubos se precipitaban hacia el valle como esquiadores de salto de altura, sometidos a un sobrecogedor vértigo de hielo y piedra. Palideciendo, Servaz tragó saliva y se concentró en la parte superior del macizo. El café de la máquina del vestíbulo que había tomado antes flotaba en algún punto de su esófago.

—No tiene muy buen aspecto.

—No hay problema. Estoy bien.

—¿Tiene vértigo?

—No...

La capitana Ziegler sonrió bajo su casco. Servaz ya no le veía los ojos, tapados con gafas de sol... pero podía admirar su bronceado y el fino vello rubio de sus mejillas acariciadas por la violenta luz que reverberaba en las crestas.

—Todo este montaje por un caballo —dijo de repente.

Comprendió que tampoco ella aprobaba aquel despliegue de medios y que aprovechaba que se hallaban a recaudo de oídos indiscretos para hacérselo saber. Se preguntó si sus superiores la habían presionado y si ella había refunfuñado.

—¿No le gustan los caballos? —preguntó para pincharla.

—Me gustan mucho —contestó sin sonreír—, pero no es esa la cuestión. Nosotros tenemos las mismas preocupaciones que ustedes: falta de medios, de material, de personal... y los delincuentes siempre van un paso por delante. Por eso, dedicar tanta energía a un animal...

—De todas maneras, alguien capaz de hacerle eso a un caballo...

—Sí —admitió ella con una intensidad que le hizo sospechar que compartía su inquietud.

—Explíqueme lo que ha ocurrido allá arriba.

—¿Ve la plataforma metálica?

—Sí.

—Es la llegada del teleférico. Allí estaba colgado el caballo, en el arco, justo debajo de los cables. Con toda una escenografía; ya lo verá en el vídeo. De lejos, los obreros pensaron primero que se trataba de un pájaro.

—¿Cuántos obreros?

—Cuatro, más el cocinero. La plataforma superior del teleférico los conduce al pozo de entrada de la central subterránea. Es ese bloque de cemento de allá, detrás de la plataforma. Gracias a la grúa, bajan al fondo del pozo el material que luego se carga en unos tractores de dos plazas provistos de remolques. El pozo va a parar a una galería situada setenta metros más abajo, en el corazón de la montaña; una considerable bajada. Utilizan la misma galería que lleva el agua del lago superior a los conductos forzados para acceder a la central: las compuertas del lago superior permanecen neutralizadas mientras ellos pasan.

El aparato sobrevolaba ahora la plataforma, plantada en el flanco de la montaña a la manera de una torre de perforación. Viéndola casi suspendida en el vacío, Servaz sintió que el vértigo le tensaba de nuevo el estómago. Debajo de la plataforma, la pendiente era desde luego vertiginosa. El lago inferior era visible mil metros más abajo, entre las cumbres, con su gran presa en arco de circunferencia.

Servaz advirtió huellas en la nieve en torno a la plataforma, en el lugar donde los técnicos habían tomado las muestras y removido con palas la nieve. Habían dejado unos rectángulos de plástico amarillo con números negros en los lugares donde habían encontrado indicios y unos proyectores halógenos todavía sujetos al metal de los pilares. Se dijo que, por una vez, no había sido difícil delimitar el escenario del crimen pero que el frío debía de haberles complicado la labor.

La capitana Ziegler señaló el andamiaje.

—Los obreros no salieron siquiera de la cabina. Llamaron abajo y volvieron a bajar enseguida. Tenían un miedo cerval. Quizá temían que el chalado que ha hecho esto siguiera todavía por los alrededores.

Servaz miró de reojo a la joven. Cuanto más la escuchaba, más se avivaba su interés y aumentaba el número de interrogantes.

—Según usted, ¿un solo hombre pudo izar el cuerpo de un caballo muerto hasta esa altura y sujetarlo en medio de los cables sin ayuda? Parece difícil, ¿no?

—*Freedom* era un *yearling* de más de doscientos kilos

—respondió ella—. Aun quitándole la cabeza y el cuello, quedan de todas formas casi ciento cincuenta kilos de carne que cargar. Por otra parte, ya ha visto la carretilla allá abajo: ese tipo de artefacto puede desplazar unas cargas enormes. La pega es que, admitiendo que un hombre consiga mover un caballo con ayuda de un carro o de un diablo, no ha podido colgarlo y colocarlo solo en el arco tal como estaba. Además, tiene razón: fue necesario un vehículo para llevarlo hasta allá.

—Y los guardianes no vieron nada.

—Y son dos.

—Y no oyeron nada.

—Y son dos.

Ninguno de los dos necesitaba que le recordasen que el setenta por ciento de los autores de homicidios eran identificados en el plazo de las veinticuatro horas posteriores al crimen. Pero ¿qué sucedía cuando la víctima era un caballo? Ese era un tipo de cuestión que probablemente no se contemplaba en las estadísticas de la policía.

—Demasiado simple —dijo Ziegler—. Es lo que cree. Demasiado simple. Dos guardianes y un caballo. ¿Qué motivo tendrían para hacer eso? Si hubieran querido desfogarse contra un caballo de Éric Lombard, ¿por qué habrían ido a ponerlo precisamente en lo alto de ese teleférico, en el sitio donde trabajan, para ser los primeros sospechosos?

Servaz reflexionó en lo que acababa de oír. ¿Por qué, en efecto? Por otro lado, ¿era posible que no hubieran oído nada?

—Y además, ¿por qué iban a hacer algo así?

—Nadie es tan solo vigilante, policía o gendarme —contestó—. Todo el mundo tiene sus secretos.

—¿Usted los tiene?

—¿Usted no?

—Sí, pero está el Instituto Wargnier —se apresuró a apuntar ella mientras realizaba una maniobra con el helicóptero. Servaz contuvo de nuevo la respiración—. Seguramente hay allá adentro más de un individuo capaz de un acto semejante.

—¿Quiere decir alguien que habría conseguido salir y

volver sin que se diera cuenta el personal del establecimiento? —Rumió un instante—. ¿Ir hasta el centro ecuestre, matar un caballo, sacarlo de su box y cargarlo solo en un vehículo? ¿Todo eso sin que nadie se dé cuenta de nada, ni aquí ni allá? Y también descuartizarlo, subirlo...

—De acuerdo, de acuerdo, es absurdo —atajó ella—. Además, volvemos siempre al mismo punto: ¿cómo conseguiría un loco colgar un caballo allá arriba sin la ayuda de alguien?

—¿Dos locos, entonces, que se escaparan sin ser vistos y regresaran a sus celdas sin pretender huir? ¡No tiene ningún sentido!

—Nada tiene sentido en esta historia.

El helicóptero se inclinó bruscamente hacia la derecha para rodear la montaña... o bien fue la montaña la que se inclinó en el sentido contrario. Incapaz de notar la diferencia, Servaz volvió a tragar saliva. La plataforma y el blocao de entrada desaparecieron tras ellos. Bajo la burbuja de plexiglás desfilaron toneladas de rocas y después apareció un lago, mucho más pequeño que el de abajo. Su superficie, encajada en la hondonada de la montaña, estaba cubierta de una gruesa capa de hielo y nieve; parecía el cráter de un volcán helado.

Servaz reparó en la vivienda que había al borde del lago, pegada a la roca, cerca de la pequeña presa.

—El lago superior —indicó Ziegler—. Y el «chalet» donde se alojan los obreros. Llegan a él mediante un funicular que sube directamente desde las profundidades de la montaña hasta el interior de la casa y que la comunica con la central subterránea. Allí duermen, comen y viven después de concluir su jornada. Pasan cinco días antes de volver a bajar al valle el fin de semana y repetir el ciclo durante tres semanas. Disponen de todas làs comodidades modernas e incluso de televisión por satélite... pero aun así el suyo es un trabajo difícil.

—¿Por qué no pasan por allí para acceder a la central al llegar, en lugar de verse obligados a neutralizar el flujo subterráneo de agua?

—La central no tiene helicóptero. Este área de aterrizaje solo se utiliza en caso de extrema urgencia, igual que la de abajo, para las operaciones de socorro en montaña, y eso cuando el tiempo lo permite.

El aparato descendió despacio hacia una superficie plana dispuesta en medio de un caos de neveros y morrenas. Una nube de nieve en polvo los rodeó.

—Tenemos suerte —comentó ella—. Hace cinco horas, cuando los obreros han descubierto el cadáver, no habríamos podido llegar hasta aquí. ¡Hacía demasiado mal tiempo!

Cuando los patines del helicóptero entraron en contacto con el suelo, Servaz sintió que renacía. La tierra firme... aunque fuera a más de dos mil metros de altura. Lo malo era que habría que volver a bajar por el mismo camino y solo de pensarlo se le encogió el estómago.

—Si no lo he entendido mal, cuando hace mal tiempo, una vez que la galería está llena de agua, quedan prisioneros de la montaña. ¿Qué hacen en caso de accidente?

La capitana Ziegler reaccionó con una elocuente mueca.

—Tienen que volver a vaciar la galería y regresar al teleférico por el pozo de acceso. Para llegar a la central tardan al menos dos horas, tirando a tres.

Servaz sintió curiosidad por saber qué primas ganaban aquellos hombres para correr tales riesgos.

—¿De quién es la central?

—Del grupo Lombard.

El grupo Lombard. La investigación acababa de empezar y ya era la segunda vez que aparecía en sus pantallas de radar. Servaz imaginó una nebulosa de sociedades, de filiales, de *holdings*, en Francia, aunque seguramente también en el extranjero, un pulpo cuyos tentáculos se extendían por todas partes y por cuyo interior circulaba dinero en lugar de sangre, que afluía en forma de miles de millones desde las extremidades hacia el corazón. Aunque no era un especialista en negocios, Servaz conocía más o menos, como todo el mundo hoy en día, el significado de la palabra «multinacional». ¿Sería verdaderamente rentable una vieja central como aquella para un grupo como el Lombard?

La rotación de las hélices se redujo al tiempo que disminuía el silbido de la turbina.

Luego reinó el silencio.

Ziegler dejó el casco, abrió la puerta y puso un pie en tierra. Servaz siguió su ejemplo y después avanzaron lentamente hacia el lago helado.

—Estamos a dos mil cien metros de altura —anunció la joven—. Se nota, ¿no?

Servaz aspiró a fondo el puro éter, helado y embriagador. La cabeza le daba vueltas… tal vez a causa del vuelo en helicóptero o bien a causa de la altura. Aquella sensación, más exaltante que perturbadora, la relacionó con el fenómeno de la ebriedad de las profundidades, preguntándose si también existía una ebriedad de las cimas. Estaba asombrado por la salvaje belleza del lugar, por la soledad mineral que imperaba en aquel luminoso desierto blanco. Los postigos de la casa estaban cerrados. Servaz imaginó lo que debían de sentir los obreros al levantarse por la mañana y abrir las ventanas que daban al lago, antes de descender a las tinieblas. Aunque también era posible que solo pensaran en eso, precisamente: en la jornada de trabajo que los aguardaba abajo, en las profundidades de la montaña, en el ruido ensordecedor y en la luz artificial, en las largas y penosas horas que iban a consumir allá.

—¿Viene? Las galerías las abrieron en 1929 y la central la instalaron un año después —explicó mientras se encaminaba a la casa.

Esta tenía un alero apoyado en recios pilares de tosca piedra que componían una galería a la que daban todas las ventanas salvo una, encarada a un lado. Servaz advirtió en uno de los pilares el tubo de sujeción de una antena parabólica.

—¿Han examinado las galerías?

—Por supuesto. Nuestros hombres aún están dentro, pero no creo que vayamos a encontrar nada aquí. El individuo o individuos en cuestión no han venido hasta aquí. Se han limitado a meter el caballo en el teleférico, colgarlo allá arriba y volver a bajar.

Tiró de la puerta de madera. Dentro, estaban encendidas todas las lámparas. Había gente en todas las habitaciones: dormitorios con dos camas; una sala de estar con un televisor, dos sofás y un aparador; una espaciosa cocina con una larga mesa. Ziegler llevó a Servaz a la parte de atrás de la casa, en el lado donde se adentraba en la roca, a una estancia que parecía hacer a un tiempo las veces de antesala y de vestuario, con armarios metálicos y colgadores fijados a la pared. Servaz descubrió la verja amarilla del funicular en el fondo del cuarto y, detrás, el negro agujero de una galería excavada en las oscuras entrañas de la montaña.

Tras indicarle que subiera, Ziegler cerró la verja y luego apretó un botón. El motor se puso en marcha enseguida provocando una sacudida en la cabina, que comenzó a bajar despacio por los relucientes raíles. Con una leve vibración, seguía una pendiente de cuarenta y cinco grados. A lo largo de la pared de negra roca, a través de la reja, unos fluorescentes alumbraban a intervalos regulares el trayecto. La estrecha galería desembocó en una gran sala tallada en la roca, profusamente iluminada por varias hileras de fluorescentes. Era un taller lleno de herramientas, tubos y cables. Unos técnicos vestidos con el mismo mono blanco que los que habían visto en la central se afanaban aquí y allá.

—Querría interrogar a esos obreros enseguida, aunque tengamos que quedarnos hasta la noche. No los deje volver a su casa. ¿Son siempre los mismos los que suben aquí cada invierno?

—¿En qué piensa?

—En nada por ahora. A estas alturas, una investigación es como una encrucijada en un bosque. Todos los caminos se parecen, pero ninguno es el bueno. Estas estancias en la montaña, en reclusión lejos del mundo, deben de crear lazos fuertes pero también tensiones. Hay que tener la cabeza bien en su sitio.

—¿Unos obreros veteranos que guardaran alguna rencilla contra Lombard? En ese caso, ¿para qué habrían hecho todo ese montaje? Cuando alguien pretende vengarse de su jefe, se presenta en el lugar de trabajo con un arma y agrede al patrón o a sus compañeros antes de cargar contra él. No se molesta en ir a colgar un caballo en lo alto de un teleférico.

Servaz sabía que tenía razón.

—Habrá que procurarse los antecedentes psiquiátricos de todos los que trabajan o han trabajado en la central estos últimos años —dijo—, y en especial de los que han formado parte de los equipos que se han trasladado aquí.

—¡Muy bien! —gritó ella para compensar el ruido—. ¿Y los vigilantes?

—Primero los obreros y después los vigilantes. Pasaremos la noche en vela si es necesario.

—¡Por un caballo!

—Por un caballo —confirmó.

—¡Tenemos suerte! ¡En condiciones normales, el estruendo es infernal aquí! Pero como han cerrado las compuertas, el agua del lago ya no circula hacia la cámara de rotura.

Servaz consideró que, por lo que al ruido respectaba, había más que suficiente así.

—¿Cómo funciona esta central? —preguntó, elevando la voz.

—¡No sé muy bien! La presa del lago superior se llena con el deshielo. El agua la llevan por las galerías subterráneas hasta los conductos forzados, esos tubos gruesos que se ven afuera y que la precipitan hacia los grupos hidráulicos de la central, abajo en el valle. La potencia de la caída acciona las turbinas. Pero también hay turbinas aquí. Dicen que el agua se turbina «en cascada» o algo por el estilo. Las turbinas convierten la fuerza motriz del agua en energía mecánica, después los alternadores transforman esa energía mecánica en electricidad, que se evacúa por las líneas de alta tensión. La producción total es de cincuenta y cuatro millones de kilovatios-hora por año, equivalente al consumo de una ciudad de treinta mil habitantes.

Servaz sonrió cuando concluyó aquella didáctica explicación.

—Para alguien que no sabe nada, está muy bien informada.

Paseó la mirada por la caverna de negra roca tapizada de alambradas y estructuras metálicas sobre las que discurrían haces de cables, rampas de fluorescentes, tubos de aireación y también las enormes máquinas de otra época, los paneles de control, el suelo revestido de cemento…

—Muy bien —dijo—. Subamos. No encontraremos nada aquí.

El cielo se había oscurecido cuando salieron. Los veloces nubarrones que pasaban por encima del helado cráter le conferían de repente un aspecto siniestro. Una violenta ventisca agitaba los copos de nieve. El decorado había adquirido bruscamente una analogía con el crimen: un marco caótico, negro y glacial en el que los desesperados relinchos de un caballo podían confundirse fácilmente con los aullidos del viento.

—Démonos prisa —lo urgió Ziegler—. ¡Está empeorando el tiempo!

Las ráfagas de viento que le maltrataban el rubio cabello ya habían logrado desprenderle unas cuantas mechas del moño.

4

—Señorita Berg, si he de serle sincero, no comprendo por qué el doctor Wargnier insistió en contratarla. Con todo ese fárrago de psicología clínica, psicología genética, teoría freudiana... Puestos a elegir, yo hubiera preferido la metodología clínica anglosajona.

El doctor Francis Xavier estaba sentado detrás de un gran escritorio. Era un hombrecillo atildado, todavía joven, con una corbata de exuberantes motivos florales visible bajo la bata blanca, cabellos teñidos y extravagantes gafas rojas. Aparte, tenía un ligero acento quebequés.

Diane bajó púdicamente la vista hasta apoyarla en el *Manual de los trastornos mentales* publicado por la Asociación Americana de Psiquiatría, el único libro que había encima del escritorio, con un leve fruncimiento de entrecejo. Aunque no le agradaba el giro que adoptaba la entrevista, aguardó a que el hombrecillo hubiera terminado de poner las cartas sobre la mesa.

—Yo soy psiquiatra, entiéndame. Y... ¿cómo decírselo? No acabo de ver qué interés puede tener usted para nuestro establecimiento. Sin ánimo de ofender...

—Eh... Yo he venido aquí con el objetivo de profundizar y ampliar mi formación, doctor Xavier; el doctor Wargnier debió de decírselo. Por otra parte, su antecesor contrató a una directora adjunta antes de irse y se manifestó de acuerdo con mi ausencia... perdón, con mi presencia aquí. Él expresó su compromiso con la Universidad de Ginebra. Si usted era contrario a mi incorporación, podría habernos informado de ello antes de...

—¿Con el objetivo de profundizar y ampliar su formación? —Xavier frunció un poco los labios—. ¿Dónde se cree que está? ¿En una facultad? Los asesinos que la esperan al fondo de esos pasillos son más monstruosos que las peores criaturas que hayan podido poblar sus pesadillas, señorita Berg. Ellos son nuestra Némesis, nuestro castigo por haber matado a Dios, por haber construido unas sociedades donde el mal se ha convertido en la norma.

Diane encontró algo grandilocuente la última frase, como el resto de la persona del doctor Xavier, por otra parte. No obstante, la manera en que la había pronunciado, con una curiosa mezcla de temor y de voluptuosidad, le causó un escalofrío. Sintió que se le erizaba el vello de la nuca. «Tiene miedo de ellos. Le atormentan por la noche cuando duerme, o quizá los oye gritar desde su habitación.»

Observando la artificial tonalidad de su cabello pensó en el personaje de Gustav von Aschenbach de *Muerte en Venecia*, que se tiñe el pelo, las cejas y el bigote para gustar a un efebo que ve en la playa y para burlar la proximidad de la muerte, sin advertir el grado de desesperado patetismo de su tentativa.

—Tengo experiencia en psicología legal. He tenido contacto con más de cien delincuentes sexuales a lo largo de tres años.

—¿Cuántos asesinos?

—Uno.

Tras dedicarle una sonrisita nada afable, el doctor Xavier se inclinó para examinar su dosier.

—Diploma de psicología, licenciatura en psicología clínica por la Universidad de Ginebra —leyó, mientras las gafas rojas le resbalaban por la nariz.

—Trabajé durante cuatro años en una consulta privada de psicoterapia y psicología legal. Efectué diversas labores de peritaje civil y penal para las autoridades judiciales. Consta en mi currículo.

—¿Alguna temporada en establecimientos penitenciarios?

—Un cursillo en el servicio médico de la cárcel de Champ-Dollon para labores de peritaje legal en condición de coexperta y de tratamiento de delincuentes sexuales.

—International Academy of Law and Mental Health, Asociación de Psicólogos-Terapeutas de Ginebra, Sociedad Suiza de Psicología Legal... Bien, bien, bien...

Cuando volvió a posar la mirada en ella, Diane tuvo la desagradable sensación de hallarse frente a un jurado.

—Hay solo un problema: carece totalmente de la experiencia necesaria para este tipo de pacientes, es joven, le queda mucho que aprender. Con su inexperiencia, podría (de manera involuntaria, desde luego) estropear todo lo que tratamos de aplicar aquí. Esos elementos podrían resultar una causa suplementaria de tormento para nuestra clientela.

—¿Qué quiere decir?

—Lo siento mucho, pero quiero que permanezca al margen de nuestros siete internos más peligrosos, los de la unidad A. Y no tengo necesidad de una adjunta, ya dispongo de una enfermera jefe para delegar en ella.

Diane guardó silencio tanto tiempo que al final el hombre enarcó una ceja. Cuando habló, lo hizo con voz pausada y firme.

—Doctor Xavier, yo he venido aquí por ellos. El doctor Wargnier se lo dijo seguramente. Debe de tener en sus archivos la correspondencia que intercambiamos. Las condiciones de nuestro acuerdo son muy claras: el doctor Wargnier no solo me autorizó a entrar en contacto con sus siete internos de la unidad A, sino que me pidió que redactara un informe de peritaje psicológico al final de las entrevistas... En especial en el caso de Julian Hirtmann.

Vio como se ensombrecía el rostro de él hasta perder todo rastro de sonrisa.

—Señorita Berg, ahora ya no es el doctor Wargnier el que dirige este establecimiento, sino yo.

—En ese caso, no tengo nada que hacer aquí. Me pondré en contacto con la administración de su centro, así como con la Universidad de Ginebra y con el doctor Spitzner. He venido de lejos, doctor. Podría haberme ahorrado este desplazamiento inútil.

Se levantó.

—¡Vamos, señorita Berg! —exclamó Xavier, enderezándose y separando las manos—. ¡No nos precipitemos! ¡Siéntese! ¡Siéntese, se lo ruego! Yo no rechazo su presencia aquí.

Comprenda bien que no tengo nada contra usted. Estoy seguro de que se esforzará al máximo. Y ¿quién sabe? Cabe la posibilidad de que... un punto de vista... una aportación, digamos... «interdisciplinar» pueda favorecer la comprensión de estos monstruos. Sí, sí, ¿por qué no? Lo único que le pido es que no multiplique los contactos más de lo estrictamente necesario y que respete al pie de la letra el reglamento interior. La tranquilidad de estos centros se asienta en un frágil equilibrio. Aun cuando las medidas de seguridad de aquí sean diez veces más numerosas que en cualquier otro centro psiquiátrico, el más mínimo desorden tendría consecuencias incalculables.

Francis Xavier rodeó su escritorio.

Era todavía más bajo de lo que había creído. Diane medía un metro sesenta y siete y Xavier presentaba la misma estatura... incluidos los tacones. La bata, demasiado grande y de un blanco inmaculado, flotaba en torno a él.

—Venga. Le voy a enseñar algo.

Abrió un armario donde había colgadas varias batas blancas. Tomó una y se la tendió a Diane, que percibió un olor a cerrado y a detergente. La corta silueta la rozó. Entonces apoyó una mano de acicaladas uñas en el brazo de Diane.

—Son personas realmente horripilantes —dijo con suavidad, mirándola a los ojos—. Olvídese de lo que son, olvídese de lo que han hecho. Concéntrese en su trabajo.

Recordó las recomendaciones de Wargnier, escuchadas por teléfono. Eran casi las mismas.

—Ya he tenido contacto con sociópatas —objetó, aunque esa vez le faltó aplomo en la voz.

A través de las gafas rojas, la extraña mirada destelló un instante.

—No como estos, señorita. No como estos.

Paredes blancas, suelo blanco, fluorescentes blancos... Como la mayoría de los occidentales, Diane asociaba aquel color con la inocencia, con el candor, con la virginidad. En el corazón de toda aquella blancura vivían sin embargo unos monstruosos asesinos.

—En un principio, el blanco era el color de la muerte y del

duelo —le soltó Xavier, como si le hubiera leído el pensamiento—. En Oriente, todavía es así. Se trata asimismo de un valor límite... igual que el negro. Y también es el color asociado a los rituales de iniciación. En este momento, usted también vive uno, ¿no es cierto? Pero no fui yo quien eligió la decoración; solo llevo unos meses aquí.

Unas verjas de acero se corrieron delante y detrás de ellos y los cerrojos electrónicos se hundieron en la profundidad de las paredes. La corta figura de Xavier la precedía.

—¿Dónde estamos? —preguntó, contando las cámaras de vigilancia, las puertas, las salidas.

—Abandonamos las dependencias de la administración para entrar en la unidad psiquiátrica propiamente dicha. Es el primer recinto de confinamiento.

Diane miró cómo introducía una tarjeta magnética en una caja pegada a la pared. Tras la lectura, el aparato escupió la tarjeta y se abrió la verja. Al otro lado había un cubículo acristalado, en cuyo interior dos guardianes vestidos de naranja estaban sentados delante de unas pantallas de vigilancia.

—En la actualidad tenemos ochenta y ocho pacientes considerados peligrosos con riesgo de actos de índole agresiva. Nuestra clientela proviene de instituciones penales o de otros establecimientos psiquiátricos de Francia, pero también de Alemania, de Suiza, de España... Se trata de individuos que presentan problemas de salud mental acompañados de delincuencia, violencia y criminalidad, pacientes que se han mostrado demasiado violentos para permanecer en los hospitales que los habían acogido, detenidos cuyas psicosis son demasiado graves para recibir tratamiento en la cárcel o asesinos declarados irresponsables por la justicia. Nuestra clientela exige un personal muy cualificado e instalaciones que garanticen a un tiempo la seguridad de los enfermos, la del personal y la de las visitas. Ahora estamos en el pabellón C. Hay tres niveles de seguridad: moderada, media y elevada. Aquí estamos en una zona de nivel moderado.

Diane daba un respingo cada vez que Xavier hablaba de clientela.

—El Instituto Wargnier da prueba de una capacidad sin parangón en la acogida de pacientes agresivos, peligrosos y violentos. Nuestra práctica se basa en las normas más elevadas y más recientes. En un primer momento, efectuamos una evaluación psiquiátrica y criminológica que conlleva un análisis fantasmático y pletismográfico.

Diane tuvo un sobresalto. El análisis pletismográfico consistía en medir las reacciones de un paciente sometido a estímulos de sonido e imagen ajustados a diferentes tipos de guiones con distintas clases de interacciones, como la visión de una mujer desnuda o de un niño.

—¿Practican tratamientos aversivos con los sujetos que presentan perfiles desviados en el examen pletismográfico?

—En efecto.

—La pletismografía aversiva actualmente suscita muchas reservas —señaló Diane.

—Aquí funciona —respondió con firmeza Xavier.

Notó que se tensaba. Cada vez que le hablaban de tratamiento aversivo, Diane pensaba en *La naranja mecánica*. Este método consistía en asociar a la fantasía desviada, grabada en una cinta o un DVD —visiones de violaciones, de niños desnudos, etc...—, sensaciones muy penosas o incluso dolorosas como un choque electromagnético o una inhalación de amoniaco, por ejemplo, en lugar de las sensaciones agradables que solía procurar dicha fantasía al paciente. Se creía que la repetición sistemática de la experiencia modificaba de manera duradera el comportamiento del paciente. Era, en cierta manera, una especie de condicionamiento pavloviano que se había probado con los culpables de abusos sexuales y pedófilos en algunos países como Canadá.

Xavier toqueteaba el botón de su bolígrafo, que sobresalía del bolsillo de la bata.

—Ya sé que muchos profesionales de este país son escépticos en lo tocante a las medidas terapéuticas conductistas. Esta práctica está inspirada en los países anglosajones y el Instituto Pinel de Montreal, donde trabajé, y da unos excelentes resultados. Pero a sus colegas franceses les cuesta reconocer, cómo no, un método tan empírico venido además de América. Le reprochan no tomar en cuenta nociones tan fundamentales como el inconsciente, el superego, la influencia de las pulsiones en las estrategias de autorrepresión... —Detrás de las gafas, sus ojos observaban a Diane con exasperante indulgencia—. En este país son muchos los que siguen preconizando un enfoque que tome más en cuenta los fundamentos del psicoanálisis, un trabajo de remodelaje de las capas profundas de la personalidad. Eso equivale a ignorar que la ausencia total de culpabilidad y de afectos de los grandes perversos psicópatas llevará dichas tentativas siempre al fracaso. Con esta clase de enfermos, solo funciona una cosa: el «adiestramiento». —Su voz empapó la palabra a la manera de un chorro de agua helada—. Implica una responsabilización del sujeto con respecto a su tratamiento gracias a una gama de recompensas y sanciones. También efectuamos evaluaciones de peligrosidad solicitadas por las autoridades judiciales u hospitalarias —prosiguió, deteniéndose delante de una nueva puerta de cristal Securit.

—¿No es cierto que la mayoría de estudios demuestran el poco valor de esas evaluaciones? —inquirió Diane—. Según algunos, las evaluaciones psiquiátricas de peligrosidad se equivocan en uno de cada dos casos.

—Eso dicen —admitió Xavier—, pero más bien en el sentido de una evaluación excesiva de la peligrosidad que en el contrario. En caso de duda, nosotros proponemos de manera sistemática un mantenimiento de la detención o la prolongación de la hospitalización en nuestro informe de evaluación. Y además —agregó con una sonrisa cargada de una absoluta fatuidad—, esas evaluaciones dan respuesta a una profunda necesidad de nuestras sociedades, señorita Berg. Los tribunales nos piden que resolvamos por ellos un dilema moral que en realidad nadie es capaz de zanjar: ¿cómo tener la certeza de que las medidas adoptadas en relación a un individuo peligroso responden a las necesidades que impone la protección de la sociedad sin atentar contra los derechos fundamentales de dicho individuo? Nadie tiene la respuesta a esa pregunta. Los tribunales fingen creer que los peritajes psiquiátricos son fiables. Con eso no engañan a nadie, claro está, pero esa ficción permite que siga funcionando la maquinaria judicial, sujeta a una perpetua amenaza de saturación, proyectando la ilusoria impresión de que los jueces son personas sabias que toman sus decisiones con conocimiento de causa… cosa que, dicho sea de paso, constituye la mayor de las mentiras sobre las que se fundamentan nuestras sociedades democráticas.

Llegaron hasta una nueva caja negra, empotrada en la pared, mucho más sofisticada que la anterior. Tenía una pequeña pantalla y dieciséis teclas para introducir un código, pero también un gran palpador rojo sobre el que Xavier aplicó su índice derecho.

—Evidentemente, nosotros no tenemos ese tipo de dilema con nuestros internos, puesto que han demostrado de sobras su peligrosidad. Aquí comienza el segundo recinto de confinamiento.

A la derecha había un pequeño despacho acristalado. De nuevo, Diane percibió dos siluetas detrás del vidrio, pero constató, no sin lamentarlo, que Xavier pasó de largo. Habría querido que la presentara al resto del personal, aunque ya estaba convencida de que no iba a hacerlo. Las miradas de los dos hombres la siguieron a través del cristal. Diane se preguntó de improviso qué acogida le iban a dispensar. ¿Habría hablado Xavier de ella? ¿Habría estado sembrando insidiosamente clavos en el camino?

Durante una fracción de segundo vio con nostalgia su habitación de estudiante, sus amigos de la universidad, su oficina de la facultad… Después pensó en alguien. Sintiendo que se le subían los colores, se apresuró a relegar la imagen de Pierre Spitzner al lugar más recóndito de su interior.

Servaz se examinó en el espejo con la balbuciente luz del fluorescente. Apoyándose con las dos manos en el picado borde del lavabo, se esforzó por adoptar una respiración pausada. Luego se encorvó y se mojó la cara con agua fría.

Las piernas le sostenían a duras penas; tenía la extraña sensación de caminar sobre unas suelas rellenas de aire. El viaje de regreso en helicóptero había sido agitado. El tiempo se mostró realmente infernal arriba y la capitana Ziegler había tenido que aferrarse a los mandos. Sacudido por las ráfagas, el aparato había bajado balanceándose como una lancha de salvamento expuesta a un mar embravecido. En cuanto habían tocado tierra, Servaz se había precipitado hacia los baños de la central para vomitar.

Dio media vuelta, con los muslos aplastados contra la hilera de lavabos. Diversas pintadas trazadas con bolígrafo o rotulador profanaban algunas puertas: BIB EL REY DE LA MONTAÑA (fanfarronada habitual), SOFÍA ES UNA GUARRA (seguido de un número de teléfono móvil), EL DIRECTOR ES UN GILIPOLLAS (¿una pista?). También había un dibujo que representaba a varias personas diminutas al estilo Keith Haring sodomizándose en fila india.

Servaz sacó del bolsillo la pequeña cámara numérica que Margot le había regalado para su último cumpleaños, se acercó a las puertas y las fotografió una por una.

Después salió y se encaminó al vestíbulo bordeando el pasillo. Fuera se había puesto a nevar otra vez.

—¿Está mejor?

Captó una sincera indulgencia en la sonrisa de Irène Ziegler.

—Sí.

—¿Y si vamos a interrogar a esos obreros?

—Si no tiene inconveniente, prefiero interrogarlos solo.

Notó cómo se endurecía la expresión del hermoso rostro de la capitana Ziegler. Desde fuera llegaba hasta sus oídos la voz de Cathy d'Humières, que hablaba con los periodistas: eran retazos de frases estereotipadas, formadas de acuerdo con el molde habitual de los tecnócratas.

—Vaya a dar un vistazo a las pintadas de los lavabos y entenderá por qué —dijo—. En presencia de un hombre, hay cierto tipo de informaciones que quizá caigan en la tentación de expresar y que se guardarán en presencia de una mujer.

—Muy bien, pero no olvide que somos dos en esta investigación, comandante.

Los cinco hombres lo observaron entrar con miradas en las que se mezclaban ansiedad, cansancio y cólera. Servaz se acordó de que estaban encerrados en aquella habitación desde la mañana. Quedaba claro, en todo caso, que les habían llevado comida y bebida. La gran mesa de reuniones estaba atestada de sobras de pizzas y bocadillos, vasos vacíos y ceniceros llenos. La barba les había crecido, de modo que presentaban unos mentones tan hirsutos como los náufragos de una isla desierta, con excepción del cocinero, un barbudo de cráneo pelado y brillante que llevaba varios aros en las orejas.

—Buenos días —saludó.

No hubo respuesta, aunque se irguieron de manera casi imperceptible. En sus ojos vio que estaban sorprendidos por su apariencia. Les habían anunciado la visita de un comandante de la brigada criminal y ante sí tenían a un individuo con aspecto de profesor o de periodista, con su apariencia de cuarentón en forma, sus mejillas mal afeitadas, su americana de terciopelo y sus vaqueros raídos. Servaz empujó sin decir nada una caja de pizza manchada de grasa y un vaso donde flotaban varias colillas en un fondo de café. Después apoyó las nalgas en el borde de la mesa, se pasó una mano por el negro cabello y se volvió hacia ellos.

Los miró fijamente, uno por uno, demorándose varias décimas de segundo cada vez. Todos bajaron la vista… salvo uno.

—¿Quién lo vio primero?

Un individuo sentado en un rincón levantó la mano. Llevaba una camiseta de manga corta con la leyenda UNIVERSITY OF NEW YORK encima de una camisa a cuadros.

—¿Cómo se llama?

—Huysmans.

Servaz sacó el bloc de notas de la chaqueta.

—Cuénteme.

Huysmans lanzó un suspiro. Su paciencia se había visto puesta a prueba en el curso de las horas precedentes y él no era ya de por sí muy paciente. Había contado lo mismo media docena de veces, aunque fuera de manera mecánica.

—Han vuelto a bajar sin haber puesto los pies en la plataforma. ¿Por qué?

Siguió un momento de silencio.

—Por miedo. Teníamos miedo de que ese tipo merodeara aún por ahí… o de que se hubiera metido en las galerías.

—¿Qué les hace pensar que se trata de un hombre?

—¿Se imagina a una mujer haciendo eso?

—¿Existen diferencias, rencillas entre los obreros?

—Como en todas partes —contestó otro—. Peleas de borrachos, historias de faldas, tipos que no se pueden ni ver. Eso es todo.

—¿Cómo se llama? —preguntó Servaz.

—Etcheverry, Gratien.

—La vida allá arriba debe de ser de todas formas dura ¿no? —prosiguió Servaz—. Los riesgos, el aislamiento, la convivencia tienen que crear tensiones.

—Los hombres que mandan allá arriba son recios y con buena cabeza, comisario. Ya se lo habrá dicho el director. Si no, se quedan abajo.

—No es comisario, sino comandante. Aun así, los días de tormenta, con el mal tiempo y todo, no es tan difícil salirse de madre, ¿no? Me han dicho que con la altura es muy difícil conciliar el sueño.

—Es verdad.

—Explíqueme eso.

—La primera noche estamos tan agotados por la altura y el trabajo que dormimos como un tronco, pero después dormimos cada vez menos. Las últimas noches, apenas descansamos dos o tres horas. Es el efecto de la montaña. Recuperamos el fin de semana.

Servaz volvió a mirarlos. Varios inclinaron la cabeza para confirmar.

Escrutaba las caras de aquellos hombres curtidos, aquellos individuos que no habían estudiado y que no se tenían por lumbreras, pero que tampoco pretendían ganar dinero fácil, sino que realizaban sin aspavientos un penoso trabajo en beneficio de todos. Aquellos hombres tenían más o menos su edad... entre cuarenta y cincuenta años, treinta en el caso del más joven. De improviso se avergonzó de lo que estaba haciendo. Luego se cruzó de nuevo con la mirada huidiza del cocinero.

—¿Ese caballo, les suena de algo? ¿Lo conocían? ¿Lo habían visto alguna vez?

Lo miraron, asombrados. Luego negaron despacio con la cabeza.

—¿Ha habido ya algún accidente allá arriba?

—Varios —repuso Etcheverry—. El último fue hace dos años. Un tipo perdió la mano.

—¿Qué hace hoy en día?

—Trabaja abajo, en las oficinas.

—¿Cómo se llama?

Etcheverry titubeó, ruborizándose. Miró a los otros, incómodo.

—Schaab.

Servaz se hizo el propósito de recabar información sobre el tal Schaab: «Un caballo pierde la cabeza, un obrero pierde una mano...».

—¿Accidentes mortales?

Etcheverry volvió a negar con la cabeza.

Servaz se giró hacia el de más edad, un hombre fornido vestido con una camiseta de manga corta que resaltaba sus musculosos brazos. Era el único, aparte del cocinero, que no había hablado todavía... y el único que no había bajado la vista ante el escrutinio de Servaz. En sus ojos pálidos había además un brillo de desafío. Tenía una cara chata y compacta y una mirada fría. «Una mente obtusa, sin matices, sin lugar para las dudas», concluyó Servaz.

—¿Es usted el más veterano?

—Pssí —confirmó el hombre.

—¿Cuánto hace que trabaja aquí?

—¿Arriba o abajo?

—Arriba y abajo.

—Veintitrés años arriba. Cuarenta y dos en total.

Una voz monótona, sin inflexiones. Plana como un lago de montaña.

—¿Cómo se llama?

—¿Por qué quieres saberlo?

—Soy yo quien hace las preguntas ¿de acuerdo? ¿Cómo te llamas? —repitió Servaz, imitando el tuteo.

—Tarrieu —contestó el hombre, molesto.

—¿Qué edad tienes?

—Sesenta y tres.

—¿Cómo son las relaciones con la dirección? Pueden hablar sin temor. Lo que digan no saldrá de aquí. Acabo de leer una pintada en los baños que decía: «El director es un gilipollas».

Tarrieu compuso un rictus medio de desprecio, medio de regocijo.

—Es verdad. Pero si fuera una venganza, sería a él al que

deberíamos haber encontrado allá arriba y no al caballo. ¿No te parece, señor policía?

—¿Quién habla de venganza? —replicó Servaz con el mismo tono—. ¿Quieres dirigir la investigación por mí? ¿Quieres entrar a trabajar en la policía?

Sonaron algunas risitas. Servaz vio el intenso rubor que inundó la cara de Tarrieu como una nube de tinta que se diluyera en el agua. Era evidente que aquel hombre era capaz de actos violentos, pero ¿hasta qué punto? Ahí radicaba la eterna pregunta. Tarrieu abrió la boca para replicar, pero en el último momento desistió.

—No —acabó respondiendo.

—¿Alguno de vosotros conocía el centro ecuestre?

El cocinero con pendientes levantó una mano con gesto turbado.

—¿Cómo se llama?

—Marousset.

—¿Monta a caballo, Marousset?

Tarrieu soltó una risa ahogada a su espalda, a la que siguieron las de los demás. Servaz sintió que lo invadía la cólera.

—No, yo soy el cocinero. De vez en cuando, voy a echar una mano al cocinero del señor Lombard al castillo, cuando hay fiestas. Para los cumpleaños, el Catorce de Julio… El centro ecuestre queda justo al lado.

Marousset tenía unos grandes ojos claros con pupilas del diámetro de cabezas de alfiler. Sudaba en abundancia.

—¿Había visto a ese caballo?

—A mí no me interesan los caballos. Pero puede que sí… allá hay muchos.

—Y al señor Lombard, ¿lo ve a menudo?

Marousset negó con la cabeza.

—Solo voy allá una vez al año o dos, y no salgo de las cocinas.

—Pero sí lo habrá visto a distancia de vez en cuando, ¿no?

—Sí.

—¿Viene a veces a la central?

—¿Lombard aquí? —dijo Tarrieu con tono sarcástico—. Para Lombard esta central es un grano de arena. ¿Tú te fijas en cada brizna de hierba cuando siegas el césped?

Servaz se volvió hacia los demás, que asintieron con la cabeza.

—Lombard vive en otra parte —prosiguió Tarrieu con el mismo tono provocador—. En París, en Nueva York, en las Antillas, en Córcega… Y esta central le importa un comino. La mantiene porque en el testamento de su padre constaba que la debía mantener, pero no le importa para nada.

Servaz inclinó la cabeza. Le dieron ganas de contestar algo mordaz. Pero ¿para qué? Quizá Tarrieu tenía sus motivos. Quizá había topado alguna vez con policías corruptos o incompetentes. «Las personas son como icebergs —pensó—. Bajo la superficie hay una enorme masa de cosas guardadas, de dolores y secretos. Nadie es de verdad lo que parece.»

—¿Puedo darte un consejo? —dijo de improviso Tarrieu.

Servaz permaneció inmóvil, receloso. El tono había cambiado, sin embargo. Ya no era hostil, ni retador ni sarcástico.

—Te escucho.

—Los vigilantes —dijo el veterano—. En lugar de perder el tiempo con nosotros, deberías interrogar a los vigilantes. Sacúdelos un poco.

Servaz lo miró fijamente.

—¿Por qué?

Tarrieu se encogió de hombros.

—El policía eres tú —contestó.

Servaz se fue por el pasillo y tras franquear las puertas basculantes, pasó bruscamente de un ambiente recalentado a la temperatura glacial del vestíbulo. Los flashes del exterior poblaban el espacio con breves fogonazos alternados con extensas e inquietantes sombras. Servaz vio a Cathy d'Humières subiendo a su coche. Estaba anocheciendo.

—¿Y bien? —preguntó Ziegler.

—Esos hombres no tienen probablemente nada que ver, pero quiero información sobre dos de ellos. El primero es Marousset, el cocinero. El segundo se llama Tarrieu. Y también sobre un tal Schaab, el que perdió la mano en un accidente el año pasado.

—¿Por qué ellos?

—Simple comprobación.

Evocó la mirada de Marousset.

—También quiero que se consulte a los de estupefacientes si tienen algo sobre el cocinero en su base de datos.

La capitana Ziegler se limitó a observarlo atentamente, sin añadir nada.

—¿Cómo van las pesquisas con el vecindario? —preguntó Servaz.

—Están interrogando a los habitantes de los pueblos situados en la carretera de la central, por si alguno hubiera visto pasar un vehículo la noche pasada. Hasta ahora, no ha habido resultados.

—¿Qué más?

—Hay unos graffiti fuera, en las paredes de la central. Si hay graffiteros que merodean por aquí puede que vieran u oyeran algo. Esa clase de puesta en escena tuvo que exigir preparativos, localizaciones... Eso nos remite de nuevo a los vigilantes; quizás ellos sepan quién hizo los graffiti. ¿Y por qué no oyeron nada?

Servaz se acordó de la recomendación de Tarrieu. El capitán Rémi Maillard se había sumado a ellos. Tomaba notas en un pequeño cuaderno.

—¿Y el Instituto Wargnier? —apuntó Servaz—. Por un lado tenemos un acto cometido sin duda por un demente y por el otro a unos locos criminales encerrados a unos cuantos kilómetros de aquí. Aunque el director del Instituto asegure que ninguno de los internos escapó, habrá que explorar esa pista a fondo. —Miró a Ziegler y después a Maillard—. ¿Tienen algún psiquiatra en sus filas?

Ziegler y Maillard cambiaron una mirada.

—Esperamos la llegada de un psicocriminólogo en los próximos días —respondió Irène Ziegler.

Servaz frunció levemente el entrecejo. «Un psicocriminólogo para un caballo...» Sabía que la gendarmería estaba más adelantada que la policía en ese terreno como en otros, pero aun así se preguntó si no se excedían un poco: ni siquiera la gendarmería debía de movilizar con tanta facilidad a sus expertos. «La influencia de Éric Lombard llega realmente lejos...»

—Tiene suerte de que estemos aquí —ironizó la capitana,

sacándolo de sus cavilaciones—. Sin nosotros, habría tenido que recurrir a un experto independiente.

Optó por callar, porque sabía adónde quería ir a parar ella. Al no formar a sus propios peritos, tal como hacía la gendarmería, la policía debía recurrir a menudo a expertos externos, a psicólogos que no siempre eran competentes para ese tipo de labores.

—De todas maneras, solo se trata de un caballo —respondió sin convicción.

La miró. Irène Ziegler ya no sonreía. Con considerables dosis de tensión e inquietud palpables en la cara, ella le dirigió una mirada cargada de interrogantes. «Ya no se toma este caso ni remotamente a la ligera», pensó. En su interior también estaba germinando la idea de que detrás de aquel macabro acto podía haber algo mucho más grave.

5

—¿*Ha* leído *La máquina del tiempo*?

Caminaban por uno de los solitarios pasillos. El ruido de sus pasos llenaba los oídos de Diane, sobre el telón de fondo del parloteo del psiquiatra.

—No —respondió ella.

—A H.G. Wells, que era socialista, le preocupaban las cuestiones del progreso tecnológico, la justicia social y la lucha de clases. Fue el primero en tratar temas como las manipulaciones genéticas con *La isla del doctor Moreau* o los desvaríos de la ciencia con *El hombre invisible*. En *La máquina del tiempo* imaginó que su narrador viaja al futuro. Allí descubre que Inglaterra se ha convertido en una especie de paraíso terrenal donde vive un pueblo pacífico y despreocupado, los eloi. —Sin dejar de mirarla, introdujo la tarjeta en un nuevo dispositivo—. Los eloi son los descendientes de los estratos privilegiados de la sociedad burguesa. En el transcurso de los miles de años anteriores, han alcanzado un grado tal de confort y estabilidad que su inteligencia se ha debilitado, hasta tal punto que presentan un cociente intelectual de niños de cinco años. Al no haber tenido necesidad de realizar ningún esfuerzo durante siglos, se cansan con suma facilidad. Son unos bonitos seres agradables y alegres pero también aquejados de una horripilante indiferencia: cuando uno de ellos se ahoga delante de los demás, ninguno acude a socorrerlo.

Diane lo escuchaba a medias. Con el resto de la atención intentaba captar algún signo de vida, de humanidad… y orientarse en aquel laberinto.

—Cuando llega la noche, el narrador descubre otra realidad, aún más terrorífica: los eloi no están solos. Bajo tierra vive una segunda raza, temible y repugnante, los morlock. Son ellos los descendientes del proletariado. Poco a poco, a causa de la codicia de sus amos, se alejaron de las clases superiores hasta llegar a convertirse en una raza distinta, fea en igual medida que la otra es hermosa, relegada al fondo de galerías y pozos. Han perdido la costumbre de la luz y solo salen de sus madrigueras después de anochecer. Por eso, no bien se pone el sol, los eloi huyen de su idílico campo para agruparse en sus ruinosos palacios porque, para sobrevivir, los morlock se han vuelto caníbales…

A Diane comenzaba a exasperarla el parloteo del psiquiatra. ¿Adónde querría ir a parar? Estaba claro que a aquel hombre le encantaba escucharse a sí mismo.

—¿No es esa una descripción bastante precisa de nuestras sociedades, señorita Berg? Por un lado los eloi, cuya inteligencia y voluntad se han debilitado con el bienestar y la ausencia de peligro al tiempo que aumentaba su indiferencia y egoísmo. Por el otro, unos predadores que les recuerdan la vieja lección: la del miedo. Usted y yo somos eloi, señorita Berg… y nuestros internos son morlock.

—¿No es una visión un poco simplista?

—¿Sabe cuál era la moraleja de la historia? —prosiguió, sin hacerse eco de la observación—. Porque hay una moraleja, claro. Wells consideraba que la merma de la inteligencia es una consecuencia natural de la desaparición del peligro, que un animal en perfecta armonía con su medio no pasa de ser un puro mecanismo. La naturaleza solo recurre a la inteligencia cuando la costumbre y el instinto no bastan. La inteligencia únicamente se desarrolla donde hay cambio… y donde hay peligro.

La miró detenidamente, con una amplia sonrisa en la cara.

—¿Y si hablásemos del personal? —propuso ella—. No nos hemos cruzado con casi nadie hasta ahora. ¿Todo está automatizado?

—Tenemos una plantilla de unos treinta auxiliares, además de seis enfermeros, un médico, un sexólogo, un jefe de cocina, siete pinches de cocina y nueve agentes de mantenimiento…

todos a media jornada, desde luego, dada la presión de las reducciones presupuestarias, con excepción de tres auxiliares de noche, la enfermera jefe, el cocinero… y yo. Por la noche somos seis, pues, los que dormimos aquí, además de los guardianes, que espero que no duerman. —Soltó una risita breve y seca—. Con usted seremos siete —concluyó con una sonrisa.

—¿Seis para… ochenta y ocho pacientes?

«¿Cuántos guardianes?», se planteó enseguida. Al pensar en aquel inmenso edificio donde se ausentaban de noche los empleados, con ochenta y ocho peligrosos psicóticos encerrados al fondo de sus desiertos pasillos, le dio un escalofrío.

Xavier pareció advertir su desazón. Su sonrisa se ensanchó al tiempo que la envolvía con una mirada negra y brillante como un charco de petróleo.

—Ya se lo he dicho: los sistemas de seguridad no son solo numerosos, sino excesivos. En el Instituto Wargnier no se ha dado ninguna fuga ni ningún incidente notable desde su creación.

—¿Qué clase de medicamentos utilizan?

—El uso de sustancias antiobsesivas se ha demostrado más eficaz que el de las sustancias clásicas, como ya sabe. Nuestro tratamiento consiste en asociar una medicación con base hormonal, tipo LHARH, a una terapia farmacológica de antidepresivos SSRL. Este tratamiento incide directamente en la producción de hormonas relacionadas con la actividad sexual y disminuye los trastornos obsesivos. Pero es, desde luego, totalmente ineficaz en el caso de nuestros siete internos de la unidad A…

Acababan de salir a un gran vestíbulo, de donde partía una escalera calada entre cuyos peldaños se veía una pared de piedra bruta. Diane supuso que se trataba de las formidables murallas que había contemplado al llegar, interrumpidas por hileras de pequeñas ventanas como las de una cárcel. Los muros de piedra, la escalera de hormigón, el suelo de cemento: Diane se preguntó qué finalidad había tenido originariamente aquel edificio. Un ventanal se abría a las montañas que iba engullendo lentamente la noche, y le sorprendió la precoz oscuridad que advirtió tras el cristal; no había tenido conciencia del paso del tiempo. De improviso, una silenciosa sombra apareció cerca de ella... y Diane ahogó una exclamación de sorpresa.

—Señorita Berg, le presento a nuestra enfermera jefe, Élisabeth Ferney. ¿Cómo están nuestros «campeones» esta noche, Lisa?

—Están un poco nerviosos. No sé cómo, pero ya están enterados de lo de la central.

La voz era fría, autoritaria. La enfermera jefe era una mujer alta, de unos cuarenta años, de facciones un poco severas aunque no desagradables. Tenía el pelo castaño, un aire de superioridad y una mirada directa pero a la defensiva. Al oír la última frase, Diane se acordó del control policial de la carretera.

—Al venir me han parado los gendarmes —dijo—. ¿Qué ha ocurrido?

Xavier no se tomó siquiera la molestia de responder. De repente parecía como si Diane se hubiera convertido en material despreciable. Lisa Ferney enfocó en ella sus ojos castaños antes de mirar al psiquiatra.

—¿No querrá llevarla a la unidad A, al menos esta noche?

—La señorita Berg es nuestra nueva... psicóloga, Lisa. Se va a quedar una buena temporada, y tendrá acceso a todo.

La enfermera demoró de nuevo la mirada en ella.

—En ese caso, supongo que vamos a tener ocasión de vernos a menudo —comentó, subiendo los peldaños.

La escalera de cemento conducía a otra puerta, situada en lo alto del edificio. Esta no era acristalada, sino de un grueso acero interrumpido por una ventanilla rectangular. A través de ella, Diane vio otra idéntica: un compartimento estanco como los que había en los submarinos o en los sótanos de los bancos. Por encima del marco de acero, una cámara los filmaba.

—Buenas tardes, Lucas —saludó Xavier, levantando la cabeza hacia el objetivo—. ¿Nos abres?

Una lámpara de dos diodos pasó del rojo al verde y luego Xavier tiró de la pesada puerta blindada. Una vez dentro, aguardaron en silencio a que se volviera a cerrar. En aquel espacio confinado Diane percibió, dominando el olor mineral y metálico, el perfume de la enfermera jefe que permanecía de pie a su lado. De repente, a través de la segunda puerta, un largo alarido la hizo estremecer. El grito tardó en apagarse.

—Con los siete internos de la unidad A —dijo Xavier sin dar señales de haberse percatado del grito—, practicamos, como ya le he dicho, una terapia aversiva de clase especial, una suerte de «adiestramiento». —Era la segunda vez que empleaba aquella palabra que, de nuevo, dejó rígida a Diane—. Lo repito, esos individuos son unos sociópatas puros, sin remordimientos, sin empatía, sin esperanza de curación. Aparte de ese adistramiento, nos limitamos a una terapia mínima, como controlar regularmente el nivel de serotonina; si es demasiado bajo se asocia con impulsividad y violencia. Por lo demás, se trata de no darles nunca oportunidad de perjudicar. Esos monstruos no tienen miedo de nada. Saben que no van a salir libres jamás: ninguna amenaza ni autoridad les afecta.

Cuando sonó la señal, Xavier posó los acicalados dedos en la segunda puerta blindada.

—Bienvenida al infierno, señorita Berg. Pero no esta noche. No, esta noche no. Lisa tiene razón. Esta noche entraré solo. Lisa la acompañará.

Servaz clavó la mirada en el segundo vigilante.

—¿Entonces, no oíste nada?

—No.

—¿A causa de la televisión?

—O de la radio —respondió el hombre—. Cuando no vemos la tele escuchamos la radio.

—¿A todo volumen?

—Bastante fuerte, sí.

—¿Y qué visteis o escuchasteis anoche?

Aquella vez fue el vigilante el que suspiró. Entre los gendarmes y aquel policía, era la tercera vez que repetía la versión de los hechos.

—Un partido de fútbol. Marsella contra el Atlético de Madrid.

—Y después del partido, pusisteis un DVD, ¿no?

—Eso es.

La luz del fluorescente le hacía brillar el cráneo. El pelo, cortado al rape, dejaba visible una gran cicatriz. En cuanto entró en la habitación Servaz decidió de modo instintivo recurrir al tuteo. Con esa clase de individuo había que penetrar de entrada en su espacio vital, hacerle sentir quién mandaba.

—¿Y cuál era la película?

—Una de terror… de serie B: *Los ojos de la noche*.

—¿Cómo era el sonido?

—Fuerte, ya se lo he dicho.

Las largas pausas de Servaz ponían incómodo al vigilante, que se sintió obligado a dar una explicación.

—Mi compañero es un poco sordo. Y además, aquí estamos completamente solos, así que no hay necesidad de tener cuidado.

Servaz asintió con aire comprensivo. Las respuestas eran casi idénticas, palabra por palabra, de las de su compañero.

—¿Cuánto dura un partido de fútbol?

El guardia lo miró como si viniera de otro planeta.

—Cuarenta y cinco minutos multiplicado por dos… más el medio tiempo y las interrupciones del juego… Dos horas, más o menos.

—¿Y la película?

—No sé… Una hora y media, dos horas.

—¿A qué hora empezó el partido?

—Era la Champions League… a las nueve menos cuarto.

—Ajá… Con lo cual nos plantamos a eso de las doce y media. Después, ¿hicisteis una ronda?

El vigilante abatió la cabeza, avergonzado.

—No.

—¿Por qué?

—Pusimos otra película.

Servaz se inclinó y atisbó su reflejo en el vidrio. Fuera era noche cerrada. La temperatura debía de haber bajado varios grados bajo cero.

—¿Otra película de terror?

—No…

—¿De qué, pues?

—Una porno…

Servaz enarcó una ceja y le dirigió su sonrisa de conejo, cruel y depravada. En un instante había adoptado la apariencia de un personaje de dibujos animados.

—Hum, comprendo… ¿Hasta qué hora?

—No sé. Las dos, más o menos.

—¡Caramba! ¿Y después?

—¿Después qué?

—¿Hicisteis una ronda?

Aquella vez el vigilante abatió por completo los hombros.

—No.

—¿Otra película?

—No, fuimos a dormir.

—¿No se supone que tenéis que hacer rondas?

—Sí.

—¿Con qué frecuencia?

—Cada dos o tres horas.

—Y anoche no hicisteis ni una, ¿me equivoco?

El vigilante tenía la vista prendida de la punta de los zapatos, como si estuviera absorto en la contemplación de una mancha.

—No...

—No he oído bien.

—¡No!

—¿Por qué?

En aquella ocasión el hombre levantó la cabeza.

—A ver ¿quién... quién habría tenido la ocurrencia de subir aquí en pleno invierno? Nunca hay nadie, esto es un desierto... ¿De qué iba a servir que hiciéramos las rondas?

—Pero para eso os pagan, ¿no? ¿Y las pintadas de las paredes?

—Unos jóvenes suben a veces aquí... pero solo cuando hace bueno.

Servaz se inclinó un poco más, hasta tener la cara a tan solo unos centímetros de la del guardián.

—Entonces, si hubiera subido un coche durante la película, ¿no lo habríais oído?

—No.

—¿Y el teleférico?

El vigilante dudó una fracción de segundo, lo que no dejó de percibir Servaz.

—Lo mismo.

—¿Estás seguro?

—Eh... Sí.

—¿Y las vibraciones?

—¿Qué vibraciones?

—El teleférico produce vibraciones. Yo las he notado. ¿No las notasteis anoche?

De nuevo hubo un titubeo.

—Estábamos concentrados con la película.

Mentía. Servaz tenía el convencimiento absoluto. Habían contado una sarta de mentiras que habían ideado juntos antes de la llegada de los gendarmes. Las mismas respuestas, las mismas vacilaciones…

—Un partido más dos películas suman aproximadamente cinco horas —calculó Servaz como si fuera un jefe de restaurante que preparara la cuenta en la caja registradora—. Pero en las películas no hay ruido todo el tiempo, ¿no? En toda película hay momentos de silencio, incluso en las de terror… Sobre todo en esas: cuando la tensión sube, cuando el suspense llega a su punto máximo… —Servaz volvió a inclinarse. Rozando casi la cara del vigilante con la suya, percibió su mal aliento… y su miedo—. Los actores no están siempre dando gritos ni los matan todo el rato, ¿no? El teleférico, ¿cuánto tarda en subir allá arriba? ¿Quince minutos?, ¿veinte? Y para bajar lo mismo. ¿Entiendes adónde quiero ir a parar? Sería una grandísima coincidencia que el estruendo del teleférico hubiera quedado completamente ahogado por los ruidos de la película, ¿no? ¿Qué te parece?

El vigilante le lanzó una mirada de animal acorralado.

—No sé —dijo—. Quizá fue antes, o durante el partido… En todo caso, nosotros no oímos nada.

—¿Aún tenéis ese DVD?

—Hum… Sí.

—Perfecto, haremos una pequeña reconstrucción… para ver si es materialmente posible que vuestro espectáculo privado asfixiase todo ese ruido. Y probaremos también con un partido de fútbol. E incluso con una porno, mira… ya puestos.

Servaz vio cómo resbalaba el sudor por la cara del guarda.

—Habíamos bebido un poco —confesó, con voz tan baja que Servaz tuvo que hacérselo repetir.

—¿Cómo?

—Habíamos bebido…

—¿Mucho?

—Bastante.

El vigilante levantó las manos, encarando las palmas hacia arriba.

—Oiga… Usted no se puede imaginar cómo son las noches de invierno aquí, comisario. ¿Le ha echado un poco el ojo a esto? Cuando se hace de noche, uno tiene la impresión de estar solo en el mundo. Es como si… como si estuviera en medio de la nada… ¡En una isla desierta, eso es! Una isla perdida en medio de un mar de nieve y de hielo —añadió con sorprendente lirismo—. En la central, a todo el mundo le da igual lo que hagamos aquí por la noche. Para ellos somos invisibles, no existimos. Lo único que quieren es que nadie venga a sabotear el material.

—No soy comisario, sino comandante. En todo caso, alguien logró subir hasta aquí, forzó la puerta, puso en marcha el teleférico y cargó un caballo muerto —señaló con paciente tono Servaz—. Todo eso lleva su tiempo, y no pasa inadvertido.

—Habíamos cerrado los postigos. Anoche hubo tempestad, y la calefacción funciona mal. Entonces nos encerramos, bebimos un poco para calentarnos y pusimos la tele o la música a todo volumen para no oír el viento. Es posible que, al estar cargados como estábamos, pensáramos que los ruidos eran de la tormenta. No hemos hecho bien nuestro trabajo, es verdad, pero lo del caballo… no hemos sido nosotros.

Había sonado convincente. A Servaz no le costaba imaginar cómo sería una tempestad allí. Las ráfagas de viento, la nieve, los viejos edificios desiertos llenos de corrientes de aire, los postigos y las puertas que chirrían… Aquello produciría un temor instintivo, el mismo que embargaba a los primeros hombres ante el furor desbocado de los elementos… incluso a dos tipos duros como aquellos.

Aún dudaba. Las versiones de ambos concordaban, pero de todas maneras no les creía. Desde cualquier ángulo que enfocase el problema, Servaz estaba al menos seguro de algo: mentían.

—¿Qué tal?

—Sus declaraciones coinciden.

—Sí.

—Un poco demasiado.

—Yo pienso lo mismo.

Se habían reunido con Maillard y Ziegler en una reducida habitación sin ventana, iluminada por la pálida luz de un fluorescente. En la pared, un cartel rezaba MEDICINA DEL TRABAJO, PREVENCIÓN Y EVALUACIÓN DE LOS RIESGOS PROFESIONALES con consignas y un número de teléfono. En la cara de los dos gendarmes se evidenciaba la fatiga y Servaz sabía que lo mismo le ocurría a él. A aquella hora y en aquel sitio, tenían la impresión de haber llegado al límite de todo: al límite del cansancio, al confín del mundo, al cabo de la noche…

Alguien había traído vasos llenos de café. Servaz miró el reloj: las 17.32. El director de la central se había ido a su casa hacía dos horas, con la cara cenicienta y los ojos enrojecidos, después de saludar a todo el mundo. Servaz frunció el entrecejo al ver a Ziegler tecleando en un pequeño ordenador portátil. Pese a la fatiga, se concentraba en su informe.

—Se han puesto de acuerdo sobre lo que iban a decir antes de que los separásemos —concluyó apurando el café—, o bien porque son los autores, o bien porque tienen algo que ocultar.

—¿Qué hacemos? —planteó Ziegler.

Reflexionó un instante. Mientras, aplastó el vaso de poliestireno y lo lanzó a la papelera, pero erró el tiro.

—No tenemos nada contra ellos —opinó, inclinándose para recogerlo—. Hay que dejar que se vayan.

Servaz rememoró su contacto con los vigilantes. Ninguno de los dos le inspiraba confianza. En diecisiete años de oficio había conocido a montones de tipos como ellos. Antes del interrogatorio, Ziegler le había informado de que sus nombres constaban en el STIC (Sistema de Tratamiento de las Infracciones Constatadas), cosa que no tenía gran significación por otra parte, habida cuenta de que el STIC englobaba veintiséis millones de infracciones, incluidas ciertas multas de quinto grado aplicables a los delitos menores. Escandalizados, los defensores de las libertades individuales habían otorgado a la policía francesa un Big Brother Award (Premio Gran Hermano) por la instauración de aquel «mirador informático».

No obstante, Ziegler y él habían descubierto que los dos vigilantes figuraban también en el boletín número 1 del registro de antecedentes penales. Cada uno había purgado varias penas de cárcel relativamente breves en relación a los delitos que constaban: golpes y lesiones graves, amenazas de muerte, secuestro, extorsión de fondos y toda una gama de actos violentos diversos, algunos contra sus parejas. Pese a aquel voluminoso historial delictivo, entre los dos no sumaban en total más de cinco años en chirona. Durante los interrogatorios se habían comportado con docilidad de corderos, asegurando que se habían enmendado y sentado cabeza. Sus profesiones de fe eran idénticas y su sinceridad nula; el camelo habitual que únicamente un abogado habría podido fingir tragarse. De manera instintiva, Servaz había percibido que, si no hubiese sido policía y les hubiera planteado las mismas preguntas en el fondo de un parking desierto, habría pasado un mal rato y ellos habrían disfrutado ensañándose con él.

Se pasó una mano por la cara. Observando los hermosos ojos de Irène Ziegler, ahora orlados de ojeras, la encontró más atractiva aún. Había dejado caer la chaqueta del uniforme y la luz del fluorescente bailaba sobre su pelo rubio. Le miró el cuello: tenía un pequeño tatuaje que asomaba por el cuello de la camisa, un ideograma chino.

—Vamos a hacer una pausa y dormir unas cuantas horas. ¿Qué programa hay para mañana?

—El centro ecuestre —respondió ella—. He enviado a los hombres a precintar el box. Los técnicos se ocuparán mañana.

Servaz se acordó de que Marchand había hablado de indicios de allanamiento.

—Empezaremos por el personal del centro. Es imposible que nadie viera ni oyera nada. Capitán Maillard, no creo que lo vayamos a necesitar. Lo mantendremos informado.

Maillard asintió con la cabeza.

—Hay dos cuestiones prioritarias a las que debemos hallar respuesta: ¿Adónde fue a parar la cabeza del caballo? ¿Y por qué se tomaron la molestia de colgar ese animal en lo alto de un teleférico? Ese gesto debe de tener por fuerza algún significado —apuntó Servaz.

—La central es propiedad del grupo Lombard —señaló Ziegler—, y *Freedom* era el caballo favorito de Éric Lombard. Es evidente que el acto iba contra él.

—¿A modo de acusación? —sugerió Maillard.

—O de venganza.

—Una venganza puede ser también una acusación —señaló Servaz—. Una persona como Lombard debe de tener más de un enemigo, pero no me imagino a un simple rival en los negocios dedicándose a montar esa escenografía. Busquemos más bien del lado de los empleados, los que fueron despedidos o los que tienen antecedentes psiquiátricos.

—Hay otra hipótesis —apuntó Ziegler, cerrando el ordenador portátil—: Lombard es una multinacional presente en numerosos países: Rusia, Sudamérica, Sureste Asiático… Es posible que la corporación haya tenido, en algún momento, algún roce con mafias o grupos criminales.

—Muy bien. Tengamos presentes todas estas hipótesis sin excluir nada por ahora. ¿Hay un hotel correcto por aquí?

—Hay más de quince hoteles en Saint-Martin —respondió Maillard—. Depende de qué tipo de hotel quiera, aunque yo de usted probaría en el Russell.

Servaz registró la información mientras rememoraba la entrevista con los vigilantes, sus silencios y su turbación.

—Esos tipos tienen miedo —declaró de improviso.

—¿Cómo?

—Los vigilantes. Algo o alguien les infundió miedo.

6

Servaz se despertó con sobresalto al oír el móvil. Miró la hora en la radio-despertador: las 8.37. «¡Mierda!» No había oído la alarma; debió haber pedido a la dueña del hotel que lo despertara. Irène Ziegler iba a pasar a buscarlo al cabo de veinte minutos. Cogió el teléfono.

—Servaz.

—¿Qué tal va por allá arriba?

La voz de Espérandieu… Como de costumbre, su auxiliar se encontraba en la oficina antes que todos los demás. Servaz se lo imaginó leyendo un cómic japonés o probando las nuevas aplicaciones informáticas de la policía, con un mechón caído sobre la frente, vestido con un jersey de marca y última tendencia elegido por su esposa.

—Es difícil de precisar —repuso mientras se dirigía al baño—. Digamos que es algo que no se parece a nada conocido.

—Vaya, me habría gustado verlo.

—Lo verás en el vídeo.

—¿Y de qué va?

—Un caballo colgado de un arco de teleférico, a dos mil metros de altura —explicó Servaz, regulando la temperatura de la ducha con la mano libre.

Siguió un instante de silencio.

—¿Un caballo? ¿En lo alto de un teleférico?

—Sí.

El silencio se eternizó.

—Hostias —dijo escuetamente Espérandieu mientras bebía algo muy cerca del micrófono.

Servaz habría jurado que se trataba de algo efervescente en lugar de un simple café. Espérandieu era un especialista de las grajeas: grajeas para despertarse, grajeas para el sueño, para la memoria, para el vigor, contra la tos, el resfriado, la migraña, los dolores de estómago... Lo más increíble era que Espérandieu no era un viejo policía a punto de jubilarse, sino un joven sabueso de la criminal de apenas treinta años. Estaba en plena forma, corría tres veces por semana por la orilla del Garona y no tenía problemas de triglicéridos ni de colesterol. Se inventaba, en cambio, una serie de males imaginarios que, en ciertos casos al menos, acababan por ser reales a fuerza de tratarlos.

—¿Cuándo vuelves? Te necesitamos aquí. Los chavales afirman que la policía les pegó. Su abogado dice que la vieja es una borracha —explicó Espérandieu— y que su testimonio no vale nada. Ha solicitado la liberación inmediata del mayor al juez. Los otros dos han vuelto a su casa.

Servaz reflexionó un momento.

—¿Y las huellas?

—No estarán listas hasta mañana.

—Llama al teniente fiscal y dile que demore el asunto del mayor. Sabemos que fueron ellos, así que las huellas van a «cantar». Que hable con el juez. Y procura meterles prisa a los del laboratorio.

Colgó, totalmente despierto ya. Al salir de la ducha se secó deprisa y se puso ropa limpia. Luego se lavó los dientes y se miró en el espejo del lavabo pensando en Irène Ziegler. Se sorprendió al constatar que se observaba con más detenimiento que de costumbre, y se preguntó qué percepción tendría de él la gendarme. ¿Un tipo todavía joven y que no estaba mal pese a su aspecto de terrible cansancio? ¿Un poli un poco testarudo pero eficaz? ¿Un hombre divorciado cuya soledad se manifestaba en su cara y en el estado de su ropa? Si hubiera tenido que describirse a sí mismo, ¿qué habría visto? Sin lugar a dudas las ojeras bajo los ojos, el pliegue en torno a la boca y la arruga vertical entre las cejas... parecía como si acabara de salir del tambor de una lavadora. De todas maneras, estaba convencido de que a pesar de la amplitud de los estragos, aún seguía aflorando un algo juvenil y ardiente en su rostro. Pero... ¿a qué venían esas bobadas? Con la repentina impresión de ser un adolescente en celo se encogió de hombros y salió al balcón de la habitación. El hotel Russell se elevaba entre las calles altas de Saint-Martin, de modo que la panorámica de su habitación abarcaba una buena parte de los techos de la ciudad. Con las manos en la barandilla contempló el retroceso de las tinieblas en las estrechas calles en aras de una resplandeciente aurora. A las nueve de la mañana, el cielo presentaba por encima de las montañas la transparencia y luminosidad de una cúpula de cristal. Allá en lo alto, a dos mil quinientos metros de altitud, los glaciares surgían de la sombra, rutilantes bajo un sol que aún permanecía sin embargo oculto. A la izquierda, más allá del río, se elevaban los bloques de viviendas sociales. Al otro lado de la amplia hondonada, a dos kilómetros de distancia, la despoblada franja del telesilla remontaba como una ola la ladera boscosa. Desde su atalaya, Servaz veía las siluetas que se deslizaban en la sombra de las callejuelas del centro, de camino al trabajo, a los adolescentes que se dirigían petardeando en sus motos a los institutos de la ciudad y a los comerciantes que levantaban las persianas de los escaparates. Sintió un escalofrío. No fue a causa del frío, sino porque pensó en el caballo colgado allá arriba y en la persona o personas que allí lo habían colocado.

Se inclinó por encima de la barandilla. Ziegler lo esperaba abajo, apoyada en su Peugeot 306 de la gendarmería. En lugar del uniforme se había puesto un jersey de cuello alto y una chaqueta de cuero. Llevaba un maletín colgado y fumaba un cigarrillo.

Servaz fue a su encuentro y la invitó a un café. Tenía hambre y quería comer algo antes de irse. Tras consultar el reloj, ella torció el gesto pero al final se despegó del coche para seguirlo hacia el interior. El Russell era un hotel de los años treinta con habitaciones mal caldeadas, interminables y lúgubres pasillos y altos techos con molduras. El comedor, no obstante, con su vasta marquesina donde cada mesa lucía un bonito ramo de flores, gozaba de una vista impresionante. Servaz se instaló en una mesa próxima al ventanal y pidió un café negro y pan con mantequilla. Ziegler, zumo de naranja natural. En la mesa de al lado, unos turistas españoles —los primeros de la temporada— hablaban con locuacidad, trufando las frases de viriles palabras.

Al volver la cabeza, a Servaz le llamó la atención un detalle que le dio qué pensar: Irène Ziegler no solo se había vestido de civil aquella mañana, sino que se había colocado una fina anilla de plata en la aleta izquierda de la nariz, que brillaba con la luz llegada a través del ventanal. Aquella era la clase de joya que preveía descubrir en el rostro de su hija, no en el de un oficial de gendarmería. «Los tiempos cambian», se dijo.

—¿Ha dormido bien? —le preguntó.

—No. He acabado por tomarme media pastilla para dormir. ¿Y usted?

—No he oído el despertador. Al menos, el hotel es tranquilo. La avalancha de turistas no ha llegado aún.

—No llegarán hasta dentro de dos semanas. En esta época siempre está muy calmado aquí.

—En lo alto de las telecabinas —dijo Servaz, señalando la doble línea de pilonas de la montaña de enfrente—, ¿hay una estación de esquí?

—Sí, Saint-Martin 2000. Cuarenta kilómetros con veintiocho pistas, dos de ellas negras, cuatro telesillas y diez telesquís. Pero también tiene la estación de Peyragudes, a quince kilómetros de aquí. ¿Esquía?

—La última vez que me puse unos esquís tenía catorce años —reconoció Servaz con una sonrisa de conejo—. No conservo un buen recuerdo de la experiencia. No soy muy deportista...

—Pues se lo ve en forma —comentó Ziegler, sonriendo.

—A usted también.

Curiosamente, aquello la hizo ruborizarse. La conversación era balbuciente. La noche anterior eran dos policías absortos en la misma investigación que intercambiaban observaciones profesionales. Aquella mañana realizaban torpes esfuerzos por conocerse un poco.

—¿Puedo hacerle una pregunta?

Servaz afirmó con la cabeza.

—Ayer pidió una investigación complementaria para tres obreros. ¿Por qué?

El camarero volvió para servirles. Tenía el mismo aspecto

avejentado y triste que el propio hotel. Servaz aguardó a que se hubiera alejado para repasar el interrogatorio de los cinco hombres.

—Ese Tarrieu —planteó ella—. ¿Qué impresión le causó?

Servaz evocó su amplia cara achatada y la frialdad de la mirada.

—Un hombre inteligente pero rebosante de rabia.

—Inteligente. Es interesante.

—¿Por qué?

—Todo este montaje… esta locura… Yo creo que quien ha hecho esto no solamente está loco, sino que es inteligente. Mucho.

—En ese caso podemos eliminar a los vigilantes —dijo él.

—Es posible. A menos que uno de ellos esté fingiendo.

Irène había sacado el ordenador portátil del maletín y lo había abierto encima de la mesa, entre el zumo de naranja y el café de Servaz. Una vez más, tuvo el mismo pensamiento de antes: los tiempos cambiaban, una nueva generación de investigadores tomaba el relevo. Aunque careciera tal vez de experiencia, ella estaba más en consonancia con la época… y la experiencia acabaría por obtenerla, de todas formas.

Mientras tecleaba algo aprovechó para observarla. Estaba muy distinta al día anterior, cuando la había conocido con uniforme. Reparando en el pequeño tatuaje que tenía en el cuello, un ideograma chino que asomaba por encima del cuello alto, pensó en Margot. ¿A qué venía esa moda de los tatuajes? Eso y los *piercings*. ¿Qué significado había que atribuirles? Ziegler llevaba un tatuaje y una anilla en la nariz. Cabía la posibilidad de que también tuviera otras joyas en lugares íntimos, en el ombligo o incluso en los pezones o el sexo, como había leído en alguna parte. La idea lo turbó. ¿Acaso aquello modificaba su manera de razonar? De repente se preguntó en qué debía de consistir la vida íntima de una mujer como ella, consciente de que la suya se reducía desde hacía años a un desierto. Enseguida ahuyentó la cuestión.

—¿Por qué la gendarmería? —preguntó.

La joven levantó la cabeza, dubitativa.

—Ah, ¿se refiere a por qué elegí la gendarmería? —inquirió.

Servaz asintió, sin despegar la vista de su cara. Ella sonrió.

87

—Por la seguridad del empleo, supongo. Y para no hacer lo mismo que los demás...

—¿Cómo?

—Cuando estaba en la universidad, en sociología, formaba parte de un grupo libertario. Viví incluso en una casa de okupas. Los polis, los gendarmes, eran el enemigo: unos fachas, los perros guardianes del poder, la vanguardia de la reacción, los que protegían el confort pequeñoburgués y oprimían a los débiles, los emigrantes, las personas sin techo... Mi padre era gendarme y yo sabía que él no era así, pero de todas maneras pensaba que mis compañeros de facultad tenían razón; papá era la excepción, simplemente. Después, al acabar los estudios, cuando vi que mis amigos revolucionarios se establecían como médicos, pasantes de notario, empleados de banca o directores de personal y hablaban cada vez más de dinero, inversiones, tasas de rentabilidad... empecé a ver las cosas de otra manera. Como estaba sin trabajo, acabé presentándome a las oposiciones.

«Así de simple», se dijo él.

—Servaz no es un nombre corriente aquí —apuntó ella.

—Ziegler tampoco.

—Nací en Lingolsheim, cerca de Estrasburgo.

Iba a responder a su vez cuando sonó el móvil de ella, quien con un gesto de disculpa contestó. Vio que fruncía el entrecejo al escuchar a su interlocutor. Después de cerrar el aparato, depositó en él una mirada inexpresiva.

—Era Marchand. Ha encontrado la cabeza del caballo.

—¿Dónde?

—En el centro ecuestre.

Salieron de Saint-Martin por una carretera distinta de la que él había tomado al llegar. A la salida de la ciudad pasaron delante de la sede de la gendarmería de montaña, cuyos representantes se veían obligados a intervenir cada vez con mayor frecuencia debido a la popularización de los deportes de riesgo.

Al cabo de tres kilómetros se desviaron por una carretera secundaria. Para entonces circulaban a través de una amplia llanura rodeada de montañas, que se mantenían de todos modos a distancia, lo cual le procuró a Servaz la impresión de respirar mejor. Al poco, aparecieron unas barreras a ambos lados de la carretera. El sol brillaba, cegador, sobre la nieve.

—Estamos en la propiedad de la familia Lombard —anunció Irène Ziegler.

Conducía deprisa, a pesar de los baches. Llegaron a un punto donde una pista forestal confluía con la carretera. Dos jinetes tocados con gorras de montar los miraron pasar. Eran un hombre y una mujer, cuyas monturas presentaban el mismo pelaje negro y pardo que el caballo muerto. «Bayo», recordó Servaz. Un poco más lejos, el cartel de CENTRO ECUESTRE los invitó a girar a la izquierda.

Dejaron atrás el bosque.

Después de pasar junto a varios edificios bajos que parecían pajares, Servaz divisó unos grandes cercados rectangulares sembrados de obstáculos, una construcción alargada donde se encontraban los boxes, un paddock y otra más imponente que albergaba tal vez un picadero. Enfrente había aparcado un furgón de la gendarmería.

—Bonito lugar —comentó Ziegler al bajar del coche. Paseó la mirada por los cercados: tres pistas, una para salto de obstáculos y una para la doma, un circuito de cross y sobre todo, al fondo, una pista de carreras.

Un gendarme acudió a su encuentro. Servaz y Ziegler se fueron con él. Los recibieron unos nerviosos relinchos y el ruido de cascos, como si los caballos notaran que ocurría algo. Un sudor frío inundó al instante la espalda de Servaz. Cuando era más joven había intentado iniciarse en la equitación, pero la experiencia había terminado en un humillante fracaso: le daban miedo los caballos. También lo amedrentaban la velocidad, las alturas o las multitudes. Al llegar a la punta de los boxes descubrieron una cinta amarilla con la leyenda GENDARMERÍA NACIONAL tendida a unos dos metros del edificio, que tuvieron que rodear caminando por la nieve. Marchand y el capitán Maillard los esperaban en la parte de atrás, fuera del perímetro delimitado por la cinta plastificada, en compañía de otros dos gendarmes. A la sombra de la pared de ladrillo se elevaba un gran montón de nieve. Servaz lo observó un momento antes de distinguir varias manchas oscuras. Luego comprendió, estremecido, que dos de dichas manchas correspondían a las orejas de un caballo y la tercera a un ojo con el párpado cerrado. Maillard y sus hombres habían trabajado bien: en cuanto habían tenido noticia de lo que iban a encontrar, habían aislado el perímetro sin tratar de aproximarse al bulto. Antes de su llegada, otros habían pisado sin duda la nieve, empezando por la persona que había encontrado la cabeza, pero ellos habían evitado añadir sus huellas. Los técnicos aún no estaban allí. Nadie iba a entrar en el perímetro hasta que ellos no hubieran concluido su labor.

—¿Quién la ha hallado? —preguntó Ziegler.

—Yo —respondió Marchand—. Esta mañana, al pasar delante de los boxes, he advertido un rastro de pasos en la nieve alrededor del edificio. Siguiéndolo, he descubierto el montón de nieve. Enseguida he comprendido de qué se trataba.

—¿Lo ha seguido? —dijo Ziegler.

—Sí, pero en vista de las circunstancias, inmediatamente he pensado en ustedes y he evitado caminar encima, manteniéndome a distancia.

—¿Quiere decir que estas huellas han permanecido intactas, que nadie las ha pisado? —preguntó Servaz con creciente atención.

—He prohibido a mis empleados que se acercaran a la zona y caminaran sobre la nieve —contestó el capataz—. Aquí solo hay dos clases de huellas, las mías y las del canalla que decapitó mi caballo.

—Estoy casi a punto de darle un beso, señor Marchand —declaró Ziegler.

Servaz sonrió, viendo cómo se ruborizaba el viejo encargado de las cuadras. Retrocedieron unos pasos y miraron por encima de la cinta amarilla.

—Allí —indicó Marchand, señalando las huellas que bordeaban la pared, de una nitidez como la que sueña cualquier técnico en identificación judicial—. Esas son las suyas, las mías están allá.

Marchand había mantenido un buen metro de distancia entre sus pasos y los de la otra persona. Los rastros no se cruzaban en ningún momento. No se había resistido, no obstante, a la tentación de acercarse al montón, tal como se deducía por el final del itinerario seguido por sus huellas.

—¿No ha tocado el montón? —le preguntó Ziegler al reparar en ello.

—Sí —admitió cabizbajo—. He sido yo el que le ha destapado las orejas y el ojo. Tal como les he dicho ya a sus compañeros, me ha faltado poco para descubrirlo completamente... pero he reflexionado y me he detenido a tiempo.

—Ha hecho muy bien, señor Marchand —lo felicitó Ziegler.

Marchand posó en ellos una mirada alelada, en la que se percibían inquietud e incomprensión.

—¿Qué clase de individuo puede hacerle algo así a un caballo? ¿Ustedes comprenden algo de esta sociedad? ¿Acaso nos estamos volviendo locos?

—La locura es contagiosa —apuntó Servaz—, igual que la gripe. Es algo que los psiquiatras deberían haber comprendido hace mucho.

—¿Contagiosa? —dijo Marchand desconcertado.

—No es que pase de un individuo a otro como la gripe —precisó Servaz—, sino de un grupo de población a otro. Contamina a toda una generación. El vector del paludismo es el mosquito; el de la locura, o como mínimo su vector predilecto, son los medios de comunicación.

Marchand y Ziegler lo miraron, atónitos. Servaz efectuó un discreto gesto, como si dijera «no me hagáis demasiado caso», y se alejó. Ziegler consultó el reloj: las 9.43. Luego miró el sol, que resplandecía por encima de los árboles.

—¡Dios santo! Pero ¿qué hacen? La nieve no tardará en fundirse.

El sol, de hecho, había dado un giro y una parte de las huellas, que antes se hallaban a la sombra, se encontraban entonces expuestas a sus rayos. Aún hacía bastante frío para que la nieve hubiera comenzado a fundirse, pero aquello no iba a durar. Por el lado del bosque sonó por fin una sirena. Un minuto después vieron aparecer el furgón-laboratorio del servicio ténico.

Los tres técnicos tardaron más de una hora en fotografiar y filmar el lugar, preparar los moldes de elastómero de las huellas de suela, recoger nieve en el sitio donde había caminado el desconocido y, al final, descubrir lentamente la cabeza del caballo, sin dejar de tomar muestras y fotografías aquí y allá, dentro y fuera del perímetro. Provista de un cuaderno de espiral, Ziegler anotaba escrupulosamente cada una de las etapas del procedimiento y cada comentario de los técnicos.

Servaz, entretanto, caminaba nerviosamente fumando un cigarrillo tras otro a unos diez metros de distancia, en el borde de un arroyo que discurría entre dos hileras de zarzas. Al cabo de un momento, no obstante, se aproximó para observar en silencio la labor de los técnicos, sin franquear la cinta. Un gendarme se acercó con un termo y le sirvió un café.

Cerca de cada indicio o huella por fotografiar habían puesto encima de la nieve un indicador de plástico amarillo provisto de un número negro. Agachado delante de una de las huellas, un técnico la fotografiaba con flash, aumentando y disminuyendo la profundidad de campo. Una regla graduada de PVC negro reposaba a un lado. Otro especialista se acercó con un maletín; cuando lo abrió, Servaz reconoció un kit para tomar moldes de huellas. El otro técnico acudió a ayudarlo, pues debían actuar con celeridad: en algunos sitios la nieve se estaba fundiendo ya. Mientras trabajaban, el otro hombre destapaba la cabeza del caballo. Dado que la pared de atrás estaba orientada al norte, operaba con lentitud, a diferencia de sus compañeros. Servaz tenía la sensación de estar observando la paciente labor de un arqueólogo que exhumara un artefacto de especial valor. Al final, apareció la cabeza completa. Aunque no conocía nada de caballos, Servaz habría apostado a que, incluso para un especialista, *Freedom* había sido un animal espléndido. Tenía los ojos cerrados y daba la impresión de que dormía.

—Se diría que lo durmieron antes de matarlo y decapitarlo —señaló Marchand—. Si fue así, al menos no habrá sufrido. Eso explicaría también por qué nadie oyó nada.

Servaz intercambió una mirada con Ziegler. El examen toxicológico lo confirmaría, pero se trataba efectivamente del primer elemento de respuesta a sus interrogantes. Al otro lado de la cinta, los técnicos tomaban las últimas muestras con ayuda de pinzas y las guardaban en tubos. Aunque sabía que menos del siete por ciento de las investigaciones criminales se resolvían gracias a las pruebas materiales encontradas en el escenario del crimen, Servaz admiraba de todos modos la paciencia y los esfuerzos desplegados por aquellos hombres. Cuando hubieron acabado fue el primero en pasar al otro lado de la cinta e inclinarse sobre los rastros.

—Un 45 o 46 de pie—calculó—. Se trata de un hombre, con un margen de error del 99 por ciento.

—Según los técnicos, son zapatos de marcha —informó Ziegler—. Y el tipo que las lleva apoya un poco demasiado sobre el talón y la parte externa del pie, de manera imperceptible salvo para un ortopedista. También hay defectos característicos allí, allí y allí.

Al igual que en el caso de las huellas dactilares, las huellas dejadas por un par de zapatos no solo se distinguían por el grabado de las suelas y el número de pie, sino también por toda una serie de minúsculos defectos adquiridos con el uso: marcas de desgaste, gravilla incrustada en la suela, cuchilladas, orificios y cortes provocados por las ramas, clavos, pedazos de vidrio o de metal o por piedras afiladas… La diferencia con las huellas dactilares radicaba en que las de zapatos tenían una duración limitada y solo una rápida comparación con el par original permitía una identificación formal. Ello debía realizarse antes de que todos aquellos pequeños defectos quedaran borrados por varios kilómetros de marcha en toda clase de terreno, que los sustituía por otros.

—¿Han avisado al señor Lombard? —preguntó a Marchand.

—Sí, está destrozado. Va a acortar su estancia en Estados Unidos para volver lo antes posible. Tomará el avión esta noche.

—¿Es usted pues el que dirige la cuadra?

—El centro ecuestre, sí.

—¿Cuántas personas trabajan aquí?

—No es un centro muy grande. En invierno somos cuatro, todos polivalentes, más o menos. Aparte de mí está el palafrenero; Hermine, la moza de cuadra, *groom* como decimos nosotros, de *Freedom* y dos caballos más (ella es la más afectada); y también un monitor de equitación. En verano contratamos personal suplementario, monitores y guías para las excursiones.

—¿Cuántos duermen aquí?

—Dos, el palafrenero y yo.

—¿Están todos aquí hoy?

Marchand los miró alternativamente.

—El monitor está de vacaciones hasta finales de semana. El otoño es la temporada baja. No sé si Hermine ha venido esta mañana. Está muy alterada. Vengan.

Atravesaron el patio en dirección al edificio más alto. Ya en la entrada, el olfato de Servaz sufrió el asalto del olor a estiércol y la cara se le cubrió al instante de una fina película de sudor. Después del guadarnés, llegaron al umbral de un gran carrusel cubierto. Una amazona hacía practicar una montura de pelambre blanca, que marcaba cada uno de los pasos con una infinita gracia. Parecía que la mujer y el caballo formaran una sola entidad. El blanco pelaje tenía visos azules: de lejos, el pecho y el hocico presentaban una tonalidad de porcelana. Servaz pensó en un centauro femenino.

—¡Hermine! —llamó el jefe de las cuadras.

La amazona volvió la cabeza y encaminó lentamente la montura hacia ellos. Luego la detuvo y bajó. Servaz advirtió que tenía los ojos rojos e hinchados.

—¿Qué pasa? —preguntó, acariciando el cuello y la testuz del caballo.

—Ve a buscar a Hector. La policía quiere interrogaros. Venid a mi oficina.

Asintió en silencio. No tenía más de veinte años. Era más bien baja, tirando a guapa, con cierto aire de marimacho, cabello color de paja mojada y pecas. Después de dedicar una dolorosa mirada a Servaz, se alejó llevando al caballo tras de sí, con la cabeza gacha.

—Hermine adora los caballos. Es una excelente jinete y entrenadora. También es una chica estupenda, aunque con un carácter tremendo. Le falta madurar un poco. Era ella quien se ocupaba de *Freedom*, desde que nació.

—¿En qué consistía ese trabajo? —preguntó Servaz.

—En levantarse temprano en primer lugar, cuidar y almohazar el caballo, darle de comer, sacarlo al prado y relajarlo. El *groom* es una especie de jinete-cuidador. Hermine se ocupa también de otros dos purasangre adultos, caballos de competición. En este oficio no se cuentan las horas. A *Freedom* no habría empezado a desbravarlo hasta el año que viene, claro. El señor Lombard y ella esperaban con impaciencia el momento. Era un caballo muy prometedor, con un excelente pedigrí. Era un poco la mascota del lugar.

—¿Y Hector?

—Es el más viejo de todos. Trabaja desde siempre en el centro. Ya estaba aquí mucho antes de llegar yo.

—¿Cuántos caballos tienen? —le preguntó Ziegler.

—Veintiuno. Purasangres, caballos de monta franceses y un holsteiner. Catorce son nuestros y los demás los tenemos en pensión. Ofrecemos un servicio de pensión, de atención al parto y de entrenamiento para los clientes externos.

—¿Cuántos boxes hay?

—Treinta y dos, más un box especial para partos de cuarenta metros cuadrados con cámara de vídeo. También hay casetas ginecológicas, salas de cuidados, dos zonas de estabulación, un centro de inseminación, dos picaderos con un parque de obstáculos profesional, ocho hectáreas de paddock con empalizadas diversas, lugares de abrigo y una pista de galope.

—Es un centro muy bonito —alabó Ziegler.

—Por la noche ¿son solo dos para vigilar todo esto?

—Hay un sistema de alarma y todos los boxes y edificios están cerrados con llave. Estos caballos son muy caros.

—¿Y no oyeron nada?

—No, nada.

—¿Toma algo para dormir?

Marchand le asestó una desdeñosa mirada.

—Aquí no es como en la ciudad. Dormimos bien. Vivimos como hay que vivir, según el ritmo de las cosas.

—¿Ni el más mínimo ruido sospechoso? ¿Algo fuera de lo normal? ¿Algo que lo despertase en plena noche? Trate de acordarse.

—Ya he pensado en eso. Si lo hubiera habido, ya se lo habría dicho. Siempre hay ruidos en un sitio como este: los animales se mueven, la madera cruje… Teniendo el bosque al lado, el silencio nunca es completo. Hace mucho que no le presto atención. Además, están *Cisco* y *Enzo*, que habrían ladrado.

—Los perros —dedujo Ziegler—. ¿De qué raza son?

—Cane corso.

—No se los ve. ¿Dónde están?

—Los hemos encerrado.

«Dos perros y un sistema de alarma. Y dos hombres en el lugar…»

¿Cuánto pesaba un caballo? Trató de recordar lo que había dicho Ziegler: en torno a los doscientos kilos. Era imposible que los intrusos hubieran llegado y se hubieran marchado a pie. ¿Cómo habían podido matar un caballo, decapitarlo, cargarlo en un vehículo y marcharse sin llamar la atención de nadie, sin despertar ni a los perros ni a las personas? ¿Y sin hacer saltar la alarma? Servaz no lo entendía. Ni los perros ni los hombres habían advertido nada… y los vigilantes de la central tampoco: era simplemente imposible. Se volvió hacia Ziegler.

—¿Podríamos pedir que venga un veterinario para que tome muestras de sangre de los perros? Por la noche, ¿están sueltos o en la perrera? —preguntó a Marchand.

—Están fuera pero atados a una cadena larga. Nadie puede llegar hasta los boxes sin pasar al alcance de sus colmillos. Además, sus ladridos me habrían despertado. Cree que los drogaron, ¿verdad? Me extrañaría mucho porque ayer por la mañana estaban bien despiertos, en un estado normal.

—El análisis toxicológico lo confirmará —respondió Servaz, planteándose ya por qué habrían drogado al caballo y no a los perros.

La oficina de Marchand era un pequeño local encajonado entre el guadarnés y las caballerizas y abarrotado de estanterías cubiertas de trofeos. La ventana daba al bosque y a las praderas nevadas delimitadas por una compleja red de barreras, de palizadas y de setos. En su despacho había un ordenador portátil, una lámpara y un batiburrillo de facturas, carpetas y libros sobre caballos.

En el transcurso de la media hora anterior, Ziegler y Servaz habían recorrido las instalaciones y examinado el box de *Freedom*, donde trabajaban los técnicos. La puerta del box estaba resquebrajada y había mucha sangre en el suelo. Todo apuntaba a que a *Freedom* lo habían decapitado allí mismo, seguramente con una sierra, probablemente después de haberlo dormido.

—¿No oyó nada usted? —preguntó Servaz al palafrenero.

—Dormía —respondió el alto anciano.

Iba sin afeitar y parecía lo bastante viejo como para haberse jubilado hacía tiempo. Los pelos grises erizaban su barbilla y tenía las mejillas hundidas a la manera de púas de puercoespín.

—¿Ni el más mínimo ruido? ¿Nada?

—En una cuadra siempre hay ruido —especificó, tal como lo había hecho antes Marchand, pero al contrario de las respuestas de los dos vigilantes, aquello no sonaba como una contestación preparada por adelantado.

—¿Hace mucho que trabaja para el señor Lombard?

—Desde siempre. Antes de trabajar para él lo hacía para su padre.

Tenía los ojos inyectados en sangre y las venillas estalladas dibujaban una fina red violácea bajo la fina piel de la nariz y los pómulos. Servaz habría apostado algo a que no utilizaba somníferos pero que siempre tenía al alcance de la mano otra clase de sustancia soporífera, líquida.

—¿Qué clase de patrono es?

El hombre encaró los enrojecidos ojos hacia Servaz.

—No lo vemos a menudo, pero es un buen patrón. Y adora los caballos. *Freedom* era su preferido. Nació aquí, de pedigrí real. Estaba loco por ese caballo, igual que Hermine.

El anciano agachó la cabeza y Servaz advirtió que, a su lado, la joven se esforzaba por no llorar.

—¿Cree que alguien podría estar resentido con el señor Lombard?

El hombre volvió a abatir la cabeza.

—Yo no soy quién para decirlo.

—Pero ¿nunca ha oído hablar de amenazas?

—No.

—El señor Lombard tiene muchos enemigos —intervino Marchand.

Servaz y Ziegler se volvieron hacia el encargado.

—¿Qué quiere decir?

—Solo lo que acabo de decir.

—¿Usted conoce a alguno?

—Yo no me meto en los asuntos de Éric. Solo me interesan los caballos.

—Ha pronunciado la palabra «enemigos». Eso no es poco.

—Era una manera de hablar.

—Aun así…

—Siempre hay tensión en los negocios de Éric.

—Todo esto que dice es demasiado vago —insistió Servaz—. ¿Es algo involuntario o intencionado?

—Olvídense de mi comentario —respondió el encargado—. Solo hablaba por hablar. Yo no sé nada de los negocios del señor Lombard.

Aunque no le creyó en absoluto, Servaz le dio las gracias. Al salir del edificio, el cielo azul y la nieve medio fundida bajo los rayos del sol le golpearon en la cara. Observando las formidables cabezas de los caballos dentro de los boxes y los otros montados que saltaban por encima de los obstáculos, se quedó parado, recuperándose, con la cara expuesta al sol…

«Dos perros y un sistema de alarma. Y dos hombres en el lugar. Pero nadie ha visto ni oído nada, ni en la central ni aquí… Es imposible. Es absurdo.»

A medida que descubría los detalles, aquel caso del caballo adquiría unas proporciones cada vez mayores en su pensamiento. Tenía la impresión de ser un forense que desentierra un dedo, luego una mano, después un brazo y a continuación la totalidad del cadáver. Se sentía presa de una creciente inquietud. En aquel asunto todo era extraordinario, e incomprensible. De manera instintiva, como un animal, Servaz percibía el peligro. De repente se dio cuenta de que tenía escalofríos, a pesar del sol.

$\mathcal{V}$incent Espérandieu enarcó una ceja al ver entrar a Servaz con la cara de color de gamba a su oficina del bulevar Embouchure.

—Te ha dado una insolación —constató.

—Es por la reverberación —repuso Servaz a guisa de saludo—. Y también monté en un helicóptero.

—¿Tú en un helicóptero?

Espérandieu sabía desde hacía mucho que a su jefe no le gustaban ni la velocidad ni las alturas. A partir de ciento treinta kilómetros por hora se ponía muy pálido y se apretaba contra el asiento.

—¿Tienes algo para el dolor de cabeza?

Vincent Espérandieu abrió un cajón.

—Aspirina, paracetamol, ibuprofeno...

—Algo efervescente.

Su ayudante sacó una botella de agua mineral y un vaso y se los tendió. Tras depositar una gran pastilla redonda delante de Servaz, engulló a su vez una cápsula con ayuda de un poco de agua. Por la puerta abierta, alguien imitó un relincho a la perfección, al cual siguieron algunas carcajadas.

—Pandilla de idiotas —dijo Servaz.

—No les falta razón. La brigada criminal para un caballo...

—Un caballo propiedad de Éric Lombard.

—Ah.

—Y si lo hubieras visto, te preguntarías como yo si los que han hecho eso no son capaces de algo más.

—¿«Los», has dicho? ¿Crees que son varios?

Servaz miró distraídamente a la encantadora niña rubia que sonreía mostrando toda la dentadura en la pantalla del ordenador de Espérandieu, con una gran estrella pintada alrededor del ojo izquierdo a la manera de un payaso.

—¿Tú te verías capaz de trasladar doscientos kilos de carne muerta solo, en plena noche, y colgarlos a trescientos metros del suelo?

—Es un argumento de cierto peso —concedió el ayudante.

Servaz se encogió de hombros y miró en torno a sí. Las persianas estaban bajadas ante el cielo gris y los tejados de Toulouse de un lado, y ante el tabique acristalado que los separaba del pasillo del otro. El segundo despacho, ocupado por Samira Cheung, una joven recluta, estaba vacío.

—¿Y los chavales? —preguntó.

—Al mayor lo han dejado retenido. Los otros volvieron a su casa, tal como te expliqué. —Servaz asintió con la cabeza—. Hablé con el padre de uno de ellos, que se dedica a los seguros. No entiende nada, está hundido. Al mismo tiempo, cuando le he hablado de la víctima, se ha puesto hecho una furia: «Ese tipo era un vagabundo. ¡Se pasaba borracho todo el santo día! ¡No van a meter a unos niños en la cárcel a causa de un indigente!»

—¿Eso dijo?

—Literalmente. Me recibió en su gran oficina. Lo primero que me dijo fue: «Mi hijo no ha hecho nada. No lo hemos educado así. Es culpa de los otros. Se ha dejado llevar por ese Jérôme, que tiene al padre en paro». Pronunció la palabra como si, para él, el paro fuera equivalente a tráfico de drogas o pedofilia.

—¿Cuál es su hijo?

—El que se llama Clément.

«El cabecilla», pensó Servaz. De tal palo tal astilla. El mismo desprecio por los demás.

—Su abogado se ha puesto en contacto con el juez —prosiguió Espérandieu—. Está claro cuál va a ser su estrategia: hacer cargar con la culpa al mayor.

—El hijo del parado.

—Sí.

—El eslabón débil.

—Esa gente me da ganas de vomitar —dijo Espérandieu.

Tenía una voz lánguida y juvenil. A causa de ella y de su tendencia algo amanerada, algunos compañeros sospechaban que no se interesaba solo por las mujeres, aunque fueran tan guapas como la suya. El propio Servaz se planteó la cuestión cuando se integró en el servicio. Vincent Espérandieu tenía unos gustos en materia de ropa que ponían los pelos de punta a ciertos hombres de cromañón de la brigada, los que consideraban que un policía digno de tal nombre debía exhibir todos los atributos de la virilidad y del machismo dominantes.

La vida había sonreído a Espérandieu. A los treinta años, se había casado con un buen partido y tenía una preciosa hija de cinco años... la que iluminaba con su sonrisa la pantalla de su ordenador. Servaz había congeniado enseguida con su subordinado, que lo había invitado a cenar media docena de veces en los dos años que llevaba en la brigada. En cada ocasión había quedado deslumbrado por el encanto y el ingenio de la señora y la señorita Espérandieu. Ambas habrían podido figurar en las portadas de revistas, en anuncios de dentífricos, de viajes o de vacaciones en familia.

Después se produjo un incidente entre el recién llegado y los veteranos de la brigada, entre quienes despertaba instintos asesinos la perspectiva de compartir su espacio cotidiano con un joven compañero con posibles tendencias bisexuales. Servaz tuvo que intervenir, y a raíz de ello se granjeó unas cuantas enemistades duraderas. Había en especial dos individuos —dos machistas acabados, de tendencia hortera, que iban de duros— que no se lo perdonarían jamás. Uno de ellos recibió un poco en el transcurso de la discusión. Pero Servaz ganó, con todo, el agradecimiento y el aprecio definitivos de Espérandieu, que le había pedido que fuera el padrino de su próximo hijo... pues Charlène Espérandieu volvía a estar embarazada.

—Ha llamado un periodista del canal France 3 y varios de la prensa. Querían saber si teníamos pruebas contra los niños, pero, sobre todo, si les habíamos pegado. «Rumores de violencia policial sobre menores», es la expresión que han empleado. Como de costumbre, hacen correr la voz entre ellos. Copiar y pegar, eso es lo único que saben hacer. Aunque, claro, antes tuvo que haber una primera persona que hiciera correr el rumor.

Servaz arrugó la frente. Si los periodistas olían el filón, el teléfono no iba a parar de sonar. Habría declaraciones, denegaciones, conferencias de prensa... y un ministro aparecería en la televisión prometiendo «esclarecerlo todo». E incluso una vez que hubieran demostrado que todo se había desarrollado de manera conforme a las reglas, en el supuesto de que lo consiguieran, siempre quedaría la duda.

—¿Quieres un café? —le ofreció su ayudante.

Aceptó y Espérandieu salió a buscarlo. Servaz miró las pantallas de ordenador, que palpitaban en la penumbra, y se puso a pensar de nuevo en aquellos tres muchachos, en lo que les habría llevado a realizar aquel insensato acto.

A aquellos jóvenes les vendían sueños y mentiras todo el día sin parar. Se los vendían: no se los daban. Unos cínicos mercaderes habían convertido la insatisfacción adolescente en su fondo de comercio. Mediocridad, pornografía, violencia, mentira, odio, alcohol, droga... todo se hallaba en venta en los rutilantes escaparates de la sociedad de consumo en masa, y los jóvenes ofrecían un blanco ideal.

Espérandieu volvió con los cafés.

—¿Y las habitaciones de los adolescentes? —preguntó Servaz.

Samira Cheung apareció. La neófita llevaba aquella mañana una cazadora de piel demasiado ligera para el tiempo, una sudadera que proclamaba «Soy una anarquista», un pantalón de cuero y botas altas de plástico rojo.

—Hola —dijo, con los cascos del iPod colgando de la cazadora y una humeante taza en la mano.

Servaz le devolvió el saludo, no sin experimentar una mezcla de fascinación y perplejidad ante la pinta de su subordinada. Samira Cheung era de origen chino por parte de su padre y franco-marroquí por su madre. Había contado a Espérandieu, quien a su vez se había apresurado a transmitir la información a Servaz, que su madre, interiorista de fama internacional, se había enamorado locamente de un cliente de Hong Kong veintiséis años atrás, un hombre de una belleza e inteligencia excepcionales, según Samira. La madre había regresado encinta a París después de haber averiguado que el padre era un ferviente consumidor de drogas duras y salía casi a diario con prostitutas. Samira Cheung tenía algo turbador: en ella se combinaban un cuerpo perfecto con una de las caras más feas que Servaz había visto nunca: unos ojos saltones realzados con una densa raya de perfil, una boca inmensa pintada de un rojo chillón y una barbilla puntiaguda. Uno de los falócratas de la brigada había resumido su *look* con una frase: «Con ella, todos los días es Halloween». Había, sin embargo, un aspecto positivo atribuible a sus genes o a su educación: Samira Cheung tenía un cerebro que funcionaba a la perfección, y no dudaba en usarlo. Había incorporado rápidamente los rudimentos del oficio y, en más de una ocasión, había demostrado capacidad de iniciativa. De manera espontánea, Servaz le había confiado tareas cada vez más complejas y ella multiplicaba las horas suplementarias para llevarlas a cabo.

Apoyando los tacones de las botas en el borde del escritorio, se recostó contra el respaldo del sillón, antes de volverse hacia ellos.

—Registramos las habitaciones de los tres chicos —declaró, respondiendo a la pregunta de Servaz—. Globalmente, no encontramos gran cosa… exceptuando un detalle.

Servaz la miró.

—Los dos primeros tenían videojuegos muy violentos, de esos en los que hay que pulverizar la cabeza de los adversarios para ganar el máximo de puntos, en los que hay que bombardear poblaciones o cargarse a los enemigos con toda clase de armas sofisticadas. Cosas bien *gore*, bien sangrientas.

Servaz se acordó de la reciente polémica que había habido en la prensa en relación a aquellos videojuegos violentos. Los editores de estos habían afirmado, indignados, que tenían «mucho cuidado con ese problema de la violencia y no cometían desmanes», y habían calificado de «inaceptables» ciertas acusaciones. Mientras, seguían vendiendo juegos en los que el participante podía cometer asesinatos, asaltos y torturas. En aquella ocasión, ciertos psiquiatras habían afirmado con docta actitud que no había correlación entre los videojuegos y la violencia juvenil. Otros estudios demostraban, en cambio, lo contrario: que los jóvenes acostumbrados a los videojuegos violentos presentaban una indiferencia mucho mayor y una reactividad menor frente al sufrimiento de los otros.

—En la habitación del tal Clément, sin embargo, no había ningún juego, pero sí que había una consola…

—Como si alguien lo hubiera limpiado todo —apuntó Espérandieu.

—El padre —dedujo Servaz.

—Sí —convino su ayudante—. Sospechamos que hizo desaparecer esos juegos para dar una imagen más favorable de su hijo y cargar mejor la culpa contra los otros.

—¿Pusisteis precintos en las habitaciones?

—Sí, pero el abogado de la familia presentó un recurso para hacerlos retirar, alegando que no era el escenario del crimen.

—¿Esos chavales tenían ordenadores en su habitación?

—Sí, los examinamos, pero alguien pudo haber borrado los datos. Ordenamos a los padres que no tocaran nada. Tendríamos que volver con un técnico para sacar información de los discos duros.

—Si pudiéramos demostrar que esos jóvenes prepararon el crimen —intervino Samira—, podríamos probar que hubo premeditación. Eso desmontaría la tesis del accidente.

Servaz la observó con aire interrogador.

—¿Cómo?

—Hombre, hasta ahora nada demuestra que quisieran matarlo realmente. La víctima tenía un elevado índice de alcohol en la sangre. Los abogados de la defensa aducirán quizá que la causa principal del fallecimiento fue el ahogo.

—¿Que se ahogó en cincuenta centímetros de agua?

—¿Por qué no? No sería la primera vez que ocurre.

Servaz reflexionó un momento y concluyó que Samira tenía razón.

—¿Y las huellas? —preguntó.

—Estamos esperando.

Volvió a posar los talones de las botas en el suelo y se levantó.

—Me tengo que ir. Tengo cita con el juez.

—Buen fichaje ¿no? —comentó Espérandieu una vez que hubo abandonado la habitación.

—Parece que la aprecias bastante —señaló Servaz, sonriendo.

—Trabaja bien, es legal y tiene ganas de aprender.

Servaz asintió con la cabeza. No había dudado en confiar el peso de la investigación de la muerte del vagabundo a Vincent y Samira. Compartían el mismo despacho, bastantes gustos en común (algunos en lo tocante a la ropa) y parecían llevarse todo lo bien que cabía esperar de dos policías dotados de un fuerte carácter.

—El sábado organizamos una pequeña fiesta —dijo Vincent—. Estás invitado. Charlène ha insistido.

Servaz pensó en la turbadora belleza de la esposa de su ayudante. La última vez que la vio, con un vestido de noche rojo que realzaba su cuerpo y la larga cabellera pelirroja bailando con el reflejo de la luz, sintió un nudo en la garganta. Charlène y Vincent se habían comportado como unos anfitriones adorables y había pasado una excelente velada, pero no por ello tenía la intención de formar parte de su círculo de amigos. Rehusó el ofrecimiento, pretextando que había prometido acompañar a su hija.

—¡He dejado el expediente de los chicos encima de tu mesa! —le informó su ayudante en el momento de salir.

Una vez en su oficina, Servaz puso a cargar el móvil y encendió el ordenador. Al cabo de dos segundos, el móvil le indicó que tenía un mensaje y lo activó. Lo hizo a desgana, porque le faltaba poco para considerar los teléfonos móviles como el estado definitivo de la alienación tecnológica. Margot le había obligado, con todo, a comprar uno después de que llegara un día con media hora de retraso a una de sus citas.

papa soy yo sábado tarde libre? Besos

«Pero ¿qué manera de escribir es esta? —se preguntó—. ¿Acaso estamos volviendo a subirnos al árbol después de haber bajado de él?» De repente tuvo la impresión de haber perdido la clave de todo aquello. Ese era el efecto que le causaba el mundo de hoy: si hubiera aparecido directamente en el siglo XVIII a bordo de una máquina del tiempo, su sentimiento de extrañeza no habría sido mayor. Seleccionó un número de la memoria, tras lo cual oyó la voz de su hija, que explicaba que devolvería la llamada a todo aquel que le dejara un mensaje sobre un fondo sonoro que le hizo pensar que el infierno estaba atestado de malos músicos.

Después posó la mirada sobre el expediente del vagabundo. Lógicamente, debería haberse concentrado en él sin demora. Se lo debía a aquel pobre individuo cuya existencia ya destrozada había concluido de la manera más estúpida que se pueda imaginar, pero no se sentía con ánimos.

Servaz tenía otro asunto en la cabeza, de modo que encendió el ordenador, se conectó a Google y tecleó una serie de palabras clave. El motor de búsqueda arrojó hasta 20.800 resultados por «Éric Lombard grupo empresarial»; menos que si hubiera introducido Obama o los Beatles, desde luego, pero un número significativo en cualquier caso. No era de extrañar, porque Éric Lombard era un personaje carismático y mediático, que debía de estar situado en el quinto o sexto puesto en la lista de las fortunas nacionales.

Servaz ojeó rápidamente las primeras páginas. Varias webs ofrecían biografías de Éric Lombard, de su padre Henri y de su abuelo Édouard. También había artículos de publicaciones de carácter económico, de prensa del corazón e incluso deportiva... debido al hecho de que Éric Lombard había fundado una cuadra de campeones en ciernes. Algunos artículos estaban consagrados a las hazañas deportivas del propio Éric Lombard. Aquel hombre era un auténtico atleta y un aventurero: alpinista veterano, corredor de maratones y triatlones, piloto de *rallies*... Había participado asimismo en expediciones al Polo Norte y a la Amazonia. Diversas fotografías lo representaban en moto en el desierto o frente a los mandos de un avión de línea. Los artículos estaban salpicados de palabras inglesas cuyo significado Servaz ignoraba por completo, como *freeride*, *base jumping, kitesurf*...

En algunos de ellos constaba una foto, siempre la misma. «Un vikingo», pensó Servaz al verla. Cabello rubio, barba rubia, mirada de azul metálico; bronceado, sano, enérgico, viril, seguro de sí. Miraba al objetivo igual como debía de mirar a sus interlocutores, con la impaciencia de la persona que está aquí pero se encuentra ya en otro lugar.

Aquel individuo de treinta y seis años representaba una publicidad viva para el grupo Lombard.

Desde el punto de vista jurídico, el grupo Lombard era una sociedad comanditaria accionarial, pero la empresa madre —Lombard Entreprises— era un *holding*.

Las cuatro principales filiales del grupo eran Lombard Media (libros, prensa, distribución, audiovisual), Lombard Group (venta de material deportivo, ropa, viajes y productos de lujo; cuarto comerciante mundial del sector del lujo), Lombard Químicos (farmacia, química) y AII, especializada en la industria aeronáutica, espacial y de defensa (AII era el acrónimo de aeronáutica, ingeniería e investigación). El grupo Lombard poseía el quince por ciento de AII a través de su empresa madre, Lombard Entreprises. El propio Éric Lombard era director financiero y director general de Lombard SCA, director general de Lombard Group y de Lombard Química y presidente del directorio de AII. Licenciado por una escuela de comercio francesa y por la London School of Economics, había iniciado su carrera trabajando en una de las filiales del Lombard Group, un fabricante de material deportivo muy conocido.

El grupo contaba con un efectivo de más de 78.000 personas repartidas en casi setenta y cinco países y había arrojado un volumen de negocios de 17.928 millones de euros para un resultado de explotación de 1.537 millones y un resultado neto de la parte del grupo de 677 millones, en tanto que sus deudas financieras se elevaban a 3.458. Aquellas cifras habrían causado vértigo a cualquier individuo normal, aunque probablemente no tanto a los especialistas en economía internacional. Al descubrirlas, Servaz comprendió que el hecho de que el grupo hubiera conservado la pequeña y vetusta central hidroeléctrica tenía que obedecer sin duda a razones de orden histórico y sentimental. Era allí, en los Pirineos, donde había nacido el imperio Lombard.

Colgando el caballo allá arriba, habían tomado como blanco ese símbolo. Habían pretendido atacar a Éric Lombard por el flanco de su historia familiar y por el de su pasión principal: los caballos.

Eso era lo que se desprendía de todos los artículos dedicados al último vástago varón de la dinastía: de todas sus pasiones, la primera eran los caballos. Éric Lombard poseía caballerizas en varios países como Argentina, Italia, Francia... Siempre regresaba, con todo, a sus primeros amores: al centro ecuestre donde había efectuado su debut como jinete, próximo a la mansión familiar, en aquel valle de Comminges.

Servaz tuvo de repente el convencimiento de que el montaje expuesto en la central no era obra de un demente escapado del Instituto, sino un acto consciente, premeditado, planificado.

Interrumpió la lectura para reflexionar. Dudaba en enzarzarse en una vía en la que iba a tener que sacar todos los trapos sucios de un imperio comercial tan solo para dilucidar la muerte de un caballo. Por otro lado, estaban la terrible visión del animal decapitado en el momento de bajarlo del teleférico y la conmoción que le había provocado. ¿Qué había dicho Marchand? «El señor Lombard tiene muchos enemigos.»

El teléfono sonó y Servaz descolgó. Era D'Humières.

—Los vigilantes han desaparecido.

—No les dé nunca la espalda —aconsejó el doctor Xavier.

Detrás de los grandes ventanales, el sol del crepúsculo incendiaba las montañas y su roja lava se derramaba por la sala.

—Esté atenta, sin distraerse ni un segundo. Aquí nadie tiene derecho al error. Pronto aprenderá a reconocer las señales: una mirada huidiza, una sonrisa en forma de rictus, una respiración demasiado rápida... Nunca relaje la vigilancia, y no les dé nunca la espalda.

Diane asintió. Un paciente se acercaba con la mano en el vientre.

—¿Dónde está la ambulancia, doctor?

—¿La ambulancia? —inquirió Xavier mostrando una gran sonrisa.

—La que tiene que llevarme a la maternidad. He roto aguas. Ya tendría que estar aquí.

El paciente era un hombre de unos cuarenta y pocos años, que medía más de un metro noventa y debía de pesar unos ciento cincuenta kilos. Rodeados de una larga melena y de una cara oculta tras una espesa barba, sus ojillos tenían un brillo febril. A su lado, Xavier parecía un niño. No obstante, este no presentaba signos de inquietud.

—No tardará —respondió—. ¿Es un niño o una niña?

Los ojillos lo enfocaron.

—Es el Anticristo —afirmó el hombre.

Luego se alejó. Diane advirtió que un enfermero lo observaba sin perderlo de vista en sus idas y venidas. Había unos quince pacientes en la sala común.

—Hay bastantes dioses y profetas aquí —comentó Xavier sin dejar de sonreír—. En todas las épocas, la locura se ha inspirado en los repertorios religioso y político. Antes, nuestros internos veían comunistas por todas partes. Hoy en día ven terroristas. Venga.

El psiquiatra se aproximó a una mesa redonda en la que jugaban a las cartas tres hombres. Uno de ellos parecía un preso, con sus musculosos brazos y sus tatuajes. Los otros dos tenían un aspecto normal.

—Le presento a Antonio —dijo Xavier, señalando al de los tatuajes—. Era miembro de la Legión. Por desgracia, estaba convencido de que el campamento donde lo habían destacado estaba lleno de espías y, una noche, acabó por matar a uno. ¿No es así, Antonio?

Antonio asintió sin apartar la vista de las cartas.

—Era del Mosad —dijo—. Están por todas partes.

—Robert, por su parte, agredió a sus padres. No los mató, no, solo los dejó terriblemente desfigurados. Hay que tener en cuenta que sus padres lo hacían trabajar en la granja desde los siete años, lo alimentaban a base de pan y leche y lo obligaban a dormir en el sótano. Robert tiene treinta y siete años. Si quiere saber mi opinión, a ellos es a los que habrían tenido que encerrar.

—Fueron las Voces las que me dijeron que lo hiciera —afirmó Robert.

—Y este es Greg, el caso más interesante quizá. Greg violó a una decena de mujeres en menos de dos años. Las localizaba en la oficina de correos o en el supermercado, las seguía e identificaba su dirección. Después se introducía en su casa mientras dormían, las pegaba, las ataba y las ponía boca abajo antes de encender la luz. Mejor no entremos en detalle sobre lo que les hacía soportar; baste decir que sus víctimas guardarán las secuelas de ello toda su vida. Pero no las mataba, no. En lugar de ello, un buen día se puso a escribirles. Estaba convencido de que a raíz de esas «relaciones», se habían enamorado de él y que estaban todas embarazadas como consecuencia de sus actos. Les comunicó pues su nombre y dirección, de modo que la policía no tardó en irrumpir en su casa. Greg sigue escribiéndoles aún. Nosotros, claro está, no enviamos las cartas. Ya se las enseñaré. Son absolutamente magníficas.

Diane observó a Greg. Era un hombre atractivo, de treinta y pico años, moreno, de ojos claros… pero cuando su mirada se cruzó con la de Diane esta se estremeció.

—¿Seguimos?

Un largo pasillo, incendiado por el crepúsculo.

A su izquierda había una puerta con una ventana, de donde llegaban voces. Era un parloteo rápido, nervioso, precipitado. Al pasar, lanzó una ojeada y se llevó un *shock*. Acababa de ver a un hombre tendido en una mesa de operaciones, con una máscara de oxígeno en la cara y electrodos en las sienes, rodeado de enfermeros.

—¿Qué es? —preguntó.

—Terapia electroconvulsiva.

«Electroshocks…» Diane notó que se le erizaba el vello de la nuca. Desde su aparición en el dominio de la psiquiatría en los años treinta, el uso de los electroshocks había generado mucha controversia. Sus detractores lo calificaban de trato inhumano y degradante, de tortura. En los años sesenta, con la aparición de los neurolépticos, había disminuido de manera considerable la utilización de la ECT, electroconvulsivoterapia. En los años ochenta, no obstante, se había vuelto a intensificar en numerosos países, incluida Francia.

—Debe comprender —señaló Xavier, acusando su mutismo— que la ECT actual no tiene nada que ver con las sesiones de antaño. Se practica con pacientes aquejados de depresiones graves a quienes se aplica anestesia general y se administra un relajante muscular de eliminación rápida. Este tratamiento da notables resultados. Es eficaz en más del 85 por ciento de los casos de depresiones graves, lo que supone un índice superior a los antidepresivos. Es indoloro y, gracias a los métodos actuales, ya no hay secuelas en el esqueleto ni complicaciones ortopédicas.

—Pero sí las hay en el ámbito de la memoria y de la cognición. Y el paciente puede permanecer en un estado de confusión durante varias horas. Todavía no se sabe cuál es la acción real que ejerce la ECT sobre el cerebro. ¿Tienen muchos depresivos aquí?

Xavier le dedicó una inexpresiva mirada.

—No. Solo un diez por ciento de nuestros pacientes lo son.

—¿Qué proporción de esquizofrénicos, de psicópatas?

—En torno a un cincuenta por ciento de esquizofrénicos, veinticinco por ciento de psicópatas y treinta de psicóticos. ¿Por qué?

—¿Y solamente practican la ECT con los casos de depresión?

Sintió un ínfimo desplazamiento de aire mientras Xavier clavaba en ella la mirada.

—No, también la practicamos con los ocupantes de la unidad A.

Ella enarcó una ceja para expresar su asombro.

—Creía que se necesitaba el consentimiento del paciente o de un tutor legal para…

—Es el único caso en que prescindimos de él…

Repasó con la mirada el inescrutable rostro de Xavier, con la sensación de que algo se le escapaba. Después de respirar hondo, procuró adoptar un tono lo más neutro posible.

—¿Y con qué objetivo? Terapéutico no será… No se ha demostrado la eficacia de la ECT para otras patologías aparte de la depresión, las manías y ciertas formas muy limitadas de esquizofrenia y…

—Con un objetivo de orden público…

Diane arrugó levemente la frente.

—No entiendo.

—Pues es evidente: se trata de un castigo.

Le había dado la espalda y se había puesto a contemplar el anaranjado sol que desaparecía detrás de las negras montañas. Su sombra se alargaba en el suelo.

—Antes de que entre en la unidad A debe comprender

algo, señorita Berg: a esos siete individuos no hay nada que los asuste ya, ni siquiera el aislamiento. Están en su mundo propio, donde nada los afecta. Métase bien esto en la cabeza: nunca ha conocido pacientes como esos. Nunca. Y, por supuesto, los castigos corporales están prohibidos, aquí como en otras partes.

Se volvió y la miró con fijeza.

—Solo temen una cosa: los electroshocks.

—¿Quiere decir —apuntó, titubeante, Diane— que con ellos los practican…?

—Sin anestesia.

$\mathcal{A}$l día siguiente, Servaz conducía por la autopista pensando en los vigilantes. Según Cathy d'Humières, no se habían presentado al trabajo la noche anterior. Al cabo de una hora, el director de la central había cogido el teléfono.

Los había llamado a sus móviles, uno tras otro, sin obtener respuesta. Morane había avisado entonces a los gendarmes, que mandaron a unos hombres a sus domicilios, situados a veinte kilómetros de Saint-Martin en el caso de uno y a unos cuarenta en el del otro. Ambos vivían solos, y tanto uno como otro tenían prohibido residir en los mismos departamentos que sus antiguas parejas, a quienes habían amenazado de muerte en más de una ocasión y enviado al hospital —al menos en el caso de una de ellas—. Servaz sabía perfectamente que, en la práctica, la policía no se preocupaba para nada de hacer respetar ese tipo de obligaciones. La razón era evidente: en la actualidad había demasiados delincuentes, demasiados controles judiciales, demasiados procesos, demasiadas penas dictadas para aplicarlas todas. Cien mil condenados a prisión estaban en libertad, aguardando su turno para cumplir su pena o después de haber optado por la fuga a la salida del juzgado. Sabedores de que había pocas posibilidades de que el Estado francés invirtiera dinero y hombres en buscarlos, esperaban que se olvidaran de ellos hasta que prescribiera su pena.

Después de hablarle de los vigilantes, la fiscal había anunciado a Servaz que Éric Lombard iba a volver de Estados Unidos y que quería hablar sin demora con los investigadores. Estuvo a punto de perder la sangre fría: tenía un caso de asesinato entre manos, y aunque quería descubrir quién había matado a ese caballo y tenía el temor de que aquel asunto era el preludio de algo más grave, él no estaba a disposición de Éric Lombard.

—No sé si voy a poder —había respondido con sequedad—. Aquí tenemos mucho trabajo con la muerte de ese vagabundo.

—Vale más que vaya —había insistido D'Humières—. Lombard ha llamado, por lo visto, a la ministra de Justicia, la cual ha llamado al presidente del tribunal de gran instancia, quien a su vez me ha llamado a mí. Y yo lo llamo a usted. Es una auténtica reacción en cadena. Por otra parte, Canter no tardará en decirle lo mismo; estoy segura de que Lombard se ha puesto también en contacto con el Ministerio de Interior. De todas maneras, creía que ya habían identificado a los culpables de la muerte del vagabundo.

—Disponemos de un testimonio algo endeble —reconoció Servaz de mala gana, porque no quería entrar en detalles por el momento—. Estamos esperando el resultado de las huellas. Había bastantes en el lugar: huellas dactilares, de zapatos, de sangre…

—Ya se nota que es capricornio… No me haga el número del policía desbordado, Servaz, que me horroriza. No pienso suplicarle. Hágame ese favor. ¿Cuándo puede volver allá? Éric Lombard lo esperará en su residencia de Saint-Martin a partir de mañana, donde pasará el fin de semana. Encuentre un momento.

—Muy bien, pero en cuanto acabe la entrevista volveré aquí a terminar las pesquisas sobre el caso del vagabundo.

En la autopista, se detuvo a poner gasolina. El sol brillaba y las nubes habían escampado. Aprovechó para llamar a Ziegler. Esta, que tenía cita a las nueve en el acaballadero de Tarbes para asistir a la autopsia del caballo, le sugirió que acudiera allí. Servaz aceptó, puntualizando que aguardaría fuera.

—Como quiera —le respondió ella, sin disimular su sorpresa.

¿Cómo explicarle que le daban miedo los caballos? ¿Que para él representaba una prueba insuperable atravesar una caballeriza llena de aquellos animales? Ziegler le dio el nombre de un bar situado cerca, en la avenida del Régiment-de-

Bigorre, donde se reuniría con él una vez que hubieran acabado. Cuando llegó a Tarbes, la ciudad estaba iluminada por un sol casi primaveral. Situada a las puertas del parque nacional de los Pirineos, sus edificios se erguían en medio del verdor sobre el telón de fondo de la barrera de montañas, que lucían con una inmaculada blancura bajo el cielo azul. No había ni una sola nube, el cielo era inmensamente puro y las relucientes cumbres parecían tan ligeras y vaporosas como para elevarse en el azur a la manera de globos aerostáticos. «Es como una barrera mental —se dijo Servaz viéndolas—. La mente choca contra esas cimas como contra un muro.» La impresión de un territorio tan poco familiar para el hombre, una *terra incognita*, un finisterre... en el sentido literal.

Entró en el café que le había indicado Ziegler, se instaló a una mesa cercana a la ventana y pidió un café y un cruasán. En un rincón, encima de la barra, un televisor estaba conectado a una cadena de noticias de veinticuatro horas. El volumen, puesto al máximo, perturbaba las reflexiones de Servaz. Estaba a punto de pedir si podían bajarlo un poco cuando oyó el nombre de Éric Lombard pronunciado por un periodista que se encontraba, con un micrófono en la mano, en el borde de una pista de aeródromo. Viendo las blancas montañas que se erguían detrás, casi iguales a las que él tenía a sus espaldas, concentró la atención en el aparato. Cuando la cara de Éric Lombard apareció enmarcada en la pantalla, Servaz se levantó para aproximarse a la barra.

El millonario daba una entrevista tras bajar del avión en el aeropuerto de Tarbes. Detrás de él se hallaba un avión privado en cuyo fuselaje ponía LOMBARD en letras azules. Tenía una expresión grave, como la de quien ha perdido a un ser querido. El periodista le preguntó «si ese animal tenía para él un valor particular».

—No era solo un caballo —respondió el hombre de negocios con una voz en la que se combinaban, en medidas dosis, emoción y firmeza—. Era un compañero, un amigo. Los amantes de los caballos saben que son mucho más que simples animales. *Freedom* era además un caballo excepcional en el que habíamos depositado grandes esperanzas. No obstante, es sobre todo la manera como murió lo que resulta insoportable.

Pienso asegurarme de que se haga todo lo posible para descubrir a los culpables.

Servaz advirtió cómo la mirada de Éric Lombard se desplazaba para enfocar el objetivo de la cámara y, a través de este, a los telespectadores… Había pasado del dolor a la cólera, al desafío y la amenaza.

—Los responsables de este acto deben ser conscientes de que no van a sustraerse a mis esfuerzos… y de que soy un hombre sediento de justicia.

Servaz lanzó una ojeada a su alrededor. Todo el mundo estaba pendiente de la pantalla del televisor. «No está mal —calibró—, un bonito número.» Preparado de antemano, era evidente, pero que irradiaba aun así una sinceridad brutal. Servaz se preguntó hasta dónde sería capaz de llegar un hombre como Éric Lombard en la ejecución de aquella amenaza. Las dos horas siguientes las pasó tratando de trazar el balance de las cosas que sabían y las que ignoraban. En ese estadio, las segundas superaban con creces a las primeras, desde luego. Cuando Irène Ziegler apareció por fin en la acera, detrás del cristal, se quedó un instante sin voz: se había puesto un traje de motorista de cuero negro aderezado con protecciones rígidas en metal gris en los hombros y las rodillas, complementado con unas botas reforzadas en la puntera y en el tacón y un casco integral que llevaba en la mano. «Una amazona…» Una vez más, quedó impresionado por su belleza. Cayó en la cuenta de que era casi igual de guapa que Charlène Espérandieu, pero en otro estilo, más deportivo, menos sofisticado. Charlène se parecía a una imagen de moda e Irène Ziegler a una campeona de surf. De nuevo, lo invadió un sentimiento de turbación. Se acordó de los pensamientos que había tenido al ver la anilla de su nariz. Irène Ziegler era, sin lugar a dudas, una mujer atractiva.

Servaz consultó el reloj. Eran ya las once.

—¿Cómo ha ido? —inquirió.

Ella le explicó que apenas habían podido sacar información de la autopsia, aparte de la certeza de que al animal lo habían decapitado después de muerto. Marchand había asistido. El forense había dado a entender que seguramente habían drogado al animal, una suposición que debía confirmar el análisis toxicológico. El director del centro ecuestre había manifestado un patente alivio a la salida. Había aceptado por fin que el animal fuera descuartizado, con excepción de la cabeza, que su jefe quería recuperar. Según Marchand, este quería hacerla disecar para exponerla en una pared.

—¿Exponerla en una pared? —repitió, incrédulo, Servaz.

—¿Cree que son culpables? —preguntó la gendarme.

—¿Quién?

—Los vigilantes.

—No lo sé.

Sacó el móvil y marcó el número de la residencia de Lombard. Respondió una voz femenina.

—Aquí el comandante Servaz, de la brigada criminal de Toulouse. Querría hablar con Éric Lombard.

—¿Cómo ha dicho que se llama?

—Servaz.

—Espere un momento.

Sonó una interminable serie de timbrazos, tras la cual contestó una voz de hombre de mediana edad.

—¿Sí?

—Querría hablar con Éric Lombard.

—¿De parte de quién?

—Comandante Servaz, de la brigada criminal.

—¿A propósito de qué?

Servaz sintió que comenzaba a perder la paciencia.

—Oiga, ha sido su jefe el que ha pedido verme. Tengo un montón de cosas que hacer aparte de esta, o sea que no estoy para perder el tiempo.

—Deletréeme su nombre con claridad y reitéreme el motivo de su llamada —insistió con tono imperturbable el individuo—. El señor Lombard tampoco tiene tiempo que perder.

La arrogancia de aquel hombre dejó mudo a Servaz, que tuvo que contenerse para no colgar.

—Servaz: S, E, R, V, A, Z. Es a propósito de su caballo, *Freedom*.

—¿No podía haberlo dicho antes? Un momento.

El hombre volvió a ponerse al cabo de veinte segundos.

—El señor Lombard lo espera a las tres de esta tarde.

No era una invitación, sino una orden.

Al entrar en las tierras de Éric Lombard tuvieron la impresión de adentrarse en un cuento de hadas. Habían dejado la moto y el coche en el parking de la gendarmería de Saint-Martin para desplazarse en un vehículo de servicio. Era la misma carretera que la vez anterior, la que conducía al centro ecuestre, pero en lugar de girar a la izquierda para adentrarse en el bosque continuaron recto.

Prosiguieron a través de un ondulado paisaje despejado de praderas salpicadas de tilos, robles, abetos y olmos. La vista se perdía sin alcanzar a percibir los límites de aquella extensa propiedad. Por todas partes había barreras, caballos sueltos y maquinaria agrícola aparcada al borde de los caminos, lista para ser utilizada. Aunque persistían algunos retazos de nieve, el aire era luminoso y claro. Servaz pensó en un rancho de Montana o una hacienda de Argentina. Al principio, vieron algún que otro cartel que advertía PROPIEDAD PRIVADA / PROHIBIDO EL PASO sujeto al tronco de los árboles o a las vallas de los campos. No había, con todo, una cerca. Después, al cabo de cinco kilómetros, descubrieron el muro de piedra. Con sus cuatro metros de altura, ocultaba una parte del paisaje. Al otro lado se sucedían los árboles del bosque. Frenaron delante de las verjas. En uno de los pilares había una placa de granito con letras doradas.

—Château-Blanc —leyó Servaz.

En lo alto del pilar se desplazó una cámara. No tuvieron necesidad de bajar para hablar por el interfono: la verja se abrió casi de inmediato.

Siguieron circulando todavía durante un kilómetro largo por una avenida flanqueada de centenarios robles. La carretera, recta e impecablemente asfaltada, componía una negra y reluciente cinta bajo las retorcidas ramas de los grandes árboles. Servaz vio cómo la mansión avanzaba lentamente hacia ellos desde el fondo del parque. Unos instantes después, aparcaron delante de un macizo de brezo de invierno y de camelias de color rosa pálido recubiertas de nieve. Servaz quedó decepcionado: la residencia no era tan grande como había previsto. Aquella impresión quedó enseguida matizada por una posterior observación: se trataba de un edificio de infantil belleza, construido probablemente a finales del siglo XIX o principios del XX, mitad castillo del Loira, mitad casa solariega inglesa. Un castillo de cuento de hadas... Delante de las ventanas de la planta baja había una hilera de grandes arbustos podados en forma de animales: un elefante, un caballo, una jirafa y un ciervo, que destacaban sobre la nieve. A la izquierda, hacia el este, Servaz divisó un jardín a la francesa con pensativas estatuas y estanques. Había también una piscina cubierta con un toldo y una pista de tenis y, al fondo, un alargado invernadero con un montón de estrafalarias antenas en el techo.

Se acordó de lo que había leído en Internet: Éric Lombard poseía una de las principales fortunas de Francia y era uno de los ciudadanos más influyentes del país. Dirigía un imperio presente en más de setenta países. Era probable que el antiguo invernadero de naranjos lo hubieran transformado en centro de comunicaciones ultramoderno. Ziegler cerró de un golpe la puerta del coche.

—Mire.

Señalaba los árboles. Siguiendo con la vista la dirección indicada, Servaz contó una treintena de cámaras sujetas a los troncos, entre las ramas. Debían de cubrir la totalidad del perímetro, sin ningún ángulo muerto. En algún lugar de la casa, los estaban observando. Caminando por un sendero de grava bordeado de arriates pasaron entre dos leones agazapados, esculpidos en boj, de cinco metros de altura cada uno. «Qué extraño —pensó Servaz—. Parece un jardín concebido para la diversión de unos niños muy ricos.» En ningún sitio había leído, sin embargo, que Éric Lombard tuviera hijos. La mayoría de los artículos hablaban de un soltero empedernido y de sus múltiples conquistas. ¿Tal vez aquellas esculturas vegetales perduraban desde la época de su propia infancia? Un hombre de unos sesenta años los aguardaba en lo alto de las escaleras. Alto, vestido de negro, posó en ellos una mirada dura como el hielo. Pese a que lo veía por primera vez, Servaz dedujo al instante de quién se trataba. Con renovada rabia, lo identificó con el hombre con quien había hablado por teléfono. El individuo los recibió sin sonreír y les pidió que lo siguieran antes de girar sobre sí. También entonces el tono empleado no fue el de una petición sino el de una orden.

Traspasaron el umbral.

Entraron en una sucesión de vastos salones, vacíos y retumbantes, que atravesaban en toda su profundidad el edificio, al final del cual atisbaron la claridad del día como llegada del otro extremo de un túnel. El interior era monumental y los techos muy altos. Las ventanas del primer piso iluminaban en realidad el vestíbulo. El individuo vestido de negro los condujo a través de un primer salón desprovisto de mobiliario antes de dirigirse a una doble puerta situada a la derecha. Dentro había una biblioteca de paredes revestidas de libros antiguos, con cuatro altos ventanales que daban al bosque. Éric Lombard permanecía delante de uno de ellos. Servaz lo reconoció inmediatamente, pese a que estaba de espaldas. El hombre de negocios hablaba al micro de unos cascos.

—La policía está aquí —anunció el hombre de negro en un tono que oscilaba entre la deferencia y el desprecio hacia los recién llegados.

—Gracias, Otto.

Otto abandonó la habitación. Lombard puso fin a su conversación en inglés, se quitó los cascos y los depositó encima de una mesa de roble. Luego posó la vista en ellos. Primero en Servaz y luego en Ziegler, en quien se demoró… con una breve expresión de asombro a causa de su atuendo.

—Les ruego que disculpen a Otto —dijo, dispensándoles una calurosa sonrisa—. Se ha equivocado de época. A veces tiende a confundirme con un príncipe o un rey, pero también es una persona con quien puedo contar en toda circunstancia.

Servaz guardó silencio, esperando.

—Ya sé que están muy ocupados, y que no les sobra el tiempo. A mí tampoco. Yo sentía un enorme afecto por ese caballo. Era un animal maravilloso. Quiero estar seguro de que se hará todo, absolutamente todo lo posible para encontrar a quien ha cometido esa abominación. —Los volvió a escrutar. En sus ojos azules había tristeza, pero también dureza y autoridad—. Lo que quiero que comprendan es que pueden llamarme a cualquier hora del día o de la noche, plantearme todas las preguntas que consideren útiles, incluso las más descabelladas. Les he pedido que vinieran para asegurarme de que no van a descartar ninguna pista, ningún medio con tal de llevar a buen fin esta investigación. Lo que quiero es que todo se esclarezca. —Sonrió, un instante tan solo—. En el caso contrario, si llegaran a actuar con negligencia, a no esmerarse en el caso con el pretexto de que no se trata más que de un caballo, me mostraré implacable.

La amenaza distaba de ser velada. «Lo que quiero…» Aquel hombre no se andaba por las ramas. No tenía tiempo que perder e iba directamente al grano. De improviso, a Servaz le pareció casi simpático, al igual que su amor por aquel animal.

Resultaba claro, en cambio, que Irène Ziegler no había interpretado con igual talante su actitud. Servaz advirtió que se había puesto muy pálida.

—No va a sacar nada mediante la amenaza —replicó con fría cólera.

Lombard la miró fijamente. De repente, su rostro se suavizó para adoptar una expresión contrita.

—Les pido perdón. Estoy convencido de que ambos son perfectamente competentes y concienzudos. Sus superiores los colman de elogios. Soy un idiota. Estos… acontecimientos me han trastocado. Acepte mis excusas, capitana Ziegler. Son sinceras.

Ziegler inclinó la cabeza con gesto reacio, sin añadir nada.

—Si no tiene inconveniente —intervino Servaz—, querría que comenzáramos enseguida a hacerle las preguntas, ya que estamos aquí.

—Desde luego. Síganme. Permítanme ofrecerles un café.

Éric Lombard abrió otra puerta en el fondo. Era un salón. El sol entraba por los ventanales y caía sobre el cuero de los dos sofás y sobre una mesa en la que habían dispuesto una bandeja con tres tazas y un jarro. A Servaz le pareció que este último era antiguo y de gran valor, al igual que el resto del mobiliario. Todo estaba a punto, incluido el azúcar, las pastas y una jarra de leche.

—Mi primera pregunta —arrancó sin preámbulos Servaz— es: ¿sabe de alguien que hubiera podido cometer ese crimen, que hubiera tenido al menos un motivo para hacerlo?

Éric Lombard, que estaba sirviendo el café, interrumpió su gesto para clavar una acerada mirada en los ojos de Servaz. Su cabello rubio se reflejaba en el gran espejo que tenía detrás. Llevaba un jersey de cuello alto de color crudo y un pantalón de lana gris. Estaba muy bronceado.

—Sí —respondió sin pestañear.

Servaz se estremeció. A su lado, Ziegler había tenido la misma reacción.

—Y no —se apresuró a añadir Lombard—. Eran dos preguntas en una: sí, conozco a un montón de personas que tendrían motivos para hacerlo. Y no, no sé de nadie que sea capaz de haberlo hecho.

—Precise más lo que piensa —reclamó con irritación Ziegler—. ¿Por qué tendrían motivos para matar a ese caballo?

—Para hacerme daño, para vengarse, para impresionarme. Ya pueden suponer que en mi profesión y con mi fortuna, uno se forja enemigos, suscita envidias, roba mercados a la competencia, rechaza ofertas, provoca la ruina de ciertas personas, despide a cientos de empleados... Si tuviera que hacer una lista de todos los que me detestan, sería tan larga como un listín telefónico.

—¿No podría ser un poco más concreto?

—Por desgracia, no. Comprendo su razonamiento: han matado a mi caballo preferido y lo han colgado de lo alto de un teleférico de mi propiedad. Es a mí pues a quien quieren perjudicar. Todo apunta hacia mí, estoy de acuerdo con ustedes, pero no tengo la menor idea de quién ha hecho esto.

—¿No ha recibido amenazas escritas ni verbales, o cartas anónimas?

—No.

—Su grupo está presente en setenta países —señaló Servaz.

—Setenta y ocho —corrigió Lombard.

—¿Mantiene relaciones, aunque solo sean indirectas, con mafias, con el crimen organizado? Imagino que hay países donde ese tipo de... contacto es más o menos inevitable.

Lombard volvió a taladrar a Servaz con la mirada, aunque sin agresividad esa vez. Incluso se permitió sonreír.

—Es directo, comandante. ¿Piensa acaso en aquella cabeza de caballo cortada en *El padrino*? No, mi grupo no mantiene tratos con el crimen organizado. En todo caso, no que yo sepa.

No digo que no haya algunos países en los que debemos cerrar los ojos ante ciertas prácticas, en África o en Asia, pero para ser claros, se trata de dictaduras, no de mafias.

—¿Y no le causa escrúpulos? —preguntó Ziegler.

Lombard enarcó una ceja.

—Hacer negocios con dictadores —precisó ella.

Lombard volvió a sonreír con aire indulgente… pero aquella sonrisa era la del monarca que dudaría entre reírse de la impertinencia de uno de sus súbditos o mandarlo decapitar en el acto.

—No creo que respondiendo a esa pregunta les ayude en su investigación —contestó—. Sepa también que no soy el único que tiene las riendas, contrariamente a las apariencias. En muchos sectores tenemos socios, entre los cuales se halla el Estado francés. A veces hay aspectos «políticos» que yo no controlo.

Directo, pero capaz de utilizar el lenguaje diplomático cuando convenía, pensó Servaz.

—Hay algo que me gustaría poder entender, y es cómo es posible que nadie escuchara ni viera nada, ni en el centro ecuestre ni en la central. No es tan fácil cargar con un caballo muerto así, en plena noche —prosiguió con el interrogatorio.

—Tiene razón —admitió Lombard con expresión sombría—. Es una pregunta que también me he planteado yo. Tiene que haber alguien que miente. Y me gustaría mucho saber quién es —agregó con un tono impregnado de amenaza.

Dejó la taza en la mesa con tanta violencia que les produjo un sobresalto.

—He convocado a todo el mundo, incluido el personal de la central de los turnos de día y de noche y los empleados de las caballerizas. Los he interrogado uno por uno en cuanto he llegado. Me ha llevado cuatro horas, y deben creerme si les digo que he aplicado sobre ellos toda la presión de que soy capaz. Nadie oyó nada esa noche. Es imposible, por supuesto. No tengo la menor duda acerca de la sinceridad de Marchand y de Hector; ellos jamás habrían hecho daño a los caballos y están al servicio de la familia desde hace mucho. Son personas rectas, competentes, con las que siempre he mantenido excelentes relaciones. Forman en cierto modo parte de la familia. Pueden descartarlos de la lista. Y lo mismo ocurre con Hermine. Es una chica estupenda, que adoraba a *Freedom*. Este asunto la ha dejado por los suelos.

—¿Está enterado de la desaparición de los vigilantes? —preguntó Servaz.

—Sí. Son los únicos a los que no he interrogado.

—Son dos y se necesitaron al menos dos personas para colgar ese caballo allá arriba. Además, tienen antecedentes judiciales.

—Dos sospechosos ideales —comentó Lombard con aire dubitativo.

—No parece muy convencido.

—No sé. ¿Para qué iban a colgar esos dos tipos a *Freedom* en el mismo sitio donde trabajaban? Era la mejor manera de atraer las sospechas sobre ellos, ¿no?

Servaz inclinó la cabeza a modo de aprobación.

—De todas maneras se han fugado —objetó.

—Póngase en su lugar; con sus antecedentes… No se lo tome como una ofensa, pero saben perfectamente que cuando la policía encuentra un culpable, raras veces va más allá.

—¿Quién los contrató? —preguntó Ziegler—. ¿Qué sabe de ellos? Apuesto a que se ha informado al respecto desde ayer.

—Exacto. Fue Marc Morane, el director de la central, quien los contrató. Fue en el marco de un programa de reinserción de antiguos reclusos de la cárcel de Lannemezan.

—¿Se han visto implicados en algún incidente en el seno de la central?

—Morane me ha asegurado que no.

—¿Ha habido despidos de personal en la central o en esta propiedad estos últimos años?

Lombard los miró alternativamente. El cabello, la barba y los ojos azules le conferían realmente el aspecto de un atractivo lobo de mar. Se parecía a sus fotos.

—Yo no me ocupo de esos detalles. La gestión de los empleados no entra dentro de mi campo de actuación, como tampoco entra, claro está, la de pequeñas estructuras como la central. De todas maneras, podrán tener acceso a todos los archivos de personal y mis colaboradores están a su disposición. Todos han recibido órdenes al respecto. Mi secretaria les enviará una lista de nombres y de números de teléfono; no duden en hacer uso de ella. Si alguien les pone reparos, llámenme. Les reitero que, para mí, este asunto es de suma importancia y que yo mismo estoy a su disposición las veinticuatro horas del día. —Sacó una tarjeta de visita, que tendió a Ziegler—. Por otra parte, ya han visto la central hidroeléctrica: es vetusta y poco rentable. La conservamos solo por razones vinculadas a la historia del grupo y de la familia. A Marc Morane, su director actual, lo conozco desde niño. Fuimos juntos a la escuela primaria. Aunque no lo había visto desde hacía años.

Servaz comprendió que aquella última precisión estaba destinada a matizar un orden jerárquico. Para el heredero del imperio, el director de la central no pasaba de ser un empleado más, situado en la parte inferior de la escala, en el mismo nivel o casi que sus obreros.

—¿Cuántos días al año pasa usted aquí, señor Lombard? —preguntó la gendarme.

—Es difícil contestar. Déjeme pensar… digamos que entre seis y ocho semanas. Como máximo. Paso mucho más tiempo en mi piso de París que en esta vieja mansión, por supuesto. También paso bastante tiempo en Nueva York. A decir verdad, la mitad del tiempo estoy de viajes de negocios. De todas maneras me encanta venir aquí, sobre todo durante la temporada de esquí y en verano, para disfrutar de mis caballos. Tengo otras caballerizas, como quizá ya sepan, pero aquí viví buena parte de mi infancia y adolescencia, antes de que mi padre me mandara a estudiar al extranjero. Aunque pueda parecerles siniestra, en esta residencia me siento como en mi casa. He vivido muchas cosas en ella, buenas y malas. Con el tiempo, no obstante, hasta las malas acaban pareciendo buenas, gracias al trabajo de la memoria…

La voz se le había velado un poco al final. Servaz se tensó, con todos los sentidos alerta, aguardando una continuación que no llegó.

—¿Qué quiere decir con lo de «cosas buenas y malas»? —preguntó quedamente Ziegler a su lado.

Lombard descartó la cuestión con un manotazo.

—Eso carece de importancia. Es algo que queda muy

lejos… No guarda relación alguna con la muerte de mi caballo.

—Eso nos corresponde determinarlo a nosotros —replicó Ziegler.

Lombard titubeó un instante.

—Digamos que se podría pensar que la vida de un niño como yo en un lugar como este era idílica, pero no era ni mucho menos así…

—¿De veras? —inquirió la gendarme.

Servaz reparó en la prudente mirada que le dedicó el hombre de negocios.

—Oiga, no creo que…

—¿Qué?

—Dejémoslo. Carece del menor interés.

Servaz oyó el suspiro que Ziegler emitió a su lado.

—Señor Lombard —señaló ella—, usted nos ha presionado diciendo que si tratábamos este caso a la ligera, lo íbamos a lamentar. Usted mismo nos ha animado a no descartar ninguna pista, incluso la más descabellada. Nosotros somos investigadores, no faquires ni adivinos. Necesitamos saber lo máximo posible del contexto de esta investigación. ¿Quién sabe si el origen de esta carnicería no está vinculado con el pasado?

—Nuestro trabajo consiste en encontrar conexiones y móviles —apoyó Servaz.

Mientras Lombard los observaba, adivinaron que estaba sopesando los pros y los contras. Ni Ziegler ni él efectuaron el menor movimiento. El hombre de negocios se mantuvo un momento en la duda y al final se encogió de hombros.

—Les voy a hablar de Henri y de Édouard Lombard, mi padre y mi abuelo —anunció de improviso—. Es una historia bastante edificante. Les diré quién era realmente Henri Lombard: un hombre frío como el hielo, duro como una piedra, de una rigidez absoluta. Violento y egoísta también, y un fanático del orden, como lo fue antes su padre.

La estupefacción afloró a la cara de Ziegler; Servaz, por su parte, contuvo la respiración. Lombard volvió a callar y de nuevo los observó. Los dos investigadores aguardaron en silencio, un silencio que se hizo eterno.

—Como probablemente saben, la empresa Lombard

comenzó a despegar realmente durante la Segunda Guerra Mundial. Hay que decir que mi padre y mi abuelo no vieron con malos ojos la llegada de los alemanes. Mi padre tenía entonces apenas veinte años y era mi abuelo quien dirigía la empresa, aquí y en París. Fue uno de los periodos más prósperos de su historia… hizo muy buenos negocios con sus clientes nazis.

Se inclinó hacia delante. Su gesto quedó reproducido inversamente por el espejo que tenía a la espalda… como si la copia se desentendiera de lo que iba a decir el original.

—Cuando llegó la Liberación, mi abuelo fue juzgado por colaboracionista y condenado a muerte, pero al final lo indultaron. Lo detuvieron en Clairvaux donde, dicho sea de paso, tuvo como vecino a Rebatet. Después lo liberaron en 1952, y murió un año más tarde de un ataque cardiaco. Entre tanto, su hijo Henri había asumido las riendas. Se propuso ampliar el negocio familiar, diversificarlo y modernizarlo. Al contrario de su padre, el mío, a pesar de su juventud, o quizás a causa de ella, había percibido ya en el año 43 el cambio de rumbo de los tiempos y, sin que lo supiera mi abuelo, había emprendido un acercamiento a la Resistencia y al gaullismo. No lo hizo por ideal, no, sino por puro oportunismo. Era un hombre brillante, clarividente incluso. A partir de Estalingrado, comprendió que los días del Tercer Reich estaban contados y jugó con dos barajas: los alemanes por un lado y la Resistencia por el otro. Fue mi padre quien forjó el grupo Lombard tal como es, en los años cincuenta, sesenta y setenta. Después de la guerra supo tejer una red de relaciones decisiva entre los barones del gaullismo y los antiguos resistentes nombrados en cargos clave. Era un gran capitán de industria, un constructor de imperio, un visionario… pero en casa era un tirano, un padre y un esposo brutal, insensible y distante. Físicamente imponía: alto, delgado, siempre vestido de negro. La gente de Saint-Martin lo respetaba o bien lo detestaba, pero todos le temían. Sentía un inmenso amor hacia sí mismo y no le quedaba más para darlo a los otros, ni siquiera a su mujer o a sus hijos…

Éric Lombard se levantó. Servaz y Ziegler lo vieron dirigirse a un aparador. Cogió una foto enmarcada y la tendió a Servaz. Una ropa oscura, una camisa de una blancura inmaculada, un hombre alto de rostro severo, con destellantes ojos de rapaz, nariz larga llena de vigor y el pelo blanco. Henri Lombard no se parecía en nada a su hijo. Tenía más bien el aire de un clérigo o de un predicador fanático. Servaz pensó involuntariamente en su propio padre, hombre delgado y distinguido cuya cara se negaba a fijarse en la placa fotográfica de su memoria.

—Tanto en casa como en sus empresas, mi padre hacía reinar el terror. Ejercía una auténtica violencia psicológica e incluso física sobre sus empleados, sobre su mujer y sus hijos. —Servaz captó una resquebrajadura en la voz de Lombard. El aventurero de los tiempos modernos, el icono de las revistas, había cedido el paso a otra persona—. Mi madre murió de un cáncer a los cuarenta y nueve años. Era su tercera mujer. Durante los diecinueve años en que estuvo casada con mi padre sufrió de continuo su tiranía, sus ataques de cólera, sus sarcasmos… y sus golpes. También despidió a numerosos trabajadores domésticos y empleados. Yo formo parte de un medio en que la dureza se considera una cualidad, pero la de mi padre iba más allá de lo aceptable. Su cerebro estaba devorado por las sombras.

Servaz y Ziegler cambiaron una mirada. Tanto el uno como el otro eran conscientes de que el herededro del imperio les estaban sirviendo una historia increíble que habría hecho las delicias de cualquier periodista del corazón. Éric Lombard había decidido, al parecer, confiar en ellos. ¿Por qué? Servaz lo comprendió de pronto. En el curso de las últimas veinticuatro horas, aquel hombre de negocios había efectuado probablemente gran cantidad de llamadas telefónicas. Servaz recordó una vez más las vertiginosas cifras mencionadas en Internet y sintió un desagradable hormigueo a lo largo de su columna vertebral. De repente, el policía se preguntó si no había abierto una investigación paralela, una pesquisa volcada no solo en la muerte del caballo, sino en la indagación de los pormenores concernientes a los investigadores oficiales. Era evidente. Éric Lombard sabía sin duda sobre ellos tanto como ellos sabían de él.

—Es una información importante —opinó por fin Ziegler—. Ha hecho bien en comunicárnosla.

—¿Usted cree? Yo lo dudo. Todas estas historias están enterradas desde hace mucho. Por supuesto, lo que acabo de contarles es estrictamente confidencial.

—Si lo que dice es exacto, tenemos un móvil —señaló Servaz—: el odio, la venganza. De parte de un antiguo empleado, por ejemplo, de un antiguo amigo, de un viejo enemigo de su padre.

Lombard sacudió la cabeza con escepticismo.

—En ese caso, ¿por qué obrar tan tarde? Hace once años que murió mi padre.

Estaba a punto de añadir algo cuando sonó el móvil de Irène Ziegler.

—Discúlpenme —dijo, tras comprobar el número. Se alejó hasta un rincón de la habitación.

—Su padre nació en 1920 si no me equivoco —prosiguió Servaz—, y usted en 1972. De eso se desprende que lo tuvo ya de mayor. ¿Tuvo otros hijos?

—Mi hermana Maud, nacida en 1976, cuatro años después de mí. Los dos nacimos de su tercer y último matrimonio. No tuvo hijos antes de nosotros, ignoro por qué. Oficialmente, había conocido a mi madre en París, en un teatro donde trabajaba como actriz…

Pareció que Lombard volvía a plantearse hasta dónde le convenía llegar en sus confidencias. Tras sondear a Servaz con la mirada, acabó por decidirse.

—Mi madre era efectivamente una actriz bastante buena, pero nunca puso los pies en un escenario ni en un teatro, como no fuera en el patio de butacas… y tampoco actuó en un plató de cine. Su talento consistía en realizar una representación para una sola persona a la vez: los hombres maduros y adinerados que le pagaban muy bien su compañía. Parece que tuvo una fiel clientela de ricos hombres de negocios. Estaba muy solicitada. Mi padre era uno de los más asiduos, y la situación debió de suscitar pronto sus celos. La quería para él solo. Como en todo lo demás, tenía que ser el primero y deshacerse de sus rivales de una manera u otra. Por eso se casó con ella. O más bien, según la óptica que tenía él, la «compró», a su manera. Nunca dejó de considerarla como una puta, incluso después de su boda. Cuando se casaron, mi padre tenía cincuenta y un años, y ella treinta. Mi madre, por su parte, debió de considerar que su «carrera» tocaba a su fin y que era hora de pensar en una reconversión. No sabía, sin embargo, que el hombre con que se casaba era violento. Lo pasó muy mal.

El semblante de Éric Lombard se ensombreció de pronto. «Nunca ha perdonado a su padre.» Servaz cayó en la cuenta con un escalofrío de las grandes similitudes que había entre Lombard y él. Tanto para el uno como para el otro, los recuerdos familiares constituían una superposición de alegrías y sufrimiento, de instantes radiantes y de horror. Observó de reojo a Ziegler, que seguía hablando por teléfono en el otro extremo del salón, de espaldas a ellos.

De repente se volvió y su mirada se cruzó con la de Servaz. Este percibió una señal de alerta: algo de lo que acababa de oír por teléfono la había perturbado.

—¿Y quién le puso al corriente de todas esas cosas sobre sus padres?

Lombard emitió una lúgubre carcajada.

—Contraté a un periodista hace unos años para que indagara en la historia familiar. —Titubeó un instante—. Hacía mucho que quería saber más sobre mi padre y mi madre. Desde mi posición ya sabía perfectamente que no formaban una pareja armoniosa, por decirlo en términos suaves. Aun así, no esperaba esa clase de revelaciones. Después compré el silencio de ese periodista. Me costó caro, pero valió la pena.

—Y desde entonces, ¿ningún otro periodista ha venido a husmear en ese asunto?

Lombard miró con fijeza a Servaz. Volvía a ser el hombre de negocios inflexible.

—Sí, desde luego. Los he comprado a todos, uno tras otro. He gastado una fortuna… Pero, a partir de cierta suma, todo el mundo está en venta…

Volvió a clavar la mirada en Servaz y este comprendió el mensaje: «Usted también». El policía sintió que lo invadía la rabia. Lo exasperaba aquella arrogancia. Al mismo tiempo, tuvo que reconocer que aquel hombre tenía razón. Él quizás habría tenido la fuerza de rehusar, en nombre del código ético que había adoptado al ingresar en la policía. No obstante, suponiendo que hubiera sido periodista y que el hombre que tenía delante de él le hubiera propuesto las mejores escuelas para su hija, los mejores profesores, las mejores universidades y, más tarde, un puesto garantizado en la profesión que soñaba ejercer, ¿habría tenido el valor de rechazar ese porvenir para Margot? En cierto modo, Lombard tenía razón: a partir de ciertos límites todo el mundo estaba en venta. El padre había comprado a su mujer; el hijo compraba a los periodistas... y sin duda también a los políticos. Éric Lombard se parecía más a su padre de lo que creía.

Servaz no tenía más preguntas.

Dejó la taza vacía en la mesa mientras Ziegler regresaba. La observó discretamente. Estaba tensa e inquieta.

—Bueno, ahora querría saber si tienen alguna pista —dijo Lombard con frialdad.

La simpatía que Servaz había sentido un instante atrás desapareció de golpe. Aquel individuo volvía a hablarles como si fueran sus criados.

—Lo siento —se apresuró a contestar con una sonrisa de inspector fiscal—. En esta fase preferimos evitar comentar la investigación con todas las personas implicadas en ella.

Lombard lo escrutó un buen momento. Servaz vio claramente que dudaba entre dos opciones: recurrir de nuevo a la amenaza o asumir una retirada transitoria. Optó por la segunda opción.

—Comprendo. De todas maneras, sé a quién debo dirigirme para obtener esa información. Gracias por haber venido y haberme dedicado su tiempo.

Se levantó, poniendo fin a la entrevista. No había nada que añadir.

Desanduvieron el camino. A su alrededor, las tinieblas se adueñaban del corredor de salones. Fuera el viento había arreciado y agitaba los árboles. Servaz pensó que tal vez iba a nevar. Miró el reloj: las 16.40. El sol declinaba; las sombras de los animales esculpidos en boj se alargaban en el suelo. Lanzó una ojeada tras él, hacia la fachada de la mansión, y descubrió a Éric Lombard observándoles, inmóvil, desde una de las múltiples ventanas de la planta baja. A su lado había dos hombres, uno de ellos era el tal Otto. Servaz volvió a plantearse la hipótesis de antes: los investigadores sometidos a su vez a investigación. En el sombrío rectángulo de la ventana, Lombard y sus hombres de confianza parecían reflejos de un cristal, extraños, silenciosos e inquietantes.

—¿Qué pasa? —preguntó a Ziegler en cuanto subieron al coche.

—Acaban de llamar de Rosny-sous-Bois. Han terminado los análisis de ADN.

La miró con incredulidad. Las muestras se habían tomado hacía apenas cuarenta y ocho horas; jamás realizaban un análisis de ADN en tan poco tiempo. ¡Los laboratorios estaban desbordados! Algún capitoste debía de haber dado prioridad al caso.

—La mayoría de los restos de ADN hallados en la cabina (cabello, saliva, pelos, uñas) corresponde a los obreros o a los empleados de la central, pero han encontrado también un resto de saliva en un vidrio. Pertenece a alguien que no tiene nada que ver con la central… alguien que está fichado en el archivo nacional de huellas genéticas. Alguien que no debería haberse encontrado allí…

Servaz se puso tenso. El archivo nacional de huellas genéticas suscitaba bastantes controversias. En él no solo se consignaba el ADN de los violadores, los asesinos y los pedófilos, sino también el de personas que habían cometido toda clase de delitos menores, desde un robo de poca monta a la posesión de unos gramos de marihuana. Como consecuencia de ello, el año anterior el número de perfiles de la base se había elevado a 470.492. Por más que aquel fuera el archivo sujeto al control jurídico más estricto de Francia, aquella inclusión indiscriminada preocupaba, y no sin razón, a abogados y magistrados. Al mismo tiempo, la tendencia a ampliar el archivo más allá de sus límites naturales había permitido ya la feliz culminación de unas cuantas operaciones, dado que la delincuencia desbordaba con frecuencia las casillas en las que se la pretendía acotar: un violador podía ser también un ladrón o un atracador. De ese modo, los restos de ADN encontrados en escenarios de atraco habían propiciado ya la detención de autores de agresiones sexuales múltiples.

—¿Quién? —inquirió.

Ziegler le lanzó una mirada de desconcierto.

—Julian Hirtmann. ¿Le suena de algo?

Por el frío aire empezaban a descender algunos copos de nieve. El viento de la locura había irrumpido en el habitáculo del coche. «¡Imposible!», le gritó el cerebro.

Servaz recordaba haber leído varios artículos en *La dépêche du Midi* en los que se informaba del traslado del célebre asesino en serie suizo al centro de los Pirineos. En ellos se describían con detalle las medidas de seguridad excepcionales que habían rodeado su traslado. ¿Cómo había podido conseguir Hirtmann salir del recinto del Instituto, cometer aquel acto demencial y volver luego a su celda?

—Es imposible —musitó Ziegler, poniendo voz a sus propios pensamientos.

Servaz la miraba con igual incredulidad. Después observó los copos de nieve, a través del parabrisas.

—*Credo quia absurdum* —dijo por fin.

—Otra vez latín —constató ella—. ¿Qué significa?

—«Lo creo porque es absurdo.»

9

Diane estaba sentada en su despacho desde hacía una hora cuando la puerta se abrió bruscamente y se volvió a cerrar con igual celeridad. Alzó la vista preguntándose quién podía entrar de ese modo sin llamar, esperando ver a Xavier o a Lisa Ferney ante sí.

Nadie.

Demoró, perpleja, la mirada en la puerta cerrada. Unos pasos resonaron en la habitación, pero la habitación estaba vacía… La luz proveniente de la ventana de vidrio esmerilado tenía una tonalidad azul grisácea y solo iluminaba un papel pintado ajado y un archivador metálico. Los pasos se detuvieron y alguien corrió una silla. Sonaron otros pasos, de tacones de mujer, esa vez, que también cesaron enseguida.

—¿Cómo están los internos hoy? —preguntó la voz de Xavier.

Miró la pared. «La oficina del psiquiatra», se dijo; los ruidos provenían de la habitación de al lado. La pared que los separaba era, sin embargo, muy gruesa. Tardó medio segundo en comprender. Posó la vista en la boca de ventilación situada en lo alto de la pared, en el rincón, bajo el techo: los sonidos pasaban por allí.

—Nerviosos —respondió Lisa Ferney—. No hablan más que de ese asunto del caballo. Parece que los excita a todos.

El extraño fenómeno acústico volvía perfectamente audibles cada una de las palabras y las sílabas pronunciadas por la enfermera.

—Aumente las dosis si es preciso —indicó Xavier.

—Ya lo he hecho.

—Muy bien.

Podía incluso captar el más mínimo matiz, la más mínima inflexión... hasta en los momentos en que las voces se reducían casi a un murmullo. Se preguntó si Xavier lo sabría; probablemente no se había dado cuenta nunca. En aquella habitación no había nadie antes de su llegada y ella apenas hacía ruido. Tal vez los sonidos circulaban solo en un sentido. Ocupaba una pequeña habitación polvorienta de cuatro metros por dos que anteriormente servía de trastero. Todavía había cajas de archivos apiladas en un rincón. Olía a polvo, pero también a otra cosa... un olor indefinible pero desagradable. Por más que le hubieran instalado a toda prisa un despacho, un ordenador y un sillón, tenía más o menos la misma impresión que si le hubieran montado una oficina en el local de las basuras.

—¿Qué piensas de la noticia? —preguntó Élisabeth Ferney.

Diane se irguió, con el oído atento.

—¿Y tú, qué piensas?

—No sé, ahí está el problema. ¿Se te ha ocurrido que la policía vendrá aquí seguramente a causa de ese caballo?

—¿Y qué?

—Husmearán por todas partes. ¿No tienes miedo?

—¿Miedo de qué? —dijo Xavier.

Hubo una pausa. Diane levantó la cabeza en dirección al conducto de ventilación.

—¿Por qué debería tener miedo? No tengo nada que ocultar.

No obstante, incluso a través de una boca de ventilación, la voz del psiquiatra proclamaba lo contrario. Diane se sintió incómoda de repente. Estaba espiando de manera involuntaria una conversación que adquiriría un giro muy embarazoso si llegaran a sorprenderla. Sacó el teléfono móvil de la bata y se apresuró a apagarlo, pese a que había escasas posibilidades de que la llamaran allí.

—Yo de ti me las arreglaría para que vean lo menos posible —aconsejó Lisa Ferney—. ¿Piensas enseñarles a Julian?

—Solo si lo piden.

—Tendré que ir a hacerle una visita, en ese caso.

—Sí.

Diane percibió el crujido de la tela de la bata de Lisa Ferney cuando esta se movió. Luego se hizo el silencio.

—Para —reclamó Xavier un segundo después—, no es el momento.

—Estás demasiado tenso. Podría ayudarte.

La voz de la enfermera se había vuelto zalamera, acariciadora.

—Por el amor de Dios, Lisa… Si alguien viniera…

—Qué cerdo, te pones a punto a la primera.

—Lisa, Lisa, te lo ruego… Aquí no… Dios mío, Lisa…

Diane notó un violento rubor en las mejillas. ¿Cuánto tiempo hacía que eran amantes Xavier y Lisa Ferney? El psiquiatra llevaba tan solo seis meses en el Instituto. Después se dijo que ella misma y Spitzner… Aun así, no llegaba a concretar por qué lo situaba en un nivel distinto. Quizá se debía a ese lugar, a todas aquellas pulsiones, odios, psicosis, rabias, manías que se cocían dando lugar a un caldo insalubre… pero percibía que en aquella relación había algo profundamente malsano.

—Quieres que pare, ¿es eso? —susurró Lisa Ferney al otro lado—. Dilo. Di que pare.

—Noooooo…

—Vámonos. Nos están observando.

Había anochecido. Ziegler volvió la cabeza y advirtió a su vez a Lombard detrás de la ventana, solo ahora.

Arrancó el coche y lo encaró hacia la avenida. Como antes, las verjas se abrieron delante de ellos. Servaz lanzó una ojeada por el retrovisor. Le pareció distinguir la silueta de Lombard, que se alejaba de la ventana, cada vez más pequeña.

—¿Y las huellas dactilares y las otras muestras? —inquirió Servaz.

—Por ahora no hay nada concreto, aunque aún les falta bastante para terminar. Hay cientos de huellas y restos. Van a tardar días. Por el momento, todos parecen corresponder al personal. Es evidente que el que cometió el delito utilizó guantes.

—Pero de todas formas dejó un poco de saliva en el vidrio.

—¿Cree que se trata de una especie de mensaje de su parte?

Desvió la vista de la carretera para mirarlo.

—Un reto... ¿Quién sabe? —apuntó—. En este caso no se debe descartar nada.

—O un banal accidente. Ocurre con más frecuencia de lo que se cree. Basta con que estornudase cerca del cristal.

—¿Qué sabe de ese Hirtmann?

Ziegler puso en marcha el limpiaparabrisas: los copos de nieve eran cada vez más densos en el sombrío cielo.

—Es un asesino organizado. No es psicótico delirante, como algunos internos del Instituto, sino un gran perverso psicópata, un depredador social particularmente temible e inteligente. Lo condenaron por el asesinato de su mujer y del amante de esta en atroces circunstancias, pero también se sospecha que asesinó a casi cuarenta personas, todas mujeres, en Suiza, en la región de Saboya, en el norte de Italia, en Austria... En cinco países en total. Lo que ocurre es que nunca confesó nada y no se pudo demostrar. Incluso en el caso de su mujer, jamás lo hubieran descubierto de no haber concurrido diversas circunstancias.

—Parece que conoce bien su historial.

—Me interesé en él en mis momentos libres hace dieciséis meses, cuando lo trasladaron al Instituto Wargnier. La prensa habló de él entonces. Pero nunca lo he visto.

—En cualquier caso, esto supone un cambio radical. A partir de ahora debemos partir de la hipótesis de que Hirtmann es la persona que buscamos, incluso aunque de primeras parezca imposible. ¿Qué sabemos de él? ¿En qué condiciones está encerrado en el Instituto? Esas cuestiones adquieren prioridad.

Ziegler asintió con la cabeza, con la vista fija en los márgenes de la carretera.

—También debemos pensar en lo que le vamos a decir —agregó Servaz—, en las preguntas que le vamos a plantear. Tenemos que preparar esa visita. No conozco tan bien el historial como usted, pero hay algo evidente: Hirtmann no es una persona cualquiera.

—También está la cuestión de las eventuales complicidades

con que haya podido contar en el interior del Instituto —señaló Ziegler—, y de los fallos en el sistema de seguridad.

—Así es. Es imprescindible celebrar una reunión preparatoria. Las cosas acaban de precisarse bruscamente y de complicarse a la vez. Debemos tomar en cuenta todos los aspectos del problema antes de ir allá.

Ziegler estaba de acuerdo. El Instituto pasaba a adquirir una importancia capital, pero no disponían de todas las competencias necesarias, ni tenían todas las cartas en la mano.

—El psicólogo debe llegar de París el lunes —dijo—, y yo tengo que dar mañana una conferencia en Burdeos sobre los atestados. ¡No voy a anular eso a causa de un caballo! Sugiero que esperemos al lunes para desplazarnos al Instituto.

—Por otro lado —observó Servaz—, si Hirtmann es realmente el autor de todo esto y pudo salir del Instituto, debemos asegurarnos a toda costa de que otros internos no puedan hacer lo mismo.

—He pedido refuerzos a la agrupación departamental de Saint-Gaudens. Están de camino.

—Hay que controlar todos los accesos al Instituto, registrar todos los coches que entran y salen de allí, incluso los del personal, y apostar equipos escondidos en la montaña para vigilar los alrededores.

—Sí, los refuerzos tomarán el relevo esta noche. También he pedido material para visión nocturna y disparo de noche, y permiso para doblar los efectivos locales, aunque me extrañaría que nos lo concedan. También disponemos de dos equipos con perros adiestrados que van a sumarse al dispositivo. De todas maneras, algunas de las montañas que hay alrededor del Instituto son infranqueables si uno no cuenta con material especializado. La única vía de acceso viable es la carretera y el valle. Esta vez, incluso si logra burlar los sistemas de seguridad del Instituto, Hirtmann no podrá ir más allá.

«A partir de ahora ya no se trata solo de un caballo —se dijo Servaz—. Ahora es mucho más grave.»

—Otro interrogante al que habrá que buscar respuesta.

Ziegler lo inquirió con la mirada.

—¿Qué relación existe entre Hirtmann y Lombard? ¿Por qué diablos se ensañó con ese caballo?

A medianoche, Servaz no dormía aún. Apagó el PC, un antiguo ordenador casi prehistórico que funcionaba todavía con Windows 98 y que había heredado tras su divorcio, y la lámpara del escritorio. Luego atravesó el salón y salió al balcón. La calle estaba desierta, tres pisos más abajo. Solo de vez en cuando algún coche se abría paso entre la doble hilera de vehículos que permanecían aparcados rozándose casi los parachoques. Como la mayoría de las ciudades, aquella tenía un marcado sentido del espacio ocupado, y como en la mayoría de las ciudades también, incluso cuando sus habitantes dormían las calles no estaban nunca dormidas por completo: a toda hora rugía y ronroneaba como una máquina. Desde abajo subían ruidos de platos provenientes de un restaurante. En alguna parte resonaba el eco de una conversación, más bien de una disputa, entre un hombre y una mujer. En la calle un individuo dejaba orinar a su perro sobre un coche. Tras volver al interior, Servaz buscó en su colección de CD y puso la *Octava sinfonía* de Mahler, dirigida por Bernstein, a un nivel de volumen decente. A esa hora, los vecinos de abajo, que solían acostarse temprano, dormían profundamente y ni los terribles martillazos de la *Sexta* ni el gran acorde discordante de la *Décima* habrían logrado turbarles el sueño.

«Julian Hirtmann...»

El nombre resurgió una vez más. Desde que Irène Ziegler lo había pronunciado unas horas atrás, en el coche, flotaba en el aire. En el transcurso de las horas anteriores, Servaz había tratado de averiguar lo máximo posible acerca del interno del Instituto Wargnier. No sin estupor, había descubierto que Julian Hirtmann sentía, como él, una predilección por la música de Mahler. Era algo que tenían en común. Había pasado varias horas navegando por Internet y tomando notas. Al igual como ocurría con Éric Lombard, pero por otros motivos, había encontrado cientos de páginas consagradas al asesino suizo.

El mal presagio que tenía Servaz desde el principio se extendía ahora como una nube tóxica. Hasta entonces, disponían solo de una historia estrafalaria —la muerte de un caballo en circunstancias insólitas— que no habría asumido jamás tales proporciones de no ser porque el propietario era un millonario y no un campesino de la zona. Ahora resultaba que guardaba un vínculo —sin que pudiera comprender cómo ni por qué— con uno de los más temibles asesinos de la era moderna. Servaz tenía de repente la impresión de hallarse delante de un largo pasillo lleno de puertas cerradas, y de que detrás de cada una se ocultaba un inquietante e insospechado aspecto de la investigación. Le producía aprensión tener que iniciar el recorrido de aquel pasillo y empujarlas. Curiosamente, se imaginaba el corredor iluminado con una lámpara roja… roja como la sangre, roja como el furor, roja como un corazón que late. Mientras se rociaba la cara con agua fría, con un nudo de angustia en el estómago, adquirió la certeza de que pronto se iban a abrir diversas puertas más que revelarían habitaciones a cual más oscuras y siniestras. Aquello solo era el principio…

Julian Alois Hirtmann llevaba casi dieciséis meses retenido en la unidad A del Instituto Wargnier, la reservada a los depredadores sociales más peligrosos, que solo contaba con siete internos en total. Hirtmann se distinguía, con todo, de los otros seis en más de un aspecto:

1.º) Era inteligente, controlado y nunca se había podido llegar a demostrar la larga serie de asesinatos que se le atribuían.

2.º) Había ocupado —lo cual constituía un caso raro aunque no del todo excepcional entre los criminales en serie— una posición social elevada, puesto que en el momento de su detención era fiscal del tribunal de Ginebra.

3.º) Su detención —propiciada por el «desafortunado concurso de circunstancias» evocado por Ziegler— y su juicio habían desencadenado un embrollo político-criminal sin precedentes en la crónica judicial helvética.

El concurso de circunstancias mencionado por Ziegler era una historia inverosímil, que habría podido parecer graciosa si por otro lado no hubiera sido trágica e increíblemente sórdida. La noche del 21 de junio del 2004, mientras sobre el lago Leman se desataba una violenta tormenta, Julian Hirtmann, con un gesto de magnánima mansedumbre, invitó a cenar al amante de su mujer y a esta en su propiedad situada al borde del lago. El motivo de la invitación era que quería «esclarecer las cosas y organizar entre caballeros la partida de Alexia».

Su encantadora esposa le había anunciado en efecto que quería dejarlo para vivir con su amante, magistrado como él del tribunal de Ginebra. Al final de la comida, en el curso de la cual escucharon los sublimes *Kindertotenlieder* de Mahler y hablaron de las distintas modalidades de divorcio (Servaz se demoró un instante con aquella información, preguntándose desconcertado qué prurito había llevado al investigador a anotar aquello: esos «Cantos para los niños muertos» eran una de sus obras musicales preferidas), el anfitrión sacó un arma y obligó a la pareja a bajar al sótano. Hirtmann y su mujer lo habían transformado en una «caverna de delicias sadomasoquistas» donde organizaban orgías frecuentadas por amigos de la alta sociedad ginebrina. A Hirtmann le gustaba ver a su hermosa mujer poseída y golpeada por varios hombres, a merced de toda clase de refinadas torturas, esposada, encadenada, azotada y sometida a la acción de extrañas máquinas que se vendían en tiendas especializadas de Alemania y los Países Bajos. Pese a ello, se había vuelto loco de celos al enterarse de que se disponía a abandonarlo por otro. Había una circunstancia agravante, y era que consideraba al amante de su mujer como un individuo totalmente estúpido e insípido.

En uno de los numerosos artículos consultados por Servaz aparecía Hirtmann posando en compañía de su futura víctima en el tribunal de Ginebra.

El hombre se veía bajo al lado del fiscal, que era muy alto y delgado. En la foto, Servaz le calculó unos cuarenta y pico años. El gigante había posado una mano amical en el hombro del amante y colega y se lo comía con los ojos, a la manera del tigre que escruta a su presa. Retrospectivamente, Servaz se preguntó si Hirtmann sabía entonces que lo iba a matar. El pie de página explicaba: «El procurador Hirtmann y su futura víctima, el juez Adalbert Berger, con túnicas de magistrado, posando en la sala de los pasos perdidos».

Aquella noche del 21 de junio, Hirtmann obligó a su mujer y al amante de esta a desnudarse y a tumbarse en una cama del sótano y después a beber champán hasta que ambos estuvieron borrachos. A continuación ordenó al amante que vaciara una botella mágnum sobre el cuerpo de Alexia, que temblaba tendida en la cama, al tiempo que él mismo roció de champán el cuerpo del amante. Una vez concluidas tales libaciones entregó al hombre uno de los chismes que abundaban en la sala, un objeto que parecía un gran taladro eléctrico al que hubieran sustituido la broca por un consolador. Por extraños que puedan parecer al común de los mortales, esa clase de instrumentos no son raros en las tiendas especializadas, y los invitados de las veladas al borde del lago los usaban de vez en cuando. Por la tarde, Hirtmann había trucado con cuidado el instrumento, de tal manera que en caso de inspección, los hilos eléctricos pelados aparecieran como un defecto puramente accidental ante un experto sospechoso. También había cambiado el disyuntor del cuadro eléctrico, que funcionaba perfectamente, por uno de esos disyuntores de imitación totalmente ineficaces que circulan en los mercados paralelos. Una vez que el amante de su mujer hubo introducido el chorreante objeto en el sexo de esta, Hirtmann conectó el aparato con la mano protegida con un guante de goma. El resultado fue inmediato, ya que el champán resultó un buen conductor. Hirtmann habría experimentado sin duda un intenso placer contemplando los cuerpos sacudidos por incontrolables temblores, los pelos y cabellos erizados como limaduras de hierro encima de un imán, si en ese momento no hubiera intervenido el «concurso de circunstancias» del que había hablado Ziegler.

Si bien el disyuntor defectuoso garantizaba que ningún corte de luz salvara a los dos amantes de la electrocución, la sobretensión tuvo sin embargo una consecuencia que Hirtmann no había previsto: activó el sistema de alarma de la casa. Hirtmann apenas tuvo tiempo de reaccionar cuando, alertada por el potente aullido de la sirena y por los vecinos, la diligente policía suiza llamó a su puerta.

El fiscal no perdió aun así la sangre fría. Tal como había previsto hacerlo un poco más tarde, declaró su identidad y su condición de fiscal para después anunciar, hundido y confuso, que un trágico accidente acababa de producirse en el sótano. Después, con aire avergonzado y perturbado, invitó a los agentes de policía a bajar al sótano. Entonces intervino el segundo concurso de circunstancias: a fin de hacer callar la sirena —y dar la impresión de haber socorrido a los amantes—, Hirtmann se había visto obligado a cortar, aunque tarde, la corriente. El gendarme Christian Gander, de la policía cantonal de Ginebra, declaró que, cuando su colega y él entraron en el siniestro sótano, una de las víctimas estaba aún viva. Era la mujer, Alexia. Con la luz de las linternas, se despertó de repente y le dio tiempo a señalar con actitud de terror a su verdugo antes de desmoronarse definitivamente. Los dos gendarmes apuntaron entonces al gigante y le pusieron las esposas, pese a sus protestas y amenazas. Después efectuaron dos llamadas: la primera a la ambulancia y la segunda a la brigada criminal de Ginebra. Los refuerzos llegaron quince minutos más tarde y en su sistemático registro no tardaron en encontrar la pistola automática —cargada y con el seguro quitado— que Hirtmann había corrido debajo de un mueble. Cuando se llevaron al fiscal, llamaron también a un equipo de identificación judicial. El análisis de los restos de la cena demostró que el fiscal asesino también había drogado a sus víctimas.

Fueron los documentos y recortes de prensa localizados poco después en la oficina de Hirtmann los que llevaron a establecer un vínculo entre él y una veintena de desapariciones de mujeres jóvenes que habían tenido lugar a lo largo de los quince años anteriores y que habían quedado sin esclarecer. El caso adquirió de improviso una nueva dimensión: de un drama pasional pasó a ser el de un asesino en serie. La apertura de una caja del banco permitió exhumar varios archivadores llenos de recortes de prensa que apuntaban a otras desapariciones ocurridas en cinco países: en los Alpes franceses, los Dolomitas, Baviera, Austria y Suiza. En total, cuarenta casos acaecidos en un plazo de veinticinco años. Ninguna de aquellas desapariciones había sido dilucidada. Hirtmann afirmó, por supuesto, que se había interesado por esos casos por razones puramente profesionales y demostró cierto sentido del humor al declarar que sospechaba que aquellas jóvenes habían sido víctimas de un mismo y único asesino. No obstante, aquellos casos se desvincularon jurídicamente del primero, del que diferían enormemente tanto por el móvil como por las características del crimen.

En el proceso, Hirtmann reveló por fin su verdadera naturaleza. Lejos de tratar de minimizar sus inclinaciones, las exhibió con fruición. Durante el juicio estalló una serie de estrepitosos escándalos, puesto que varios miembros del tribunal y de la alta sociedad ginebrina habían participado en sus veladas. Hirtmann reveló sus nombres con delectación, arruinando la reputación de un gran número de personas. El caso se convirtió en un seísmo político-criminal sin precedente en el que se mezclaban sexo, droga, dinero, justicia y medios de comunicación. De este periodo se conservaban numerosas fotografías publicadas en la prensa del mundo entero, con leyendas del tipo «la casa del horror» (donde se veía la gran casa de la orilla del lago con su fachada cubierta de hiedra), «el monstruo saliendo del juzgado» (en la que aparecía Hirtmann revestido de un chaleco antibalas y protegido por unos policías a los que sacaba un palmo), «Ginebra en el ojo del huracán», «Fulano acusado de haber participado en las orgías de Hirtmann», etc...

En el curso de sus peregrinaciones virtuales, Servaz comprobó que algunos internautas rendían un auténtico culto a Hirtmann. La mayoría de las páginas web dedicadas a él lo presentaban no como un loco criminal sino más bien como el emblema del sadomasoquismo o —sin asomo de ironía— de la «voluntad de poder», como un «astro incandescente de la galaxia satánica» o incluso como un «superhombre nietzscheano y rock». Los foros eran aún peores. Ni siquiera Servaz, en su condición de policía, habría sospechado nunca que hubiera tanto chalado en circulación. Unos individuos presentados por seudónimos tan grotescos como 6-Borg, Sympathy for the Devil o Diosa Kali se explayaban exponiendo teorías igual de nebulosas que sus falsificadas identidades. Deprimido por la observación de todos esos universos de recambio, todos esos foros, todas esas páginas web, Servaz se dijo que años antes todos aquellos chiflados se habrían creído que eran únicos en su especie y se habrían mantenido encerrados en su rincón. En la actualidad, gracias a los medios de comunicación modernos, que comunican en primer lugar la tontería y la locura y —con más parsimonia— el conocimiento, descubrían que no estaban solos, contactaban entre sí y se sentían confortados en su chaladura. Recordando lo que le había dicho a Marchand, Servaz rectificó mentalmente: la locura era en efecto una epidemia, pero sus dos vectores predilectos eran los medios de comunicación e Internet.

De improviso se acordó del mensaje en que su hija le preguntaba si estaría libre el sábado. Miró el reloj: era la 1.07. El sábado era hoy. Tras un breve titubeo, acabó marcando el número para dejarle un mensaje en el contestador.

—¿Sí?

Se quedó extrañadísimo. Había respondido de inmediato y con una voz tan diferente de la que tenía normalmente que dudó sobre si no se había equivocado de número.

—¿Margot?

—Papá, ¿eres tú? —exclamó ella en un murmullo—. ¿Sabes qué hora es?

Adivinó al instante que esperaba la llamada de otra persona. Debía de dejar el móvil conectado por la noche a escondidas de su madre y de su padrastro y responder metida bajo la sábana. ¿De quién debía de esperar una llamada? ¿De su novio? ¿Qué clase de novio llamaba a semejantes horas? Luego se acordó de que era viernes por la noche, el día en que los estudiantes salen a divertirse.

—¿Te he despertado?

—¿Tú qué crees?

—Solo quería decirte que leí tu mensaje —dijo—. Intentaré encontrar un rato para esta tarde. ¿Te va bien a las cinco?

—¿Seguro que estás bien, papá? Tienes una voz extraña.

—Sí, cariño. Es solo que… tengo mucho trabajo en este momento.

—Siempre dices eso.

—Porque es verdad. Mira, no hay que creer que los que ganan mucho dinero son los únicos que trabajan mucho. Eso es mentira.

—Ya lo sé.

—No creas nunca a los políticos —añadió sin pensarlo—. Son todos unos mentirosos.

—Papá, ¿has visto la hora que es? ¿No podríamos hablar de eso en otro momento?

—Tienes razón. Además, los padres no deberían tratar de

manipular a sus hijos, aunque piensen que tienen razón en lo que dicen, sino enseñarles a pensar por sí mismos. Ni siquiera si sus hijos no piensan como ellos…

Se trataba, desde luego, de un discurso un poco largo para una hora tan tardía.

—Tú no me manipulas, papá. Eso se llama un intercambio de ideas… y yo soy capaz de pensar por mí misma.

Servaz se sintió ridículo de repente, pero aquello lo indujo a sonreír.

—Mi hija es maravillosa —dijo.

Margot rio quedamente.

—Bien mirado, parece que estás bastante en forma.

—Estoy en plena forma y es la una y cuarto de la madrugada. La vida es maravillosa, y mi hija también. Buenas noches, hija. Hasta mañana.

—Buenas noches, papá.

Regresó al balcón. La luna brillaba por encima del campanario de la basílica de Saint-Sernin. Unos estudiantes pasaron por la calle armando jaleo. Los gritos, las carcajadas, las carreras y los alegres alborotadores se fundieron en la noche; sus risas tardaron en apagarse, como un eco lejano de su juventud. Hacia las dos, Servaz se acostó en su cama y se durmió por fin.

Al día siguiente, sábado 13 de diciembre, Servaz reunió una parte de su grupo de investigación para hacer balance del caso del asesinato del vagabundo. Samira Cheung llevaba esa mañana calcetines largos a rayas horizontales rojas y blancas, un pantalón corto de cuero extremadamente ajustado y botas con unos tacones de doce centímetros y un montón de aros metálicos por detrás. Servaz se dijo que no habría tenido siquiera necesidad de disfrazarse en caso de que hubiera tenido que infiltrarse en los ambientes de la prostitución local, pero luego pensó que aquel era precisamente el tipo de reflexión que habrían podido hacer Pujol y Simeoni, los dos horteras de la brigada que habían atacado a su ayudante. Espérandieu, por su parte, lucía un jersey de estilo marinero con rayas horizontales que le confería un aire todavía más juvenil, totalmente alejado de la típica imagen de un policía. Por espacio de un instante de pura angustia metafísica, Servaz se preguntó si dirigía un grupo de investigación o si le habían teletransportado a una facultad de letras. Tanto Samira como Vincent habían sacado sus ordenadores portátiles personales. Como siempre, la chica llevaba colgados del cuello los cascos de su reproductor multimedia y Espérandieu pasaba un dedo por la pantalla del iPhone —un aparato negro que, a ojos de Servaz, parecía simplemente un gran teléfono móvil extraplano— como si pasara las páginas de un libro. Respondiendo a su petición, Samira volvió a destacar uno de los puntos débiles de la acusación: nada demostraba la implicación directa de los tres jóvenes en la muerte del vagabundo. La autopsia había establecido que la víctima había muerto ahogada en cincuenta centímetros de agua después de haber perdido el conocimiento, sin duda a consecuencia de una serie de golpes, sobre todo uno muy violento recibido en la cabeza. Ese «sin duda» resultaba de lo más embarazoso, habida cuenta de que el vagabundo tenía igualmente un índice de 1,9 gramos de alcohol en la sangre en el momento de los hechos. Servaz y Espérandieu eran perfectamente conscientes de que la defensa iba a explotar el informe de la autopsia para tratar de presentar los hechos como «violencias voluntarias que ocasionaron la muerte de manera involuntaria», o incluso para poner en duda el hecho de que los golpes recibidos hubieran sido la causa del ahogamiento, que podía imputarse al estado de embriaguez de la víctima. Hasta entonces habían evitado abordar, no obstante, la cuestión.

—Es el juez el que debe zanjar —concluyó finalmente Servaz—. Vosotros ceñíos en vuestros informes a lo que sabéis, no a lo que suponéis.

Ese mismo sábado, más tarde, observó con perplejidad la lista que le tendía su hija.

—¿Qué es?

—Mi lista de regalos para Navidad.

—¿Todo eso?

—Es una lista, papá. No estás obligado a comprarlo todo —precisó burlona.

La miró. Todavía tenía colocada la fina anilla de plata en el labio inferior, al igual que el *piercing* color rubí en la ceja izquierda, pero había agregado un quinto pendiente a los cuatro que ya llevaba en la oreja izquierda. Servaz pensó fugazmente en la compañera que tenía en la investigación. También advirtió que Margot se había dado un golpe, porque tenía un morado en el pómulo derecho. Después leyó con más detenimiento la lista: un iPod, un marco digital (se trataba, según le explicó ella, de un marco de fotos en cuya pantalla desfilaban las imágenes almacenadas en la memoria), una consola portátil Nintendo DS Lite (con el «programa de entrenamiento cerebral avanzado del doctor Kawashim»), una cámara de fotos compacta (a ser posible dotada de un sensor de siete megapíxels, de un zoom X3, de una pantalla de 2,5 pulgadas y de un estabilizador de imágenes) y un ordenador portátil con una pantalla de 17 pulgadas (preferentemente con procesador Intel Centrino 2 Duo de 2 GHz, 2 Gb de memoria RAM, un disco duro de 250 Gb y un lector-grabador de CD y DVD). Había dudado si incluir el iPhone pero al final había considerado que costaría «un poco caro». Servaz no tenía la menor idea del precio de aquellos objetos ni de lo que significaba, por ejemplo, «2 Gb de memoria RAM». Sí sabía otra cosa, en cambio: que no existía ninguna clase de tecnología inocente. En aquel mundo tecnológico e interconectado, los resquicios de libertad y de pensamiento auténtico se volvían cada vez más escasos. ¿A qué se debía aquel frenesí de compras, aquella fascinación por los aparatos más superfluos? ¿Por qué un miembro de una tribu de Nueva Guinea le parecía en la actualidad más sano de espíritu y más sagaz que la mayoría de las personas con las que tenía relación? ¿Era él el que iba mal o, a la manera de aquel viejo filósofo instalado en su barril, contemplaba un mundo que había perdido la razón? Después de guardar la lista en el bolsillo, dio un beso en la frente a su hija.

—Lo pensaré.

El tiempo había cambiado en el transcurso de la tarde. Llovía y el viento soplaba con fuerza. Se habían refugiado bajo el toldo, agitado por las ráfagas, de uno de los numerosos escaparates profusamente iluminados del centro de la ciudad. Las calles estaban llenas de gente, de coches y decoraciones navideñas.

¿Qué tiempo debía de hacer allá arriba?, se preguntó de improviso. ¿Nevaría encima del Instituto? Servaz se imaginó a Julian Hirtmann en su celda, desplegando su largo cuerpo para mirar caer en silencio la nieve ante su ventana. Desde la tarde anterior, desde que había escuchado las revelaciones de la capitana Ziegler en el coche, no había parado de pensar en el gigante suizo.

—¿Me escuchas, papá?

—Sí, claro.

—No te olvidarás de mi lista, ¿eh?

La tranquilizó al respecto. Después le propuso ir a tomar algo a un café de la plaza del Capitolio. Con gran sorpresa, oyó que ella pedía una cerveza. Hasta entonces siempre había tomado Coca-Cola light. Servaz tomó de repente conciencia de que su hija tenía diecisiete años y de que él seguía mirándola, pese a la evidencia anatómica, como si tuviera cinco menos. Quizá se debiera a aquella miopía las dificultades que tenía para comprenderla desde hacía un tiempo. De nuevo demoró la mirada en el morado del pómulo. La observó un instante, cabizbaja sobre la bebida. Tenía ojeras y un aire triste. De pronto, las preguntas afluyeron en tropel. ¿A qué se debía su tristeza? ¿De quién esperaba una llamada a la una de la noche? ¿Cuál era el motivo de aquel hematoma en la mejilla? Preguntas de policía, se dijo. No, preguntas de padre...

—Y ese morado, ¿cómo te lo has hecho? —inquirió.

—¿Cómo?

—Ese morado del pómulo... ¿de dónde ha salido?

—Eh... Me di un golpe. ¿Por qué?

—Un golpe, ¿dónde?

—¿Es importante?

La mordacidad de su tono lo hizo sonrojar. Era más fácil interrogar a un sospechoso que a su propia hija.

—No —contestó.

—Mamá dice que tu problema es que ves el mal por todas partes, por deformación profesional.

—Puede que tenga razón.

Entonces le tocó a él bajar la vista.

—Me levanté de noche para ir a hacer pipí y choqué contra una puerta. ¿Estás satisfecho con la respuesta?

La observó preguntándose si debía creerla. Era una explicación plausible. Él mismo se había abierto la frente de esa manera, en plena noche. No obstante, había algo en el tono y la agresividad de la respuesta que le causaba desazón. ¿O tal vez eran imaginaciones suyas? ¿Por qué veía tan claro en general en las personas a las que interrogaba… y por qué su propia hija le resultaba tan opaca? En un plano más global, ¿por qué se encontraba como pez en el agua cuando investigaba y se sentía tan inepto en las relaciones humanas? Sabía lo que le habría dicho un psicólogo: le habría hablado de su infancia…

—¿Y si vamos al cine? —propuso.

Esa noche, después de haber metido un plato precocinado en el microondas y tomado un café (se dio cuenta demasiado tarde de que ya no le quedaba y tuvo que sacar un viejo bote de café soluble caducado), volvió a sumergirse en la biografía de Julian Alois Hirtmann. La noche se había abatido sobre Toulouse. Fuera hacía viento y llovía pero en su despacho reinaba la música de Gustav Mahler (la *Sexta sinfonía*) que llegaba desde el salón y una intensa concentración propiciada por la hora tardía y la penumbra, que interrumpían solamente una pequeña lámpara de estudio y la pantalla luminosa del PC. Servaz había sacado el cuaderno y seguía tomando notas. Ya había llenado varias páginas. Mientras el sonido de los violines se elevaba en la sala de estar, se volvió a sumergir en la carrera del asesino en serie. La jueza suiza había pedido un peritaje psiquiátrico a fin de establecer la responsabilidad penal. Los expertos designados habían concluido, tras una larga serie de entrevistas, que tenía una «irresponsabilidad total», y habían invocado crisis delirantes, alucinaciones, el uso intensivo de estupefacientes que habían alterado el discernimiento y potenciado la esquizofrenia del sujeto y la absoluta ausencia de empatía, punto este que resultaba incontestable incluso para Servaz. Según se especificaba en el informe, el paciente no disponía de «los medios psíquicos para controlar sus actos, ni del grado de libertad interior que le permitiera elegir y decidir».

A juzgar por los datos que Servaz pudo consultar en ciertas páginas web suizas de psiquiatría legal, los expertos designados tenían preferencia por una metodología científica que dejaba poco lugar a la interpretación personal: habían sometido a Hirtmann a una batería de tests estandarizados y explicaron que se habían basado en el DSM-IB, el manual estadístico de los trastornos mentales. Servaz se preguntó si Hirtmann no conocía ese manual tanto o mejor que ellos en el momento de las pruebas.

No obstante, reconociendo la peligrosidad del sujeto, habían recomendado medidas de seguridad extremas y el ingreso en un establecimiento especializado «durante un plazo indeterminado de tiempo». Hirtmann había estado en dos hospitales psiquiátricos suizos antes de ir a parar al Instituto Wargnier. No era el único paciente de la unidad A llegado del extranjero, ya que el Instituto era un establecimiento único en Europa y suponía la primera tentativa de tratamiento psiquiátrico efectuada con vistas a un futuro espacio judicial europeo. Servaz torció el gesto al leer aquello. ¿Qué podía significar, teniendo en cuenta que las justicias europeas presentaban abismales diferencias en materia de leyes, de duración de penas y de presupuestos, o que el de Francia por habitante era la mitad que el de Alemania, los Países Bajos o incluso el Reino Unido?

Levantándose para ir a buscar una cerveza a la nevera, inició otra línea de reflexión: existía una evidente contradicción entre la personalidad socialmente integrada, reconocida en el plano profesional del Hirtmann descrito por la prensa, y aquella otra tenebrosa, sometida a unos fantasmas de asesinato incontrolables y a unos celos patológicos, establecida por los expertos. ¿Jekyll y Hyde? ¿O bien Hirtmann había conseguido, gracias a su talento de manipulador, evitar la cárcel? Servaz se decantaba más bien por la segunda hipótesis. Estaba convencido de que, cuando había comparecido por primera vez delante de ellos, el suizo sabía perfectamente cómo debía comportarse y lo que debía decir a los expertos. ¿Se desprendía de eso que ellos mismos deberían enfrentarse a un actor y a un manipulador excepcional? ¿Cómo iban a sacar algo en claro de él? ¿Sería capaz de lograr algo el psicólogo enviado por la gendarmería cuando tres expertos suizos se habían dejado embaucar?

Servaz se planteó a continuación qué razonamiento podía vincular a Hirtmann con Lombard. El único vínculo evidente era geográfico. ¿Habría agredido aquel caballo al azar? ¿Se le habría ocurrido la idea al pasar delante del centro ecuestre? Dado que este se encontraba lejos de las principales vías de comunicación del valle, no había ninguna razón para que Hirtmann hubiera estado allí. Y si era él quien había matado al caballo, ¿por qué no habían notado su presencia los perros? ¿Y por qué no había aprovechado para huir? ¿Cómo había burlado los sistemas de seguridad del Instituto? Cada pregunta suscitaba otra más.

De repente, Servaz se puso a pensar en algo distinto: su hija tenía ojeras y una mirada triste. ¿Por qué? ¿Por qué se la veía tan cansada y tan triste? Había respondido al teléfono a la una de la mañana. ¿De quién esperaba una llamada? Y aquel morado en el pómulo… Las explicaciones de Margot no le habían acabado de convencer. Hablaría con su madre.

Servaz siguió indagando en la existencia de Julian Hirtmann hasta la madrugada. Cuando se fue a acostar aquel domingo 14 de diciembre, lo hizo con la impresión de tener entre las manos las piezas de dos rompecabezas diferentes que no encajaban entre sí.

Su hija tenía ojeras y una mirada triste. ¿Qué significaba aquello?

Esa noche, Diane Berg pensaba en sus padres. Su padre era un hombre cerrado, un burgués, un calvinista rígido y distante, uno más de los que producía Suiza con la misma facilidad que fabricaba chocolate y cajas fuertes. Su madre vivía en un mundo aparte, un mundo secreto e imaginario en el que oía la música de los ángeles y del que ella era el centro y la razón de ser… evolucionando siempre entre la euforia y la depresión. Una madre demasiado ocupada consigo misma para prodigar a sus hijos algo más que un afecto dispensado a cuentagotas. Diane había aprendido muy pronto que el extraño mundo de sus padres no era el suyo.

Se había fugado por primera vez a los catorce años, pero no había llegado muy lejos. La policía ginebrina la había devuelto a casa después de que la hubieran descubierto in fraganti robando un CD de Led Zeppelin en compañía de un chico de su edad al que había conocido dos horas antes. En un ambiente tan «armonioso», la rebelión era inevitable y así Diane había pasado por fases grunge, neopunk y gótica antes de encarrilarse hacia la facultad de psicología, donde había aprendido a conocerse a sí misma y a conocer a sus padres, aunque no a comprenderlos.

El encuentro con Spitzner había sido determinante. Diane no había tenido muchos amantes antes de él, y pese a que daba la imagen de una joven emprendedora y segura de sí misma, Spitzner no se había dejado engañar: enseguida había desentrañado su verdadera naturaleza. Desde el principio, ella sospechó que no era la primera alumna a la que conquistaba, cosa que él mismo le confirmó, pero le daba igual. Tampoco le importaba la diferencia de edad ni el hecho de que Spitzner estuviera casado y tuviera siete hijos. Si hubiera debido aplicar sus habilidades de psicóloga analizando su propio caso, habría visto en su relación un puro cliché: Pierre Spitzner representaba todo lo que sus padres no eran, y todo lo que ellos detestaban.

Se acordó que una vez mantuvieron una larga conversación, muy seria.

—Yo no soy tu padre —le había dicho él al final—. Ni tu madre. No exijas de mí ciertas cosas que nunca te voy a poder dar.

Estaba tendido en el sofá del pequeño apartamento de soltero que la universidad ponía a su disposición, con un vaso de Jack Daniel's en la mano, mal afeitado, con el torso desnudo, exhibiendo con cierta vanidad aquel cuerpo extraordinariamente firme para un hombre de su edad.

—¿Como qué, por ejemplo?

—La fidelidad.

—¿Te acuestas con otras mujeres en este momento?

—Sí, con mi mujer.

—Con otras, me refiero.

—No, en este momento no. ¿Satisfecha?

—Me da igual.

—Mentira.

—Bueno de acuerdo, no me da igual.

—Yo paso de saber con quién te acuestas —replicó él.

Había algo, no obstante, de lo que ni él ni nadie se había percatado: la costumbre de las puertas cerradas, de las habitaciones donde estaba «prohibido entrar» y de los secretos maternos había hecho que Diane desarrollara una curiosidad muy superior a la normal, una curiosidad que le servía en su oficio pero que también la había llevado a meterse en situaciones incómodas. Diane interrumpió aquellos pensamientos y observó cómo la luna se deslizaba detrás de unas nubes, deshilachadas como una tela de gasa. El astro se asomó al cabo de unos segundos en una nueva brecha para volver a desaparecer. Cerca de la ventana, la rama de un abeto cubierta de nieve adquirió una breve apariencia fosforescente bajo la lechosa luz caída del cielo antes de sumirse de nuevo en la oscuridad.

Volvió la espalda a la estrecha y profunda ventana. Los negros trazos rojos de la radio despertador brillaban en la penumbra. Eran las 0.25. Nada se movía. Sabía que había uno o dos guardianes despiertos en aquella planta, pero seguramente estaban mirando la tele, apoltronados en sus sillones, en el otro extremo del edificio.

En aquella parte del Instituto reinaban el silencio y el sueño.

Pero no dormía todo el mundo…

Se desplazó hacia la puerta de su habitación. Había apagado la luz porque debajo quedaba un resquicio de varios milímetros. Una caricia de aire helado le rozó los pies. Se estremeció al instante, a causa del frío, pero también de la adrenalina que corría por sus venas. Algo había despertado su curiosidad.

Las doce y media…

El ruido fue tan débil que apenas lo oyó.

Igual que la noche anterior. Igual que las otras noches.

Una puerta que se abre, muy despacio. Después nada. Alguien que no quiere ser descubierto.

De nuevo, el silencio.

La persona estaba al acecho… como ella.

El clic de un interruptor precedió el rayo de luz bajo la puerta. Luego sonaron unos pasos en el pasillo, tan quedos que casi quedaron sofocados por los latidos de su corazón. Una sombra interceptó un instante la luz que se filtraba bajo la puerta. Primero dudó y luego se decidió de golpe a abrirla. Demasiado tarde. La sombra había desaparecido.

El silencio regresó y la luz se apagó.

Se sentó en el borde de la cama, en la oscuridad, estremecida bajo su pijama de invierno y el batín con capucha. Una vez más, se preguntó quién podía pasearse todas las noches por el Instituto. Y sobre todo, ¿para qué? En todo caso, para algo que exigía una gran discreción… porque la persona tomaba muchas precauciones para que no la oyeran.

La primera noche, Diane había pensado que debía de ser uno de los auxiliares o bien una enfermera que tenía un acceso de hambre y no quería que nadie se enterara de que se atiborraba a escondidas. El insomnio la había mantenido despierta, con todo, y la luz del pasillo no se había vuelto a encender hasta al cabo de dos horas. A la noche siguiente estaba agotada y se había dormido antes. La posterior, en cambio, el insomnio había vuelto a hacer acto de presencia y, con él, el casi inaudible crujido de la puerta, la luz en el pasillo y la sombra que se deslizaba furtivamente en dirección a la escalera.

Vencida por el cansancio, se había dormido antes del regreso. Se introdujo bajo el edredón y contempló su pequeña habitación glacial de doce metros cuadrados, con cuarto de baño, en el pálido rectángulo de la ventana. Tenía que dormir. Al día siguiente, domingo, dispondría de tiempo libre. Aprovecharía para revisar sus notas y después iría a Saint-Martin. El lunes sería, sin embargo, un día decisivo. El doctor Xavier le había anunciado que el lunes la llevaría a visitar la unidad A…

Tenía que dormir.

Cuatro días… Había pasado cuatro días en el Instituto y tenía la impresión de que, en aquel espacio de tiempo, se habían agudizado sus sentidos. ¿Era posible cambiar en tan poco tiempo? En caso afirmativo, ¿cómo sería la transformación dentro de un año… cuando abandonara aquel lugar para volver a casa? Tenía que dejar de pensar en eso, se reprendió. Todavía le quedaban muchos meses de estar allí.

Aún no acababa de entender cómo habían podido encerrar a unos locos criminales en semejante lugar. Era, con mucho, el sitio más siniestro e insólito que había conocido.

«Pero esta va a ser tu casa durante un año, chica.»

Solo de pensarlo, se le quitaron las ganas de dormir.

Se incorporó en la cama y encendió la lamparita. Después conectó el ordenador y esperó a que se activara para consultar los mensajes. Por suerte, el Instituto contaba con servicio de Internet y repetidores Wifi.

(No hay ningún mensaje nuevo.)

Experimentó un sentimiento contradictorio. ¿De veras esperaba que él le escribiera, después de lo que había pasado? Había sido ella la que tomó la decisión de dejarlo, pese a que aquello la destrozaba. Él había aceptado con su habitual estoicismo y ella se había sentido dolida, sorprendida por la profundidad de su propio desamparo.

Vaciló antes de ponerse a teclear.

Sabía que él no comprendería su silencio. Había prometido darle detalles y escribir sin tardanza. Como todos los especialistas en psiquiatría legal, Pierre Spitzner ardía de curiosidad respecto a todo lo tocante al Instituto Wargnier. Cuando se enteró de que habían aceptado la candidatura de Diane, lo había interpretado no solo como una oportunidad para ella, sino también como una ocasión para él de aprender más cosas acerca de ese lugar sobre el que circulaban tantos rumores.

Tecleó las primeras palabras:

Querido Pierre:
Estoy bien. Este sitio…

Se le inmovilizó la mano.

En su cabeza acababa de surgir una imagen… un flash nítido y cortante como el hielo…

La gran casa de Spitzner que dominaba el lago, la habitación en la penumbra, el silencio de la vivienda vacía. Pierre y ella en la gran cama. En un principio, habían ido solo a buscar unos papeles que él había olvidado. La esposa de él estaba en el aeropuerto, esperando su avión con destino a París, donde debía dar una conferencia titulada «Personajes y puntos de vista» (la mujer de Spitzner había escrito una decena de complejas y sangrientas novelas policiacas con marcada connotación sexual que habían tenido bastante éxito). Pierre había aprovechado para enseñarle la casa. Al llegar delante de la habitación conyugal, había abierto la puerta y la había cogido de la mano. Al principio se había negado a hacer el amor en aquel sitio, pero él había insistido con aquel aire infantil que la perturbaba y derribaba sus resistencias. También había insistido para que Diane se pusiera la ropa interior de su esposa, unas prendas compradas en las *boutiques* más caras de Ginebra... Diane había dudado, pero el ambiente de transgresión, el gusto de lo prohibido ejercían sobre ella una atracción demasiado fuerte para ceder a los escrúpulos. Había comprobado que tenía las mismas medidas que la mujer de su amante. Estaba debajo de él, con los ojos cerrados, sintiendo la cara roja de Pierre encima de la suya. Los dos cuerpos evolucionaban, soldados, en perfecta sintonía, cuando desde el umbral de la puerta se elevó la voz, seca y tajante:

—Llévate a tu puta fuera de aquí.

Cerró el ordenador, ya sin ningunas ganas de escribir. Al volver la cabeza para apagarlo, dio un respingo. La sombra estaba debajo de su puerta... inmóvil... Contuvo la respiración, incapaz de efectuar el más mínimo movimiento. Después la curiosidad y la irritación pasaron a primer plano y dio un salto en dirección a la puerta.

Sin embargo, la sombra había vuelto a desaparecer.

SEGUNDA PARTE

Bienvenidos al infierno

SEGUNDA PARTE

Bien vestido al infierno

10

*E*l domingo 14 de diciembre, a las ocho menos cuarto de la mañana, Damien Ryck, apodado Rico, de veintiocho años, abandonó su domicilio para efectuar una solitaria carrera en la montaña. Hacía una mañana gris y sabía de antemano que el sol no iba a aparecer ese día. Después de despertarse, había salido a la gran terraza de su casa y había observado la densa niebla que inundaba los tejados y las calles de Saint-Martin. Por encima de la ciudad, las nubes se enroscaban con sus negruzcos arabescos en torno a las cimas.

Dado el mal tiempo, optó por dar un simple paseo para despejarse, siguiendo un itinerario que conocía de memoria. La noche anterior, o más concretamente, unas horas antes, había regresado a su casa dando traspiés después de una fiesta en casa de unos amigos, donde habían corrido el alcohol y los porros, y se había acostado sin quitarse la ropa. Al despertar, después de tomar una ducha, una taza de café solo y fumar otro porro en la terraza, consideró que el aire puro de las alturas le sentaría de maravilla. Rico tenía intención de terminar un poco más tarde, esa misma mañana, el entintado de una plancha. Se trataba de una operación delicada que exigía una gran precisión.

Rico era autor de tiras cómicas.

La suya era una profesión estupenda que le permitía trabajar en su casa y vivir de su pasión. Sus cómics en blanco y negro, muy oscuros, eran apreciados por los entendidos y cada vez era más conocido dentro del reducido mundo del cómic independiente. Aficionado al esquí fuera de pista, al alpinismo, al ciclismo de montaña, al parapente y gran viajero, había encontrado en Saint-Martin un sitio ideal para instalarse. Su oficio y los modernos medios de comunicación le permitían vivir lejos de París, donde se encontraba la sede de Éditions d'Enfer y adonde se trasladaba unas seis veces al año. Al principio, a los habitantes de Saint-Martin les había costado acostumbrarse a su caricaturesca pinta de joven alternativo, con sus rastas amarillas y negras, su fular, su poncho naranja, sus numerosos *piercings* y su perilla rosa. En verano, podían admirar igualmente la decena de tatuajes que cubrían su cuerpo casi anoréxico en hombros, brazos, espalda, cuello, pantorrillas, muslos, unas auténticas obras de arte en tres colores que desbordaban por todas partes de sus pantalones cortos y camisetas sin mangas. Rico, no obstante, resultaba más agradable cuando se lo conocía: no solo era un dibujante de talento, sino también una persona encantadora, dotada de un gran sentido del humor, amable con los vecinos, los niños y la gente mayor.

Esa mañana, Rico se puso sus zapatillas especiales para correr en plena naturaleza y un gorro como los que llevan los campesinos de los altiplanos andinos y, con los cascos de música debajo de este, se encaminó a trote lento hacia el sendero de gran recorrido, que comenzaba justo más allá del supermercado, a doscientos metros de su casa.

La persistente niebla vagaba por el desierto aparcamiento del supermercado en torno a las hileras de carros abandonados. Una vez en el sendero, Rico amplió las zancadas. Tras él, las campanas de la iglesia dieron las ocho. Tuvo la sensación de que su sonido le llegaba amortiguado a través de varias capas de guata.

Debía extremar la vigilancia para no torcerse los tobillos en aquel suelo irregular plagado de raíces y grandes piedras. Después de dos kilómetros de trayecto casi plano en paralelo al ruidoso torrente, que atravesó varias veces por los sólidos puentecillos hechos con costeros de pino, la pendiente se acentuó y sintió la tensión de las pantorrillas a causa del esfuerzo. Entre la bruma, algo menos densa, divisó el puente metálico que franqueaba el torrente un poco más arriba, en el punto en que se precipitaba en una rugiente cascada. Era la parte más ardua del recorrido. Una vez allá, el terreno se volvería de nuevo casi plano. Levantando la cabeza mientras dosificaba el esfuerzo, advirtió algo que colgaba del puente, un saco o un objeto voluminoso, sujeto a la placa del tablero metálico.

Agachó la cabeza para atacar el último trecho en zigzag antes de llegar a la altura del puente. El pulso le había subido a ciento cincuenta. Cuando elevó la mirada, el corazón le estalló: ¡lo que colgaba del puente no era un saco, sino un cadáver! Rico se quedó petrificado. La violenta emoción, sumada a la subida, lo habían dejado sin resuello. Con la boca abierta, contempló el cuerpo tratando de normalizar la respiración; los últimos metros los recorrió caminando, con las manos en las caderas.

«Pero ¿qué coño es esto?»

En un primer momento, Rico no acababa de comprender lo que veía. Se planteó si no sería víctima de una alucinación, ocasionada tal vez por los excesos de la noche, pero enseguida supo que no se trataba de una visión. Aquello era demasiado real, demasiado… terrorífico. Nada que ver con las películas de miedo que tanto le gustaban. Lo que tenía ante su vista era un hombre… ¡un hombre muerto, desnudo y colgado de un puente!

«¡Me cago en la puta!»

Un frío polar se insinuó en sus venas.

Lanzó una ojeada a su alrededor y un gélido estremecimiento le recorrió la columna vertebral. Aquel hombre no había muerto solo, no se había suicidado: aparte de la correa que le rodeaba el cuello, había otras más que lo mantenían sujeto a la estructura metálica del puente y, en la cabeza, alguien le había puesto una capucha… una capucha de tejido impermeable negro que le ocultaba la cara, prolongada por una capa que le pendía en la espalda.

«¡Joder! ¡Joder! ¡Joder!»

El pánico se adueñó de él. Jamás había visto algo parecido y lo que tenía delante inyectaba en sus venas el veneno del miedo. Se encontraba solo en la montaña, a cuatro kilómetros de cualquier vivienda, y únicamente había un camino para llegar hasta allí… el mismo por el que había venido.

Igual que el asesino…

Se preguntó si el asesinato acababa de producirse, o lo que era lo mismo, si el asesino seguía todavía por la zona, y escrutó con aprensión las rocas y la niebla. Después respiró hondo dos veces y giró sobre sí. Dos segundos más tarde, bajaba a toda prisa por el sendero en dirección a Saint-Martin.

Servaz nunca había sido muy aficionado al deporte. A decir verdad, detestaba el deporte en todas sus modalidades, ya fuera en los estadios o en la televisión. Detestaba tanto asistir a una manifestación deportiva como practicarla. Uno de los motivos por los que no tenía televisor era que difundían demasiado deporte para su gusto y, cada vez con mayor frecuencia, a cualquier hora del día o de la noche.

En otra época, durante sus quince años de matrimonio, se había obligado a efectuar una actividad física mínima, que consistía en correr treinta y cinco minutos, ni uno más, el domingo. Pese o gracias a ello, no había aumentado ni un kilo desde los dieciocho años y aún compraba la misma talla de pantalones. Él conocía el origen de tal prodigio: tenía los genes de su padre, que se había mantenido delgado y apuesto como una liebre toda su vida... salvo al final, cuando la bebida y la depresión lo habían vuelto casi esquelético.

Después de su divorcio, sin embargo, Servaz había abandonado toda actividad que guardara algún parecido con el ejercicio.

El que de repente hubiera decidido retomarla, ese domingo por la mañana, se debió a una observación que Margot había hecho la tarde anterior: «Papá, he decidido que vayamos a pasar las vacaciones de verano juntos, los dos, sin nadie más. Muy lejos de Toulouse». Le había hablado de Croacia, de sus calas, de sus islas montañosas, de sus monumentos y de su sol. Quería unas vacaciones a la vez «lúdicas y deportivas»: es decir hacer footing y nadar por la mañana, holgazanear un poco y visita de monumentos por la tarde, y por la noche a bailar o pasear al borde del mar. El programa estaba ya establecido. De ello se derivaba que le convenía estar en forma.

Por eso se había puesto unos viejos pantalones cortos y una camiseta informe y, con unas zapatillas de deporte, se había ido a correr por la orilla del Garona. El cielo estaba gris y había un poco de bruma. Él, que por lo general nunca salía de casa antes de mediodía cuando no estaba de servicio, advirtió que sobre la ciudad rosa flotaba una atmósfera extrañamente apacible, como si el domingo por la mañana se tomaran un descanso hasta los desconsiderados y los imbéciles.

Mientras corría a un ritmo bastante rápido, volvió a pensar en lo que había dicho su hija. «Muy lejos de Toulouse...» ¿Por qué muy lejos de Toulouse? Una vez más rememoró su aire de tristeza y cansancio, y se despertó su inquietud. ¿Habría algo en Toulouse de lo que quería escapar? ¿Algo o alguien? Volvió a pensar en el morado del pómulo y, de pronto, lo asaltó un mal presagio.

Al cabo de un segundo, el pecho amenazó con estallarle...

Había comenzado demasiado deprisa.

Se detuvo sin resuello, con las manos en las rodillas y los pulmones incendiados. Tenía la camiseta empapada de sudor. Consultó el reloj. ¡Diez minutos! ¡Había resistido diez minutos! ¡Y él que tenía la impresión de haber corrido durante media hora! ¡Jesús, estaba agotado! «¡Con cuarenta años apenas y ya me arrastro como un viejo!», se lamentaba en el momento en que el teléfono se puso a vibrar en el fondo de su pantalón.

—Servaz —jadeó.

—¿Qué ocurre? —preguntó Cathy d'Humières—. ¿No se encuentra bien?

—Estaba haciendo deporte —berreó.

—Tengo la impresión de que lo necesita, en efecto. Siento tener que importunarlo en domingo, pero hay novedades. Esta vez, me temo que no se trata de un caballo.

—¿Cómo?

—Hay un muerto... en Saint-Martin.

Servaz enderezó el cuerpo.

—¿Un... muerto? —preguntó con la respiración todavía alterada—. ¿Qué clase de muerto? ¿Se conoce... su identidad?

—Aún no.

—¿No llevaba documentación encima?

—No. Estaba desnudo... a excepción de unas botas y un impermeable negro.

Servaz tuvo la sensación de haber recibido una coz. Escuchó cómo D'Humières le explicaba lo que sabía: el joven que había ido a dar la vuelta al lago, el puente metálico que atravesaba el torrente, el cuerpo colgado debajo...

—Si estaba colgado de un puente, puede que sea un suicidio —aventuró sin convicción. ¿Quién querría despedirse del mundo con una indumentaria tan ridícula?

—Según las primeras constataciones, se trata más bien de un asesinato. No tengo más detalles. Querría que viniera a verme al lugar de los hechos.

Servaz sintió la caricia de una mano helada en la nuca. Lo que temía había sucedido. Primero el ADN de Hirtmann... y ahora aquello. ¿Qué significaba? ¿Era el inicio de una serie? Aquella vez era imposible que el suizo hubiera conseguido salir del Instituto. En ese caso, ¿quién había matado al hombre del puente?

—De acuerdo —respondió—. Avisaré a Espérandieu.

Después de indicarle adonde debía ir, D'Humières colgó. Servaz se sentó en un banco cercano. Se encontraba en el parque de la Prairie aux Filtres, cuyo césped descendía en suave pendiente hacia el Garona, al pie del Pont-Neuf. Había bastantes personas corriendo en la orilla del río.

—Espérandieu —dijo al descolgar.

—Tenemos un muerto en Saint-Martin.

Hubo un lapso de silencio. Después Servaz oyó la voz de Espérandieu que hablaba con alguien, ahogada por la mano que aquel había puesto sobre el auricular. Se preguntó si todavía estaría en la cama con Charlène.

—De acuerdo, ya me preparo.

—Paso a recogerte dentro de veinte minutos.

Después pensó, aunque ya era tarde, que sería imposible: había tardado diez minutos para llegar hasta allí corriendo y, en su estado, era incapaz de recorrer la misma distancia a igual velocidad. Volvió a llamar a Espérandieu.

—¿Sí?

—No hace falta que te des prisa. No llegaré antes de una media hora larga.

—¿No estás en casa? —preguntó Espérandieu, sorprendido.

—Hacía deporte.

—¿Deporte? ¿Qué clase de deporte?

En el tono de su ayudante se traslucía la incredulidad.

—Footing.

—¿Tú haciendo footing?

—Era la primera sesión —se justificó Servaz, irritado.

Adivinó que Espérandieu sonreía al otro lado de la línea. Tal vez Charlène Espérandieu sonreía también, tendida al lado de su marido. ¿Acaso se dedicaban algunas veces a burlarse de él, de sus costumbres de divorciado, cuando estaban solos? Por otra parte, estaba seguro de algo: Vincent lo admiraba. Había demostrado un absurdo orgullo cuando Servaz había aceptado ser el padrino de su futuro hijo.

Llegó a su coche, que había dejado en el parking del Cours Dillon, aquejado de una punzada en el costado, hiriente como un clavo. Una vez en el apartamento se duchó, se afeitó y se cambió. Después volvió a salir en dirección a la periferia.

Llegó a una casa nueva precedida por una zona de césped sin valla y una avenida semicircular asfaltada que conducía al garaje y a la entrada, tipo americano. Servaz bajó del coche. Un vecino encaramado a una escalera instalaba un Papá Noel en la punta de su tejado; unos niños jugaban a la pelota un poco más lejos en la calle; una pareja de unos cincuenta años pasaba corriendo por la acera, altos y delgados, vestidos con mallas de colores fluorescentes. Servaz llegó a la puerta y llamó.

Volvió la cabeza para observar las peligrosas maniobras del vecino, que se debatía con su Papá Noel y las guirnaldas en lo alto de la escalera.

Cuando la giró de nuevo, casi dio un respingo: Charlène Espérandieu había abierto la puerta sin hacer ruido y permanecía sonriente delante de él. Llevaba una chaqueta con capucha de malla clara abierta, una camiseta lila debajo y un pantalón de embarazada. Iba descalza. Era imposible no advertir su redondeado vientre, y su belleza. En Charlène Espérandieu todo era ligereza, ingenio y finura. Era como si ni siquiera el embarazo lograra lastrarla, privarla de sus alas de artista y su humor. Charlène dirigía una galería de arte en el centro de Toulouse; Servaz, que había estado invitado a algunas inauguraciones, había descubierto en sus blancas paredes unas obras

167

extrañas, inquietantes y en ocasiones fascinantes. Durante un instante permaneció quieto, sin reaccionar. Después se repuso y le sonrió, con aquella sonrisa que era como una forma de rendirle homenaje.

—Entra. Vincent acaba de prepararse. ¿Quieres un café?

Cayó en la cuenta de que no había comido nada desde que se había levantado. La siguió hasta la cocina.

—Vincent me ha dicho que te habías puesto a hacer deporte —comentó, empujando una taza hacia él.

Agradeció el tono de broma usado, que servía para distender el ambiente.

—Solo era una tentativa, más bien penosa, debo reconocer.

—Persevera. No renuncies.

—*Labor omnia vincit improbus*: «el trabajo tenaz lo vence todo» —tradujo sacudiendo la cabeza.

Charlène sonrió.

—Vincent me había dicho que a menudo sueltas citas en latín.

—Es un pequeño truco para captar la atención en los momentos importantes.

Por un instante estuvo tentado de hablarle de su padre. No había hablado de él con nadie, pero si existía alguien con quien podía confiarse, esa persona era ella. Lo había sentido desde la primera noche, cuando lo había sometido a un auténtico interrogatorio… pero un interrogatorio amistoso e incluso tierno, por momentos.

Inclinó la cabeza, manifestando su aprobación.

—Vincent siente una gran admiración por ti. He notado que a veces trata de copiarte, de actuar o de responder como cree que lo harías tú. Al principio no entendía de dónde provenían esos cambios; después lo he comprendido observándote a ti.

—Espero que solo copie las cosas buenas.

—Yo también.

Guardó silencio. Espérandieu hizo su aparición en la cocina poniéndose una cazadora plateada que Servaz consideró poco indicada para las circunstancias.

—¡Estoy listo! —Apoyó una mano en el redondeado vientre de su mujer—. Cuida de los dos.

—¿De cuánto está? —preguntó Servaz, ya en el coche.

—Siete meses. Prepárate para ser padrino. ¿Qué tal si me haces un resumen de lo que ha pasado?

Servaz le contó lo poco que sabía.

Una hora y media más tarde aparcaban en el estacionamiento del supermercado, invadido por vehículos de gendarmería, motocicletas y mirones. De una manera u otra, la información se había propagado. La bruma se había levantado un poco y ya solo formaba un diáfano velo, como si observaran el decorado a través de un cristal empañado. Servaz vio varios vehículos de prensa y uno de la televisión regional. Los periodistas y los curiosos se habían concentrado en la parte baja de la rampa de cemento; la cinta amarilla colocada por los gendarmes más arriba les impedía ir más allá. Servaz sacó su carnet y levantó la cinta. Uno de los ordenanzas les indicó dónde estaba el sendero. Dejando tras ellos la agitación, iniciaron el ascenso en silencio, presas de una creciente tensión. No encontraron a nadie hasta las primeras curvas, pero la niebla se hacía más densa a medida que avanzaban, fría y húmeda como un guante mojado.

En mitad de la cuesta, Servaz sintió de nuevo las punzadas en el costado. Aminoró la marcha para recobrar el aliento antes de atacar la última curva. Entonces levantó la cabeza y vio numerosas figuras que iban y venían entre la bruma, por encima de ellos, y una gran aureola de luz blanca… como si hubiera un camión aparcado allá, con todos los faros encendidos en medio de la niebla.

Recorrió los últimos cien metros con el sentimiento de que el asesino había elegido con cuidado el marco, igual que la primera vez.

No dejaba nada al azar.

Conocía la zona.

«Esto no me cuadra», se dijo. ¿Hirtmann había estado ya allí antes de su traslado al Instituto? ¿Era posible que conociera la región? Habría que tratar de hallar respuestas a aquellos interrogantes. Se acordó de lo que había pensado de inmediato cuando D'Humières lo había llamado: era imposible, aquella vez, que Hirtmann hubiera abandonado el Instituto. En ese caso, ¿quién había matado al hombre del puente?

A través de la bruma, Servaz reconoció a los capitanes Ziegler y Maillard. Ziegler estaba enzarzada en una conversación con un hombre bajito y bronceado, con una blanca melena leonina, que Servaz recordó haber visto ya. Después cayó en la cuenta: era Chaperon, el alcalde de Saint-Martin, que estuvo presente también en la central. La gendarme dijo algo al alcalde antes de dirigirse hacia ellos. Servaz la presentó a Espérandieu. Luego ella les mostró el puente de acero bajo el que se atisbaba una vaga silueta rodeada de una aureola de luz blanca.

—¡Es atroz! —gritó por encima del estrépito del agua.

—¿Qué se sabe? —gritó él a su vez.

La gendarme señaló a un joven vestido con un poncho naranja que estaba sentado en una piedra y luego resumió la situación: habló del joven que hacía footing, del cadáver bajo el puente, del capitán Maillard que había acordonado el perímetro y confiscado el teléfono móvil del único testigo y de que, pese a ello, la información se había filtrado rápidamente a la prensa.

—¿Qué hace aquí el alcalde? —quiso saber Servaz.

—Le hemos pedido que viniera para identificar el cadáver, en caso de que se tratase de alguien del municipio. Tal vez ha sido él quien ha informado a la prensa. Los políticos siempre tienen necesidad de periodistas… hasta los de poca talla.

Dio media vuelta para encaminarse al escenario del crimen.

—Hemos identificado a la víctima. Según el alcalde y Maillard, se trata de un tal Grimm, farmacéutico de Saint-Martin. Maillard dice que su mujer ha llamado a la gendarmería para denunciar su desaparición.

—¿Su desaparición?

—Según ella, su marido se fue ayer para pasar la velada jugando al póker como todos los sábados y debía haber vuelto hacia las doce. Ha llamado para decir que no había vuelto y que no tenía ninguna noticia de él.

—¿A qué hora?

—A las ocho. Cuando se ha despertado esta mañana se ha extrañado al no encontrarlo en la casa y comprobar que su cama estaba fría.

—¿Su cama?

—Dormían en habitaciones separadas —confirmó.

Ya estaban cerca. Servaz se preparó. A ambos lados del puente había encendidos unos potentes proyectores. La bruma que pasaba delante de ellos semejaba la humareda provocaba por los cañones en un campo de batalla. Con la cegadora luz de los proyectores, todo eran vapores, brumas y espuma. El mismo torrente despedía humo, al igual que las rocas, que presentaban el brillo y el perfil acerado de las armas blancas. Servaz avanzó. El rugido del agua le inundaba los oídos para irse a mezclar con el de su sangre.

El cuerpo estaba desnudo.

Era gordo, blanco.

A causa de la humedad, la piel brillaba como si estuviera recubierta de aceite bajo el deslumbrante resplandor de los proyectores. Lo primero que se le ocurrió pensar era que el farmacéutico estaba gordo... muy gordo incluso. Primero le llamó la atención el nido de pelos negros y el minúsculo sexo, encogido entre los recios muslos, donde se distinguían pliegues de grasa. Después elevó la mirada a lo largo del torso abombado, blanco, lampiño, lleno de pliegues de grasa también, hasta el cuello rodeado por una correa hundida con tanta profundidad en la carne que casi desaparecía en ella. Y para acabar, la capucha bajada sobre la cara y la gran capa negra impermeable en la espalda.

—¿Por qué poner una chubasquero en la cabeza de la víctima y luego colgarla en pelotas? —planteó Espérandieu con una voz alterada, ronca y aguda a un tiempo.

—Porque el chubasquero tiene un significado —respondió Servaz—, igual que la desnudez.

—Menudo espectáculo —añadió su ayudante.

Servaz se volvió hacia él para señalar al joven del poncho amarillo que permanecía sentado un poco más abajo.

—Coge un coche, llévalo a la gendarmería y tómale declaración.

—De acuerdo —aceptó Espérandieu, antes de alejarse a paso vivo.

Dos técnicos vestidos con monos blancos y mascarillas quirúrgicas estaban inclinados por encima de la barandilla metálica. Uno de ellos había sacado una linterna bolígrafo con cuyo pincel luminoso repasaba el cadáver.

Ziegler lo señaló con el dedo.

—El forense cree que la estrangulación es la causa de la muerte. ¿Ve las correas?

Se refería a las dos correas que ceñían las muñecas del muerto, manteniéndolas unidas al puente, con los brazos levantados y separados formando una V, además de la otra, vertical, que le estrangulaba el cuello.

—Parece que el asesino hubiera bajado progresivamente el cuerpo hacia el vacío modificando la longitud de las correas laterales. Cuanto más las aflojaba, más aumentaba la presión en torno al cuello de la víctima. Debió de tardar mucho en morir.

—Una muerte horrible —comentó alguien tras ellos.

Se volvieron. Cathy d'Humières tenía la vista fija en el muerto. De repente, se la veía avejentada y gastada.

—Mi marido quiere vender su participación en su empresa de comunicación para abrir un club de submarinismo en Córcega. Querría que yo dejara la magistratura. En mañanas como la de hoy me dan ganas de hacerle caso.

Servaz sabía que no lo iba a hacer. No le costaba nada imaginársela como esposa dinámica, valiente soldado de la vida social, capaz de recibir a sus amigos después de una agotadora jornada de trabajo, de reír con ellos y de soportar sin chistar las vicisitudes de la existencia como si no tuvieran más trascendencia que una copa de vino derramada encima de la mesa.

—¿Se sabe quién es la víctima?

Ziegler repitió lo que le había dicho a Servaz.

—Y el forense, ¿sabemos cómo se llama? —preguntó Servaz.

Ziegler se acercó al médico y después regresó con la información. Servaz inclinó la cabeza, satisfecho. En sus comienzos profesionales había tenido que entendérselas con una forense que se había negado a desplazarse hasta el escenario de un crimen en el marco de una investigación de la que él era responsable. Servaz se había presentado en el Hospital Universitario de Toulouse y había tenido un arranque de cólera, pero la doctora le había plantado cara con aplomo. Más adelante, se había enterado de que aquella misma persona había ocupado los titulares de la prensa local por un célebre caso de asesinatos en serie, unos crímenes perpetrados sobre mujeres jóvenes de la región que habían sido interpretados como suicidios a raíz de una cadena de increíbles negligencias.

—Van a subir el cadáver —anunció Ziegler.

Allí hacía mucho más frío y se notaba más la humedad que abajo. Servaz se apretó la bufanda alrededor del cuello... Después pensó en la correa hundida en el cuello de la víctima y se apresuró a aflojarla.

De repente, reparó en dos detalles en los que no se había fijado con la conmoción del primer momento.

El primero eran las botas de cuero, el único atuendo que subsistía en el farmacéutico aparte de la capelina. Parecían curiosamente pequeñas para un hombre tan rollizo.

El segundo era la mano derecha de la víctima.

Le faltaba un dedo.

El anular.

Y aquel dedo había sido rebanado.

—Vamos —dijo D'Humières una vez que los técnicos hubieron subido el cuerpo y lo tumbaron sobre el puente.

El puente metálico vibró y resonó bajo sus pasos y Servaz sufrió un instante de pura aprensión viendo el vacío de abajo, en el cual se precipitaba el torrente. Agachados en torno al cuerpo, los técnicos levantaron la capucha con cuidado. Todos los asistentes tuvieron el mismo impulso de retroceso. La cara estaba amordazada con cinta adhesiva irrompible de color plateado. A Servaz no le costó imaginar el terror y los alaridos de dolor de la víctima sofocados por la cinta adhesiva: el farmacéutico tenía los ojos desorbitados. Después de mirar con atención, comprendió que los ojos de Grimm no estaban así de forma natural: el asesino había vuelto hacia fuera los párpados; había tirado hacia arriba, sin duda con ayuda de una pinza, y luego los había grapado bajo las cejas y encima de las mejillas. «Lo ha obligado a mirar...» Aparte, el asesino se había ensañado de tal forma con el rostro de su víctima, seguramente por medio de un objeto pesado como un martillo o una maza, que casi le había arrancado la nariz... retenida tan solo por una fina banda de carne y de cartílago. Servaz advirtió asimismo restos de fango en el cabello del farmacéutico.

Durante un momento nadie habló. Luego Ziegler se volvió hacia la orilla. Dirigió una señal a Maillard, que tomó al alcalde del brazo. Servaz los miró acercarse. Chaperon parecía aterrorizado.

—Es él —tartamudeó—. Es Grimm. ¡Ay, Dios mío! Pero ¿qué le han hecho?

Ziegler empujó suavemente al alcalde en dirección a Maillard, que lo alejó del cadáver.

—Anoche estuvo jugando al póker con Grimm y otro amigo —explicó Ziegler—. Ellos son las últimas personas que lo vieron vivo.

—Creo que esta vez tenemos un problema —declaró D'Humières mientras se enderezaba.

Servaz y Ziegler la miraron.

—Vamos a recibir los honores de la prensa en primera página, y no solo de la local.

Servaz comprendió adónde quería ir a parar. Los periódicos, las revistas, los telediarios nacionales: iban a encontrarse en el ojo del huracán, en el centro de una tempestad mediática. Aquella no era la mejor manera de llevar adelante una investigación... pero no tenían elección. Entonces se dio cuenta de un detalle que le había pasado totalmente inadvertido: aquella mañana, Cathy d'Humières iba vestida con suma elegancia. Era algo casi imperceptible, porque la fiscal siempre iba de punta en blanco... pero había realizado un esfuerzo suplementario. La camisa, el traje, el abrigo, el collar y los pendientes: todo estaba combinado con impecable gusto, hasta el maquillaje que realzaba su cara austera y a la vez agradable. Aunque iba sobria, debía de haberse pasado mucho tiempo delante del espejo para llegar a esa sobriedad.

«Ha previsto la presencia de la prensa y se ha preparado para ello.»

Al contrario de él, que no se había pasado ni el peine. ¡Y menos mal que se había afeitado!

Había, no obstante, algo que D'Humières no había previsto: los estragos que iba a causarle la visión del muerto. Habían arruinado una parte de sus esfuerzos y se la veía envejecida, acorralada y fatigada, pese a su tentativa de mantener el control. Servaz se acercó al técnico que ametrallaba el cadáver con incesantes flashes.

—Cuento con usted para que ninguna de estas fotos se extravíe —dijo—. No deje nada sin vigilancia.

El hombre asintió con la cabeza. ¿Habría captado el mensaje? Si una de aquellas fotos iba a parar a manos de la prensa, Servaz lo haría responsable.

—¿El forense ha examinado la mano derecha? —consultó a Ziegler.

—Sí. Cree que le cortaron el dedo con un objeto cortante, como unas pinzas o unas tijeras de podar. Un examen más detenido lo confirmará.

—El anular de la mano derecha —comentó Servaz.

—Nadie ha tocado la alianza ni los otros dedos —observó Ziegler.

—¿Pensamos lo mismo?

—Un sello o un anillo.

—El asesino quería robarlo, llevárselo como trofeo... o impedir que lo viésemos —apuntó Servaz.

Ziegler lo miró con asombro.

—¿Por qué razón iba a querer disimularlo? Además, le habría bastado con quitárselo.

—Puede que no lo consiguiera. Grimm tiene unos dedos muy gordos.

Durante el descenso, Servaz tuvo ganas de dar media vuelta al divisar la manada de periodistas y curiosos. No había más salida que la rampa de cemento situada detrás del supermercado, como no fuera pateando a través de la montaña. Poniendo una expresión de circunstancias, se disponía a sumergirse en la masa humana cuando una mano lo detuvo.

—Déjeme a mí.

Catherine d'Humières había recuperado el aplomo. Servaz permaneció en un segundo plano admirando su representación, su manera de acallar las preguntas dando la impresión de hacer revelaciones. Respondía a cada periodista mirándolo a los ojos, con gravedad, incluyendo en su respuesta una tenue sonrisa de complicidad, contenida, que no perdía de vista el horror de la situación.

Tenía un arte admirable.

Servaz se deslizó entre los periodistas para ir a buscar su coche sin esperar el final del discurso. El Cherokee estaba aparcado al otro lado del parking, más allá de las hileras de carros, apenas visible a través de la niebla. Azotado por las ráfagas, se levantó el cuello de la chaqueta pensando en el artista que había compuesto aquel espeluznante cuadro allá arriba. «Si se trata del mismo que en el caso del caballo, le gustan las alturas, los sitios encumbrados.»

Al acercarse al Jeep tomó conciencia de que tenía algo raro. Lo observó antes de comprender: los neumáticos estaban aplastados contra el asfalto como balones deshinchados. Los habían pinchado. Los cuatro. Y habían rayado la carrocería con una llave o un objeto puntiagudo.

«Bienvenido a Saint-Martin», se dijo.

11

Aquel domingo por la mañana reinaba una extraña calma en el Instituto. Diane tenía la impresión de que los ocupantes habían abandonado el lugar. No se oía el menor ruido. Salió de debajo del edredón y se dirigió al minúsculo —y glacial— cuarto de baño. Se duchó deprisa; se lavó el pelo, lo secó y se cepilló los dientes lo más rápido que pudo a causa del frío.

Al salir, lanzó una ojeada por la ventana. Como una fantasmagórica presencia que hubiera aprovechado la noche para instalarse, la niebla flotaba por encima de la gruesa capa de nieve, difuminando los blancos abetos. El Instituto estaba rodeado por la bruma; a diez metros de allí, la vista se topaba con un muro de vaporosa blancura. Diane apretó contra sí el cuello del batín.

Tenía previsto bajar a dar una vuelta a Saint-Martin. Se vistió rápidamente y salió de la habitación. En la cafetería de la planta baja, donde solo estaba el empleado de servicio, pidió un capuccino y un cruasán y fue a sentarse cerca de la ventana. Llevaba allí un par de minutos cuando un hombre de unos treinta años vestido con bata blanca entró en la sala y cogió una bandeja. Lo observó discretamente mientras pedía un café con leche, un zumo de naranja y dos cruasanes y luego vio que se dirigía hacia ella con su bandeja.

—Buenos días, ¿puedo sentarme?

Ella asintió con una sonrisa.

—Diane Berg —se presentó, ofreciéndole la mano—. Soy…

—Ya sé. Me llamo Alex. Soy uno de los enfermeros. ¿Y qué, se va acostumbrando?

—Acabo justo de llegar…

—No es fácil, ¿eh? Cuando llegué aquí, cuando vi este sitio, estuve casi a punto de volverme a meter en el coche y huir —afirmó riendo—. Y eso que yo al menos no duermo aquí.

—¿Vive en Saint-Martin?

—No, no vivo en el valle.

Lo había dicho como si fuera lo último que le apetecería hacer.

—¿Sabe si siempre hace tanto frío en las habitaciones en invierno? —le preguntó.

La miró sonriendo. Tenía una expresión bastante agradable y abierta, ojos marrones de mirada afable y cabello rizado. También tenía una gran mancha en medio de la frente que semejaba una especie de tercer ojo. Durante un instante, aquella marca retuvo su mirada y luego se ruborizó al ver que él se había dado cuenta.

—Sí, me temo que sí —confirmó—. El último piso está lleno de corrientes de aire y el sistema de calefacción es bastante antiguo.

Detrás del gran ventanal, el paisaje de nieve y de abetos inmersos en la bruma era magnífico y muy próximo. Era tan extraño encontrarse allí tomando un café en un ambiente caldeado separada de toda aquella blancura por un simple cristal que Diane tuvo la impresión de estar contemplando un decorado de cine.

—¿Y cuáles son exactamente sus funciones? —preguntó, decidida a aprovechar la ocasión que se le presentaba de saber un poco más.

—Querrá decir: ¿cuáles son las funciones de un enfermero aquí?

—Sí.

—Bueno… como enfermeros psicológicos, preparamos y distribuimos los tratamientos, nos aseguramos de que los pacientes los tomen, de que no haya efectos iatrogénicos después de las tomas… También vigilamos a los internos, claro. Pero no nos limitamos solo a eso: organizamos actividades, hablamos con ellos, observamos, permanecemos disponibles, los escuchamos… aunque no excesivamente, de todas formas. El trabajo del enfermero consiste en no estar demasiado presente ni demasiado ausente. No hay que actuar con indiferencia ni ofreciendo una ayuda sistemática. Debemos mantenernos en nuestro lugar, sobre todo aquí, con estos...

—Y la medicación, ¿es fuerte? —inquirió tratando de no posar la vista en la marca de la frente.

—Sí... —reconoció, con una cautelosa mirada—. Aquí las dosis superan con creces las normas recomendadas. Es un poco Hiroshima en lo tocante a los medicamentos. No se andan con chiquitas. Cuidado, tampoco es que se los drogue. Mírelos: no son zombis. Lo que ocurre es que la mayoría de esos... individuos... son químico-resistentes. Por eso se les administran unos cócteles de tranquilizantes y de neurolépticos capaces de derribar a un buey, en cuatro tomas al día en lugar de tres, y aparte están los electroshocks, las camisas de fuerza... Cuando no funciona nada más, se recurre a un fármaco milagroso: la clozapina.

Diane había oído hablar de la clozapina. Era un antipsicótico atípico utilizado para tratar casos de esquizofrenia refractarios a otros medicamentos. Al igual que con la mayoría de los fármacos utilizados en psiquiatría, los efectos secundarios podían ser considerables: incontinencia, hipersalivación, visión turbia, aumento de peso, convulsiones, trombosis...

—Lo que hay que comprender bien —añadió el hombre con un atisbo de sonrisa que se tranformó en rictus— es que aquí la violencia nunca está lejos... ni tampoco el peligro...

Diane tuvo la impresión de estar escuchando a Xavier: «La inteligencia únicamente se desarrolla donde hay cambio... y donde hay peligro».

—Al mismo tiempo —matizó él volviendo a esbozar una sonrisa—, es un sitio más seguro que algunos barrios de las grandes ciudades.

Sacudió la cabeza.

—Entre nosotros, no hace mucho que la psquiatría se encontraba aún en la edad de piedra y se hacía sufrir a los pacientes unas experiencias de increíble barbarie. Algo que no tenía nada que envidiar a la Inquisición ni a los médicos nazis... Las cosas han evolucionado, pero aún queda mucho por hacer. Aquí nunca se habla de curación. Se habla de estabilización, de descompresión...

—¿Y tienen otras funciones que cumplir? —quiso saber Diane.

—Sí. Está toda la cuestión administrativa. Nos ocupamos del papeleo, de las formalidades... —Miró un instante afuera—. También están las entrevistas de enfermería prescritas por el doctor Xavier y la enfermera jefe.

—¿En qué consisten?

—Es algo muy acotado. Utilizamos técnicas bien rodadas; son unas entrevistas estructuradas, con cuestionarios más o menos estandarizados, aunque también improvisamos... Hay que adoptar una actitud lo más neutra posible, no mostrarse demasiado invasivo para hacer disminuir la ansiedad, respetar los momentos de silencio, marcar pausas... Si no, se corre el riesgo de topar enseguida con un problema.

—¿Xavier y Ferney también hacen entrevistas?

—Sí, desde luego.

—¿Qué diferencia hay entre las suyas y las de ellos?

—En realidad, ninguna. La diferencia está en que ciertos pacientes son más dados a confiarnos cosas que no les confiarían a ellos, porque nosotros estamos más cerca en el día a día, procuramos crear una relación de confianza entre cuidadores y pacientes, respetando la distancia terapéutica... Por lo demás, son Xavier y Élizabeth quienes deciden la medicación y los protocolos de tratamiento...

Había pronunciado la última frase con una voz extraña. Diane frunció imperceptiblemente el entrecejo.

—Se diría que no siempre está de acuerdo con sus decisiones.

Le sorprendió su mutismo. Tardó tanto en responder que ella encarcó una ceja.

—Usted es nueva aquí, Diane... Ya verá...

—¿Qué veré?

—...

La miró de reojo. Era evidente que no tenía ganas de aventurarse por esa vía. Aun así ella esperó con una interrogación en la mirada.

—¿Cómo explicarle? Seguro que tiene conciencia de encontrarse en un sitio que no se parece a ningún otro establecimiento... Aquí nos ocupamos de pacientes que no han sido capaces de tratar en otros lugares… Lo que ocurre aquí no tiene nada que ver con otros centros.

—¿Como los electroshocks sin anestesia para los pacientes de la unidad A, por ejemplo?

Enseguida se arrepintió de haberlo dicho. La mirada del enfermero adquirió una repentina frialdad.

—¿Quién le ha hablado de eso?

—Xavier.

—Más vale dejarlo.

Bajó la mirada hacia el café con el entrecejo fruncido. Parecía lamentar haberse dejado enzarzar en aquella conversación.

—Ni siquiera estoy segura de que sea legal —insistió ella—. ¿La ley francesa autoriza ese tipo de cosas?

—¿La ley francesa? —replicó él, levantando la cabeza—. ¿Sabe cuántas hospitalizaciones psiquiátricas forzadas hay cada año en este país? Cincuenta mil. En las democracias modernas, las hospitalizaciones de oficio sin el consentimiento del paciente son excepcionales, pero no en este país… Los enfermos mentales, incluso aquellos que solo se supone que lo son, tienen menos derechos que los ciudadanos normales. Si uno quiere detener a un criminal tiene que esperar hasta las seis de la mañana. Si se trata, en cambio, de un tipo a quien su vecino acusa de loco mediante la firma de una DHT, una demanda de hospitalización por parte de un tercero, la policía puede presentarse tanto de día como de noche. La justicia no intervendrá hasta después de que esa persona se haya visto privada de su libertad, y eso siempre y cuando tenga conocimiento de sus derechos y sepa cómo hacerlos respetar… Eso es la psiquiatría en este país. Eso y la falta de medios, el abuso de neurolépticos, los malos tratos… Nuestros hospitales psiquiátricos son reductos donde no rige el derecho, y este lo es aún más que los otros.

Había pronunciado aquel largo alegato con tono amargo, sin rastros de sonrisa en la cara. Luego se levantó, corriendo la silla.

—Eche una ojeada por todas partes y saque sus propias conclusiones —aconsejó.

—¿Mis propias conclusiones?

—Sobre lo que ocurre aquí.

—¿Es que ocurre algo?

—¿Qué más da? Ha sido usted la que quería saber más, ¿no?

Diane siguió con la vista al enfermero mientras devolvía la bandeja y salía de la sala.

Lo primero que hizo Servaz fue bajar las persianas y encender los fluorescentes. Quería evitar que algún periodista les disparase con un teleobjetivo. El joven autor de cómics había regresado a su casa. En la sala de reuniones, Espérandieu y Ziegler habían sacado sus ordenadores portátiles y tecleaban en ellos. Cathy d'Humières hablaba por teléfono, de pie en un rincón. Tras cerrar el aparato, acudió a sentarse frente a la mesa. Servaz los observó un instante antes de girar sobre sí.

Cerca de la ventana había una pizarra blanca que desplazó hacia la luz. Luego cogió un rotulador y trazó dos columnas.

CABALLO	GRIMM
descuartizado	desnudo
decapitado	estrangulado
	dedo rebanado, botas, capa
¿asesinado de noche?	¿asesinado de noche?
ADN Hirtmann	¿ADN Hirtmann?

—¿Basta eso para considerar que los dos actos han sido cometidos por las mismas personas? —planteó.

—Hay similitudes y hay diferencias —respondió Ziegler.

—De todas formas, son dos crímenes cometidos con cuatro días de intervalo en la misma ciudad —apuntó Espérandieu.

—De acuerdo. La hipótesis de un segundo criminal es bastante improbable. Se trata sin duda de la misma persona.

—O las mismas personas —puntualizó Servaz—. No se olvide de la conversación que mantuvimos en el helicóptero.

—No la he olvidado. De todas maneras, hay algo que nos permitiría relacionar sin margen de duda los dos crímenes…

—El ADN de Hirtmann.

—El ADN de Hirtmann —confirmó ella.

Servaz separó las láminas de las persianas. Después de lanzar una mirada afuera, las dejó caer con un golpe seco.

—¿De veras cree que ha podido salir del Instituto y sustraerse a la vigilancia de sus hombres? —preguntó volviéndose.

—No, es imposible. Yo misma he verificado el dispositivo. No ha podido pasar sin ser sorprendido.

—En ese caso no es Hirtmann.

—En todo caso, no esta vez.

—Si no ha sido Hirtmann esta vez, quizá podamos concebir que tampoco fue él la vez anterior —sugirió Espérandieu. Todas las cabezas se volvieron hacia él—. Hirtmann no subió en el teleférico. Fue otra persona, alguien que está en contacto con él en el Instituto y, que de forma voluntaria o no, transportó consigo uno de sus cabellos o de sus pelos.

Ziegler dirigió una mirada interrogativa a Servaz y enseguida comprendió que este no se lo había explicado todo a su ayudante.

—Lo que pasa es que no fue un pelo lo que encontraron en la cabina del teleférico, sino saliva —precisó.

Espérandieu la miró y después desplazó la mirada hacia Servaz, que inclinó la cabeza como para pedirle disculpas.

—No veo ninguna lógica en todo esto —dijo—. ¿Por qué matar un caballo primero y después a un hombre? ¿Colgar a ese animal en lo alto de un teleférico? ¿Por qué? ¿Y al hombre debajo de un puente? ¿Qué tiene esto en común?

—En cierta manera, ambos han sido colgados —señaló Ziegler.

—Exacto —aprobó Servaz.

Acercándose a la pizarra, borró algunas anotaciones para añadir otras.

CABALLO	GRIMM
colgado teleférico	colgado puente metal
lugar aislado	lugar aislado
descuartizado	desnudo
decapitado	estrangulado, dedo rebanado,
	botas, capa
¿asesinado de noche?	¿asesinado de noche?
ADN Hirtmann	¿ADN Hirtmann?

—De acuerdo. ¿Por qué agredir a un animal?

—Para hacer daño a Éric Lombard —repitió Ziegler una vez más—. La central eléctrica y el caballo apuntan a él. Es el objetivo de la agresión.

—Bien, admitamos que Lombard sea el objetivo. ¿Qué pinta el farmacéutico en todo esto? Por otra parte, al caballo lo decapitaron y lo descuartizaron a medias y el farmacéutico estaba desnudo con una capa. ¿Qué hay en común entre ambos?

—Descuartizar un animal es un poco como desnudarlo —aventuró Espérandieu.

—Y el caballo tenía dos grandes retazos de piel desplegados a los lados —apuntó Ziegler—. Al principio creyeron que imitaban unas alas… pero también es posible que imitaran una capa…

—Posible —concedió Servaz, no muy convencido—. Pero ¿por qué decapitarlo? Y esa capelina, esas botas, ¿qué representan?

Nadie tenía respuesta a esas preguntas, de modo que siguió adelante.

—Y seguimos topándonos con el mismo interrogante: ¿qué papel tiene Hirtmann en todo esto?

—¡Les está lanzando un reto! —exclamó alguien desde la puerta.

Se volvieron. Un hombre estaba en el umbral.

Servaz creyó primero que se trataba de un periodista y se dispuso a echarlo. El hombre tenía cuarenta y tantos años, cabello largo de color castaño claro, una barba rizada y unas gafas redondas que se quitó para enjugar el vapor que había depositado en los cristales el contraste del frío con el calor. Se las volvió a poner y los observó con sus ojos claros. Vestía un grueso jersey y un pantalón de pana ancha. Tenía el aspecto de un profesor de letras, de un sindicalista o de un nostálgico de los años sesenta.

—¿Quién es usted? —preguntó secamente Servaz.

—¿Es usted el director de la investigación? —El recién llegado avanzó con la mano tendida—. Simon Propp, soy el psicocriminólogo. Debería haber llegado mañana, pero me han llamado de la gendarmería para decirme lo que había ocurrido. Así que aquí me tienen.

Rodeó la mesa y estrechó la mano a cada uno. Después se detuvo para examinar las sillas libres y eligió una situada a la izquierda de Servaz. Convencido de que la había elegido con un objetivo concreto, este sintió una vaga irritación... como si trataran de manipularlo.

Simon Propp miró la pizarra.

—Interesante —dijo.

—¿Ah, sí? —replicó Servaz con involuntario tono sarcástico—. ¿Qué le inspira?

—Preferiría que continuaran como si yo no estuviera aquí, si no les importa —repuso el psicólogo—. Discúlpenme por la interrupción. Como es evidente, no estoy aquí para juzgar sus métodos de trabajo. —Servaz lo vio agitar una mano—. Por otra parte, sería incapaz de hacerlo. No es ese el motivo de mi presencia aquí. He venido para aportar mi ayuda cuando se aborde la personalidad de Julian Hirtmann o cuando se deba trazar un cuadro clínico a partir de los indicios dejados en el escenario del crimen.

—¿No ha dicho al entrar que nos lanzaba un reto? —insistió Servaz.

Vio cómo el psicólogo entornaba los ojos detrás de las gafas. Tenía unas mejillas redondeadas, enrojecidas por el frío, que junto con la deslucida barba le conferían el aire de un astuto duende. Servaz tuvo la desagradable sensación de que lo estaba disecando mentalmente, pero aun así sostuvo con firmeza la mirada del recién llegado.

—De acuerdo —concedió este—. Ayer estuve haciendo mis deberes en mi casa de vacaciones. Indagué en el expediente de Hirtmann cuando me enteré de que habían encontrado su ADN en la cabina del teleférico. Está claro que es un manipulador, un sociópata y un tipo inteligente, pero la cosa no acaba ahí: Hirtmann es un caso aparte incluso entre la categoría de asesinos organizados. Es muy raro que los trastornos de personalidad que estos padecen no acaben afectando sus facultades intelectuales y su vida social de una manera u otra, que su monstruosidad pueda pasar del todo inadvertida para su círculo de relaciones. Por eso a menudo necesitan de un cómplice, muchas veces una esposa igual de monstruosa que ellos, para ayudarlos a mantener un mínimo de fachada. Hirtmann, ya antes de casarse, lograba deslindar totalmente su vida social de aquella parte de sí mismo sometida a la rabia y a la demencia. Daba el pego a la perfección. Otros sociópatas lo han conseguido antes que él, pero ninguno ejercía una profesión tan pública como la suya.

Propp se levantó y rodeó despacio la mesa, pasando detrás de cada uno. Con creciente irritación, Servaz dedujo que se trataba una vez más de uno de sus juegos de manos de psicólogo.

—Se sospecha que llegó a asesinar a cuarenta mujeres jóvenes en veinticinco años... ¡cuarenta asesinatos y no existe el menor indicio, ni la menor pista que conduzca a su autor! Sin los artículos de prensa y los dosieres que había conservado en su casa o en la caja del banco, jamás habrían podido relacionarlos con él.

Se paró detrás de Servaz. Este se negó a volver la cabeza, limitándose a mirar a Irène Ziegler, a quien tenía delante.

—Y de pronto deja una huella... evidente, vulgar, banal.

—Olvida un detalle —intervino Ziegler.

Propp se volvió a sentar.

—En la época en que cometió la mayoría de esos asesinatos los análisis de ADN no existían, o bien estaban mucho menos perfeccionados que hoy en día.

—Es cierto, pero...

—De modo que considera que lo que ocurre en la actualidad no se corresponde en nada con el Hirtmann que conocemos, ¿es eso? —inquirió Ziegler clavando la mirada en la del psicólogo.

Propp pestañeó, asintiendo con la cabeza.

—Así, según usted, pese a la presencia de su ADN ¿no sería él quién habría matado el caballo?

—Yo no he dicho eso.

—No entiendo.

—No olviden que está encerrado desde hace siete años. Las circunstancias han cambiado para él. Hirtmann permanece recluido desde hace varios años y se muere de aburrimiento. Se consume poco a poco... un hombre que antes era tan activo. Tiene ganas de jugar. Tengan en cuenta esto: antes de que lo detuvieran por ese estúpido crimen pasional mantenía una vida social intensa, estimulante, exigente. Estaba bien considerado como profesional. Tenía una mujer muy hermosa y organizaba orgías frecuentadas por la flor y nata de la sociedad ginebrina. Paralelamente secuestraba, torturaba, violaba y mataba a jóvenes en secreto. Se trataba, para un monstruo como él, de una vida de ensueño. No tenía, sin duda, ningunas ganas de que tocara a su fin. Por eso tomaba tantas precauciones para hacer desaparecer los cadáveres. —Propp juntó la punta de los dedos bajo la barba—. En la actualidad no tiene ningún motivo para esconderse. Al contrario, quiere que se sepa que es él, quiere que hablen de él, atraer la atención.

—Habría podido escapar definitivamente y reanudar sus maniobras estando libre —objetó Servaz—. ¿Por qué habría regresado a su celda? No tiene sentido.

Propp se rascó la barba.

—Confieso que esa es la pregunta que me mortifica desde ayer. ¿Por qué haber regresado al Instituto corriendo el riesgo evidente de no poder volver a salir si se refuerzan las medidas de seguridad? ¿Por qué correr ese riesgo? ¿Con qué fin? Tiene razón. No tiene sentido.

—Salvo si suponemos que el juego lo excita más que la libertad —apuntó Ziegler—. O si está seguro de poder escaparse de nuevo...

—Pero ¿cómo podría estarlo? —planteó Espérandieu extrañado.

—Creía que era imposible que Hirtmann hubiera cometido el segundo asesinato, teniendo en cuenta el dispositivo policial que se puso en marcha —insistió Servaz—. ¿No es eso lo que acabamos de decir?

El psicólogo los observó uno tras otro sin dejar de acariciarse la barba con aire pensativo. Detrás de las gafas, sus ojillos amarillentos parecían dos uvas demasiado maduras.

—Creo que subestiman a ese hombre —dijo—. Me parece que no se dan cuenta, ni de lejos, de la clase de persona que es.

—¿Y los vigilantes? —planteó Cathy d'Humières—. ¿Qué novedades hay de ellos?

—Ninguna —respondió Servaz—. No creo que sean culpables, pese a su fuga. Demasiado sutil para ellos. Hasta ahora, solo han destacado por violencia y tráficos de una banalidad absoluta. Un pintor de brocha gorda no se convierte en Miguel Ángel de la noche a la mañana. Las muestras recogidas en la cabina y a la salida del teleférico nos dirán si estuvieron presentes en el escenario del crimen, pero no creo que sea así. Sin embargo, ocultan algo, es evidente.

—Estoy de acuerdo —convino Propp—. Examiné las actas de los interrogatorios; no tienen para nada el perfil. De todas maneras, voy a verificar si tienen antecedentes psiquiátricos. No sería la primera vez que un pequeño delincuente de poca monta se transforma de la noche a la mañana en un monstruo de una crueldad excepcional. El espíritu humano abriga un sinfín de misterios. No excluyamos nada de entrada.

Servaz sacudió la cabeza torciendo el gesto.

—También hay que tomar en cuenta esa partida de póker de la noche anterior y averiguar si no hubo ninguna disputa. Puede que Grimm tuviera deudas...

—Hay otra cuestión que habrá que solucionar rápidamente —dijo la fiscal—. Hasta ahora solo teníamos un caballo muerto y nos podíamos permitir ir más despacio. Esta vez, el cadáver es de un hombre. Además, la prensa no va a tardar en establecer la relación con el Instituto. Si por desgracia se llegara a filtrar la información de que hemos encontrado el ADN de Hirtmann en el escenario del primer crimen, se nos echarían encima. ¿Habéis visto la cantidad de periodistas que hay afuera? Las dos preguntas a las que debemos aportar una respuesta urgente son pues las siguientes: ¿ha habido algún fallo en las medidas de seguridad del Instituto Wargnier? ¿Son suficientes los cordones de seguridad que hemos dispuesto? Debemos encontrar cuanto antes una respuesta, de modo que propongo que vayamos a visitar el Instituto hoy mismo.

—Si hacemos eso —objetó Ziegler—, corremos el riesgo de que nos sigan los periodistas que esperan afuera. Quizá no es recomendable atraerlos hasta allá.

La fiscal se tomó un momento para reflexionar.

—Sí, pero debemos clarificar estos dos puntos lo antes posible. Estoy de acuerdo en que posterguemos la visita hasta mañana. Mientras tanto, organizaré una conferencia de prensa para desviar la atención de los periodistas. Martín, ¿cómo se puede planificar la cuestión?

—La capitana Ziegler, el doctor Propp y yo nos trasladaremos al Instituto mañana mismo mientras usted da la conferencia de prensa y el teniente Espérandieu asiste a la autopsia. Por el momento, iremos a interrogar a la viuda del farmacéutico.

—Muy bien, lo haremos así. No perdamos de vista, con todo, que hay dos prioridades. Una: determinar si Hirtmann pudo o no salir del Instituto, y dos: establecer un vínculo entre los dos crímenes.

—Existe un ángulo de ataque que no hemos tomado en consideración —declaró Simon Propp a la salida de la reunión.

—¿Cuál? —preguntó Servaz.

Se encontraban en el parking de la parte posterior del edificio, al abrigo de las miradas de la prensa. Servaz dirigió el mando hacia el Cherokee, devuelto por la empresa de reparación después de haberle colocado cuatro ruedas nuevas. En el frío aire revoloteaban unos cuantos copos de nieve. Al fondo del llano, las cimas se veían blancas, pero sobre ellas la oscura tonalidad gris del cielo hacía presagiar una inminente nevada.

—El orgullo —respondió el psicólogo—. En este valle hay alguien que juega a ser Dios. Se cree por encima de los hombres y de las leyes y se divierte manipulando a los miserables mortales que lo rodean. Para eso se necesita un orgullo inconmensurable, que tiene que manifestarse de una manera o de otra en la persona que lo posee... a menos que lo disimule bajo la apariencia de una falsa modestia extrema.

Servaz se detuvo y miró al psicólogo.

—Ese retrato encajaría bastante bien con Hirtmann —dijo—, dejando aparte la modestia.

—Y con mucha otra gente —rectificó Propp—. El orgullo no es un bien escaso, se lo puedo asegurar, comandante.

La casa del farmacéutico era la última de la calle, la cual no era en realidad más que un camino ancho. Al verla, Servaz pensó en algún paraje de Suecia o de Finlandia, en una casa escandinava. Estaba recubierta de tablillas pintadas de azul descolorido y tenía una gran galería de madera que ocupaba una parte del piso de arriba, bajo el tejado. Alrededor crecían los abedules y las hayas.

Servaz y Ziegler bajaron del coche. Al otro lado del camino, unos niños esculpían un muñeco de nieve. Servaz se levantó el cuello del abrigo mirando cómo raspaban con los guantes la capa de nieve que quedaba entre la hierba. Habían incorporado un signo de los tiempos actuales armando su creación con una pistola de plástico. Pese a aquel simulacro guerrero, Servaz se alegró de que los niños pudieran disfrutar todavía de placeres tan simples en lugar de permanecer encerrados en sus habitaciones, pegados a sus ordenadores y a sus consolas de juego.

Después se le heló la sangre. Uno de los niños acababa de acercarse a uno de los grandes contenedores de basura dispuestos a lo largo de la carretera. Servaz vio que se ponía de puntillas para abrirlo. Bajo la estupefacta mirada del policía, hundió un brazo en el interior y sacó un gato muerto. Luego, sosteniendo el pequeño cadáver por la piel del cuello, atravesó el trecho de hierba nevado y depositó el trofeo a dos metros del muñeco de nieve.

La escena era de un sobrecogedor realismo: ¡daba realmente la impresión de que el muñeco de nieve hubiera abatido al gato de un tiro!

—¡Señor! —suspiró Servaz, petrificado.

—Según los psiquiatras infantiles —dijo Irène Ziegler a su lado—, esto no se debe a la influencia de la tele y los medios de comunicación. Ellos saben distinguir las cosas.

—Claro —contestó Servaz—, yo jugaba a ser Tarzán de pequeño, pero en ningún momento creí que pudiera desplazarme de liana en liana ni enfrentarme a los gorilas.

—Ellos, sin embargo, están bombardeados con juegos violentos, imágenes violentas e ideas violentas desde su más tierna infancia.

—Solo nos queda rezar por que los psiquiatras infantiles tengan razón —ironizó con tristeza Servaz.

—No sé por qué, pero tengo la impresión de que se equivocan.

—Porque es policía.

En el umbral los esperaba una mujer, fumando un cigarrillo que mantenía entre el índice y el dedo medio. Los observó acercarse entornando los ojos detrás de la cortina de humo. Aunque la policía la había advertido del asesinato de su marido hacía tres horas, no parecía muy afectada.

—Buenos días, Nadine —dijo Chaperon, a quien la capitana Ziegler había pedido que los acompañara—, te doy mi más sentido pésame. Ya sabes lo mucho que quería a Gilles... Es terrible lo que ha pasado.

El alcalde tuvo que hacer un esfuerzo para hablar. La mujer le dio un somero beso pero, cuando quiso abrazarla, lo mantuvo a distancia antes de desplazar la atención hacia los recién llegados. Era alta y flaca, de cincuenta y pico años, con una cara larga y caballuna y el pelo gris. Servaz le dio también el pésame y entonces la mujer le estrechó la mano con una fuerza que lo dejó asombrado. Enseguida percibió la hostilidad que flotaba en el aire. ¿Qué había dicho Chaperon? ¿Que trabajaba en algún servicio humanitario?

—La policía querría hacerte unas preguntas —prosiguió el alcalde—. Me han prometido que solo te harían por ahora las más urgentes y que dejarían las otras para más tarde. ¿Podemos entrar?

Sin pronunciar una palabra, la mujer dio media vuelta y entró delante de ellos. Servaz comprobó que la casa estaba efectivamente construida con madera. A la derecha del minúsculo vestíbulo, bajo una lámpara, se exponía un zorro disecado que sostenía un cuervo en las fauces, detalle este que Servaz relacionó con un hostal para cazadores. También había una percha, pero Nadine Grimm no les propuso dejar allí los abrigos. Enfiló sin preámbulos la empinada escalera que partía justo después del aparador y que daba a la galería del piso de arriba. Con el mismo mutismo, les indicó un sofá de mimbre lleno de cojines gastados encarado hacia los campos y los bosques. Ella misma se dejó caer en una mecedora cerca de la barandilla y se cubrió las rodillas con una manta.

—Gracias —dijo Servaz—. Mi primera pregunta —añadió tras un instante de vacilación— es si tiene usted una idea de quién ha podido hacer eso.

Nadine Grimm exhaló el humo del cigarrillo clavando la

mirada en los ojos de Servaz. Las aletas de su nariz se estremecieron como si acabara de percibir un olor desagradable.

—No. Mi marido era farmacéutico, no gánster.

—¿Había recibido amenazas, llamadas extrañas?

—No.

—¿Visitas de drogadictos en la farmacia? ¿Robos?

—No.

—¿Distribuía metadona?

La mujer los observó con impaciencia, casi con exasperación.

—¿Todavía tiene muchas preguntas de ese estilo? Mi marido no tenía nada que ver con drogadictos, no tenía enemigos ni participaba en asuntos turbios. Solamente era un imbécil y un borracho.

Chaperon se puso muy pálido. Ziegler y Servaz intercambiaron una mirada.

—¿Qué quiere decir?

Los miró con un asco cada vez más evidente.

—Ni más ni menos lo que he dicho. Lo que ha ocurrido es algo innoble. Ignoro quién ha podido hacer algo así y aún más por qué razón. Solo se me ocurre una explicación: que uno de esos locos encerrados allá arriba haya conseguido escapar. Valdría más que se preocuparan de eso en lugar de perder el tiempo aquí —agregó con amargura—. Pero si esperaban encontrar a una viuda desconsolada, están listos. Mi marido no me quería mucho ni yo tampoco lo quería a él. En realidad me inspiraba el más profundo desprecio. Hacía mucho que nuestro matrimonio no era más que una especie de… *modus vivendi*, pero no por eso lo maté.

Por espacio de un segundo de desorientación, Servaz creyó que estaba confesando el asesinato, antes de comprender que decía exactamente lo contrario: no lo había matado pese a que habría tenido motivos para hacerlo. Raras veces había visto tanta frialdad y hostilidad concentradas en una misma persona. Desarmado por aquella arrogancia y desapego, dudó un momento sobre qué conducta convenía adoptar. Saltaba a la vista que había cosas que escarbar en la vida de los Grimm, pero no estaba claro que aquel fuera el momento adecuado.

—¿Por qué lo despreciaba? —preguntó por fin.

—Se lo acabo de decir.

—Ha dicho que su marido era un imbécil. ¿Qué la autoriza a decir eso?

—Yo era la persona mejor situada para saberlo, ¿no?

—Sea más precisa, se lo ruego.

La mujer estuvo a punto de replicar algo desagradable, pero al cruzarse con la mirada de Servaz desistió. Expulsó el humo del cigarrillo manteniendo los ojos fijos en los de él en un gesto de mudo desafío antes de responder.

—Mi marido estudió farmacia porque era demasiado perezoso y no tenía la inteligencia suficiente para ser médico. Compró la farmacia gracias al dinero de sus padres, que tenían un comercio próspero, en un buen sitio, en pleno centro de Saint-Martin. Pese a ello, por pereza y porque carecía totalmente de las cualidades necesarias, nunca consiguió hacer que el establecimiento fuera rentable. De las seis farmacias de Saint-Martin, la suya era de lejos la que atraía menos clientes. La gente no iba más que como último recurso o por casualidad, como los turistas que pasaban delante y necesitaban una aspirina. Ni siquiera yo me fiaba de él cuando necesitaba un medicamento.

—¿Por qué no se divorció?

La mujer soltó una risotada.

—¿Me ven rehaciendo mi vida a mi edad? Esta casa es bastante grande para dos personas. Teníamos cada uno nuestro territorio y evitábamos lo más posible invadir el del otro. Además, yo paso mucho tiempo lejos de aquí por mi trabajo. Eso hace… hacía más fáciles las cosas.

Servaz pensó en una locución latina de carácter jurídico: *Consensus non concubitus facit nupcias*: «Es el consentimiento y no la cama lo que hace el matrimonio».

—Todos los sábados por la noche se celebraban esas partidas de póker —apuntó, volviéndose hacia el alcalde—. ¿Quién participaba en ellas?

—Yo y algunos amigos —respondió Chaperon—, tal como le he dicho ya a la capitana.

—¿Quién estaba presente anoche?

—Serge Perrault, Gilles y yo.

—¿Son los jugadores habituales?

—Sí.

—¿Apostaban dinero?

—Sí, pequeñas sumas. O invitaciones al restaurante. Nunca firmó ningún reconocimiento de deuda, si es eso en lo que piensa. Por otra parte, Gilles ganaba muy a menudo. Era muy buen jugador —añadió, dirigiendo una mirada a la viuda.

—¿No ocurrió nada de especial durante aquella partida?

—¿Como qué?

—No sé… una pelea…

—No.

—¿Dónde estaban?

—En casa de Perrault.

—¿Y después?

—Gilles y yo volvimos juntos, como siempre. Después él se fue por su lado y yo me fui a acostar.

—¿No advirtió nada durante el trayecto? ¿No se cruzó con nadie?

—No, que yo recuerde.

—¿No le había comentado nada anormal en los últimos tiempos? —preguntó Ziegler a Nadine Grimm.

—No.

—¿Parecía preocupado o inquieto?

—No.

—¿Su marido tenía algún trato con Éric Lombard?

Los miró sin comprender. Luego en sus ojos apareció un breve destello. Sonrió, aplastando la colilla contra la barandilla.

—Creen que existe una relación entre el asesinato de mi marido y esa historia de un caballo, ¿es eso? ¡Es grotesco!

—No ha respondido a mi pregunta.

—¡Ja! ¿Por qué iba a perder el tiempo una persona como Lombard con un fracasado como mi marido? No. Al menos que yo sepa.

—¿Tiene una foto de su marido?

—¿Para qué?

Servaz estuvo a punto de perder la sangre fría y olvidar que era viuda desde hacía tan solo unas horas, pero se contuvo.

—Necesito una foto para la investigación —respondió—. Y si son varias, tanto mejor, recientes a ser posible.

Miró un instante a Ziegler, que enseguida comprendió: el

dedo rebanado. Servaz esperaba que el sello figurase en alguna de las fotos.

—No tengo ninguna foto reciente de mi marido y no sé dónde puso él las otras. Buscaré en sus cosas. ¿Algo más?

—Por el momento no —respondió Servaz, levantándose.

Se sentía helado hasta los huesos y solo tenía ganas de marcharse de allí. Se preguntó si no sería por eso por lo que la viuda de Grimm los había instalado en aquella galería, para hacer que se fueran lo antes posible. La inquietud y el frío le atenazaban el vientre, y es que acababa de percibir un detalle que había tenido el efecto de un pinchazo, un detalle en el que solo había reparado él: en el momento en que Nadine Grimm tendía el brazo para aplastar el cigarrillo en la barandilla, se le subió la manga del jersey... Estupefacto, Servaz distinguió claramente las pequeñas rayas blancas de varias cicatrices en la parte inferior de la huesuda muñeca: aquella mujer había intentado poner fin a su vida.

En cuanto se hallaron en el interior del coche, se volvió hacia el alcalde. Mientras escuchaba a la viuda, había estado madurando una idea.

—¿Grimm tenía una amante?

—No —respondió sin vacilar Chaperon.

—¿Está seguro?

El alcalde le dirigió una mirada extraña.

—Uno nunca puede estar seguro de nada, pero por lo que respecta a Grimm, pondría la mano en el fuego. Era una persona que no tenía nada que ocultar.

Servaz reflexionó un momento en lo que acababa de decir el alcalde.

—Si algo aprendemos en este oficio es precisamente que la gente raras veces es lo que aparenta ser y que todo el mundo tiene algo que ocultar.

En el momento en que pronunciaba aquellas palabras, levantó la vista hacia el retrovisor y, por segunda vez en cuestión de minutos, fue testigo de una inaudita escena: Chaperon se había puesto muy pálido y, durante unos segundos, su mirada dejó traslucir un absoluto terror.

Υ

No bien salió del Instituto, Diane sintió el glacial azote del viento. Por suerte, se había puesto un anorak de plumas, un jersey de cuello alto y botas forradas. Al atravesar la explanada en dirección a su Lancia, sacó las llaves, aliviada de poder abandonar por un tiempo aquel lugar. Una vez instalada detrás del volante, puso el contacto y oyó el chasquido del arranque. Las luces se encendieron, pero enseguida se volvieron a apagar. No obtuvo ninguna otra reacción. «¡Mierda!» Lo volvió a intentar, con igual resultado. «¡Oh, no!» Insistió una y otra vez, haciendo girar la llave. Nada.

«La batería —pensó—. Está descargada. O si no será el frío.»

Se preguntaba si alguien del Instituto podría ayudarla cuando una oleada de desaliento se abatió de improviso sobre ella. Permaneció inmóvil tras el volante, contemplando los edificios a través del parabrisas. El corazón le golpeaba el pecho sin ningún motivo particular. De repente, se sintió muy lejos de casa.

12

*E*sa noche, Servaz recibió una llamada de su exmujer, Alexandra. Quería hablar de Margot, y él experimentó un acceso de inquietud. Alexandra le explicó que su hija había decidido dejar el piano y el kárate, dos actividades que practicaba desde muy niña. Sin dar ninguna explicación válida de la decisión, le había dicho a su madre que no pensaba echarse atrás.

Alexandra se sentía desamparada. Margot había cambiado desde hacía un tiempo. Su madre tenía la impresión de que le ocultaba algo; ya no conseguía comunicar con ella como antes. Servaz dejó que su exmujer se desahogara, preguntándose si se había desahogado de la misma manera con el padrastro de Margot, o si lo mantenía al margen del asunto. Sin llamarse a engaño sobre su propia mezquindad, reconoció que esperaba que la segunda opción fuera la correcta.

—¿Tiene un novio? —preguntó después.

—Creo que sí, pero no quiere hablarme de eso. Margot no era así.

A continuación preguntó a Alexandra si había registrado entre las cosas de Margot. La conocía lo bastante para saber que lo habría hecho. Tal como esperaba, respondió que sí, pero no había encontrado nada.

—Con todos esos mensajes electrónicos y SMS no puedo espiar su correo —le confió Alexandra con pesar—. Estoy preocupada, Martin. Procura averiguar algo más. Es posible que contigo se confíe.

—No te preocupes. Intentaré hablarle. Seguramente no es nada.

No obstante, se acordó de la mirada triste de su hija, de sus ojeras y, sobre todo, del morado en el pómulo. Sintió de nuevo un nudo en las entrañas.

—Gracias, Martin. ¿Y tú, estás bien?

Eludiendo la pregunta le habló de la investigación de la que se ocupaba, sin entrar en detalles. Por la época en que estaban casados, Alexandra tenía a veces intuiciones sorprendentes y una visión innovadora de las cosas.

—¿Un caballo y un hombre desnudo? Es realmente extraño. ¿Crees que habrá más?

—Es lo que temo —admitió—. Pero no hables de esto con nadie, ni siquiera con ese aviador tuyo —advirtió, negándose como de costumbre a llamar por su nombre al piloto de línea que le había robado a su mujer.

—Se diría que esas personas hicieron algo muy feo —dijo después de que le hubiera descrito al hombre de negocios y al farmacéutico— y que lo hicieron juntos. Todo el mundo tiene algo que ocultar.

Servaz le dio la razón en silencio. «Tú sabes de qué hablas ¿eh?» Habían estado casados quince años. ¿Durante cuántos lo había estado engañando con su piloto? ¿Cuántas veces habían aprovechado una escala en común para acostarse juntos? Cada vez, su mujer azafata volvía a casa y reanudaba su vida de familia como si nada, siempre con un regalito para cada uno. Hasta el día en que dio el paso. Le había dicho para justificarse que Phil no tenía pesadillas, que no padecía insomnio y «que no vivía en medio de los muertos».

—¿Por qué un caballo? —le consultó Servaz—. ¿Qué relación tiene?

—No lo sé —respondió ella con indiferencia. Él comprendió lo que significaba aquella indiferencia: que el tiempo en que intercambiaban puntos de vista sobre sus pesquisas había quedado atrás—. Eres tú el policía —añadió—. Bueno, te tengo que dejar. Procura hablar con Margot.

Luego colgó. ¿En qué momento se había estropeado todo? ¿En qué momento habían comenzado a bifurcarse sus caminos? ¿Cuando comenzó a pasar cada vez más tiempo en la oficina y menos en su casa? ¿O antes? Se habían conocido en la universidad y se habían casado al cabo de seis meses, en contra de la opinión de los padres de ella. Por aquel entonces todavía eran estudiantes; Servaz quería ser profesor de letras y latín como su padre y escribir la «gran novela moderna»; Alexandra, más modesta, estudiaba turismo. Después él ingresó en la policía, oficialmente por una decisión repentina, sin reflexionar. En realidad lo hizo a causa de su pasado.

«Se diría que esas personas hicieron algo muy feo y que lo hicieron juntos.»

Con su mente rápida, ajena a los métodos policiales, Alexandra había puesto el dedo en lo esencial. ¿Pero Lombard y Grimm podían haber participado juntos en algún acto susceptible de provocar una venganza? A él le parecía harto improbable. Y en caso afirmativo, ¿qué pintaba Hirtmann en todo aquello?

De improviso, otro pensamiento inundó su espíritu como una nube de tinta: Margot... ¿estaría corriendo alguna clase de peligro? El nudo en el estómago no se deshacía. Cogió la chaqueta y salió de la habitación. Abajo, en la recepción, preguntó si tenían un ordenador y una webcam disponibles en alguna parte. La recepcionista le respondió que sí y salió de detrás del mostrador para conducirlo a un pequeño salón. Después de darle las gracias, Servaz sacó el móvil.

—¿Papá? —contestó la voz de su hija en el aparato.

—Conéctate a la webcam —le dijo.

—¿Ahora mismo?

—Sí, ahora mismo.

Se sentó y puso en marcha el programa de videoconferencia. Al cabo de cinco minutos, su hija aún no había aparecido y ya comenzaba a perder la paciencia cuando en la esquina inferior derecha de la pantalla apareció la indicación de que «Margot está conectada». Servaz activó enseguida el vídeo y por encima de la cámara se encendió un haz de luz azul.

Desde su habitación, con una humeante taza en la mano, Margot le lanzó una mirada entre prudente e intrigada. Detrás de ella, en la pared, había un gran cartel de una película titulada *La momia*, con un personaje armado con un fusil sobre un fondo de desierto, con puesta de sol y pirámides.

—¿Qué pasa? —preguntó.

—Soy yo el que te tiene que hacer esa pregunta.

—¿Cómo?

—Abandonas el piano y el kárate. ¿Por qué?

Se dio cuenta demasiado tarde de que había usado un tono demasiado tajante y un enfoque demasiado brusco. Evidentemente, aquel era el resultado de su espera, lo sabía muy bien. Detestaba tener que esperar. Aun así, debería haber obrado de otro modo, empezar evocando cuestiones menos delicadas y hacerla sonreír con sus chistes de costumbre. Habría tenido que aplicar algunos principios elementales de manipulación... incluso con su propia hija.

—¡Ah! O sea que mamá te ha llamado...

—Sí.

—¿Y qué más te ha dicho?

—Eso es todo... ¿Y bien?

—Pues es muy sencillo. Nunca pasaré de ser una pianista mediocre, ¿para qué insistir entonces? No es lo que me va y ya está.

—¿Y el kárate?

—Ya me he cansado.

—¿Que te has cansado?

—Sí.

—Ah. ¿Así, de repente?

—No, no ha sido de repente. Lo he pensado bien.

—¿Y qué piensas hacer en lugar de eso?

—No sé. ¿Estoy obligada a hacer algo? Me parece que tengo una edad en la que puedo decidir por mí misma, ¿no?

—Es un argumento de cierto peso —reconoció, esforzándose por sonreír.

Sin embargo, al otro lado, su hija no sonreía. Miraba la cámara y, a través de esta, a él, con expresión sombría. Con la luz de la lámpara que le iluminaba la cara de lado, el morado del pómulo resultaba aún más visible. El *piercing* de la ceja relucía como un auténtico rubí.

—¿A qué vienen todas estas preguntas? ¿Qué os ha dado ahora? —preguntó Margot con voz cada vez más aguda—. No sé por qué, pero tengo la impresión de que esto es un interrogatorio policial.

—Margot, era solo una pregunta... Y no estás obligada a...

—¿Ah, no? ¿Pues sabes qué, papá? Si haces siempre lo

mismo para interrogar a tus sospechosos, no debes de obtener muchos resultados.

Descargó un puñetazo en el borde del escritorio cuyo impacto resonó en el altavoz, haciéndolo temblar.

—¡Me cago en la puta mierda!

Se quedó helado. Alexandra tenía razón: ese no era el comportamiento habitual de su hija. Habría que ver si el cambio era transitorio, debido a circunstancias que él ignoraba… o bien a la influencia de otra persona.

—Lo siento, cariño —dijo—. Estoy un poco tenso a causa de esta investigación. ¿Me perdonas?

—Hum...

—Nos vemos dentro de quince días, ¿de acuerdo?

—¿Me llamarás antes?

Reprimió una sonrisa. Aquella frase pertenecía a la Margot de siempre.

—Por supuesto. Buenas noches, cariño.

—Buenas noches, papá.

Servaz volvió a su habitación. Después de quitarse la chaqueta, buscó una botellita de whisky en el minibar y salió al balcón. El cielo, casi oscuro, estaba sereno, algo más claro por el oeste que por el este, por encima de la negra masa de las montañas. Las primeras estrellas de la noche estaban tan relucientes que parecía como si les hubieran sacado brillo. Servaz previó que iba a hacer mucho frío. Las iluminaciones de Navidad formaban ríos de rutilante lava en las calles, pero toda aquella agitación le pareció irrisoria bajo la mirada inmemorial de los Pirineos. Hasta el crimen más atroz se volvía pequeño y ridículo frente a la colosal eternidad de las montañas, reducido a la condición de un insecto aplastado en un cristal.

Servaz se apoyó en la barandilla y abrió el teléfono.

—Espérandieu —respondieron al otro lado.

—Necesito que me hagas un favor.

—¿Qué ocurre? ¿Hay novedades?

—No. No tiene nada que ver con el caso.

—Ah.

Servaz pensó un instante cómo iba a plantear aquello.

—Querría que una o dos veces por semana sigas a Margot

a la salida del instituto, durante dos o tres semanas, digamos. Yo no puedo hacerlo, porque me descubriría...

—¿Cómo?

—Lo que has oído.

El silencio se eternizó al otro lado de la línea. Servaz oyó un ruido de fondo y comprendió que su ayudante se encontraba en un bar. Espérandieu emitió un suspiro.

—Martin, no puedo hacer eso.

—¿Por qué no?

—Va contra todas las...

—Es un favor que pido a un amigo —lo interrumpió Servaz—. Una o dos tardes por semana durante tres semanas; seguirla a pie o en coche, nada más. Solo te lo puedo pedir a ti.

Sonó otro suspiro.

—¿Por qué? —quiso saber Espérandieu.

—Sospecho que tiene malas compañías.

—¿Eso es todo?

—Creo que su novio le pega.

—¡Mierda!

—Sí —convino Servaz—. Ahora imagina que se tratara de Mégan y de que tú me lo pidieras. Puede que eso mismo ocurra un día.

—Bueno, bueno, lo haré, pero una o dos veces por semana, no más, ¿de acuerdo? Y dentro de tres semanas paro, aunque no haya descubierto nada.

—Te doy mi palabra —aseguró Servaz, aliviado.

—¿Qué vas a hacer si se confirman tus sospechas?

—Aún no hemos llegado a ese punto. Por ahora solo quiero saber qué pasa.

—De acuerdo, pero suponiendo que tus sospechas sean ciertas y que esté saliendo con un cerdo chalado y violento, ¿qué vas a hacer?

—¿Acaso tengo costumbre de actuar de manera impulsiva? —dijo Servaz.

—A veces.

—Solo quiero saber qué ocurre.

Tras darle las gracias a su ayudante, colgó. Seguía pensando en su hija, en sus atuendos, en sus tatuajes, en sus *piercings*... Después desplazó el pensamiento hasta el Instituto y vio los edificios que se iban durmiendo lentamente bajo la nieve, allá arriba. ¿En qué soñarían esos monstruos, de noche, en sus celdas? ¿Qué escurridizas criaturas, qué fantasmas alimentaban sus sueños? Se preguntó si algunos permanecerían despiertos, con los ojos abiertos enfocados sobre su macabro mundo interior, evocando el recuerdo de sus víctimas.

Un avión pasó a lo lejos por encima de las montañas, procedente de España. Viendo aquella minúscula viruta de plata que, cual estrella fugaz, hacía palpitar sus luces de posición en el cielo nocturno, Servaz sintió de nuevo hasta qué punto quedaba aislado y distanciado de todo aquel valle.

Regresó a la habitación y encendió la luz.

Luego sacó un libro de la maleta y se sentó a la cabecera de la cama. Eran las *Odas* de Horacio.

Al día siguiente al despertar, Servaz comprobó que había nevado. Los techos y las calles estaban blancos y el contacto del aire frío fue como un golpe contra su pecho. Apresurándose a abandonar el balcón, se duchó y se vistió. Después bajó a desayunar.

Espérandieu estaba sentado ya bajo la gran marquesina de estilo art decó, cerca del ventanal. Había terminado y leía. Servaz lo observó de lejos, mientras permanecía absorto en la lectura. Al sentarse, miró con curiosidad la portada del libro: *La caza del carnero salvaje* de un tal Haruki Murakami. Un japonés, un autor del que nunca había oído hablar. Con Espérandieu, Servaz tenía a veces la impresión de que no hablaban el mismo idioma, que provenían de dos lugares muy distantes, cada cual dotado de su propia cultura, usos y costumbres. Las aficiones de su ayudante eran tan numerosas como distintas de las suyas: los cómics, la cultura japonesa, la ciencia, la música contemporánea, la fotografía...

Espérandieu levantó la cabeza con el aspecto de un niño frente a la mesa del desayuno y miró el reloj.

—La autopsia es a las ocho —dijo cerrando el libro—. Me voy.

Servaz asintió con la cabeza, sin añadir nada. Su ayudante conocía su trabajo. Servaz bebió un sorbo de café y enseguida notó que tenía irritada la garganta.

Diez minutos más tarde, le tocó a él salir a caminar por las calles nevadas. Tenía cita en la oficina de Cathy d'Humières con Ziegler y Propp antes del desplazamiento al Instituto. La fiscal debía presentarles al juez a quien iba a confiar la instrucción del caso. De camino, retomó los interrogantes de la noche anterior. ¿Qué era lo que había designado como víctimas a Lombard y a Grimm? ¿Qué relación existía entre ambos? Según Chaperon y la viuda, Lombard y Grimm no se conocían de nada. Lombard había entrado tal vez un par de veces a la farmacia, pero tampoco era seguro. En Saint-Martin había cinco farmacias más, y además Éric Lombard debía de enviar a alguien a ocuparse de ese tipo de recados.

Estaba sumido en tales reflexiones cuando se envaró de golpe. Algo, una sensación, puso en alerta sus antenas: era la desagradable impresión de que lo seguían. Giró bruscamente sobre sí y escrutó la calle. No había nada, aparte de una pareja que pisaba la nieve riendo y una anciana que se desviaba en una esquina con un cesto en la mano.

«Mierda, este valle me pone paranoico.»

Cinco minutos después traspasaba la verja de los juzgados. Los abogados charlaban en las escaleras fumando un cigarrillo tras otro, las familias de los acusados aguardaban la reanudación de las vistas mordiéndose las uñas. Servaz atravesó la sala de espera y se dirigió hacia la escalera de honor, situada a la izquierda. En el momento en que llegaba al segundo piso, un hombrecillo surgió de detrás de una columna de mármol, bajando las escaleras a toda velocidad.

—¡Comandante!

Servaz se detuvo y observó al personaje, que llegaba a su altura.

—De modo que usted es el policía que ha venido de Toulouse.

—¿Nos conocemos?

—Lo vi ayer por la mañana en el escenario del crimen en compañía de Catherine —respondió el hombre, tendiéndole la mano—. Ella me ha dicho su nombre. Parece que lo considera el hombre clave de la situación.

«Catherine…» Servaz le estrechó la mano.

—¿Y usted es…?

—Gabriel Saint-Cyr, juez de instrucción honorario jubilado. He ejercido en estos juzgados durante casi treinta y cinco años. —Señaló el gran vestíbulo con un amplio ademán—. Conozco hasta el último de sus armarios, como también conozco hasta al último habitante de esta ciudad, o poco menos.

Servaz lo escrutó. Aunque de baja estatura poseía unos hombros anchos, de luchador, y una sonrisa bonachona. A juzgar por su acento, había nacido o se había criado no lejos de allí. Bajo sus párpados Servaz advirtió, no obstante, una aguda mirada, y comprendió que tras su fachada de infeliz el exmagistrado disimulaba una penetrante inteligencia... a diferencia de tantos otros, que ocultan tras una máscara de cinismo e ironía su ausencia de ideas.

—¿Es una oferta de ayuda? —inquirió con tono jovial.

El juez soltó una carcajada. Era una risa prístina, sonora, comunicativa.

—Pues sí, ya sabe eso de que juez un día, juez toda la vida. Le confieso que me arrepiento de haberme jubilado cuando veo lo que ocurre hoy en día. Nunca antes habíamos tenido nada comparable. Un crimen pasional de vez en cuando, una pelea entre vecinos que acaba en tiros: las eternas manifestaciones de la tontería humana. Si le apetece charlar del asunto tomando una copa, no tiene más que decírmelo.

—¿Ya se ha olvidado del secreto de sumario, señor juez? —replicó en tono amistoso Servaz.

Saint-Cyr le dedicó un guiño.

—Bah, no estará obligado a contármelo todo. En cambio, no encontrará a nadie que conozca mejor los secretos de estos valles que yo, comandante. Piénselo.

Servaz ya pensaba en ello. Aquella oferta no carecía de interés: un contacto en el seno de la población, de parte de un hombre que había pasado casi toda la vida en Saint-Martin y que conocía bastantes secretos gracias a su profesión.

—Se diría que añora su trabajo.

—Mentiría si afirmara lo contrario —admitió Saint-Cyr—. Me jubilé hace dos años por motivos de salud. Desde entonces, tengo la impresión de estar como muerto. ¿Cree que ha sido ese Hirtmann el autor?

—¿De qué habla? —preguntó Servaz con un sobresalto.

—¡Ah, venga! Lo sabe muy bien. Del ADN que encontraron en el teleférico.

—¿Quién le ha hablado de eso?

El juez reaccionó con una risa cantarina al tiempo que se disponía a bajar las escaleras.

—Ya se lo he dicho. Yo sé todo lo que ocurre en esta ciudad. ¡Hasta pronto, comandante! ¡Y buena caza!

Servaz lo observó mientras desaparecía por la puerta doble en medio de un torbellino de nieve.

—Martin, le presento al juez Martial Confiant. Le he confiado a él las diligencias abiertas ayer.

Servaz estrechó la mano del joven magistrado. De poco más de treinta años, alto y delgado, de piel muy oscura, llevaba unas elegantes gafas rectangulares de montura metálica. Le apretó la mano con un gesto decidido y con una calurosa sonrisa.

—Contrariamente a las apariencias —precisó Cathy d'Humières—, Martial es de la región. Nació y creció a veinte kilómetros de aquí.

—Antes de su llegada, la señora D'Humières me ha expresado el gran concepto que tiene de usted, comandante.

Aunque la voz conservaba el meloso deje y el sol de las islas tropicales, dejaba traslucir un resto de acento local.

—Esta mañana iremos al Instituto —dijo Servaz sonriendo—. ¿Querrá acompañarnos?

Se dio cuenta de que le costaba hablar, le dolía la garganta.

—¿Han avisado al doctor Xavier?

—No. La capitana Ziegler y yo hemos decidido hacerles una visita inesperada.

—De acuerdo, iré con ustedes —aceptó—, pero solo por esta vez. No querría inmiscuirme. Tengo por principio dejar trabajar a la policía. A cada cual su oficio.

Servaz asintió en silencio. Aquello constituía más bien una buena noticia si la declaración de principios se traducía en hechos.

—¿Dónde está la capitana Ziegler? —preguntó la directora del ministerio fiscal Cathy d'Humières.

—No tardará —repuso tras consultar el reloj—. Quizá tiene dificultades para llegar a causa de la nieve.

Cathy d'Humières se volvió hacia la ventana con aire apresurado.

—Bueno, yo tengo que dar una conferencia de prensa. De todas maneras, no les habría acompañado. ¡Un sitio tan siniestro con semejante tiempo, brrrr, qué pocas ganas!

13

—Anoxia cerebral —dijo Delmas mientras se lavaba las manos y los antebrazos con jabón antimicrobiano antes de enjuagarlas bajo el grifo.

El hospital de Saint-Martin era un gran edificio de ladrillo rojo que destacaba entre el manto de nieve de sus jardines. Como ocurría a menudo, el acceso al depósito de cadáveres y a la sala de autopsias se encontraba lejos de la entrada principal, al fondo de una rampa de cemento. Los miembros del personal llamaban «el Infierno» a ese lugar. A su llegada, media hora antes, mientras escuchaba por los cascos *Idle Hands* de The Gutter Twins, Espérandieu había descubierto un ataúd que aguardaba encima de unos caballetes, junto a la pared. En el vestuario había encontrado al doctor Delmas, el forense de Toulouse, y a Cavalier, cirujano del hospital de Saint-Martin, poniéndose unas batas de manga corta y delantales plastificados. Delmas describió a Cavalier el estado en que habían encontrado el cadáver. Espérandieu empezó a cambiarse, después se puso una pastilla mentolada en la boca y sacó un bote de crema a base de alcanfor.

—Debería evitar eso —le advirtió de inmediato Delmas—. Es muy corrosivo.

—Lo siento, doctor, pero tengo un olfato muy sensible —respondió Vincent antes de colocarse una máscara facial sobre la boca y la nariz.

Desde su llegada a la brigada, Espérandieu había tenido que asistir a varias autopsias y sabía que había un momento —cuando el forense abría el vientre y tomaba las muestras de las vísceras: hígado, bazo, páncreas, intestino— en que en la habitación se dispersaban unos olores insoportables para un olfato normal.

Los restos de Grimm se encontraban encima de una mesa de autopsias ligeramente inclinada, provista de un orificio y un tubo de desagüe. Era bastante rudimentaria en comparación con las grandes mesas de altura regulable que Espérandieu había observado en el hospital universitario de Toulouse. El cuerpo estaba elevado por encima de ella, apoyado en varias tablas metálicas para evitar que se macerase en sus propios fluidos biológicos.

—En primer lugar, presenta los signos que se observan en todas las asfixias mecánicas —comenzó sin más dilación Delmas, accionando el brazo flexible de la lámpara por encima del cadáver. Señaló los labios azulados del farmacéutico y el pabellón auricular, que también había virado al azul—: La coloración azulada de las mucosas y de los tegumentos —mostró el interior de los párpados grapados—, la hiperemia conjuntival —apuntó hacia la tumefacta y violácea cara del farmacéutico—, la congestión en esclavina… Por desgracia, estos signos resultan apenas observables por el estado de la cara —comentó a Cavalier, que debía esforzarse para mantener la vista sobre la sanguinolenta masa en la que resaltaban los dos ojos desorbitados—. También hallaremos petequias en la superficie de los pulmones y el corazón. Son síntomas clásicos que demuestran solo un síndrome de asfixia no específica, es decir, que la víctima murió en efecto por una asfixia mecánica que estuvo precedida de una agonía más o menos larga. No nos aportan, sin embargo, más información sobre la etiología del fallecimiento.

Delmas se quitó las gafas para limpiarlas y luego se las volvió a poner. No llevaba máscara quirúrgica. Olía a agua de colonia y a jabón bactericida. Era un hombrecillo rechoncho de mejillas rosadas y lisas y grandes ojos azules saltones.

—Se nota que el que hizo esto tenía algunas nociones de medicina o en cualquier caso de anatomía —anunció—. Escogió el modus operandi que favorecía la agonía más larga y más dolorosa. —Apuntó con su regordete índice el surco que había dejado la correa en el cuello del farmacéutico—. Desde un punto de vista fisiopatológico, hay tres mecanismos que pueden provocar una muerte por ahorcamiento. El primero es el mecanismo vascular, el que impide que la sangre llegue al cerebro por oclusión simultánea de las dos arterias carótidas, que es lo que ocurre cuando el nudo corredizo se encuentra atrás, en la nuca. En ese caso, la anoxia cerebral es directa y la pérdida de conocimiento casi instantánea, seguida de un rápido fallecimiento. Es muy aconsejable para quienes optan por suicidarse ahorcándose que sitúen el nudo en la nuca —añadió Delmas.

Espérandieu había dejado de tomar notas. En general no soportaba muy bien el humor de los forenses. Cavalier, en cambio, bebía literalmente las palabras de su colega.

—A continuación está el mecanismo neurológico: si nuestro hombre hubiera arrojado al farmacéutico al vacío en lugar de bajarlo progresivamente con ayuda de las correas atadas a las muñecas, las lesiones bulbares y medulares causadas por el shock, es decir las lesiones del bulbo raquídeo y de la médula espinal —aclaró como gesto de cortesía destinado a Espérandieu, mientras levantaba delicadamente el cráneo de lo que había sido Grimm—, habrían provocado una muerte casi instantánea. Pero no fue eso lo que hizo... —Detrás de las gafas, los grandes ojos de color azul claro buscaron los de Espérandieu—. ¡No, no, joven! No fue eso... Nuestro hombre es muy astuto y tomó la precaución de colocar el nudo corredizo al lado. De esta manera, la afluencia sanguínea al cerebro queda asegurada por medio de al menos uno de los dos ejes carótidos, el opuesto al nudo. Por otra parte, las correas atadas a las muñecas le permitieron impedir cualquier shock traumático de la médula espinal. Nuestro hombre sabía muy bien lo que hacía, créame. La agonía de este pobre tipo debió de ser larguísima. —El gordezuelo dedo, de impecable pulcritud no obstante, se paseó luego a lo largo del profundo surco del cuello—. En cualquier caso, se trata de un ahorcamiento. Miren: el surco está situado arriba, pasa justo debajo del ángulo de las mandíbulas y vuelve a subir hacia el punto de suspensión. Además es incompleto, cosa que no se daría si hubiera habido antes una estrangulación con lazo, que suele dejar un surco bajo y regular, completo en todo el contorno del cuello. —Dirigió un guiño a Espérandieu—. Ya sabe, cuando el marido estrangula a su mujer con una cuerda y después quiere hacernos creer que se ha ahorcado.

—Lee demasiadas novelas policiacas, doctor —replicó Espérandieu.

Delmas reprimió una sonrisita... y después se puso más serio que un papa en el momento de la bendición. Hizo bajar la lámpara hasta la altura de la nariz medio arrancada, el rostro tumefacto y los párpados grapados.

—Esta sí que es una de las cosas más repugnantes que he visto en mi vida —dijo—. Ahí dentro hay una rabia, una furia insoportables.

El psicólogo se había sumado al grupo. Iba sentado atrás, en compañía del juez. Ziegler pilotaba el 4x4 con la fluidez y el aplomo de un piloto de rally. Servaz admiraba su manera de conducir, como había admirado su pericia en el helicóptero. Atrás, el juez había pedido a Propp que le hablara de Hirtmann. Lo que acababa de oír de boca del psicólogo lo había sumido en un profundo estupor y, ahora, guardaba el mismo mutismo que sus vecinos. El tétrico aspecto del valle no hacía más que intensificar la sensación de malestar.

La carretera serpenteaba bajo un cielo oscuro, entre grandes y frondosos abetos recubiertos de blanco. La máquina quitanieves había pasado por allí, dejando elevadas acumulaciones en las orillas. Después de dejar atrás, entre el blanco manto de los campos, el último caserío prisionero del frío, con su humeante chimenea, entraron en el reino definitivo del silencio y del invierno.

Había parado de nevar, pero la capa era muy gruesa. Un poco más allá adelantaron la quitanieves, que con su faro giratorio proyectaba un vivo resplandor anaranjado sobre los blancos abetos, y después la ruta se hizo más intransitable.

Circularon entonces a través de un paisaje petrificado compuesto de altos e impenetrables abetales y de turberas heladas estancadas en los meandros del río. Por encima de ellos se elevaban, formidables y grises, los boscosos flancos de la montaña. Luego el valle se volvió más angosto. El bosque se inclinaba sobre la carretera, más abajo de la cual discurría el torrente, y en cada curva veían ante sí las grandes raíces de las hayas que habían quedado al desnudo a causa de los derrubios. Al doblar una de ellas descubrieron varios edificios de cemento y madera, con hileras de ventanas en los pisos de arriba y grandes ventanales en la planta baja. Un sendero atravesaba el torrente a través de un herrumbroso puente tras el que se extendía una blanca pradera. Servaz vio al pasar un cartel oxidado: Casa de colonias Los Rebecos. Las construcciones tenían un aspecto ruinoso. Estaban desiertas.

Le extrañó que alguien hubiera podido instalar una casa de colonias en un sitio tan lúgubre. Al pensar en la proximidad del Instituto, sintió una corriente de aire frío en la espalda. En vista de su estado de abandono, era probable que la casa de colonias hubiera cerrado antes de que el Instituto Wargnier abriera sus puertas.

La abrumadora belleza de aquel valle dejó pasmado a Servaz.

Su atmófera era como de cuento de hadas.

Eso era: una versión moderna y adulta de los siniestros cuentos de hadas de su infancia. No en vano, pensó con un estremecimiento, en el fondo de aquel valle y de aquel bosque blanco eran ni más ni menos unos ogros lo que los aguardaba.

—Buenos días. ¿Puedo sentarme?

Levantó la cabeza y vio al enfermero psicológico que había puesto un abrupto fin a su conversación del día anterior —¿cómo se llamaba? Alex…— de pie delante de su mesa. La cafetería estaba repleta esa vez. Era lunes por la mañana y todo el personal del centro se encontraba allí. El lugar era un hervidero de voces.

—Desde luego —respondió él, con las mandíbulas apretadas.

Estaba sola en su mesa. Ostensiblemente, nadie había considerado conveniente invitarla. De vez en cuando sorprendía miradas enfocadas en ella. Una vez más, se preguntó qué habría dicho el doctor Xavier de ella.

—Quería pedirle disculpas por lo de ayer… —comenzó él,

tomando asiento—. Estuve un poco brusco, no sé por qué… Sus preguntas eran lógicas, después de todo. Le ruego que acepte mis disculpas.

Lo escrutó con atención. Parecía sinceramente arrepentido. Inclinó la cabeza, incómoda. No tenía ganas de volver a tocar la cuestión, ni siquiera de escuchar sus disculpas.

—No pasa nada. Ya lo había olvidado.

—Tanto mejor. Debe de encontrarme raro…

—Para nada. Mis preguntas también fueron bastante impertinentes.

—Es verdad —reconoció, riendo—. No se anda con rodeos.

Mordió con decisión el cruasán.

—¿Qué ocurrió ayer allá abajo? —preguntó ella para cambiar de tema—. He oído algunas conversaciones. Por lo visto, pasó algo grave…

—Murió un hombre, un farmacéutico de Saint-Martin…

—¿Cómo?

—Lo encontraron colgado debajo de un puente.

—¡Ah! Entiendo…

—Mmm —murmuró él, con la boca llena.

—¡Qué manera más horrible de suicidarse!

Alex levantó la cabeza y engulló el bocado que estaba masticando.

—No ha sido un suicidio.

—¿Ah, no?

La miró a los ojos.

—Lo han asesinado.

Preguntándose si era broma, observó sonriendo su expresión. Parecía que no, por lo que la sonrisa de Diane se disipó. Sintió una leve sensación de frío entre los omoplatos.

—¡Es horrible! ¿Están seguros?

—Sí —confirmó inclinándose hacia ella para que lo oyera sin elevar la voz, pese al guirigay general—. Y eso no es todo…

Se inclinó aún más. Diane consideró que su cara estaba demasiado cerca de la suya. No quería dar pie a rumores desde su llegada, de modo que se apartó ligeramente.

—Por lo que dicen, no llevaba más que una capa y unas botas, y todo indica que sufrió malos tratos, torturas… Fue

Rico quien lo encontró, un dibujante de cómic que sale a correr todas las mañanas.

Diane digirió la información en silencio. «Un asesinato en el valle… Un crimen demencial a unos cuantos kilómetros del Instituto…»

—Ya sé lo que piensa —dijo él.

—¿Ah, sí?

—Está pensando: es un crimen demencial y hay un montón de locos asesinos aquí.

—Sí.

—Es imposible salir de aquí.

—¿De verdad?

—Sí.

—¿Nunca ha habido una fuga?

—No. —Engulló otro bocado—. Y de todas maneras, no falta nadie.

Diane tomó un sorbo de capuccino y se limpió el chocolate de los labios con una servilleta de papel.

—Qué alivio —bromeó.

Aquella vez, Alex rio con ganas.

—Sí, reconozco que ya es bastante acojonante estar aquí en condiciones normales cuando uno es nuevo. O sea que con ese suceso horrendo… No es el tipo de cosa que ayuda a relajarse, ¿eh? ¡Siento haber sido el transmisor de la mala noticia!

—Con tal de que no sea usted el que lo ha matado…

El enfermero se echó a reír aún con más vehemencia, tan fuerte que algunas cabezas se giraron para mirar.

—¿Es humor suizo? ¡Me encanta!

Diane sonrió. Entre el arranque del día anterior y el buen humor actual, aún no sabía a qué atenerse con él. Le caía más bien simpático, de todas formas. Con la cabeza, señaló a la gente que tenían alrededor.

—Esperaba más o menos que el doctor Xavier me presentara al conjunto del personal. Pero por ahora no ha hecho nada. No es fácil integrarse si nadie le tiende la mano a una…

La envolvió con una mirada afable, inclinando despacio la cabeza.

—Comprendo. Mire, le propongo algo: esta mañana no puedo porque tengo una reunión con mi equipo terapéutico, pero un poco más tarde haremos la ronda de los colegas y le presentaré al resto del equipo…

—Es muy amable por su parte.

—No, es lo normal. No entiendo por qué Xavier o Lisa no lo han hecho ya.

Ella misma se dijo que se trataba, en efecto, de una buena pregunta.

El forense y el doctor Cavalier estaban cortando una de las botas con ayuda de un costótomo y un separador de dos garfios.

—Está claro que estas botas no pertenecían a la víctima —anunció Delmas—. Son tres números por debajo del suyo por lo menos. Se las pusieron a la fuerza. No sé cuánto tiempo debió de haberlas llevado el pobre hombre, pero debió de dolerle mucho… aunque menos que lo que le ocurrió después, desde luego…

Espérandieu lo miró con el bloc de notas en la mano.

—¿Y por qué le pusieron unas botas así de pequeñas? —planteó.

—Eso le corresponde decirlo a usted. Quizá quería simplemente ponerle unas botas y no tenía otras a mano.

—Pero ¿por qué desnudarlo, descalzarlo y obligarlo luego a ponerse unas botas?

El forense se encogió de hombros y le dio la espalda para depositar la bota cortada encima de un escurridero. Luego, con una lupa y unas pinzas, desprendió meticulosamente las briznas de hierba y la minúscula gravilla adheridas al barro y a la goma de la suela y las dispuso en una serie de recipientes cilíndricos. A continuación cogió las botas y se quedó dudando entre una bolsa de basura negra y una gran bolsa de papel de estraza. Viendo que elegía la segunda, Espérandieu lo interrogó con la mirada.

—¿Por qué he elegido la bolsa de papel en lugar de la otra? Porque aunque parezca seco, el barro de las botas no lo está del todo. Los cuerpos del delito húmedos no deben guardarse nunca en bolsas de plástico, ya que la humedad podría provocar un enmohecimiento que destruiría de forma irremediable las pruebas biológicas.

Delmas rodeó la mesa de la autopsia para acercarse al dedo rebanado con una gran lupa en la mano.

—Rebanado con un objeto cortante y oxidado, una cizalla o unas tijeras de podar. Y rebanado cuando la víctima todavía estaba viva. Páseme esas pinzas y una bolsa pequeña —pidió a Espérandieu.

Así lo hizo el policía. Después de etiquetar la bolsa, Delmas arrojó los últimos restos en uno de los cubos alineados junto a la pared y se quitó los guantes con un sonoro chasquido.

—Hemos terminado. No hay duda: fue la asfixia mecánica, y por lo tanto el ahorcamiento, lo que causó la muerte de Grimm. Voy a mandar estas muestras al laboratorio de la gendarmería de Rosny-sous-Bois, tal como ha solicitado la capitana Ziegler.

—¿Qué posibilidades hay, según usted, de que dos brutos cortos de entendederas hubieran preparado todo ese montaje?

—No me gusta hacer esa clase de evaluaciones —contestó el forense, mirando fijamente a Espérandieu—. Lo de las hipótesis les corresponde hacerlo a ustedes. ¿Qué clase de brutos?

—Unos vigilantes. Unos tipos a los que ya habían condenado por golpes y lesiones y por tráficos de poca monta. Cretinos sin imaginación que tienen encefalograma casi plano y un exceso de hormonas masculinas.

—Si son tal como los describe, yo diría que las mismas posibilidades que hay de que todos los cretinos machistas de este país comprendan algún día que los coches son más peligrosos que las armas de fuego. Aunque, repito, les corresponde a ustedes sacar las conclusiones.

Había nevado mucho y por ello tenían la impresión de estar adentrándose en el corazón de una confitería gigante. Una tupida vegetación obstruía la vista del fondo del valle; el invierno lo había transformado, como por efecto de una varita mágica, en una red de telarañas de escarcha. Servaz las imaginó como si fueran corales de hielo, en las profundidades de un océano congelado. El río discurría flanqueado de dos burletes de nieve.

Excavada en la misma roca y bordeada de un sólido parapeto, la carretera seguía el relieve de la montaña. Era tan estrecha que Servaz se preguntó qué harían si se cruzaran con un camión.

A la salida del enésimo túnel, Ziegler aflojó la marcha y atravesó la calzada para aparcar junto a la barandilla, en un espacio que formaba una especie de saliente por encima de la helada vegetación.

—¿Qué ocurre? —preguntó Confiant.

Sin responder, ella abrió la puerta y bajó. Luego se acercó al borde, seguida de los demás.

—Miren —dijo.

Dirigiendo la mirada adonde indicaba, descubrieron los edificios a lo lejos.

—¡Uf! ¡Es siniestro! —exclamó Propp—. Parece una prisión medieval.

En tanto que la parte del valle donde se encontraban quedaba inmersa en la azulada sombra de la montaña, los edificios de arriba estaban inundados de una luz matinal amarilla que descendía de las cumbres a la manera de un glaciar. Se trataba de un sitio increíblemente solitario y salvaje, pero también de una hermosura que dejó mudo a Servaz. Observando el mismo estilo de arquitectura ciclópea que había descubierto en la central, se preguntó a qué uso podían haber estado destinados aquellos edificios antes de convertirse en el Instituto Wargnier. Era evidente que databan de la misma gloriosa época que la central, una época en la que se construían murallas y estructuras que debían durar siglos, en la que la ambición del trabajo bien hecho primaba sobre el afán de rentabilidad inmediata, en la que se valoraban las empresas no por sus balances de cuentas sino por la grandeza de sus realizaciones.

—Cada vez me cuesta más creer que alguien que ha conseguido evadirse de este sitio tenga ganas de volver —añadió el psicólogo.

Servaz se volvió hacia él porque acababa de pensar lo mismo. Después buscó a Confiant y al descubrirlo a varios metros de allí, hablando por teléfono, se preguntó a quién tendría necesidad de llamar en semejante momento.

El joven juez cerró el aparato y caminó hacia ellos.

—Vamos —dijo.

Al cabo de un kilómetro, después de otro túnel, dejaron la carretera del valle para tomar otra todavía más estrecha que franqueaba el torrente antes de comenzar a subir entre los abetos. Bajo la espesa capa de nieve, la nueva carretera apenas se distinguía del borde, pero varios vehículos habían dejado su rastro. Servaz contó hasta diez y luego paró de contar. Mantuvo el interrogante de si aquella carretera llevaba a algún otro sitio aparte del Instituto y obtuvo la respuesta al cabo de dos kilómetros, cuando llegaron de repente ante los edificios: la carretera no iba más allá.

Después del ruido de las puertas del coche, retornó el silencio. Como embargados por un sentimiento de respetuoso temor, se mantuvieron callados paseando la mirada por los alrededores. Hacía mucho frío y Servaz encogió los hombros bajo la chaqueta.

Construido en el punto donde la pendiente era más suave, el Instituto dominaba la parte alta del valle. Sus pequeñas ventanas miraban a la montaña de enfrente, con sus inmensas laderas boscosas coronadas de vertiginosas paredes de roca y de nieve.

Luego divisó, a varios centenares de metros, en la montaña, a unos gendarmes con capotes de invierno que hablaban por medio de walkie-talkies mientras vigilaban con gemelos.

Del Instituto salió un hombre bajo con bata blanca que acudió a su encuentro. Sorprendido, el policía lanzó una ojeada a sus acompañantes.

—Me he tomado la libertad de avisar al doctor Xavier —dijo, con un gesto de excusa, el juez de instrucción—. Es amigo mío.

14

*E*l doctor Xavier parecía encantado de tener visita. Atravesó la corta explanada nevada con los brazos abiertos.

—Llegan en mal momento. Estábamos en plena reunión de equipo. Todos los lunes reúno, uno por uno, a los equipos terapéuticos de cada unidad de cuidados: médicos, enfermeras, auxiliares y trabajadores sociales.

Su amplia sonrisa parecía indicar que no le molestaba haber tenido que poner fin a una de aquellas tediosas sesiones. Estrechó la mano del juez con especial entusiasmo.

—Ha tenido que ocurrir este drama para que por fin vengas a ver mi trabajo.

El doctor Xavier era un hombrecillo vestido de punta en blanco, todavía joven. Servaz reparó en la corbata último modelo que asomaba bajo el cuello de la bata. Sin parar de sonreír, dispensó a los dos detectives una mirada a un tiempo benévola y chispeante de humor. Servaz se puso enseguida en guardia: sentía una desconfianza instintiva por las personas elegantes de sonrisa fácil.

Levantó la cabeza hacia los altos muros. El Instituto constaba de dos grandes edificios de cuatro plantas pegados en forma de T, una T cuya barra horizontal era tres veces más larga que la vertical.

Escrutó las hileras de pequeñas ventanas abiertas en las paredes, unos recios muros de piedra gris que habrían resistido sin duda el ataque de un lanzacohetes. Si de algo no cabía duda era de que los internos jamás habrían podido fugarse perforándolas.

—Hemos venido para evaluar las posibilidades de que uno de tus internos haya podido escaparse —explicó Confiant al psiquiatra.

—Es rigurosamente imposible —respondió sin la más mínima vacilación Xavier—. Además, no falta nadie.

—Lo sabemos —dijo Servaz.

—No entiendo —apuntó, perplejo, el psiquiatra—. En ese caso, ¿qué hacen aquí?

—Nuestra hipótesis es que uno de sus internos pudo ausentarse, matar al caballo de Éric Lombard y reintegrarse a su celda —expuso Ziegler.

—No hablará en serio —dijo Xavier con expresión de asombro.

—Eso creo yo —se apresuró a intervenir Confiant al tiempo que dirigía una severa mirada a los dos investigadores—. Esa hipótesis es del todo absurda, pero de todas formas se quieren asegurar.

Servaz tuvo la impresión de haber recibido una descarga eléctrica. No contento con haber avisado a Xavier sin consultarlos, el joven juez acababa de denigrar su trabajo delante de otra persona.

—¿Piensan en alguien en concreto? —inquirió Xavier.

—Julian Hirtmann —repuso Servaz sin dejar traslucir su contrariedad.

El psiquiatra lo miró, pero esa vez no dijo nada. Se limitó a encogerse de hombros y a girar sobre sí.

—Síganme.

La entrada se encontraba cerca de uno de los ángulos formados por la intersección de las dos barras de la T. Era una puerta de triple vidriera precedida de cinco escalones.

—Todas las visitas que acuden al centro, al igual que todos los miembros del personal, pasan por esta entrada —explicó Xavier, subiendo los escalones—. Hay cuatro salidas de emergencia en la planta baja y una en el sótano, dos en los lados en los extremos del pasillo central, una en el nivel de las cocinas, otra en el anexo —especificó señalando la barra más corta de la T, después de la sala de gimnasia—, pero es totalmente imposible abrirlas desde el exterior y para hacerlo desde el interior se necesita una llave especial. En caso de incendio de envergadura, no obstante, se accionarían de manera automática, pero solo en ese caso.

—Y esas llaves, ¿quién las tiene? —preguntó Servaz.

—Una veintena de personas —repuso Xavier al tiempo que franqueaba la puerta—. Cada uno de los responsables de una unidad de cuidados, los tres vigilantes de la planta baja, la enfermera jefe, el jefe de cocina, yo... De todas maneras, el desbloqueo automático de esas puertas produciría al momento una señal de alarma en el puesto de control.

—Necesitaríamos la lista de esas personas —indicó Ziegler—. ¿Hay alguien en permanencia en el puesto de control?

—Sí. Ya lo verán, está justo ahí.

Acababan de entrar en un gran vestíbulo. A la derecha, contemplaron una zona semejante a una sala de espera, con una fila de asientos de plástico sujetos a una barra horizontal y unas cuantas plantas. Delante de ellos había una garita de cristal semicircular que parecía una ventanilla de banca o un área de recepción. Estaba vacía. A la izquierda se extendía un vasto espacio de paredes lacadas en blanco, decoradas con dibujos y pinturas. Viendo los rostros torturados, en los que destacaban unos dientes afilados como cuchillos, los cuerpos retorcidos y los colores chillones, Servaz comprendió que se trataba de obras realizadas por los internos.

Después desplazó la mirada de los dibujos a una puerta de acero provista de una ventanilla redonda. Era el puesto de control. Xavier atravesó el vestíbulo hacia allí. Tras introducir una llave que llevaba prendida del cinturón mediante una cadenita, empujó la puerta blindada. En el interior había dos guardianes que controlaban decenas de pantallas. Iban vestidos con monos naranja y camisetas blancas debajo, y cada vez que se desplazaban sonaban los manojos de llaves y esposas que pendían de su cintura. Servaz advirtió asimismo las bombas lacrimógenas colgadas de la pared, pero no vio armas de fuego.

Las pantallas mostraban largos pasillos desiertos, escaleras, salas comunes y una cafetería. Los dos hombres los miraron con indiferencia, expresando el mismo vacío conceptual que los vigilantes de la central.

—El Instituto cuenta con cuarenta y ocho cámaras —explicó Xavier—, cuarenta y dos en el interior y seis en el exterior, colocadas como es lógico en lugares estratégicos. Por la noche siempre hay una persona aquí —añadió, señalando a los dos guardianes—, y de día, dos.

—Una persona para vigilar más de cuarenta pantallas —señaló Servaz.

—Las cámaras son solo uno de los dispositivos de seguridad —destacó Xavier—. El establecimiento está dividido en varios sectores, cada uno de los cuales tiene un grado de confinamiento más o menos riguroso en función de la peligrosidad de sus ocupantes. El paso de un sector a otro sin autorización activa de inmediato una alarma. —Les mostró una hilera de pilotos rojos situados por encima de las pantallas—. A cada nivel de seguridad le corresponden igualmente unas medidas biométricas adaptadas. Para acceder a la unidad A, donde se encuentran los internos más peligrosos, hay que franquear una antecámara de seguridad controlada de forma permanente por un guardián.

—¿Todos los miembros del personal pueden acceder a la unidad A? —preguntó Ziegler.

—Por supuesto que no. Solo tiene acceso el equipo terapéutico encargado de la unidad A, así como la enfermera jefe, los dos vigilantes del cuarto piso, nuestro médico, el capellán y yo. Y desde hace poco, una psicóloga que acaba de llegar de Suiza.

—Necesitaremos esa lista también —indicó Ziegler—, con las atribuciones y funciones de cada uno.

—¿Todo eso está informatizado? —preguntó Servaz.

—Sí.

—¿Quién instaló el sistema?

—Una empresa de seguridad privada.

—¿Y quién se ocupa del mantenimiento?

—La misma empresa.

—¿Tienen los planos en alguna parte?

—¿Qué clase de planos? —inquirió, confuso, el psiquiatra.

—Los planos de las instalaciones, del tendido de cables, de los dispositivos biométricos, del edificio…

—Supongo que los tiene la empresa de seguridad —aventuró Xavier.

—Necesitaremos su dirección, su denominación social y su número de teléfono. ¿Envían a alguien a realizar verificaciones?

—Lo controlan todo a distancia. En caso de que hubiera una avería o un fallo, sus ordenadores los pondrían sobre aviso.

—¿No encuentra peligroso que las cribas de seguridad puedan estar controladas desde el exterior por alguien a quien no conoce?

—No tienen ninguna manera de activar las puertas —replicó Xavier con cierta hosquedad—, ni de detener el funcionamiento de los sistemas de seguridad. Solo pueden ver lo que ocurre... y si todo funciona correctamente.

—Y los vigilantes, ¿los proporciona la misma empresa?

—Sí —confirmó Xavier, saliendo del puesto de control—, pero no son ellos los que intervienen con los pacientes en caso de ataques, sino los auxiliares. Como ya saben, la tendencia actual promueve la «externalización de las tareas», como dicen en los ministerios. —Se paró en medio del vestíbulo para observarlos—. Nosotros somos como los demás, trabajamos con los medios de que disponemos... y estos se van reduciendo progresivamente. A lo largo de los últimos veinte años, todos los gobiernos de este país han ido cerrando discretamente más de cincuenta mil camas en psiquiatría y suprimiendo miles de empleos, cuando la realidad es que fuera, a causa del liberalismo y los imperativos económicos, la presión sobre los individuos es mayor que nunca. Cada vez hay más locos, psicóticos, paranoicos y esquizofrénicos circulando.

Se encaminó a un gran pasillo que partía del fondo del vestíbulo. El interminable corredor parecía atravesar el edificio en toda su longitud. A intervalos regulares debían detenerse, frente a unas rejas que, según supuso Servaz, debían de permanecer cerradas con cerrojo por la noche. También vio unas puertas con placas de cobre donde constaba el nombre de diversos médicos, como el propio Xavier. En otra estaba grabado: ÉLISABETH FERNEY, ENFERMERA JEFE.

—De todas maneras, supongo que aquí debemos considerarnos privilegiados —agregó Xavier al tiempo que los hacía franquear una segunda reja—. Para paliar la falta de personal, disponemos de sofisticados sistemas de seguridad y vigilancia, cosa que no ocurre en otros centros. En Francia, cuando se quieren disimular las reducciones de personal y de presupuesto, se multiplican los conceptos nebulosos, que no son más que estafas semánticas, tal como denunció alguien: «gestión cualificada», «proyectos anuales de rendimiento», «diagnóstico de enfermería»... ¿Saben qué es el diagnóstico de enfermería? Consiste en hacer creer a los enfermeros que son capaces de dar un diagnóstico en lugar del médico, cosa que permite evidentemente reducir el número de facultativos en los hospitales. Resultado: uno de mis colegas vio cómo unas enfermeras enviaban a un paciente al servicio de psiquiatría después de haberlo tachado de «paranoico peligroso» porque estaba muy nervioso y enojado con su patrono, al que amenazaba con llevar a la justicia. Por suerte para ese pobre hombre, mi colega, que lo recibió a su llegada al hospital, invalidó de inmediato el diagnóstico y lo mandó a su casa. —El doctor Xavier se detuvo en mitad del pasillo para posar en ellos una mirada de asombrosa gravedad—. Vivimos en una época de violencia institucional ejercida contra los más débiles y de mentiras políticas sin precedentes —declaró con tono sombrío—. Los gobiernos actuales y sus servidores tienen todos un doble objetivo: la mercantilización del individuo y el control social.

Servaz miró al psiquiatra. Él mismo pensaba más o menos igual. No obstante se preguntó si, en la época en que eran todopoderosos, los psiquiatras no habían serrado la rama en la que estaban sentados entregándose a toda clase de experimentos —que habían tenido por cobayas a seres humanos— de índole más ideológica que científica, con consecuencias a menudo destructivas.

Al pasar, Servaz vio a otros dos guardianes más vestidos con monos naranja en el interior de una garita de vidrio. Después, a su derecha, apareció la cafetería que habían mostrado las pantallas.

—La cafetería del personal —precisó Xavier.

Allí, en lugar de ventanas, había unos altos ventanales abiertos a los nevados paisajes y paredes pintadas con colores cálidos. Media docena de personas charlaban tomando café. A continuación descubrieron una sala de techo alto y muros de color salmón decorados con grandes fotos de paisajes. Unos sillones baratos pero de aspecto confortable estaban dispuestos en diversos lugares, formando pequeños rincones tranquilos y acogedores.

—El locutorio —dijo el psiquiatra—. Aquí es donde se reúnen las familias con sus parientes hospitalizados en el Instituto. Este dispositivo solo se aplica, por supuesto, a los internos menos peligrosos, lo que en este centro no quiere decir gran cosa. Una cámara vigila constantemente las entrevistas y los auxiliares se mantienen cerca.

—¿Y los demás? —preguntó Propp, abriendo la boca por primera vez.

Xavier miró con circunspección al psicólogo.

—La mayoría no recibe nunca visitas —repuso—. Esto no es ni un hospital psiquiátrico ni una cárcel modelo. Somos un establecimiento piloto único en Europa y recibimos pacientes un poco de todas partes. Todos ellos son personas muy violentas, condenadas por violaciones, malos tratos, torturas, asesinatos… cometidos sobre sus familias o sobre desconocidos. Todos son reincidentes y todos están en el filo de la navaja. Aquí solo recibimos la flor y nata —añadió Xavier con una extraña sonrisa—. Son pocas las personas con ganas de acordarse de que nuestros pacientes existen. Quizá por eso situaron el centro en un sitio tan remoto. Nosotros somos su última familia.

Servaz encontró un tanto grandilocuente la última frase, como casi todo lo que decía el doctor Xavier, por lo demás.

—¿Cuántos niveles de seguridad hay?

—Tres, en función de la peligrosidad de la clientela: ligera, media y alta, lo cual determina no solo la cantidad y el rendimiento de los sistemas de seguridad y el número de guardianes, sino también el carácter de los cuidados y las relaciones existentes entre los equipos de cuidadores y los internos.

—¿Quién calibra la peligrosidad de los recién llegados?

—Nuestro equipo. Combinamos las entrevistas clínicas, los cuestionarios y, por supuesto, la lectura de los expedientes realizados por los colegas con un nuevo método de evaluación revolucionario importado de mi país. Miren, precisamente tenemos a un recién llegado que estamos evaluando en este momento. Síganme.

Los condujo hacia una escalera compuesta por anchas láminas de cemento caladas que vibraron bajo sus pasos. Al llegar al primer piso se encontraron ante una puerta de vidrio reforzada por una fina malla metálica.

Aquella vez Xavier tuvo que aplicar la mano sobre un palpador de reconocimiento biométrico además de componer un código en un pequeño teclado.

El rótulo de encima de la puerta anunciaba:

SECTOR C: PELIGROSIDAD BAJA
RESERVADO AL PERSONAL DE CATEGORÍAS C, B Y A

—¿Es el único acceso a esta zona? —preguntó Ziegler.

—No, hay otro al final del pasillo que permite pasar de esta zona a la siguiente, de seguridad media, y que está reservado por consiguiente al personal habilitado para los niveles B y A.

Después de guiarlos a lo largo de otro pasillo, se paró delante de una puerta con el cartel EVALUACIÓN. La abrió.

Xavier se apartó para dejarlos pasar.

Era una habitación sin ventanas, tan exigua que tuvieron que apretarse para caber. Había dos personas sentadas delante de una pantalla de ordenador, un hombre y una mujer. La pantalla mostraba a la vez la imagen de una cámara y varias ventanas más por las que desfilaban diagramas y líneas de información. La cámara filmaba a un hombre bastante joven sentado en un taburete en otro cuarto sin ventanas, apenas más grande que un armario. Servaz vio que el hombre llevaba un casco de realidad virtual. Después desplazó la mirada hacia abajo y lo recorrió un escalofrío: el hombre estaba con el pantalón bajado hasta los muslos y alrededor del pene tenía colocado un extraño tubo de donde surgían unos cables eléctricos.

—Este nuevo método de evaluación de las desviaciones sexuales reposa en la realidad virtual, en un sistema de observación oculomotor y en la pletismografía peneana —explicó el psiquiatra—. Ese aparato que ven a la altura de su sexo permite medir la parte fisiológica de la excitación producida a partir de estímulos variados, o lo que es lo mismo, su erección. Al mismo tiempo que la reacción eréctil, se miden las respuestas oculomotrices del individuo con ayuda de un aparato de detección de infrarrojos, que determina el tiempo de observación de las imágenes que se le proponen en el casco de realidad virtual, así como el lugar exacto de la escena en el que se concentra su atención.

El psiquiatra se inclinó para apuntar con el dedo una de las ventanas de la pantalla. Servaz vio unas barras de color que subían y bajaban en un diagrama ortogonal. Debajo de cada una de las barras de color estaba especificada la categoría del estímulo: «Adulto varón», «adulto hembra», «niño varón», etc...

—Los estímulos que se le envían al casco representan alternativamente un hombre adulto, una mujer adulta, una niña de nueve años, un niño de la misma edad y un personaje asexuado y neutro. Cada animación dura tres minutos. Medimos cada vez la reacción física y ocular. —Xavier enderezó el cuerpo—. Hay que tener en cuenta que buena parte de nuestra «clientela» está compuesta de agresores sexuales. Tenemos ochenta y ocho camas en total, cincuenta y tres en el sector C, veintiocho en el B, más los siete internos de la unidad A.

Servaz se apoyó en el tabique. Sudaba y tenía escalofríos y le dolía la garganta. No obstante, era sobre todo la visión de aquel hombre situado en una situación surrealista y a la vez humillante, ese hombre cuyas fantasías despertaban de manera artificial para poderlas medir, lo que le provocaba un malestar físico.

—¿Cuántos asesinos hay entre ellos? —preguntó con voz vacilante.

Xavier lo miró de hito en hito.

—Treinta y cinco. La totalidad de los pacientes de los sectores B y A lo son.

Diane los vio atravesar el gran vestíbulo y enfilar el pasillo en dirección a la escalera de servicio. Había tres hombres y una mujer. Xavier les hablaba pero parecía tenso, a la defensiva. El hombre y la mujer que lo flanqueaban lo bombardeaban a preguntas. Aguardó a que se hubieran alejado antes de acercarse a la puerta exterior. A una decena de metros había un 4x4 apartado en la nieve con la palabra GENDARMERÍA situada en las puertas.

Diane se acordó de la conversación que había mantenido con Alex a propósito del farmacéutico asesinado. Por lo visto, la policía había establecido también la relación con el Instituto.

Después se acordó de algo: el orificio de ventilación de su oficina y de la conversación entre Lisa y Xavier que había escuchado. Y aquella extraña historia de un caballo… Ya en aquella ocasión, Lisa Ferney había mencionado la posibilidad de una visita de la policía. ¿Acaso existía una relación entre ambos casos? La policía seguramente se planteaba la misma pregunta. Después volvió a centrar el pensamiento en el orificio de ventilación…

Volviendo la espalda a la vidriera de la puerta, atravesó el vestíbulo a toda prisa.

—¿Tiene algo contra el resfriado?

El psiquiatra miró de reojo a Servaz antes de abrir el cajón de su despacho.

—Desde luego. —Xavier le tendió un tubo de color amarillo—. Tenga, tómese esto. Es paracetamol con efedrina. En general es bastante eficaz. Efectivamente está muy pálido, ¿no quiere que llame a un médico?

—Gracias, no hace falta.

Xavier se desplazó hasta la pequeña nevera que había en un rincón de la habitación y volvió con una botella de agua mineral y un vaso. La oficina estaba amueblada sin pretensiones, con dos archivadores metálicos, una nevera-bar, una mesa vacía con solo un teléfono, un ordenador y una lámpara, una pequeña estantería cargada de obras de contenido profesional y unas cuantas macetas con plantas escuálidas en el alféizar de la ventana.

—Tome solo uno a la vez. Cuatro al día como máximo. Se puede quedar con el tubo.

—Gracias.

Servaz permaneció absorto un instante en la contemplación del comprimido que se disolvía en el agua. Una migraña le hurgaba el cráneo detrás de los ojos. El agua fría le alivió la garganta. Estaba empapado; bajo la chaqueta, la camisa se le pegaba a la espalda. Seguramente tenía fiebre. También frío, aunque era un frío interior, ya que el indicador de la calefacción situado cerca de la puerta marcaba 23 °C. Rememoró la imagen de la pantalla del ordenador, del violador violado a su vez por máquinas, sondas, instrumentos electrónicos... y de nuevo, la bilis le subió por la garganta.

—Vamos a tener que visitar la unidad A —dijo después de dejar el vaso.

Aunque había querido adoptar un tono firme, el ardor de la garganta había dado margen tan solo a un débil hilo de voz cascada. Al otro lado del escritorio, la mirada chispeante de humor se tornó de repente opaca. Servaz tuvo la visión de una nube que al pasar delante del sol transformaba un paisaje primaveral en algo mucho más siniestro.

—¿Es absolutamente necesario?

El psiquiatra buscó discretamente con la mirada el apoyo del juez, sentado a la izquierda de los dos detectives.

—Sí —reaccionó al instante Confiant, volviéndose hacia ellos— ¿realmente tenemos necesidad de...?

—Creo que sí —atajó Servaz—. Le voy a confiar algo que debe quedar entre nosotros —añadió, inclinándose hacia Xavier—. Aunque tal vez lo sepa usted ya...

Desvió la mirada hacia el joven juez. Por espacio de un instante, los dos hombres se midieron en silencio. Luego Servaz desplazó la mirada de Confiant a Ziegler, que le transmitió un mudo mensaje: «Calma...».

—¿A qué se refiere? —preguntó Xavier.

Servaz se aclaró la garganta. El medicamento no iba a hacer efecto hasta dentro de unos minutos. El dolor le atenazaba las sienes.

—Encontramos el ADN de uno de sus internos en el lugar donde mataron el caballo del señor Lombard, en lo alto del teleférico... Era el ADN de Julian Hirtmann.

—¡Dios santo! —exclamó Xavier con ojos desorbitados—. ¡Eso es imposible!

—¿Comprende lo que significa?

El psiquiatra miró a Confiant con aire extraviado y luego agachó la cabeza. Su estupor no era fingido. No sabía nada.

—Eso significa —prosiguió Servaz implacable— que una de dos: o bien el propio Hirtmann se encontraba allá arriba esa noche, o bien alguien que puede acercarse lo bastante a él para obtener su saliva se encontraba allí... De eso se desprende que, con o sin Hirtmann, alguien de su establecimiento está implicado en ese asunto, doctor Xavier.

15

—*D*ios mío, es una pesadilla —se lamentó Xavier. Miró a sus interlocutores confuso—. Mi predecesor, el doctor Wargnier, luchó por abrir este centro. Como comprenderán, no faltaron quienes se opusieron a este proyecto. Esas personas siguen ahí, listas para volverse a expresar. Son personas que creen que estos criminales deberían estar en la cárcel, quienes nunca han aceptado su presencia en este valle. Si llegara a saberse esto, la propia existencia del Instituto se vería amenazada. —Xavier se quitó las extravagantes gafas rojas y se puso a limpiar con furor los cristales con un paño que sacó del fondo de un bolsillo—. La gente que viene a parar aquí no tiene ningún otro sitio adonde ir. Nosotros somos su último refugio. Después de nosotros no hay nada; ni los hospitales psiquiátricos clásicos ni la cárcel los pueden acoger. En toda Francia hay tan solo cinco unidades para enfermos difíciles, y el Instituto es único en su especie. Recibimos decenas de demandas de admisión cada año. Se trata de autores de crímenes atroces considerados irresponsables, o bien de detenidos aquejados de trastornos de la personalidad que hacen imposible su reclusión en la cárcel, o de psicóticos cuyo grado de peligrosidad hace incompatible su acogida en una unidad de cuidados clásica. Incluso las otras unidades para enfermos difíciles nos envían algunos pacientes. ¿Adónde irán estas personas si cerramos nuestras puertas? —Los círculos que trazaba sobre los vidrios de las gafas eran cada vez más rápidos—. Ya se lo he dicho: hace treinta años que en nombre de la ideología, de la rentabilidad y de las prioridades presupuestarias, se desmantela la psiquiatría en este país. Este establecimiento le sale caro a la comunidad. A diferencia de otras unidades para enfermos difíciles, es una experiencia realizada a nivel europeo y financiada en parte por la UE, pero solo en parte. Y en Bruselas también hay bastantes personas que no ven con buenos ojos esta experiencia.

—Nosotros no tenemos intención de propagar esta información —precisó Servaz.

—Tarde o temprano sucederá —afirmó dubitativo el psiquiatra—. ¿Cómo podrían llevar a cabo su investigación si no?

Servaz sabía que tenía razón.

—Solo existe una solución —intervino Confiant—. Debemos aclarar este asunto lo antes posible si queremos evitar que la prensa pase a un primer plano y comience a hacer circular toda clase de descabellados rumores. Si conseguimos averiguar cuál de tus empleados participó en el asunto antes de que la prensa se entere de la cuestión del ADN, habremos demostrado al menos que nadie pudo salir de aquí.

—Sí —convino el psiquiatra—. Yo mismo voy a llevar a cabo una investigación personal, y voy a hacer cuanto esté en mi mano por ayudarles.

—Mientras tanto, ¿podemos ver la unidad A? —planteó Servaz.

—Les acompañaré —dijo Xavier, levantándose.

Estaba inmóvil, sentada frente a su escritorio, conteniendo el aliento…

Los sonidos y las palabras eran tan claros como si hubieran hablado en la misma habitación donde se encontraba. La voz de ese policía, por ejemplo… Era la de una persona agotada y sometida a la vez a un estrés enorme, a una presión excesiva. Por el momento resistía, pero no estaba claro durante cuánto tiempo podría seguir así. Cada una de las palabras que había pronunciado había quedado grabada a fuego en el cerebro de Diane. Aunque no había entendido nada de aquel asunto de un caballo muerto, había comprendido perfectamente que habían encontrado el ADN de Hirtmann en el escenario de un crimen y que la policía sospechaba que había alguien del Instituto implicado en él.

«Un caballo muerto, un famacéutico asesinado, sospechas relacionadas con el Instituto...»

La inquietud se había manifestado en ella, sí, pero había algo más que estaba aflorando: una irrefrenable curiosidad. El recuerdo del individuo que pasaba delante de su puerta, por la noche, surgió en su memoria. Cuando era estudiante, Diane escuchó a través del tabique de su habitación las palabras de un hombre que intimidaba y amenazaba a la chica que dormía en el cuarto de al lado. Fue varias noches seguidas, en el momento en que Diane estaba a punto de dormirse, y cada vez profería en voz baja y siniestra las mismas amenazas de matarla, de mutilarla, de transformar su vida en un infierno. Después sonaba un portazo y los pasos que se alejaban por el pasillo. Luego solo persistían en medio del silencio los ahogados sollozos de su vecina, como el triste eco de miles de soledades, de miles de penas encerradas en el silencio de las ciudades.

Ignoraba quién era aquel hombre de voz desconocida para ella, y tampoco conocía apenas a la joven de al lado, con la que solo intercambiaba saludos de rigor y vagos comentarios banales cuando se cruzaban en el pasillo. Solo sabía que se llamaba Ottilie, que preparaba un máster en ciencias económicas, que había salido con un estudiante barbudo con gafas y que estaba sola casi todo el tiempo. No tenía una pandilla de amigos ni recibía llamadas de mamá o de papá.

Diane no debería haberse inmiscuido en aquel asunto, pues no era de su incumbencia, pero una noche no pudo reprimirse y siguió al hombre cuando salió de la habitación. De este modo descubrió que vivía en una bonita casa unifamiliar, detrás de una de cuyas ventanas atisbó a una mujer. Habría podido dejar así las cosas. En realidad siguió vigilándolo cuando disponía de tiempo. Poco a poco acumuló gran cantidad de información sobre aquel individuo: era director de un supermercado, tenía dos niños de cinco y seis años, apostaba en las carreras e iba discretamente a hacer las compras a Globus, una cadena de tiendas que hacía competencia a la suya. Al final Diane comprendió que había conocido a su vecina cuando esta trabajaba para pagarse los estudios en el supermecado que él dirigía y que la chica se había quedado embarazada. De ahí venían la intimidación y las amenazas. Quería que abortase. Además tenía otra amante, una cajera de treinta años hipermaquillada que no paraba de mascar chicle mientras miraba de arriba abajo a los clientes. «*I'm in love with the queen of the supermarket*», decía aquella canción de Bruce Springsteen. Una noche, Diane escribió una carta anónima en el ordenador y la metió bajo la puerta de su vecina. En ella decía simplemente: «Nunca dejará a su mujer». Un mes después se enteró de que su vecina había abortado en la decimosegunda semana de embarazo, unos días antes de que concluyera el plazo fijado por la ley suiza.

Una vez más se preguntó si aquella necesidad de inmiscuirse en la vida de los demás no se debía al hecho de que se había criado en una familia donde los silencios y los secretos eran mucho más abundantes que lo que se compartía. Se preguntó asimismo si su padre, el riguroso calvinista, habría engañado a su madre. Sabía sin margen de duda que lo contrario había ocurrido, que entre los discretos individuos que iban a visitar a su madre algunos habían abusado de su fértil imaginación, alimentando unas esperanzas que jamás se vieron cumplidas.

Se revolvió en la silla. ¿Qué ocurría? Experimentaba un sentimiento de creciente agobio mientras trataba de conectar la información de que disponía.

Lo peor era ese suceso de Saint-Martin, un crimen horrible. El hecho de que pudiera estar relacionado de una manera u otra con el Instituto intensificaba la sensación de opresión que sentía desde su llegada. Lamentó no tener a nadie a quien confiarse, alguien a quien hacer partícipe de sus dudas; su mejor amiga, o Pierre…

Volvió a pensar en aquel policía de quien solo conocía la voz y sus inflexiones. En él había percibido estrés, tensión, inquietud, pero al mismo tiempo fuerza y determinación, y también una viva curiosidad… Era una persona racional, segura de sí misma… La imagen que se había formado de aquel policía coincidía con la suya.

—Les presento a Élisabeth Ferney, nuestra enfermera jefe. Servaz vio acercarse a una mujer alta cuyos tacones resonaban en las baldosas del pasillo. Sus cabellos, aunque no eran tan largos como los de Charlène Espérandieu, caían también sueltos sobre sus hombros. Saludó con una inclinación de cabeza, sin pronunciar una palabra ni sonreír tampoco, y su mirada se demoró un poco más de lo necesario sobre la capitana Irène Ziegler.

Servaz advirtió que la joven gendarme bajaba la vista.

Élisabeth Ferney parecía una persona seca y autoritaria. Servaz le calculó unos cuarenta y tantos años, aunque admitió que también podría tener treinta y cinco o cincuenta, dado que la amplia bata y su aspecto severo no permitían precisar más. Percibió en ella una gran energía y una voluntad inquebrantable. «¿Y si el segundo hombre fuera una mujer?», se preguntó de repente. Luego se dijo que aquella pregunta no hacía más que demostrar lo perdido que estaba: si todo el mundo se volvía sospechoso, era porque nadie lo era. No tenían ninguna pista sólida.

—Lisa es el alma de este establecimiento —explicó Xavier—. Lo conoce mejor que nadie y está enterada de todos los aspectos terapéuticos y prácticos. También conoce a todos y cada uno de los ochenta y ocho internos. Hasta los psiquiatras deben someterle su trabajo.

La enfermera jefe no esbozó ni un asomo de sonrisa. Después dirigió una tenue señal a Xavier, que enseguida dejó de hablar para escucharla; ella le murmuró algo al oído. Servaz se preguntó entonces si no se hallaba en presencia de la persona que detentaba realmente el poder en aquel lugar. Xavier le respondió de la misma forma mientras ellos aguardaban en silencio el final del pequeño conciliábulo. Al final, la enfermera asintió y tras saludarlos con una breve inclinación de cabeza, se marchó.

—Prosigamos —dijo el psiquiatra.

Mientras se iban en dirección contraria, Servaz se paró y giró sobre sí para mirar a Lisa Ferney, que se alejaba con un sonoro taconeo. Al llegar al final del pasillo, antes de desaparecer en la esquina, se volvió a su vez y se cruzaron sus miradas. Servaz tuvo la impresión de que sonreía.

Υ

—Lo importante —advirtió Xavier— es evitar toda actitud que pueda generar conflictos.

Se encontraban delante de la última antecámara, la que daba acceso a la unidad A. Allí las paredes ya no estaban pintadas, eran como murallas de tosca piedra que contribuían a crear la impresión de hallarse en una fortaleza medieval, en clara contradicción con la presencia de las puertas blindadas de acero, los blancuzcos fluorescentes y el suelo de cemento.

Xavier elevó la cabeza hacia la cámara suspendida por encima del marco de la puerta. Una lámpara de dos diodos pasó del rojo al verde mientras se descorrían unos cerrojos imbricados en el grueso blindaje. Después de tirar del pesado batiente, los invitó a entrar en el estrecho espacio previsto entre las dos puertas blindadas. Esperaron a que la primera se cerrara lentamente por sí sola, se accionara el ruidoso mecanismo de cierre y después a que se liberaran con igual estruendo los cerrojos de la gacheta de la segunda. En aquella oscuridad impregnada de olor a metal que solo mitigaba la luz de las ventanillas de las puertas, tenían la sensación de encontrarse en la sala de máquinas de un barco. Xavier los observó con solemnidad, uno por uno, y Servaz adivinó que se disponía a efectuar un anuncio que ya tenía listo y pensado… el mismo que debía de servir a cada visita que franqueaba aquella puerta.

—Bienvenidos al infierno —declaró sonriendo.

Primero había una garita acristalada con un guardia en el interior. Luego un pasillo a la izquierda. Servaz avanzó y vio un corredor blanco, una tupida moqueta azul, una hilera de puertas con ventanillas a la izquierda y apliques murales a la derecha.

El guardián dejó la revista que leía y salió de la garita. Xavier le estrechó la mano con ceremonia. Era un tiparrón de casi metro noventa.

—Les presento al señor Mundo —dijo Xavier—. Es el mote que le sacaron los internos de la unidad A.

El señor Mundo se echó a reír y les estrechó la mano con inusitada ligereza de pluma, como si temiera romperles algún hueso.

—¿Cómo están esta mañana? —preguntó Xavier.

—Calmados —repuso el señor Mundo—. Va a ser un buen día.

—Puede que no —contestó Xavier, mirando a las visitas.

—Lo importante es no provocarlos —explicó el guardián haciéndose eco de las recomendaciones del psiquiatra—, y guardar la distancia. Hay un límite que no se debe superar. Si lo hiciesen, ellos podrían sentirse agredidos y reaccionar de manera violenta.

—Me temo que estas personas han venido para superarlo, precisamente —apuntó Xavier—. Son de la policía.

La mirada del señor Mundo se endureció. Con un encogimiento de hombros, volvió a entrar en su garita.

—Vamos —dijo Xavier.

Prosiguieron por el pasillo, cuya moqueta absorbió el ruido de sus pasos. El psiquiatra señaló la primera puerta.

—Andreas vino de Alemania. Mató a su padre y a su madre mientras dormían con dos disparos de escopeta. Después, como tenía miedo de estar solo, les cortó las cabezas y las metió en el congelador. Las sacaba todas las noches para ver la tele en su compañía… y las ponía encima de dos maniquíes decapitados que sentaba a su lado en el sofá del salón.

Servaz, que escuchaba atentamente, se estremeció al visualizar la escena. Acababa de pensar en la cabeza del caballo que habían encontrado detrás del centro ecuestre.

—El día en que el médico de cabecera se presentó para preguntar por sus padres, extrañado de no verlos nunca en la consulta, Andreas lo mató a martillazos. Después le cortó también la cabeza. Decía que era formidable que sus padres tuvieran compañía, dado que el médico era un hombre tan agradable y buen conversador. La policía abrió, como es lógico, una investigación a raíz de la desaparición del médico. Cuando fueron a interrogar a Andreas y a sus padres, que figuraban en su lista de pacientes, el chico los invitó a entrar diciendo: «Están ahí». Y efectivamente estaban allí, en el congelador, esperando a que sacara para la velada… las tres cabezas.

—Encantador —comentó Confiant.

—El problema —continuó Xavier— fue que en el hospital psiquiátrico donde lo internaron, Andreas intentó decapitar a una enfermera de noche. La infortunada no murió, pero no podrá volver a hablar nunca sin ayuda de un aparato y llevará toda la vida pañuelos y cuello alto para ocultar la horrible cicatriz que le dejó el cortapapeles de Andreas.

Servaz cambió una mirada con Ziegler y vio que esta pensaba lo mismo que él. Allí tenían a alguien que tenía una clara vocación de decapitador y cuya celda se encontraba no lejos de la de Hirtmann. Miró por la ventanilla. Andreas era un coloso que debía de pesar unos ciento cincuenta kilos, usar una talla sesenta y dos y un cuarenta y seis o cuarenta y ocho de zapatos. Su enorme cabeza permanecía hundida entre los hombros, como si no tuviera cuello, y en su cara había una expresión enfurruñada.

Xavier señaló la segunda puerta.

—El doctor Jaime Esteban proviene de España. Mató a tres parejas en cuestión de dos veranos en el otro lado de la frontera, en los parques nacionales de Ordesa, Monte Perdido y Aigüestortes. Anteriormente era un ciudadano apreciado por todos, soltero pero muy respetuoso con las mujeres que recibía en su consulta, concejal de su pueblo que siempre tenía una palabra amable para todo el mundo. —Se acercó a la ventanilla, se apartó y los animó a aproximarse—. Todavía no se sabe por qué hizo eso. Atacaba a excursionistas aislados, siempre parejas jóvenes. Primero partía el cráneo de los hombres con una piedra o un palo y después violaba y estrangulaba a las mujeres antes de arrojar sus cadáveres por un barranco. Ah, y también bebía su sangre. En la actualidad se cree un vampiro. En el hospital español donde estaba internado mordió en el cuello a dos enfermeras.

Servaz vio a un hombre delgado de reluciente cabello engominado y barba negra bien recortada, vestido con un mono blanco de manga corta, sentado en una cama. Por encima de esta había encendido un televisor.

—Y ahora nuestro interno más famoso —anunció Xavier con el tono del coleccionista que presenta su mejor pieza.

Marcó una combinación de teclas al lado de la puerta.

—Buenos días, Julian —saludó Xavier al entrar.

No hubo respuesta. Servaz entró tras él.

Lo sorprendieron las dimensiones de la habitación. Parecía mucho más espaciosa que las celdas anteriores. Aparte de eso, las paredes y el suelo eran blancos, como en las otras. Una cama en el fondo, una mesita adosada a una pared con dos sillas, dos puertas a la izquierda tras las cuales había tal vez una ducha y un armario y una ventana que daba delante de la copa de un abeto recubierto de nieve y las montañas.

Sorprendido por el ascetismo del cuarto, Servaz se preguntó si el suizo lo había elegido por voluntad propia o si se trataba de algo impuesto. A juzgar por los datos acumulados sobre él, Hirtmann había sido un hombre curioso, inteligente, sociable y sin duda alguna gran devorador de libros y de todas las modalidades de cultura a lo largo de su vida de persona libre y de asesino. Pero allí no había nada, aparte de un lector de CD de mala calidad puesto encima de la mesa. No obstante, a diferencia de las celdas anteriores, el mobiliario no estaba ni empotrado al suelo ni revestido de plástico. Por lo visto consideraban que Hirtmann no representaba un peligro ni para sí mismo ni para los demás…

Servaz se estremeció al reconocer la música que surgía del lector de CD: la *Cuarta sinfonía* de Gustav Mahler…

Hirtmann tenía la mirada gacha. Estaba leyendo el periódico. Servaz se inclinó un poco y advirtió que el suizo había adelgazado con respecto a las fotos de su expediente. Su piel, ahora más lechosa y transparente, contrastaba con el cabello oscuro y abundante, corto, entreverado de escasas canas. No iba afeitado y en su barbilla despuntaban unos negrísimos pelos. Conservaba, con todo, aquel aspecto de educación y de refinamiento que habría tenido incluso vestido de vagabundo bajo un puente de París… y aquel rostro un poco severo, con el entrecejo fruncido, que debía de haber impresionado en las salas de audiencia. Aparte de eso iba vestido con un mono de cuello abierto y una camiseta blancos que viraban al gris a fuerza de lavados.

También había envejecido un poco, en relación con las fotos.

—Le presento al comandante Servaz —dijo Xavier—, al juez Confiant, la capitana Ziegler y el profesor Propp.

Al contraluz de la ventana, el suizo levantó la vista y Servaz advirtió por primera vez el brillo de sus pupilas. No reflejaban el mundo exterior: ardían con un fuego interior. El efecto duró solo un segundo; pronto desapareció y el suizo volvió a ser el antiguo fiscal de Ginebra, cortés, educado y sonriente.

Corriendo la silla, desplegó su larga corpulencia. Era todavía más alto que en las fotos: debía de medir poco menos de metro noventa y cinco, según los cálculos de Servaz.

—Buenos días —dijo.

Clavó la mirada en Servaz. Durante un instante, los dos se observaron en silencio. Después Hirtmann hizo algo extraño: desplegó bruscamente la mano en dirección a Servaz, que casi estuvo a punto de retroceder de un brinco. Tomando la del policía en la suya, la estrechó vigorosamente. Servaz se estremeció. La mano del suizo estaba un poco húmeda y fría, como el pescado... Tal vez fuera una consecuencia de los medicamentos.

—Mahler —dijo el policía para no perder la compostura.

—¿Le gusta? —preguntó Hirtmann extrañado.

—Sí. La *Cuarta*, primer movimiento —añadió Servaz.

—*Bedächtig... Nicht eilen... Recht gemälich...*

—Deliberado. Sin prisa. A gusto —tradujo Servaz.

Hirtmann manifestó sorpresa y regocijo a la vez.

—Adorno dijo que este movimiento era como el «érase una vez» de los cuentos de hadas. —Servaz calló, escuchando las cuerdas—. Mahler lo escribió en circunstancias muy difíciles —prosiguió el suizo—. ¿Lo sabía?

«Y tanto que lo sé.»

—Sí —respondió.

—Estaba de vacaciones... Unas vacaciones de pesadilla, con un tiempo execrable...

—Importunado sin tregua por el ruido de una banda municipal.

Hirtmann sonrió.

—Qué símbolo, ¿eh? Un genio de la música importunado por una banda municipal.

Poseía una voz profunda y bien impostada, agradable, una voz de actor, de tribuno. Sus facciones tenían algo de femenino, la boca sobre todo: grande y delgada. También los ojos. La nariz era carnosa y la frente despejada.

—Como pueden comprobar —declaró Xavier aproximándose a la ventana—, es imposible evadirse por aquí a menos que uno sea Superman. Hay catorce metros entre el suelo y la ventana. Además, esta está blindada y empotrada.

—¿Quién tiene el código de la puerta? —preguntó Ziegler.

—Pues yo, Élizabeth Ferney y los dos guardianes de la unidad A.

—¿Recibe muchas visitas?

—¿Julian? —dijo Xavier, volviéndose hacia el suizo.

—¿Sí?

—¿Recibe muchas visitas?

El suizo sonrió.

—Usted, doctor, la señorita Ferney, el señor Mundo, el peluquero, el capellán, el equipo terapéutico, el doctor Lepage...

—Es nuestro médico jefe —precisó Xavier.

—¿Sale alguna vez de aquí?

—Ha salido de esta habitación una vez en dieciséis meses, para tratar una caries. Recurrimos a un dentista de Saint-Martin, pero diponemos de todo el material necesario aquí mismo.

—¿Y esas dos puertas? —inquirió Ziegler.

Xavier las abrió: un armario con unas cuantas pilas de ropa interior, monos blancos de recambio colgados y un pequeño cuarto de baño sin ventana.

Servaz observaba de reojo a Hirtmann. Aparte del indiscutible carisma que irradiaba, él jamás había visto a alguien que se pareciera tan poco a un asesino en serie. Hirtmann tenía la apariencia de lo que había sido en la época en que era libre: un fiscal inflexible, un hombre educado y también un vividor, tal como atestiguaban su boca y su barbilla. Lo único que no encajaba era la mirada, negra, fija; las pupilas que relucían con un brillo astuto; los párpados plegados, que no pestañeaban. Era una mirada igual de eléctrica que un táser. Había conocido a otros criminales con esa mirada, pero nunca se había sentido en presencia de una personalidad tan poderosa y ambigua. En otros tiempos, pensó, a un hombre como aquel lo habrían quemado por brujo. En la actualidad lo estudiaban, trataban de comprenderlo. Servaz poseía, no obstante, una dosis suficiente de experiencia para saber que el mal no era cuantificable ni podía reducirse a un principio científico, ni a consideraciones biológicas, ni a una teoría psicológica. Las personas supuestamente fuertes afirmaban que no existía, aduciendo que era una especie de superstición, una creencia irracional de los seres débiles, pero eso era porque a ellos jamás los habían torturado hasta la muerte en el fondo de un sótano, porque nunca habían visto vídeos de niños violados en Internet, nunca se habían visto separados por la fuerza de su familia, adiestrados, drogados y violados por decenas de hombres durante semanas antes de ser puestos en las aceras de una gran ciudad europea, ni tampoco los habían condicionado mentalmente para hacer de bombas humanas en medio de una multitud. Y porque nunca habían oído los alaridos de una madre detrás de una puerta a los diez años...

Servaz salió de su abstracción y sintió que se le erizaba la nuca al advertir que Hirtmann lo observaba.

—¿Se encuentra a gusto aquí? —preguntó Propp.

—Creo que sí. Me tratan bien.

—Pero preferiría estar fuera, claro.

La sonrisa del suizo se volvió sardónica.

—Es una pregunta bastante curiosa —contestó.

—Sí, en efecto —convino Propp, mirándolo con fijeza—. ¿Le importa que hablemos un poco?

—No me opongo —respondió mansamente el suizo, mirando por la ventana.

—¿Qué hace en su día a día?

—¿Y usted? —respondió Hirtmann con un guiño mientras daba la vuelta.

—No ha respondido a mi pregunta.

—Leo el periódico, escucho música, charlo con el personal, contemplo el paisaje, duermo, sueño...

—¿En qué sueña?

—¿En qué soñamos? —replicó como un eco el suizo, como si se tratara de una cuestión filosófica.

Durante más de un cuarto de hora, Servaz escuchó cómo Propp bombardeaba con preguntas a Hirtmann. Este respondía de manera espontánea, flemático y sonriente. Al final

Propp le dio las gracias y Hirtmann inclinó la cabeza, como si dijera: «No hay de qué». Luego le tocó el turno a Confiant, que demostró haber preparado con antelación las preguntas. «El joven juez ha hecho los deberes», se dijo Servaz, que prefería métodos más espontáneos. Por eso, apenas prestó atención al siguiente diálogo.

—¿Ha oído hablar de lo que ocurrió fuera?

—Leo los periódicos.

—¿Y qué piensa de ello?

—¿Cómo «qué pienso»?

—¿Tiene una idea del tipo de persona que pudo hacer eso?

—Quiere decir que... ¿podría haber sido alguien como yo?

—¿Es eso lo que cree?

—No, es lo que cree usted.

—Y usted, ¿qué cree?

—No sé. Yo no creo nada. Puede que sea alguien de aquí...

—¿Por qué dice eso?

—Aquí hay muchas personas capaces de eso, ¿no?

—¿Personas como usted?

—Personas como yo.

—¿Y cree que alguien podría haber salido de aquí para cometer ese asesinato?

—No sé. ¿Usted qué cree?

—¿Conoce a Éric Lombard?

—Es el propietario del caballo que mataron.

—¿Y a Grimm, el farmacéutico?

—Ya entiendo.

—¿Qué entiende?

—Han encontrado algo allí que guarda una relación conmigo.

—¿Por qué dice eso?

—¿De qué se trata? ¿De un mensaje del tipo «Soy yo quien lo ha matado», firmado Julian Alois Hirtmann?

—¿Por qué querría alguien hacerle cargar con el muerto, en su opinión?

—Es evidente, ¿no?

—Explíquese, por favor.

—Cualquier interno de este establecimiento es el culpable ideal.

—¿Eso cree?

—¿Por qué no pronuncia la palabra?

—¿Qué palabra?

—La que tiene en la cabeza.

—¿Qué palabra?

—Loco.

Silencio de Confiant.

—Chiflado.

Silencio de Confiant.

—Demente, orate, majareta, chalado, perturbado...

—Bueno, me parece que es suficiente —intervino el doctor Xavier—. Si no tienen más preguntas, querría que dejaran tranquilo a mi paciente.

—Un minuto, si me permiten.

Se volvieron. Hirtmann no había elevado la voz, pero su tono había cambiado.

—Yo también quiero decirles algo.

Después de intercambiar una mirada, todos lo observaron con expectación. Ya no sonreía. Tenía una expresión severa.

—Me están examinando desde todos los ángulos, preguntándose si he hecho algo que tenga que ver con lo que ocurre fuera; cosa que, evidentemente, es absurda. Ustedes se sienten puros, honrados, lavados de todos sus pecados porque se encuentran delante de un monstruo. También eso es absurdo.

Servaz vio que Ziegler estaba tan sorprendida como él. También reparó en la perplejidad de Xavier. Confiant y Propp aguardaban la continuación sin pestañear.

—¿Creen que mis crímenes hacen menos condenables sus malos actos? ¿Que vuelven menos odiosos sus mezquindades y sus vicios? ¿Creen que de un lado están los asesinos, los violadores, los criminales, y del otro ustedes? Aún deben comprender algo: que no hay una membrana estanca que impida la circulación del mal. No existen dos clases de humanidad. Cuando ustedes mienten a su mujer y a sus hijos, cuando abandonan a su anciana madre en un asilo para poder tener más libertad de movimientos, cuando se enriquecen a costa de otros, cuando se resisten a ceder una parte de sueldo a quienes no tienen nada, cuando hacen sufrir a los otros por egoísmo o por indiferencia, se aproximan a lo que yo soy. En el fondo, se parecen más a mí y a otros internos de lo que creen. Es una cuestión de grado, no de naturaleza. Nuestra naturaleza es común: es la de la humanidad entera. —Se inclinó para retirar un grueso libro de debajo de la almohada. Era una Biblia—. El capellán me dio esto. Se imagina que con él me voy a poder salvar. —Soltó una breve y agria carcajada—. ¡Absurdo! Porque mi mal no es individual. Lo único que podría salvarnos sería un holocausto nuclear…

Escuchando su voz fuerte y persuasiva, Servaz se imaginó el efecto que debía de producir ante los tribunales. Su rostro severo animaba a la contrición y a la sumisión. ¡De improviso ellos eran los pecadores y él el apóstol! Estaban completamente desorientados. Hasta Xavier parecía sorprendido.

—Querría conversar en privado con el comandante —anunció sin preámbulos Hirtmann, con un tono más moderado.

Xavier se volvió hacia Servaz, que se encogió de hombros. El psiquiatra frunció el entrecejo, incómodo.

—¿Comandante? —consultó.

Servaz asintió con la cabeza.

—De acuerdo —dijo Xavier, dirigiéndose a la puerta.

Propp se encogió de hombros a su vez, sin duda contrariado de que Hirtmann no lo hubiera elegido para conversar con él. La mirada de Confiant expresaba una clara desaprobación. Ziegler fue la última en salir, dirigiendo una glacial mirada al suizo.

—Una chica muy guapa —comentó este una vez que hubo cerrado la puerta.

Servaz guardó silencio, mirando con nerviosismo en torno a sí.

—No puedo ofrecerle ni bebida, ni té, ni café. No tengo nada de eso aquí, pero la intención es lo que cuenta.

Servaz reprimió las ganas de decirle que dejara de hacer teatro para ceñirse a los hechos.

—¿Cuál es su sinfonía preferida?

—No tengo ninguna preferencia —respondió secamente Servaz.

—Todos tenemos alguna.

—Digamos que la *Quinta*, la *Cuarta* y la *Sexta*.

—¿Qué versiones?

—Bernstein, por supuesto. Después, Inbal está muy bien. Y Haitink para la *Cuarta*, Wien para la *Sexta*… Oiga…

—Mmm… Buenas elecciones… Aunque aquí esto no tiene mucha importancia —añadió Hirtmann, señalando su aparato de baja calidad.

Servaz no podía negar la mediocridad del sonido que reproducía el aparato. Se le ocurrió que, desde el principio, había sido Hirtmann el que había controlado la conversación… incluso cuando los otros lo acribillaban a preguntas.

—Siento tener que decírselo —atacó—, pero su discurso moralista de antes no me ha convencido, Hirtmann. Yo no tengo nada en común con usted, que quede claro.

—Puede pensar lo que quiera. Pero lo que acaba de decir es falso: tenemos en común al menos a Mahler.

—¿De qué me quería hablar?

—¿Ha hablado con Chaperon? —preguntó Hirtmann, cambiando de nuevo de tono y mirando fijamente a Servaz, atento a la menor reacción de su parte.

El policía experimentó un estremecimiento, un cosquilleo a lo largo de la columna vertebral. «Conoce el nombre del alcalde de Saint-Martin…»

—Sí —admitió con prudencia.

—Chaperon era un amigo de ese… Grimm. ¿Lo sabía?

Servaz lo miró, atónito. ¿Cómo lo sabía? ¿De dónde había sacado aquella información?

—Sí —respondió—. Sí, él me lo dijo. ¿Y usted, cómo…?

—Pídale entonces al señor alcalde que le hable de los suicidas.

—¿De qué?

—De los suicidas, comandante. ¡Pregúntele por los suicidas!

16

—¿*L*os suicidas? ¿Qué es eso?

—No tengo la menor idea, pero parece que Chaperon sí que lo sabe.

—¿Hirtmann se lo ha dicho? —preguntó Ziegler.

—Sí.

—¿Y lo cree?

—Habrá que ver.

—Ese tipo está chalado.

—Es posible.

—¿Y no le ha dicho nada más?

—No.

—¿Por qué a usted?

Servaz sonrió.

—A causa de Mahler, supongo.

—¿Cómo?

—De la música… Gustav Mahler. Tenemos eso en común.

Ziegler despegó un instante la vista de la carretera para lanzarle una mirada con la que parecía dar a entender que quizá no todos los locos estaban encerrados en el Instituto. Servaz ya se hallaba en otra parte, sin embargo. La impresión de hacer frente a algo inédito y terrorífico era más intensa que nunca.

—Es muy hábil lo que intenta hacer —declaró un poco más lejos Propp, en la bajada hacia Saint-Martin.

Los abetos desfilaban a su alrededor. Servaz miraba por la ventanilla, absorto en sus pensamientos.

—No sé cómo lo ha conseguido, pero enseguida ha notado que había una línea de demarcación en el grupo e intenta dividirnos atrayéndose la simpatía de uno de sus elementos.

Servaz se volvió bruscamente hacia atrás y clavó una dura mirada en el psicólogo.

—«La simpatía de uno de sus elementos» —repitió—. Bonita fórmula… ¿Adónde quiere ir a parar, Propp? ¿Cree que me olvido de lo que es?

—No es eso lo que he querido decir, comandante —corrigió, molesto.

—Tiene razón, doctor —apoyó Confiant—. Debemos mantenernos unidos y elaborar una estrategia coherente y creíble.

Las palabras fustigaron a Ziegler y a Servaz como el restallido de un látigo. El policía sintió que lo invadía de nuevo la ira.

—¿«Unidos», dice? ¡Usted ha denigrado nuestro trabajo dos veces delante de una tercera persona! ¿A eso llama estar unidos? ¡Creía que tenía la costumbre de dejar hacer su trabajo a la policía!

Confiant sostuvo sin pestañear la mirada del policía.

—No cuando veo que los investigadores van tan mal encaminados —replicó con tono severo.

—En ese caso hable con Cathy d'Humières. «Una estrategia coherente y creíble.» ¿Y cuál sería esa estrategia, según usted, señor juez?

—En cualquier caso no la que conduce al Instituto.

—No podíamos estar seguros de ello antes de ir —objetó Irène Ziegler con una calma que asombró a Servaz.

—De una manera u otra —insistió este—, el ADN de Hirtmann salió de este lugar y fue a parar allá arriba. Y eso no es una hipótesis, es un hecho. Cuando sepamos cómo se produjo eso, estaremos a dos pasos de identificar al culpable.

—Convengo en que alguien de ese establecimiento está implicado en la muerte de ese caballo —concedió Confiant—, pero usted mismo lo ha dicho: es imposible que sea Hirtmann. Por otra parte, habríamos podido actuar con más discreción. Si se llega a saber todo esto, existe el peligro de que se ponga en entredicho la propia existencia del Instituto.

—Es posible —replicó fríamente Servaz—, pero ese no es

mi problema. Y mientras no hayamos examinado los planos de conjunto del sistema, no vamos a descartar ninguna hipótesis. Pregúntele a un director de cárcel y sabrá que no existe ningún sistema infalible. Ciertos individuos son muy hábiles para encontrar los puntos débiles. Además está la hipótesis de una complicidad en el seno del personal.

—Así pues, ¿insiste en creer que Hirtmann salió de allí? —preguntó Confiant atónito.

—No —reconoció de mala gana Servaz—, eso me parece cada vez más improbable. De todas formas, todavía es pronto para descartarlo definitivamente. Debemos responder a otra pregunta no menos esencial: ¿quién pudo procurarse la saliva de Hirtmann y depositarla en el teleférico? Y sobre todo: ¿con qué objetivo? Porque no cabe ninguna duda de que los dos crímenes están relacionados.

—Las probabilidades de que los vigilantes sean los asesinos del farmacéutico son muy pocas —declaró Espérandieu en la sala de reuniones con el ordenador portátil abierto ante sí—. Según Delmas, la persona que hizo eso es inteligente, retorcida, sádica y tiene ciertos conocimientos de anatomía.

Les repitió las conclusiones que había sacado el forense de la posición del nudo corredizo leyendo las notas escritas en su pantalla.

—Esto confirma nuestra primera impresión —dijo Ziegler, mirándolos—. Grimm tardó mucho en morir y sufrió mucho.

—Según Delmas, le rebanaron el dedo antes de morir.

Un opresivo silencio se adueñó de la sala.

—Es evidente que el ahorcamiento, la desnudez y el dedo cortado están interrelacionados —intervino Propp—. Todas son piezas imprescindibles de una escenografía que tiene un significado; a nosotros nos corresponde descubrir cuál es. Todo indica que se trata de un plan premeditado con gran antelación. Fue necesario reunir el material, elegir el momento, el lugar… En este asunto no se dejó nada al azar, como tampoco en el caso del caballo.

—¿Quién se ocupa de seguir la pista de las correas? —preguntó Servaz.

—Yo —repuso Ziegler, levantando el bolígrafo—. El laboratorio ha identificado la marca y el modelo. Tengo que llamar al fabricante.

—Muy bien. ¿Y la capa?

—Nuestros hombres están en ello. Habría también que efectuar una observación detallada en la casa de la víctima —señaló Ziegler.

Servaz se acordó de la viuda de Grimm, de la mirada que le dirigió y de las cicatrices de su muñeca, y sintió un espasmo.

—Yo me encargo —anunció—. ¿Quién se ocupa de los vigilantes?

—Nuestros hombres —respondió una vez más Ziegler.

—Está bien.

Se volvió hacia Espérandieu.

—Quiero que vuelvas a Toulouse y que reúnas el máximo posible de información sobre Lombard. Es bastante urgente. Hay que encontrar a toda costa una relación entre el farmacéutico y él. Pide ayuda a Samira si es necesario. E iniciad una investigación oficial sobre los vigilantes, del lado de la policía.

Servaz aludía al hecho de que hasta entonces policía y gendarmería utilizaban siempre unas bases de datos distintas. Aquello, por supuesto, complicaba la labor de todos, pero la administración francesa no era especialmente conocida por su afición por la simplicidad. Espérandieu se levantó y consultó el reloj. Luego cerró el ordenador.

—Todo es urgente, como siempre. Si no me necesitan, me voy.

Servaz miró el reloj de la pared.

—Muy bien. Todo el mundo tiene algo que hacer. Yo por mi parte, tengo que efectuar una visita. Puede que sea hora de hacerle unas cuantas preguntas a Chaperon.

Salió del Instituto bien abrigada con un plumón, un jersey de cuello alto, un pantalón de esquí y botas con forro. Se había puesto dos pares de calcetines y embadurnado los labios de protector. El sendero recubierto de nieve partía al este de los edificios y se adentraba entre los árboles siguiendo la dirección del valle.

Pronto sus botas se hundieron en la capa de nieve reciente, pero aun así avanzaba tranquilamente, a buen ritmo. El aliento se le condensaba delante de la cara. Tenía necesidad de tomar aire. Desde aquella conversación que había escuchado a través del conducto de ventilación, el ambiente del Instituto se había vuelto irrespirable. ¡Jesús! ¿Cómo iba a poder resistir un año en ese sitio?

El hecho de caminar le había permitido siempre organizar las ideas. El aire helado le azotaba las neuronas. Cuanto más pensaba en ello, más convencida estaba de que en el Instituto nada era como lo había previsto.

Además, se habían producido aquella serie de sucesos en el exterior que guardaban al parecer algún tipo de relación con el establecimiento.

Aquello la había sumido en la perplejidad. ¿Alguna otra persona habría reparado en aquellas idas y venidas nocturnas? Aunque seguramente no tenían nada que ver con lo demás, se planteó si debía hablar del asunto a Xavier. Un cuervo soltó un brusco graznido por encima de su cabeza antes de levantar el vuelo y el corazón le dio un vuelco en el pecho. Después regresó el silencio. Una vez más, lamentó no tener a nadie con quien sincerarse. Estaba sola allí y era a ella a quien correspondía tomar las decisiones correctas.

Aunque el sendero no conducía muy lejos, la soledad de las montañas le produjo un sentimiento de opresión. La luz y el silencio que caían desde las copas de los árboles tenían algo fúnebre. Las altas paredes de roca que flanqueaban el valle jamás desaparecían del todo de su vista, como no lo hacen de la del preso los muros de la cárcel. Aquello era muy distinto de los paisajes despejados y llenos de vida de su Suiza natal, en las proximidades del lago Leman. La pendiente del camino, más pronunciada, la obligaba a mirar bien dónde ponía los pies. El bosque se había vuelto más denso. Cuando por fin emergió de la espesura, se encontró en un gran claro en medio del que se elevaban varios edificios. Los reconoció enseguida. Era la casa de colonias, situada un poco más abajo, delante de la cual había pasado de camino al Instituto.

Los tres edificios presentaban el mismo aspecto ruinoso y

siniestro que había apreciado la vez anterior. Uno de ellos, cercano al bosque, estaba casi colonizado por los árboles. Los otros dos habían quedado reducidos a una serie de grietas, cristales rotos, cemento revestido de verde musgo y del color negro dejado por la intemperie, y porches vacíos. El viento se colaba por las aberturas, arrancando un mugido, ora grave, ora agudo, semejante a un lamento lúgubre. Las hojas secas que se acumulaban al pie de los muros de cemento, medio enterradas en la nieve, desprendían un olor a descomposición vegetal.

Avanzó despacio por una abertura. Los pasillos y vestíbulos de la planta baja estaban recubiertos de la misma plaga que florece en las paredes de los barrios pobres: graffitis que prometían «joder a la policía», «dar por culo a la pasma» y que reivindicaban aquel territorio que, sin embargo, nadie habría tenido el menor deseo de disputarles. Los primitivos dibujos de carácter obsceno se sucedían por todas partes. Diane dedujo que también Saint-Martin debía contar con sus dosis de artistas potenciales.

Sus pasos resonaban en el sonoro vacío de los corredores mientras temblaba, sometida a las caricias de las glaciales corrientes de aire. Su viva imaginación la indujo a evocar a una multitud de bulliciosos chiquillos corriendo aquí y allá y bajo la vigilancia de unos indulgentes monitores. No obstante, sin saber por qué, no lograba desprenderse de la impresión de que aquel lugar destilaba más la sensación de opresión y tristeza que la alegría de las vacaciones. Se acordó de un peritaje de credibilidad que había efectuado en un niño de once años durante la época en que trabajó en un consultorio privado de psicología legal de Ginebra. A aquel niño lo había violado un monitor de colonias.

Desde su posición, sabía bien que el mundo no se parecía en nada a una novela de Johanna Spyri. Quizá se debiera al hecho de encontrarse sola en un lugar desconocido o a los sucesos que se habían producido, pero lo cierto era que no podía dejar de pensar en el incalculable número de violaciones, asesinatos, agresiones y maltratos físicos y morales que se cometían continuamente por todas partes, todos los días sin excepción. Rumiando aquella noción casi tan insoportable y tan difícil de contemplar como el propio sol, le vinieron a la memoria unos versos de Baudelaire.

Entre los chacales, las panteras, los sabuesos,
Los monos, los escorpiones, los buitres, las serpientes,
Los monstruos gañidores, chillones, rastreros, gruñidores,
En la infame casa de fieras de nuestros vicios

De repente, se quedó como una estatua: se oía un ruido de motor que provenía del exterior… Un coche redujo velocidad y se detuvo delante de la casa de colonias. Sonó un chirrido de neumáticos. Inmóvil en el vestíbulo, aguzó el oído y oyó cómo se cerraba una puerta. Venía alguien… Se preguntó si serían los artistas en ciernes que volvían para terminar su capilla Sixtina. En ese caso, no estaba segura de que fuera recomendable encontrarse sola con ellos en aquel sitio. Dio media vuelta y se encaminó sin hacer ruido hacia la parte posterior del edificio cuando se dio cuenta de que se había equivocado de dirección y que el pasillo que había elegido no tenía salida… «¡Mierda!», exclamó para sí con el pulso algo acelerado. Había comenzado a retroceder cuando oyó, estremecida, los pasos del recién llegado que avanzaban, furtivos cual hojas barridas por el viento, en la entrada. ¡Ya estaba allí! Aunque no tenía ningún motivo para ocultarse, no se decidió a mostrarse. La persona proseguía, además, con prudencia y se había parado a su vez. Sin hacer el menor ruido, Diane se apoyó contra el frío cemento y sintió en la raíz del cabello las pequeñas gotas de sudor generadas por la inquietud. ¿Quién podía tener ganas de pasar el tiempo en semejante sitio? De manera instintiva, las precauciones que tomaba el desconocido la llevaron a pensar en un motivo inconfesable. ¿Qué ocurriría si ella surgiera en ese momento y dijera «hola»?

La persona giró sobre sí y luego se decidió de repente y se puso a caminar en dirección a ella. El pánico se adueñó de Diane. Aquello no duró mucho, sin embargo: la persona se había parado de nuevo y Diane oyó que daba media vuelta para alejarse en sentido contrario. Aprovechó para echar un vistazo más allá de la esquina que la ocultaba. Lo que vio no le resultó tranquilizador: una larga capa negra con una capucha, que vibraba sobre la espalda del desconocido como un ala de murciélago. Una capelina para la lluvia, cuyo rígido tejido impermeable crujía a cada paso.

Visto de espaldas, con aquella ampulosa prenda, Diane no habría podido precisar si se trataba de un hombre o de una mujer... Su forma de actuar tenía, no obstante, un algo de disimulado, de solapado que le produjo la sensación del frío contacto de un dedo en la nuca.

Aprovechó que se alejaba para salir de su escondite, pero la punta de su bota topó con un objeto metálico que emitió un inoportuno ruido al raspar el cemento. Diane volvió a refugiarse en la sombra, con el corazón palpitante. Oyó que la persona se inmovilizaba de nuevo.

—¿Hay alguien?

Un hombre... Una voz débil, aguda, pero masculina...

Diane tenía la impresión de que el cuello se le inflaba y desinflaba con la violencia con que el corazón le bombeaba la sangre en las carótidas. Transcurrió un minuto.

—¿Hay alguien?

La voz tenía algo particular. Contenía un matiz de amenaza, pero también un deje quejumbroso, frágil, lastimero. Sin saber por qué, Diane pensó en un gato que tiene miedo y que, al mismo tiempo, arquea el lomo.

En cualquier caso, no era la voz de alguien conocido.

El silencio se hizo interminable. El hombre no se movía; ella tampoco. Muy cerca, el agua caía gota a gota en un charco. El más mínimo sonido adquiría una perturbadora resonancia en aquella burbuja de silencio que envolvía el sordo crujir de las hojas en el exterior. Por la carretera pasó un coche, pero Diane apenas le prestó atención. De repente se estremeció cuando el hombre lanzó un prolongado lamento, agudo y ronco, que rebotó en las paredes como una pelota de squash.

—¡Cerdos, cerdos, ceeeeerdos! —lo oyó sollozar—. ¡Basura! ¡Desgraciados! ¡Así os pudráis! ¡Vais a arder en el infierno! ¡Ahhhhhhhhh!

Diane apenas se atrevía a respirar. Tenía la carne de gallina. El hombre estalló en sollozos. Oyó el crujido de su capelina cuando cayó de rodillas en el suelo. Mientras lloraba y gemía, se aventuró a mirar otra vez, pero no había manera de verle la cara bajo la capucha. Luego, de improviso, se levantó y se fue corriendo. Un instante después oyó la puerta del coche, el motor y al vehículo alejándose por la carretera. Diane salió de su escondrijo y procuró respirar con normalidad. No comprendía lo que había visto y oído. ¿Iría a menudo allí aquel hombre? ¿Acaso habría ocurrido algo en ese lugar que explicaba su comportamiento? Era, desde luego, un tipo de comportamiento que hubiera esperado encontrar en el Instituto y no en ese lugar.

En todo caso, le había dado un susto monumental. Decidió regresar y preparar algo caliente en la cocinilla que había a disposición del personal. Así se calmaría los nervios. Cuando salió del edificio, el viento era aún más frío. Se puso a temblar con violencia, consciente de que no era tan solo a causa del frío.

Servaz se fue directamente al ayuntamiento. En una gran plaza rectangular bordeada por el río, en pleno centro de una glorieta con un quiosco de música y terrazas de cafés, las banderas francesa y europea pendían desmayadas de un balcón. Servaz dejó el coche en una pequeña zona de parking situada entre la glorieta y el ancho río, cuyas turbulentas y prístinas aguas discurrían más abajo flanqueadas por un muro de cemento.

Tras rodear los parterres de flores y sortear los coches aparcados delante de las terrazas, entró en el ayuntamiento. En el primer piso le informaron de que el alcalde estaba ausente y de que se encontraba sin duda en la planta embotelladora de agua mineral que dirigía. La secretaria puso ciertos reparos para darle su número de móvil pero, cuando Servaz lo marcó, le respondió un contestador. Al darse cuenta de que tenía hambre volvió a consultar el reloj: eran las 15.29. Habían pasado más de cinco horas en el Instituto.

Al salir del ayuntamiento, se sentó en la primera terraza que encontró, frente al parque. Al otro lado de la calle, unos adolescentes volvían del colegio con la cartera en la espalda. Otros pasaban conduciendo motos con ensordecedores tubos de escape.

Un camarero acudió. Servaz levantó la cabeza. Era un tipo

alto, moreno, de unos treinta años, incipiente barba y ojos negros, que debía de resultar bastante atractivo para las mujeres. Servaz pidió una caña y una tortilla.

—¿Hace mucho que vive por la zona? —preguntó a continuación.

El camarero lo miró con recelo, un recelo con un punto de hilaridad. Servaz comprendió de pronto que se preguntaba si quería ligar con él. Ya debía de haberle ocurrido alguna vez.

—Nací a veinte kilómetros de aquí —respondió.

—¿Le dice algo lo de los suicidas?

Aquella vez la desconfianza se tiñó de gravedad.

—¿Quién es usted? ¿Un periodista?

Servaz le enseñó la placa.

—Brigada criminal. Investigo el asesinato del farmacéutico Grimm. Habrá oído hablar de eso ¿no? —El camarero asintió prudentemente con la cabeza—. Lo de los suicidas, ¿le suena de algo?

—Como a toda la gente de aquí.

Al oír aquello, Servaz sintió un brusco aguijonazo que lo hizo erguirse en el asiento.

—¿Ah, sí?

—Es un asunto antiguo, que no conozco bien.

—Dígame lo poco que sepa.

El camarero paseó la vista por la terraza, basculando el peso del cuerpo de una pierna a otra, con visible embarazo.

—Ocurrió hace mucho…

—¿Cuándo?

—Hará unos quince años.

—¿«Ocurrió»? ¿Qué fue lo que ocurrió?

El camarero puso cara de extrañeza.

—Pues… la ola de suicidios.

Servaz lo miró sin comprender.

—¿Qué ola de suicidios? —preguntó irritado—. ¡Explíquese, por favor!

—Varios suicidios de adolescentes… Chicos y chicas de entre catorce y dieciocho años, creo.

—¿Aquí, en Saint-Martin?

—Sí, y en los pueblos del valle.

—¿Varios suicidios? ¿Cuántos?

—Qué sé yo. ¡Yo tenía once años entonces! Quizá cinco, o seis o siete. Menos de diez, en todo caso.

—¿Y se suicidaron todos a la vez? —inquirió Servaz, estupefacto.

—No, pero con poco tiempo entre uno y otro. La cosa duró de todas formas varios meses.

—Varios meses... ¿Como cuántos? ¿Dos? ¿Tres? ¿Doce?

—Más bien doce, sí. Un año quizá. No sé...

«No es precisamente un lince, este *playboy* de pacotilla», se dijo Servaz. O eso o es que no ponía buena voluntad.

—¿Y se sabe por qué hicieron eso?

—Creo que no. No.

—¿No dejaron mensajes?

El camarero se encogió de hombros.

—Mire, yo era un niño. Seguramente encontrará otras personas de más edad para hablar de eso. No sé nada más, lo siento.

Servaz lo miró mientras se alejaba entre las mesas para desaparecer en el interior, sin hacer ningún esfuerzo para retenerlo. A través de un cristal lo vio hablando con un corpulento individuo que debía de ser el dueño. El hombre lanzó una sombría mirada en dirección a él; luego se encogió de hombros y volvió a situarse detrás de la caja.

Servaz habría podido levantarse e interrogarlo a su vez, pero estaba convencido de que allí no obtendría informaciones fiables. Una ola de suicidios de adolescentes que había tenido lugar quince años atrás... Se puso a reflexionar intensamente. ¡Era una historia increíble! ¿Qué habría podido impulsar a varios adolescentes del valle al suicidio? Quince años más tarde, un asesinato y un caballo muerto... ¿Había una relación entre aquellas dos series de acontecimientos? Servaz entrecerró lo ojos, escrutando las cumbres del fondo del valle.

Cuando Espérandieu salió al pasillo del 26 del bulevar Embouchure, una estentórea voz brotó de uno de los despachos.

—¡Mira, ya ha vuelto la querida del jefe!

Espérandieu optó por no hacerse eco del insulto. Pujol era

un bocazas y un imbécil, características que a menudo se dan juntas; se trataba de un tipo alto y corpulento con una pelambrera canosa, una visión arcaica de la sociedad y un repertorio de chistes que solo hacían reír a su álter ego, Ange Simeoni. Eran como los dos inseparables «tenores de la imbecilidad», como en la canción de Aznavour. Martin los había puesto en su sitio y jamás se habrían permitido un comentario así en presencia de él, pero Servaz no estaba allí.

Espérandieu prosiguió por la serie de oficinas hasta llegar a la suya, en la punta del pasillo, al lado de la del jefe. Cerró la puerta tras de sí. Samira había dejado un mensaje en su mesa: «He incluido a los vigilantes en el FPR, tal como me pediste». El FPR era el archivo de las personas con orden de búsqueda. Después de tirar la nota a la papelera, puso la serie *Family Tree* usando la aplicación TV on the Radio de su Iphone y consultó sus mensajes. Martin le había pedido que reuniera el máximo posible de información sobre Éric Lombard y sabía a quién recurrir para obtenerla. Espérandieu tenía una ventaja con respecto a la mayoría de sus colegas y Martin, descontando a Samira: era moderno. Pertenecía a la generación de los multimedia, la cibercultura, las redes sociales y los foros. Por poco que uno supiera buscar, en estos se conseguían a menudo contactos interesantes. Aun así no tenía especial interés en que Martin ni nadie supiera cómo había obtenido aquellas informaciones.

—Lo siento, hoy no lo hemos visto.

El director adjunto de la planta embotelladora miró con impaciencia a Servaz.

—¿Sabe dónde puedo encontrarlo?

—No —respondió encogiéndose de hombros el rollizo director—. He intentado ponerme en contacto con él, pero no ha activado el móvil. En principio, debería haber venido a trabajar. ¿Ha probado en su casa? Quizás esté enfermo.

Servaz le dio las gracias y salió de la pequeña fábrica, rodeada de una alta alambrada. Reflexionó un momento mientras desbloqueaba el mecanismo de cierre del Jeep. Ya había llamado a casa de Chaperon, sin resultado. Nadie contestaba. Servaz sintió que se le formaba un nudo de angustia en el estómago.

Subió al coche y se sentó frente al volante.

Una vez más le volvió al recuerdo la mirada aterrorizada de Chaperon. ¿Qué había dicho concretamente Hirtmann? «Pídale al señor alcalde que le hable de los suicidas.» ¿Qué conocía Hirtmann que ignoraban ellos? ¿Y cómo diablos lo sabía?

Después se le ocurrió otra cosa. Con el móvil, marcó un número que tenía apuntado en el bloc de notas. Respondió una voz de mujer.

—Aquí Servaz, de la brigada criminal —dijo—. ¿Su marido tenía una habitación propia, un despacho, algún sitio donde guardara sus papeles?

Tras un breve momento de silencio, oyó el ruido de alguien que expulsaba el humo del cigarrillo cerca del teléfono.

—Sí.

—¿Me permite que vaya a echar un vistazo?

—¿Acaso tengo elección?

La respuesta había surgido de inmediato, aunque sin verdadera acritud esa vez.

—Puede negarse. En ese caso, me veré obligado a pedir una comisión rogatoria, la obtendré y su falta de colaboración atraerá inevitablemente la atención del magistrado que instruye este caso.

—¿Cuándo? —pidió con aspereza la voz.

—Ahora mismo, si no le importa.

El muñeco de nieve seguía allí, pero los niños habían desaparecido, así como el cadáver del gato. Comenzaba a anochecer. El cielo se había llenado de oscuras y amenazadoras nubes entre las que solo subsistía una franja de color rosa anaranjado por encima de las montañas.

Al igual que la vez anterior, la viuda de Grimm lo aguardaba en el umbral de su casa de madera pintada de azul, con un cigarrillo en la mano y una máscara de absoluta indiferencia en la cara. Se apartó para dejarlo pasar.

—Al fondo del pasillo, la puerta de la derecha. No he tocado nada.

Servaz recorrió un pasillo abarrotado de muebles, de cuadros, de sillas, de figuritas y también de animales disecados que lo miraron al pasar. Al empujar la última puerta se encontró con una biblioteca. Los postigos estaban cerrados y la habitación estaba inmersa en la penumbra. Olía a cerrado. Servaz abrió la ventana. Un pequeño despacho de nueve metros cuadrados que daba a los bosques de detrás de la casa. El desorden era indescriptible: le costó abrirse paso hasta el centro de la habitación. Comprendió que Grimm debía de pasar casi todo el tiempo en su despacho cuando se encontraba en su domicilio. Había incluso un minitelevisor colocado encima de un mueble, frente a un viejo sofá desfondado y atestado de carpetas y revistas de caza y de pesca, un equipo de música portátil y un horno microondas.

Por espacio de unos segundos permaneció inmóvil en el centro de la habitación y recorrió con la mirada, desconcertado, aquel caos de cajas, de muebles, de carpetas y de polvorientos objetos.

Una madriguera, una guarida…

La caseta de un perro.

Servaz se estremeció. Grimm vivía como un perro al lado de su glacial esposa.

En las paredes había tarjetas postales, un calendario, pósters que reproducían lagos de montaña y ríos. Encima de los armarios, más animales disecados: una ardilla, varias lechuzas, un pato e incluso un gato montés. En un rincón vio un par de botas altas. Encima de uno de los muebles había varios carretes de caña de pescar. ¿Era un amante de la naturaleza? ¿Un taxidermista aficionado? Servaz trató de ponerse por un instante en el lugar del gordo individuo que se encerraba en aquella habitación con la única compañía de aquel bestiario cuyos ojos vidriosos traspasaban con fijeza la penumbra. Se lo imaginó atiborrándose de platos recalentados delante del pequeño televisor antes de dormirse en el sofá, relegado al fondo del pasillo por la hembra dragón con quien se había casado treinta años atrás. Comenzó a abrir los cajones de manera metódica. En el primero encontró bolígrafos, facturas, listas de medicamentos, extractos bancarios, recibos de cartas de crédito… En el siguiente unos prismáticos, paquetes de naipes todavía en su envoltorio original y varios mapas del instituto geográfico.

Después sus dedos palparon algo en el fondo del cajón: unas llaves. Las sacó a la luz. Era un manojo con una recia llave de cerradura y dos, más pequeñas, de candado o de cerrojo. Servaz las guardó en su bolsillo.

En el tercer cajón había una colección de moscas para pescar, anzuelos, hilo… y una foto.

Servaz la acercó a la ventana.

Grimm, Chaperon… y dos personas más.

Se trataba de una fotografía antigua: Grimm estaba casi delgado y Chaperon tenía quince años menos. Los cuatro hombres estaban sentados en unas rocas alrededor de una fogata y sonreían al objetivo. Detrás, a la izquierda, se distinguía un claro bordeado de un bosque de altas coníferas y de árboles de hoja caduca que lucían los colores del otoño; a la derecha, una pradera de suave pendiente, un lago y unas montañas. Era el crepúsculo y los grandes árboles proyectaban su sombra sobre el lago. El humo de la hoguera subía en espiral con la luz del anochecer. Servaz vio dos tiendas de campaña a la izquierda.

Una atmósfera bucólica, una impresión de sencilla dicha y de fraternidad. Unos hombres que disfrutan reuniéndose y acampando en la montaña, por última vez antes del invierno.

Servaz comprendió de pronto cómo podía soportar Grimm aquella vida de recluso junto a una esposa que lo despreciaba y lo humillaba: gracias a aquellos momentos de evasión en la naturaleza en compañía de sus amigos. Se dio cuenta de que se había equivocado: aquella habitación no era una guarida ni una cárcel, era por el contrario un túnel abierto al exterior. Los animales disecados, los pósters, el material de pesca y las revistas, todo lo remitía a aquellos momentos de libertad absoluta que debían de constituir el eje de su existencia.

En la foto, los cuatro hombres iban vestidos con camisas a cuadros, jerseys y pantalones cuyo corte correspondía a la moda de los años noventa. Uno de ellos levantaba una cantimplora que contenía tal vez algo más que agua; otro miraba el objetivo con una media sonrisa distraída, como si se encontrara en otra parte y no lo incumbiera aquel pequeño ceremonial.

Servaz examinó a los otros dos excursionistas. Uno era un coloso barbudo y risueño, el otro un tipo alto bastante delgado con una densa pelambrera negra y gruesas gafas.

Comparó el lago de la foto con el del póster de la pared sin llegar a esclarecer si se trataba del mismo, tomado desde distintos ángulos, o de dos lagos distintos.

Miró el dorso de la foto.

Lago de la Oule, octubre de 1993.

La letra era pulcra, prieta, precisa.

Estaba en lo cierto. La foto era de quince años atrás. Aquellos hombres tenían entonces más o menos su edad, rondando los cuarenta. ¿Abrigaban todavía sueños o bien habían trazado ya el balance de su existencia? ¿El balance era positivo o negativo?

En la foto sonreían y en sus caras talladas por profundas sombras sus miradas brillaban reflejando la suave luz de un crepúsculo de otoño.

Aunque, ¿quién sabía en el fondo? Casi todo el mundo sonríe en las fotos. Hoy en día todo el mundo finge, influido por la mediocridad mediática global, se dijo Servaz. Muchos hacen una representación de su vida, como si se encontraran en un escenario. La apariencia y lo *kitsch* se han convertido en norma.

Seguía escrutando la foto, fascinado. ¿Sería importante? Una pequeña señal le indicaba vagamente que sí.

Tras un titubeo, la metió en el bolsillo.

En el momento preciso en que efectuaba el gesto tuvo la sensación de haber olvidado algo. Era una sensación potente, inmediata, la impresión de que su cerebro había reparado insconcientemente en un detalle y le enviaba una señal de alarma.

Volvió a sacar la foto y la observó. Los cuatro hombres sonrientes, la suave luz del ocaso, el lago, el otoño, los reflejos danzarines del agua, la sombra de la montaña proyectada sobre el lago. No, no era eso. La sensación seguía allí, sin embargo, clara e indiscutible. Sin darse cuenta, había visto algo.

De repente comprendió.

Las manos.

Tres de los cuatro personajes tenían la mano derecha visible: todos llevaban un voluminoso sello de oro en el dedo anular.

Aunque la foto estaba tomada desde demasiada distancia para poder estar seguro, Servaz habría jurado que se trataba del mismo anillo en todos los casos.

El mismo que debía de encontrarse en el dedo cortado de Grimm.

Salió de la habitación. La casa estaba inundada de música de jazz. Siguió el pasillo con su batiburrillo de objetos en dirección al origen de la música y fue a parar a un salón igual de abarrotado de cosas. Sentada en un sillón, leyendo, la viuda levantó la vista para posar en él una mirada de suprema hostilidad. Servaz agitó las llaves.

—¿Sabe lo que abren?

La mujer dudó un instante, como si se planteara a qué se exponía si no se lo decía.

—Tenemos una cabaña en el valle de Sospel —respondió por fin—. Queda a diez kilómetros, al sur de Saint-Martin, no lejos de la frontera española. Pero solo íbamos... o más bien mi marido solo iba los fines de semana, a partir de la primavera.

—¿Su marido? ¿Y usted?

—Es un sitio siniestro. Yo no pongo nunca los pies allí. Mi marido iba para estar solo, para descansar, meditar y pescar.

«Para descansar —pensó Servaz—. ¿Desde cuándo tienen los farmacéuticos necesidad de descansar? ¿Acaso no hacen trabajar a sus empleados?» Luego se dijo que era un malpensado: ¿qué sabía él, en el fondo, del oficio de farmacéutico? Una cosa era segura, en cualquier caso: tenía que visitar aquel chalet.

Espérandieu recibió la respuesta a su mensaje treinta y ocho minutos más tarde. Una fina lluvia rayaba los cristales. La noche había caído sobre Toulouse y las borrosas luces del otro lado del chorreante cristal se parecían a los motivos de un salvapantallas.

Vincent había mandado el siguiente mensaje:

De vincent.esperandieu@hotmail.com para kleim162@lematin.fr, 16.33:54 :
[¿Sabes algo de Éric Lombard?]

De kleim162@lematin.fr para vincent.esperandieu@hotmail.com 17.12:44
[¿Qué quieres saber?]

Sonriendo, Espérandieu tecleó el siguiente mensaje:

[Si hay trapos sucios, escándalos que han sido ocultados, procesos judiciales en Francia o en el extranjero contra el grupo Lombard. Si han corrido rumores sobre él, cualquier clase de rumor malintencionado.]

De kleim162@lematin.fr para vincent.esperandieu@hotmail.com, 17:25:06 :
[¿Solo eso? ¿Puedes conectarte por msn?]

La sombra de la montaña había engullido el valle y Servaz había encendido los faros. La carretera estaba desierta. Nadie se paseaba por aquel valle sin salida en aquella época del año. La veintena de chalets y de casas construidos a lo largo de los dos kilómetros de río eran segundas residencias cuyos postigos se abrían de mayo a septiembre y, en raras ocasiones, por Navidad. A esa hora, no eran más que sombras achaparradas replegadas sobre sí mismas en el borde de la carretera, confundidas casi con la inmensa masa negra de la montaña.

De improviso, después de una amplia curva, Servaz vio el desvío de la pista que le había indicado la viuda. Reduciendo, se adentró con el Jeep por el camino forestal. Sacudido por los baches, se aferró al volante circulando a quince kilómetros por hora. Había anochecido y los negros árboles se perfilaban sobre un cielo apenas más claro. Recorrió así unos centenares de metros, hasta que apareció el chalet o la cabaña.

Servaz apagó el motor y bajó, dejando los faros encendidos. El ruido del río llenó de inmediato la oscuridad. Miró en torno a sí, pero no divisó ni la menor luz a kilómetros a la redonda.

Caminó hasta la cabaña con el incendio de sus faros, que abrasaban los árboles y proyectaban su sombra delante de él, como si lo precediera un tenebroso gigante. Después subió los escalones del porche y sacó el manojo de llaves. Había tres cerraduras; la central correspondía a la mayor de las llaves y luego estaban las dos más pequeñas, arriba y abajo. Tardó un momento en dilucidar cuál iba en cada lugar, sobre todo porque las dos pequeñas tenían el mismo tamaño y porque el cerrojo de arriba estaba sujeto al revés. Después empujó la puerta, que resistió antes de ceder con un chirrido. Buscó a tientas el interruptor cerca del marco. Lo encontró a la izquierda. Al accionarlo, la luz brotó del plafón.

Permaneció inmóvil unos segundos en el umbral, paralizado por lo que veía.

El interior de la cabaña se reducía a una barra a la derecha, posiblemente con una cocinilla detrás, un sofá cama en el fondo, una mesa de madera y dos sillas situadas justo delante de él. En la pared de la izquierda, sin embargo, había colgada una capelina confeccionada con un tejido impermeable negro. Se había acercado al meollo…

Espérandieu abrió su mensajería instantánea. Aguardó tres minutos antes de que surgiera en la esquina inferior derecha de la pantalla un mensaje acompañado de un icono que representaba un perro de dibujo animado husmeando un rastro:

Kleim162 se acaba de conectar

Al cabo de tres segundos se abrió una ventana de diálogo acompañada del mismo icono.

Kleim162 dice:
¿Por qué te interesa Éric Lombard?
Vince.esp dice:
Lo siento. No puedo hablar de eso por ahora.
Kleim162 dice:
Acabo de escudriñar un poco antes de conectarme. Mataron a su caballo. Varios periódicos hablan del asunto. ¿Tiene alguna relación?
Vince.esp dice:
Sin comentarios
Kleim162 dice:
Vince, tú estás en la brigada criminal. ¡No me digas que os han encargado investigar la muerte de un caballo!
Vince.esp dice:
¿¿¿me puedes ayudar, sí o no???

Kleim162 dice:

¿qué gano yo con eso?

Vince. esp dice:

El afecto de un amigo

Kleim162 dice:

Lo de los abrazos ya veremos otra vez. ¿y aparte de eso?

Vince.esp dice:

Serás el primero en enterarte de los resultados de la investigación

Kleim162 dice:

O sea que hay investigación. ¿Nada más?

Vince.esp dice:

El primero que se enterará si debajo de este asunto hay algo más importante

Kleim162 dice:

Vale, lo busco

Espérandieu cerró sonriendo el servicio de mensajería.

Kleim162 era el seudónimo cibernético de un periodista de investigación que trabajaba como *freelance* para varias grandes revistas.

Era un auténtico sabueso al que le encantaba fisgar donde no le mandaban. Espérandieu lo había conocido en circunstancias un tanto especiales y nunca había hablado a nadie de ese «contacto», ni siquiera a Martin. Oficialmente, era como los otros miembros de la brigada: desconfiaba de la prensa. Para sus adentros, consideraba que, al igual que los políticos, los policías salen ganando si cuentan con uno o varios periodistas en su baraja.

Sentado al volante del Jeep, Servaz marcó el número del móvil de Ziegler. Le salió el contestador. Entonces marcó el de Espérandieu.

—He encontrado una foto en casa de Grimm —anunció—. Quiero que la trates.

La brigada disponía de un programa de tratamiento de imágenes que solo sabían utilizar Espérandieu y Samira.

—¿Qué clase de foto? ¿Digital o argéntica?

—En papel. Una foto antigua. Hay un grupo de hombres.

Uno de ellos es Grimm y otro es Chaperon, el alcalde de Saint-Martin. Parece que todos esos hombres llevan el mismo sello. Está un poco borroso, pero tiene algo grabado. Querría que trates de ver qué es.

—¿Crees que se trata de una especie de club, como el Rotario o los francmasones?

—No sé, pero...

—¡El anular rebanado! —recordó de pronto su ayudante.

—Exacto.

—De acuerdo. ¿Puedes escanearla y mandármela desde la gendarmería? Intentaré lo que me pides, aunque el programa está pensado sobre todo para tratar las fotos digitales. Es menos eficaz con las fotos antiguas escaneadas.

Servaz le dio las gracias. Iba a arrancar el coche cuando sonó el teléfono. Era Ziegler.

—¿Me ha llamado?

—He encontrado algo en una cabaña que era de Grimm.

—¿Una cabaña?

—Ha sido la viuda la que me ha hablado de ella. He encontrado las llaves en el escritorio de Grimm. Está claro que ella nunca pone los pies aquí. Tiene que ver esto...

—¿A qué se refiere?

—A una pequeña capa parecida a la que llevaba el cadáver de Grimm. Y unas botas. Es tarde, voy a cerrar la puerta y entregar las llaves a Maillard. Quiero que un equipo de identificación judicial revise a fondo este lugar mañana a primera hora.

Siguió un momento de silencio en el auricular. El viento gimió en el exterior del Cherokee.

—¿Y usted, tiene novedades? —preguntó Servaz.

—Las correas son de un modelo corriente —respondió la joven—, fabricadas en serie y comercializadas en todo el oeste y sur de Francia. Hay un número de serie en cada correa. Van a intentar remontar hasta la fábrica y localizar la tienda donde las vendieron.

Servaz se tomó un instante para pensar. Más allá del haz de los faros, un búho se posó en una rama y se puso a observarlo. A Servaz le recordó la mirada de Hirtmann.

—Si supiéramos la tienda, quizá podríamos rescatar alguna cinta de videovigilancia —señaló.

Cuando respondió Ziegler captó el escepticismo de su voz.

—Suponiendo que las conserven, la ley les obliga a destruirlas en un plazo de un mes. Para eso tendrían que haber comprado muy recientemente las correas.

Servaz estaba casi seguro de que quien había matado a Grimm había preparado el crimen durante meses. ¿Habría comprado las correas en el último momento? ¿O las poseía ya?

—Muy bien —dijo—. Hasta mañana.

Siguió por la pista forestal hasta la carretera. Unos sombríos nubarrones se deslizaron hasta tapar la luna. El valle quedó convertido en un lago de tinieblas y el propio cielo se confundió con las negras montañas. Servaz se detuvo y tras lanzar una mirada a derecha e izquierda, salió a la carretera.

Echó un vistazo maquinal por el retrovisor.

Durante una fracción de segundo su corazón dejó de latir. Detrás de él acababan de encenderse un par de faros. Había un coche aparcado en el arcén, en medio de la oscuridad, un poco más lejos del lugar donde había abandonado la pista. Por el retrovisor vio que los faros se separaban lentamente del ancho arcén y partían por donde había pasado él. A juzgar por su tamaño y su altura, se trataba de un 4x4. Servaz sintió que se le erizaba el vello de la nuca: era evidente que ese 4x4 estaba allí por él. ¿Qué otro motivo justificaba que se encontrara en aquel lugar, en el fondo de ese valle desierto? Se preguntó quién lo conduciría. ¿Los hombres de Lombard? Pero ¿por qué, si lo vigilaban, se habrían manifestado así los hombres de Lombard?

Sintió que crecía su nerviosismo.

Al darse cuenta de que apretaba con demasiada fuerza el volante, respiró hondo. «Calma, no te dejes llevar por el pánico. Te está siguiendo un coche ¿y qué?» Un sentimiento cercano al miedo lo invadió, no obstante, cuando pensó que tal vez era el asesino. Al abrir la puerta de ese chalet se había aproximado demasiado a la verdad… Alguien había decidido que molestaba. Volvió a mirar por el retrovisor. Acababa de doblar una gran curva; los faros de su perseguidor habían desaparecido detrás de los grandes árboles que la bordeaban.

Después surgieron de nuevo... y a Servaz le dio un vuelco el corazón al tiempo que una claridad cegadora inundaba el habitáculo del Jeep. ¡Las luces largas! Servaz se dio cuenta de que estaba cubierto de sudor. Pestañeó, deslumbrado como el animal que sorprende un coche en plena noche, como el búho de antes. El corazón le latía desbocado.

El 4x4 se había acercado. Se encontraba muy cerca, casi pegado a él. Los potentes faros incendiaban el interior del Jeep, resaltando cada detalle del salpicadero con un centelleo de luz blanca.

Servaz apretó el acelerador, superando el miedo a la velocidad con el temor de lo que tenía detrás, y su perseguidor lo dejó tomar distancia. Se esforzó por respirar hondo, pero el corazón le daba brincos en el pecho y el sudor le resbalaba por la cara. Cada vez que miraba por el retrovisor interior, le estallaba en plena cara la luz blanca y unos puntos negros se ponían a bailar ante sus ojos.

De improviso, el 4x4 aceleró. «¡Mierda, está loco! ¡Me va a atropellar!»

Antes incluso de que hubiera podido tratar de reaccionar, el vehículo negro lo había adelantado. Durante un instante de puro pánico, Servaz creyó que iba a hacerlo salir de la carretera, pero el todoterreno siguió acelerando en la recta y se alejó. Las luces de atrás se fundieron rápidamente en la noche. Servaz vio cómo se encendían las luces de freno antes de la siguiente curva y después el vehículo desapareció. Se detuvo renqueando en el arcén y se inclinó para coger su arma de la guantera antes de bajar, con una marcada flojera en las piernas. El frío aire de la noche le sentó bien. Cuando quiso comprobar el cargador del arma, la mano le temblaba tanto que tardó varios segundos en conseguirlo.

La advertencia era inconfundible: alguien de aquel valle no quería que indagara más allá. Alguien no quería que descubriera la verdad.

Pero ¿de qué verdad se trataba?

17

Ziegler y Servaz asistieron al entierro de Grimm en el pequeño cementerio de lo alto de la colina, entre los abetos y las tumbas, al día siguiente.

Detrás de los asistentes congregados en torno a la fosa parecía que también los negros abetos estaban de duelo. El viento arrancaba de sus ramas un susurro semejante a una oración. Las coronas y la fosa destacaban sobre la nieve. La ciudad se extendía abajo, en el valle. Servaz se dijo que, efectivamente, allí se hallaban más cerca del cielo.

Había dormido mal. Se había despertado varias veces sobresaltado, con la frente empapada en sudor. No podía evitar rememorar lo que había ocurrido esa noche. Todavía no había hablado de ello con Irène. Abrigaba el curioso temor de que si hablaba, lo pondrían al margen y encargarían a otro la investigación. ¿Corrían peligro allí? En cualquier caso, en aquel valle no les gustaban los forasteros que venían a hurgar.

Se puso a observar la colina para serenarse. Debía de ser agradable estar allí en verano, en lo alto de aquella verde colina que se elevaba como la proa de un barco o como un dirigible, por encima del valle. Aquella colina redondeada y suave como el cuerpo de una mujer. Hasta las montañas habían perdido su aspecto amenazador, vistas desde allí; el propio tiempo se había suspendido, adoptando una cara amable. Mientras se encaminaban a la salida del cementerio, Ziegler le dio un codazo, y miró en la dirección que ella le señalaba: Chaperon había vuelto a aparecer. Hablaba con Cathy d'Humières y con otros notables. De repente, el teléfono se puso a vibrar en su bolsillo. Servaz respondió. Era un individuo de la dirección general. Reconoció enseguida el acento de patricio y el tono cortés, como si el hombre hiciera todos los días gárgaras con melaza.

—¿Cómo sigue el asunto del caballo?

—¿Quién lo quiere saber?

—La oficina del director general sigue de cerca este caso, comandante.

—¿Saben que han asesinado a un hombre?

—Sí, el farmacéutico Grimm, estamos al corriente —respondió el burócrata como si conociera al dedillo el expediente, aunque probablemente no era así.

—Entonces comprenderá que el caballo del señor Lombard no es mi prioridad.

—Comandante, Catherine d'Humières me aseguró que usted era un buen elemento.

Servaz sintió un acceso de ira. «Sin duda alguna, un elemento mejor que tú —se dijo—, que no pasa el tiempo estrechando manos por los pasillos, despellejando a sus compañeros y fingiendo que está al corriente de los expedientes en las reuniones.»

—¿Tiene alguna pista?

—Ninguna.

—¿Y los dos vigilantes?

Vaya, se había tomado la molestia de leer los informes. Seguro que por encima, justo antes de llamar, como el estudiante que hace a toda prisa los deberes poco antes de entrar en clase.

—No fueron ellos.

—¿Cómo puede estar tan seguro?

«Porque yo paso el tiempo entre las víctimas y los asesinos mientras tú permaneces sentado en tu sillón», pensó.

—No tienen el perfil. Ahora bien, si quiere cerciorarse por sí mismo, lo invito a venir hasta aquí a sumarse a nosotros.

—Vamos, cálmese, comandante. Nadie pone en duda su competencia. Dirija la investigación según su conveniencia, pero no pierda de vista que queremos saber quién mató a ese caballo.

El mensaje era muy claro: se podía asesinar a un farmacéutico y colgarlo en pelotas de un puente, pero no se podía decapitar al caballo de uno de los hombres más poderosos de Francia.

—Muy bien —dijo Servaz.

—Hasta pronto, comandante —añadió el hombre antes de colgar.

Servaz lo imaginó detrás de su escritorio, felicitándose de su ascendente sobre los pequeños subalternos de provincias, con un elegante traje y una bonita corbata, una colonia cara, redactando alguna nota de poca importancia pero llena de palabras altisonantes para luego ir alegremente a aliviar la vejiga y admirarse en el espejo antes de bajar a rehacer el mundo en el comedor en compañía de otros como él.

—Una bonita ceremonia en un hermoso lugar —comentó alguien a su lado.

Volvió la cabeza. Gabriel de Saint-Cyr le sonreía. Servaz estrechó la mano que le tendía el exmagistrado. El contacto era franco, sin remilgos ni intento de intimidación, a la imagen del hombre.

—Precisamente me decía que era un hermoso lugar para pasar la eternidad —repuso Servaz, sonriendo.

El juez jubilado asintió con la cabeza.

—Eso mismo me propongo hacer. Es probable que yo me adelante, pero si le apetece, estoy seguro de que va a ser un muerto que preste agradable compañía. Mi sitio está allá.

Saint-Cyr señaló con el dedo un rincón del cementerio. Servaz soltó una carcajada y encendió un cigarrillo.

—¿Cómo lo sabe?

—¿El qué?

—Que será una agradable compañía de los muertos.

—A mi edad y con mi experiencia, uno se forma enseguida una idea de cómo es la gente.

—¿Y no se equivoca nunca?

—Raras veces. Además, confío en el juicio de Catherine.

—¿No le preguntó de qué signo era?

Entonces fue Saint-Cyr el que se echó a reír.

—¿Del zodiaco? ¡Fue lo primero que hizo cuando nos presentaron! Mi familia tiene un panteón aquí. Hace tres años compré una concesión en el otro extremo del cementerio, lo más lejos posible.

—¿Por qué?

—Me aterrorizaba tener que soportar ciertas vecindades durante toda la eternidad.

—¿Conocía usted a Grimm? —preguntó Servaz.

—¿Qué, ha decidido recurrir a mis servicios?

—Quizá.

—Un tipo muy reservado. Debería preguntar a Chaperon —le aconsejó Saint-Cyr, señalando al alcalde que se alejaba—. Se conocían bien.

Servaz recordó las palabras de Hirtmann.

—Eso me pareció —dijo—. Grimm, Chaperon y Perrault ¿no es eso? La partida de póker del sábado por la noche...

—Sí, y Mourrenx. El mismo cuarteto desde hace cuarenta años, inseparables desde el instituto...

Servaz pensó en la foto que llevaba en el bolsillo y se la enseñó al juez.

—¿Son ellos?

Gabriel Saint-Cyr sacó unas gafas y se las colocó antes de inclinarse sobre la foto. Servaz advirtió que tenía el índice deformado por la artrosis y que temblaba cuando apuntó a los cuatro hombres. Padecía parkinson.

—Sí. Ese es Grimm... Y ese, Chaperon... —El dedo se desplazó—. Este es Perrault —Señaló al individuo alto y delgado de densa pelambrera y grandes gafas—. Tiene una tienda de material deportivo en Saint-Martin. También es guía de alta montaña. —El dedo se trasladó a continuación hacia el coloso barbudo que tendía riendo la cantimplora hacia el objetivo con la luz otoñal—. Gilbert Mourrenx. Trabajaba en la fábrica de celulosa de Saint-Gaudens. Murió de un cáncer de estómago hace dos años.

—¿Y dice que esos cuatro eran inseparables?

—En efecto —confirmó Saint-Cyr, guardando las gafas—. Inseparables, sí... se podría definir así.

Servaz observó al juez. Había algo en su voz... El viejo juez le sostenía la mirada. Como quien no quiere la cosa, estaba transmitiéndole un mensaje.

—¿Hubo... alguna historia rara relacionada con ellos?

La mirada del jubilado tenía la misma intensidad que la de Servaz. Este retuvo la respiración.

—Más bien rumores... Y una vez, hará unos treinta años, hubo una denuncia... La presentó una familia de Saint-Martin. Era una familia modesta. El padre era obrero en la central y la madre estaba en el paro.

«La central.» Servaz tenía todos los sentidos en alerta.

—¿Una denuncia contra ellos?

—Sí, por chantaje o algo por el estilo... —El anciano frunció el entrecejo, tratando de evocar los recuerdos—. Si no me falla la memoria, habían tomado fotos con una Polaroid de la hija de esa pobre gente, una muchacha de diecisiete años. En las fotos aparecía desnuda y visiblemente borracha, y en una de ellas estaba... con varios hombres, creo. Por lo visto, esos jóvenes amenazaron con hacer circular las fotos si la chica no les hacía ciertas cosas... a ellos y a sus amigos. Al final no pudo soportarlo más y lo contó todo a sus padres.

—¿Y qué ocurrió después?

—Nada. Los padres retiraron la denuncia antes de que los gendarmes pudieran ni siquiera interrogar a los cuatro jóvenes. Seguro que llegaron a un acuerdo discreto, retirar la denuncia a cambio de que cesara el chantaje. Los padres no debían de tener muchas ganas de que circularan esas fotos...

—Qué extraño —comentó Servaz—. Maillard no me ha hablado de eso.

—Es probable que nunca hubiera oído hablar de esa historia. Aún no estaba ejerciendo.

—Pero usted sí.

—Sí.

—¿Y lo creyó?

Saint-Cyr compuso una expresión dubitativa.

—Usted, que es policía, sabe tan bien como yo que todo el mundo tiene secretos, y que por lo general son poco edificantes. ¿Por qué habría mentido aquella familia?

—Para sacarles dinero a las familias de los cuatro jóvenes.

—¿Para que la reputación de su hija quedara mancillada para siempre? No. Conocía al padre porque había hecho algunas obras en mi casa por la época en que estaba en el paro. Era una persona recta, de la vieja escuela. Yo diría que no era el estilo de esa casa.

Servaz se acordó de la cabaña y de lo que había descubierto en el interior.

—Usted mismo acaba de decirlo: todo el mundo tiene algún secreto.

—Sí. —Saint-Cyr lo miró con atención—. ¿Cuál es el suyo, comandante?

Servaz le presentó su sonrisa de conejo enigmático.

—Los suicidas —prosiguió—. ¿Le dice algo eso?

Esa vez advirtió una auténtica sorpresa en los ojos del juez.

—¿Quién le ha hablado de eso?

—No me creería si se lo dijera.

—Dígalo de todas formas.

—Julian Hirtmann.

Gabriel Saint-Cyr lo escrutó un buen momento con cara de perplejidad.

—¿Habla en serio?

—Totalmente.

El viejo juez permaneció mudo una fracción de segundo.

—¿Qué hace esta noche a eso de las ocho? —preguntó.

—No tengo nada previsto.

—En ese caso, venga a cenar. Según mis invitados, soy un excelente cocinero. Vivo en el número 8 del callejón del Torrente. No tiene pérdida: es un molino que hay al final de la calle, justo antes del bosque. Hasta esta noche.

—Espero que todo vaya bien —dijo Servaz.

Chaperon se volvió, algo azorado, cuando ya tenía la mano en la puerta de su coche. Parecía tenso y preocupado. Al ver a Servaz, se ruborizó.

—¿Por qué me pregunta eso?

—Ayer estuve tratando de contactar con usted todo el día —explicó Servaz con una afable sonrisa.

Durante un instante, en el rostro del alcalde de Saint-Martin se traslució la contrariedad. Aunque realizaba patentes esfuerzos por mantener la sangre fría, no lo lograba del todo.

—La muerte de Gilles me dejó muy afectado. Ese horrible asesinato... Ese ensañamiento... Es terrible. Necesitaba hacer una pausa, estar solo. Me fui a caminar por la montaña.

—¿Solo en la montaña? ¿Y no tenía miedo?

La pregunta hizo estremecerse al alcalde.

—¿Por qué iba a tener miedo?

Observando a aquel hombrecillo de piel curtida, Servaz tuvo la certeza de que no solo tenía miedo, sino de que estaba aterrorizado. Se planteó si debía hablarle de los suicidas en ese momento, pero decidió que era preferible no enseñar todas las cartas a la vez. Después de la cena en casa de Saint-Cyr sabría algo más. De todas formas, sacó la foto que llevaba en el bolsillo.

—¿Le dice algo esta foto?

—¿Dónde la ha encontrado?

—En casa de Grimm.

—Es una foto antigua —comentó Chaperon, rehuyéndole la mirada.

—Sí, de octubre de 1993 —precisó Servaz.

Chaperon efectuó un ademán con la mano derecha, como para dar a entender que aquellos tiempos quedaban muy lejanos. Durante un instante su mano morena, salpicada de pequeñas manchas pardas, flotó ante los ojos de Servaz. El policía quedó petrificado por la sorpresa. El alcalde ya no llevaba el sello, pero se lo había quitado hacía poco: una estrecha franja de piel más clara resaltaba en el anular.

En cuestión de un segundo, a Servaz lo asaltó un torrente de preguntas.

Habían cortado el dedo de Grimm y Chaperon se había quitado el sello, ese sello que llevaban los cuatro individuos de la foto. ¿Qué cabía deducir de aquello? Estaba claro que el asesino lo sabía. ¿Los otros dos hombres de la foto tenían también alguna relación con la muerte del farmacéutico? Y en caso afirmativo, ¿cómo se había enterado Hirtmann?

—¿Los conocía bien? —preguntó Servaz.

—Sí, bastante, aunque con Perrault nos veíamos más en esa época que hoy en día.

—También eran sus compañeros en las sesiones de póker.

—Sí, y en las excursiones, pero no veo qué…

—Gracias —lo atajó Servaz—. No tengo más preguntas por el momento.

—¿Quién es? —preguntó Ziegler en el coche, señalando al hombre que se encaminaba con paso cansino a un Peugeot 405 casi tan fatigado como él.

—Gabriel Saint-Cyr, juez de instrucción honorario jubilado. Lo conocí ayer en el juzgado.

—¿De qué han hablado?

—De Grimm, Chaperon, Perrault y un tal Mourrenx.

—Los tres jugadores de póker... Y Mourrenx ¿quién es?

—El cuarto miembro del grupo. Murió hace dos años, de cáncer. Según Saint-Cyr, hace treinta años les pusieron una denuncia por chantaje. Emborracharon a una chica y después la fotografiaron desnuda. Luego la amenazaron con hacer circular las fotos si...

—... si no hacía ciertas cosas...

—Exacto.

Servaz advirtió un fugaz brillo en los ojos de Ziegler.

—Eso podría ser una pista —apuntó.

—¿Qué relación tendría con el caballo de Lombard? ¿Y con Hirtmann?

—No lo sé.

—Eso fue hace mucho tiempo, treinta años. Cuatro jóvenes borrachos y una chica que también lo estaba. ¿Y después qué? Eran jóvenes y cometieron una tontería. ¿Adónde nos conduce el asunto?

—Puede que solo sea la parte visible del iceberg.

Servaz la miró.

—¿Cómo?

—Pues que quizás hubo otras «tonterías» del mismo estilo. Puede que no se limitaran a eso y que una de ellas acabara mal.

—Eso es mucho suponer —observó Servaz—. Hay otra cosa: Chaperon se ha quitado el anillo.

—¿Cómo?

Servaz le describió lo que acababa de ver. Ziegler frunció el entrecejo.

—¿Qué cree que significa?

—No tengo ni idea. Mientras tanto, hay algo que le quiero enseñar.

—¿La cabaña?

—Sí. ¿Vamos?

A las cinco, el despertador había sonado con estrépito en la mesita de noche de Diane, que se trasladó temblando hasta el cuarto de baño. Igual que las otras mañanas, la ducha comenzó con un chorro ardiente antes de acabar con un hilillo de agua fría. Diane se apresuró a secarse y a vestirse. Pasó la hora siguiente revisando sus notas y bajó a la cafetería de la planta baja.

La cafetería estaba desierta. No había ni siquiera un empleado. Como había localizado una máquina de café de cápsulas, se situó detrás de la barra para prepararse un *espresso*. Había reanudado la lectura de sus notas en el momento en que oyó pasos en el corredor. El doctor Xavier entró en la sala y tras dirigirle un breve saludo con la cabeza, se fue a preparar también un café detrás del mostrador. Después, con la taza en la mano, se encaminó hacia ella.

—Buenos días, Diane. Es madrugadora.

—Buenos días, señor Xavier. Es la costumbre…

Advirtió que parecía de buen humor. Hundió los labios en el café mirándola sin parar de sonreír.

—¿Está lista, Diane? Tengo una buena noticia. Esta mañana vamos a ir a visitar a los internos de la unidad A.

—Muy bien, señor —dijo, esforzándose por disimular la excitación y mantener un aire profesional.

—Llámeme Francis, por favor.

—Muy bien, Francis.

—Espero no haberla asustado demasiado la otra vez. Solo quería avisarla. Todo irá bien, ya verá.

—Me siento perfectamente preparada.

La mirada que le dedicó indicaba claramente que él lo dudaba mucho.

—¿A quién vamos a ver?

—A Julian Hirtmann…

Los White Stripes cantaban *Seven Nation Army* en sus cascos cuando se abrió la puerta de la oficina. Espérandieu despegó los ojos de la pantalla.

—Hola —dijo Samira—. ¿Qué tal esa autopsia?

—Puaf —exclamó Espérandieu quitándose los auriculares.

Samira rodeó el escritorio de Vincent para ir a instalarse en el suyo. Espérandieu respiró un fresco y agradable perfume con un trasfondo de gel de ducha. Desde sus primeros pasos en el servicio, había sentido una simpatía espontánea por Samira Cheung. Como él, era blanco de los sarcasmos y pullas apenas velados de ciertos miembros de la brigada. La chica dominaba, con todo, el arte de las réplicas. En más de una ocasión había dejado cortados a esos idiotas retrógrados, cosa que no hacía más que incrementar su hostilidad.

Samira Cheung cogió una botella de agua mineral y se puso a beber directamente de ella. Esa mañana llevaba una cazadora de cuero encima de una chaqueta de tela tejana y un suéter con capucha, un pantalón de arpillera, botas con tacones de ocho centímetros y un gorro con visera.

Adelantó hacia la pantalla su cara, lastrada por una extraordinaria fealdad. Con su forma de maquillarse no mejoraba, ni mucho menos. El mismo Espérandieu había tenido ganas de burlarse la primera vez que la había visto, pero había acabado acostumbrándose. A aquellas alturas hasta le encontraba un extraño y paradójico encanto.

—¿Dónde estabas? —preguntó.

—En el despacho del juez.

Comprendiendo que se refería al magistrado encargado de instruir el caso de los tres muchachos, se preguntó sonriendo qué efecto debía de haber producido en los pasillos de los juzgados.

—¿Avanza la causa?

—Se diría que los argumentos de la parte contraria han encontrado cierto eco en el pensamiento del señor juez…

—¿Ah, sí?

—La tesis del ahogamiento está cobrando fuerza.

—¡Mierda!

—¿No te has fijado en nada al llegar? —le preguntó.

—¿En qué sentido?

—Pujol y Simeoni.

Espérandieu torció el gesto. No le gustaba abordar aquel tema.

—Sí, parece que están en plena forma —señaló con aprensión.

—Están así desde ayer —corroboró Samira—. Tengo la impresión de que se crecen con la ausencia de Martin. Deberías andarte con cuidado.

—¿Por qué yo?

—Lo sabes muy bien.

—No, explícame.

—Te detestan. Creen que eres homosexual, cosa que para ellos equivale más o menos a ser pedófilo o a follar con cabras.

—A ti también te detestan —le recordó Espérandieu, sin escandalizarse demasiado por el vocabulario de Samira.

—Menos que a ti. Yo no les caigo bien porque soy medio china y medio árabe. Solo me faltaría un poco de sangre negra. En resumidas cuentas, pertenezco al enemigo. Tu caso es diferente. Tienen mil motivos para no poderte ver: tus modales, tu ropa, el apoyo de Martin, tu mujer...

—¿Mi mujer?

—Claro —confirmó Samira, sonriendo—. No pueden entender cómo un tipo como tú pudo casarse con semejante mujer.

Espérandieu sonrió a su vez. Aunque apreciaba la manera directa de hablar de Samira, se dijo que, a veces, un poco de diplomacia no le vendría mal.

—Son unos trogloditas —afirmó.

—Unos primates —convino Samira—. De todas maneras, yo que tú no me fiaría. Estoy segura de que preparan alguna jugarreta.

Cuando bajó del coche delante de la cabaña de Grimm, Servaz se preguntó si no había padecido una alucinación la noche anterior. El valle ya no tenía ni remotamente aquel aspecto sombrío y fantasmagórico. En el momento en que cerraba la puerta del coche, sintió de nuevo la garganta irritada. Se había olvidado de tomar la pastilla por la mañana.

—¿No tendrá un poco de agua? —preguntó.

—Hay una botella de agua mineral en la guantera —respondió Ziegler.

Se dirigieron a la cabaña que se erguía al borde del río. Este relucía con un brillo plateado entre los troncos de los árboles, tejiendo una red de cristalinas voces. En los flancos grises de la montaña, las hayas eran menos abundantes que las piceas y los abetos. Un poco más lejos había un vertedero descontrolado al lado del torrente. Servaz vio unos bidones oxidados, bolsas de basura negras, un colchón manchado, una nevera e incluso un viejo ordenador cuyos hilos brotaban por detrás como los tentáculos de un pulpo muerto. Incluso allí, en aquel valle virgen, el hombre no podía dejar de mutilar cuanto tocaba.

Subió los escalones del porche. Delante de la puerta había colocada en diagonal una gran cinta con la advertencia GENDARMERÍA NACIONAL - PROHIBIDO EL PASO. Servaz la levantó y abrió las cerraduras antes de empujarla con un golpe seco. Luego dejó pasar primero a Ziegler.

—La pared de la izquierda —indicó.

La gendarme dio un paso hacia el interior... y se detuvo enseguida.

—¡Mierda!

Servaz entró tras ella. La barra y los armarios de la cocina americana de la derecha, el sofá-cama lleno de cojines del fondo y los cajones de debajo, las estanterías de libros, el material de pesca —cañas, cesta, botas, salabre— dispuesto en un rincón: todo estaba minuciosamente recubierto de polvo: aluminio, albayalde, rojo inglés, polvo magnético negro, polvo fluorescente rosa... Todos estaban destinados a revelar huellas latentes. En algunos sitios, unas grandes zonas azules indicaban que los técnicos habían aplicado Blue Star, buscando posibles restos de sangre, al parecer sin resultado. Había trozos de cartón numerados prendidos aquí y allá y hasta habían sacado muestras de tejido de la alfombra.

Servaz observó con disimulo a Ziegler.

Conmocionada, esta miraba fijamente la pared de la izquierda. La capa negra permanecía colgada como un murciélago dormido, con los oscuros y tornasolados pliegues destacados sobre la clara madera del tabique. Tenía una capucha enganchada a un colgador. Debajo, en el suelo de pino sin pulir, había un par de botas. Los restos de polvo brillaban también encima del tejido negro y de las botas.

—No sé por qué esas prendas me ponen la carne de gallina —confesó Ziegler—. Al fin y al cabo, solo se trata de una protección para la lluvia y unas botas.

Servaz lanzó una ojeada por la puerta abierta. Fuera todo estaba silencioso. La imagen de los faros que surgieron en su retrovisor se le había adherido, no obstante, a la retina. Trató de percibir un posible ruido de motor, pero lo único que oyó fue la voz del río. De nuevo experimentó el miedo instintivo que se había apoderado de él esa noche cuando los faros habían iluminado el salpicadero de su coche. Era un miedo en bruto, sin matices.

—¿Qué ocurre? —preguntó Ziegler, que había sorprendido su mirada.

—Ayer alguien me siguió por esta carretera. Un coche me esperaba en la salida del camino.

Ziegler lo observó y en su cara apareció una sombra de inquietud.

—¿Está seguro?

—Sí.

Durante un instante, el silencio se hizo aplastante.

—Hay que hablar de eso con D'Humières.

—No. Prefiero que quede entre nosotros. Por ahora, en todo caso.

—¿Por qué?

—No sé… Confiant sería capaz de aprovecharlo para retirarme del caso. Con el pretexto de protegerme, claro está —añadió con lasitud.

—¿Quién cree que era?

—¿Los matones de Éric Lombard, quizá?

—O los asesinos, tal vez…

Lo miraba con los ojos muy abiertos. Comprendió que se planteaba cómo reaccionaría si le ocurriera lo mismo a ella. «El miedo es una enfermedad contagiosa», pensó. En aquella investigación había un elemento de una absoluta negrura, una masa crítica de siniestro calado que formaba el meollo de todo y a la que comenzaban a acercarse peligrosamente. Por segunda vez, se preguntó si estaban arriesgando la vida.

—Es hora de hablar con el señor alcalde —dijo de repente.

—No se preocupe, que todo irá bien.

Diane observó la alta figura del señor Mundo, adivinando las potentes masas musculosas bajo el mono. Debía de pasar horas entrenándose con máquinas y levantando barras cargadas de discos de hierro. El guardián le dirigió un amistoso guiño y ella inclinó la cabeza.

Al contrario de lo que parecían pensar todos aquellos hombres, no sentía ninguna aprensión especial, sino una intensa curiosidad profesional.

A continuación recorrieron el pasillo iluminado con fluorescentes, cubierto con la moqueta azul que absorbía el ruido de sus pasos, las paredes blancas...

Una música de ascensor sonaba en sordina, como en un supermercado. Era una pieza estilo New Age, con notas de arpa y piano, impalpables como un soplo de aire.

Las puertas... Pasó delante de ellas sin acercarse a las ventanillas. Xavier caminaba con paso rápido delante y ella lo seguía dócilmente.

No se oía ningún ruido. Cualquiera se habría podido imaginar que dormían todos, o que se encontraban en un hotel de cinco estrellas de tendencia moderna y diseño minimalista. Se acordó del largo y siniestro alarido que oyó desde la antecámara la primera vez que se aproximó a ese lugar. ¿Acaso los habrían sedado para la ocasión? No, Alex se lo había dicho claramente: la mayoría eran químicorresistentes.

Delante de ella, Xavier se paró ante la última puerta y tras marcar un código accionó la manecilla.

—Buenos días, Julian.

—Buenos días, doctor.

Era una voz grave, pausada, cortés. Diane la oyó antes de verlo a él.

—Le traigo una visita. Es nuestra nueva psicóloga, Diane Berg. Es suiza, como usted.

Diane se acercó. Julian Hirtmann estaba de pie cerca de una ventana que daba a la copa de un abeto blanco. Desvió la mirada del paisaje para posarla en ella. Medía más de metro noventa, de modo que el doctor Xavier parecía un niño a su lado.

Cuarenta y pico años, pelo oscuro corto, facciones firmes y regulares. Irradiadaba seguridad en sí mismo. «Es más bien apuesto —se dijo—, aunque en un sentido rígido.» Frente despejada, boca fina, mandíbula cuadrada...

Lo que la impresionó de entrada fueron los ojos, negros, de mirada penetrante e intensa. Las pupilas relucían con un astuto brillo, pero sin pestañear. Cuando entornó los párpados, sintió que la envolvía su mirada.

—Buenos días, Julian —dijo.

—Buenos días. Una psicóloga, ¿eh? —dijo.

Diane advirtió la sonrisa del doctor Xavier. En los labios de Hirtmann asomó también una sonrisa soñadora.

—¿En qué barrio de Ginebra vive?

—Cologny —respondió.

Hirtmann inclinó la cabeza, alejándose de la ventana.

—Yo tenía una casa muy bonita en el borde del lago. Ahora viven en ella unos nuevos ricos, de esos que solo tienen ordenadores y teléfonos móviles y ni un solo libro en toda la casa. ¡Dios santo! En esa casa residió el propio Percy Bysshe Shelley cuando vivió en Suiza, ¿se imagina?

La miraba con sus ojos negros y brillantes, aguardando una respuesta.

—¿Le gusta leer? —preguntó ella, por decir algo.

Hirtmann se encogió de hombros con patente decepción.

—La doctora Berg querría mantener entrevistas regulares con usted —intervino Xavier.

—¿Ah, sí? —inquirió, volviéndose de nuevo hacia ella—. ¿Y qué me va a aportar eso, aparte del placer de su compañía?

—Nada —repuso ella con franqueza—. Absolutamente nada. No pretendo aliviar en nada su sufrimiento. Además, usted no sufre. No tengo nada que venderle, aparte, tal como dice usted, del placer de mi compañía. Le estaría agradecida, eso sí, si aceptara conversar conmigo.

Ni adulación, ni mentiras... Resolvió que no lo había hecho mal. Él la observaba fijamente.

—Mmm, sinceridad... —Su mirada se desplazó de Diane a Xavier—. Eso es un bien escaso aquí. Supongamos que acepto. ¿En qué consistirán esas... entrevistas? Espero que no pretenda aplicar conmigo una de esas ridículas sesiones de análisis. Se lo digo de entrada: conmigo no funcionará.

Diane omitió contestarle.

—Hábleme de usted —le pidió Hirtmann—. ¿Cuál ha sido su trayectoria profesional?

Diane se la expuso a grandes rasgos. Citó la Facultad de Psicología y Ciencias de Educación de Ginebra, el Instituto Universitario de Medicina Legal, el consultorio privado para el que había trabajado y la cárcel de Champ-Dollon en la que había efectuado prácticas.

Hirtmann inclinó la cabeza con gran seriedad, con un dedo en el labio inferior, como si fuera un examinador. Viendo aquella pose, Diane reprimió una sonrisa, pero al recordar lo que les había hecho a varias jóvenes de su edad enseguida se le quitaron las ganas.

—Supongo que desde que está aquí —dijo—, en este medio tan especial y novedoso para usted, experimenta cierta aprensión, ¿no?

La estaba poniendo a prueba. Quería saber si habría reciprocidad. No quería entrevistas en sentido único en las que él hablaría y ella se limitaría a escuchar.

—Sí, la aprensión de un nuevo empleo, de un nuevo lugar y de nuevas responsabilidades —reconoció—. Es un estrés profesional que considero algo positivo, como una manera de progresar.

—Si usted lo dice… Como sabe, todo grupo sometido a una situación de encierro tiende a la regresión. Aquí, esta no solo afecta a los internos, sino también al personal… e incluso a los psiquiatras y psicólogos —afirmó—. Ya lo verá. Aquí hay tres niveles de confinamiento imbricados entre sí: el muro de este asilo de locos, el de este valle y el de esa ciudad de abajo, con todos esos estúpidos debilitados por generaciones de matrimonios consanguíneos, incestos y violencia intrafamiliar. Ya lo verá. Dentro de unos días o de unas semanas se sentirá infantilizada, sentirá que vuelve a ser una niña, tendrá ganas de chuparse el dedo…

En sus ojos percibió las ganas de decir una obscenidad, pero se contuvo. Había recibido una educación rígida… De repente, se dio cuenta de que Hirtmann le recordaba a su padre, con su aire severo, su apostura con un toque entre rancio y refinado y su cabello moreno entreverado de canas.

La misma forma y firmeza en los labios y en la mandíbula, la misma nariz un poco larga, la misma mirada intensa que la juzgaba y la calibraba. Sintió que si no ahuyentaba aquel pensamiento se bloquearía.

Luego se preguntó cómo era posible que aquel mismo hombre hubiera organizado orgías de carácter marcadamente violento. Hirtmann no se componía de una sola personalidad, sino de varias.

—¿En qué piensa? —inquirió.

No se le escapaba nada. Debería tenerlo en cuenta. Optó por ser todo lo franca que podía… sin olvidar nunca la distancia terapéutica.

—Pienso que me recuerda un poco a mi padre —respondió.

Por primera vez pareció desestabilizado. Lo vio sonreír y advirtió que aquella sonrisa modificaba totalmente su aspecto.

—¿De veras? —dijo, con sincera sorpresa.

—Se percibe en usted la misma educación burguesa típicamente suiza, la misma reserva, la misma severidad. Usted respira el protestantismo, aunque se haya desprendido de él hace tiempo, como todos esos grandes burgueses suizos que parecen cajas fuertes cerradas con doble vuelta. Me estaba preguntando si también él tenía un secreto inconfesable, como usted.

Xavier le lanzó una mirada de desconcierto, impregnada de enojo, mientras se ensanchaba la sonrisa de Hirtmann.

—Creo que vamos a entendernos bien —declaró—. ¿Cuándo empezamos? Estoy impaciente por reanudar esta conversación.

—Ilocalizable —dijo Ziegler, cerrando el teléfono móvil—. No está ni en el ayuntamiento, ni en su casa, ni en su fábrica. Parece que se ha esfumado otra vez.

Servaz miró a la gendarme antes de posar la vista en el río a través del parabrisas.

—Vamos a tener que ocuparnos seriamente del señor alcalde cuando reaparezca. Mientras tanto, probemos con Perrault.

La empleada, una joven de unos veinte años, mascaba un chicle con tanta energía que parecía tener una cuenta personal pendiente con él.

No se veía especialmente deportista, sino más bien del tipo de personas que abusan de las golosinas en prolongadas sesiones frente a la tele o el ordenador. Servaz se dijo que, de estar en el lugar de Perrault, habría dudado en confiarle la caja. Observando las hileras de esquíes y tablas de snowboard, los estantes llenos de botas, los anoraks de colores fluorescentes, los forros polares y los accesorios de moda alineados en las estanterías de madera clara o expuestos en colgadores, se preguntó en función de qué criterios la habría elegido Perrault. Puede que fuese la única que había aceptado el sueldo que le ofrecía.

—¿Parecía preocupado? —preguntó.

—Sí.

Servaz se volvió hacia Ziegler. Acababan de llamar al timbre de la puerta del apartamento que Perrault, el tercer miembro del cuarteto, según había explicado Saint-Cyr, tenía alquilado encima de la tienda. Nadie respondió. La empleada que se ocupaba de la tienda les había informado de que no lo había visto desde el día anterior. El lunes por la mañana se había presentado diciendo que debía ausentarse varios días por una urgencia familiar. Ella le había respondido que se podía ir tranquilo, que se encargaría de la tienda mientras tanto.

—¿Preocupado de qué manera? —preguntó Ziegler.

La dependienta masticó dos o tres veces antes de responder.

—Tenía muy mala cara, como si no hubiera dormido nada. —Nuevo arrebato de masticación—. Y no paraba quieto ni un minuto.

—¿Y parecía que tuviera miedo?

—Sí. Se lo acabo de decir.

La joven estuvo a punto de hacer estallar un globo, pero renunció en el último momento.

—¿Tiene un número donde lo podamos localizar?

La empleada abrió un cajón y rebuscó entre los papeles. Luego sacó una tarjeta de visita que tendió a la gendarme. Esta lanzó una breve ojeada al logo, que representaba una montaña por la que bajaba un esquiador dibujando eses en la nieve, con una leyenda escrita encima con letras de fantasía: Deporte & Naturaleza.

—¿Qué clase de jefe es Perrault? —preguntó.

La dependienta la miró con recelo.

—Del tipo tacaño —acabó por contestar.

Sufjan Stevens cantaba *Come on Feel the Illinoise* en los cascos cuando el ordenador reclamó la atención de Espérandieu. En la pantalla, el programa de tratamiento de imágenes acababa de concluir la tarea que había solicitado Vincent.

—Ven a ver esto —llamó a Samira.

La joven se levantó. La cremallera del jersey se le había bajado demasiado, de tal forma que cuando se inclinó exhibió el pliegue del pecho delante de la nariz de Espérandieu.

—¿Qué es?

El anillo aparecía en primer plano. Aunque la imagen no era del todo nítida, se distinguía sin problema el sello de oro aumentado en una proporción de dos mil, en el que destacaban, sobre fondo rojo, dos letras doradas.

—Este anillo tendría que haberse encontrado en el dedo que le cortaron a Grimm, el farmacéutico que asesinaron en Saint-Martin —explicó con la garganta seca.

—Hum. ¿Y cómo lo sabéis, dado que le cortaron ese dedo precisamente?

—Es demasiado largo para explicártelo. ¿Qué ves ahí?

—Parecen dos caracteres, dos letras —dijo Samira mirando la pantalla.

Espérandieu se esforzó por mantener la vista en el ordenador.

—¿Dos C? —aventuró.

—Una C y una O…

—O una C y una D…

—O una O y una C…

—Espera un momento.

Abrió varias ventanas a la derecha de la pantalla, modificó varios parámetros y desplazó los cursores. Después reinició el programa. Aguardaron el resultado en silencio. Samira seguía inclinada por encima del hombro de Espérandieu, que soñaba en dos pechos turgentes, firmes y suaves. Tenía una peca en el de la izquierda.

—¿Tú que crees que hacen allá dentro? —espetó una voz burlona desde fuera.

El ordenador anunció que la tarea había concluido. La imagen volvió a aparecer enseguida, bien nítida. En el fondo rojo del sello destacaban, sin margen de confusión, dos letras.

C G

Servaz encontró el molino siguiendo las indicaciones, al final de un callejón que acababa en un riachuelo y el bosque. Primero vio las luces antes de distinguir su negra silueta. Al fondo de la calle, distanciadas de las últimas casas, estas se reflejaban en el arroyo. Había tres ventanas iluminadas. Encima se veían montañas, abetos negros y un cielo lleno de estrellas. Bajó del coche. La noche era fría, pero menos que las anteriores.

Se sentía frustrado. Después de haber tratado en vano de localizar a Chaperon y a Perrault, tampoco habían logrado ponerse en contacto con la exesposa de aquel. La mujer había abandonado la región para instalarse cerca de Burdeos. El alcalde estaba divorciado y tenía una hija en la región de París. En cuanto a Serge Perrault, habían averiguado que no se casó nunca. Si a ello se añadía la extraña paz armada que reinaba entre Grimm y su dragón, se imponía una conclusión clara: aquellos tres hombres no estaban muy dotados para la vida familiar.

Servaz traspuso el pequeño puente curvo que unía el molino con la carretera. Muy cerca, una rueda hidráulica giraba en la oscuridad. Se oía el ruido del agua que rebotaba en las paletas.

Llamó a una puerta baja provista de una aldaba. Era antigua y pesada, y se abrió casi de forma instantánea. Gabriel Saint-Cyr apareció vestido con camisa blanca, una impecable pajarita y chaqueta de punto. Del interior llegaba una música conocida; un cuarteto de cuerdas: Schubert, *La muerte y la doncella*.

—Entra.

Servaz reparó en el tuteo pero no dijo nada. No bien entró, captó un agradable olor a comida y su estómago reaccionó al instante. Entonces cayó en la cuenta de que estaba hambriento: solo había comido una tortilla desde la mañana. Al bajar los escalones que conducían al salón puso cara de asombro: el juez se había esmerado mucho. Había revestido la mesa con un mantel tan blanco que casi brillaba y encendido dos velas sostenidas por candelabros de plata.

—Soy viudo —se justificó al ver la expresión de Servaz—. Mi trabajo era toda mi vida y no me había preparado para el día en que dejaría de ejercerlo. Si vivo todavía diez años o treinta, va a ser lo mismo. La vejez no es más que una larga espera inútil. Por eso, mientras tanto, me mantengo ocupado. Hasta me planteo si no podría poner un restaurante.

Servaz sonrió. El juez no era, desde luego, una persona que permaneciera ociosa.

—Pero tampoco te preocupes... ¿me permites que te tutee, a mi edad? No pienso en la muerte. Y aprovecho al menos este tiempo que no es nada para cultivar mi huerto y cocinar, hacer bricolaje, leer, viajar...

—E ir a dar una vuelta al juzgado para mantenerse al corriente de los casos.

—¡Exacto! —confirmó Saint-Cyr con los ojos brillantes.

Lo invitó a sentarse y se situó detrás de la barra de la cocina, que formaba una sola pieza con el salón. Martin vio que se anudaba un delantal. En la chimenea crepitaba un fuego que proyectaba un vivo resplandor entre las vigas del techo. La sala estaba llena de muebles antiguos, sin duda comprados a chamarileros, y de cuadros de todos los tamaños, que acababan de dar una impresión de mezcolanza propia de una tienda de anticuario.

—«Cocinar exige una cabeza ligera, un talante generoso y un corazón grande», decía Paul Gauguin. ¿No tienes inconveniente en que nos saltemos la parte del aperitivo?

—Ninguno —respondió Servaz—. Estoy muerto de hambre.

Saint-Cyr regresó con dos platos y una botella de vino, desplazándose con la destreza de un camarero profesional.

—Hojaldre de mollejas de ternera a la trufa —anunció

mientras colocaba un gran plato humeante delante de Servaz.

El olor era exquisito. Servaz hundió el tenedor en el interior y se llevó un bocado a los labios. Aunque se quemó la lengua, reconoció que raras veces había comido algo tan bueno.

—¿Qué tal?

—Si era tan buen juez como cocinero, los juzgados de Saint-Martin perdieron un excelente magistrado.

Saint-Cyr aceptó aquel halago sin reparos. Conocía lo bastante sus cualidades de cocinero para saber que, aunque un tanto exagerado, el elogio era sincero. El hombrecillo decantó la botella de vino blanco sobre la copa de Servaz.

—A ver, prueba esto.

Servaz elevó la copa ante sus ojos antes de acercarla a los labios. Con la luz de las velas situadas en el centro de la mesa, el vino tenía un color de oro pálido, con reflejos esmeralda. Servaz no era un gran entendido, pero le bastó el primer sorbo para saber que el vino que acababa de servirle era excepcional.

—Maravilloso, de verdad. Aunque yo no soy un especialista.

Saint-Cyr inclinó la cabeza.

—Bâtard-montrachet del 2001.

Hizo chasquear la lengua con un guiño.

Ya en el segundo sorbo, Servaz sintió que le daba vueltas la cabeza. No debería haber ido con el estómago vacío.

—¿Me quiere soltar la lengua? —preguntó sonriendo.

Saint-Cyr se echó a reír.

—Es un placer verte devorar así. Se diría que no has comido desde hace diez días. ¿Qué piensas de Confiant? —preguntó de repente.

La pregunta pilló desprevenido a Servaz.

—No sé —respondió dubitativo—. Es un poco pronto para decirlo...

—Pues claro que no —afirmó el juez con un brillo de astucia en la mirada—. Ya te has formado una idea y es negativa. Por eso no quieres hablar de él.

La observación dejó desarmado a Servaz. El juez no se andaba con rodeos.

—Confiant tiene un apellido que no le va nada —prosiguió el anciano sin aguardar respuesta—. No confía en nadie ni tampoco hay que confiar en él. Ya lo habrás comprobado quizá.

Había dado justo en el clavo. Una vez más, Servaz se dijo que aquel hombre iba a serle útil. En cuanto hubo terminado, Saint-Cyr se llevó los platos.

—Conejo a la mostaza —dijo al volver—. ¿Te apetece?

Había traído otra botella, de tinto esa vez. Una hora más tarde, después de un postre de manzana acompañado de una copa de vino de sauternes, se encontraban instalados cada cual en un sillón delante de la chimenea. Servaz se sentía harto y un poco embotado, con una sensación de bienestar y saciedad como no la experimentaba desde hacía mucho. Saint-Cyr le sirvió un coñac y un armañac para él.

Asestó a Servaz una acerada mirada y este comprendió que había llegado la hora de pasar a las cuestiones serias.

—Tú llevas también el caso del caballo muerto —apuntó el juez—. ¿Crees que existe una relación con lo del farmacéutico?

—Podría ser.

—Dos crímenes atroces en un intervalo de varios días y unos cuantos kilómetros de distancia.

—Sí.

—¿Qué te pareció Éric Lombard?

—Arrogante.

—No te lo pongas en contra. Tiene mucha influencia y podría serte útil. Pero tampoco le dejes dirigir la investigación en tu lugar.

Servaz volvió a sonreír. Aunque estuviera jubilado, el juez no había perdido facultades.

—Debía hablarme de los suicidas.

El juez se llevó la copa a los labios.

—¿Cómo hace uno para ser policía hoy en día? —preguntó—. ¿Cuando la corrupción es general, cuando todo el mundo piensa solo en llenarse los bolsillos? ¿Cómo posicionarse en el lugar correcto? ¿No resulta terriblemente complicado en la actualidad?

—Oh, no, en realidad es muy simple —aseguró Servaz—. Hay dos clases de personas: los cabrones y los demás. Y todo el mundo debe elegir su bando. El que no lo hace es que está ya en el de los cabrones.

—¿Eso crees? Entonces, para ti las cosas son simples. ¿Están los buenos y los malos? ¡Qué suerte tienes! Supón que debieras elegir en unas elecciones entre tres candidatos: el primero está medio paralizado por la polio, aquejado de hipertensión, de anemia y numerosas patologías más, es mentiroso a veces, consulta a una astróloga, engaña a su mujer, fuma cigarrillos sin parar y bebe demasiados martinis; el segundo es un obeso que al haber perdido ya tres elecciones cae en una depresión y sufre dos ataques cardiacos, fuma puros y por las noches se empapa de champán, oporto, coñac y whisky antes de tomar un par de somníferos; el tercero es un héroe de guerra condecorado que respeta a las mujeres, quiere a los animales, solo bebe una cerveza de vez en cuando y no fuma. ¿A cuál elegirías?

Servaz sonrió.

—Supongo que espera que escoja al tercero…

—Ah, bravo, acabas de dejar a un lado a Roosevelt y a Churchill y elegir a Adolf Hitler. ¿Ves? Las cosas no son nunca lo que parecen.

Servaz estalló en risas. Definitivamente, ese juez le caía bien. Era un hombre sagaz, con las ideas tan claras como el torrente que discurría delante de su molino.

—Ese es precisamente el problema con los medios de comunicación de hoy en día —prosiguió—, que se fijan en los detalles sin importancia y los dramatizan. Conclusión: si los medios de comunicación actuales hubieran existido en su época, lo más probable es que ni Roosevelt ni Churchill hubieran sido elegidos. Confía en tus intuiciones, Martin, y no en las apariencias.

—Los suicidas —reiteró Servaz.

—Ahora voy.

El juez se sirvió otro armañac y después levantó la cabeza para dirigir una dura mirada a Servaz.

—Fui yo quien instruyó ese caso, el más penoso de toda mi carrera. Los hechos duraron un año, de mayo de 1993 a julio de 1994 para ser exactos. Siete suicidios de adolescentes, entre quince y dieciocho años. Me acuerdo como si fuera ayer.

Servaz contuvo la respiración. La voz del juez había cambiado para impregnarse de una dureza y una tristeza infinitas.

—La primera que abandonó este mundo fue una muchacha de un pueblo de al lado, Alice Ferrand, de dieciséis años y medio. Era inteligente y tenía excelentes calificaciones escolares. Provenía de una familia cultivada: padre profesor de letras y madre maestra. Alice estaba considerada como una niña sin problemas. Tenía amigas de su edad, le gustaba el dibujo y la música y era muy apreciada por todos. La encontraron ahorcada el 2 de mayo de 1993 por la mañana, en un granero de los alrededores.

«Ahorcada...» A Servaz se le hizo un nudo en la garganta mientras se acrecentaba su atención.

—Ya sé en lo que estás pensando —adivinó Saint-Cyr al cruzar una mirada con él—, pero te puedo asegurar que se había ahorcado ella misma, sin margen de duda al respecto. El forense fue categórico. Era Delmas, ya lo conoces; es un tipo competente. Se encontró un solo indicio en el cajón del escritorio de la chica: un croquis que había dibujado del granero, donde constaba incluso la longitud exacta de la cuerda entre la viga y el nudo para cerciorarse de que los pies no le tocaran al suelo.

La voz del juez se quebró en la última frase. Servaz advirtió que le asomaban las lágrimas a los ojos.

—Ese caso fue desgarrador. Una chica tan entrañable... Cuando un muchacho de diecisiete años se suicidó al cabo de cinco semanas, el 7 de junio, pensamos solo que era una terrible coincidencia. Con el tercero, a finales de mes, comenzamos a cuestionar la cosa. —Apuró el armañac y dejó la copa vacía en el velador—. De él también me acuerdo como si fuera ayer. Ese verano tuvimos un mes de junio y de julio calurosos, con un tiempo magnífico y unas veladas cálidas interminables. Nos quedábamos hasta tarde en los jardines, en el borde del río o en las terrazas de los cafés para aprovechar el fresco. Dentro de las casas hacía demasiado calor. Por entonces nadie tenía aire acondicionado... ni teléfonos móviles tampoco. Esa noche del 29 de junio yo estaba en el café con el predecesor de Cathy d'Humières y un sustituto. El dueño del bar vino a verme y me señaló el teléfono de la barra. Tenía una llamada. Era de la gendarmería. «Hemos encontrado a otro», dijeron. A saber por qué, enseguida comprendí de qué hablaban.

Servaz se sentía cada vez más sobrecogido.

—Ese también se había colgado, como los dos anteriores. En un granero en ruinas, junto a un campo de trigo. Me acuerdo de cada detalle: la tarde de verano, el trigo maduro, el día que no se acababa nunca, el calor que mantenía las piedras calientes incluso a las diez de la noche, las moscas, el cadáver en la sombra del granero... Esa noche sufrí un mareo. Me tuvieron que hospitalizar. Después me hice cargo de la instrucción. Como ya te he dicho, nunca he conocido un caso más penoso. Fue un verdadero calvario: el dolor de las familias, la incomprensión, el miedo a que aquello se repitiera...

—¿Se sabe por qué lo hicieron? ¿Dieron alguna explicación?

El juez posó en él una mirada en la que aún persistía la perplejidad.

—Ninguna. Nunca se supo qué les había pasado por la cabeza. Ninguno dejó explicación alguna. Todo el mundo estaba traumatizado, por supuesto. Nos levantábamos cada mañana temiendo enterarnos de la muerte de otro adolescente. Nadie comprendió nunca por qué había ocurrido aquí. Los padres que tenían hijos de esa edad tenían miedo de que hicieran lo mismo. Estaban aterrorizados. Trataban como podían de vigilarlos a sus espaldas... o les prohibían salir. Aquello duró más de un año. Siete muertes en total. ¡Siete! Y después, un buen día, paró.

—¡Es una historia increíble! —exclamó Servaz.

—No tanto. A raíz de aquello me enteré de que en otros países se han dado casos parecidos: en Gales, en Quebec, en Japón... Eran historias de pactos suicidas entre adolescentes. Hoy en día es peor: se comunican por Internet, se envían mensajes en los foros: «Mi vida no tiene sentido, busco compañía para morir». No estoy exagerando. En el caso de los suicidios en Gales, en medio de las condolencias y los poemas encontraron otros mensajes que decían: «Pronto iré contigo»... ¿Quién iba a creer que fuera posible algo así?

—Creo que vivimos en un mundo donde todo es posible —respondió Servaz—, y sobre todo lo peor.

Había visualizado la imagen de un chico que atravesaba con paso pesado un campo de trigo, con el sol poniente en la espalda y una cuerda en la mano. A su alrededor los pájaros cantaban y el largo crepúsculo rebosaba de vida, pero en su cabeza reinaba ya la oscuridad. El juez lo observó con aire sombrío.

—Sí, yo también lo creo así. En cuanto a aquellos jóvenes, aunque no dejaron ninguna explicación, sí disponemos en cambio de la prueba de que se animaron los unos a los otros a llegar hasta ese extremo.

—¿Ah sí?

—Los gendarmes encontraron cartas en las casas de varios de los suicidas, enviadas sin duda por otros candidatos al suicidio. En ellas hablaban de sus proyectos, de la manera en que pensaban llevarlo a cabo, de su impaciencia, incluso de que llegara el momento. El problema es que esas cartas no las enviaron por correo y que todos utilizaban seudónimos. En cuanto las descubrimos, decidimos tomar las huellas dactilares de todos los adolescentes de los alrededores con edades comprendidas entre trece y diecinueve años y compararlas con las que se habían encontrado en las cartas. También recurrimos a un grafólogo. Fue un trabajo de hormigas. Un equipo entero de detectives se centró en el asunto las veinticuatro horas del día. Algunas de esas cartas las habían escrito los que se habían suicidado ya, pero gracias a esa labor se pudieron identificar también tres nuevos candidatos. Es increíble, ya lo sé. Los sometimos a una vigilancia constante y los confiamos a un equipo de psicólogos. No obstante, uno de ellos conguió electrocutarse en la bañera con un secador. Fue la séptima víctima... Los otros dos no llegaron a consumar la acción.

—¿Y esas cartas...?

—Sí, las guardé. ¿De veras crees que este asunto guarda relación con el asesinato del farmacéutico y el caballo de Lombard?

—A Grimm lo encontraron colgado... —señaló prudentemente Servaz.

—Y al caballo también, en cierto modo...

Servaz notó un hormigueo conocido: la sensación de que acababa de franquear una etapa definitiva. Pero ¿hacia dónde apuntaba? El juez se levantó. Salió de la habitación y volvió al cabo de un par de minutos con una pesada caja llena a rebosar de papeles y carpetas.

—Todo está aquí. Las cartas, la copia del dosier de instrucción, los peritajes... Por favor, no la abras aquí.

Servaz asintió mirando la caja.

—¿Había otros puntos en común entre ellos aparte de los suicidios y las cartas? ¿Pertenecían a una pandilla, a un grupo?

—Como podrás suponer indagamos, buscamos en todas direcciones, movimos cielo y tierra. Nada. La más joven tenía quince años y medio y el mayor dieciocho. No estaban en las mismas clases, no tenían los mismos gustos y no participaban en las mismas actividades. Algunos se conocían bien, otros apenas. Lo único en común era su nivel social y tampoco eso era tan evidente: provenían de familias modestas o de clase media. No hubo ningún chico de la rica burguesía de Saint-Martin entre ellos.

Servaz captó la frustración del juez. Adivinó los cientos de horas que había pasado explorando hasta la menor pista, el más mínimo indicio, tratando de comprender lo incomprensible. Ese caso había tenido una gran importancia en la vida de Gabriel Saint-Cyr. Quizás había sido incluso la causa de sus problemas de salud y de su jubilación anticipada. Sabía que el juez se llevaría aquellos interrogantes hasta la tumba, que nunca dejaría de planteárselos.

—¿Hay alguna hipótesis que no encaje en el hilo que seguiste? —preguntó de repente Servaz utilizando el tuteo, como si la emoción surgida de aquella narración hubiera propiciado un acercamiento—. ¿Una hipótesis que descartases por falta de pruebas?

El juez vaciló un instante.

—Formulamos un gran número de hipótesis, desde luego —respondió—, pero ninguna dio ni un atisbo de confirmación. Ninguna destacó entre las demás. Este es el mayor misterio de toda mi carrera. Supongo que todos los jueces de instrucción y todos los detectives topan con uno, con un caso no resuelto que va a seguir obsesionándolos hasta el fin de sus días, un caso que les dejará para siempre un regusto de frustración y borrará el sabor de todos los logros.

—Es verdad —reconoció Servaz—. Todo el mundo tiene su misterio no resuelto. Y en esos casos todos tenemos una pista más importante que las otras, una idea vaga que no ha dado nada pero que seguimos intuyendo que habría podido conducirnos a algo si hubiera habido suerte o si la investigación hubiera tomado otro derrotero. ¿No hubo nada por el estilo? ¿Algo que no figure ahí dentro?

El juez respiró hondo, con la mirada fija en Servaz. De nuevo, pareció dudar. Luego juntó las enmarañadas cejas.

—Sí, hubo una hipótesis que privilegié, pero no encontré ningún elemento, ningún testimonio que la apuntalara, de modo que se quedó aquí dentro —admitió, apuntándose la cabeza con el dedo.

—La casa de colonias de Los Rebecos —dijo Saint-Cyr—. ¿Has oído hablar de ella?

El nombre fue perfilándose en la mente de Servaz hasta que su recuerdo resonó como una moneda arrojada en el fondo de una hucha: los edificios abandonados y el cartel oxidado que se encontraban al lado de la carretera del Instituto. Se acordó de la sensación que le había producido la visión de aquel siniestro lugar.

—Pasamos por delante yendo al Instituto. Está cerrada, ¿no?

—Exacto —confirmó el juez—, pero esas colonias funcionaron durante varias décadas. Las abrieron después de la guerra y no dejaron de recibir niños hasta finales de los noventa. —Hizo una pausa—. La casa de colonias Los Rebecos estaba destinada a los niños de Saint-Martin y de los alrededores que no disponían de posibilidades de costearse unas verdaderas vacaciones de verano. La gestionaba en parte el ayuntamiento, tenía un director y acogía niños de ocho a quince años. Era una especie de campamento de vaciones estival que ofrecía las actividades de costumbre: excursiones por la montaña, juegos de pelota, ejercicios físicos, baño en los lagos de la zona... —El juez esbozó una mueca, como si empezara a dolerle una muela—. Lo que me llevó a interesarme por ese centro fue que cinco de los suicidas habían pasado por allí, precisamente a lo largo de los dos años anteriores a su suicidio. Ese era, en definitiva, casi su único punto en común. Al analizar sus estancias, comprobé que se repartían en dos veranos y también que habían cambiado el director de las colonias el año anterior, es decir, el primero de aquellos veranos...

Servaz escuchaba, ansioso, la explicación, suponiendo adónde quería ir a parar el juez.

—Entonces me puse a indagar en la vida de ese director... un hombre joven de unos treinta años, pero no encontré nada: casado, padre de una niña y un niño, un individuo sin ninguna particularidad...

—¿Sabes dónde se le puede localizar? —preguntó Servaz.

—En el cementerio. Chocó yendo en moto con un camión hará cosa de diez años. El problema es que no encontré en ningún sitio ningún indicio de que los adolescentes hubieran sufrido agresiones sexuales. Aparte, dos de los suicidas no pasaron por las colonias. Por otro lado, teniendo en cuenta la cantidad de niños de la zona que estuvieron allí, no hay nada raro en que varios de ellos presentaran esa característica común. Al final abandoné esa pista...

—¿Pero sigues pensando que era quizá por ese lado por donde había que buscar?

Saint-Cyr levantó la cabeza. Le brillaban los ojos.

—Sí.

—Me hablaste de esa denuncia presentada contra Grimm y los otros tres que enseguida fue retirada. Supongo que durante la investigación sobre los suicidios los debiste de interrogar.

—¿Por qué iba a hacerlo? No había ninguna relación entre una cosa y otra.

—¿Estás seguro de que no pensaste en ellos en un momento dado? —insistió Servaz.

Saint-Cyr volvió a dudar un instante.

—Sí, claro...

—Explícamelo.

—Esa historia de chantaje sexual no fue el primer rumor que corrió sobre esos cuatro. Hubo otros, antes y después, pero aparte de aquella vez nunca hubo nada que diera lugar a una denuncia oficial.

—¿Qué tipo de rumores?

—Rumores que aseguraban que otras chicas habían recibido el mismo trato... y que en el caso de algunas la cosa había acabado mal; que tenían tendencia a beber y que una vez borrachos se volvían violentos... Ese tipo de cosas. Sin embargo, las chicas de las que se hablaba eran todas mayores de edad o casi. Los suicidas, en cambio, eran niños. Por eso descarté esa pista. Además, por aquel entonces las habladurías circulaban en abundancia.

—¿Y eran ciertas? ¿En el caso de Grimm y los demás?

—Es posible... pero no te llames a engaño. Aquí, como en todas partes, hay un número incalculable de cotillas y de porteros de vocación que están dispuestos a difundir las peores cosas sobre sus vecinos solo para matar el tiempo, y a inventarlas si es necesario. Eso no demuestra nada. Estoy convencido que algo de verdad había en todo aquello, pero probablemente se exageró cada vez que el rumor corría de boca en boca.

Servaz asintió con la cabeza.

—No obstante, tienes razón al plantearte si el asesinato del farmacéutico guarda de una manera u otra relación con antiguos incidentes —prosiguió el juez—. Todo lo que sucede en este valle está anclado en el pasado. Si quieres descubrir la verdad, tendrás que remover cada piedra y mirar lo que hay debajo.

—Y Hirtmann, ¿qué tiene que ver en esto?

El juez lo miró con aire pensativo.

—Es lo que yo denominaba por la época en que era juez de instrucción el «detalle que no encaja». Siempre había uno, en todos los casos: una pieza que se negaba con obstinación a adaptarse al rompecabezas. Si se eliminaba, todo adquiría un sentido, pero seguía allí y no se quería esfumar. A veces era importante y otras no. Algunos jueces y policías deciden descartarla sin más; a menudo los errores judiciales derivan de ahí. Yo, por mi parte, no negligía nunca ese detalle, aunque tampoco me dejaba obnubilar por él.

Servaz consultó el reloj y se puso en pie.

—Lástima que no hayamos trabajado juntos esta vez —dijo—. Hubiera preferido tener que vérmelas contigo que con Confiant.

—Gracias —repuso Saint-Cyr, levantándose también—. Creo que habríamos formado un buen equipo.

Señaló la mesa, la cocina y las copas vacías posadas en el velador, cerca de la chimenea.

—Te hago una propuesta. Cada vez que estés obligado a dormir y a cenar en Saint-Martin, tienes mesa dispuesta para ti. Así no estarás obligado a consumir la horrible comida del hotel o acostarte con el vientre vacío.

—Si siempre son tan copiosas, pronto no estaré en condiciones de seguir investigando —comentó, sonriendo, Servaz.

Gabriel Saint-Cyr rio con ganas, ahuyentando la tensión generada por la historia que acababa de relatar.

—Digamos que era una comida inaugural. He querido impresionarte con mi talento culinario. Las próximas serán más frugales, te lo prometo. Hay que mantener en forma al comandante.

—En ese caso, acepto.

—Así podremos charlar sobre los avances de tus pesquisas —añadió el juez con un guiño—. Dentro de los límites de lo que tú me puedas decir, claro está, desde un punto de vista más teórico que práctico, digamos. Siempre es interesante tener que justificar las propias hipótesis y conclusiones delante de otra persona.

Servaz sabía que el juez tenía razón. Aun así, no tenía intención de contárselo todo. De todas maneras era consciente de que, con su mente acerada y su lógica profesional, Saint-Cyr podría serle útil. Y si el caso guardaba relación con el de los suicidas, el antiguo magistrado podría aportarle mucha información.

Después de un caluroso apretón de manos, Servaz salió a la noche. En el puentecillo advirtió que volvía a nevar. Respiró profundamente el aire nocturno para despejarse un poco y los copos le mojaron las mejillas. Se encaminaba al coche cuando el teléfono vibró en su bolsillo.

—Hay novedades —anunció Ziegler.

Servaz se puso tenso. Miró el molino desde el otro lado del arroyo. La silueta del juez pasó detrás de una ventana, transportando platos y cubiertos. Por encima del molino, la nieve caía tupida esa noche.

—Había sangre de otra persona que no es Grimm en el escenario del crimen. Acaban de identificar su ADN.

Servaz tragó saliva, con la impresión de que se abría un abismo bajo sus pies. Sabía lo que le iba a decir.

—Era de Hirtmann.

En el Instituto era poco más de medianoche cuando sonó el quedo chirrido de una puerta. Diane no dormía. Aguardaba tendida en la cama, con los ojos abiertos en medio de la oscuridad... vestida todavía. Volvió la cabeza y vio el rayo de luz bajo la puerta. Después percibió los callados pasos.

Se levantó.

¿Por qué hacía aquello? Nada la obligaba. Entreabrió la puerta.

En el pasillo volvía a reinar la oscuridad... pero la escalera del fondo estaba alumbrada. Después de lanzar una ojeada del otro lado, salió. Iba con vaqueros, jersey y zapatillas. ¿Cómo explicaría su presencia por los pasillos a esa hora si por azar se topara con alguien? Llegó a la escalera y aguzó el oído. Oyó el eco de unos pasos furtivos abajo. No se pararon ni en el tercer piso ni en el segundo: se detuvieron en el primero. Diane se quedó paralizada, sin atreverse a inclinarse por encima de la barandilla.

La persona a la que seguía acababa de teclear el código de acceso del primer piso en el dispositivo biométrico. Había uno por piso, con excepción del último, donde se encontraba el dormitorio del personal. Oyó el zumbido de la puerta del primero, que luego se volvió a cerrar. ¿Realmente le convenía hacer eso? ¿Seguir la pista de alguien en plena noche en su nuevo puesto de trabajo?

Bajó las escaleras hasta la puerta e, indecisa, contó hasta diez. Iba a marcar el código cuando se le ocurrió algo.

Las cámaras...

Todos los lugares por donde pasaban o dormían los pacientes estaban vigilados con cámaras. Las había en todos los lugares estratégicos, tanto en la planta baja como en el primero, segundo y tercer pisos. No había, en cambio, cámaras en las escaleras de servicio, a las que no tenían acceso los internos, ni tampoco en el cuarto piso, donde se encontraba el dormitorio del personal. En el resto de las dependencias, las cámaras eran omnipresentes. Era imposible reanudar aquella persecución sin pasar en un momento u otro delante de su campo de visión...

La persona que iba delante de ella no tenía pues miedo a ser filmada. No obstante, si las cámaras grababan a Diane yendo tras ella, sería su comportamiento el que suscitaría sospechas...

Estaba reflexionando sobre el asunto cuando sonaron unos pasos al otro lado de la puerta. Apenas tuvo tiempo de precipitarse en la escalera y de esconderse en ella antes de que volviera a sonar el dispositivo de seguridad biométrica.

Durante un instante el miedo le encogió el corazón, pero en lugar de volver a subir hacia los dormitorios, la persona a la que había seguido continuó bajando. Diane no lo dudó ni un momento.

«¡Estás loca!»

Al llegar delante de la puerta de la planta baja se detuvo. No había nadie a la vista. «¿Dónde se ha metido?» Si la persona había entrado en las dependencias comunes, tendría que haber vuelto a oír el zumbido de las cerraduras de seguridad. Faltó poco para que no reparase en la puerta del sótano, situada a la izquierda, debajo del último tramo de escaleras: se estaba cerrando... Como en ese lado solo tenía una manecilla fija, había que abrirla con una llave. Se precipitó e introdujo la mano en el resquicio, justo antes de que se cerrara el pesado batiente metálico.

Tuvo que realizar un esfuerzo para tirar de él.

Más escaleras, en áspero cemento en ese caso, que se hundían en las oscuras profundidades del subsuelo. Había unos quince escalones hasta un rellano y después otros más que partían en sentido inverso. La escalera era empinada y las paredes estaban desconchadas.

Se quedó indecisa.

Una cosa era seguir a alguien a través de los pasillos del Instituto —si la sorprendían siempre podía aducir que se había quedado hasta tarde en su despacho y que se había perdido—, pero otra cosa muy distinta era seguir a esa misma persona por el sótano.

Los pasos seguían bajando...

Decidiéndose, dejó que la pesada puerta se cerrara por sí sola: del lado del subsuelo, esta se abría mediante una barra de seguridad horizontal. El batiente produjo un ligero chasquido. Después se halló envuelta por una fría humedad mineral y por un olor a sótano. Emprendió el descenso. Se encontraba en el segundo tramo de escalones cuando, de repente, se apagó la luz. Perdió pie buscando el siguiente escalón. Se desequilibró y, emitiendo un grito ahogado, se propinó un duro golpe en el hombro contra la pared de abajo. Con una mueca de dolor se llevó la mano al hombro. Luego retuvo la respiración. ¡Los pasos se habían detenido! El miedo, que hasta entonces no era más que una vaga presencia en la periferia de su cerebro, la invadió de pronto. El corazón le dio un brinco en el pecho; ya no oía nada más que el zumbido de la sangre en sus tímpanos. Iba a dar media vuelta cuando se reanudaron los pasos: se alejaban. Miró hacia abajo. La oscuridad no era total: una luz imprecisa y fantasmagórica subía por la escalera y se desparramaba sobre las paredes como una fina capa de pintura amarilla. Reanudó el descenso, apoyando con precaución un pie tras otro, hasta que llegó a un gran corredor alumbrado por una débil luz.

Vio tubos y haces de cables eléctricos en el techo, regueros de orín y manchas negras de humedad en las paredes.

El sótano… un sitio que pocos miembros del personal debían de conocer.

Aire estancado; el terrible frío y la humedad le hicieron pensar en una tumba.

Los ruidos… —pasos que se alejaban, goteo del agua que se desprendía del techo, ronquido de un distante sistema de aireación— todo adquiría una inquietante presencia.

Se estremeció. La sacudida le acarició el espinazo como una gélida mano. ¿Debía continuar o no? Aquel sitio, con sus intersecciones y pasillos, parecía laberíntico. Tomando el control de sus emociones, trató de determinar la dirección por la que avanzaban los pasos. Sonaban cada vez más apagados y la luz mermaba también: debía darse prisa. La luz y los sonidos venían del mismo lado. Llegó hasta la esquina siguiente y se inclinó. Había una silueta al fondo… Apenas le dio tiempo a entreverla antes de que desapareciera por la derecha.

Diane se dio cuenta de que la trémula y vacilante luz que alumbraba el pasillo como si fuera una estela de la persona provenía de una linterna eléctrica.

Con un nudo en la garganta, se apresuró para no quedarse sola en medio de la oscuridad. Temblaba, no sabía si de frío o de miedo. «¡Es una locura! ¿Qué hago yo aquí?» ¡No tenía absolutamente nada a su alcance para defenderse! Debía asimismo tener cuidado de dónde ponía los pies, pues aun siendo anchos, los pasillos estaban casi totalmente obstruidos en ciertos lugares por un montón de trastos: somieres, colchones, camas de hierro apoyadas en las paredes, lavabos picados, sillones y sillas rotos, cajas, ordenadores y televisores inservibles... La silueta, para colmo, no paraba de girar a derecha e izquierda, adentrándose más y más en las entrañas del Instituto, de modo que solo podía contar con la temblorosa estela de luz que dejaba tras de sí para adivinar por qué lado se había desviado. Estuvo tentada de renunciar y regresar por donde había llegado, pero comprendió que era demasiado tarde. ¡Jamás encontraría la salida a oscuras! Se planteó qué ocurriría si apretaba un interruptor y todo el sótano se iluminaba. La persona de delante se daría cuenta de que alguien la seguía. ¿Cómo reaccionaría? ¿Volvería hacia atrás? Diane no tenía más alternativa que seguir la luz. A su alrededor, en medio de una oscuridad casi total, unas minúsculas garras raspaban el suelo. «¡Ratas!» Salían corriendo a su paso. Diane sentía el peso de las tinieblas en los hombros. La luz aumentaba o se reducía según se incrementaba o reducía la distancia que la separaba del individuo...

Estaba tomando conciencia de que se había dejado llevar por un impulso, sin reflexionar. ¿Por qué no se habría quedado en su habitación?

De repente, oyó el chirrido de una puerta metálica. Luego esa misma puerta se cerró... ¡y se encontró envuelta en la más completa oscuridad! Era como si hubiera perdido la vista. Totalmente desorientada, no veía ya ni su cuerpo, ni sus pies, ni sus manos... Solo la negrura de la oscuridad, una negrura compacta que ninguna mirada habría podido penetrar. La sangre se puso a latir en sus oídos e intentó tragar, pero tenía la boca seca. Giró sobre sí misma, en vano. Aún oía el sordo ruido del sistema de aireación y el goteo del agua, pero se le antojaba tan lejano e inútil como la sirena de niebla para el navío que está naufragando en una noche de tormenta. Después se acordó del teléfono móvil que llevaba siempre en el bolsillo trasero del pantalón. Lo sacó con mano trémula. La luz de la pantalla, más débil aún de lo que había previsto, apenas le iluminaba la punta de los dedos. Se puso en marcha hasta que la minúscula aureola cercada de tinieblas halló algo más que alumbrar aparte de su mano: una pared, o cuando menos unos cuantos centímetros cuadrados de cemento. Siguió despacio el muro durante varios minutos, hasta el momento en que apareció un interruptor. Los fluorescentes parpadearon antes de propagar su versión eléctrica del día por el subsuelo al tiempo que ella se precipitaba hacia el lugar por donde había oído el ruido de la puerta. Era idéntica a la que había franqueado anteriormente. Mientras empujaba la barra de seguridad, se dijo que una vez que se encontrara en el otro lado y la puerta se hubiera cerrado ya no tendría manera de volver atrás. Dio unos pasos en el sótano hasta el momento en que localizó una plancha entre una pila de objetos deshechados y la interpuso entre el batiente y el bastidor después de salir.

Una escalera y un ventanal, los reconoció de inmediato: ya había estado allí. Subió los primeros escalones y luego se detuvo… Más valía no seguir. Sabía que arriba había una cámara y también una recia puerta blindada provista de una ventanilla que daba a una antecámara.

Alguien se desplazaba con nocturnidad hasta la unidad A…

Alguien que utilizaba la escalera de servicio y el sótano para evitar las cámaras de vigilancia, con excepción de la que se encontraba encima de la puerta blindada… Diane tenía las manos húmedas y un nudo en el estómago. Comprendió lo que aquello implicaba: esa persona tenía un cómplice entre los guardianes de la unidad A.

Se dijo que quizá no era nada —un encuentro entre miembros del personal que, en lugar de dormir, jubaban a escondidas al póker, o incluso una relación clandestina entre el señor Mundo y alguna empleada— pero en el fondo sabía que se trataba de algo distinto. Había oído demasiadas cosas ya. Había emprendido un viaje a un lugar donde reinaban la locura y la muerte. Lo malo era que ni una ni otra se hallaban bajo control como ella había previsto; por alguna inexplicable vía, habían logrado escapar de su encierro. Allí sucedía algo siniestro, y tanto si quería como si no, al ir al Instituto había entrado en ese juego…

18

*L*a nieve caía cada vez más densa y ya empezaba a cuajar cuando Servaz aparcó delante de la gendarmería. El ordenanza de la puerta dormitaba. Habían bajado la reja y tuvo que volver a subirla para dejar pasar a Servaz. Sosteniendo una pesada caja ante sí, el policía se dirigió a la sala de reuniones por los silenciosos y solitarios pasillos. Faltaba poco para medianoche.

—Por aquí —indicó una voz en el momento en que pasaba delante de una puerta.

Se detuvo y echó una ojeada. Irène Ziegler se había instalado en un pequeño despacho sumido en la penumbra. Solo había encendida una lámpara. A través de los estores, Servaz percibió los copos de nieve que se arremolinaban bajo la luz de una farola. Ziegler bostezó y se estiró y él comprendió que había estado cabeceando mientras lo esperaba. Primero miró la caja y después le sonrió. De pronto, a aquella hora de la noche, encontró encantadora aquella sonrisa.

—¿Qué es eso?

—Una caja.

—Ya veo. ¿Y qué hay dentro?

—Todo lo relacionado con los suicidas.

En los ojos verdes destelló un brillo de sorpresa e interés.

—¿Se lo ha dado Saint-Cyr?

—¿Un café? —propuso, depositando la pesada caja en el escritorio más cercano.

—Corto, con azúcar. Gracias.

Servaz se encaminó a la máquina que había al fondo del pasillo y regresó con los vasos de poliestireno.

—Toma —dijo.

Ella lo miró, sorprendida.

—Quizás empieza a ser hora de que nos tuteemos ¿no? —se excusó, pensando en la espontaneidad con que el juez lo había tuteado de inmediato.

¿Por qué diablos no era él capaz de hacer lo mismo? ¿Sería lo avanzado de la hora o la sonrisa que ella acababa de dirigirle lo que lo habían incitado a dar de repente el paso?

Vio que Ziegler volvía a sonreír.

—De acuerdo. ¿Y esa cena? Instructiva, por lo que parece.

—Tú primero.

—No, tú primero.

Se apoyó en el borde del escritorio y advirtió un juego de solitario en la pantalla. Después inició el relato. Ziegler lo escuchó con interés, sin interrumpirlo ni una sola vez.

—¡Es una historia increíble! —comentó cuando Servaz hubo acabado.

—Lo que me extraña es que tú nunca hubieras oído hablar de eso.

La joven frunció el entrecejo y pestañeó.

—Me suena vagamente de algo, quizá de algunos artículos en el periódico o de alguna conversación de mis padres durante alguna cena. Te recuerdo que yo aún no estaba en la gendarmería por entonces. En realidad, tenía más o menos la edad de esos adolescentes.

De improviso se dio cuenta de que no sabía nada de ella, ni siquiera donde vivía, y que ella tampoco sabía nada de él. Desde hacía una semana todas sus conversaciones se centraban en la investigación.

—Sin embargo, no vivías lejos de aquí —insistió.

—Mis padres vivían a unos quince kilómetros de Saint-Martin, en otro valle. Yo no fui a la escuela aquí; entonces ser de otro valle era como ser de otro mundo. Para un niño, quince kilómetros son como mil para un adulto. Cada adolescente tiene su territorio. Por la época de los hechos, yo cogía el autobús escolar veinte kilómetros más al oeste e iba al instituto de Lannemezan, situado a cuarenta kilómetros de aquí. Después estudié en la facultad de Derecho en Pau. Ahora que lo dices, me acuerdo de que en el patio de recreo se habló del tema de esos suicidios.... Me había olvidado por completo.

Captó que le costaba hablar de su juventud y se preguntó por qué.

—Sería interesante pedir la opinión de Propp —dijo.

—¿Su opinión sobre qué?

—Sobre el motivo por el que se te borraron aquellos hechos de la memoria.

Le lanzó una mirada entre seria y burlona.

—Y este asunto de los suicidios de los chicos, ¿qué relación tiene con Grimm?

—Quizá ninguna.

—Entonces, ¿por qué vamos a interesarnos por él?

—El asesinato de Grimm tiene trazas de ser una venganza y alguien o algo impulsó a esos niños a cometer el suicidio. Además, está la denuncia presentada hace años contra Grimm, Perrault y Chaperon por esa historia de chantaje sexual... Si juntamos las piezas, ¿qué obtenemos?

Servaz sintió de repente una descarga eléctrica en el cuerpo, la convicción de que tenía algo. Ese algo estaba allí, al alcance de su mano. Era el sombrío meollo de la historia, la masa crítica de la que irradiaba todo. Estaba en algún sitio, escondido en un ángulo muerto... La adrenalina le corría por las venas.

—Sugiero que empecemos examinando lo que hay en esa caja —apuntó con un leve temblor de voz.

—¿Ahora mismo? —preguntó ella.

Casi no era una pregunta. Servaz percibió la misma esperanza y entusiasmo en su cara. Consultó el reloj. Era casi la una de la mañana y fuera seguía nevando.

—De acuerdo. La sangre —espetó, cambiando bruscamente de tema—, ¿dónde la encontraron exactamente?

—En el puente —repuso ella con expresión turbada—, cerca del sitio donde estaba colgado el farmacéutico.

Dejaron transcurrir un instante sin hablar.

—Sangre —repitió él—. ¡Es imposible!

—El laboratorio es categórico.

—Sangre, como si...

—Como si Hirtmann se hubiera herido al colgar el cuerpo de Grimm...

Ziegler se puso manos a la obra. Estuvo rebuscando en la caja llena de carpetas, de blocs de taquigrafía y de correo administrativo hasta el momento en que sacó una carpeta titulada «Síntesis». El propio Saint-Cyr la había redactado, no cabía duda. El juez tenía una letra precisa y rápida, en nada parecida al garabateo de los médicos.

Servaz comprobó que había resumido las diferentes etapas de la investigación con una claridad y concisión extraordinarias. Ziegler utilizó a continuación aquella síntesis para orientarse en el fárrago de la caja. Comenzó sacando las piezas del expediente y repartiéndolas en pequeños montones: los informes de autopsia, las actas de las audiencias, los interrogatorios de los padres, la lista de las pruebas, las cartas encontradas en el domicilio de los adolescentes... Saint-Cyr había hecho fotocopias de todos los documentos del expediente para su uso personal. Además de las fotocopias, había:

-recortes de prensa,

-notas adhesivas de recordatorio,

-hojas sueltas,

-unos planos donde aparecía, marcado con una cruz negra, el lugar donde tal o tal adolescente se había suicidado y también unos misteriosos itinerarios hechos con flechas y círculos rojos,

-boletines escolares,

-fotos de clase,

-notas redactadas en pedazos de papel,

-tiques de peaje...

Servaz se quedó estupefacto. Aquello era la demostración de que el viejo juez se había tomado los casos como un asunto personal. Al igual que otros investigadores antes que él, se había obsesionado totalmente por aquel misterio. ¿Acaso esperaba descubrir la solución en su casa, cuando no tendría nada más que hacer que consagrarle todo su tiempo? Después encontraron un documento que todavía resultaba más impactante: la lista de las siete víctimas, con su foto y las fechas de su suicidio.

2 de mayo de 1993: Alice Ferrand, 16 años

7 de junio de 1993: Michaël Lehmann, 17 años

29 de junio de 1993: Ludovic Asselin, 18 años

5 de septiembre de 1993: Marion Dutilleul, 15 años

24 de diciembre de 1993: Séverine Guérin, 18 años

16 de abril de 1994: Damien Llaume, 16 años

9 de julio de 1994: Florian Vanloot, 17 años

—¡Dios santo!

La mano le temblaba cuando la dispuso sobre el escritorio, bajo el haz de la lámpara: siete fotos grapadas a siete pequeñas fichas de cartulina, siete caras sonrientes. Unos miraban el objetivo, otros desviaban la mirada. Observó a su colaboradora. De pie a su lado, parecía fulminada. Luego Servaz volvió a posar la vista en las caras y sintió que se le formaba un nudo en la garganta.

Ziegler le tendió la mitad de los informes de la autopsia y se concentró en la otra mitad. Durante un momento, leyeron en silencio. Como era de prever, los informes concluían que las muertes habían sido por ahorcamiento, excepto en un caso en que la víctima se había arrojado desde un precipicio y en el del chico que había burlado la vigilancia electrocutándose en la bañera. Los forenses no habían detectado ninguna anomalía, ninguna zona de sombra. Los escenarios del «crimen» estaban limpios y todo confirmaba que los adolescentes habían acudido solos al lugar de su muerte y que habían actuado solos también. Cuatro de las autopsias las habían efectuado Delmas y otro forense que Servaz conocía, igual de competente que él. Después de las mismas hicieron indagaciones entre el vecindario, destinadas a precisar la personalidad de las siete víctimas, al margen de los testimonios de los padres. Como siempre, había algunos comadreos sórdidos o malintencionados, pero en conjunto trazaban el retrato de unos adolescentes normales, excepción del caso de un chico problemático, Ludovic Asselin, conocido por su agresividad contra sus compañeros y su rebeldía frente a la autoridad. Los testimonios más emotivos los había suscitado Alice Ferrand, la primera víctima, que parecía contar con el aprecio de todos y a la que presentaban de forma unánime como una niña entrañable. Servaz observó la foto:

pelo rizado del color del trigo maduro, una piel de porcelana; miraba al objetivo con sus hermosos ojos y un aire de gravedad. En aquel bonito rostro cada detalle parecía esculpido con precisión de miniaturista. Aunque era la cara de una guapa joven de dieciséis años, la mirada era la de una persona de más edad. Transmitía inteligencia... pero también algo más. ¿O serían imaginaciones suyas?

Hacia las tres de la madrugada acusaron el cansancio. Servaz decidió tomarse un respiro. Salió al pasillo, entró en el lavabo y se mojó la cara con agua fría. Después, al erguirse, se miró en el espejo. Uno de los fluorescentes parpadeaba con un chisporroteo, proyectando un siniestro brillo sobre las puertas alineadas tras él. Servaz había comido y bebido demasiado en casa de Saint-Cyr, estaba agotado y todo ello se traslucía en su aspecto. Entró en uno de los retretes y tras aliviar la vejiga con un potente chorro, se lavó las manos y las secó con el aire caliente. Al salir, se detuvo delante de la máquina de bebidas.

—¿Un café? —consultó en medio del pasillo desierto.

Su voz rebotó en el silencio. La respuesta le llegó por la puerta abierta, desde el otro extremo del pasillo.

—¡Corto! ¡Con azúcar! ¡Gracias!

Se preguntó si habría alguien más en el edificio, aparte de ellos dos y del ordenanza de la entrada. Sabía que los gendarmes se alojaban en otra ala. Con el vaso en la mano, atravesó la oscura cafetería, sorteando las redondas mesas revestidas de color amarillo, rojo y azul. Detrás de la ventana protegida por una reja de grandes rombos de metal, la nieve caía en silencio sobre un pequeño jardín con setos bien podados, un área de juegos de arena y un tobogán para los hijos de los gendarmes que vivían allí. Más allá se extendía la negra llanura y después al fondo, recortadas en el negro cielo, las montañas. Volvió a pensar en el Instituto y en sus internos. Y en Hirtmann. «Su sangre en el puente.» ¿Qué significado tenía? «Siempre hay un detalle que no encaja», había dicho Saint-Cyr. A veces era importante y otras no...

Eran las cinco y media cuando Servaz se echó hacia atrás en su sillón declarando que ya era suficiente. Ziegler parecía agotada. En su cara se adivinaba la frustración. Nada. No había absolutamente nada en el expediente que acreditase la tesis de los abusos sexuales, ni el menor asomo de indicio. En su último informe, Saint-Cyr había llegado a la misma conclusión. Había escrito en el margen, con lápiz: «¿Abusos sexuales? Ninguna prueba». No obstante, había subrayado la pregunta dos veces. En un momento dado, Servaz había estado tentado de hablar a Ziegler de la casa de colonias, pero había renunciado. Estaba demasiado cansado y no se sentía con fuerzas.

Ziegler consultó el reloj.

—Creo que no vamos a llegar a nada esta noche. Deberíamos ir a dormir un poco.

—De acuerdo. Me voy al hotel. Nos vemos en la sala de reuniones a las diez. ¿Dónde duermes?

—Aquí. Me han prestado el apartamento de un gendarme que está de permiso. Así la administración se ahorra dinero.

—Sí, con los tiempos que corren niguna medida de ahorro es desdeñable, ¿no?

—Creo que nunca me había tenido que enfrentar a una investigación como esta —reconoció Ziegler, levantándose—. Primero un caballo muerto, después un farmacéutico colgado de un puente. Y entre los dos, solo hay un punto en común: el ADN de un asesino en serie… y ahora, unos adolescentes que se suicidan en cadena. Esto parece una pesadilla. No hay lógica ni hilo conductor. Puede que al despertarme me dé cuenta de que todo esto no ha existido nunca.

—Habrá un despertar —afirmó con contundencia Servaz—, pero no será para nosotros sino para el o los culpables. Y no tardará mucho.

Después salió y se alejó a paso vivo.

Esa noche soñó con su padre. En el sueño, Servaz era un niño de diez años. Todo estaba envuelto en la aureola de una cálida y agradable noche de verano y su padre era solo una silueta, al igual que las dos personas con las que hablaba delante de su casa. Al acercarse, el pequeño Servaz advirtió que se trataba de dos hombres muy viejos, vestidos con grandes togas blancas y ambos con barba. Servaz se deslizó entre ellos y levantó la cabeza, pero los tres hombres no le prestaron ninguna atención. Aguzando el oído, el niño comprendió que hablaban en latín. Mantenían una discusión muy animada pero sin hiel. En un momento dado, su padre rio y luego recobró la seriedad. De la casa salía una música... era una música conocida que entonces Servaz fue incapaz de identificar.

Después a lo lejos, en la carretera, en medio de la noche, sonó el ruido de un motor y los tres hombres se callaron bruscamente.

—Ya llegan —dijo por fin uno de los dos ancianos.

Percibiendo el fúnebre tono de su voz, Servaz se puso a temblar en el sueño.

Servaz llegó a la gendarmería con diez minutos de retraso. Había necesitado un gran tazón de café negro, dos cigarrillos y una ducha ardiendo para librarse del cansancio que amenazaba con derribarlo. Todavía le ardía la garganta. Ziegler ya estaba allí. Viendo que se había vuelto a poner el traje de cuero y titanio con visos de armadura moderna, se acordó de que había visto su moto delante de la gendarmería. Después de ponerse de acuerdo para ir a visitar a los padres de los suicidas, se repartieron las direcciones. Tres para Servaz, cuatro para Ziegler. Servaz decidió comenzar por la primera de la lista: Alice Ferrand. El domicilio no era en Saint-Martin sino en un pueblo cercano. Esperaba encontrarse con una familia modesta, unos padres mayores y destrozados por el dolor. Por ello su asombro fue mayúsculo cuando se halló delante de un hombre muy alto todavía en la flor de la edad, sonriente, que lo recibió con el torso desnudo y descalzo... ¡vestido tan solo con un pantalón de lino crudo sostenido por un cordón en la cintura!

Con la sorpresa, Servaz farfulló un poco en el momento de presentarse y explicar el motivo de su visita.

El padre de Alicia manifestó un recelo inmediato.

—¿Tiene una identificación?

—Aquí está.

El hombre lo examinó atentamente y después se relajó.

—Quería asegurarme de que no era uno de esos periodistas que, de vez en cuando, vuelven a sacar la historia a la luz cuando no tienen qué publicar —se disculpó—. Entre.

Gaspard Ferrand se apartó para dejarlo pasar. Era alto y delgado. El policía reparó en su torso bronceado, sin un gramo de grasa pero con algunas canas a la altura del esternón, la piel curtida y tensada en torno a la caja torácica como una tela de tienda de campaña y los pezones oscuros como los de un viejo. Ferrand se fijó en su mirada.

—Perdone esta vestimenta. Es que estaba haciendo un poco de yoga. El yoga me ayudó mucho después de la muerte de Alice… también el budismo.

Desde su estupefacción inicial, Servaz se acordó de que el padre de Alice no era empleado ni obrero como los otros padres, sino profesor de letras. Enseguida imaginó a un hombre que disponía de largas vacaciones, aficionado a los viajes a lugares exóticos como Bali, Phuket, el Caribe, Río de Janeiro o las Maldivas.

—Me sorprende que la policía se interese todavía por este asunto.

—En realidad estoy investigando la muerte del farmacéutico Grimm.

Ferrand se volvió y Servaz vio su expresión de perplejidad.

—¿Y cree que existe una relación entre la muerte de Grimm y el suicidio de mi hija o de esos desdichados jóvenes?

—Es lo que intento aclarar.

Gaspard Ferrand lo escrutó con cierta desconfianza.

—En principio no resulta evidente la relación. ¿Qué le ha llevado a plantearla?

No estaba mal expresado. Servaz dudó en responder y Gaspard Ferrand advirtió su turbación. También cayó en la cuenta de que se encontraban de pie en un estrecho pasillo, él con el torso desnudo y el recién llegado envuelto en ropa de abrigo, y le señaló la puerta del salón.

—¿Té, café?

—Café, si no es molestia.

—En absoluto. Para mí será un té. ¡Siéntese mientras lo preparo! —lo invitó a la vez que desaparecía en dirección a la cocina, situada al otro lado del pasillo—. ¡Póngase cómodo!

Servaz no había esperado una acogida tan afable. Saltaba a

la vista que al padre de Alicia le agradaba recibir visitas... incluso la de un policía que venía a interrogarlo sobre su hija, que se había suicidado quince años atrás. Miró a su alrededor: en la habitación reinaba un gran desorden. Igual que en casa de Servaz, había pilas de libros y revistas un poco por todas partes: en la mesa del sofá, en los sillones, encima de los muebles... También abundaba el polvo. ¿Viviría solo? ¿Gaspard Ferrand estaba viudo o divorciado? Eso explicaría su buena disposición para recibir visitas. Encima de un mueble había un sobre de Acción contra el Hambre. Servaz reconoció el logo azul y el papel reciclado gris porque también él era miembro donante de esa ONG. En las fotos enmarcadas, el padre de Alice aparecía varias veces en compañía de personas que parecían campesinos en unos casos sudamericanos y en otros asiáticos, sobre un telón de fondo de selvas o de arrozales. Servaz dedujo que en sus viajes, Gaspard Ferrand no se limitaba a tomar el sol en una playa de las Antillas o hacer submarinismo y tomar daiquiris.

Se dejó caer en el sofá. Cerca de él había otros libros apilados encima de un bonito taburete en forma de elefante tallado en madera oscura. Servaz trató de identificar el nombre africano de aquel objeto: *esono dwa*...

El olor del café se anunció desde el pasillo. Ferrand apareció con una bandeja en la que llevaba dos humeantes tazas, terrones de azúcar y una pinza, así como un álbum de fotos que tendió a Servaz después de haber dejado la bandeja en la mesa del sofá.

—Tenga.

Servaz lo abrió. Tal como esperaba, eran fotos de Alice: Alice a los cuatro años en un coche de pedales; Alice regando las flores con una regadera casi tan grande como ella; Alice con su madre, una mujer delgada de pensativo semblante y una nariz grande al estilo Virginia Wolf; Alice a los diez años, jugando al fútbol con pantalón corto con niños de su edad, precipitándose con el balón en el pie hacia la portería contraria, con expresión decidida y obstinada, como un auténtico chicarrón. Al mismo tiempo se la veía una niña encantadora, luminosa. Gaspard Ferrand se instaló a su lado. Se había puesto una camisa de cuello mao del mismo color crudo que el pantalón.

—Alice era una niña maravillosa, siempre alegre, servicial. Era nuestro rayo de luz. —Seguía sonriendo, como si el hecho de evocar a Alice no le resultara penoso sino agradable—. También era una niña muy inteligente, dotada para un sinfín de actividades, como el dibujo, los idiomas, el deporte, la escritura... Devoraba los libros. A los doce años ya sabía qué quería hacer más tarde: hacerse millonaria y repartir el dinero entre las personas que más lo necesitaban. —Exhaló una carcajada, agria y extraña—. Nunca comprendimos por qué hizo eso.

Aquella vez la herida asomó a la superficie. Ferrand se recobró, con todo.

—¿Por qué nos tienen que privar de lo mejor de nosotros mismos y luego dejarnos vivir con eso? Me estuve haciendo esa pregunta durante quince años. Ahora he encontrado la respuesta.

Ferrand le dirigió una mirada tan extraña que, por un instante, Servaz dudó si no habría perdido la razón.

—Se trata de una respuesta que cada cual debe encontrar en su interior. Con eso quiero decir que nadie puede enseñárnosla o darla por nosotros.

El anfitrión sondeó a Servaz con su acerada mirada para ver si este había comprendido. El policía se sentía extremadamente incómodo.

—Veo que lo estoy poniendo en una situación molesta —advirtió Ferrand—. Discúlpeme. Eso es lo que tiene vivir solo. Mi mujer murió de un cáncer fulminante dos años después de que se fuera Alice. Así que se interesa por esa oleada de suicidios de hace quince años mientras investiga el asesinato del farmacéutico. ¿Por qué?

—¿Ninguno de los niños dejó una simple carta de explicación? —preguntó Servaz sin responder.

—Ninguno. Aunque eso no quiere decir que no las hubiera. Las explicaciones, me refiero. En todos esos suicidios existe un motivo. Esos chicos acabaron con su vida por uno muy concreto y no simplemente porque consideraran que no merecía la pena vivirla.

Ferrand miraba con fijeza a Servaz. Este se preguntó si estaría al corriente de los rumores que habían circulado sobre Grimm, Perrault, Chaperon y Mourrenx.

—¿Alice cambió en algo antes de su suicidio?

—Sí —confirmó Ferrand—. Enseguida nos dimos cuenta. Fuimos reparando poco a poco en esos cambios: no reía tanto como antes, se enfadaba más a menudo, pasaba más tiempo en su habitación... Eran detalles de ese tipo. Un día quiso dejar el piano. Ya no nos hablaba de sus proyectos como antes.

Servaz sintió que la sangre se le helaba en las venas. Se acordó de la llamada que le hizo Alexandra al hotel y volvió a ver también el morado en la mejilla de Margot.

—¿Y no sabe cuándo comenzó exactamente ese proceso?

Ferrand titubeó. Servaz tuvo la curiosa impresión de que el padre de Alice tenía una idea precisa del momento en que aquello se había iniciado pero que le repugnaba hablar de ello.

—Varios meses antes de su suicidio, diría. Mi mujer atribuyó esos cambios a la pubertad.

—¿Y usted? En su opinión, ¿eran naturales esos cambios?

Ferrand lo volvió a mirar de una manera rara.

—No —respondió con firmeza al cabo de un momento.

—¿Qué cree usted que le ocurrió?

El padre de Alice guardó silencio tanto tiempo que Servaz casi estuvo a punto de cogerle del brazo para sacarlo de su ensimismamiento.

—No lo sé —repuso sin despegar la vista de Servaz—, pero estoy seguro de que algo ocurrió. Alguien de este valle sabe por qué se suicidaron nuestros hijos.

Tanto la respuesta como el tono empleado tenían un algo de enigmático que puso en alerta a Servaz. Se disponía a pedirle que precisara un poco más cuando su móvil se puso a zumbar en el fondo del bolsillo.

—Discúlpeme —dijo levantándose.

Era Maillard. El oficial de gendarmería tenía la voz tensa.

—Acabamos de recibir una llamada muy extraña, de un tipo que disimulaba la voz. Ha dicho que era urgente, que tenía informaciones sobre el asesinato de Grimm, pero que solo quería hablar con usted. No es la primera llamada de esa clase que recibimos, claro, pero no sé... esta parecía seria. Era como si ese hombre tuviera miedo.

—¿Miedo? —inquirió Servaz con un sobresalto—. ¿Miedo, está seguro?

—Sí. Pondría la mano en el fuego.

—¿Le ha dado mi número?

—Sí. ¿No debería habérselo dado?

—Ha hecho bien. ¿Tiene el suyo?

—Es un móvil. Ha colgado en cuanto le he dado el suyo. Hemos intentado llamarlo, pero cada vez sale el contestador.

—¿Han podido identificarlo?

—No, todavía no. Tendríamos que recurrir al operador telefónico.

—¡Llame a Confiant y a la capitana Ziegler! ¡Yo no tengo tiempo para ocuparme de eso! Explíqueles la situación. Necesitamos saber la identidad de ese individuo. ¡Hágalo sin más dilación!

—De acuerdo. Seguro que lo llama… —señaló el gendarme.

—¿Cuánto hace que ha recibido esa llamada?

—Menos de cinco minutos.

—Muy bien. Seguramente me llamará en breve. Mientras tanto, póngase en contacto con Confiant. ¡Y con Ziegler! Puede que ese tipo no tenga ganas de decirme quién es o que sea puro cuento, pero necesitamos identificarlo.

Servaz colgó, más tenso que un arco. ¿Qué estaba ocurriendo? ¿Quién trataba de hablar con él? ¿Chaperon? ¿Otra persona? Alguien que tenía miedo… Alguien que temía también que los gendarmes de Saint-Martin lo reconocieran, que disimulaba la voz…

—¿Problemas? —preguntó Ferrand.

—Más bien interrogantes —respondió con aire distraído—, y quizá respuestas.

—Es un oficio difícil el suyo.

Servaz no pudo reprimir un asomo de sonrisa.

—Es usted el primer profesor a quien oigo decir eso.

—No he dicho que sea un oficio honorable.

Servaz acusó el sobreentendido.

—¿Y por qué no lo sería?

—Está al servicio del poder.

Servaz sintió que montaba en cólera.

—Hay miles de hombres y de mujeres a quienes importa muy poco el poder, como usted dice, y que sacrifican su vida de familia, sus fines de semana, sus horas de sueño para ser el último bastión, el último dique frente a...

—¿La barbarie? —sugirió Ferrand.

—Sí. Puede detestarlos, criticarlos o despreciarlos, pero no puede prescindir de ellos.

—Como tampoco se puede prescindir de esos profesores a los que se critica, se detesta o se desprecia —convino Ferrand, sonriendo—. Mensaje recibido.

—Querría ver la habitación de Alice.

Ferrand desplegó su largo cuerpo bronceado revestido de claro lino.

—Sígame.

Servaz advirtió las bolas de polvo posadas en la escalera y la barandilla, que reclamaba un encerado hacía mucho. Un hombre solo. Como él. Como Saint-Cyr. Como Chaperon. Como Perrault... El dormitorio de Alice no se encontraba en el último piso, sino arriba de todo, bajo el tejado.

—Es allí —dijo Ferrand, indicándole una puerta blanca con manecilla de cobre.

—¿Ha... ha tirado sus cosas, reorganizado la habitación?

Aquella vez la sonrisa de Gaspard Ferrand dio paso a una mueca casi de desesperación.

—No tocamos nada.

Le dio la espalda y volvió a bajar. Servaz permaneció inmóvil un momento, en el minúsculo rellano del segundo piso. Oyó ruido de platos abajo, en la cocina. Por encima de su cabeza, un tragaluz iluminaba el rellano. Al levantar la vista vio una fina película de nieve traslúcida que se había pegado al vidrio. Después de una profunda inspiración, entró.

Lo primero que le llamó la atención fue el silencio. Este estaba acentuado sin duda por los copos que caían fuera y que amortiguaban los ruidos; pero tenía, no obstante, algo especial. La segunda cosa fue el frío. Allí no llegaba la calefacción. Aquella habitación silenciosa y glacial como una tumba le provocó un involuntario escalofrío, porque era evidente que alguien había vivido allí, una chica que tenía los hábitos propios de su edad...

Había fotos en las paredes, un escritorio, estanterías, un ropero, una cómoda con un gran espejo y una cama con dos mesitas. Parecía que el mobiliario lo habían comprado en ventas ambulantes y luego lo habían pintado de colores vivos, con predominio del naranja y el amarillo, que contrastaban con el violeta de las paredes y el blanco de la moqueta.

Las pantallas de las lámparas y las mesitas de noche eran naranja, como la cama y el escritorio; la cómoda y el marco del espejo, amarillos. En una de las paredes había colgado un gran póster de un cantante rubio en la que se leía KURT en gruesas letras. Encima de la moqueta había desparramados un fular, unas botas, revistas, libros y CD. Durante un largo momento, Servaz se limitó a impregnarse de aquel caos. ¿De dónde provenía la impresión de ambiente enrarecido? Seguramente se debía al hecho de que todo había permanecido intacto, como en suspenso. Todo salvo el polvo. Nadie se había tomado la molestia de ordenar ni un solo objeto… como si sus padres hubieran querido detener el tiempo y hacer de esa habitación un museo, un mausoleo. Incluso después de todos aquellos años, daba la impresión de que Alice iba a aparecer de un momento a otro y preguntarle qué hacía allí. ¿Cuántas veces habría entrado allí el padre de Alice y experimentado la misma sensación que él a lo largo de esos años? Servaz se dijo que él se habría sin duda vuelto loco en su lugar, con aquella habitación conservada intacta por encima de su cabeza y la tentación cotidiana de subir las escaleras y empujar la puerta una vez más, la última… Se acercó a la ventana y miró fuera. La calle se cubría de blanco a ojos vistas. Después volvió a respirar hondo, se volvió e inició la inspección.

En el escritorio había, en desorden, libros escolares, gomas para el pelo, unas tijeras, varios botes de lápices, pañuelos de papel, paquetes de caramelos y un post-it rosa en el que Servaz leyó el mensaje siguiente: «Biblioteca, 12.30»; la tinta había palidecido con el tiempo. También había una agenda cerrada con una banda elástica, una calculadora y una lámpara. Abrió la agenda. El 25 de abril, una semana antes de su muerte, Alice había escrito: «Devolver libro a Emma». El 29, «Charlotte». El 30, tres días antes de ahorcarse, «control de matemáticas». Tenía una letra redonda, clara. No le temblaba la mano… Servaz pasó las páginas. El 11 de agosto, la anotación: «Cumpleaños de Emma». En ese momento Alice llevaba muerta más de tres meses. Era una fecha anotada con mucha antelación... ¿Dónde estaría Emma actualmente? ¿Qué habría sido de ella? Calculó que debía de tener unos treinta años. Incluso después de tanto tiempo debía de pensar de vez en cuando en aquel terrible año de 1993. En todos aquellos muertos... Encima del escritorio había clavados con chinchetas un horario de la semana y un calendario. Las vacaciones escolares estaban resaltadas con rotulador amarillo. Servaz detuvo la mirada en la fecha fatídica: 2 de mayo. Nada la distinguía de las otras... Más arriba, una estantería de madera con libros, copas de judo, que demostraban que había destacado en aquella disciplina, y un lector de casetes.

Se volvió hacia las mesitas de noche. Encima, aparte de las dos lámparas de pantalla naranja, había un despertador, más pañuelos, una pequeña consola Gameboy, una pinza de pelo, pintaúñas, una novela en edición de bolsillo con un marcapáginas. Abrió los cajones: papel de cartas de fantasía, un cofrecillo lleno de bisutería, un paquete de chicles, un frasco de perfume, una barra de desodorante, pilas.

Palpó debajo de los cajones. Nada.

En el interior del escritorio había carpetas, cuadernos y libros escolares, montones de bolígrafos, rotuladores y clips de grapadora. Encontró también, en el cajón del medio, un cuaderno de espiral lleno de esbozos. Servaz lo abrió y comprobó que Alice poseía un verdadero talento: sus dibujos con lápiz o rotulador demostraban firmeza en el trazo y agudeza visual, pese a que la mayoría adolecían todavía de cierto academicismo. En el de abajo, otra vez más gomas y un cepillo en el que habían quedado prendidos algunos cabellos rubios, un cortaúñas, varios pintalabios, un tubo de aspirinas, cigarrillos mentolados, un encendedor de plástico transparente... Abrió las carpetas y los cuadernos del primer cajón: deberes, disertaciones, borradores... Dejándolos a un lado, se acercó al pequeño equipo de música que descansaba en un rincón, encima de la moqueta. Servía de lector de CD y de radio. Estaba también recubierto de una gruesa capa de polvo. Servaz sopló encima, levantando una nube gris, y luego abrió los compartimentos, uno por uno. Nada. Se encaminó al gran espejo y la pared con las fotos. Algunas estaban tomadas de tan cerca que parecía como si las personas fotografiadas hubieran pegado la nariz al objetivo. En otras se veían paisajes detrás de ellas: montañas, una playa o incluso las columnas del Partenón. Eran en su mayoría chicas de la edad de Alice. Siempre aparecían las mismas caras. De vez en cuando se mezclaban al grupo uno o dos chicos, pero ninguno parecía retener la atención del fotógrafo. ¿Serían viajes escolares? Servaz escrutó las fotos un momento: todas se habían puesto amarillas y acartonadas con el tiempo.

No sabía bien qué buscaba. De repente, se paró delante de una de ellas: era de una decena de jóvenes, entre los que se encontraba Alice, de pie cerca de un letrero oxidado. Casa de colonias Los Rebecos… «Alice formaba parte de los que habían estado de colonias allí…» Advirtió asimismo que, en las fotos donde aparecía, Alice siempre estaba en el centro. Era la más bonita, la más radiante… el centro de atención.

El espejo.

Estaba roto.

Alguien había arrojado un objeto contra él. El proyectil había causado un impacto estrellado y una larga fisura en diagonal. ¿Habría sido Alice? ¿O su padre, en un momento de desesperación?

Entre el marco y el espejo había postales, amarillentas también, mandadas desde lugares como la isla de Ré, Venecia, Grecia o Barcelona. Con el tiempo, algunas habían acabado cayendo encima de la cómoda y la moqueta. Una de ellas retuvo su atención. «Tiempo horrible, te echo de menos.» Firmado, Emma. Un fular palestino encima de la cómoda, así como unas cuantas baratijas, algodón de desmaquillar y una caja de zapatos azul. Servaz la abrió. Contenía cartas… Lo recorrió un leve temblor al pensar en las cartas de los suicidas, las que se encontraban en la caja de Saint-Cyr. Las examinó una por una. Eran misivas ingenuas o divertidas escritas con tinta malva o violeta. Siempre constaban las mismas firmas. No encontró la más mínima alusión a la tragedia que pronto iba a tener lugar. Tendría que comparar la letra con las de la caja, pero luego pensó que ya lo habrían hecho. Los cajones de la cómoda… Levantó las pilas de camisetas, de ropa interior, de sábanas y de mantas. Después se arrodilló encima de la moqueta y miró debajo de la cama. Había enormes bolas de polvo —con las que se habría podido rellenar un edredón— y una funda de guitarra.

Tiró de ella y la abrió. Rayaduras en el barniz del instrumento, que tenía rota la cuerda *si*. Lanzó una ojeada al interior de la caja: nada. Un edredón compuesto de rombos de colores cubría la cama. Se fijó en los CD desparramados encima: Guns N'Roses, Nirvana, U2... todo en inglés. Aquella habitación parecía un museo de los años noventa. Ni Internet, ni ordenador, ni teléfono móvil. «El mundo cambia demasiado deprisa ahora para una sola vida de hombre», se dijo Servaz. Sacó los cojines, las sábanas y el edredón y pasó una mano debajo del colchón. La cama no desprendía ningún aroma ni olor particular... salvo el del polvo que la recubría y que se elevó hasta el techo.

Junto a la cama había un pequeño sillón Voltaire. Alguien, tal vez Alice, lo había pintado de naranja también. En el respaldo reposaba una vieja chaqueta militar. Después de palpar el asiento y conseguir tan solo levantar otra nube de polvo, se sentó en él y se puso a mirar en derredor, procurando dejar vagar el pensamiento.

¿Qué era lo que veía?

La habitación de una joven acorde con su época pero también precoz para su edad.

Entre los libros, Servaz había visto *El hombre unidimensional* de Marcuse, *Los demonios* y *Crimen y castigo*. ¿Quién le habría aconsejado esas lecturas? Seguro que no fueron sus amigas de rubicunda cara. Después se acordó de que su padre era profesor de letras. De nuevo paseó la mirada por el dormitorio.

«Lo que predomina en esta habitación —pensó— son los textos, las palabras.» Los de los libros, las postales, las cartas... Todos escritos por otros. ¿Dónde estaban las palabras de Alice? ¿Era posible que una chica que devoraba los libros y que se expresaba con una guitarra o por medio del dibujo no hubiera experimentado la necesidad de hacerlo también con las palabras? La vida de Alice se había detenido el 2 de mayo y los últimos días de su vida no habían dejado ningún rastro en ninguna parte. «Imposible», se dijo. Ni un diario íntimo ni nada: había algo que no encajaba. ¿Una chica de esa edad, inteligente y curiosa, que albergaba sin duda una infinidad de cuestiones existenciales, y sobre todo desesperada hasta el punto de acabar con su vida y que no hubiera escrito ni un breve diario? ¿O que no hubiera plasmado algunas de sus emociones en un cuaderno o en hojas sueltas? En la actualidad los adolescentes tenían blogs, correo electrónico, páginas personales en redes sociales, pero antes únicamente podían dejar constancia de sus interrogantes, sus dudas y sus secretos sobre el papel.

Se puso en pie y examinó uno tras otro los cuadernos y los cajones de Alice. No encontró más que textos escolares. Lanzó una ojeada a las calificaciones. Un 9, un 8,5, un 7,5, un 9,5… Los comentarios eran igual de elogiosos que las notas… «Pero no hay ningún escrito de carácter personal.»

¿Habría realizado una purga el padre de Alice?

Este lo había recibido de manera espontánea y le había asegurado que estaba convencido de que aquellos niños se habían suicidado por un motivo concreto. ¿Por qué habría ocultado elementos que habrían podido conducir a la verdad? Servaz no había encontrado ninguna mención a un posible diario en los informes oficiales. Nada indicaba que Alice hubiera tenido uno. Aun así, la impresión seguía acentuándose: en aquella habitación faltaba algo.

Un escondrijo… Todas las jóvenes tienen uno, ¿no? ¿Dónde estaría el de Alice?

Servaz se levantó y abrió el ropero. Fue separando abrigos, vestidos, cazadoras, vaqueros y un kimono blanco para registrar los bolsillos. Con el haz de su linterna escrutó el interior de los zapatos y botas alineados al fondo. Por encima de los colgadores había un estante con varias maletas y una mochila; los depositó en la moqueta desatando una auténtica tormenta de polvo y se puso a registrarlos de manera metódica.

Nada. Se tomó un momento para reflexionar.

Aquella habitación debían de haberla revisado detectives expertos… y quizá los padres de Alice. ¿Era posible que no hubieran encontrado el escondrijo en caso de que existiera? ¿Lo habrían buscado siquiera? Todo el mundo convenía en que Alice era una muchacha brillante. ¿Habría descubierto un escondite sumamente difícil de localizar, o bien él se estaba equivocando en sus pesquisas?

¿Qué sabía él de lo que pensaba y soñaba una joven de dieciséis años? Su propia hija había cumplido diecisiete unos meses atrás y habría sido incapaz de decir cómo era su habitación, por la simple razón de que jamás había puesto los pies en ella. Aquel pensamiento le causó desasosiego. En la periferia de su cerebro, un detalle lo roía, como una especie de comezón: había pasado por alto algo en la exploración de la habitación. O más bien, allí debía haberse encontrado algo que no estaba. «¡Piensa!» Estaba ahí, muy cerca, lo sentía. El instinto le indicaba que faltaba algo. ¿Qué? ¿Qué era? De nuevo repasó con la mirada la habitación. Revisó todas las posibilidades. Lo había examinado todo, incluso los zócalos y las láminas de parquet de debajo de la moqueta. No había nada. No obstante, su inconsciente había detectado algo, estaba seguro… aunque no llegara a precisarlo.

Estornudó a causa del polvo que flotaba en el aire y sacó un pañuelo.

De repente, se acordó del teléfono.

¡No había recibido ninguna llamada! ¡Había transcurrido una hora y el hombre no lo había llamado! Sintió que se le formaba un nudo en el estómago. ¿Por qué no llamaba, por Dios? ¿Por qué?

Sacó el teléfono del bolsillo y lo miró. Contuvo un movimiento de pánico: ¡estaba apagado! Intentó encenderlo: ¡descargado! ¡Mierda!

Salió corriendo de la habitación y se precipitó por las escaleras. Gaspard Ferrand asomó la cabeza por la puerta de la cocina cuando pasó como una exhalación por el pasillo.

—¡Ahora vuelvo! —le dijo mientras abría la puerta de la calle.

Fuera seguía nevando con fuerza. El viento se había intensificado. Los copos formaban torbellinos sobre la blanca calzada.

En el Jeep aparcado al otro lado de la calle, rebuscó en la guantera para recuperar el cargador. Después regresó a toda prisa a la casa.

—¡No es nada! —aseguró a Ferrand, que lo miraba atónito.

Buscó un enchufe y encontró uno en el pasillo, donde conectó el cargador.

Aguardó cinco segundos para encender el móvil. «¡Cuatro mensajes!»

Iba a leer el primero cuando sonó el timbre del aparato.

—¡Servaz! —gritó.

—Pero ¿qué coño estaba haciendo?

Era una voz dominada por el pánico. El mismo Servaz estaba casi a punto de sucumbir a él. Los oídos le zumbaban a causa del pulso de la sangre en las sienes. Aquella vez el hombre no disimulaba la voz... pero no le resultaba familiar.

—¿Quién es?

—Me llamo Serge Perrault, soy un amigo de...

«¡Perrault!»

—¡Ya sé quién es! —lo atajó.

Se produjo un breve silencio.

—¡Tengo que hablar con usted con urgencia! —exclamó Perrault con voz histérica.

—¿Dónde? —chilló Servaz—. ¿Dónde?

—En lo alto de los huevos, dentro de un cuarto de hora. ¡Dese prisa!

Servaz sintió que el miedo se adueñaba de él.

—¿En lo alto de qué?

—¡De las telecabinas, coño! ¡Allá arriba, en Saint-Martin 2000, cerca de los telearrastres! Estaré allí. ¡Dese prisa, joder! ¿No lo entiende? ¡Yo voy a ser el siguiente! ¡Venga solo!

19

*E*l cielo estaba oscuro y las calles blancas cuando Servaz arrancó el coche. Fuera, la nieve seguía girando en torbellino. Después de poner en marcha el limpiaparabrisas, llamó al móvil de Ziegler.

—¿Dónde estás? —preguntó no bien hubo contestado.

—En casa de los padres —repuso ella bajando la voz.

Con eso comprendió que no estaba sola.

—¿Dónde queda?

—En la salida de la ciudad, ¿por qué?

En pocas palabras le refirió la llamada de socorro que había recibido de Perrault.

—Tú estás más cerca que yo —concluyó—. ¡Ve de inmediato! ¡No hay ni un minuto que perder! Nos espera allá arriba.

—¿Por qué no avisamos a los gendarmes?

—¡No hay tiempo! ¡Ve!

Servaz colgó. Luego bajó el parasol con la leyenda POLICÍA, pegó las luces en el techo y conectó la sirena. ¿Cuánto tardaría en subir allá arriba? Gaspard Ferrand no vivía en Saint-Martin, sino en un pueblo situado a cinco kilómetros. Las calles estaban llenas de nieve. Servaz calculó un cuarto de hora largo para llegar al parking del teleférico, que partía del mismo centro de la ciudad. ¿Cuánto tardarían las cabinas en efectuar el trayecto? ¿Quince minutos? ¿Veinte?

Se puso en marcha a toda velocidad, precedido del aullido de la sirena, mientras Ferrand miraba estupefacto desde el umbral. Al final de la calle había un semáforo. Estaba en rojo. Había decidido saltárselo cuando vio salir por la derecha la silueta de un enorme camión. Apretó el freno a fondo y enseguida notó que perdía el control. El Jeep quedó atravesado en medio del cruce; el mastodonte de acero lo rozó haciendo sonar el claxon. El mugido desgarró los tímpanos de Servaz al tiempo que el miedo lo golpeaba con la contundencia de un puñetazo en pleno plexo solar. Se quedó sin resuello. Tenía los nudillos blancos sobre el volante. Después puso primera y se fue. ¡No tenía tiempo para pensar! Después de todo, tal vez era mejor así. No eran solo treinta y ocho toneladas de acero lo que lo acababa de rozar, ¡sino la muerte metida en un cascarón de metal!

En el cruce siguiente giró a la derecha y salió del pueblo. La llanura se extendía cubierta de blanco ante sí; el cielo seguía amenazador pero había parado de nevar. Volvió a acelerar.

Entró en Saint-Martin por el este. En la primera rotonda, se equivocó de dirección. Dio media vuelta soltando maldiciones y golpes contra el volante, con lo cual atrajo miradas de incredulidad de otros conductores. Por suerte, había poca circulación. Dos rotondas más. Después de pasar delante de una iglesia se encontró en la avenida D'Étigny, el corazón comercial y cultural de la ciudad con sus hoteles, sus tiendas chic, sus plátanos, su cine y sus terrazas de cafés. Había coches aparcados a ambos lados. La nieve se transformaba en negruzco fango en el medio, en las rodadas dejadas por los vehículos. Justo antes del cine giró a la derecha. Una flecha indicaba TELECABINAS.

Al final de la calle estaba el parking, una vasta explanada dominada por la montaña. El flanco de esta se erguía frente a él, con la larga franja blanca del teleférico que ascendía en medio de los abetos. Circulando a toda velocidad entre los coches aparcados, llegó hasta el nivel inferior, donde frenó bruscamente, derrapando de nuevo. Un instante después ya estaba fuera, corriendo. Tras subir las escaleras del edificio situado encima de dos recios pilares de cemento se precipitó hacia las taquillas. Una pareja compraba los billetes. Servaz agitó su placa.

—¡Policía! ¿Cuánto se tarda en subir allá arriba?

—Nueve minutos —respondió con mirada reprobadora el empleado que despachaba.

—¿Hay manera de acelerar un poco?

—¿Para qué? —replicó el hombre, como si la demanda fuera insensata.

—No tengo tiempo de discutir con una persona que se quiere pasar de lista —replicó Servaz esforzándose por mantener la calma—. ¿Y bien?

—La velocidad máxima de la instalación es de cinco metros por segundo —dijo el hombre, enfurruñándose—. Dieciocho kilómetros por hora.

—¡Entonces pon la velocidad máxima! —ordenó Servaz saltando al interior de una cabina, una estructura de material sintético con grandes vidrios de plexiglás y cuatro minúsculos asientos.

Un brazo pivotante cerró la puerta tras él. Servaz tragó saliva. La cabina dio una leve sacudida al abandonar el riel de dirección y luego se encontró suspendido en el aire. Consideró preferible sentarse que permanecer de pie en aquel inestable cascarón que se elevaba rápidamente hacia la primera pilona, distanciándose de los blancos tejados de Saint-Martin. Lanzó una breve ojeada tras de sí y, al igual que le había ocurrido en el helicóptero, lo lamentó de inmediato. La inclinación del cable era tal que se le antojó como una de esas audacias que acostumbran a realizar los hombres y que solo demuestran su irresponsabilidad; en cuanto a su diámetro, lo encontró demasiado pequeño como para tranquilizarse. Los techos y las calles se volvían cada vez más pequeños. Las cabinas que lo precedían, separadas entre sí por una treintena de metros, se balanceaban con el impulso del viento.

Vio que abajo la pareja había renunciado a subir y volvía a su coche. Estaba solo. Nadie subía, nadie bajaba. Las cabinas estaban vacías. Todo estaba en silencio, salvo el viento que gemía cada vez con más fuerza.

Volvía a nevar. De improviso, la niebla apareció a media pendiente y, sin tener tiempo siquiera para comprender qué ocurría, Servaz se encontró inmerso en un universo irreal de imprecisos contornos, con la única compañía de los abetos erguidos en medio de la bruma como un ejército de fantasmas y la ventisca que hacía girar los copos alrededor de la cabina.

¡Se había olvidado el arma! Con las prisas, la había dejado

en la guantera. ¿Qué ocurriría si se topaba de frente con el asesino allá arriba? También cabía la posibilidad de que este lo esperase al final del teleférico; si iba armado, Servaz constituiría un blanco perfecto. No había ningún sitio donde ocultarse y no sería esa cáscara de plástico lo que detendría las balas.

Sin darse cuenta, se puso a rezar porque Ziegler hubiera llegado antes. En principio, así debía ser. «Ella no es de las que se olvidan de su pistola.» ¿Cómo reaccionaría Perrault al verla? Le había pedido que fuera solo.

Debería haberle preguntado al listillo de la taquilla si la había visto. Demasiado tarde. Mientras avanzaba hacia lo desconocido a un exasperante ritmo de cinco metros por segundo, sacó el teléfono y marcó el número de Perrault. Le salió el contestador.

«¡Mierda! ¿Por qué ha desconectado el móvil?»

Divisó dos oscuras figuras que bajaban en una cabina unos doscientos metros más arriba. Aquella era la primera presencia humana que advertía desde que había subido al teleférico. Marcó el número de Ziegler.

—Ziegler.

—¿Estás allá arriba? —preguntó.

—No, estoy en camino. —Hizo una pausa—. Lo siento, Martin, pero me ha derrapado la moto en la nieve y he chocado contra una acera. Solo tengo rasguños, pero he tenido que coger otro vehículo. ¿Dónde estás?

«¡Mierda!»

—En mitad de la subida, más o menos.

A medida que se acercaba, parecía como si la cabina con los dos ocupantes avanzara más y más deprisa. Servaz calculó que si las dos cabinas avanzaban una hacia la otra a dieciocho kilómetros por hora, aquello daba una velocidad total de... treinta y seis kilómetros por hora.

—¿Sabes que hay una tormenta de nieve en la estación? —preguntó Irène.

—No —contestó Servaz—. No lo sabía. Perrault no responde...

—¿Vas armado?

Incluso a aquella distancia, advertía que uno de los ocupantes lo miraba fijamente... del mismo modo que hacía él.

—He olvidado el arma en el coche.

El silencio que siguió a su respuesta se le hizo abrumador.

—Sé prud…

¡Se había cortado! Miró el móvil. ¡Nada! Volvió a marcar el número. «No hay cobertura.» ¡Solo le faltaba eso! Efectuó un par de tentativas más, sin resultado. No se lo podía creer. Cuando levantó la vista, vio que la cabina ocupada se hallaba cerca. Uno de los pasajeros llevaba un pasamontañas negro; Servaz solo distinguía los ojos y la boca. El otro tenía la cabeza descubierta y llevaba gafas. Ambos lo observaban a través del vidrio y la niebla. Uno con dureza, le pareció. El otro…

… el otro tenía miedo.

Al cabo de medio segundo, comprendió… y se hizo cargo del horror de la situación.

«¡Perrault!» Era el individuo alto y delgado de la foto, con el pelo enmarañado y gafas de miope.

Servaz sintió que le daba un vuelco el corazón. La cabina avanzaba como en un sueño, con espantosa rapidez ahora. Faltaban veinte metros. Dentro de dos segundos se cruzarían sus trayectorias. Otro detalle le llamó la atención: del lado contrario al suyo faltaba un vidrio…

Perrault miraba a Servaz con la boca abierta y los ojos desorbitados por el miedo. Estaba gritando. Para entonces, Servaz oía los alaridos incluso a través de los vidrios… a pesar del viento, del ruido de las poleas y de los cables. Jamás había percibido tanto terror en la cara de alguien. Era como si fuera a resquebrajarse, a agrietarse de un momento a otro.

Servaz experimentó un involuntario reflejo de deglución. En el momento en que la cabina pasaba delante de la suya para alejarse en sentido contrario, distinguió todos los detalles: Perrault tenía una cuerda alrededor del cuello, la misma cuerda que luego salía por la ventana de donde habían retirado el plexiglás… hasta una especie de gancho que se encontraba justo encima, en el exterior. Ese gancho estaba quizá previsto para bajar en rápel a los heridos a partir de una cabina inmovilizada, dedujo rápidamente Servaz. El otro extremo de la cuerda lo sujetaba al individuo del pasamontañas. Servaz intentó verle los ojos, pero el hombre se había escondido detrás de su víctima en el momento en que se cruzaron las dos cabinas.

«¡Lo conozco! —pensó Servaz—. ¡Tiene miedo de que lo reconozca incluso con un pasamontañas!»

Pulsó con desesperación el móvil. «No hay cobertura»... Presa del pánico, buscó con la mirada una señal de alarma, un interfono, algo... ¡Nada! ¡Hostia! ¡Uno podía morirse en aquellas cabinas a la velocidad de cinco metros por segundo! Se volvió hacia la cabina que se alejaba. Su mirada se cruzó por última vez con la aterrorizada mirada de Perrault. Si hubiera tenido una pistola, al menos habría podido... ¿Podido qué? ¿Qué habría hecho? De todas maneras era un mal tirador. Durante las pruebas que tenían lugar una vez al año, la mediocridad de sus resultados suscitaba siempre la incredulidad y el desánimo de su monitor. Vio cómo la cabina se fundía en la niebla con sus dos ocupantes.

Una risa nerviosa lo estranguló. Después le dieron ganas de gritar.

De rabia, descargó un puñetazo contra uno de los vidrios. Los minutos posteriores fueron de los más largos de su vida. Hubieron de transcurrir cinco —cinco interminables minutos acompañados por el fantasmagórico desfile de los abetos en medio de la bruma— para que apareciera la estación superior. Era un pequeño edificio achaparrado, apoyado en gruesos pilares de cemento, como el de abajo. Más allá, Servaz divisó las pistas de esquí desiertas, los telearrastres inmovilizados y unos edificios envueltos en niebla. En la plataforma, un individuo lo miraba. No bien se abrió la puerta, Servaz bajó de un salto. Casi a punto de caer de bruces en el cemento, se precipitó hacia el hombre de uniforme con el carnet en la mano.

—¡Párelo todo! ¡Ahora mismo! ¡Bloquee las cabinas!

El empleado le dirigió una mirada atónita bajo la gorra.

—¿Cómo?

—¿Puede parar el telecabina, sí o no?

El viento aullaba y Servaz se veía obligado a gritar. Su rabia e impotencia parecieron impresionar al hombre.

—Sí, pero...

—¡Entonces párelo todo! ¡Y llame abajo! ¿Tiene una línea telefónica?

—¡Sí, claro!

—¡Párelo todo! ¡Enseguida! ¡Y páseme el teléfono! ¡Dese prisa!

El empleado se precipitó hacia el interior. Primero habló febrilmente por un micro y después de dirigir una inquieta ojeada a Servaz bajó una palanca. Las cabinas se inmovilizaron con un último chirrido. Entonces Servaz se dio cuenta del estruendo que reinaba antes en la plataforma. Agarró el teléfono y marcó el número de la gendarmería. Le respondió un ordenanza.

—¡Páseme a Maillard! ¡De parte del comandante Servaz! ¡Deprisa!

Al cabo de un minuto Maillard se puso al aparato.

—¡Acabo de cruzarme con el asesino! ¡Está bajando por una telecabina junto con la próxima víctima! He hecho parar el teleférico. ¡Coja a sus hombres y vaya de inmediato a la estación del teleférico! En cuanto estén allí volveremos a ponerlo en marcha.

Desde el otro lado de la línea captó una reacción de puro sobrecogimiento.

—¿Está seguro? —balbució Maillard.

—¡Segurísimo! La víctima es Perrault. Me ha llamado pidiéndome socorro hace veinticinco minutos. Me ha dado cita aquí arriba. ¡Acabo de cruzármelo en una cabina que iba de bajada con una cuerda alrededor del cuello y había un individuo con un pasamontañas con él!

—¡Señor! ¡Ya doy la alerta! ¡En cuanto estemos listos lo llamamos!

—Trate también de ponerse en contacto con la capitana Ziegler. ¡Yo no lo consigo con mi móvil!

Maillard lo llamó al cabo de doce minutos. Servaz los había pasado recorriendo de arriba abajo la plataforma sin parar de mirar el reloj, fumando un cigarrillo tras otro.

—Estamos listos —anunció el gendarme.

—¡Muy bien! Hago poner en marcha el teleférico. ¡Perrault y el asesino están en una de las cabinas! ¡Enseguida me reúno con ustedes!

Dirigió una señal al maquinista y luego saltó a una cabina. En el momento en que se alejaba, se le ocurrió que había algo que no encajaba. El asesino había previsto empujar a Perrault en el vacío y verlo colgando en el extremo de una cuerda. No obstante, estaba claro que no tenía intención de llegar a la estación de abajo con tan indiscreta compañía. Servaz se preguntó si habría un lugar donde el asesino podía saltar de la cabina en marcha y apenas se hubo planteado la pregunta tuvo la certeza de que así era.

¿Habrían previsto tal eventualidad Maillard y sus hombres? ¿Habrían apostado controles en todos los accesos a la montaña?

Intentó marcar de nuevo el número de Ziegler, pero obtuvo la misma respuesta que antes. Como en la ida, se deslizaba a través de la niebla, sin distinguir más que las siluetas de los abetos y las cabinas vacías con las que se cruzaba. De repente oyó el ruido de las aspas de un helicóptero, pero el aparato permaneció invisible. Le pareció, no obstante, que el sonido no provenía de arriba sino de abajo.

¿Qué ocurría abajo? Con la nariz pegada al vidrio, trataba de percibir algo a través de la niebla, pero no veía nada a partir de veinte metros. De pronto, las cabinas se pararon. Fue tan repentino que perdió el equilibrio. ¡Dios santo! Se había golpeado la nariz contra la ventana y el dolor le hizo saltar las lágrimas. ¿Qué estaban haciendo allá abajo? Miró en torno a sí. Las cabinas se columpiaban mansamente a lo largo de los cables, como farolillos en una verbena; el viento había amainado un poco y los copos descendían casi en vertical. El manto de nieve era muy grueso al pie de los abetos. Volvió a intentar llamar con el móvil, de nuevo en vano.

Durante los tres cuartos de hora siguientes permaneció preso en aquel cascarón de plástico escrutando el círculo de abetos y de niebla. Al cabo de media hora, la cabina dio un brusco bandazo, avanzó tres metros y se volvió a detener. Servaz lanzó un juramento. ¿A qué estaban jugando? Se levantaba, se sentaba, se volvía a levantar… ¡Ni siquiera había suficiente espacio para estirar las piernas! Cuando por fin se puso en marcha el teleférico, hacía rato que se había sentado y resignado a esperar.

Ya cerca de la estación inferior, la niebla se despejó de golpe y aparecieron los tejados. Servaz vio el parpadeo de las luces de los coches de la gendarmería parados en el parking y las idas y venidas de los gendarmes en uniforme. Distinguió asimismo las figuras vestidas de blanco de los técnicos de identificación criminal y un cuerpo tendido en una camilla con ruedas, bajo una cubierta plateada, cerca de una ambulancia con la puerta trasera abiera.

Se quedó helado.

Perrault estaba muerto.

Habían parado las cabinas para poder efectuar las primeras constataciones. Después lo habían descolgado y las habían vuelto a poner en marcha. Enseguida tuvo el convencimiento de que el asesino había logrado huir. En cuanto el brazo pivotante hubo retirado la puerta, surgió de la cabina y aterrizó en el cemento. Descubrió a Ziegler, Maillard, Confiant y D'Humières al pie de las escaleras. Ziegler iba con el traje de cuero, pero este tenía varios desgarrones que dejaban ver una rodilla y un codo tumefactos, cubiertos de hematomas y costras de sangre seca. No había tenido tiempo de vendarse las heridas. Todavía llevaba en la mano el casco, con la visera resquebrajada.

—¿Qué ha pasado? —preguntó.

—Eso más bien hábría que preguntárselo a usted —replicó Confiant.

Servaz lo fulminó con la mirada. Por un instante, soñó que el joven juez era una frágil porcelana y él un martillo. Después se volvió hacia Cathy d'Humières.

—¿Es Perrault? —dijo, señalando el cuerpo tapado.

La fiscal confirmó con la cabeza.

—Me ha llamado a mi móvil —explicó Servaz—. Quería verme con urgencia. Se notaba que tenía miedo, que se sentía amenazado. Me ha dado cita allá arriba. He avisado a la capitana Ziegler y he acudido a toda prisa.

—¿Y no ha considerado necesario pedir refuerzos? —dijo Confiant.

—El tiempo apremiaba. Él quería que fuera solo. Solo quería hablar conmigo.

Confiant lo miraba con ojos chispeantes de furor. Cathy d'Humières estaba pensativa. Servaz volvió a lanzar una ojeada a la figura tendida en la camilla. Unos técnicos estaban plegando las ruedas para cargarla en la ambulancia. No vio al forense; debía de haberse ido ya. Advirtió unos cuantos curiosos al otro lado de la cinta de seguridad, en el otro extremo del parking. De improviso, estalló el fogonazo de un flash. Luego hubo otro. El helicóptero debía de haberse posado, porque ya no se oía.

—¿Y el asesino? —preguntó.

—Ha escapado.

—¿Cómo?

—Cuando ha aparecido la cabina faltaba un vidrio y Perrault estaba colgado debajo —explicó Maillard—. Ha sido entonces cuando lo hemos bloqueado todo. Hay un sitio donde el teleférico cruza un sendero que sube a la estación. Es bastante ancho y, en invierno, sirve de pista para los que quieren bajar esquiando hasta Saint-Martin. Hay una altura de unos cuatro metros entre las cabinas y el sendero; ese tipo probablemente ha utilizado para bajar el otro extremo de la cuerda con la que ha colgado a Perrault. Después, un buen esquiador llega abajo en tres minutos.

—¿Adónde va a parar el sendero?

—Detrás de las termas. —Maillard señaló la montaña—. El barrio de las termas se encuentra al este de esta montaña. Este sendero la rodea y acaba justo detrás del edificio, al abrigo de las miradas.

Servaz evocó el gran edificio, delante del que había pasado un par de veces. El complejo se componía de una gran explanada rectangular, cerrada a un lado por las termas adosadas a la montaña. Estas databan del siglo XIX, pero las habían renovado por completo y les habían adjuntado una parte moderna enteramente en vidrio. Los otros tres costados de la explanada estaban ocupados por hoteles y cafés. En el medio había un parking y, por consiguiente, decenas de coches...

—Allí perdemos su rastro —corroboró Maillard.

—¿Han incluido el sendero en el escenario del crimen?

—Sí, hemos cerrado el perímetro y un equipo de técnicos está examinando cada metro desde el teleférico hasta el parking de las termas.

—Ha calculado bien su maniobra —observó Ziegler.

—Sin embargo, no ha tenido mucho tiempo.

—¿Cómo habrá hecho para enterarse de la llamada de socorro de Perrault? —planteó la gendarme.

Reflexionaron un instante sobre la pregunta, pero nadie disponía de una respuesta satisfactoria.

—La cuerda utilizada es una cuerda dinámica —señaló Maillard—. Es un material de alpinismo de calidad. Es posible que la tuviera de manera permanente en el coche, al igual que los esquís. Después ha podido meterla en una mochila.

—Una persona deportista —comentó Ziegler—, y muy valerosa.

—Sí —convino Servaz—. Debía de ir armado. Si no, Perrault no habría aceptado de ninguna manera subir con él. Sin embargo, no he visto ni el arma, ni los esquís, ni la mochila. Todo ha ocurrido muy deprisa y no he prestado mucha atención a lo que había en la cabina.

La cara de Perrault desfigurada por el miedo... No conseguía ahuyentarla del pensamiento.

—¿En qué posición estaba con respeto a Perrault? —preguntó Ziegler.

—Perrault era el que estaba más cerca. El asesino se mantenía detrás de él.

—Quizás encañonaba a Perrault por la espalda. O es posible que tuviera un cuchillo...

—Posible... Otra vez ha montado una escenografía, a pesar de la escasez de tiempo. Es rápido, y arrogante. Demasiado arrogante, tal vez... Cuando las cabinas estaban cerca, se ha escondido detrás de Perrault —añadió de repente Servaz con expresión de extrañeza.

—¿Para qué iba a hacerlo si llevaba un pasamontañas?

—Para que no le viera los ojos.

Ziegler lo observaba con gran intensidad.

—¿Quieres decir que tenía miedo de que lo reconocieras?

—Sí. Se trata pues de alguien que ya he visto, y que he visto de cerca.

—Hay que interrogar al empleado de la taquilla —dijo—, para preguntarle si ha visto a alguien.

—Ya lo hemos hecho. Ha reconocido a Perrault. Después, asegura que nadie ha subido hasta que has llegado tú.

—¿Cómo es posible?

—A Saint-Martin 2000 se puede acceder también por carretera. Queda a unos diez minutos a partir de la salida sur de la ciudad. Ha tenido tiempo de sobra para subir por allí.

Servaz visualizó la topografía. La salida sur de la ciudad tenía su inicio en la plaza de las Termas y se acababa doce kilómetros más allá, a cuatro pasos de la frontera española. Era ese valle por donde había pasado para trasladarse a la cabaña de Grimm. De aquella carretera partía otra que subía a la estación.

—En ese caso, se necesitan dos coches —señaló—. Uno arriba y uno abajo.

—Sí, y probablemente había alguien que lo esperaba abajo —prosiguió Ziegler—, delante de las termas. A no ser que tuviera un segundo vehículo aparcado desde hacía tiempo en el parking.

—Puede que el primer vehículo todavía esté arriba. ¿Han puesto controles en la carretera de la estación? —preguntó a Maillard.

—Sí, estamos controlando todos los coches que bajan por ese lado y vamos a hacer lo mismo con todos los que quedan arriba.

—Son dos —afirmó Ziegler.

Servaz la miró de hito en hito.

—Sí. Eran ya dos en la central… y también han sido dos esta vez.

De repente pensó en otra cosa.

—Hay que llamar al Instituto… enseguida.

—También nos hemos ocupado de eso. Hirtmann está en su celda. No ha salido de allí en toda la mañana. Dos personas del Instituto han estado hablando con él y el propio Xavier ha ido a comprobarlo.

Confiant miró a Servaz como si quisiera decirle «ya se lo había dicho yo».

—Esta vez se desatará la tormenta mediática —pronosticó D'Humières—. La prensa nos dedicará grandes titulares… y no solo la local. Es imprescindible que nadie haga declaraciones intempestivas por su lado. —Servaz y Ziegler guardaron

silencio—. Propongo que el juez Confiant y yo nos encargue-
mos de las relaciones con la prensa. Para los demás se impone
el silencio. La investigación sigue su curso y tenemos varias
pistas: nada más. Si quieren detalles, que se dirijan a mí o a
Martial.

—A condición de que las declaraciones del señor juez no
consistan en desacreditar el trabajo de los investigadores —dijo Servaz.

La mirada de Cathy d'Humières se enfrió varios grados.

—¿A qué viene esto?

—El comandante Servaz estuvo brusco con el doctor Propp
y conmigo a la vuelta del Instituto anteayer —se defendió
Confiant—. Perdió la sangre fría, parecía que tenía algo que
reprochar a todo el mundo.

—¿Martin? —inquirió la fiscal.

—«Perder la sangre fría» es una expresión un tanto exagerada —replicó Servaz con tono sarcástico—. Lo que sí es seguro es que el señor juez avisó al doctor Xavier de nuestra visita
sin ponernos al corriente a usted ni a nosotros, cuando habíamos acordado realizar una visita sorpresa.

—¿Es eso cierto? —preguntó, con glacial expresión,
D'Humières a Confiant.

—Xavier es amigo mío —adujo descompuesto el joven
juez—. No podía presentarme allí con la policía sin avisarlo.

—En ese caso, ¿por qué no nos avisó a nosotros también?
—le espetó D'Humières con voz vibrante de cólera.

Confiant bajó la cabeza con aire apesadumbrado.

—No sé... No me pareció importante.

—¡Escúchenme bien! Vamos a estar sometidos a la luz de
los proyectores —les recordó, señalando con enojado ademán
a los periodistas que había concentrado detrás de la cinta—.
No quiero que demos el espectáculo de la división. Tal como
están las cosas, hablaremos con una sola voz: ¡la mía! Espero
que esta investigación dé pronto frutos —advirtió, alejándose—. ¡Y quiero celebrar una reunión dentro de treinta minutos para analizar la situación!

La mirada que Martial Confiant asestó a Servaz antes de
irse podría haber sido la de un talibán que contemplara a una
estrella del porno.

—Vaya, tienes el don de hacer amigos —ironizó Ziegler mientras se alejaba—. ¿Has dicho que estaban uno detrás del otro en la cabina?

—¿Perrault y el asesino? Sí.

—Con respecto a Perrault, ¿era más alto o más bajo?

Servaz se tomó un instante para pensarlo.

—Más bajo.

—¿Hombre o mujer?

Servaz volvió a reflexionar un momento. ¿Cuántos testigos había interrogado en el transcurso de su carrera? Se acordó de las dificultades que tenían para responder ese tipo de preguntas. Ahora le tocaba a él. Tomó conciencia de hasta qué punto es traicionera la memoria.

—Un hombre —dijo, desechando la duda.

—¿Por qué? —preguntó Ziegler, que se había percatado de sus titubeos.

—No sé… —Abrió una pausa—. Por su manera de moverse, su actitud…

—¿No será más bien porque te cuesta imaginarte a una mujer haciendo eso?

—Es posible —admitió con una tenue sonrisa—. ¿Por qué sentiría Perrault la necesidad de subir allá arriba?

—Está claro que huía de alguien.

—En todo caso, otra vez el muerto estaba colgado.

—Pero no ha habido dedo cortado esta vez.

—Quizá sea solo porque no ha tenido tiempo.

—Un cantante rubio con barba y ojazos de mirada febril que se llamaba Kurt, en 1993, ¿te suena de algo?

—Kurt Cobain —identificó sin vacilar Ziegler—. ¿Estaba en la habitación de uno de esos jóvenes?

—En la de Alice.

—Oficialmente, Kurt Cobain se suicidó —agregó la gendarme mientras se dirigía cojeando al coche de Servaz.

—¿Cuándo? —preguntó este deteniéndose en seco.

—En 1994, creo. Se pegó un tiro.

—¿Lo crees o estás segura?

—Estoy segura, en todo caso por lo de la fecha. Yo era fan

suya por entonces... y circularon rumores de que pudo haber sido un asesinato.

—1994... En ese caso, no fue un acto de mimetismo —concluyó, reanudando la marcha—. ¿Te ha visto un médico?

—Más tarde.

El teléfono sonó en el momento en que iba a poner el contacto.

—Servaz.

—Soy Vincent. ¿Qué haces con tu teléfono? ¡Llevo toda la mañana intentando llamarte!

—¿Qué ocurre? —preguntó él sin responder.

—El sello. Hemos encontrado qué hay grabado encima.

—¿Sí?

—Dos letras, una C y un G.

—¿«C» y «G»?

—Sí.

—¿Y eso qué quiere decir, según tú?

—No tengo la menor idea.

Servaz reflexionó un instante y luego pensó en otra cosa.

—¿No habrás olvidado el favor que te pedí? —dijo.

—¿Qué favor?

—A propósito de Margot...

—Ay, mierda. Sí, me había olvidado.

—¿Y cómo está el asunto del vagabundo?

—Ah sí, tenemos el resultado de las huellas. Los tres chicos dejaron las suyas, aunque eso no cambia mucho las cosas. Según Samira, el juez cree en la teoría de que se ahogó.

—Deben de estar presionándolo —infirió Servaz con expresión sombría—. La autopsia zanjará la cuestión. Parece que el padre de Clément tiene cierta influencia.

—En cualquier caso, los de los otros no. El juez quiere volver a interrogar al mayor, el hijo del parado. Cree que fue él el instigador.

—Ya, claro. Y de Lombard, ¿has averiguado algo?

—Estoy en ello.

Y

Era una gran habitación sin ventana, dividida en varios pasillos por unas altas estanterías metálicas cubiertas de polvorientos historiales e iluminada con fluorescentes. Cerca de la entrada había dos escritorios, uno con un ordenador que tenía por lo menos cinco años y otro que servía de base de un antiguo lector de microfichas, una pesada y voluminosa máquina. En las estanterías había también ordenadas cajas de microfichas.

«Toda la memoria del Instituto Wargnier.»

Cuando Diane había preguntado si todos los historiales estaban informatizados hoy en día, faltó poco para que el empleado se echara a reír en su cara.

Sabía que los de los ocupantes de la unidad A sí lo estaban, pero desde el día anterior tenía ocho pacientes más con los que Xavier había decidido dejarla «curtir». Por lo visto, no eran bastante importantes para que alguien se hubiera tomado la molestia de introducir en el sistema informático los datos contenidos en su historial. Comenzó a caminar por uno de los pasillos y se puso a examinar los lomos, tratando de comprender cuál era el sistema de ordenación imperante. De acuerdo con su experiencia, sabía que la metodología elegida no siempre resultaba evidente. Algunos archiveros, bibliotecarios y otros diseñadores de aplicaciones informáticas tenían a veces una mente tortuosa.

No obstante, constató con alivio que el empleado había tenido el buen tino de clasificarlo todo por orden alfabético. Después de coger las carpetas correspondientes, regresó a instalarse en la pequeña sala de consulta. Al tomar asiento en la gran sala silenciosa, lejos del tumulto de ciertas partes del Instituto, volvió a pensar en lo que había ocurrido la noche anterior en el sótano y el frío se apoderó de ella. Desde que se había despertado, no paraba de evocar los siniestros corredores, el olor a subsuelo y la glacial humedad y de revivir el momento en que se había encontrado rodeada de oscuridad.

¿Quién se desplazaba por la noche a la unidad A? ¿Quién era el hombre que gritaba y sollozaba en la casa de colonias? ¿Quién estaba implicado en los crímenes cometidos en Saint-Martin? Demasiadas preguntas las que, una tras otra, asaltaban las febriles orillas de su cerebro como la marea que regresa a una hora fija. Ardía en deseos de hallarles una respuesta.

Abrió el primer historial. Para cada paciente se detallaba su trayectoria individual, desde las primeras manifestaciones de su patología y los primeros diagnósticos hasta los distintos ingresos hospitalarios que había efectuado antes de ir a parar al Instituto, el tratamiento medicamentoso, los eventuales efectos iatrogénicos de los tratamientos... Se hacía especial hincapié en la peligrosidad y las precauciones que había que tomar en su presencia, lo cual recordó a Diane, por si lo hubiera olvidado, que en el Instituto no había angelitos.

Tomó unas cuantas notas en su cuaderno y reanudó la lectura. A continuación venían los tratamientos propiamente dichos... Diane constató sin sorpresa que los neurolépticos y calmantes se administraban a dosis masivas, unas dosis muy superiores a las normas vigentes. Aquello confirmaba lo que le había dicho Alex. «Una especie de Hiroshima farmacéutico», pensó con un escalofrío. No le habría gustado ver su cerebro sometido al bombardeo de aquellas sustancias; conocía los terribles efectos secundarios de aquellos fármacos... Solo de pensarlo, se quedó helada. Cada historial disponía de una ficha aneja de distribución de medicamentos: dosis, horas de distribución, modificaciones en el tratamiento, entrega de los productos en el servicio pertinente... Cada vez que el servicio del que dependía el paciente recibía una nueva entrega de medicamentos de la farmacia del Instituto, el enfermero responsable del mismo firmaba la nota de entrega, que refrendaba el encargado de los productos farmacéuticos.

Neurolépticos, somníferos, ansiolíticos... pero ninguna clase de psicoterapia, por lo menos hasta su llegada. «Bum, bum, bum, bum...» Por espacio de un instante se imaginó que unos grandes martillos se abatían rítmicamente sobre unos cráneos, aplastándolos más y más con cada impacto.

Cuando pasó al cuarto historial sintió una repentina necesidad de cafeína, pero decidió esperar hasta el final de la lectura. Para terminar, repasó la ficha aneja. Al igual que en los historiales anteriores, las dosis le produjeron un glacial escalofrío en la espalda:

· Clozapina: 1.200 mg/d (3cp 100 mg 4 veces/d).
Acetato de zuclopentixol: 400 mg IM/d.

Tiapride: 200 mg cada hora.
Diazepam: Amp. IM 20 mg/d.
Meprobamato: cp 400 mg.

¡Dios santo! ¿Qué clase de vegetales iba a recibir como pacientes? Entonces se acordó de otra cosa que le había dicho Alex: después de décadas de tratamiento medicamentosos masivos, la mayoría de los internos del Instituto se habían vuelto químicorresistentes. Aquellos individuos se paseaban por los pasillos con una cantidad de sustancias en las venas capaz de hacer planear a un dinosaurio y apenas manifestaban algunos síntomas de letargo. Cuando iba a cerrar el historial, reparó en una breve nota escrita a mano en el margen:

¿A qué corresponde este tratamiento? He interrogado a Xavier. No ha habido respuesta.

La letra era inclinada, precipitada. Solo leyéndola adivinó la frustración y la irritación del que había redactado la nota. Volvió a examinar la lista de los medicamentos y las dosis, y enseguida comprendió el asombro de aquella persona. Se acordó de que la clozapina se utilizaba cuando los otros neurolépticos resultaban ineficaces. En ese caso, ¿por qué prescribir zuclopentixol? También se acordó de que no se debía, en el tratamiento de la ansiedad, asociar dos ansiolíticos o dos hipnóticos, y eso era precisamente lo que se daba allí. Tal vez había otras anomalías que, no siendo médico ni psiquiatra, no alcanzaba a detectar, pero que sí habían llamado la atención del autor de la nota. Al parecer, Xavier no se había dignado responder. Diane se planteó, perpleja, si aquello era de su incumbencia. Luego se dijo que a partir de ese momento, aquel historial era el de uno de sus pacientes. Antes de poner en marcha cualquier psicoterapia, debía saber por qué le habían prescrito aquel cóctel demencial. En el historial se hablaba de psicosis esquizofrénica, de estados delirantes agudos, de confusión mental... pero había una marcada falta de precisión.

¿Debía preguntar a Xavier? Aquella persona lo había hecho ya, sin resultado. Volvió a tomar los historiales y examinó una por una las firmas de los jefes del servicio y del encargado de la farmacia. Al final encontró lo que buscaba. Encima de una de las hojas, alguien había anotado: «Entrega retrasada por huelga de transportes». Comparó las palabras «transportes» y «tratamiento». La forma de las letras era idéntica: la nota al margen la había escrito el enfermero que gestionaba las existencias de medicamentos.

Era a él a quien debía preguntar.

Se dirigió al segundo piso por las escaleras, con el historial bajo el brazo. El enfermero que se encargaba de la farmacia del Instituto era un hombre de treinta y pico años, vestido con vaquero descolorido, bata blanca y zapatillas gastadas. Llevaba tres días sin afeitarse y el pelo se le erguía en la cabeza, distribuido en rebeldes mechas. Tenía también ojeras, por lo que Diane sospechó que debía de llevar una intensa e interesante vida nocturna fuera del Instituto.

La farmacia se componía de dos habitaciones, una que servía de zona de recepción, con un mostrador y un timbre, abarrotada de papeles y cajas vacías, y la otra donde se guardaban las reservas de medicamentos en unos armarios de vidrio de seguridad. El enfermero, que según la etiqueta bordada en el bolsillo de la bata se llamaba Dimitri, la miró entrar con una sonrisa demasiado amplia tal vez.

—Hola —saludó.

—Hola —respondió ella—. Querría informarme un poco sobre la gestión de los productos farmacéuticos.

—Desde luego. Es la nueva psicóloga, ¿verdad?

—Así es.

—¿Qué quería saber?

—Pues cómo funciona.

—Bueno —dijo él, toqueteando el bolígrafo que llevaba en el bolsillo de la bata—. Venga por aquí.

Diane pasó detrás del mostrador. El enfermero cogió un gran cuaderno de tapa dura, parecido a un libro de cuentas.

—Esto es el libro diario. En él se anotan todas las entradas y todas las salidas de medicamentos. Las actividades de la farmacia consisten en determinar las necesidades del Instituto y presentar los pedidos por un lado y, por otro, recibir y almacenar los medicamentos para después distribuirlos en los diferentes servicios. La farmacia dispone de un presupuesto aparte. Los pedidos se renuevan cada mes, pero puede haber pedidos excepcionales.

—Aparte de usted, ¿quién está al corriente de lo que entra y lo que sale?

—Cualquiera puede consultar el libro diario, pero en todas las notas de entrega y todos los pedidos deben constar obligatoriamente la firma del mismo doctor Xavier o bien de Lisa o el doctor Lepage, el jefe de medicina. Además, cada producto se controla con una ficha individual de *stock*. —Cogió una gruesa carpeta y la abrió—. Todos los medicamentos utilizados en el Instituto constan aquí dentro y, gracias a este sistema, se sabe con precisión de cuántas reservas se dispone. A continuación se distribuyen los productos a los diferentes servicios. Cada distribución de medicamentos va refrendada a la vez con mi firma y la del enfermero encargado del servicio.

Diane abrió el historial que tenía en la mano y le enseñó la nota escrita al margen de la ficha aneja.

—Esta es su letra ¿verdad?

Vio que el joven fruncía el entrecejo.

—Así es —confirmó tras un breve titubeo.

—Parece que no está de acuerdo con el tratamiento que se administra a este paciente.

—Hombre, yo… Eh, no veía la utilidad de prescribirle dos ansiolíticos o acetato de zuclopentixol y clozapina al mismo tiempo… Es una cuestión un poco… técnica.

—Y se lo preguntó al doctor Xavier.

—Sí.

—¿Qué respondió?

—Que yo era responsable de las reservas de medicamentos, no psiquiatra.

—Comprendo. ¿Todos los pacientes reciben tratamientos tan fuertes?

—La mayoría sí. ¿Sabe? Después de años de tratamiento, casi todos se han vuelto…

—Químicorresistentes. Sí, ya sé… ¿Le importa que eche una ojeada a esto? —Señaló el libro diario y la carpeta que contenía las fichas individuales de los productos.

—No, por supuesto. Adelante. Venga, siéntese ahí.

Luego desapareció en la habitación de al lado y Diane lo oyó hablar por teléfono en voz baja. Seguramente a su novia; no llevaba alianza. Abrió el libro diario y comenzó a pasar páginas. Enero, febrero, marzo, abril…

El inventario del mes de diciembre cabía en dos páginas. En la segunda, le llamó la atención una línea del medio: «Entrega pedido Xavier», con fecha del 7 de diciembre. Completaban la línea tres nombres de medicamentos que no le resultaban familiares. Estaba segura, con todo, de que no se trataba de psicotrópicos. Los anotó por curiosidad en su cuaderno y llamó a Dimitri. Lo oyó que murmuraba «te quiero» antes de volver a aparecer.

—¿Qué es esto?

—No tengo ni idea —repuso con un encogimiento de hombros—. No fui yo quien escribió eso. Yo estaba de vacaciones en ese momento.

Revisó la carpeta de las fichas y puso cara de extrañeza.

—Vaya, sí que es raro… No hay fichas individuales de *stock* de estos tres productos. Solo están las facturas… Es probable que la persona que hizo la anotación en el libro diario no supiera que había que hacerlo constar…

—Déjelo. No tiene mayor importancia —lo tranquilizó Diane.

20

Se instalaron en la misma sala que la última vez. Asistían Ziegler, Servaz, el capitán Maillard, Simon Propp, Martial Confiant y Cathy d'Humières. Respondiendo a la invitación de Servaz, Ziegler trazó un breve resumen de los hechos. Martin advirtió que los presentaba desde un ángulo que lo absolvía de cualquier error de juicio y que, por su parte, ella se reprochaba haber cometido la negligencia de salir en moto esa mañana sin tener en cuenta las previsiones metereológicas. A continuación destacó el detalle que tenían en común aquel asesinato y el anterior: el ahorcamiento. No mencionó, en cambio, los suicidios, aunque sí resaltó la denuncia que había sido presentada por un asunto de chantaje sexual contra Grimm y Perrault, junto con Chaperon y un cuarto individuo que había fallecido dos años atrás.

—¿Chaperon? —dijo Cathy d'Humières con incredulidad—. Nunca había oído hablar de eso.

—Según Saint-Cyr, ocurrió hace algo más de veinte años —precisó Servaz—, mucho antes de que el señor alcalde se presentara a las elecciones. La denuncia la retiraron casi enseguida.

Cuando repitió lo que le había contado Saint-Cyr, la fiscal puso cara de escepticismo.

—¿De veras creen que existe una relación? Una muchacha borracha, unos jóvenes que también lo estaban, unas cuantas fotos comprometedoras... No querría dar la impresión de defender ese tipo de cosas, pero no me parece que eso tenga mayor repercusión.

—De acuerdo con Saint-Cyr, también hubo otros rumores con respecto a esos cuatro amigos —añadió Servaz.

—¿Qué tipo de rumores?

—Historias más o menos similares sobre abusos sexuales, rumores que aseguraban que cuando estaban borrachos tenían tendencia a volverse violentos con las mujeres. Por otra parte, no hubo ninguna denuncia oficial aparte de aquella... que, insisto, fue retirada muy deprisa. Por otro lado, está lo que encontramos en la cabaña de Grimm. Esta capellina y estas botas.... Más o menos las mismas prendas que las que se encontraron en el cadáver.

Servaz sabía por experiencia que era mejor no dar demasiada información a los fiscales y los magistrados instructores en tanto no se dispusiera de elementos sólidos, pues en el caso contrario solían expresar objeciones de principio. En esa ocasión, no obstante, no resistió la tentación de agregar más datos.

—Según Saint-Cyr, Grimm, Perrault, Chaperon y su amigo Mourrenx formaban desde el instituto un cuarteto inseparable. Descubrimos también que esos cuatro hombres llevaban todos el mismo anillo de sello; el que habría debido encontrarse en el dedo rebanado de Grimm.

Confiant posó sobre ellos una mirada de perplejidad.

—No entiendo qué pinta esa cuestión de los anillos en todo esto —declaró.

—Hombre, se puede suponer que se trata de una especie de signo de identificación —sugirió Ziegler.

—¿Un signo de identificación? ¿De identificación de qué?

—A estas alturas es difícil precisarlo —admitió Ziegler, fulminando con la mirada al juez.

—A Perrault no le han cortado el dedo —objetó D'Humières sin disimular su escepticismo.

—Exacto, pero la foto que encontró el comandante Servaz prueba que sí había llevado ese sello en un momento dado. Si el asesino no ha considerado oportuno cortarle el dedo, quizás ha sido porque Perrault no lo llevaba en ese momento.

Servaz los observó. En lo más hondo de sí sabía que se hallaban en la vía correcta. Algo estaba aflorando a la superficie, como unas raíces que salieran de la tierra, algo negro y glacial.

Y en aquella geografía del horror las capellinas, los anillos,

los dedos cercenados o no, eran como los guijarros dejados por el asesino en su camino.

—Es evidente que no hemos indagado lo bastante en la vida de esos hombres —intervino de improviso Confiant—. Si lo hubiéramos hecho en lugar de centrarnos en el Instituto, quizás habríamos encontrado algo que nos habría puesto sobre aviso a tiempo… en el caso de Perrault.

Todo el mundo comprendió que esa primera persona del plural era puramente retórica, que lo que quería decir incluía solo a Ziegler y a Servaz. Aun así, Servaz se preguntó, por una vez, si Confiant tenía razón.

—En todo caso, dos de las víctimas habían estado acusadas en esa denuncia y llevaban ese anillo —insistió—. No se pueden pasar por alto esas coincidencias. Y la tercera persona acusada en la denuncia que aún está viva no es otra que Roland Chaperon…

—En ese caso, hay una prioridad —se apresuró a señalar la fiscal, palideciendo.

—Sí. Debemos poner todos los medios para localizar al alcalde y adjudicarle protección policial sin perder un minuto. —Consultó el reloj—. Por eso propongo que levantemos la sesión.

El primer teniente de alcalde de Saint-Martin les dirigió una mirada que delataba su profunda inquietud. Sentado a su escritorio situado en el primer piso, toqueteaba, muy pálido, su bolígrafo.

—Está ilocalizable desde ayer por la mañana —declaró de entrada—. Estamos muy preocupados, sobre todo después de lo que ha pasado.

Ziegler asintió con la cabeza.

—¿Y no tiene alguna idea del sitio donde podría encontrarse?

—Ninguna —respondió el edil con aire de animal acorralado.

—¿Alguien a casa del cual hubiera podido ir?

—Su hermana de Burdeos. La he llamado. No ha tenido noticias de él. Su exmujer tampoco…

El teniente de alcalde desplazaba de uno a otro una mirada entre indecisa y aterrorizada, como si él fuera el siguiente en la lista. Ziegler le dio su tarjeta de visita.

—Si dispone de la más mínima información, llame de inmediato, aunque no le parezca importante.

Dieciséis minutos después aparcó delante de la planta embotelladora que Servaz había visitado ya dos días atrás, de la que Roland Chaperon era director y propietario. Era un edificio bajo y moderno rodeado de altas rejas rematadas con espirales de alambre de espino. En el parking, varios camiones aguardaban sus cargamentos de botellas. En el interior reinaba un estruendo infernal. Al igual que la vez anterior, Servaz divisó una cadena automática donde se enjuagaban las botellas con un chorro de agua pura antes de dirigirlas hacia los grifos que las llenaban y después hacia los robots, que las tapaban y las etiquetaban sin la más mínima intervención humana. Los obreros se limitaban a controlar cada operación. Subieron la escalera metálica que conducía a la oficina de vidrio insonorizada de la dirección. El mismo individuo de pelo hirsuto y mal afeitado que había recibido a Servaz la vez anterior los miró entrar con recelo, pelando pistachos.

—Algo ocurre —señaló, escupiendo una cáscara en la papelera—. Roland no ha venido a la embotelladora ni ayer ni hoy. Él no se ausenta así sin avisar. Con todo lo que ha pasado, no entiendo cómo no hay controles en las carreteras. ¿A qué están esperando? Yo, si fuera policía o gendarme…

Ziegler, que había fruncido la nariz a causa del olor a sudor que flotaba en aquel espacio, observó las grandes aureolas oscuras que manchaban la camisa azul del hombre a la altura de las axilas.

—Pero no lo es —replicó con tono cortante—. Aparte de eso, ¿tiene alguna idea del lugar donde podría encontrarse?

El gordo individuo la fulminó con la mirada. Servaz sonrió. Por allí eran bastantes las personas como él, que pensaban que la gente de ciudad era incapaz de actuar con sensatez.

—No. Roland no solía hablar de su vida privada. Hace unos meses nos enteramos de su divorcio de la noche a la mañana. Nunca nos había hablado de las dificultades por las que pasaba su vida conyugal.

—«Las dificultades por las que pasaba su vida conyugal» —repitió Ziegler con franco sarcasmo—. Así se habla.

—Vamos a su casa —dijo Servaz mientras montaban en su coche—. Si no está, habrá que registrarla de arriba abajo. Llama a Confiant y pide una orden de registro.

Ziegler descolgó el teléfono del coche y marcó un número.

—No responde.

Servaz despegó un instante la vista de la carretera. Unas nubes cargadas de lluvia o de nieve se desplazaban por el oscuro cielo cual funestos presagios… y el día declinaba.

—Da igual. No tenemos tiempo. Lo haremos sin ella.

Espérandieu escuchaba *The Station* de los Gutter Twins cuando Margot Servaz salió del Instituto. Sentado en la sombra del coche camuflado, escrutó la multitud de adolescentes que se desparramaba a la salida del centro. No tardó ni diez segundos en identificarla. Además de una cazadora de cuero y un pantalón corto a rayas, la hija de Martin lucía unas extensiones de pelo violeta prendidas de su cabello negro, unas mallas de rejilla que resaltaban sus largas piernas y unas enormes polainas de piel en torno a los tobillos que daban la impresión de que fuera al instituto con descansos. Era tan fácil de localizar como un indígena primitivo en una cena de gala. Espérandieu se acordó de Samira. Comprobando la presencia de su cámara fotográfica en el asiento de al lado, seleccionó la aplicación «dictáfono» en su iPhone, que transmitía sin cesar el álbum Saturnalia.

—17 horas. Salida del instituto. Habla con sus compañeros de clase.

A diez metros de allí, Margot reía y charlaba. Después sacó de la cazadora una petaca. «Mala cosa», pensó Espérandieu. Luego se puso a liar un cigarrillo escuchando a sus compañeras. «Lo hace con destreza —constató Espérandieu—. Por lo visto, está acostumbrada.» De repente, tuvo la impresión de ser un asqueroso *voyeur* que espiaba a las niñas a la salida de la escuela. «¡Mierda, Martin, vaya papelón que me obligas a hacer!» Veinte minutos después, una motocicleta aparcaba delante del grupito.

Espérandieu se puso en alerta de inmediato.

Vio cómo el piloto se quitaba el casco y se ponía a hablar con la hija de su jefe. Esta tiró el cigarrillo en la acera y lo aplastó con el tacón. Después se montó en la moto.

«Vaya, vaya...»

—Se va en mobylette con individuo diecisiete/dieciocho años. Pelo negro. No es del instituto.

Espérandieu dudaba si tomar una foto. Estaba demasiado cerca y se arriesgaba a que lo sorprendieran. Visto desde allí, el chico era más bien guapo y llevaba el pelo tieso, peinado con gel extrafuerte. Se volvió a poner el casco y entregó otro a Margot. ¿Sería el cerdo que la pegaba y la hacía sufrir? La moto arrancó. Espérandieu se dispuso a seguirla. El chico conducía deprisa... con temeridad. Zigzagueaba entre los coches y daba intempestivas eses mientras volvía la cabeza para hablar a gritos con su pasajera. «Un día u otro, la realidad se acordará de ti en el mal sentido, amigo...»

En dos ocasiones, Espérandieu creyó haberlo perdido, pero lo volvió a alcanzar más adelante. Se resistía a utilizar la sirena; primero para que no lo descubrieran y segundo porque aquella misión era totalmente extraoficial y no se consideraba que estuviera de servicio.

Finalmente, la moto se detuvo delante de una casa rodeada de un jardín y un alto y tupido seto. Espérandieu reconoció de inmediato la dirección: había ido allí en compañía de Servaz. Allí era donde vivían Alexandra, la exmujer de Martin, y el idiota del piloto de avión. Y, por consiguiente, Margot.

Esta se bajó de la moto y se quitó el casco. Los dos jóvenes se pusieron a charlar tranquilamente un momento, ella de pie en la acera y él sentado en la moto. Espérandieu temió que acabaran fijándose en él, aparcado en la calle desierta a menos de cinco metros de distancia. Por suerte para él, los adolescentes estaban absortos en su conversación. Espérandieu observó que todo transcurría con calma, sin gritos ni amenazas. Intercambiaban, al contrario, carcajadas y gestos de complicidad. ¿Y si Martin hubiera metido la pata? Quizás el oficio de policía lo había vuelto paranoico. Después la hija de Martin se inclinó y besó en las dos mejillas al motorista. Este hizo petardear la mobylette con tal vigor que a Espérandieu le dieron ganas de bajar a multarlo, y luego desapareció.

«¡Mierda! ¡No era ese!» Vincent pensó que acababa de perder una hora de su tiempo. Dirigiendo una muda imprecación contra su jefe, dio media vuelta y se fue por donde había venido.

Servaz miraba la fachada sin luces, blanca, imponente, alta, con balcones de madera labrada y postigos de estilo chalet en todos los pisos. El empinado tejado terminaba en punta sobre un frontón de madera triangular. Aquella casa con arquitectura típica de montaña, situada en un barrio residencial, se erguía en la parte alta de la pendiente del jardín, a la sombra de unos grandes árboles, y no recibía la luz de la calle. Irradiaba una sutil sensación de amenaza. ¿O tal vez eran imaginaciones suyas? Se acordó de un extracto de *La caída de la casa Usher*: «No sé bien por qué, pero desde el primer vistazo que eché al edificio, un sentimiento de insoportable tristeza me penetró el alma».

Se volvió hacia Ziegler.

—¿Confiant sigue sin responder?

Ziegler guardó el móvil en el bolsillo negando con la cabeza. Servaz empujó el portal oxidado, que se abrió con un chirrido. Subieron por el sendero. Había huellas de pasos en la nieve que nadie se había molestado en barrer. Servaz subió los escalones de la entrada y bajo la marquesina de cristal accionó la manecilla de la puerta, que estaba cerrada con llave. No había el menor asomo de luz en el interior. Giró sobre sí: la ciudad se extendía abajo con sus decoraciones navideñas, que palpitaban como el corazón vivo del valle. Sobre el lejano rumor de coches y de pitos, allí todo estaba en silencio. En ese viejo barrio residencial encaramado en las alturas reinaban la insondable tristeza y la aplastante calma de las existencias burguesas encerradas sobre sí mismas. Ziegler llegó a su lado junto al umbral.

—¿Qué hacemos?

Servaz miró en torno a sí. A ambos lados de la escalinata,

la casa reposaba sobre un zócalo de piedra de pedernal provisto de dos respiraderos. Era imposible entrar por allí, porque ambos estaban protegidos con barrotes de hierro. Los postigos de los ventanales de la planta baja, en cambio, estaban abiertos. Reparando en la pequeña caseta de jardín con forma de chalet que había en un rincón, detrás de un arbusto, bajó las escaleras y se encaminó hacia ella. No había ningún candado. Al abrir la puerta percibió un olor a tierra revuelta. En la sombra había rastrillos, palas, macetas, una regadera, una carretilla, una escalera de mano… Regresó a la casa con la escalera de aluminio bajo el brazo. Luego la apoyó en la fachada y subió hasta la altura de la ventana.

—¿Qué haces?

Sin responder, se bajó la manga y descargó un puñetazo contra uno de los vidrios. Tuvo que repetir la operación dos veces.

Después, con el puño todavía protegido por la manga, retiró los pedazos de cristal e hizo girar la manivela de la falleba. Esperaba oír el estridente aullido de un sistema de alarma, pero no fue así.

—¿Sabes que un abogado podría anular todo el procedimiento a causa de lo que acabas de hacer? —le advirtió Ziegler desde abajo.

—Por ahora, lo más urgente es encontrar a Chaperon vivo y no hacer que lo condenen. Digamos que hemos encontrado esta ventana así y que hemos aprovechado…

—¡No se muevan!

Se volvieron rápidamente. Más abajo en la calle, entre dos abetos, una figura empuñaba una escopeta.

—¡Manos arriba! ¡Ni un gesto!

En lugar de obedecer, Servaz hundió la mano en la chaqueta y sacó el carnet antes de bajarse de la escalera.

—No te canses, hombre. Somos de la policía.

—¿Desde cuándo entra la policía causando destrozos en las casas? —preguntó el individuo bajando el arma.

—Desde que tenemos prisa —contestó Servaz.

—¿Buscan a Chaperon? No está. Hace dos días que no lo hemos visto.

Servaz había identificado al personaje: era el «portero

vocacional» que tan bien conocía el juez Saint-Cyr. Había uno en cada calle o casi; se trataba del individuo que se entrometía en la vida de los otros por la simple razón que se habían ido a instalar a su lado. A causa de eso se consideraba con derecho a vigilarlos, a espiarlos por encima del seto del jardín, sobre todo si presentaban un perfil «sospechoso». A los ojos del portero vocacional estaban considerados como sospechosos las parejas homosexuales, las madres solteras, los solterones tímidos y reservados y, en general, todos aquellos que lo miraban con malos ojos y que no compartían sus ideas fijas. Era muy útil en las pesquisas de vecindario, pese a que Servaz sentía un profundo desprecio por aquella clase de persona.

—¿Y no sabes adónde ha ido?

—No.

—¿Qué clase de persona es?

—¿Chaperon? Un buen alcalde y una persona como Dios manda, educado, sonriente, siempre amable, siempre dispuesto a pararse a charlar. Un hombre cabal, no como ese tipejo de allá.

Señaló una de las casas de la calle. Servaz dedujo que «el tipejo de allá» se había convertido en el blanco preferido del portero vocacional. Uno no existía sin el otro. Casi le dieron ganas de decir que «al tipejo de allá» seguramente no lo habían denunciado nunca por chantaje sexual. Ese era el problema con los porteros vocacionales, que a menudo se equivocaban de blanco. Además solían trabajar en equipo de dos: marido y mujer formaban un temible dúo.

—¿Qué es lo que pasa? —preguntó el hombre sin disimular su curiosidad—. Después de lo que ha sucedido, todo el mundo se encierra a cal y canto. Claro que yo no. Ya puede venir ese chalado, que aquí lo espero como si nada.

—Gracias —dijo Servaz—. Ahora vuelve a tu casa.

El hombre masculló algo antes de dar media vuelta.

—¡Si necesitan más información, vivo en el número cinco! —anunció por encima del hombro—. ¡Lançonneur, ese es mi apellido!

—No me gustaría tenerlo de vecino —declaró Ziegler mientras se alejaba.

—Deberías interesarte un poco más por tus vecinos —replicó Servaz—. Seguro que tienes uno así. En todas partes hay tipos como él. Bueno, vamos.

Subió la escalera y entró en la casa.

El vidrio roto crujió bajo sus zapatos. En la penumbra se distinguía un sofá de cuero, alfombras encima del parquet, paredes revestidas de madera, un escritorio... Servaz localizó el interruptor y encendió la lámpara del techo. Ziegler apareció en lo alto de la escalera, delante de la ventana, tras la cual se atisbaban las luces del valle entre los árboles. Miró a su alrededor. Todo apuntaba a que se encontraban en el estudio de Chaperon o de su exmujer. Había estanterías, libros y fotos antiguas en las paredes. Estas representaban paisajes de montaña, aldeas pirenaicas de principios del siglo XX, calles por donde transitaban hombres tocados con sombrero y coches de caballos. Servaz recordó que hubo una época en que los balnearios de los Pirineos atraían a la flor y nata de los agüistas parisinos y contaban entre los más elegantes centros de veraneo de montaña, en competencia con Chamonix, Saint-Moritz o Davos.

—Primero intentemos encontrar a Chaperon —programó—, con la esperanza de que no esté ahorcado en algún sitio. Después lo registramos todo.

—¿Qué buscamos?

—Lo sabremos cuando lo hayamos encontrado.

Salió del estudio.

Un pasillo comunicaba al fondo con una escalera.

Abrió las puertas, una por una. Sala de estar, cocina, cuarto de baño, comedor. Una vieja alfombra amortiguó sus pasos en la escalera. Al igual que el estudio, la pared de esta estaba revestida de madera clara y decorada con piolets, tacos con puntas metálicas para el hielo, botas de cuero, rudimentarios esquís: viejo material de alpinismo y de montaña que databa de la época de los pioneros. Servaz se detuvo para observar una foto de un alpinista que posaba en la cima de un espolón rocoso, igual de vertical y estrecho que la columna de un estilita. Sintió que se le formaba un nudo en el estómago. ¿Cómo era posible que aquel hombre no sintiera vértigo? Estaba allí, de pie al borde del vacío, sonriendo como si nada al fotógrafo, que se encontraba en otro punto elevado. Después cayó en la cuenta de que el alpinista que desafiaba las cumbres era el propio

Chaperon. En otra foto aparecía colgado de un saliente, sentado tranquilamente sobre un talabarte, como un pájaro en una rama, suspendido a centenares de metros del suelo, protegido de una fatal caída por una irrisoria cuerda. Debajo de él se distinguía un valle con un río y unos pueblos a lo lejos.

A Servaz le habría gustado preguntarle al alcalde qué sensación producía encontrarse en esa situación y, de paso, qué se experimentaba siendo el objetivo de un asesino. ¿Sería el mismo tipo de vértigo? Todo el interior de la casa era un templo dedicado a la montaña y a la superación personal. Estaba claro que el alcalde no tenía el mismo temple que el farmacéutico; estaban esculpidos con un molde muy distinto. Aquella imagen confirmaba la primera impresión que Servaz había tenido en la central: un hombre bajo pero sólido como una roca, amante de la naturaleza y de la actividad física, con su cabellera blanca y leonina y su tez perpetuamente curtida.

Después recordó al Chaperon que había visto en el puente y en su coche: un individuo muerto de miedo, acorralado. Entre ambas imágenes mediaba la muerte del farmacéutico. Servaz analizó que, pese a su atroz apariencia, la muerte del caballo no le había producido el mismo efecto. ¿Por qué? ¿Porque se trataba de un caballo? ¿O bien porque en aquel momento no se sentía bajo amenaza? Reanudó su exploración, atenazado por el sentimiento de urgencia que lo habitaba desde el episodio del teleférico. En el primer piso había un cuarto de baño, un excusado, dos habitaciones… Una de ellas era el dormitorio principal. En cuanto la hubo recorrido, lo asaltó una sensación extraña. Paseó la mirada por ella frunciendo el entrecejo: una idea lo preocupaba.

Un armario. Una cómoda. Una cama de matrimonio, aunque por la forma que había adoptado el colchón, se deducía que hacía mucho que solo dormía una sola persona en él. Había también una sola silla y una sola mesita de noche.

Era la habitación de un hombre divorciado que vivía solo. Abrió el armario…

Vestidos, blusas, faldas, jerséis y abrigos de mujer y, debajo, zapatos de tacón…

Después pasó un dedo por encima de la mesita. La cubría una gruesa capa de polvo… como en la habitación de Alice…

Chaperon no dormía en esa habitación.

Era la que había ocupado su exmujer antes de su divorcio.

Igual que los Grimm, los Chaperon dormían en habitaciones separadas...

Aquella idea lo perturbó. El instinto le decía que estaba rozando algo. La tensión se había vuelto a manifestar. Seguía allí, como una impresión de peligro, de inminente catástrofe. Volvió a ver a Perrault gritando como un condenado en la telecabina y le dio mareo. Tuvo que agarrarse a la esquina de la cama. De repente, sonó un grito.

—¡Martin!

Se precipitó por la escalera. Era la voz de Ziegler y venía de abajo. Bajó la escalera casi corriendo. La puerta del sótano estaba abierta, y Servaz se abalanzó hacia ella. Fue a parar a un vasto espacio de paredes construidas con tosca piedra de cantera que servía de sala de calderas y lavandería. Estaba muy oscuro. Había luz, más lejos... Se dirigió hacia ella. Llegó a una gran habitación iluminada por una bombilla desnuda cuyo vaporoso halo dejaba los rincones en sombra. Vio un banco, y material de escalada colgado de unos grandes paneles de corcho. Ziegler se hallaba delante de un armario metálico abierto de cuya puerta pendía un candado.

—¿Qué...?

Calló y se acercó. En el interior del armario había una capa negra impermeable y unas botas.

—Y eso no es todo —apuntó Ziegler, tendiéndole una caja de zapatos.

Servaz la abrió y la mantuvo bajo la débil luz de la bombilla. Enseguida reconoció el anillo, con la marca «C–G». Lo acompañaba una foto amarillenta y acartonada, antigua. En ella se veían cuatro hombres uno al lado del otro, cubiertos con la misma capa que se encontraba suspendida de un colgador en el armario metálico, la misma capa negra con capucha encontrada encima del cadáver de Grimm, la misma que estaba colgada en la cabaña del borde del río... Pese a que los cuatro hombres tenían todos una parte de la cara oculta en la sombra de las capuchas, Servaz creyó reconocer la barbilla fofa de Grimm y la mandíbula cuadrada de Chaperon. El sol brillaba sobre las cuatro negras formas, lo cual volvía aún más siniestras e incongruentes las capas. Se percibía un paisaje de verano, una naturaleza bucólica en derredor... hasta se podían casi oír cantar los pájaros. El mal estaba, no obstante, presente allí, diagnosticó Servaz, casi palpable en aquel paisaje poblado de árboles e inundado de sol, materializado en aquellas cuatro siluetas. «El mal existe —se dijo—, y esos cuatro hombres eran una de sus innumerables encarnaciones.»

Comenzaba a entrever un esquema, una posible estructura.

Según él, aquellos hombres tenían una pasión común: la montaña, la naturaleza, las excursiones y el vivac. También compartían, sin embargo otra pasión, más secreta y más siniestra. Aislados en el fondo de aquellos valles, acreedores de una impunidad total, exaltados por las grandiosas cimas que frecuentaban, habían acabado por considerarse intocables. Comprendió que se acercaba al origen, a la fuente de donde manaba todo. Con el curso de los años, se habían convertido en una especie de minisecta que vivía en una burbuja en aquel rincón de los Pirineos adonde el ruido del mundo llegaba tan solo a través de la tele y los periódicos, aislados no solo geográficamente sino también psicológicamente del resto de la población, e incluso de sus cónyuges... tal como justificaban aquellos divorcios y aquellos odios enconados.

Hasta que la realidad se impuso a ellos.

Hasta que hubo sangre.

Entonces el grupo se dispersó, amedrentado, como una bandada de estorninos. Y aparecieron como lo que eran: unos pobres tipos aterrorizados, unos miserables cobardes bruscamente apeados de su pedestal.

Ahora las montañas ya no eran los imponentes testigos de sus crímenes impunes, sino el escenario de su castigo. ¿Quién era el justiciero? ¿Qué aspecto tenía? ¿Dónde se escondía?

Gilles Grimm.

Serge Perrault.

Gilbert Mourrenx... y Roland Chaperon.

El «club» de Saint-Martin.

Una pregunta atormentaba a Servaz. ¿Cuál era la naturaleza exacta de sus crímenes? No abrigaba la menor duda de que Ziegler estaba en lo cierto, de que el chantaje a que habían sometido a aquella chica representaba tan solo la parte visible de un iceberg cuya siniestra naturaleza temía ahora descubrir. Al mismo tiempo, percibía un obstáculo impreciso, un detalle que no encajaba. «Es demasiado simple, demasiado evidente», pensaba. Había una pantalla que no veían... detrás de la cual se ocultaba la verdad.

Se acercó al respiradero que daba al oscuro jardín. Fuera era noche cerrada.

El o los justicieros estaban allá, en la noche, listos para atacar, concentrados sin duda como ellos en buscar a Chaperon. ¿Dónde se escondía el alcalde? ¿Lejos o cerca de allí?

De improviso lo asaltó otra pregunta: ¿el club de los bribones se reducía a los cuatro individuos presentes en la foto o contaba con otros miembros?

Al llegar a casa, Espérandieu encontró a la niñera en el salón. Esta se levantó con desgana, absorta al parecer en un episodio de *House*. A lo mejor había previsto ganar más dinero. Era una estudiante de primero de derecho con un nombre exótico tipo Barbara, Marina u Olga quizá. «¿Ludmilla? ¿Stella? ¿Vanessa?» Renunciando a llamarla por su nombre, le pagó las dos horas de presencia. También encontró una nota de Charlène sujeta con un imán a la nevera. «Inauguración. Volveré tarde. Besos.» Sacó una hamburguesa del congelador, la puso en el microondas y después conectó el ordenador portátil. Comprobó que tenía varios mensajes pendientes. Uno de ellos provenía de Kleim162. Se titulaba: «Re: diversas cuestiones a propósito de L».

Espérandieu cerró la puerta de la cocina, puso música (*The Age of Understatement* de The Last Shadow Puppets), se acomodó en una silla y comenzó la lectura:

Hola Vince,

Ahí van los primeros resultados de mis pesquisas. Aun sin ser algo sensacional, hay varias cosillas que trazan una imagen de Éric Lombard bastante distinta de la que tiene de él el gran público. No hace mucho, con ocasión de un foro entre millonarios que tuvo lugar en Davos, nuestro hombre hizo suya la definición de la mundialización de Percy Barnevik, el antiguo presidente sueco de ABB: «Yo defino la mundialización como la libertad para mi grupo de invertir donde quiera, el tiempo que quiera, para producir lo que quiera, de abastecerse y vender donde quiera, teniendo que soportar el mínimo de obligaciones posibles en materia de derecho laboral y de convenciones sociales». En realidad, ese es el credo de la mayoría de los dirigentes de multinacionales.

Para comprender las presiones cada vez más fuertes que ejercen sobre los Estados, hay que tener en cuenta que a principios de la década de 1980 había alrededor de 7.000 multinacionales en el mundo, que en 1990 ya eran 37.000 y que quince años más tarde su número ascendía a 70.000, que controlan 800.000 filiales y el setenta por ciento de los flujos comerciales. Y esa tendencia no para de acelerarse. Como resultado de ello, jamás se ha creado tanta riqueza y jamás la riqueza se ha repartido de manera tan desigual: el director general de Disney gana 300.000 veces el valor del sueldo de un obrero haitiano que fabrica camisetas para su empresa. Los trece miembros del directorio de AIR, del que forma parte Éric Lombard, recibieron el año pasado una remuneración de diez millones de euros, lo que equivale al doble del salario conjunto de seis mil obreros de una fábrica del grupo en Asia.

Espérandieu puso cara de extrañeza. ¿Acaso Kleim162 pretendía hacerle un repaso de toda la historia del liberalismo? Sabía que su contacto mantenía una animosidad visceral contra la policía, los políticos y las multinacionales, que aparte de ser periodista era también miembro de Greenpeace y de Human Rights Watch… y que estaba en Ginebra y en Seattle con ocasión de los encuentros antiglobalización paralelos a las reuniones del G8. En Ginebra, en 2001, había visto cómo los carabineros italianos irrumpieron en la escuela Diaz, transformada en dormitorio para los manifestantes, y aporrearon con inaudita brutalidad a hombres y mujeres hasta dejar las paredes y el suelo cubiertos de sangre. Solo entonces llamaron a las ambulancias. El balance fue de un muerto, 600 heridos y 281 personas detenidas.

Éric Lombard hizo sus pinitos en la rama de equipamiento deportivo del grupo familiar, una marca que conocen bien todos los niños gracias a los numerosos campeones que la llevan. Consiguió doblar los beneficios de la rama en cinco años. ¿Cómo? Desarrollando un verdadero «arte» para la subcontratación. Los zapatos, las camisetas, los pantalones y otras prendas deportivas ya las fabricaban en la India, en Indonesia y en Bangladesh las mujeres y niños. Éric Lombard se trasladó allá y modificó los acuerdos pactados. A partir de ese momento, para obtener la licencia de fabricación, el proveedor debía aceptar condiciones draconianas: nada de huelgas, una calidad irreprochable y unos costos de producción tan bajos que solo puede pagar a sus obreros salarios de miseria. Y para mantener la presión, la licencia se revisa cada mes, aplicando un truco utilizado ya por la competencia. Desde que se inició esta política, la rama está más floreciente que nunca.

Espérandieu bajó la vista para mirar su camiseta en la que estaba escrito ESTOY AL LADO DE UN TONTO, con una flecha dirigida hacia la izquierda.

¿Otro ejemplo? En 1996, la rama farmacéutica del grupo compró la empresa americana que había desarrollado la eflornitina, el único medicamento conocido contra la tripanosomiasis africana, más conocida con el nombre de enfermedad del sueño, que afecta en la actualidad a 450.000 personas en África y que sin tratamiento acaba provocando una encefalitis, el coma y la muerte. El grupo Lombard abandonó de inmediato la fabricación de ese medicamento. ¿Sabes cuál fue el motivo? Que no era bastante rentable. Esa enfermedad aqueja a cientos de miles de personas, sí, pero estas carecen de poder adquisitivo. Cuando a causa de la urgencia humanitaria ciertos países como Brasil, Sudáfrica o Tailandia decidieron fabricar por sí mismos tratamientos contra el sida o la meningitis haciendo caso omiso de las patentes de las grandes empresas farmacéuticas, Lombard se asoció con estas para denunciar a esos países ante la Organización Mundial del Comercio. En esa época, el viejo Lombard estaba ya al borde la muerte y fue Éric el que, con veinticuatro años, asumió las riendas del grupo. Así pues, ¿comienzas a percibir un nuevo perfil de nuestro apuesto aventurero, tan apreciado en los medios de comunicación?

Conclusión de todo ello, se dijo Vincent: a Lombard no

debían de faltarle los enemigos. No es que fuera una buena noticia. Se saltó las páginas siguientes, más o menos de la misma tónica, con el propósito de revisarlas más tarde. Se detuvo, no obstante, en un párrafo que se encontraba un poco más adelante:

El elemento más interesante para ti es quizás el durísimo conflicto que opuso el grupo Lombard a los obreros de la empresa Polytex, situada cerca de la frontera belga, en julio de 2000. A principios de los años cincuenta, Polytex fabricaba una de las mejores fibras sintéticas francesas y empleaba a un millar de obreros. A finales de los noventa, estos habían quedado reducidos a ciento sesenta. En 1991, la fábrica fue adquirida por una multinacional que la cedió casi de inmediato a otros compradores: había dejado de ser rentable a causa de la competencia de otras fibras más baratas. Aquello no era, sin embargo, del todo cierto: la calidad superior del producto hacía de él un material muy interesante para el uso quirúrgico. Allí había un mercado viable. Al final se sucedieron varias reventas hasta que se presentó una filial del grupo Lombard.

Para los obreros, la llegada de una multinacional de la talla de Lombard, implantada ya en el sector farmacéutico y médico fue algo inesperado. Concibieron esperanzas. Los compradores anteriores habían practicado todos el chantaje habitual para no cerrar: congelación de sueldos, aumento de horas de trabajo, incluidos los fines de semana y días festivos… En lugar de normalizar la situación, Lombard exigió aún más esfuerzos en una primera etapa. En realidad, el grupo había comprado la fábrica con un único objetivo: adquirir las patentes de fabricación. El 5 de julio de 2000, el tribunal de comercio de Charleville-Mézières dictó la liquidación judicial. Para los obreros fue una terrible desilusión. Aquello implicaba despidos directos, cese inmediato de la actividad y liquidación del material. Encolerizados, los obreros de Polytex ocuparon la fábrica y anunciaron que estaban dispuestos a verter 50.000 litros de ácido sulfúrico al río Mosa si nadie tomaba en cuenta sus reivindicaciones. Eran perfectamente conscientes del arma que esgrimían, ya que la fábrica contenía un montón de productos químicos muy tóxicos que, en caso de incendio o explosión, habrían provocado una catástrofe peor que la AZF de Toulouse.

Las autoridades ordenaron la inmediata evacuación de la ciudad cercana, dispusieron un cordón de centenares de policías en torno a la fábrica y pidieron al grupo Lombard que entablara negociaciones de inmediato a través de los sindicatos. Esa fase duró cinco días. Como no había avances en las discusiones, el 17 de julio los obreros vertieron 5.000 litros de ácido sulfúrico simbólicamente teñidos de rojo en un arroyo que desemboca en el Mosa y amenazaron con repetir la operación cada dos horas.

Políticos, sindicalistas y dirigentes denunciaron entonces un «ecoterrorismo injustificable». Un gran periódico de la tarde acuñó, sin ironía, el titular «El advenimiento del social-terrorismo» y habló de talibanes suicidas. Lo más irónico era que, durante décadas, Polytex había sido uno de los grandes factores contaminantes del Mosa y de la región. Al final, la fábrica fue tomada por los grupos de intervención de la gendarmería y de la policía nacional. Los obreros regresaron a sus casas con el rabo entre las piernas, sin haber logrado nada. Es probable que más de uno no haya digerido todavía el episodio.

Es todo lo que tengo por el momento. Sigo buscando. Buenas noches, Vince.

Espérandieu se puso a pensar. En ese caso, ¿por qué habrían reaccionado ahora, ocho años después? ¿Algunos de aquellos obreros habían ido a parar a la cárcel? ¿O se habían suicidado después de varios años de paro y dejado tras de sí unas familias cargadas de odio? En su bloc de notas apuntó que habría que hallar una respuesta a aquellas preguntas.

Miró la hora en la esquina de la pantalla: las 19.03. Después de desconectar el aparato, se estiró en la silla. Luego se levantó y sacó una botella de leche de la nevera. La casa estaba en silencio. Mégan jugaba en su habitación, Charlène tardaría varias horas en volver, la niñera se había ido. Apoyado en el fregadero, engulló un ansiolítico, bebiendo directamente la leche de la botella. Obedeciendo a un repentino reflejo, buscó el nombre del laboratorio en la caja. ¡Comprobó que acababa de tomar un medicamento fabricado por el grupo Lombard para calmar la angustia que acababan de provocarle las prácticas de ese mismo grupo!

Después, meditando sobre la manera de obtener más información de Lombard, se acordó de pronto de una persona que vivía en París, una joven brillante que había conocido en la academia de policía y que sin duda se encontraba en las mejores condiciones para obtener revelaciones jugosas.

—Martin, ven a ver esto.

Habían abandonado el sótano para revisar arriba. Servaz se había concentrado en una pequeña habitación que, a juzgar por la capa de polvo, no se había utilizado desde hacía siglos. Había abierto armario y cajones, levantado cojines y colchón e intentado incluso desmontar la plancha de metal que tapaba la chimenea, cuando la voz de Irène le llegó de nuevo a través de la puerta abierta.

Salió al rellano del último piso. Delante de él, al otro lado del pasillo, había una escalera inclinada con una rampa, como en un barco, y una trampilla abierta encima. Del agujero salía una franja luminosa que atravesaba la oscuridad del descansillo.

Servaz trepó por los peldaños y asomó la cabeza.

De pie en el medio de la habitación, Ziegler le hacía gestos para que se acercara.

El desván se componía de una única y amplia estancia, que servía a un tiempo de dormitorio y de estudio. El mobiliario y la decoración evocaban el ambiente de un chalet de alta montaña: madera sin pulir, un armario, una cama con cajones situada bajo una ventana, una mesa a guisa de escritorio… En una de las paredes había un inmenso mapa de los Pirineos, con valles, pueblos, carreteras y picos… Desde el principio, Servaz se preguntaba dónde dormía Chaperon, dado que ninguno de los dormitorios tenía trazas de estar ocupado. Ante sus ojos tenía la respuesta.

Ziegler paseó la mirada por el espacio y Servaz siguió su ejemplo. El armario estaba abierto.

En el interior había colgadores vacíos,
un montón de ropa permanecía tirada en el suelo.

En el escritorio, papeles en desorden

y, bajo la cama, un cajón abierto dejaba ver un revoltijo de ropa interior de hombre.

—Estaba así —murmuró Ziegler—. ¿Qué está pasando aquí?

Servaz reparó en un detalle del que no se había percatado de entrada:

encima del escritorio,

entre los papeles,

una caja de balas, abierta.

En su precipitación, Chaperon había dejado caer una en el suelo.

Se miraron...

El alcalde había huido

como alma que lleva el diablo.

Y temía por su vida...

21

*E*ran las siete de la tarde. Diane se sintió de repente hambrienta y se apresuró a ir al pequeño comedor donde por la noche servían un menú único para los pocos miembros del personal que no regresaban a su casa. Saludó al pasar a dos vigilantes que cenaban en una mesa próxima a la entrada y cogió una bandeja.

Tras echar un vistazo a los platos calientes presentados, esbozó una mueca de contrariedad: «Pollo con patatas fritas». Tendría que organizarse si quería comer de manera equilibrada y no encontrarse con diez kilos de más al final de su estancia allí. De postre, eligió una macedonia. Comió cerca de la ventana, contemplando el paisaje nocturno. Unas pequeñas lámparas dispuestas en torno al edificio iluminaban la nieve a ras del suelo, bajo los pinos, creando un mágico efecto.

Cuando se marcharon los guardianes, se encontró sola en la silenciosa y desierta sala, pues hasta el empleado de detrás de la barra había desaparecido. Sobre ella se abatió una oleada de tristeza y de duda. No obstante, ya había estado más de una vez sola en su habitación de estudiante, revisando y trabajando mientras los otros abandonaban la universidad para ir a divertirse en los pubs y discotecas de Ginebra. Sin embargo, jamás se había sentido tan lejos de su casa, tan aislada, tan perdida. Cada jornada se sentía igual allí, cuando se hacía de noche.

Reaccionó, furiosa consigo misma. ¿Dónde habían ido a parar su lucidez, sus conocimientos humanos, psicológicos, fisiológicos? ¿Acaso no podía aplicar un poco más la autoobservación en lugar de ceder a sus emociones? ¿Es que era una simple inadaptada allí? Conocía bien la ecuación de base: inadaptación = tensión = angustia. Despachó aquel argumento de un manotazo. No ignoraba el origen de su malestar. Aquello no tenía nada que ver con ella: se debía a lo que ocurría allí. No estaría en paz en tanto no supiera más. Se levantó y dejó la bandeja en la cinta transportadora. Los pasillos estaban igual de desiertos que el comedor.

Estaba doblando la esquina del que conducía a su oficina cuando se quedó inmóvil de golpe, con la impresión de que le habían arrojado un fluido refrigerante en el estómago. Xavier estaba en el pasillo. Cerraba lentamente la puerta de su oficina —la oficina de Diane—. El psiquiatra lanzó una rápida ojeada a derecha e izquierda y ella se apresuró a pegarse a la pared. Para su alivio, lo oyó alejarse en dirección contraria.

Cintas de casete...

Ese fue el detalle que atrajo a continuación su atención. Entre el desorden de papeles del escritorio había casetes, como los que ya nadie utilizaba pero que, al parecer, Chaperon había conservado. Los tomó y miró las etiquetas: CANTOS DE PÁJAROS 1, CANTOS DE PÁJAROS 2, CANTOS DE PÁJAROS 3... Servaz los volvió a dejar. También advirtió, en un rincón, un miniequipo de música con compartimento para casetes.

El alpinismo, los pájaros... Aquel hombre sentía una verdadera pasión por la naturaleza.

Y también por las cosas antiguas: viejas fotos, viejos casetes... Antiguallas en una casa antigua... ¿no era lo más normal?

Servaz, no obstante, sentía que una señal lo estaba alertando en un recoveco de su cerebro. Guardaba relación con algo que había en aquella habitación, y más concretamente con esos cantos de pájaros. ¿Qué significado tenía aquello? Solía confiar en su instinto, ya que este raras veces lo avisaba en vano.

Se puso a reflexionar con empeño, pero no vio nada. Ziegler estaba llamando a la gendarmería para que precintaran la casa y mandaran a la policía científica.

—Estamos cerca de la verdad —señaló ella después de colgar.

—Sí —confirmó Servaz con gravedad—, pero por lo visto no somos los únicos.

Se le había formado un nudo en las tripas a causa de la inquietud. Ya no le cabía duda de que el meollo de la investigación radicaba en el cuarteto Grimm-Perrault-Chaperon-Mourrenx y en sus «hazañas» del pasado. El o los asesinos les llevaban ventaja. A diferencia de Ziegler y de él, sabían todo lo que había que saber… desde hacía mucho. ¿Y qué pintaban el caballo de Lombard y Hirtmann en todo aquello? De nuevo reconoció que había una parte del problema que escapaba a su comprensión.

Bajaron y salieron a la escalera iluminada. La noche era fría y húmeda; los árboles proyectaban sombras y pintaban de tinieblas el jardín, y en algún lugar de aquella oscuridad chirriaba un postigo. Después de preguntarse por qué lo tenían tan preocupado los cantos de los pájaros, Servaz sacó los casetes del bolsillo y se los entregó a Ziegler.

—Haz que alguien escuche esto. No solo unos segundos, sino en su totalidad. —La joven lo miró con sorpresa—. Quiero saber si son efectivamente cantos de pájaros lo que se oye o si hay algo más…

El teléfono vibró en su bolsillo. Lo sacó y miró el origen de la llamada: Antoine Canter, su jefe.

—Disculpa —dijo, bajando los escalones—. Servaz —respondió, pisando la nieve del jardín.

—¿Martin? Soy Antoine. Vilmer quiere verte.

El comisario divisionario Vilmer, director de la policía judicial de Toulouse, un hombre por el que Servaz no sentía ninguna simpatía. El sentimiento era recíproco. A ojos de Vilmer, Servaz era el prototipo del policía desfasado: reacio a las innovaciones, individualista, dependiente de su instinto, que se negaba a seguir al pie de la letra las nuevas consignas llegadas del ministerio. Vilmer ansiaba tener funcionarios simples, formateados, dóciles e intercambiables.

—Pasaré mañana —dijo, lanzando una ojeada en dirección a Ziegler, que esperaba delante de la verja.

—No. Vilmer te quiere en su oficina esta noche. Te está esperando. Nada de jugarretas, Martin. Tienes dos horas para presentarte.

Y

Servaz salió de Saint-Martin poco después de las ocho. Media hora después, dejaba la departamental 825 para tomar la A 64. El cansancio lo invadió mientras circulaba por la autopista, con las luces de cruce encendidas, deslumbrado por los faros de los coches que le venían de cara. Paró en un área de servicio, entró en la tienda y se sirvió un café en la máquina. A continuación cogió una lata de Red Bull de una nevera, pagó en la caja, la abrió y se la bebió entera mirando las portadas de las revistas y de los diarios antes de volver al coche.

Cuando llegó a Toulouse caía una lluvia fina. Después de saludar al ordenanza, dejó el coche en el parking y se fue hacia los ascensores. Eran las 21.30 cuando apretó el botón del último piso. Por lo general, Servaz evitaba aquella planta. Sus pasillos le recordaban demasiado la temporada que había pasado, al inicio de su andadura profesional, en la dirección general de la policía profesional, llena de gente que conocía mejor el funcionamiento de su procesador de textos que el de la policía real y que recibía cualquier demanda proveniente de los policías de base como si se tratara de una nueva cepa del virus Ébola. A aquella hora, la mayoría de los empleados se habían ido a casa y los corredores estaban desiertos. Efectuó una comparación entre aquellos silenciosos pasillos y el caótico ambiente de tensión que reinaba de manera permanente en el piso de la brigada. Servaz también había conocido, desde luego, a muchas personas competentes y eficaces en la dirección general; pero estas raras veces presumían de sus logros y aun era menos frecuente que lucieran corbatas de última moda. Se acordó sonriendo de la teoría de Espérandieu: su ayudante opinaba que a partir de cierto porcentaje de traje y corbata por metro cuadrado se entraba en lo que él denominaba la «zona de competencia enrarecida», o también «zona de decisiones absurdas» o «de paraguas abiertos».

Consultó el reloj y resolvió hacer esperar cinco minutos más a Vilmer. A uno no se le presentaba todos los días la ocasión de hacer aguardar a un tipo que pasaba el tiempo mirándose el ombligo. Aprovechó para entrar en la zona donde se encontraban las máquinas de bebidas e introdujo una moneda en la del café. Dos hombres y una mujer charlaban en torno a una mesa. Al entrar él, bajaron los decibelios de la conversación; alguien contó un chiste en voz baja. «El humor», se dijo Servaz. Su exmujer le había dicho un día que le faltaba humor. Quizá fuera cierto. ¿Eso demostraba acaso que le faltara inteligencia? Seguramente no, si se contaba el número de imbéciles que destacaban en el campo del humor. Sí que debía de ser, en cambio, síntoma de un fallo psicológico; se lo preguntaría a Propp. Pese a su lado dogmático, comenzaba a caerle simpático el psicólogo. Una vez hubo dado cuenta de su enésimo café salió del local, donde las conversaciones cobraron nuevo brío. La mujer soltó una carcajada tras él. Era una risa artificial, sin gracia, que le puso los nervios de punta.

La oficina de Vilmer se encontraba unos metros más allá. Su secretaria lo recibió con una afable sonrisa.

—Entre. Lo está esperando.

Servaz pensó que aquello no auguraba nada bueno mientras se preguntaba si la mujer debería recuperar sus horas suplementarias. Vilmer era un individuo delgado, con una perilla bien recortada, un corte de pelo impecable y una sonrisa de mando que mantenía perpetuamente pegada a los labios como un herpes tenaz. Siempre llevaba el no va más en cuestión de camisas, corbatas, trajes y zapatos, con una preferencia por los tonos chocolate, marrón claro y violeta. Servaz lo consideraba como la viva demostración de que un imbécil puede llegar alto si tiene a otros imbéciles por encima de él.

—Siéntese —lo invitó.

Servaz se dejó caer en el sillón de cuero negro. Vilmer no parecía contento. Juntando los dedos bajo la barbilla, lo observó un momento en silencio, con una actitud pretendidamente profunda y reprobadora. Pensando que no habría ganado un Óscar de Hollywood ni en mil años, Servaz le devolvió la mirada con un asomo de sonrisa que tuvo la virtud de exasperar al divisionario.

—¿Cree que la situación se presta a risa?

Como todo el mundo del servicio regional de policía judicial, Servaz sabía que Vilmer había hecho toda su carrera sentado detrás de un escritorio. No conocía nada del trabajo de base, aparte de una breve inmersión en sus comienzos. Se murmuraba que entonces fue el hazmerreír y la cabeza de turco de sus colegas.

—No, señor.

—¡Tres asesinatos en ocho días!

—Dos —rectificó Servaz—. Dos y un caballo.

—¿Cómo están las pesquisas?

—Ocho días de investigación y hemos estado a punto de pillar al asesino esta mañana, pero ha logrado escapar.

—Usted lo ha dejado escapar —precisó el director—. El juez Confiant se ha quejado de usted —se apresuró a añadir.

A Servaz le dio un escalofrío.

—¿Cómo dice?

—Ha presentado quejas a mí y a la cancillería, que enseguida las ha transmitido al director de la oficina del ministro del Interior, quien a su vez me ha llamado a mí. —Hizo una breve pausa—. Me pone en una situación muy comprometida, comandante.

Servaz estaba atónito. ¡Confiant había pasado por encima de D'Humières! ¡El tal juez no había perdido el tiempo!

—¿Me va a relegar del caso?

—Por supuesto que no —respondió Vilmer como si ni siquiera se le hubiera pasado por la cabeza tal posibilidad—. Además, Catherine d'Humières ha asumido su defensa con cierta elocuencia, debo reconocer. Ella considera que la capitana Ziegler y usted realizan un buen trabajo. —Soltó un bufido, como si le costara repetir tales sandeces—. Pero se lo advierto: en este asunto nos observan personas de gran influencia. Estamos en el ojo del huracán. Por ahora todo está en calma, pero si fracasa, sepa que habrá consecuencias.

Servaz no pudo reprimir una sonrisa. En realidad, pese a su elegante traje, Vilmer se cagaba en los pantalones porque sabía muy bien que las «consecuencias» no solo afectarían a los detectives.

—Es un caso sensible, no lo olvide.

«A causa del caballo —pensó Servaz, conteniendo toda su rabia—. Es el caballo lo que les interesa.»

—¿Eso es todo? —preguntó.

—No. Ese tipo, la víctima, Perrault. ¿Le llamó pidiéndole ayuda?

—Sí.

—¿Por qué a usted?

—No lo sé.

—¿No intentó disuadirlo para que no subiera allá arriba?

—No me dio tiempo.

—¿Y qué es ese asunto de los suicidios? ¿Qué pinta en todo esto?

—Por ahora lo ignoramos, pero Hirtmann hizo alusión a ellos cuando fuimos a verlo.

—¿Cómo?

—Pues me… me aconsejó que indagara la cuestión de los suicidios.

El director lo observó con una estupefacción genuina esa vez.

—¿Está diciendo que es Hirtmann el que le dice cómo debe llevar a cabo la investigación?

—Esa es una manera un tanto… simplista de ver las cosas.

—¿Simplista? —exclamó Vilmer elevando el tono—. ¡Tengo la impresión de que esta investigación va a la deriva, comandante! Tienen el ADN de Hirtmann, ¿no? ¿Qué más necesita? Puesto que él no ha podido salir del Instituto, tiene un cómplice en el interior. ¡Identifíquelo!

«Es maravillo lo sencillas que parecen las cosas cuando se miran de lejos, cuando se omiten los detalles y cuando no se sabe nada del asunto», se dijo Servaz. De todas formas, a Vilmer no le faltaba parte de razón.

—¿Qué pistas tienen?

—Hace unos años se presentó una denuncia contra Grimm y Perrault por un chantaje… un chantaje sexual.

—¿Y bien?

—Es casi seguro que aquella no fue la primera vez que estaban implicados en ese tipo de cuestiones. Es posible incluso que fueran más lejos con otras mujeres. O con adolescentes… Ese podría ser el móvil que buscamos.

Servaz era consciente de que avanzaba por un terreno movedizo, para el que disponían de muy pocos elementos… pero ya era demasiado tarde para volverse atrás.

—¿Una venganza?

—Algo por el estilo.

Le llamó la atención el póster que había detrás de Vilmer. Lo reconoció: era el urinario de Marcel Duchamp, que había aparecido en la exposición dadaísta del Centro Georges Pompidou de 2006. Estaba exhibido bien a la vista, como para demostrar a las visitas que el hombre que trabajaba allí era a la vez cultivado, amante del arte y tenía un fino sentido del humor.

El director se tomó unos segundos para reflexionar.

—¿Y qué relación tiene eso con el caballo de Lombard?

—Bueno —respondió Servaz tras una leve vacilación—, si partimos de la hipótesis de una venganza, hay que suponer que esas personas, las víctimas, hicieron algo muy feo —apuntó, utilizando las mismas palabras de Alexandra—, y sobre todo que lo hicieron juntos. En el caso de Lombard, al no poder atentar directamente contra él, el o los asesinos se ensañaron con su caballo.

Vilmer había palidecido de repente.

—No me diga... No me diga... que sospecha que Éric Lombard también estuvo implicado en... en una cuestión de...

—De abusos sexuales —lo ayudó Servaz, consciente de que estaba llevando un poco demasiado lejos las suposiciones. No obstante, el miedo que percibió en los ojos de su jefe le produjo el mismo efecto que un afrodisiaco—. No, por ahora no hay nada concreto, pero tiene que existir por fuerza algún vínculo entre él y los demás, un vínculo que lo ha situado entre las víctimas.

Al menos había conseguido algo: hacerle cerrar el pico a Vilmer.

Tras salir de la sede regional de la policía judicial, Servaz se dirigió al casco antiguo. No tenía ganas de ir a casa todavía; necesitaba desfogar la rabia y la tensión que le generaban los tipos como Vilmer. Caía una lluvia fina y no llevaba paraguas, pero acogía esa lluvia como una bendición. Le daba la impresión de que lo lavaba de la inmundicia en la que llevaba inmerso desde hacía varios días.

Sus pasos lo llevaron de forma maquinal a la calle del Taur y, sin darse cuenta, se encontró delante de la rutilante puerta-vidriera de Charlène's, la galería de arte que dirigía la esposa de su ayudante. La galería, estrecha y alargada, se desplegaba en dos niveles, cuyos modernos y blancos interiores resultaban visibles a través de los ventanales, ofreciendo un marcado contraste con las antiguas fachadas de ladrillo rosa de al lado. Había mucha gente dentro. Era una inauguración. Se disponía a marcharse cuando al levantar la cabeza vio a Charlène Espérandieu, que le dirigía un gesto desde el primer piso. Entró a desgana en la larga sala… con la ropa y el pelo chorreando y los zapatos empapados dejando un húmedo reguero en el suelo de madera clara, aunque sin atraer tanto las miradas como había previsto. Todas aquellas personas cultivaban la excentricidad, la modernidad y la abertura de espíritu, o al menos eso creían. En apariencia eran abiertos y modernos, pero ¿eran así en el fondo? Un conformismo se instala en el lugar de otro, concluyó. Se dirigió a la escalera de acero, deslumbrado por la intensa luz de los focos y la blancura de las paredes. Iba a poner el pie en el primer escalón cuando quedó impresionado por un inmenso cuadro expuesto en el muro del fondo.

En realidad, no se trataba de un cuadro sino de una fotografía de cuatro metros de alto.

Era una inmensa escena de crucifixión realizada con enfermizos tonos azules. Detrás de la cruz, se atisbaba un cielo de tormenta en el que bullían unos nubarrones hendidos por pálidos relámpagos. En la cruz, una mujer embarazada había sustituido al Cristo. Con la cabeza inclinada a un lado, lloraba lágrimas de sangre. De la corona de espinas también manaban gotas de una sangre rojísima que iban a parar a la azulada frente. Aparte de estar crucificada, le habían arrancado los pechos, en cuyo lugar había dos sanguinolentas heridas del mismo rojo intenso, y sus iris eran de un color blanco traslúcido y lechoso, como si los recubriera un velo de cataratas.

Servaz experimentó un instintivo rechazo. Aquella imagen era de un realismo y una violencia insoportables. ¿Qué chalado había tenido la idea de realizar aquella representación?

¿De dónde provenía aquella fascinación por la violencia?, se preguntó. Aquella avalancha de imágenes chocantes en la tele, en el cine, en los libros, ¿era una manera de conjurar el miedo? Por lo general, todos aquellos artistas solo conocían la violencia de forma indirecta y abstracta, o lo que es lo mismo, no la conocían. Si los policías confrontados a insufribles escenas de crimen, los bomberos que socorrían cada semana a las víctimas de accidentes de carretera, los magistrados que día tras día tenían conocimiento de sucesos atroces se hubieran puesto a pintar, a esculpir o a escribir, ¿quién sabe qué habrían representado, qué habrían producido? ¿Lo mismo o algo radicalmente distinto?

Los escalones de acero vibraron bajo sus pasos cuando subió al otro piso. Charlène charlaba con un hombre elegante, vestido con un traje muy caro, de pelo blanco y sedoso. Interrumpió la conversación para animarlo a acercarse con un gesto y después los presentó. Servaz creyó comprender que el hombre, un banquero, era uno de los mejores clientes de la galería.

—Bueno, voy a bajar a admirar esta bonita exposición —dijo—. Una vez más, la felicito por su gusto tan certero, querida. No sé cómo hace para descubrir cada vez artistas de tanto talento.

El hombre se alejó y Servaz se preguntó si se había fijado un instante en él. En todo caso, no dio señales de haberse percatado de su presencia. Para esa clase de hombres, él no existía. Charlène le dio un beso en la mejilla y Servaz percibió el perfume de frambuesa y de vodka en su aliento. Estaba espléndida con su vestido de embarazo rojo y una chaqueta corta de vinilo blanco; sus ojos, al igual que su collar, despedían un brillo algo excesivo.

—Por lo que se ve, está lloviendo —comentó, mirándolo con una tierna sonrisa. Abarcó la galería con un gesto—. Es raro que hayas venido. Me alegro de tenerte aquí, Martin. ¿Te gusta?

—Es un poco... perturbador —repuso.

Charlène se echó a reír.

—El artista ha adoptado el nombre de Mentopagus. El nombre de la exposición es *Crueldad*.

—En ese caso, está muy acertado —bromeó.

—Tienes muy mal aspecto, Martin.

—Perdona, no debería haber entrado así.

Ella desechó sus excusas con un ademán.

—La mejor manera de pasar inadvertido aquí es teniendo un tercer ojo en medio de la frente. Todas estas personas creen estar en la primera fila de la vanguardia, de la modernidad, del anticonformismo… Piensan que son hermosas interiormente y que son mejores que los demás.

Sorprendido por la amargura que despuntaba en su voz, miró su copa llena de cubitos. Quizá se debía al alcohol.

—El tópico del artista egocéntrico —dijo.

—Los tópicos existen precisamente porque contienen algo de verdad —contestó ella—. En realidad, creo que solo conozco a dos personas que posean una verdadera belleza interior —prosiguió como si hablara consigo misma—: Vincent y tú. Dos policías… Sin embargo, en tu caso, la llevas bien escondida…

Se quedó sorprendido por aquella confesión. No la esperaba en absoluto.

—Odio a los artistas —declaró de improviso ella con un temblor en la voz.

El gesto siguiente le causó mayor sorpresa aún. Charlène se inclinó y le dio un beso en la mejilla, pero en la comisura de la boca, esa vez. Luego rozó furtivamente los labios de Servaz con la punta de los dedos. Después de dedicarle aquel doble gesto de asombrosa contención y pasmosa intimidad, se alejó. Él oyó el repique de sus tacones en las escaleras de metal mientras bajaba.

El corazón de Servaz latía al mismo ritmo. Le daba vueltas la cabeza. Una parte del suelo estaba recubierta de un montón de grava, yeso y adoquines… y se planteó si sería una obra de arte o el material de una obra a medio acabar. Delante de él, en la pared blanca, un cuadro cuadrado presentaba el hormigueo de una multitud de pequeños personajes que componían una masa compacta y abigarrada. Eran centenares… millares tal vez. Por lo visto, la exposición *Crueldad* no había afectado al piso de arriba.

—Magistral, ¿verdad? —comentó a su lado una mujer—. Ese lado de arte pop, de cómic. ¡Como si fuera un Lichtenstein en miniatura!

Estuvo a punto de dar un brinco. Absorto en sus pensamientos, no la había visto acercarse. Hablaba como si hiciera vocalizaciones, con inflexiones de tono.

—*Quos vult perdere Jupiter prius dementat* —dijo.

La mujer lo miró sin comprender.

—Es latín: «Júpiter enloquece primero a aquellos que desea perder».

Se marchó en dirección a la escalera.

Una vez en su casa, Servaz puso en el equipo de música *La canción de la tierra* en la moderna versión de Eiji Oué con Michelle de Young y Jon Villars y pasó directamente a la conmovedora *Adiós*. Como no tenía sueño, eligió un libro en la biblioteca: *Las etiópicas* de Heliodoro.

> Está aquí conmigo. Es mi hija; lleva mi nombre; toda mi vida reposa en ella. Perfecta en todos los sentidos, me procura más satisfacción de la que podía desear. ¡Qué deprisa ha alcanzado el pleno esplendor, cual vigoroso retoño de una hermosa planta! Supera en belleza a todas las demás, hasta el punto de que nadie, ni griego ni extranjero, puede dejar de mirarla.

Sentado en el sillón de la biblioteca, paró de leer y se acordó de Gaspard Ferrand, apenado padre. Sus pensamientos volvieron a girar en torno a los suicidas y a Alice como un vuelo de cuervos alrededor de un campo. Al igual que la joven Cariclea de Heliodoro, Alice concentraba todas las miradas. Había leído los testimonios de los vecinos: Alice Ferrand era una hija ideal, bella, precoz, con excelentes resultados escolares, incluido el deporte, y siempre dispuesta a hacer favores. Pero según su padre, había cambiado en los últimos tiempos. ¿Qué le había ocurrido? Luego pensó en el cuarteto Grimm-Perrault-Chaperon-Mourenx. ¿Se habrían cruzado Alice y los otros suicidas en el camino de esos cuatro personajes? ¿En qué ocasión? ¿En las colonias? Sin embargo, dos de los siete suicidas no habían estado nunca en la casa de colonias.

De nuevo le dieron escalofríos. Tuvo la impresión de que la temperatura del piso había bajado de repente varios grados. Quiso ir a la cocina para coger una botella de agua mineral pero, de pronto, la habitación se puso a dar vueltas. Vio ondular las estanterías de libros y la luz de la lámpara le resultó destellante y venenosa.

Se dejó caer en el sillón y cerró los ojos. Cuando los volvió a abrir, el vértigo había cesado. ¿Qué tenía, por Dios?

Se levantó y se fue al cuarto de baño. Sacó las pastillas de Xavier. Le ardía la garganta. El agua fresca le sentó bien pero al cabo de medio segundo le volvió el ardor. Después de darse un masaje en los ojos, volvió al salón y salió al balcón a respirar un poco. Echando un vistazo a las luces de la ciudad, pensó que con su iluminación irreal y su ruido permanente, las ciudades modernas transforman a sus habitantes en seres insomnes por la noche y en soñolientos fantasmas cuando se hace de día.

Luego volvió a centrar el pensamiento en Alice. Repasó la habitación del piso de arriba, el mobiliario naranja y amarillo, las paredes violeta y la moqueta blanca. Las fotos y las postales, los CD y el material escolar, la ropa y los libros. «Un diario... faltaba un diario...» Servaz estaba cada vez más convencido de que era imposible que una adolescente como Alice no hubiera tenido uno.

«Tiene que haber un diario en alguna parte...»

Volvió a pensar en Gaspard Ferrand, profesor de letras, trotamundos, yogui... Lo comparó instintivamente con su padre. Profesor de letras también, de latín y de griego, un hombre brillante, reservado, excéntrico... colérico a veces. *Genus irritabile vatum*: «La raza irritable de los poetas».

Servaz sabía perfectamente que un pensamiento de esa clase iba a traer otro consigo, pero era ya demasiado tarde para contener la marea y dejó que el recuerdo lo invadiera, se apoderara de él con una precisión de pesadilla.

Los hechos. Los hechos y nada más.

Los hechos eran los siguientes: una tibia noche de julio, el pequeño Martin Servaz, de diez años, jugaba en el patio de la casa familiar cuando los faros de un coche se acercaron por la larga carretera de la derecha. La casa de los Servaz era una antigua granja aislada, situada a tres kilómetros del pueblo más cercano. Eran las diez de la noche. En medio de la placentera semioscuridad, al chirrido de los grillos del campo vecino iba a suceder bien pronto el croar de las ranas. Un sordo ruido de tormenta retumbaba en el horizonte de las montañas y en el cielo todavía pálido iban apareciendo, cada vez más nítidas, las estrellas. Después, en el silencio se oyó el imperceptible sil-

bido de aquel coche que se acercaba por la carretera. El silbido
se convirtió en ruido de motor mientras se reducía la velocidad del coche. Con los faros encarados a la casa, subió despacio
la pista, sacudido por los baches. Las ruedas crujieron encima
de la grava cuando franqueó la verja para frenar en el patio.
Una ráfaga de viento hizo susurrar los álamos en el momento
en que los dos hombres se bajaron de él. Aunque distinguió
mal sus caras a causa de la oscuridad que comenzaba a abatir-
se sobre los árboles, oyó perfectamente la voz de uno de ellos,
que le habló.

—Hola, niño. ¿Están tus padres?

En ese mismo momento se abrió la puerta de la casa y la
silueta de su madre quedó enmarcada en el umbral. El hombre
que había hablado se acercó entonces a su madre pidiendo disculpas por la molestia, expresándose con rapidez, mientras el
segundo le posaba con gesto amistoso una mano en el hombro.
Aquella mano tenía algo que disgustó de inmediato al pequeño Servaz. Era como una ínfima perturbación de la paz de
aquella velada, como una sorda amenaza que solo el niño percibía, por más que el otro hombre hablara con amabilidad y
viera sonreír a su madre. Al levantar la cabeza vio a su padre,
con el entrecejo fruncido, en la ventana de su despacho, en el
piso de arriba, allí donde corregía los exámenes de sus alumnos. Le dieron ganas de gritar a su madre que tuviera cuidado,
que no los dejara entrar en la casa... pero le habían enseñado
a ser educado y también a callar cuando los mayores hablaban.

—Pasen —oyó decir a su madre.

Después el hombre que tenía detrás lo había empujado con
suavidad hacia delante, con unos gruesos dedos que le quema-
ban el hombro a través de la fina tela de la camisa, con un
gesto que había encontrado más autoritario que amistoso.
Todavía entonces se acordaba de que cada uno de los pasos que
dieron encima de la grava resonó en su cabeza como una
advertencia. Se acordaba del fuerte olor a colonia y a sudor que
desprendía el hombre tras él. Se acordaba de que le había parecido que el chirrido de los grillos cobraba intensidad y sonaba
también como una alarma; incluso su corazón latía como un
maléfico tam-tam. En el momento en que llegaban al umbral,
el hombre le puso algo encima de la boca y la nariz, un trozo

de tela húmedo. En un instante un disparo de fuego le quemó la garganta y los pulmones y vio unos puntos blancos antes de precipitarse en un agujero negro.

Cuando recobró el conocimiento, se encontraba en el trastero de debajo de la escalera, alelado y con náuseas, y la voz suplicante de su madre lo había inundado de miedo. Oyendo las rudas voces de los dos hombres que tan pronto la amenazaban como la tranquilizaban o se burlaban de ella, el miedo se volvió incontrolable y se puso a temblar. Se preguntó dónde estaba su padre. Instintivamente supo lo que eran aquellos hombres: unos seres no del todo humanos, unos malos de cine, unas criaturas maléficas, unos supervillanos de dibujos animados: Phineas Mason y el Duende Verde... Adivinó que su padre debía de estar atado en alguna parte, impotente, como les ocurre a menudo a los héroes de cómic, pues de lo contrario habría intervenido ya para salvarlos. Muchos años después llegó a la conclusión de que ni Séneca ni Marco Aurelio le habían sido de gran utilidad a su padre en el momento de tratar de hacer entrar en razón a los dos intrusos. Pero ¿acaso se puede razonar con dos lobos hambrientos? Aquellos lobos tenían ansias de carne, pero no para comerla. Si hubiera tenido un reloj, el pequeño Martin habría podido comprobar que eran las doce y veinte cuando recobró el conocimiento y que aún debían transcurrir casi cinco horas antes de que se acabara el horror, cinco horas en el curso de las cuales su madre gritó, sollozó, hipó, juró y suplicó casi sin parar. Y mientras los alaridos maternos se transformaban poco a poco en sollozos, en hipo y después en ininteligibles murmullos, mientras los mocos le bajaban como un viscoso churro por la nariz y la orina manaba entre sus muslos, mientras los primeros ruidos del amanecer llegaban a través de la puerta del trastero —un gallo que se desgañitaba de manera prematura, un perro que ladraba a lo lejos, un coche que pasaba por la carretera a cien metros de allí— y una vaga claridad gris se colaba a ras del suelo, en la casa se instaló progresivamente el silencio... un silencio total, definitivo y extrañamente tranquilizador.

Servaz llevaba tres años en la policía cuando consiguió procurarse el informe de la autopsia, quince años después de los hechos. Desde la perspectiva actual, sabía que entonces cometió un funesto error. Creyó que los años le darían la fuerza necesaria, pero estaba equivocado. Descubrió con indecible horror y en detalle todo lo que su madre había sufrido aquella noche. Después, el joven policía cerró el informe y se precipitó al baño para vomitar la comida.

Los hechos. Nada más que los hechos.

Los hechos eran los siguientes: su padre sobrevivió, pero pasó dos meses en el hospital durante los cuales el pequeño Martin vivió en casa de su tía. Después de salir del hospital retomó su trabajo de profesor, pero pronto resultó evidente que ya no estaba en condiciones de ejercer. Se presentó más de una vez borracho, desgreñado y sin afeitar delante de sus alumnos, a los que además cubrió de insultos. La administración acabó por concederle una baja indefinida que su padre aprovechó para hundirse aún más. El pequeño Martin volvió a vivir en casa de su tía... Los hechos, nada más que los hechos... Dos semanas después de haber conocido en la universidad a la que se convertiría en su mujer seis meses más tarde, cuando faltaba poco para el verano, Servaz volvió a ir a ver a su padre. Al bajar del coche, dedicó una breve ojeada a la casa. A un lado, el antiguo granero se convertía en una ruina; incluso la parte de la vivienda parecía deshabitada, con la mitad de los postigos cerrados. Servaz llamó al vidrio de la puerta de entrada. No hubo respuesta. Abrió. «¿Papá?» Solo obtuvo silencio. El viejo debía de encontrarse como otras veces borracho en algún sitio. Después de dejar la chaqueta y el bolso encima de un mueble y servirse un vaso de agua en la cocina, una vez saciada la sed subió las escaleras, convencido de que su padre se encontraba en su despacho, probablemente durmiendo la mona. El joven Martin estaba en lo cierto: su padre estaba en su despacho. A través de la puerta cerrada salía una música amortiguada que reconoció enseguida: Gustav Mahler, el compositor preferido de su padre.

Se equivocó en algo: no dormía la mona. Tampoco leía a uno de sus autores latinos favoritos. Yacía, inmóvil, en su sillón, con los ojos desorbitados y vidriosos y una espuma blanca en los labios. Veneno, igual que Séneca, que Sócrates. Dos meses después, Servaz aprobó las oposiciones para trabajar como oficial de policía.

A las diez de la noche, Diane apagó la luz de su despacho. Se llevó un trabajo que quería terminar antes de acostarse y subió a su habitación del cuarto piso. Como hacía el mismo frío de siempre, se puso el batín por encima de la ropa antes de sentarse en la cama e iniciar la lectura. Al consultar las notas, evocó al primer paciente que había tenido ese día: un hombrecillo de sesenta y cuatro años de aspecto inofensivo y voz aguda y cascada, como si le hubieran limado las cuerdas vocales. Era un antiguo profesor de filosofía. La había saludado con una educación extrema cuando había entrado. Había mantenido una entrevista con él en un salón equipado de mesas y sillones empotrados en el suelo. Había un televisor de pantalla grande encerrado en un armazón de plexiglás y todos los ángulos y cantos del mobiliario estaban revestidos de plástico. Aunque no había nadie más en la sala, un auxiliar montaba guardia en el umbral.

—¿Cómo se encuentra hoy, Victor? —le había preguntado.

—Como un jodido saco de mierda…

—¿Qué quiere decir?

—Como una gran boñiga, un excremento, una caca, un gran zurullo, una cagada, un…

—Victor, ¿por qué es tan grosero?

—Me siento como lo que le sale del culo, doctora, cuando va al…

—¿No me quiere responder?

—Me siento como…

Se había hecho el propósito de no volver a preguntarle cómo se encontraba. Victor había matado a hachazos a su mujer, su cuñado y su cuñada. De acuerdo con el historial, la esposa y su familia política lo trataban como a un don nadie y se burlaban constantemente de él. En su vida «normal», Victor había sido una persona dotada de una gran educación y una gran cultura. En el curso de su anterior hospitalización se había abalanzado contra una enfermera que había tenido la mala suerte de reír delante de él. Por fortuna, solo pesaba cincuenta kilos.

Por más que Diane se esforzara por concentrarse en su caso, no lo lograba del todo; otro asunto le rondaba en el linde de la conciencia. Tenía prisa por terminar aquel trabajo para volver a rumiar sobre lo que pasaba en el Instituto. Aunque no sabía lo que iba a encontrar, estaba decidida a proseguir sus indagaciones. Ahora ya sabía por dónde debía empezar. Se le había ocurrido la idea después de haber descubierto a Xavier saliendo de su despacho.

Al abrir el siguiente historial, fue como si volviera a ver ante sí al paciente en cuestión, un hombre de cuarenta años de mirada febril, mejillas hundidas invadidas por la barba y cabello sucio. Era un antiguo investigador especializado en fauna marina, de origen húngaro, que hablaba un excelente francés con marcado acento eslavo. György, se llamaba.

—Nosotros estamos interrelacionados con los grandes fondos marinos —le había dicho sin más preámbulo—. Usted no lo sabe todavía, doctora, pero nosotros no existimos de verdad, existimos tan solo en forma de pensamientos, somos emanaciones del espíritu de las criaturas abisales, las que viven en el fondo de los océanos a más de dos mil metros de profundidad. Ese es el reino de las tinieblas eternas, adonde jamás llega la luz del día. Allí siempre está oscuro. —Al oír aquella palabra había sentido el roce de la gélida ala del miedo—. Y hace frío, muchísimo frío. Y la presión es colosal. Aumenta una atmósfera cada diez metros y es insoportable salvo para esas criaturas. Parecen monstruos, ¿sabe? Igual que nosotros. Tienen unos ojos enormes, mandíbulas llenas de dientes acerados y órganos luminosos a lo largo del cuerpo. Son o bien carroñeros, necrófagos que se alimentan de los cadáveres caídos de los niveles superiores del océano, o bien horribles depredadores capaces de engullir de un solo bocado a sus presas. Allá abajo, todo es tinieblas y crueldad. Como aquí. Está el pez-víbora o *Chauliodus sloani*, cuya cabeza parece un cráneo erizado de dientes largos como cuchillos y transparentes como el cristal, y cuyo cuerpo de serpiente está erizado de puntos luminosos. Están el *Linophryne Lucifer* y el *Photostomias Guernei*, más feos y espantosos que las pirañas. Están los *pycnogonides*, que se parecen a las arañas, y las hachas de plata, que tienen aspecto de peces muertos y sin embargo están vivos. Esas criaturas no ven jamás la luz del día, nunca suben a la superficie. Igual que nosotros, doctora. ¿No ve la analogía? Aquí nosotros no existimos realmente, a diferencia de ustedes. Somos la secreción del espíritu de esas criaturas: cada vez que una de ellas muere en los abismos, aquí fallece también uno de nosotros.

Su mirada permanecía velada mientras hablaba, como si se hubiera ausentado allá abajo, en el fondo de las tinieblas oceánicas. La espantosa belleza de aquel absurdo discurso dejó sobrecogida a Diane, que tuvo que esforzarse para evacuar las imágenes que le había sugerido.

En el Instituto todo funcionaba por antinomias, pensó. Belleza/crueldad. Silencio/alaridos. Soledad/promiscuidad. Miedo/curiosidad. Desde que estaba allí, la turbaban de continuo sentimientos de carácter contradictorio.

Tras cerrar la carpeta del paciente llamado György, se concentró en otra cosa. Había estado pensando toda la tarde en el tratamiento que Xavier infligía a algunos de sus pacientes, en la camisa de fuerza química que les aplicaba y también en la visita clandestina que había efectuado a su oficina. ¿Acaso Dimitri, el encargado de la farmacia, le habría contado a Xavier que se interesaba con excesivo detalle por su manera de tratar a los enfermos? Era poco probable, porque en la manera de hablar de Dimitri había captado una sorda hostilidad con respecto al psiquiatra. No había que olvidar que había llegado hacía unos meses tan solo para sustituir al hombre que había fundado aquel centro. ¿Tendría problemas de trato con el personal?

Revisó su cuaderno hasta que encontró el nombre de los tres misteriosos productos encargados por Xavier. Al igual que la primera vez, no le resultaron familiares.

Abrió el ordenador portátil, seleccionó Google e introdujo las dos primeras palabras clave de la búsqueda…

Diane dio un respingo al descubrir que el Hypnosal era una de las variantes comerciales del thiopental sódico, un anestésico que formaba parte del cóctel de tres productos administrados por inyección letal a los condenados a muerte en Estados Unidos y que también se empleaba en las eutanasias en los Países Bajos. Otra forma comercializada tenía un nombre mucho más conocido: Pentotal. Lo habían utilizado durante un tiempo para el narcoanálisis. Este consistía en inyectar un anestésico para ayudar a aflorar en el paciente analizado supuestos recuerdos reprimidos. Dicha técnica, muy criticada, había dejado de aplicarse hacía mucho, ya que nunca se había llegado a demostrar científicamente la existencia de esos traumas reprimidos de manera inconsciente.

¿A qué estaba jugando Xavier?

La segunda averiguación la dejó más perpleja todavía. La xylazina era también un anestésico... pero veterinario. Dudando del resultado, prosiguió las investigaciones en las diferentes entradas ofrecidas por el motor de búsqueda, pero no encontró más explicaciones conocidas. Se sentía cada vez más estupefacta. ¿Qué aplicación tenía un producto veterinario en la farmacia del Instituto?

Pasó sin dilación al tercer producto y entonces su estupor llegó al colmo. Al igual que los dos anteriores, el halotano era un agente anestésico. No obstante, su toxicidad para el corazón y el hígado lo había hecho descartar de las salas de operaciones, excepto en los países en vías de desarrollo. La comercialización para uso humano había cesado, sin embargo, en todo el mundo a partir de 2005. Como la xylazina, el halotano solo estaba destinado a un uso veterinario.

Diane se echó atrás y se puso a pensar apoyada en las almohadas. Que ella supiera, en el Instituto no había animales, ni siquiera un perro o un gato. Por lo que había creído comprender, a algunos internos les producían un terror fóbico los animales domésticos. Volvió a coger el ordenador y repasó una por una las informaciones de que disponía. De repente, su mirada se detuvo en un detalle. Había estado a punto de pasar por alto lo más importante: los tres productos solo se utilizaban de forma concomitante en un solo caso: para anestesiar caballos... Aquella información se encontraba en una página especializada destinada a los veterinarios. Su autor, especialista en medicina equina, recomendaba una premedicación con xylazina de 0,8 mg/kg seguida de una inyección intravenosa de tiopental sódico y después la administración del halotano en una proporción de un 2,5 por ciento para un caballo de unos 490 kilos.

Un caballo...

En su estómago empezó a despertarse algo parecido a las criaturas descritas por György. Xavier... Rememoró la conversación que había oído por el conducto de aireación. Se había mostrado tan desamparado, tan perdido, aquel día en que ese policía le había anunciado que alguien del Instituto estaba implicado en la muerte de aquel caballo… No alcanzaba a imaginarse que el psiquiatra pudiera tener ni un solo motivo para ir allá arriba y matar a aquel animal. El policía, además, había hablado de dos personas; pero Diane comenzaba, no obstante, a entrever otra cosa… En caso de que hubiera sido Xavier el que había proporcionado las drogas que permitieron anestesiar al caballo, también tenía que ser quien había sacado el ADN de Hirtmann.

Aquella idea hizo que se agitase el ente vivo que sentía en el estómago. ¿Con qué objetivo? ¿Cuál era el papel de Xavier en todo aquello?

¿El psiquiatra sabía en ese momento que después de un caballo iban a matar a un hombre? ¿Qué motivos tenía para actuar como cómplice de unos crímenes cometidos en aquellos valles, cuando él solo llevaba unos meses allí?

Después de aquello no consiguió pegar ojo. Se movió sin cesar en la cama, colocándose ora boca arriba, ora boca abajo, contemplando la débil luz gris que entraba por la ventana, contra la cual silbaba el viento. Eran demasiados los interrogantes desagradables que mantenían despierto su cerebro. Hacia las tres, se tomó la mitad de un somnífero.

Sentado en su sillón, Servaz escuchaba el comentario de la flauta en el primer recitativo del *Adiós*. Alguien lo había comparado un día con un «ruiseñor de ensueño». Luego llegaban, como un batir de alas, el arpa y el clarinete. «Los cantos de los pájaros», se acordó de repente. ¿Por qué lo volvía a perturbar el recuerdo de aquellos cantos? Chaperon amaba la naturaleza, el alpinismo. Así pues, ¿qué? ¿Por qué podían tener la más mínima importancia aquellas grabaciones?

Por más que reflexionara, no hallaba la respuesta. No obstante, estaba seguro de que allí había algo, agazapado en la sombra, a la espera de una inédita luz. Y aquel algo guardaba relación con las grabaciones encontradas en casa del alcalde. Estaba impaciente por saber si eran efectivamente cantos de pájaros lo que había en esas cintas, pero no era solo eso lo que lo preocupaba. Había algo más…

Se levantó y se dirigió al balcón. Aunque había parado de llover, una bruma ligera se adhería a las mojadas aceras y rodeaba las farolas de la ciudad de una vaporosa aureola. De la calle subía una fría humedad. Se acordó de Charlène Espérandieu, de la asombrosa intimidad del beso que le había dado en la mejilla, y de nuevo se le formó un nudo en las entrañas.

Al volver a entrar comprendió su error: no eran los cantos de pájaros lo que había atraído su atención, sino los casetes. El nudo en las tripas se endureció como si le hubieran vertido cemento rápido en el esófago, al tiempo que se le aceleraba el pulso. Consultó su bloc de notas hasta encontrar un número que marcó a continuación.

—¿Diga? —respondió una voz de hombre.

—¿Puedo pasar por su casa dentro de una hora y media más o menos?

Siguió un instante de silencio.

—¡Pero si serán más de las doce de la noche!

—Querría echar otro vistazo a la habitación de Alice.

—¿A esta hora? ¿No puede esperar a mañana?

La voz de Gaspard Ferrand sonaba francamente aterrada. Servaz podía ponerse en su lugar: su hija llevaba muerta quince años. ¿Qué urgencia podía haber entonces, de repente?

—De todas formas querría echar un vistazo esta noche —insistió.

—Muy bien. Yo nunca me acuesto antes de las doce. Le espero hasta las doce y media. Después me iré a dormir.

Hacia las doce y veinticinco llegó a Saint-Martin, pero en lugar de entrar en el pueblo tomó la carretera de circunvalación y se desvió hacia el villorrio dormido que quedaba unos cinco kilómetros más allá.

Gaspard Ferrand abrió no bien tocó el timbre. Parecía intrigado a más no poder.

—¿Hay alguna novedad?

—Querría volver a ver la habitación de Alice, si no le molesta.

Ferrand le lanzó una mirada interrogadora. Llevaba una bata encima de un jersey, unos vaqueros viejos y unas pantuflas sin calcetines. Le indicó las escaleras y tras darle las gracias, Servaz subió rápidamente por ellas. Una vez en la habitación, se fue directo al estante de madera que había encima del pequeño escritorio pintado de naranja.

El lector de cintas de casete.

Aquel aparato no tenía ni radio ni lector de CD, a diferencia de la cadena de música del suelo. Era un antiguo lector de cintas que Alice había debido de recuperar en algún sitio.

Lo curioso era que Servaz no había visto ningún casete en su anterior revisión. Lo sopesó. El peso del aparato parecía normal... pero eso no quería decir nada. Volvió a abrir todos los cajones del escritorio y de las mesitas de noche, uno por uno. No había ninguna cinta en ningún sitio. Quizá las había habido en algún momento dado y después Alice las tiró cuando dispuso de CD.

¿Por qué habría conservado entonces aquel voluminoso aparato? La habitación de Alice parecía un museo de los años noventa, con sus pósters, sus CD, su Gameboy y sus colores...

El único anacronismo era el lector de casetes.

Servaz lo cogió por el asa que tenía encima y lo examinó por todos lados. Después apretó el botón de apertura del compartimento. Estaba vacío. Volvió a la planta baja. El ruido del televisor salía del salón. Era de un programa literario y cultural emitido en hora tardía.

—Necesitaría un pequeño destornillador de estrella —pidió Servaz desde el umbral—. ¿Tiene alguno?

Sentado en el sofá, Ferrand le asestó esa vez una mirada claramente inquisidora.

—¿Qué ha descubierto? —preguntó con voz imperiosa, impaciente.

—Nada, absolutamente nada —le aseguró Servaz—, pero si encuentro algo, se lo diré.

Ferrand se levantó y salió de la habitación. Al cabo de un minuto regresó con un destornillador. Servaz volvió a subir al desván. No tuvo ninguna dificultad en retirar los tres tornillos, como si los hubiera apretado una mano infantil...

Conteniendo la respiración, retiró el panel de delante.

«Lo he encontrado…»

Aquella muchacha tenía talento. Había vaciado cuidadosamente los componentes eléctricos de una parte del aparato. Mantenidos contra la estructura de plástico por medio de una gruesa cinta adhesiva marrón, se encontraban tres pequeños cuadernos de tapa azul.

Servaz los contempló un buen momento sin reaccionar. ¿No estaría soñando? El diario de Alice… Había permanecido allí durante años, sin que nadie lo supiera. Era una suerte que Gaspard Ferrand hubiera conservado intacta la habitación de su hija. Con infinitas precauciones, despegó la cinta adhesiva que se había secado y acartonado y sacó los cuadernos del aparato.

—¿Qué es eso? —preguntó alguien a su espalda.

Servaz se volvió. Ferrand tenía la vista fija en los cuadernos, con un brillo de rapaz en los ojos. Lo consumía una curiosidad casi malsana. El policía abrió el primer cuaderno y le dedicó una ojeada. Leyó las primeras palabras y se le aceleró el pulso. Sábado 12 de agosto… «Sí, es esto…»

—Parece un diario.

—¿Estaba ahí dentro? —preguntó Ferrand estupefacto—. ¡¿Durante todos estos años ha estado ahí dentro?!

Servaz asintió con la cabeza. Al ver que los ojos del profesor se anegaban de lágrimas y la cara se le descomponía en una mueca de dolor y desolación, se sintió muy incómodo de pronto.

—Debo examinarlos —dijo—. Quizás haya en estas páginas una explicación de su acto, ¿quién sabe? Después se los devolveré.

—Lo ha conseguido —murmuró Ferrand con voz velada—. Ha conseguido lo que ninguno de nosotros logró. Es increíble… ¿Cómo… cómo lo ha adivinado?

—Todavía no —lo calmó Servaz—. Es demasiado pronto.

22

*E*ran casi las ocho de la mañana y el cielo clareaba encima de las montañas cuando terminó la lectura. Dejando los cuadernos a un lado, salió al balcón y respiró el aire frío y vivificante del amanecer. Estaba extenuado, enfermo físicamente, al borde del colapso. Primero ese chico llamado Clément y ahora aquello…

Había parado de nevar. Había subido incluso un poco la temperatura, pero las capas superpuestas de nubes desfilaban sobre la ciudad, en lo alto de las cuestas, y el perfil de los abetos apenas vislumbrados tras la noche se fundía con la niebla. Los techos y las calles adoptaron un brillo plateado y Servaz notó las primeras gotas de lluvia en la cara. Viendo como esta acribillaba la nieve acumulada en el rincón del balcón, regresó a la habitación. No tenía hambre, pero debía engullir al menos un café caliente. Bajó a la gran marquesina art decó desde la que se divisaba la ciudad difuminada por la lluvia. La camarera le llevó pan recién hecho, un café, un zumo de naranja, mantequilla y tarritos de mermelada. Contra sus previsiones, lo devoró todo. El acto de comer se asemejaba a un exorcismo; comer significaba que estaba vivo, que el infierno contenido en las páginas de aquellos cuadernos no lo concernía, o cuando menos que podía mantenerlo a distancia todavía un momento.

Me llamo Alice, tengo quince años. No sé qué voy a hacer con estas páginas ni si las leerá alguien un día. Quizá las romperé o las quemaré en cuanto las haya escrito. O puede que no. El caso es que si no las escribo ahora, me voy a volver loca. He sido violada… y no por un solo cabrón, no, sino por varios canallas inmundos. Una noche de verano. Violada…

El diario de Alice era una de las cosas más dolorosas que había leído nunca. Una lectura atroz… El diario de una adolescente suele contener dibujos, poemas, frases sibilinas. A lo largo de la noche, cuando el amanecer se acercaba con la lentitud de un temeroso animal, estuvo tentado de arrojarlo a la papelera. En aquellos cuadernos había pocas informaciones concretas; abundaban más bien las alusiones y los sobreentendidos. Sin embargo, algunos hechos se perfilaban con claridad. En el curso del verano de 1992, Alice Ferrand había pasado una temporada en el campamento de vacaciones Los Rebecos, el mismo ante el cual había pasado Servaz de camino al Instituto Wargnier, el mismo del que había hablado Saint-Cyr y que aparecía en la foto clavada en la habitación. Por la época en que funcionaba, Los Rebecos acogía en verano a los niños de Saint-Martin y de los valles contiguos pertenecientes a familias modestas para que pudieran disfrutar de unas vacaciones. Era una tradición local. Alice, que ese año tenía a algunas amigas en el campamento, había pedido permiso a sus padres para ir con ellas. Estos primero dudaron y al final aceptaron. Alice resaltaba que no habían tomado aquella decisión solo para complacerla, sino también porque se ajustaba a su ideal de igualdad y de justicia social. Añadía que ese día habían tomado «la decisión más trágica de su existencia». Alice no les guardaba por ello rencor a sus padres, ni a sí misma tampoco. Su rencor se concentraba en aquellos «CERDOS», «HIJOS DE PUTA», «NAZIS» (las palabras estaban escritas en mayúscula con tinta roja) que le habían destrozado la vida. Habría querido «castrarlos, emascularlos, cortarles la polla con un cuchillo oxidado y obligarlos a comérsela… y después matarlos».

De improviso pensó que había un punto en común entre el chico llamado Clément y Alice: ambos eran inteligentes y estaban adelantados para su edad. Los dos eran también capaces de demostrar una violencia verbal inaudita. «Y también física», se dijo Servaz. Con la diferencia que el primero la había volcado contra un vagabundo y la otra contra sí misma.

Por suerte para Servaz, el diario de Alice no describía en detalle lo que había padecido. No se trataba de un diario propiamente dicho: no contaba las experiencias del día a día. Era más bien un requerimiento, un grito de dolor. Aun así, Alice era una niña inteligente, perspicaz y las palabras eran terribles. Los dibujos eran peores todavía. Algunos habrían sido magníficos si el tema no hubiera sido tan macabro. Entre ellos, le llamó de inmediato la atención el que representaba a los cuatro hombres vestidos con capas y botas. Alice tenía talento: había dibujado hasta los pliegues de las capas negras y las caras de los miembros del cuarteto disimuladas bajo la siniestra sombra de las capuchas. Otros dibujos representaban a los cuatro hombres tendidos desnudos, con los ojos y las bocas abiertos, muertos... «Una fantasía», pensó Servaz.

Al examinarlos con detalle constató, decepcionado, que si bien las capas estaban fielmente reproducidas y los cuerpos desnudos plasmados con mucho realismo, las caras no remitían en cambio a ninguno de los hombres que él conocía. Ni Grimm, ni Perrault, ni Chaperon... Eran rostros hinchados, monstruosos, caricaturas del vicio y de la crueldad que evocaban a esos demonios esculpidos en los pórticos de las catedrales. ¿Los habría desfigurado de manera intencionada? ¿O bien cabía deducir que ni Alice ni sus amigas habían visto nunca la cara de sus torturadores? ¿Que estos no se habían quitado nunca la capucha?

No obstante, de aquellos dibujos y diarios se podían deducir diversas informaciones. En primer lugar, en los dibujos siempre había cuatro hombres, lo que indicaba que los violadores se reducían a los miembros del cuarteto. En segundo lugar, el diario aportaba la clave de otra cuestión planteada en la escenificación de la muerte de Grimm: las botas. El enigma que planteaba su presencia en los pies del farmacéutico encontraba su explicación un poco más adelante:

Siempre llegan en noches de tormenta, los muy asquerosos, cuando llueve. Seguro que es porque saben que nadie va a venir a la casa de colonias mientras están. ¿A quién se le ocurriría venir a este valle después de medianoche cuando está lloviendo a cántaros?

Llegan chapoteando con sus botas inmundas por el barro del

camino y después dejan las huellas de fango por los pasillos y ensucian todo lo que tocan, los muy cerdos.

Tienen unas risas profundas y voces fuertes: por lo menos una la conozco.

Servaz se estremeció al leer aquella última frase. Luego revisó los cuadernos de arriba abajo, pasando febrilmente las hojas, pero no volvió a encontrar ninguna otra alusión a la identidad de los verdugos. En un momento dado topó asimismo con aquella explicación: «Lo hicieron uno después de otro, por turnos». Esas palabras lo dejaron paralizado, incapaz de proseguir. Después de dormir unas horas, reanudó la lectura. Releyendo ciertos fragmentos, llegó a la conclusión de que Alice había sido violada una sola vez —o más bien una sola noche—, que no había sido la única agredida esa noche y que los hombres habían ido al campamento unas seis veces en el transcurso de ese verano. ¿Por qué no había dicho nada? ¿Por qué ninguno de esos niños había dado la señal de alarma? Por algunas menciones, Servaz creyó entender que ese mismo verano había muerto un niño al caer en un barranco. ¿Se trataría de una lección, de una advertencia para los demás? ¿Sería por eso por lo que se habían callado? ¿Porque los habían amenazado de muerte? ¿O bien porque tenían vergüenza y creían que no los iban a creer si hablaban? En aquella época, esa clase de denuncias eran rarísimas. En cualquier caso, el diario no aportaba respuesta en ese sentido.

Había algunos poemas que evidenciaban el mismo talento precoz que los dibujos, pese a que su objetivo no era tanto ornar el texto de cualidades literarias como expresar el horror vivido:

¿Era YO ese CUERPECILLO mojado de lágrimas?
Aquel desecho, aquella mancha en el suelo, aquel morado: ¿era Yo?
—y yo
Miraba el suelo al lado de mi cara, la sombra
Del verdugo acostado;
Da igual lo que hayan hecho, lo que hayan dicho,
No pueden alcanzar el núcleo en mí, el hueso del fruto.
«Papá ¿qué significa MERETRIZ?»

Esas palabras de cuando tenía seis años. Esa fue la respuesta de ellos:

CERDOS CERDOS CERDOS CERDOS

Un detalle —el más siniestro de todos— había llamado la atención de Servaz. En su exposición de los hechos Alice evocaba varias veces «el ruido de las capas», el crujido que producía la tela impermeable negra cada vez que sus agresores se movían.

> Jamás olvidaré ese ruido. Para mí siempre tendrá el mismo significado: el mal existe y es ruidoso.

Aquella frase había dejado meditabundo a Servaz. Después, al proseguir la lectura, comprendió por qué no había encontrado ningún diario en la habitación de Alice, ningún resto de carácter personal:

> Antes escribía un diario. En él contaba mi vida de cada día. Lo rompí y lo tiré. ¿Qué sentido habría tenido escribir un diario después de ESO? Esos canallas no solo me destrozaron el futuro, sino que también han ensuciado para siempre mi pasado.

Comprendió que Alice no había podido decidirse a tirar los cuadernos: ese era el único lugar quizá donde aparecería alguna vez lo que había ocurrido. Al mismo tiempo, quería asegurarse de que sus padres no los encontraran. Por eso había ideado el escondrijo... Probablemente sabía que sus padres dejarían intacta su habitación después de su muerte, o cuando menos confiaba en que así fuera. Como también debía de confiar, de manera inconsciente, en que alguien encontrara un día los cuadernos... Sin duda no imaginaba que transcurrirían todos esos años y que el hombre que los exhumaría sería un perfecto desconocido. En cualquier caso, ella no había optado por «castrar a los cabrones», no había optado por la venganza. Pero otra persona lo había hecho por ella... ¿Quién? ¿Su padre, que lloraba también la muerte de su madre? ¿Otro pariente? ¿O bien un niño agredido que no se había suicidado pero que se había transformado en un adulto rebosante de rabia, aquejado de una sed de venganza imposible de saciar?

Al finalizar la lectura, Servaz alejó de sí los cuadernos y salió al balcón. Se asfixiaba. Aquella habitación, aquella ciudad, aquellas montañas. Habría querido encontrarse lejos de allí.

Una vez hubo desayunado volvió a subir a la habitación. En el cuarto de baño llenó de agua el vaso y tomó dos de las pastillas que le había dado Xavier. Sentía fiebre y náuseas y la frente bañada en sudor. También tenía la impresión de que le había sentado mal el café que acababa de tomar. Después de una prolongada ducha muy caliente se vistió, cogió el móvil y salió.

El Cherokee estaba aparcado un poco más abajo, delante de una tienda de licores y *souvenirs*. Caía una lluvia compacta y fría que acribillaba la nieve, y el ruido del agua que se filtraba en el alcantarillado invadía las calles. Sentado frente al volante del Jeep, llamó a Ziegler.

Aquella mañana, Espérandieu descolgó el teléfono en cuanto llegó a la brigada. Su llamada resonó en un edificio de diez pisos en forma de arco situado en el número 122 de la calle Château-des-Rentiers (un nombre predestinado), en el distrito XIII de París. Le respondió alguien con un leve acento extranjero.

—¿Cómo va, Marissa? —preguntó.

La comandante Marissa Pearl trabajaba en la brigada de represión de la delincuencia económica, en la subdirección de asuntos económicos y financieros. Su especialidad era la delincuencia de guante blanco. A Marissa no había quien la pillara en cuestiones de paraísos financieros y fiscales, blanqueo de dinero, corrupción activa y pasiva, licitaciones engañosas, desvío de fondos, tráfico de influencias, multinacionales y redes mafiosas. También era una excelente pedagoga que había suscitado el apasionado interés de Espérandieu con la clase que había dado en la escuela de policía. Él había hecho numerosas preguntas durante la misma. Después habían tomado una copa y había descubierto otros intereses comunes: Japón, los cómics independientes, el rock *indie*... Espérandieu había añadido a Marissa a sus contactos y ella había hecho lo mismo: en su oficio, una buena red de corresponsales permitía a menudo dar alas a una investigación atascada. De vez en cuando intercambiaban saludos por medio de un e-mail o una llamada, a la espera del día en que uno de ellos necesitaría tal vez los favores del otro.

—Me estoy afilando los colmillos con un gran patrono de la bolsa —respondió ella—. Es mi primer caso de esta envergadura, así que me están poniendo bastantes trabas. ¡Pero no puedo hablar de eso!

—Te vas a convertir en el terror de la bolsa, Marissa —la tranquilizó.

—¿Qué necesitas, Vincent?

—¿Tienes algo sobre Éric Lombard?

—¡Vaya! —exclamó Marissa tras un minuto de silencio—. ¿Quién te ha pasado el soplo?

—¿Sobre qué?

—No me digas que es una casualidad. El tipo sobre el que estoy trabajando es Lombard. ¿Cómo te has enterado?

Captó que se estaba poniendo recelosa. Los trescientos ochenta policías de la brigada financiera se movían en un universo algo paranoico: estaban demasiado habituados a tratar con políticos corruptos y altos funcionarios comprados, pero también con maderos y abogados sobornados que se situaban a la sombra de las grandes empresas multinacionales.

—Hace unos diez días mataron al caballo favorito de Lombard, aquí en los Pirineos, mientras él estaba de viaje en Estados Unidos. A ese crimen lo han sucedido dos asesinatos en la zona y se cree que los casos guardan relación, que se trata de una venganza. Por eso intentamos averiguar lo más posible sobre Éric Lombard y, sobre todo, saber si tiene enemigos.

Cuando Marissa volvió a tomar la palabra, notó que se relajaba un poco.

—¡Entonces se puede decir que tienes una suerte monumental! —Espérandieu adivinó que la mujer sonreía—. Estamos revolviendo el fango, a raíz de una denuncia, y no te puedes imaginar todo lo que aflora a la superficie.

—Supongo que es estrictamente confidencial…

—Exacto, pero si veo algo que pudiera tener alguna relación con tu caso, te lo haré saber, ¿de acuerdo? ¿Dos asesinatos y un caballo? ¡Qué cosa más rara! Ahora no tengo mucho tiempo. Me tengo que ir.

—¿Puedo contar contigo?

—Sí. En cuanto tenga algo interesante para ti, te lo transmito. Y me debes una, por supuesto. Que quede claro que yo no te he dicho nada y que no sabes en qué estoy trabajando. Mientras tanto, ¿quieres saber la mejor? Lombard pagó menos impuestos en 2008 que el panadero de debajo de mi casa.

—¿Cómo es posible?

—Muy sencillo: dispone de los mejores abogados expertos en fiscalidad, que conocen al dedillo cada uno de los 486 refugios fiscales que existen en este maravillo país, fundamentalmente en forma de créditos de impuesto. El principal corresponde a los territorios de ultramar, claro está. Grosso modo, las inversiones efectuadas en ultramar permiten unas reducciones de impuestos de hasta el 60 por ciento en el sector industrial e incluso de un 70 por ciento para la reforma de hoteles y barcos deportivos. Además, no hay límite para las cantidades invertidas y por lo tanto, tampoco en las reducciones. Esas inversiones buscan, por supuesto, la rentabilidad a corto plazo y se desentienden totalmente de la viabilidad económica de los proyectos. Y claro está, Lombard no invierte en operaciones ruinosas: recupera su dinero de una manera u otra. Si a eso se añaden los créditos de impuestos al amparo de los convenios internacionales que evitan la doble imposición, la compra de obras de arte y toda una serie de argucias contables como la suscripción de préstamos para volver a comprar acciones de su propio grupo, ya no hay necesidad de instalarse en Suiza o en las Islas Caimán. Al final, Lombard paga menos impuestos que un contribuyente que gana la milésima parte de lo que ingresa él. ¿No está mal, eh, para tratarse de una de las diez grandes fortunas de Francia?

Espérandieu se acordó de lo que le había dicho Kleim162: las consignas de las instituciones financieras internacionales como el FMI y de los gobiernos era «crear un ambiente propicio a la inversión», o lo que es lo mismo, desplazar la carga fiscal de los más ricos hacia las clases medias. O, como había declarado cínicamente una millonaria americana encarcelada por fraude fiscal: «*Only little people pay taxes*». Tal vez debería presentar a Marissa y su contacto: estaban predestinados a entenderse.

—Gracias, Marissa, por haberme bajado la moral para el resto del día.

Se quedó un momento contemplando la pantalla. Se estaba preparando un escándalo que implicaba a Lombard y a su grupo… ¿Tendría aquello alguna relación con su investigación?

Ziegler, Propp, Marchand, Confiant y D'Humières escucharon a Servaz sin chistar. Ante sí había cruasanes y panecillos que había ido a buscar un gendarme a la panadería más cercana. También disponían de té, café, latas de refrescos y vasos de agua. Tenían, asimismo, otra cosa en común: el cansancio que se traslucía en las caras de todos.

—El diario de Alice Ferrand nos abre una nueva vía —concluyó Servaz—, o más bien confirma nuestras hipótesis, la de una venganza. Según Gabriel Saint-Cyr, una de las pistas que se había planteado a raíz de los suicidios fue la de abusos sexuales. Se abandonó por falta de pruebas. Ahora bien, si damos crédito a este diario, diversos adolescentes fueron efectivamente víctimas de violaciones y malos tratos en la casa de colonias Los Rebecos, que en ciertos casos los llevaron al suicidio.

—Un diario que hasta el momento solo usted ha leído —observó Confiant.

Servaz se volvió hacia Maillard. Este recorrió la mesa distribuyendo varios fajos de fotocopias que depositó entre los vasos y los cruasanes. Algunos habían comido los suyos y dejado migas por todas partes, otros no los habían tocado.

—En efecto, por la simple razón que ese diario no estaba destinado a ser leído. Estaba muy bien escondido. Y, tal como les he dicho, no lo he descubierto hasta esta noche, gracias a un concurso de circunstancias.

—¿Y si fueran fabulaciones de esa niña?

—No lo creo… Podrán juzgarlo por sí mismos. Es demasiado real, demasiado preciso. Además, ¿por qué lo habría ocultado en tal caso?

—¿Adónde nos lleva todo esto? —preguntó el juez—. ¿Un niño que se venga en la edad adulta? ¿Un padre? ¿Qué pinta el ADN de Hirtmann en los escenarios del crimen? ¿Y el caballo de Lombard? ¡Nunca he visto una investigación tan embrollada!

—No lo es la investigación, sino los hechos —replicó Ziegler con voz tajante.

Cathy d'Humières se quedó mirando un largo instante a Servaz, con el vaso vacío en la mano.

—Gaspard Ferrand tiene un buen móvil para esos asesinatos —señaló.

—Como todos los padres de los que se suicidaron —contestó—. Y como todos los jóvenes a los que violaron los miembros de esa banda que no se suicidaron y sí llegaron a adultos.

—Es un descubrimiento muy importante —declaró por fin la fiscal—. ¿Qué sugiere usted, Martin?

—Lo más urgente sigue siendo encontrar a Chaperon. Esa es la prioridad. Antes de que lo localicen el o los asesinos… De todas maneras, ahora sabemos que los miembros de ese cuarteto hicieron de las suyas en la casa de colonias Los Rebecos. Debemos pues concentrar las pesquisas en ese centro… y en los suicidas, dado que ha quedado demostrado que existe un vínculo entre ellos y las dos víctimas y que el punto de intersección fue la casa de colonias.

—¿Incluso si dos de los suicidas no estuvieron nunca allí? —objetó Confiant.

—Me parece que esos cuadernos no dejan apenas margen de duda sobre lo que ocurrió allí. Es posible que a los otros dos adolescentes los violaran en otro lugar. Por otra parte, no sé si los miembros del cuarteto deben ser considerados como pedófilos… No hay ninguna evidencia de que agredieran a niños de corta edad, sino a adolescentes y jóvenes. Tampoco me corresponde a mí decir si eso cambia en algo las cosas.

—Chicos y chicas indistintamente, a juzgar por la lista de los suicidas —comentó Propp—. Pero tiene razón. Esos hombres no presentan realmente el perfil de los pedófilos… más bien el de predadores sexuales con una inclinación extrema por los juegos más perversos y el sadismo, si bien atraídos por la juventud de sus presas, sin margen de duda.

—Unos depravados de mierda —resumió con suma frialdad Cathy d'Humières—. ¿Qué piensa hacer para encontrar a Chaperon?

—No lo sé —reconoció Servaz.

—Nunca hemos afrontado una situación así —dijo ella—. Me pregunto si no deberíamos pedir refuerzos.

—Yo no me opongo —respondió Servaz ante la sorpresa general—. Tenemos que localizar e interrogar a todos los niños que pasaron por la casa de colonias y que son adultos en la actualidad, y a todos los padres que viven aún. Para llegar a establecer la lista se requiere un trabajo de hormiga. Se necesitan tiempo y medios, y el tiempo no lo tenemos. Hay que avanzar deprisa. Nos quedan pues los medios. Esa labor la puede realizar el personal suplementario.

—Muy bien —acordó D'Humières—. Según tengo entendido, la policía judicial de Toulouse está ya desbordada de casos en curso de investigación, con lo cual voy a tener que recurrir a la gendarmería —anunció mirando a Ziegler y a Maillard—. ¿Qué más?

—Las correas que se usaron para colgar a Grimm bajo el puente —dijo Ziegler—. La empresa que las fabrica se ha puesto en contacto conmigo. Las vendieron en una tienda de Tarbes… hace varios meses.

—O sea que no habrá cintas de vídeo disponibles —dedujo D'Humières—. ¿Venden muchas?

—Es un gran almacén especializado en material deportivo. Las cajeras ven pasar decenas de clientes cada día, sobre todo el fin de semana. No se puede esperar nada por ese lado.

—De acuerdo. ¿Qué más?

—La empresa que se ocupa de la seguridad del Instituto nos ha proporcionado la lista de su personal —continuó la gendarme—. He comenzado a examinarla y por el momento, no hay nada que destacar.

—Esta tarde van a realizar la autopsia de Perrault —señaló D'Humières—. ¿Quién se encarga?

Servaz levantó la mano.

—Después iré a ver a Xavier al Instituto —añadió—. Necesitamos la lista exacta de todas las personas que están en contacto con Hirtmann. También hay que llamar al ayuntamiento de Saint-Martin, para ver si pueden darnos la lista de todos los niños que estuvieron en la casa de colonias Los Rebecos. Por lo visto, esta dependía del ayuntamiento tanto desde el punto de vista administrativo como económico. Hay que indagar en dos frentes prioritarios: el Instituto y la casa de colonias. Debemos buscar si existe alguna relación entre ambos.

—¿Qué clase de relación? —preguntó Confiant.

—Imagine que se descubre que uno de los jóvenes de las colonias, una de las víctimas, es en la actualidad miembro del personal del Instituto.

Cathy d'Humières lo miró fijamente.

—Es una hipótesis interesante —convino.

—Yo me encargo de ir al ayuntamiento —anunció Ziegler.

Servaz la miró sorprendido. Había levantado la voz, cosa insólita en ella.

—De acuerdo. Pero la prioridad es encontrar a Chaperon, allá donde esté escondido. Hay que interrogar a su ex; es posible que sepa algo. También hay que revisar sus papeles. Quizás haya entre ellos facturas, recibos de alquiler o algo que nos conduzca a su escondite. Tú tenías cita con la ex de Chaperon esta mañana. Ve a verla y después ya irás al ayuntamiento.

—Bien. ¿Qué más? —inquirió D'Humières.

—El perfil psicológico —dijo Propp—. Había comenzado a trazar un retrato bastante preciso que tomaba en cuenta los elementos encontrados en los escenarios de los crímenes: el ahorcamiento, las botas, la desnudez de Grimm, etc. Lo que se cuenta en ese diario altera radicalmente mis hipótesis, de modo que voy a tener que rehacer el trabajo.

—¿Cuánto tiempo necesita?

—Ahora disponemos de suficientes elementos para avanzar con rapidez. Les entregaré mis conclusiones a partir del lunes.

—¿A partir del lunes? Esperemos que los asesinos no trabajen el fin de semana… —ironizó con sequedad D'Humières.

El sarcasmo tiñó de rojo las mejillas del psicólogo.

—Una cosa más. Ha hecho un buen trabajo, Martin. En ningún momento dudé de que había elegido correctamente al designarlo a usted.

Mientras hablaba, desplazó la mirada del policía para posarla en Confiant… que prefirió mirarse las uñas.

Espérandieu escuchaba *Many Shades of Black* de The Raconteurs cuando sonó el teléfono. Su atención se agudizó de manera notable cuando oyó la voz de Marissa, su contacto en la brigada financiera.

—Me has dicho que querías saber si habían ocurrido últimamente cosas extrañas que concernieran a Éric Lombard.

—Más o menos sí —confirmó, aunque recordaba haber formulado las cosas de una manera distinta.

—Puede que tenga algo. No sé si podrá servirte de ayuda. En principio no presenta ninguna relación con tu caso, pero se produjo no hace mucho y provocó un cierto trajín, según parece.

—Cuéntamelo pues.

Se lo contó. La explicación le llevó bastante rato. A Espérandieu le costó un poco comprender de qué iba: la cuestión giraba en torno a una suma de 135.000 dólares sustraída en los libros de cuentas de Lombard Media para un reportaje televisivo encargado a una sociedad de producción. Tras verificarlo en la citada sociedad, resultó que no se le había encargado ningún reportaje. La contabilidad ocultaba con toda evidencia una malversación de fondos. Cuando Marissa hubo terminado, Espérandieu se sentía decepcionado. No estaba seguro de haber comprendido bien y no veía qué ayuda podía prestarles. No obstante, había tomado algunas notas en un cuaderno.

—¿Qué, te sirve o no?

—No mucho —respondió—, pero gracias de todas formas.

En el Instituto reinaba un ambiente casi crispado. Diane había estado observando a Xavier toda la mañana, sin perderse el menor de sus actos y gestos. Parecía inquieto, tenso y al borde de la extenuación. En varias ocasiones se habían cruzado sus miradas. Él sabía… O más concretamente, sabía que ella sabía. Aunque tal vez eran imaginaciones suyas. Conocía demasiado bien el sentido de las palabras «proyección» o «transferencia» como para estar segura.

¿Debía avisar a la policía? Aquel interrogante la había estado atormentando la mañana entera.

No estaba convencida de que la policía fuera a percibir una relación tan directa como ella entre aquel encargo de medicamentos y la muerte de ese caballo. Le había preguntado a Alex si alguien del Instituto tenía animales y este había mostrado sorpresa antes de responderle que no. También se acordaba de que había pasado la mañana con Xavier después de su llegada —la mañana en que habían descubierto el caballo— y que este no presentaba en modo alguno el aspecto de quien ha pasado la noche en blanco decapitando un animal, transportándolo y colgándolo a dos mil metros de altura con una temperatura de diez grados bajo cero. Ese día le había parecido fresco y descansado… y sobre todo imbuido de unas insoportables dosis de arrogancia y condescendencia. En cualquier caso, no lo había visto ni agotado ni estresado.

Con repentina angustia, se planteó si no estaba sacando conclusiones con excesiva rapidez, si no la estaría volviendo paranoica el aislamiento y el extraño clima que reinaba en aquel lugar. En otras palabras, si no estaba inventando una película, si no quedaría totalmente en ridículo contactando a la policía cuando se descubriera la verdadera razón de ser de aquellos medicamentos, lo cual la dejaría definitivamente desacreditada delante de Xavier y del resto del personal y sería negativo para su reputación de regreso a Suiza.

Aquella perspectiva moderó su impulsividad.

—¿No le interesa lo que cuento?

Diane regresó al presente. El paciente que tenía sentado delante de ella la miraba con severidad. Todavía conservaba unas manos grandes y encallecidas de trabajador manual. Era un antiguo obrero que había atacado a su jefe con un destornillador después de un despido abusivo. Al leer su historial, Diane quedó convencida de que aquel infeliz habría tenido suficiente con unas cuantas semanas en un hospital psiquiátrico. Sin embargo, había caído en manos de un celoso psiquiatra y había acabado soportando una reclusión de diez años. Le habían impuesto además unas dosis masivas y prolongadas de psicotrópicos. Ese hombre que probablemente padecía una simple depresión al llegar había terminado completamente loco.

—Claro que me interesa, Aaron.

—Pues yo veo que no.

—Le aseguro…

—Le voy a decir al doctor Xavier que no le interesa lo que le digo.

—¿Por qué quiere hacer algo así, Aaron? Si no le importa, podríamos volver a…

—Bla-bla-bla-bla, está intentando ganar tiempo.

—¿Ganar tiempo?

—No está obligada a repetir todo lo que digo.

—Pero ¿qué le pasa, Aaron?

—«¿Qué le pasa, Aaron?» ¡Hace una hora que hablo con una pared!

—¡Que no! Para nada, yo…

—«¡Que no! Para nada, yo…» Toc-toc-toc, ¿qué es lo que no va bien en su cabeza, doctora?

—¿Cómo?

—¿Qué es lo que no le funciona a usted?

—¿Por qué dice eso, Aaron?

—«¿Por qué dice eso, Aaron?» ¡Preguntas, siempre preguntas!

—Creo que vamos a dejar para más tarde esta charla…

—Pues yo creo que no. Le voy a decir al doctor Xavier que me hace perder el tiempo. No quiero hablar más con usted.

Diane no pudo evitar ruborizarse.

—¡Vamos, Aaron! Si esta es solo la tercera charla que tenemos. Yo…

—Usted está distraída, doctora. No le importa esto. Está pensando en otra cosa.

—Aaron, yo…

—¿Sabe qué le digo, doctora? Aquí no está en su sitio. Vuelva por donde ha venido. Vuelva a su Suiza natal.

—¿Quién le ha dicho que yo soy suiza? —preguntó con un sobresalto—. Nunca habíamos hablado de eso.

El hombre echó hacia atrás la cabeza y emitió una abrupta carcajada. Después le clavó una mirada lisa y apagada como la pizarra.

—¿Qué se creía? Aquí todo se sabe. Todo el mundo sabe que es suiza, como Julian.

—No cabe duda —diagnosticó Delmas—. Lo arrojaron efectivamente al vacío, con la correa alrededor del cuello. A diferencia del farmacéutico, en este se observan lesiones bulbares y medulares significativas y también lesiones de las cervicales debidas al *shock*.

Servaz evitaba mirar el cuerpo de Perrault, que estaba tendido boca abajo, con la nuca y la parte posterior del cráneo abiertos. Las circunvalaciones de la materia gris y la médula espinal relucían cual gelatina bajo las lámparas de la sala de autopsias.

—No hay rastro de hematomas ni de pinchazos —prosiguió el forense—, pero puesto que usted lo vio consciente en la cabina justo antes de... En resumidas cuentas, había seguido por propia voluntad al asesino.

—Lo más probable es que lo hiciera bajo la amenaza de un arma —opinó Servaz.

—Eso ya no entra dentro de mis competencias. De todas maneras, vamos a hacer un análisis de sangre. La sangre de Grimm acaba de revelar la presencia de ínfimos restos de flunitrazepam, un depresor diez veces más potente que el Valium reservado a los trastornos de sueño severos que se comercializa con el nombre de Rohypnol. También se utiliza como anestésico. Es posible que, siendo farmacéutico, Grimm tomara ese medicamento para aliviar el insomnio. Es posible, aunque el Rohypnol está clasificado dentro de la categoría de «drogas de la violación» porque provoca amnesias y disminuye en gran medida la inhibición, sobre todo si está combinado con alcohol, y también porque es inodoro, incoloro e insípido y pasa rápidamente a la orina dejando apenas rastro en la sangre, por lo que resulta casi indetectable. Todo residuo químico desaparece al cabo de veinticuatro horas.

Servaz emitió un quedo silbido.

—El hecho de que se hayan encontrado solo unos débiles restos se debe por otra parte al lapso de tiempo transcurrido entre la absorción y el momento en que se tomó la muestra. El Rohypnol se puede administrar por vía oral o intravenosa, engullido, masticado o disuelto en una bebida. Es probable que el agresor utilizara ese producto para volver a su víctima más maleable y fácil de controlar. El individuo que buscan es un fanático del control, Martin, y es muy astuto.

Delmas dio la vuelta al cadáver. Perrault ya no tenía la expresión de pavor que le había visto Servaz en el teleférico; entonces sacaba la lengua. El forense cogió una pequeña sierra eléctrica.

—Bueno, creo que ya he visto bastante —determinó el policía—. De todas formas ya se sabe lo que ocurrió. Leeré su informe.

—Martin —lo llamó Delmas en el momento en que se disponía a abandonar la sala.

Servaz se volvió.

—Tiene muy mala cara —observó el forense con la sierra en la mano, como si estuviera realizando algún trabajo de bricolaje—. No se tome esta historia como un asunto personal.

Asintió antes de salir. En el pasillo, miró el ataúd acolchado que aguardaba a Perrault en la salida de la cámara mortuoria. Al salir del subsuelo del hospital por la rampa de cemento, aspiró con avidez el aire puro del exterior. No obstante, el recuerdo del olor combinado de formol, desinfectante y cadáver iba a permanecer un buen rato adherido a su olfato. El móvil sonó en el momento en que abría el Jeep. Era Xavier.

—Tengo la lista de las personas que han estado en contacto con Hirtmann —anunció el psiquiatra—. ¿La quiere?

Servaz miró las montañas.

—Paso a recogerla —respondió—. Hasta ahora.

El cielo estaba oscuro pero ya no llovía cuando tomó la dirección del Instituto y las montañas. En el borde de la carretera, a cada curva las hojas amarillas y rojizas se desprendían de la nieve y salían volando al paso del Jeep, como últimos vestigios del otoño. Un viento destemplado agitaba las desnudas ramas, que arañaban la carrocería a la manera de descarnados dedos. Mientras conducía, volvió a pensar en Margot. ¿Se habría ocupado de seguirla Vincent? Después pensó en Charlène Espérandieu, en el chico llamado Clément, en Alice Ferrand… En su cabeza todo daba vueltas, todo se mezclaba a medida que iba franqueando las curvas.

El teléfono volvió a sonar. Respondió. Era Propp.

—Me he olvidado de decirle algo: el blanco es importante, Martin. El blanco de las cimas en el caso del caballo, el blanco del cuerpo desnudo de Grimm y de nuevo la nieve en el caso de Perrault. El blanco está a favor del asesino, que ve en él un símbolo de pureza, de purificación. Busque el blanco. Creo que tiene que haber blanco en el marco que rodea al asesino.

—¿Blanco como el Instituto? —apuntó Servaz.

—No sé. Habíamos descartado esa pista, ¿no? Lo siento, no puedo decirle más. Busque el blanco.

Servaz le dio las gracias antes de colgar con un nudo en la garganta. Sentía que en el aire flotaba una amenaza.

Aún no había terminado todo.

TERCERA PARTE

Blanco

23

—*O*nce —dijo Xavier, tendiéndole la hoja por encima del escritorio—. Once personas han estado en contacto con Hirtmann en estos dos últimos meses. Aquí tiene la lista. —El psiquiatra tenía una expresión tensa y preocupada—. He hablado con detenimiento con cada uno de ellos —añadió.

—¿Y? —preguntó Servaz.

—Nada —respondió el doctor Xavier, abriendo las manos con gesto de impotencia.

—¿Cómo que nada?

—No he averiguado nada. Ninguno parece tener nada que ocultar. O si no serían todos, no sé. —Percibiendo la mirada interrogativa de Servaz efectuó un ademán de disculpa—. Lo que quiero decir es que aquí vivimos en un circuito cerrado, lejos de todo. En esta clase de circunstancias siempre se forjan intrigas que parecerían incomprensibles vistas desde el exterior. Hay secretillos, maniobras que se urden entre bastidores contra tal o tal persona, alianzas por clanes, todo un juego de relaciones interpersonales cuyas reglas podrían parecer surrealistas para quien llega de fuera… Debe de estar preguntándose a qué me refiero.

—En absoluto —contestó Servaz con una sonrisa, pensando en la brigada—. Comprendo perfectamente a qué se refiere, doctor.

Xavier se relajó un poco.

—¿Le apetece un café?

—Con mucho gusto.

Xavier se levantó. En un rincón había una pequeña máquina y un montón de cápsulas doradas en un cesto. Apreciando su sabor, Servaz hizo durar el contenido de la taza. Habría sido un eufemismo decir que aquel lugar le hacía sentirse incómodo: la verdad es que no entendía cómo se podía trabajar allí sin volverse loco. No era solo por los internos, sino también aquel sitio, con aquellas murallas y aquellas montañas fuera.

—En resumidas cuentas, es difícil esclarecer las cosas —continuó Xavier—. Aquí todo el mundo tiene sus pequeños secretos. En estas condiciones, nadie juega limpio.

El doctor Xavier le dirigió una tenue sonrisa de excusa bajo sus gafas rojas. «Tampoco tú juegas limpio, amigo mío», se dijo Servaz.

—Comprendo.

—Aunque le haya preparado la lista de todos los que han estado en contacto con Julian Hirtmann, eso no quiere decir que los considere a todos sospechosos, claro está.

—¿Ah, no?

—Pongamos por caso nuestra enfermera jefe, por ejemplo. Es uno de los miembros más antiguos del personal. Estaba ya aquí en la época del doctor Wargnier. Buena parte del funcionamiento de este establecimiento reposa en su conocimiento de los internos y en sus competencias. Tengo una gran confianza en ella, de modo que es inútil que pierda el tiempo en su caso.

—Mmm. —Servaz miró la lista—. Élisabeth Ferney, ¿no es así?

Xavier confirmó con la cabeza.

—Una persona de confianza —insistió.

Servaz levantó la cabeza y escrutó al psiquiatra... que se ruborizó.

—Gracias —dijo mientras plegaba la hoja para guardarla en el bolsillo. Luego titubeó un instante—. Querría hacerle una pregunta que no tiene nada que ver con la investigación. Es una pregunta que dirijo al psiquiatra y al hombre, no al testigo. —Xavier enarcó una ceja, intrigado—. ¿Usted cree en la existencia del mal, doctor?

El silencio del psiquiatra fue más prolongado de lo previsto. Durante todo ese tiempo, detrás de sus gafas rojas, mantuvo la mirada fija en Servaz, como si quisiera adivinar adónde quería ir a parar.

—En mi condición de psiquiatra —contestó por fin—, le responderé que esta cuestión no entra dentro del ámbito de la psiquiatría, sino de la filosofía, y más concretamente de la moral. Desde ese punto de vista, vemos que el mal no se puede concebir sin el bien, que uno va de la mano del otro. ¿Ha oído hablar de la escala del desarrollo moral de Kohlberg? —preguntó el psiquiatra.

Servaz negó con la cabeza.

—Laurent Kohlberg es un psicólogo americano. Se inspiró en la teoría de los estadios de adquisición de Piaget para postular la existencia de seis fases de desarrollo moral en el hombre. —Xavier hizo una pausa durante la cual se arrellanó en el sillón y cruzó las manos sobre el vientre, organizando las ideas—. Según él, el sentido moral de un individuo se adquiere por estadios sucesivos en el transcurso del desarrollo de su personalidad. No puede saltarse ninguna de esas etapas. Una vez que ha alcanzado un estadio moral, el individuo no puede volver atrás: ha adquirido ese nivel para toda la vida. No obstante, no todos los individuos alcanzan el último nivel, ni mucho menos. Muchos se quedan en un estadio moral inferior. Por otra parte, esas etapas son comunes al conjunto de la humanidad, son las mismas en cualquier cultura. Son transculturales, pues.

Servaz se dio cuenta de que había despertado el interés del psiquiatra.

—En el nivel 1 —reanudó Xavier la exposición con entusiasmo—, el bien es lo que suscita una recompensa y el mal lo que suscita un castigo. Como cuando se golpean los dedos de un niño con una regla para hacerle comprender que lo que hace está mal. La obediencia se percibe como un valor en sí mismo, el niño obedece porque el adulto tiene el poder para castigarlo. En el nivel 2, el niño ya no obedece solo para obedecer a una autoridad sino para obtener gratificaciones. Así comienza a haber un intercambio… —Esbozó una sonrisa—. En el nivel 3, el individuo llega al primer estadio de la moral convencional, pretende satisfacer las expectativas de los otros, de su medio. Lo importante es el juicio de la familia, del grupo. El niño aprende el respeto, la lealtad, la confianza, la gratitud. En el nivel 4, la noción de grupo se amplía al conjunto de la sociedad. Aquí entra el respeto a la ley y el orden. Seguimos en el·ámbito de la moral convencional, en el estadio del conformismo: el bien consiste en cumplir el deber y el mal es lo que la sociedad reprueba. —Xavier adelantó el torso—. A partir del nivel 5, el individuo se desprende de esa moral convencional y la supera. Entra en la moral posconvencional. De egoísta pasa a altruista. Sabe asimismo que todo valor es relativo, que aunque deben ser respetadas, las leyes no son siempre buenas; piensa sobre todo en el interés colectivo. Finalmente, en el nivel 6, el individuo adopta unos principios éticos libremente elegidos que pueden entrar en contradicción con las leyes de su país si las considera inmorales; lo que prevalece es su conciencia y su racionalidad. El individuo moral del nivel 6 tiene una visión clara, coherente e integrada de su propio sistema de valores. Es un actor comprometido en la vida asociativa, en las acciones caritativas, un enemigo declarado del mercantilismo, del egoísmo y la codicia.

—Es muy interesante —alabó Servaz.

—¿Verdad? Huelga decir que un gran número de individuos permanecen bloqueados en los estadios 3 y 4. Para Kohlberg existe también un nivel 7, al que acceden muy pocos. El individuo del nivel 7 está impregnado del amor universal, la compasión y lo sagrado, muy por encima del común de los mortales. Kohlberg cita solo algunos ejemplos, como Jesús, Buda, Gandhi… En cierta manera, se podría decir que los psicópatas permanecen atascados en el nivel 0, aunque no sea una noción muy académica para un psiquiatra.

—¿Y cree usted que se podría establecer, de la·misma manera, una escala del mal?

Al oír aquella pregunta, al psiquiatra se le iluminaron los ojos detrás de las gafas rojas mientras se relamía con avidez.

—Es una cuestión muy interesante —dijo—. Confieso que yo mismo me la he planteado. En esa clase de escala, una persona como Hirtmann se situaría en el otro extremo del espectro, como una especie de espejo invertido de los individuos del nivel 7, por así decirlo…

El psiquiatra lo miraba directamente a los ojos, a través del vidrio de las gafas, como si se preguntara en qué nivel se había detenido Servaz. Este sintió que volvía a sudar, que volvía a acelerársele el pulso. En su pecho estaba estallando algo: un miedo cerval... Volvió a ver los faros en su retrovisor, a Perrault gritando en la cabina, el cadáver desnudo de Grimm colgado del puente, el caballo decapitado, la mirada del gigante suizo posada en él, la de Lisa Ferney en los pasillos del Instituto... El miedo se hallaba allí desde el principio, dentro de él, como una semilla que solo esperaba para germinar y prosperar... Le dieron ganas de echar a correr como un poseso, de huir de ese lugar, de ese valle, de esas montañas.

—Gracias, doctor —dijo, levantándose con precipitación.

Xavier se puso en pie sonriendo y le tendió la mano por encima del escritorio.

—De nada. —Retuvo un instante la mano de Servaz—. Parece muy cansado. Tiene muy mala cara, comandante. Debería descansar.

—Es la segunda vez que me lo dicen hoy —repuso Servaz sonriendo.

Las piernas le temblaban sin embargo cuando se encaminó hacia la puerta.

Eran las 15.30. La tarde de invierno tocaba a su fin. Los negros abetos se perfilaban sobre la nieve del suelo, la sombra se intensificaba bajo los árboles y la silueta de la montaña se recortaba en el cielo gris y amenazador que parecía encerrar aquel valle como una tapadera. Se sentó en el Jeep y miró la lista. Once nombres. Conocía un par de ellos por lo menos: Lisa Ferney y el propio doctor Xavier... Despues arrancó y efectuó la maniobra para salir. En la carretera la nieve se había fundido casi por completo, dejando una película negra, blanda y brillante. No se cruzó con nadie en aquella ruta secundaria envuelta en sombras pero, unos kilómetros más allá, al llegar a la altura de la casa de colonias, descubrió un coche aparcado en la entrada del camino. Era un viejo Volvo 940 rojo. Servaz disminuyó la velocidad, tratando de leer la matrícula con la luz de sus faros. El coche estaba tan sucio que la mitad de los números desaparecían bajo el barro y las hojas pegadas a la matrícula. ¿Era una casualidad o un camuflaje?, se preguntó, notando cómo el nerviosismo comenzaba a adueñarse de él.

Al pasar lanzó un vistazo al interior. Nadie. Servaz aparcó a cinco metros de distancia y se bajó. No se veía a nadie en los alrededores tampoco. El viento arrancaba un sonido lúgubre de las ramas, como el de un crujido de papeles viejos acumulados en el fondo de un callejón sin salida, y a él se sumaba la salmodia del torrente. La luz declinaba cada vez más. Tras coger una linterna en la guantera, se dirigió al Volvo pisando la nieve sucia del borde de la carretera. El interior no le reveló nada de particular, exceptuando el mismo grado de suciedad que el exterior. Trató de abrir la puerta, pero estaba cerrada con llave.

Servaz, que no había olvidado el episodio del teléferico, retrocedió esa vez a buscar su arma. Cuando franqueó el puentecillo oxidado, el frescor del torrente lo envolvió. En cuanto comenzó a chapotear en el barro se acordó de los comentarios que efectuaba al respecto Alice en su diario y lamentó no haberse puesto unas botas. En cuestión de pocos pasos sus zapatos de calle quedaron en un estado igual de lamentable que el Volvo. La lluvia volvía a recubrir el bosque. Al principio anduvo al amparo de los árboles, pero en cuanto el camino se aventuró por el claro poblado de altas hierbas y ortigas que sobresalían entre la nieve, la lluvia comenzó a golpetearle en el cráneo con endiablado ritmo, como si fuera un tambor. Se subió el cuello de la chaqueta sobre la chorreante nuca. Bajo el chaparrón, la casa de colonias parecía totalmente desierta.

Al acercarse a los edificios, en el punto donde el sendero adoptaba una ligera pendiente, resbaló en el fango y estuvo a punto de caer de bruces. Soltó el arma, que fue a parar a un charco. Emitió un juramento y mientras la recogía pensó que de haber alguien escondido observándolo, se estaría divirtiendo mucho con su torpeza.

Daba la impresión de que los edificios lo esperasen. Tenía el pantalón y las manos rebozados de barro y el resto de la ropa empapados de agua.

Servaz gritó, pero no respondió nadie. Tenía el pulso desbocado. Todas las señales de alarma se habían accionado en su interior. ¿Quién podía pasearse por esa casa de colonias desierta y con qué motivo? Y sobre todo, ¿por qué no le respondía? Aquella persona tenía que haber oído su llamada, multiplicada por el eco.

Los tres edificios eran de estilo chalet, aunque construidos en cemento con escasos ornamentos de madera, tejados de pizarra, ventanas dispuestas en fila en los pisos de arriba y grandes ventanales en la planta baja. Estaban comunicados entre sí por medio de galerías protegidas solo por un techo. No se veía luz en las ventanas; la mitad de los vidrios estaban rotos, y algunos habían sido sustituidos por planchas de aglomerado; las goteras vomitaban cataratas que salpicaban en el suelo. Servaz paseó el haz de la linterna por la fachada del edificio central y descubrió un lema pintado encima de la entrada con letras descoloridas: «La escuela de la vida no tiene vacaciones nunca». «Ni la del crimen tampoco», añadió para sí.

De improviso, atisbó un movimiento en el límite de su campo de visión, a la izquierda. Dio media vuelta. Al instante siguiente ya no estaba tan seguro de lo que había visto; tal vez unas ramas agitadas por el viento. No obstante, tenía casi la certeza de haber percibido una sombra por ese lado, una sombra entre las sombras...

Aquella vez se cercioró de que el seguro estuviera desactivado y hubiera una bala lista en el cañón. Después prosiguió, en alerta. Tras doblar la esquina del chalet de la izquierda, tuvo que tener cuidado de dónde ponía los pies, porque el suelo se inclinaba bruscamente y se volvía inestable y resbaladizo a causa del viscoso lodo. A ambos lados, los altos troncos de varias hayas se elevaban hasta extender, allá en lo alto, su negro ramaje, entre el cual distinguió, levantando la cabeza, retazos de cielo gris y la lluvia que le caía encima. La fangosa pendiente se prolongaba entre los árboles hasta un riachuelo que discurría unos metros más abajo.

De repente, advirtió algo. Una luz... Tan pequeña y vacilante como un fuego fatuo. Pestañeó para sacudir la lluvia de los párpados: la luz seguía allí.

«Mierda. ¿Qué es esto?»

Una llama... Danzaba, frágil y minúscula, a un metro del suelo, contra uno de los troncos verticales.

Su alarma interior resonaba con estruendo. Aquella llama la había encendido alguien... alguien que no podía andar muy lejos. Miró en torno a sí. Después bajó la pendiente hasta el árbol y poco le faltó para resbalar otra vez en el barro. Era una vela de las que se usan como calientaplatos o para caldear el ambiente de una habitación. Descansaba encima de una pequeña bandeja de madera sujeta al tronco. El haz de su linterna recorrió la rugosa corteza y, de repente, descubrió algo que lo dejó paralizado varios centímetros por encima de la llama. Era un gran corazón labrado con la punta de un cuchillo en la corteza. En el interior había cinco nombres:

Ludo + Marion + Florian + Alice + Michaël...

«Los suicidas...» Servaz miró el corazón sobrecogido, petrificado.

La lluvia apagó la llama.

Entonces se produjo el ataque. Feroz. Brutal. Terrorífico. De improviso, notó que no estaba solo. Una fracción de segundo después, algo flexible y frío se abatió sobre su cabeza. Presa de pánico, coceó y se debatió con furia pero su agresor no cejó. Sintió que aquella cosa fría se le pegaba a la nariz y a la boca. «¡Una bolsa de plástico!», gritó empavorecido su cerebro. El individuo le asestó a continuación un terrible golpe detrás de las rodillas, obligándolo a doblar las piernas a causa del dolor. Servaz se encontró en el suelo, con la cara pegada al fango, con todo el peso del hombre encima. La bolsa lo asfixiaba. Su agresor le apretaba la cabeza contra el suelo mientras estrechaba la bolsa en torno al cuello y le inmovilizaba los brazos con las rodillas. Casi sin aire, Martin se acordó del barro que tenía Grimm en el pelo y se apoderó de él un miedo helado, incontrolable. Agitó frenéticamente las piernas y el torso para tratar de desequilibrar al individuo que tenía encima de la espalda. Fue inútil. Este resistió. Con un horrendo ruido, una especie de crujido intermitente, el plástico de la bolsa se despegaba de su cara a cada espiración para de nuevo adherirse a su nariz, a su boca y a sus dientes no bien volvía a inspirar, dejándolo casi sin resuello. Poseído por una sensación de ahogo y de pánico, con la cabeza encerrada en aquella prisión de plástico, tenía la impresión de que el corazón se le iba a parar de un momento a otro. Después, de golpe, el hombre lo tiró con violencia hacia atrás y tensó una cuerda en torno a su cuello, por encima de la bolsa de plástico. Un terrible dolor le laceró el cuello mientras lo arrastraba por el suelo.

Agitaba los pies en todas direcciones y hacía derrapar las suelas de los zapatos en el fango, intentando reducir la horrible presión en el cuello. Sus nalgas se elevaban y luego volvían a caer y se deslizaban encima del esponjoso suelo mientras las manos trataban en vano de agarrar la cuerda y neutralizar su mortal opresión. De este modo se vio arrastrado varios metros, dislocado, jadeante, asfixiado, como un animal de camino del matadero.

En cuestión de dos minutos estaría muerto.

Se estaba quedando ya sin aire.

Abría convulsivamente la boca, pero el plástico le obstaculizaba cada inhalación.

En el interior de la bolsa el oxígeno se enrarecía, sustituido por el gas carbónico que espiraba.

¡Iba a correr la misma suerte que Grimm! ¡La misma que Perrault! ¡La de Alice!

¡Iba a acabar ahorcado!

Estaba a punto de perder el conocimiento cuando, de pronto, el aire volvió a entrar en sus pulmones como si hubieran abierto una compuerta. Un aire puro, no viciado. Sintió, asimismo, la lluvia que le resbalaba por la cara. Aspiró el aire y la lluvia a grandes sorbos roncos y salvadores que produjeron un ruido de silbido en los pulmones.

—¡Respire! ¡Respire!

Era la voz del doctor Xavier. Volvió la cabeza y vio al psiquiatra inclinado sobre él, sosteniéndolo. El psiquiatra parecía igual de aterrorizado que él.

—¿Dónde… dónde está?

—Ha huido. Ni siquiera me ha dado tiempo a verlo. ¡Cállese y respire!

De improviso sé oyó el ruido de un motor y Servaz comprendió su significado.

¡El Volvo!

—Mierda —halló la fuerza para decir.

Servaz estaba sentado contra un árbol, dejando que la lluvia le lavara la cara y el cabello. Agazapado a su lado, el psiquiatra parecía igual de indiferente a la lluvia que le empapaba el traje y al barro que le había recubierto los impecables zapatos.

—Bajaba a Saint-Martin cuando he visto su coche y he sentido curiosidad por saber qué estaba haciendo ahí dentro. Entonces he decidido echar un vistazo.

El psiquiatra le dirigió una penetrante mirada y una media sonrisa.

—Yo soy igual que los demás. Esta investigación y estos asesinatos me resultan terroríficos, pero también intrigantes. Bueno, el caso es que le he buscado y de repente, ¡le he visto tendido en el suelo, con esa bolsa en la cabeza y esa... cuerda! El tipo ha debido de oír mi coche y se ha dado a la fuga. Seguramente no había previsto que nadie llegara a molestarlo.

—Una tram... pa —tartamudeó Servaz, frotándose el cuello—. Me ha ten... tendido una trampa.

Dio una calada al húmedo cigarrillo, que chisporroteó, temblando como un azogado. El psiquiatra le apartó con cuidado el cuello de la chaqueta.

—Déjeme ver esto... No tiene buena pinta... Lo llevaré al hospital. Hay que curárselo enseguida, y también hacer una radiografía de las cervicales y de la laringe.

—Gracias por haber pa... pasado por aquí...

—Buenos días —dijo el señor Mundo.

—Buenos días —respondió Diane—. Vengo a ver a Julian.

El señor Mundo la observó con un mohín de disgusto y las manazas posadas en el cinturón del mono. Diane sostuvo la mirada de aquel coloso sin pestañear, esforzándose por mantener la sangre fría.

—¿No viene con usted el doctor Xavier?

—No.

El rostro del coloso se ensombreció un momento. De nuevo, ella lo miró a los ojos y al final el señor Mundo se encogió de hombros y le volvió la espalda.

Diane lo siguió con el pulso acelerado.

—Tiene visita —anunció el guardián después de abrir la puerta de la celda.

Diane dio unos pasos y vio la mirada sorprendida de Hirtmann.

—Buenos días, Julian.

El suizo no respondió. Parecía que tenía un mal día. El buen humor del día anterior se había disipado por completo. Diane tuvo que apelar a su fuerza de voluntad para no girar sobre sí y volver a salir antes de que fuera demasiado tarde.

—No sabía que tenía visita hoy —dijo por fin.

—Tampoco lo sabía yo —contestó ella—. Al menos hasta hace cinco minutos.

Aquella vez, al verlo algo confuso, Diane experimentó cierta satisfacción. Tomando asiento frente a la pequeña mesa, extendió los papeles sobre la superficie. Luego esperó a que él acudiera a sentarse en la silla, en el otro lado de mesa, pero en lugar de ello, se limitó a ir y venir cerca de la ventana, como una fiera enjaulada.

—Puesto que vamos a reunirnos de forma regular —comenzó—, quisiera precisar unas cuantas cosas, a fin de establecer un marco para nuestras entrevistas y tener una idea de la manera como funcionan las cosas en este establecimiento.

Hirtmann se detuvo para lanzarle una prolongada mirada cargada de recelo, antes de reanudar sus idas y venidas sin pronunciar palabra alguna.

—¿Le molesta? —inquirió Diane.

No hubo respuesta.

—Bueno… Para empezar, ¿recibe muchas visitas, Julian?

Volvió a pararse para mirarla antes de proseguir con sus nerviosas idas y venidas, con las manos entrelazadas a la espalda.

—¿Visitas de personas de fuera del Instituto?

—No hubo respuesta.

—Y aquí, ¿quién le visita? ¿El doctor Xavier? ¿Élisabeth Ferney? ¿Quién más?

No hubo respuesta.

—¿Alguna vez habla con ellos de lo que ocurre en el exterior?

—¿El doctor Xavier ha autorizado esta visita? —preguntó de improviso Hirtmann, plantándose delante de ella.

Diane se esforzó por levantar la vista. Al estar sentada y él de pie, la dominaba con toda su estatura.

—Verá, es que…

—Apuesto a que no. ¿A qué ha venido, doctora Berg?

—Acabo de decírselo…

—Ah, ah… ¡Es increíble la poca psicología que tienen a veces los psicólogos! Yo soy una persona bien educada, doctora Berg, pero no me gusta que me tomen por idiota —agregó con tono tajante.

—¿Está usted al corriente de lo que ocurre en el exterior? —insistió ella, abandonando el típico tono profesional de psicóloga.

Hirtmann bajó la mirada y pareció meditar un instante. Después se decidió a sentarse con el torso adelantado, el antebrazo encima de la mesa y los dedos cruzados.

—¿Se refiere a esos asesinatos? Sí, yo leo los periódicos.

—Entonces, toda la información de que dispone figura en los periódicos, ¿no es así?

—¿Adónde quiere ir a parar? ¿Qué es lo que ocurre fuera que la ha puesto en este estado?

—¿Qué estado?

—Parece asustada. Y no solo eso. Parece una persona que busca algo… incluso un animalillo, un animalillo hurgador. Ese es el aspecto que tiene en este momento, el de un sucio ratoncillo… ¡Si pudiera ver la mirada que tiene! Por Dios, doctora Berg, ¿qué le pasa? No soporta este sitio, ¿es eso? ¿No tiene miedo de perturbar la buena marcha de este establecimiento con todas sus preguntas?

—Cualquiera diría que está hablando el doctor Xavier —se mofó.

—¡Ah no, por favor! —contestó él con una sonrisa—. Mire, la primera vez que entró aquí capté enseguida que este no es su lugar. ¿Qué pensaba encontrar al venir aquí? ¿A unos genios del mal? Aquí solo hay desdichados psicóticos, esquizofrénicos, paranoicos, infelices y enfermos, y yo mismo me permito incluirme en el mismo paquete. La única diferencia con los que se encuentran fuera radica en la violencia… Y créame que no se da tan solo en los pacientes… —Separó las manos—. Ah, ya sé que el doctor Xavier tiene una visión… digamos, romántica, de las cosas… Que nos ve como seres maléficos, emanaciones de Némesis y otras idioteces por el estilo, que se cree encargado de una misión. Para él, este sitio es algo así como el Santo Grial de los psiquiatras. ¡Qué bobadas! —Mientras hablaba, la mirada se le iba volviendo más sombría y más dura, y ella retrocedió instintivamente en su silla—. Aquí, como en otras partes, todo es mugre, mediocridad, malos tratos y dosis masivas de drogas. La psiquiatría es la gran estafa del siglo XX. No hay más que fijarse en los medicamentos que utilizan. ¡Ni siquiera saben por qué funcionan! ¡La mayoría los han descubierto por casualidad en otras disciplinas!

Diane lo miraba fijamente.

—Hábleme de la información de que dispone —le pidió—. ¿Proviene íntegramente de los periódicos?

—No está escuchando lo que le digo.

Al oír aquella frase, que pronunció con voz recia, tajante y autoritaria, Diane se asustó. Sintió que iba a perderlo. Había cometido una torpeza, omitido algo, y él se iba a cerrar en banda…

—Sí le escucho, es que…

—No escucha lo que le digo.

—¿Por qué dice eso? Si…

De repente comprendió.

—¿Qué ha querido decir con lo de que «no se da tan solo en los pacientes»?

—¿Ve? Cuando quiere, Diane sí que está atenta —señaló Hirtmann con una leve y feroz sonrisa.

—¿Qué quiere decir eso de que «no se da tan solo en los pacientes»? ¿A quién se refiere? ¿A los locos? ¿A los infelices? ¿A los criminales? ¿A los asesinos? También los hay entre el personal, ¿no es eso?

—Bien mirado, me gusta hablar con usted.

—¿A quién se refiere, Julian? ¿De quién se trata?

—¿Qué sabe usted, Diane? ¿Qué ha descubierto?

—Si se lo digo, ¿me garantiza que no se lo contará a otros?

Hirtmann profirió una carcajada horrible, destemplada.

—¡Oh, vamos, Diane! ¡Esto parece un horrendo diálogo de cine! Pero ¿qué se cree? ¿Que a mí me interesa realmente? Míreme: yo nunca saldré de aquí. O sea que aunque se produjera un terremoto allá afuera, a mí no me daría ni frío ni calor… a menos que rajara estas paredes en dos…

—Encontraron su ADN en el sitio donde mataron a ese caballo —dijo—. ¿Lo sabía?

Hirtmann la observó un momento.

—¿Y usted cómo lo ha sabido?

—Da igual. ¿Lo sabía o no?

—Ya sé lo que busca —contestó con un rictus, que tal vez era una sonrisa—, pero no lo va a encontrar aquí. Y la respuesta a su pregunta es: lo sé todo, Diane, todo lo que ocurre tanto en el exterior como en el interior. Quédese tranquila, que no diré nada de su visita. No es tan seguro, en cambio, que el señor Mundo haga lo mismo. A diferencia de mí, él no puede hacer lo que quiera. Esa es la paradoja. Y ahora, váyase. La enfermera jefe vendrá dentro de un cuarto de hora. ¡Váyase! Huya de este lugar. Huya bien lejos, Diane. Aquí corre peligro.

Espérandieu reflexionaba, sentado frente a su escritorio. Después de la llamada de Marissa se le había ocurrido una idea. Desde esa mañana no había parado de pensar en la suma a la que esta había aludido por teléfono: 135.000 dólares. ¿A qué podía corresponder? A primera vista, aquellos 135.000 dólares no tenían nada que ver con la investigación. A primera vista… Luego se le había ocurrido aquella idea.

Era tan descabellada que al principio la desechó.

Había persistido, sin embargo, con tenacidad. ¿Qué le costaba verificarlo? A las once, se había decidido a buscar una información en el ordenador. Después había descolgado el teléfono. La primera persona que le había respondido se había mostrado muy reticente a darle una respuesta clara, aduciendo que de esas cuestiones no se hablaba por teléfono, ni siquiera con un policía. Cuando mencionó la cifra de 135.000 dólares, recibió no obstante la confirmación de que esas eran más o menos las tarifas que se aplicaban para la distancia mencionada.

Espérandieu sintió una creciente excitación.

En cuestión de media hora efectuó media docena de llamadas. Las primeras fueron infructuosas; cada vez obtenía la misma respuesta: no, no había habido nada así en la fecha indicada. De nuevo, su idea se le antojó ridícula. Aquellos 135.000

dólares podían corresponder a un sinfín de cosas. Luego, cuando realizaba la última llamada: ¡bingo! Escuchó la respuesta de su interlocutor con una mezcla de incredulidad y excitación. ¿Y si había dado en el clavo? ¿Sería posible? Una vocecilla trataba de atemperar su entusiasmo: podía tratarse, desde luego, de una coincidencia. Él no lo creía, con todo. En esa fecha precisamente, no. Cuando colgó, aún no se lo podía creer. Con unas cuantas llamadas acababa de realizar un enorme progreso en la investigación.

Miró el reloj: las 15.50. Se planteó hablar del asunto con Martin y luego cambió de parecer: necesitaba una confirmación definitiva. Cogió el teléfono y marcó febrilmente otro número. Aquella vez disponía de una pista.

—¿Cómo te encuentras?

—Regular.

Ziegler miraba a Servaz. Parecía casi tan conmocionada como él. Las enfermeras entraban y salían de la habitación. Un médico lo había examinado y le habían hecho varias radiografías antes de llevarlo a su habitación en una camilla, pese a que estaba en condiciones de caminar.

Xavier aguardaba en el pasillo del hospital, sentado en una silla, a que Ziegler le tomara declaración. Había también un gendarme delante de la puerta, que de repente se abrió de par en par.

—Pero ¿qué es lo que ha pasado? —preguntó Cathy d'Humières acercándose con paso vivo a la cama.

Servaz trató de explicárselo con la mayor brevedad posible.

—¿Y no le ha visto la cara?

—No.

—¿Está seguro?

—Lo único que puedo decir es que es forzudo y que sabe cómo inmovilizar a alguien.

Cathy d'Humières lo miró con lúgubre expresión.

—Esto no puede durar mucho ya —afirmó. Después se volvió hacia Ziegler—. Suspenda todas las misiones que no revistan urgencia y destaque a todo el personal disponible para este caso. ¿Cómo sigue la cuestión de Chaperon?

—La exmujer no tiene ninguna idea de dónde se encuentra —respondió Ziegler.

Servaz se acordó de que la gendarme debía trasladarse a Burdeos para hablar con la exesposa del alcalde.

—¿Cómo es? —le preguntó.

—Del tipo burgués. Esnob, bronceada con rayos UVA y supermaquillada.

Servaz no pudo reprimir una sonrisa.

—¿La has interrogado sobre su ex?

—Sí. Es curioso: en cuanto he abordado la cuestión, se ha cerrado como una ostra. No ha soltado más que banalidades: el alpinismo, la política y los amigos que acaparaban a su marido, su divorcio de mutuo acuerdo, sus vidas que habían acabado tomando caminos divergentes, etc. Yo he notado, sin embargo, que omitía lo principal.

Servaz se acordó de la casa de Chaperon: dormían en habitaciones separadas, igual que Grimm y su mujer. ¿Por qué? ¿Acaso sus esposas habían descubierto su terrible secreto? Servaz tuvo de repente el convencimiento de que, de una manera u otra, eso era lo que había ocurrido. Quizá solo habían alcanzado a sospechar una parte de la verdad. No obstante, el desprecio que profesaba a su marido la viuda de Grimm y su tentativa de suicidio, y la reticencia de la ex de Chaperon a la hora de evocar su vida privada tenían un origen común: aquellas mujeres conocían la profunda perversión y la negrura de sus esposos, pese a que sin duda ignoraban el alcance de sus fechorías.

—¿Le has hablado de lo que encontramos en la casa?

—No.

—Hazlo. No hay ni un minuto que perder. Llámala y dile que si oculta algo y encuentran muerto a su exmarido, ella será la primera sospechosa.

—De acuerdo. He encontrado otra cosa interesante —añadió Ziegler.

Servaz aguardó en silencio.

—Cuando era joven, la enfermera jefe del Instituto, Élisabeth Ferney, tuvo algunos percances con la justicia por problemas de delincuencia, infracciones y delitos. Robos de motos, insultos a agentes, droga, golpes y heridas, extorsiones…

Estuvo varias veces en centros correccionales por aquella época.

—¿Y la admitieron en el Instituto a pesar de ello?

—Eso fue hace mucho. Sentó cabeza y estudió una profesión. Después trabajó en varios hospitales psiquiátricos antes de que el antecesor de Xavier, Wargnier, la tomara bajo su protección. Todo el mundo tiene derecho a una segunda oportunidad.

—Interesante.

—Aparte, Lisa Ferney es también asidua de un club de musculación de Saint-Lary, a veinte kilómetros de aquí. Y está inscrita en un club de tiro.

La atención de Servaz y de D'Humières se intensificó súbitamente. Servaz se acordó de algo: la primera intuición que había tenido en el Instituto era tal vez la correcta: Lisa Ferney tenía el perfil… Los que habían colgado el caballo allá arriba eran muy forzudos, y la enfermera jefe lo era más que muchos hombres.

—Sigue indagando —indicó—. Es posible que encuentres algo.

—Ah sí, me olvidaba. Las cintas…

—¿Sí?

—Eran solo cantos de pájaros.

—Ah.

—Bueno, me voy al ayuntamiento a ver si existe una lista de los niños que pasaron por las colonias —concluyó Ziegler.

—Señores y señoras, me gustaría que dejaran descansar al comandante Servaz —reclamó alguien con voz potente desde la puerta.

Acababa de entrar un médico con bata blanca de unos treinta y pico años, de piel morena y tupidas cejas negras que se juntaban casi en el entrecejo. «Dr. Saadeh», ponía en el bolsillo. Se acercó a ellos sonriendo, pero tenía la mirada seria y una expresión voluntariamente intransigente con la que quería transmitir que en aquel lugar los jueces y gendarmes debían acatar una autoridad superior: la del cuerpo médico. Servaz, por su parte, ya había comenzado a destaparse.

—De ninguna manera me voy a quedar aquí —declaró.

—Pues yo de ninguna manera pienso dejar que se vaya así

—replicó el doctor Saadeh, posando una mano amistosa pero firme en su hombro—. No hemos acabado de examinarlo.

—Entonces dense prisa —reclamó Servaz con resignación, volviendo a reclinarse en las almohadas.

No obstante, en cuanto se hubieron ido todos, cerró los ojos y se durmió.

En ese mismo momento, un oficial de policía descolgaba el teléfono en el edificio fortaleza de la secretaría general de la Interpol, en el número 200 del *quai* Charles de Gaulle, en Lyon. El hombre se encontraba en el centro de un vasto *open space* lleno de ordenadores, teléfonos, impresoras y máquinas de café, con vistas panorámicas sobre el Ródano. Había también un gran abeto decorado cuya cima coronada de una estrella sobresalía en medio de los tabiques.

Al reconocer la voz de su interlocutor, frunció el entrecejo.

—¿Vincent? ¿Eres tú? ¡Uy, cuánto tiempo hacía que no te oía! ¿Qué es de tu vida?

Segunda organización de rango internacional por el número de sus miembros después de la ONU, en la Interpol colaboran 187 países. Más que un organismo policial propiamente dicho, sus servicios centrales constituyen un servicio de información consultado por los policías de los países miembros por sus informes y bases de datos, entre las que se cuenta un archivo con 178.000 delincuentes y 4.500 fugitivos. Ese servicio emite cada año varios miles de órdenes de captura internacionales, a través de las famosas «difusiones rojas». El hombre que acababa de coger el teléfono se llamaba Luc Damblin. Al igual que en el caso de Marissa, Espérandieu había conocido a Damblin en la escuela de policía. Después de intercambiar unas cuantas frases de cortesía, Espérandieu fue al grano.

—Necesito un favor.

Damblin posó maquinalmente la vista en los retratos que tenía colgados delante de sí en el tabique, encima de la fotocopiadora: mafiosos rusos, proxenetas albaneses, capos de la droga mexicanos y colombianos, atracadores de joyerías serbios y croatas o pedófilos internacionales que actuaban en los países pobres. Alguien les había añadido gorros rojos y barbas blancas de Papá Noel que tampoco les conferían una apariencia simpática. Mientras tanto, escuchó pacientemente las explicaciones de su colega.

—Parece que tienes suerte —respondió—. Hay un tipo del FBI en Washington que me debe un servicio, gracias a una inestimable ayuda que le presté en una de sus investigaciones. Voy a llamarlo para ver qué se puede hacer. Pero ¿por qué necesitas esa información?

—Para una investigación que tenemos entre manos.

—¿Tiene que ver con Estados Unidos?

—Ya te lo explicaré. Te envío la foto —dijo Espérandieu.

—Puede que tarde un poco —advirtió el empleado de la Interpol consultando el reloj—. Mi contacto está bastante ocupado. ¿Para cuándo necesitas la información?

—Es bastante urgente, lo siento.

—Todo es urgente siempre —contestó Damblin—. No te preocupes. Voy a colocar tu demanda en lo alto de la pila, en recuerdo del pasado. Además, como pronto es Navidad, este será mi regalo.

Servaz se despertó al cabo de dos horas. Tardó un segundo en reconocer la cama del hospital, la habitación blanca, la gran ventana con estores azules. Una vez que hubo comprendido dónde se encontraba, buscó con la mirada sus cosas y las descubrió metidas en una bolsa de plástico transparente depositada en una silla. Luego saltó de la cama y se vistió lo más rápido posible. Tres minutos después salía al aire libre y marcaba un número de teléfono.

—¿Diga?

—Soy Martin. ¿Está abierto el hostal esta noche?

El anciano se echó a reír.

—Has hecho bien en llamar. Justo ahora iba a prepararme la cena.

—También querría hacerte algunas preguntas.

—Y yo que creía que me llamabas solo por mi cocina… ¡Qué decepción! ¿Has encontrado algo?

—Ya te contaré.

—Perfecto, hasta luego.

433

Aunque había anochecido, delante del instituto la calle estaba bien iluminada. Sentado en el coche camuflado aparcado a diez metros de distancia, Espérandieu vio salir del centro a Margot Servaz. Le costó reconocerla: el pelo negro había dado paso a un rubio escandinavo, que llevaba sujeto con una cola a cada lado, complementado con un curioso gorro encima.

Cuando se volvió advirtió también, pese a la distancia, que llevaba un nuevo tatuaje en la nuca, entre las coletas; un enorme tatuaje polícromo. Vincent pensó en su hija. ¿Cómo reaccionaría él si a Mégan le daba por realizar más adelante ese tipo de modificaciones corporales? Tras cerciorarse de que la cámara de fotos estaba bien colocada en el asiento de al lado, puso en marcha el motor. Al igual que el día anterior, Margot estuvo charlando un momento en la acera con sus compañeras y lio un cigarrillo. Después volvió a aparecer el chico de la moto.

Espérandieu exhaló un suspiro. Esa vez al menos, si los perdía de vista, sabría dónde encontrarlos; no tendría que efectuar las arriesgadas maniobras de la tarde anterior. Puso en marcha el coche para seguirlos. El conductor de la mobylette practicaba sus habituales acrobacias. En su iPhone, los Gutter Twins cantaban: «Ay padre, no puedo creer que te vayas». En el semáforo siguiente, Espérandieu redujo velocidad y se detuvo. El coche de delante estaba parado y la moto se encontraba cuatro coches más allá. Como sabía que iban a seguir recto hasta el cruce, Espérandieu se relajó.

En los cascos, la voz ronca declaraba *«My mother, she don't know me / And my father, he can't own me»* cuando el semáforo se puso en verde y la moto giró bruscamente a la derecha. Espérandieu se alteró. «Pero ¿qué coño hace?» Aquel no era el camino de la casa. Delante de él, el atasco ocasionado por el semáforo se deshacía con exasperante lentitud. Espérandieu se puso nervioso. El semáforo viró a naranja y luego a rojo. Al final se lo saltó, justo a tiempo para percibir la mobylette que se desviaba a la izquierda en el siguiente semáforo, doscientos metros más adelante. «¡Joder!» ¿Adónde iban de esa manera?

El cruce siguiente lo pasó en naranja, decidido a reducir de forma considerable la distancia.

«Se dirigen al centro.»

Para entonces se hallaba prácticamente instalado detrás de ellos. La circulación se había vuelto más densa, llovía y de las ruedas de los coches brotaban salpicaduras. En aquellas condiciones resultaba mucho más difícil seguir la sinuosa trayectoria. Cogió a toda prisa el iPhone y conectó la aplicación «información tráfico» para después analizar con el zoom el próximo atasco. Al cabo de dieciséis minutos, la moto depositaba a su pasajera en la calle de Alsace-Lorraine y volvía a arrancar sin dilación. Después de aparcar en una zona prohibida, Espérandieu colocó el indicativo POLICÍA y bajó. El instinto le decía que esa vez sí ocurría algo. Acordándose de que había dejado la cámara en el coche, lanzó una maldición, volvió a buscarla y regresó corriendo.

No panic: Margot Servaz caminaba tranquilamente delante de él entre el gentío. Sin aminorar la marcha, encendió la cámara y comprobó que funcionaba.

La muchacha torció hacia la plaza Esquirol. Los escaparates iluminados y las guirnaldas conferían vida a los árboles y las viejas fachadas.

Faltaban pocos días para Navidad y la zona estaba muy frecuentada. Espérandieu se felicitó por ello, porque así podía pasar inadvertido. De pronto, vio que se paraba en seco y miraba en derredor antes de dar media vuelta para entrar en el café restaurante Père Léon. Espérandieu sintió que se activaban todas las señales de alarma en su interior: aquel no era un comportamiento propio de quien no tiene nada que ocultar. Apretando el paso, anduvo hasta la altura del bar en cuyo interior había desaparecido. Se le planteaba un dilema: había visto a Margot unas seis veces. ¿Cómo reaccionaría si lo veía entrar justo detrás de ella?

Miró por la ventana en el preciso momento en que ella se sentaba en una silla después de haber dado un beso en los labios al individuo que tenía enfrente, al otro lado de la mesa. Parecía radiante. Espérandieu vio cómo reía alegremente escuchando lo que este decía.

Después desplazó la mirada hacia él. «¡Ah, mierda!»

Aquella fría noche de diciembre contempló las estrellas diseminadas por encima de las montañas y las luces del molino reflejadas en el agua, como un anuncio del agradable calor que reinaba dentro. Un viento cortante le azotaba las mejillas y la lluvia volvía a ceder paso a la nieve. Cuando la puerta del molino se abrió, Servaz vio la expresión de alarma de su propietario.

—¡Dios santo! ¿Qué te ha pasado?

Puesto que se había mirado en un espejo del hospital, Servaz sabía que tenía un aspecto terrorífico, con las pupilas negras dilatadas y los ojos inyectados en sangre, dignos de Christopher Lee en *Drácula*, el cuello morado hasta las orejas, el contorno de los labios y la nariz irritados a causa del roce de la bolsa de plástico y una horrible cicatriz violácea dejada por la presión de la cuerda en la garganta. Los ojos le lagrimeaban a causa del frío o tal vez de la tensión nerviosa.

—Llego tarde —dijo con voz cascada—. Si me permites, primero voy a entrar. Hace frío esta noche.

Todavía le temblaban todas las extremidades. En el interior, Saint-Cyr lo escrutó con inquietud.

—¡Ay, señor! Ven a calentarte aquí —lo invitó el viejo juez, bajando los escalones que conducían al salón.

Al igual que la vez anterior, la mesa estaba puesta ya. En la chimenea chisporroteaba un animado fuego. Saint-Cyr corrió una silla para que se sentara Servaz y después cogió una botella y le sirvió una copa.

—Bebe. Tómate el tiempo que necesites. ¿Seguro que estás bien?

Servaz confirmó con un ademán antes de tomar un sorbo. El vino tenía una tonalidad oscura, casi negra. Era fuerte pero excelente, cuando menos para Servaz que no era un gran experto.

—Somontano —precisó Saint-Cyr—. Lo voy a buscar al otro lado de los Pirineos, en el Alto Aragón. Bueno, ¿qué ha pasado?

Servaz se lo explicó. Su pensamiento regresaba sin cesar al incidente de la casa de colonias y, en cada ocasión, una larga descarga de adrenalina lo traspasaba como una espina de pescado que se hundiera en el cuello de un gato. ¿Quién había intentado estrangularlo?, se preguntaba repasando los acontecimientos del día. ¿Gaspard Ferrand? ¿Élisabeth Ferney? ¿Xavier? Este, no obstante, había acudido a socorrerlo. ¿Podía ser que el psiquiatra se hubiera echado atrás en el último momento para no asesinar a un policía? De un instante a otro, todo había cambiado. Primero sufría el violento arrastre y de repente, Xavier aparecía a su lado. ¿Y si se trataba de la misma persona? No podía ser, puesto que habían oído cómo arrancaba el Volvo. A continuación Servaz trazó un resumen de los acontecimientos de ese día y del anterior, de la huida precipitada de Chaperon, el registro de la casa vacía, el descubrimiento de la capa y el anillo, la caja de balas en el escritorio…

—Te acercas a la verdad —concluyó Saint-Cyr con aire preocupado—. Estás muy cerca. Pero esto —añadió mirando el cuello de Servaz—, lo que te ha hecho es… es de una violencia inaudita. Ahora ya no se arredra ante nada. Está dispuesto a matar policías si es preciso.

—Él o ellos —puntualizó Servaz.

Saint-Cyr le dirigió una penetrante mirada.

—Es inquietante lo de Chaperon.

—¿No tienes una idea del sitio donde pueda esconderse?

—No —respondió el magistrado tras un momento de reflexión—. De todas formas, Chaperon es un fanático de la montaña y del alpinismo. Conoce todos los senderos y todos los refugios, tanto del lado francés como del español. Deberías consultar con la gendarmería de montaña.

Claro. ¿Cómo no se le había ocurrido antes?

—He preparado algo ligero —dijo Saint-Cyr—, como tú querías. Una trucha con salsa de almendras. Es una receta española. Ya me dirás qué tal.

Se fue a la cocina y regresó con dos humeantes platos. Servaz tomó otro trago de vino antes de concentrarse en la trucha. De su plato subía un delicioso aroma. La salsa era ligera pero suculenta, con un sabor a almendra, ajo, limón y perejil.

—¿Crees entonces que alguien se está vengando de aquellos adolescentes?

Servaz asintió con una mueca. Le dolía la garganta con

cada bocado que engullía. Al cabo de poco se le fue el hambre y dejó el plato a un lado.

—Perdona, no puedo más —se disculpó.

—No te preocupes. Te prepararé un café.

De repente, Servaz se acordó del corazón grabado en la corteza y de los cinco nombres que había adentro, cinco de los siete suicidas.

—Así pues, los rumores eran fundados —comentó Saint-Cyr mientras volvía con una taza—. Es increíble que no hubiéramos descubierto ese diario, y también que no consiguiéramos encontrar el menor indicio que confirmara esa hipótesis.

Servaz comprendió. Por un lado, el juez estaba aliviado de que la verdad saliera por fin a la luz; por el otro, sentía lo que siente toda persona que persigue un objetivo durante años y que, cuando por fin se ha resignado a no alcanzarlo nunca, de improviso ve que otro lo alcanza en su lugar. Se queda con la sensación de haber omitido lo esencial, de haber desperdiciado por completo el tiempo.

—Tu intuición era acertada, a fin de cuentas —resaltó Servaz—. Aparentemente, los miembros del cuarteto nunca se quitaban la capa cuando realizaban sus fechorías y nunca mostraban la cara a sus víctimas.

—¡Aun así, parece mentira que ninguna de las víctimas presentara ninguna queja!

—Es lo que suele ocurrir en este tipo de casos, lo sabes tan bien como yo. La verdad se descubre muchos años después, cuando las víctimas han crecido, han adquirido aplomo y ya no tienen tanto miedo de sus verdugos.

—Supongo que habrás examinado ya la lista de los niños que pasaron por la casa de colonias —dijo Saint-Cyr.

—¿Qué lista?

El juez lo miró con extrañeza.

—La que yo hice de todos los niños que estuvieron en la casa de colonias, la que está en la caja que te di.

—No había ninguna lista en la caja —respondió Servaz.

—¡Por supuesto que sí! —afirmó Saint-Cyr algo ofendido—. ¿Crees que pierdo la chaveta? Todos los documentos están allí, estoy seguro, incluida la lista. Por entonces, traté de encontrar una relación entre los suicidas y los niños que habían asistido a las colonias, tal como te comenté. Pensé que tal vez había habido otros suicidios antes, inadvertidos por ser aislados, de otros niños de las colonias. Aquello habría confirmado mi intuición de que esos suicidios estaban vinculados con Los Rebecos. Por eso fui a pedir al ayuntamiento la lista de todos los niños que habían pasado unas vacaciones allí desde su inauguración. Esa lista está en la caja.

A Saint-Cyr no le gustaba que se pusiera en entredicho su palabra, ni tampoco sus facultades mentales, según observó Servaz. Además, parecía muy seguro de lo que decía.

—Lo siento, pero en la caja no encontramos nada de ese estilo.

El juez lo miró un instante y luego sacudió la cabeza.

—Lo que tienes son fotocopias. En aquella época yo era muy meticuloso. Más que ahora. Hacía fotocopias de todos los documentos del expediente. Estoy convencido de que la lista estaba allí. Acompáñame —indicó, levantándose.

Recorrieron un pasillo con un bonito enlosado de piedra gris de aspecto antiguo. El juez empujó una puerta baja y accionó un interruptor. Entonces Servaz descubrió un auténtico caos, un pequeño despacho polvoriento en el que reinaba un indescriptible desorden. Las estanterías, sillas y mesitas estaban recubiertos de libros de derecho colocados sin orden ni concierto, de pilas de expedientes y de carpetas rebosantes de hojas que a duras penas se mantenían juntas. Las había incluso en el suelo y en los rincones. Saint-Cyr revisó mascullando una pila de treinta centímetros de altura depositada encima de una silla. Como no obtuvo resultado, pasó a otra. Al final, al cabo de cinco minutos, se enderezó con un fajo de hojas grapadas que ofreció con aire triunfal a Servaz.

—Aquí está.

Servaz consultó la lista. Los nombres ocupaban tres páginas, distribuidos en dos columnas. Al principio paseó la mirada por ellas sin que le llamara la atención ningún nombre. Después destacó uno conocido: Alice Ferrand. Siguió leyendo: Ludovic Asselin; otro suicida. Un poco más allá, localizó el tercero: Florian Vanloot. Buscaba los nombres de los otros dos adolescentes que habían estado en las colonias antes de suicidarse cuando sus ojos toparon con uno… uno que no se esperaba ni remotamente encontrar allí…

Un nombre que no debería estar allí.

Un nombre que le produjo vértigo. Servaz se estremeció como si acabara de recibir una descarga eléctrica. En el primer momento, creyó que padecía una alucinación. Cerró los ojos y los volvió a abrir, pero el nombre seguía allí, entre los de los otros niños: Irène Ziegler.

«¡Mierda, no es posible!»

24

*P*ermaneció un rato sentado frente al volante del Cherokee, con la mirada perdida. No veía los copos que descendían cada vez en mayor número ni la capa de nieve que iba cobrando grosor en la carretera. Un círculo de luz se desparramaba sobre la nieve, debajo de una farola; las luces del molino se apagaron una tras otra… salvo una. Sin duda era la del dormitorio, dedujo Servaz, pensando que el juez debía de leer en la cama. No cerraba los postigos. De todas maneras, no era necesario. Los atracadores habrían tenido que atravesar a nado el río y después escalar la pared para llegar a las ventanas. Aquel sistema era como mínimo tan eficaz como un perro o una alarma.

Irène Ziegler. Su nombre en la lista. ¿Qué podía significar aquello? Rememoró el momento en que de regreso de casa de Saint-Cyr llegó a la gendarmería con la caja bajo el brazo. Recordó que se había apoderado con autoridad de ella y se había puesto a sacar uno por uno los documentos de la investigación sobre los suicidas. Saint-Cyr era categórico: la lista de los niños que habían estado en las colonias se encontraba dentro entonces. ¿Y si el viejo chocheaba? Tal vez perdía la memoria y no lo quería reconocer. Cabía la posibilidad de que hubiera guardado la lista en otro sitio. Existía, no obstante, otra hipótesis, mucho más perturbadora, según la cual él no había visto la lista porque Irène Ziegler la había sustraído. Se acordó de la poca diligencia que había demostrado para rememorar los suicidios cuando él los había sacado a colación la primera vez, aquella noche, en la gendarmería. De repente evocó otra imagen: él prisionero del teleférico y ella tratando de llegar hasta allí. Habría debido llegar mucho antes que él, ya que estaba más cerca, pero no se encontraba allí cuando él subió a la cabina. Por teléfono le explicó que había tenido un accidente con la moto y que estaba en camino. Él solo la vio después, cuando Perrault ya estaba muerto.

Se dio cuenta de que tenía los nudillos blancos de tanto apretar el volante. Se frotó los párpados. Estaba agotado, con los nervios alterados, su cuerpo se reducía a un nudo de dolor y ahora la duda se propagaba por su espíritu como un veneno mortal. Otros recuerdos afluyeron: ella entendía de caballos, conducía el coche y el helicóptero como un hombre, conocía la región como la palma de su mano. Se acordó de la manera en que, esa misma mañana, había elevado la voz ofreciéndose voluntaria para ir al ayuntamiento. Sabía muy bien lo que iba a encontrar allí. Aquella era la única pista que podía conducir hasta ella. ¿Habría fisgado también en los papeles de Chaperon con la esperanza de poder localizarlo? ¿Era ella la que había intentado matarlo en la casa de colonias? ¿La que sostenía la cuerda y la bolsa? No se lo podía creer.

El cansancio le entorpecía el pensamiento, impidiéndole un raciocinio correcto. ¿Qué debía hacer? No tenía ninguna prueba de la culpabilidad de la gendarme.

Tras consultar el reloj del coche, llamó a Espérandieu.

—¿Martin? ¿Qué ocurre?

Servaz le habló del juez jubilado y de los expedientes y después le explicó lo que acababa de descubrir. Su ayudante guardó silencio un momento.

—¿Crees que es ella? —preguntó por fin con escepticismo.

—No estaba conmigo cuando vi a Perrault en la cabina con el asesino, el que llevaba el pasamontañas, el que se escondió detrás de Perrault cuando nos cruzamos para que no le viera los ojos. Ella debía haber llegado primero... pero no estaba allí. No llegó hasta mucho después. —De pronto se le ocurrió otra cosa—. Había estado en las colonias y no dijo nada. Entiende de caballos, conoce estas montañas, es deportista y sabe sin duda cómo utilizar una cuerda de alpinismo...

—¡Jesús! —exclamó Espérandieu, conmocionado ya.

Hablaba en voz baja, por lo que Servaz dedujo que debía de estar en la cama con Charlène y que esta debía de dormir.

—¿Qué hacemos? —preguntó.

Siguió un silencio a través del cual adivinó el estupor de Espérandieu, pese a la distancia. Este no estaba acostumbrado a que su jefe le cediera las riendas.

—Tienes una voz rara.

—Estoy agotado. Me parece que tengo fiebre también.

No aludió a la agresión de la casa de colonias, porque no le apetecía hablar de aquello entonces.

—¿Dónde estás?

Servaz volvió a mirar la calle desierta.

—Delante de la casa de Saint-Cyr.

Lanzó un vistazo maquinal por el retrovisor. Por ese lado, la calle estaba también desierta, sin vida. Los postigos de las últimas casas, situadas a un centenar de metros, estaban cerrados. Solo la nieve caía en silencio, tupida.

—Vuelve al hotel —indicó Esperandieu—. No hagas nada por ahora. No tardo en llegar.

—¿Cuándo? ¿Esta noche?

—Sí, me visto y voy. Y Ziegler, ¿sabes dónde está?

—En su casa, supongo.

—O buscando a Chaperon. Quizá podrías llamarla, para comprobarlo.

—¿Y qué le digo?

—No sé. Que no te encuentras bien, que estás enfermo. Tú mismo has dicho que estás agotado. Se te nota hasta en la voz. Dile que mañana te quedarás en cama, que no puedes más. Veamos cómo reacciona.

Servaz sonrió. Después de lo que había sucedido, no le costaría creérselo.

—¿Martin? ¿Qué ocurre?

Aguzó el oído. Captó un ruido de televisor de fondo. Ziegler estaba en su casa, o en casa de otra persona. ¿En un piso o en una casa? No conseguía formarse una idea del sitio donde vivía. En cualquier caso no estaba fuera, rondando como un lobo hambriento tras las huellas del alcalde. O tras sus propias huellas… La volvió a ver con su traje de cuero, sus botas altas, su potente moto, y también pilotando el helicóptero. De repente tuvo la certeza de que era ella.

—Nada —repuso—. Te llamo para decirte que me tomo una pausa. Tengo que dormir.

—¿No estás mejor?

—No sé. No consigo poner en claro las ideas. No consigo pensar. Estoy agotado y me duele mucho el cuello. —Ninguna mentira era mejor que la que contenía una parte de verdad—. ¿Crees que podrás seguir sola mañana? Hay que encontrar como sea a Chaperon.

—De acuerdo —dijo tras una breve vacilación—. De todas maneras no estás en condiciones de seguir. Descansa. Te llamaré en cuanto sepa algo más. Mientras tanto, me voy a ir a acostar también. Tal como dices, hay que mantener las ideas claras.

—Buenas noches, Irène.

Cortó la comunicación y marcó el número de su ayudante.

—Espérandieu —contestó el ayudante.

—Está en su casa. En cualquier caso, había una tele encendida.

—Pero no dormía.

—Como tanta otra gente que se acuesta tarde. Y tú, ¿dónde estás?

—En la autopista. Me paro para poner gasolina y llego en poco tiempo. Nunca había visto un campo tan negro. Tardaré unos cincuenta minutos. ¿Qué te parece si vas a vigilar delante de su casa?

Titubeó, dudando si tendría fuerzas.

—Ni siquiera sé dónde vive.

—¿Estás de broma?

—No.

—¿Entonces qué hacemos?

—Llamo a D'Humières —decidió Servaz.

—¿A esta hora?

Servaz dejó el móvil encima de la cama y fue al cuarto de baño, a lavarse la cara con agua fría. De buena gana habría tomado un café, pero era imposible. Después regresó a la habitación y llamó a Cathy d'Humières.

—¿Martin? ¡Dios santo! ¿Sabe qué hora es? ¡Debería dormir en las condiciones en que está!

—Lo siento —dijo—, pero es una urgencia.

Adivinó que la fiscal se erguía en la cama.

—¿Otra víctima?

444

—No, pero ha surgido algo muy fastidioso. Tenemos un nuevo sospechoso, pero no puedo hablar de eso con nadie por ahora, excepto con usted.

—¿Quién? —inquirió D'Humières, completamente despierta de repente.

—La capitana Ziegler.

Se produjo un prolongado silencio.

—Cuéntemelo todo.

Así lo hizo. Le habló de la lista de Saint-Cyr, de la ausencia de Irène en el momento de la muerte de Perrault, de su reticencia a evocar su infancia y de su estancia en la casa de colonias, de sus mentiras y omisiones al hablar de su vida personal.

—Eso no demuestra que sea culpable —señaló D'Humières.

«Un punto de vista de jurista», pensó Servaz. Desde su punto de vista, en cambio, Irène Ziegler había pasado a ser la sospechosa número uno. Ni siquiera hizo alusión a su instinto de policía.

—Pero tiene razón, es inquietante. Ese asunto de la lista no me gusta nada. ¿Qué espera que haga yo? Supongo que no me llama a esta hora para decirme algo que podía esperar a mañana.

—Necesitamos su dirección. Yo no la tengo.

—¿Necesitamos? ¿Quiénes?

—He pedido a Espérandieu que viniera.

—¿Tiene intención de vigilarla? ¿Esta noche?

—Es posible.

—¡Por Dios, Martin! ¡Tendría que dormir! ¿Se ha mirado al espejo?

—Prefiero no hacerlo.

—No me gusta mucho esto. Sea prudente. Si es ella, puede volverse peligrosa. Ya ha matado a dos hombres y seguro que maneja las armas por lo menos tan bien como ustedes.

«Una manera amable de expresarlo», se dijo. Él era negado en tiro. En cuanto a su adjunto, no lo veía para nada en el papel de Harry el Sucio.

—Vuelva a llamarme dentro de cinco minutos —le indicó—. Haré un par de llamadas. Hasta luego.

Espérandieu llamó a la puerta cuarenta minutos después.

Servaz fue a abrir. Su ayudante tenía nieve en el anorak y en el pelo.

—¿Tienes un vaso de agua y un café? —preguntó con un tubo de aspirinas en la mano. Después levantó la vista hacia su jefe—. ¡Hostias!

A la misma hora más o menos en que Servaz salía de casa de Saint-Cyr, Diane seguía en su despacho.

Se planteaba qué iba a hacer entonces. Se disponía a pasar a la acción. No obstante, tenía sus dudas. Todavía estaba tentada de hacer como si nada hubiera pasado y olvidar lo que había descubierto. ¿Y si hablaba de ello con Spitzner? Al principio le había parecido que era lo más adecuado pero, después de rumiar sobre el asunto, ya no estaba tan segura. En realidad, no veía a quién podía recurrir.

Estaba sola. Miró la hora en la esquina de la pantalla. Las 23.15.

El Instituto estaba totalmente en silencio, con excepción del racheado embate del viento contra la ventana. Había acabado de introducir en las tablas de Excel todos los datos reunidos en el curso de las entrevistas del día. Xavier se había ido hacía rato de su oficina. Tenía que ser entonces o nunca... Sentía un nudo en el estómago. ¿Qué ocurriría si alguien la sorprendía? Más valía no pensarlo.

—Ya la veo.

Espérandieu le pasó los prismáticos. Servaz los encaró hacia el pequeño edificio de tres plantas situado en la parte baja de la cuesta. Irène Ziegler se encontraba en medio de la sala de estar, con un móvil pegado a la oreja, hablando con locuacidad. Estaba vestida como para salir... no como quien pasa la velada delante del televisor antes de irse a acostar.

—No parece que tenga intención de irse enseguida a la cama —comentó Espérandieu, recuperando los prismáticos.

Se hallaban en un pequeño altozano, en el límite de un parking, a una veintena de kilómetros de Saint-Martin. Se habían colado entre dos arbustos del seto que rodeaba el aparcamiento. Hacía un viento glacial. Servaz se había subido el cuello de la chaqueta y Espérandieu se protegía con la capucha del anorak, que empezaba a blanquear. Servaz temblaba y le castañeteaban los dientes. Era la una menos veinte.

—¡Va a salir! —anunció Espérandieu al ver que cogía una cazadora de motorista en la entrada.

Un instante después había cerrado la puerta del apartamento. Espérandieu dirigió los prismáticos hacia el portal del edificio. Ziegler apareció al cabo de veinte segundos. Bajó las escaleras y se encaminó a la moto, a pesar de la nieve.

—¡Mierda! ¡No es posible!

Corrieron hacia el coche. Las ruedas de atrás patinaron un poco cuando doblaron la curva de abajo, junto al edificio, a tiempo para ver cómo la moto giraba a la derecha en lo alto de la calle que subía hacia el centro del pueblo. Cuando llegaron al cruce, el semáforo se había puesto en rojo. Se lo saltaron, porque no era fácil volver a encontrar a alguien a esa hora y con ese tiempo. Desembocaron en una larga avenida cubierta de nieve. A lo lejos, Ziegler circulaba muy despacio. Aquello les facilitaba la labor, pero al mismo tiempo aumentaba el riesgo de que los viera, dado que se hallaban solos, ella y ellos, en la larga avenida blanca.

—Nos va a pillar si esto sigue así —pronosticó Espérandieu, reduciendo velocidad.

Salieron de la población y prosiguieron unos diez minutos con lento ritmo, atravesando dos pueblos desiertos y praderas blancas flanqueadas, a izquierda y derecha, de montañas. Espérandieu había dejado que la moto tomara distancia, hasta el punto que, con la noche y los copos de nieve, solo percibían el brillo de las luces de atrás, tan débil como la punta incandescente de un cigarrillo.

—¿Adónde irá de esta manera?

En su voz se traslucía la misma estupefacción que embargaba a su jefe. Servaz no respondió.

—¿Crees que ha localizado a Chaperon? —inquirió Espérandieu.

Al oír aquello, Servaz se puso rígido. Sentía una creciente tensión, una horrible aprensión ante la perspectiva de lo que iba a suceder. Todo confirmaba que no se había equivocado. Ella le había mentido. En lugar de acostarse salía en plena noche, de manera encubierta. Repasó sin cesar las diferentes etapas de la investigación, destacando cada detalle que la delataba.

—Ha girado a la derecha.

Servaz tendió la vista al frente. Ziegler acababa de dejar la carretera para entrar en un parking iluminado, delante de un edificio bajo y rectangular semejante a una de esas naves de uso comercial que bordean con frecuencia las carreteras nacionales. A través de los copos vio brillar un fluorescente en medio de la noche. Su luminoso recorrido dibujaba un rostro de mujer de perfil que fumaba un cigarrillo tocada con un bombín. El humo del cigarrillo formaba las palabras: PINK BANANA. Espérandieu volvió a disminuir la velocidad mientras Ziegler paraba y se bajaba de la moto.

—¿Qué es esto? —preguntó Servaz—. ¿Una discoteca?

—Un club de bollis —repuso Espérandieu.

—¿Qué?

—Una discoteca para lesbianas.

Entraron en el parking en primera, en el momento en que ella saludaba al guardián, abrigado con una gruesa chaqueta con cuello de piel encima de un esmoquin. Después pasó entre dos palmeras de plástico y desapareció en el interior. Espérandieu circuló muy despacio delante de la entrada de la discoteca. Un poco más lejos había otros edificios de estilo paralelepípedo, con aire de gigantescas cajas de zapatos. Era una zona comercial. Después de girar, dio marcha atrás para aparcar en una zona de tinieblas, a distancia de las farolas y fluorescentes, con el maletero encarado hacia la entrada de la discoteca.

—Tú que querías saber más cosas sobre su vida privada, pues aquí tienes —dijo.

—¿Y qué hace ahí dentro?

—¿A ti qué te parece?

—No, lo que quiero decir es que si está persiguiendo a Chaperon y sabe que el tiempo apremia, ¿por qué lo pierde para venir aquí a la una de la noche?

—A no ser que tenga cita con alguien que pueda pasarle alguna información.

—¿En una discoteca para lesbianas?

Espérandieu se encogió de hombros. Servaz miró el reloj del salpicadero. La 1.08.

—Vuélveme a llevar allá —pidió.

—¿Adónde?

—A su casa.

Se puso el revólver en el bolsillo y sacó un pequeño manojo de llaves maestras que Espérandieu miró con sobresalto.

—¡Ah, no! Esta sí que no es una buena idea. Puede volver en cualquier momento.

—Me dejas allí y vuelves para asegurarte de que sigue en el interior. No entraré hasta que tú me hayas indicado que hay vía libre. ¿Tienes cargado el móvil?

Servaz sacó el suyo. Por una vez funcionaba. Espérandieu realizó la misma comprobación sacudiendo la cabeza.

—Un momento, un momento. ¿Has visto la pinta que tienes? ¡Si casi no te tienes en pie! Si Ziegler es la asesina es que es una persona extremadamente peligrosa.

—Si tú la vigilas tengo tiempo de sobra para salir corriendo. No podemos andarnos por las ramas.

—¿Y si te ve un vecino y da la alerta? ¡Confiant arruinará tu carrera! Ese tipo te detesta.

—Nadie se va a enterar. Vamos. Ya hemos perdido bastante tiempo.

Diane miró en derredor. Nadie. El pasillo estaba desierto. En aquella parte del Instituto a la que no tenían acceso los pacientes no había cámaras de seguridad. Accionó la manecilla: la puerta no estaba cerrada. Consultó el reloj. Las doce y doce. Entró. La habitación estaba bañada por la luz de la luna que entraba por la ventana: el despacho de Xavier...

Cerró la puerta tras de sí, con todos los sentidos en alerta. Estos reaccionaban con una insólita agudeza, como si la tensión lo transformara en un animal dotado de extraordinarias capacidades auditivas y visuales. Paseó la mirada por la oficina, donde solo había la lámpara, el ordenador, el teléfono, la pequeña estantería a la derecha, los archivadores metálicos a la izquierda, la nevera en un rincón y las plantas en la repisa de la ventana. Fuera arreciaba la tempestad y, por momentos, cuando las nubes pasaban delante de la luna, la luz menguaba tanto que ya no veía más que el rectángulo gris azulado de la ventana; después la habitación se volvía a iluminar lo bastante para permitirle distinguir cada detalle.

En un rincón, en el suelo, había un par de pesas. Eran pequeñas pero pesadas, según pudo constatar acercándose; cada una cargaba cuatro discos negros de dos kilos. Trató de abrir el primer cajón, pero estaba cerrado con llave. Lástima. El segundo no lo estaba, en cambio. Tras una breve vacilación, encendió la lámpara del escritorio. Registró entre las carpetas y los papeles del cajón sin que le llamara la atención nada en especial. En el tercer cajón había solo unos cuantos rotuladores y bolígrafos.

Se encaminó a los archivadores metálicos, llenos de historiales colgados. Diane sacó algunos y los abrió. Los historiales del personal… Comprobó que no había ninguno a nombre de Élisabeth Ferney, aunque sí encontró uno a nombre de Alexandre Barski. Como no vio ningún otro Alexandre, dedujo que tenía que tratarse del enfermero. Lo acercó a la lámpara para poder leerlo mejor.

El currículo de Alex indicaba que había nacido en Costa de Marfil en 1980. Era más joven de lo que había creído. Soltero. Vivía en una ciudad llamada Saint-Gaudens que, según le pareció recordar, había visto en el mapa de la región. Llevaba cuatro años como asalariado del Instituto. Antes había trabajado en el establecimiento público de salud mental de Armentières. Durante sus años de estudios había efectuado numerosas prácticas en diferentes centros, entre los que se contaba un servicio de psiquiatría infantil. Diane pensó que podrían hablar de eso más adelante. Tenía ganas de estrechar el contacto con Alex, de convertirlo en amigo. Estaba bien considerado allí. A lo largo de los años, Wargnier y luego Xavier habían incluido apreciaciones del tipo: «atento», «competente», «demuestra iniciativa», «espíritu de equipo», «buena relación con los pacientes»…

«Venga, Diane, no dispones de toda la noche…»

Cerró el dosier y lo devolvió a su sitio. Con cierta aprensión, buscó el suyo. Diane Berg. Lo abrió. Dentro encontró su currículo y las impresiones extraídas de los mensajes electrónicos que había intercambiado con el doctor Wargnier. Sintió que se le encogía el estómago al descubrir una anotación realizada a mano por Xavier al pie de la página: «¿Individuo problemático?». En los otros historiales colgados no averiguó nada más. Luego abrió con prisa los otros cajones. Los historiales de los pacientes, papeles de carácter administrativo... El hecho de que no hubiera ninguno a nombre de Lisa Ferney confirmaba las sospechas de Diane: posiblemente era ella la que detentaba el poder en el establecimiento. Ni Wargnier ni Xavier se habían atrevido a abrir un dosier consagrado a la enfermera jefe.

A continuación posó la mirada en la estantería, situada en el otro extremo de la habitación, para después centrarla en el escritorio y el ordenador. Tras un momento de titubeo, se sentó en el sillón de Xavier. El cuero del respaldo estaba impregnado de un persistente olor a jabón y a colonia con un excesivo toque de aromas de bosque y especias. Después de aguzar el oído, apretó el botón para encender el ordenador. En las entrañas del aparato algo se sacudió y dio un vahído, como un bebé que se despierta.

Primero apareció un anodino paisaje otoñal y después fueron surgiendo los iconos.

Diane los revisó uno por uno, pero tampoco le llamó la atención ninguno. Abrió la mensajería: no había nada especial. El último mensaje, de aquella misma mañana, iba dirigido a todo el personal y se titulaba: «Calendario reuniones funcionales equipos terapéuticos». En la bandeja de entrada había 550 mensajes, doce de ellos no leídos, y aunque no tenía tiempo de abrirlos todos, Diane dedicó una rápida ojeada a los últimos cuarenta sin encontrar nada anormal.

Luego examinó los mensajes enviados. Tampoco contenían nada de particular.

Dirigió sus pesquisas a la lista de favoritos. Hubo varias páginas que le llamaron la atención como una de encuentros entre solteros, otra titulada «la seducción por un psicólogo-sexólogo», otra de imágenes pornográficas «extremas» y una más que anunciaba «dolores torácicos y trastornos cardiocirculatorios». Después de preguntarse si Xavier tendría problemas cardiacos o si era simplemente hipocondriaco, pasó a otra cosa. Al cabo de diecisiete minutos apagó el ordenador, decepcionada.

Volvió a posar la mirada en el primer cajón, el que estaba cerrado con llave.

Se planteó si Xavier no tendría un disco duro externo o un lápiz USB dentro. Descontando las páginas porno, su ordenador estaba demasiado limpio para una persona que tiene algo que ocultar. Miró en torno a sí y, localizando un clip, lo desplegó y lo introdujo en la cerradura tratando de imitar el gesto que había visto en las películas.

La tentativa estaba evidentemente destinada al fracaso y, cuando el clip se rompió y una parte quedó presa en el interior, lanzó una queda maldición. Cogió un abrecartas y con grandes dificultades, logró sacar el pedazo de metal tras varios minutos de esfuerzos. Después repasó todas las posibilidades; de repente se le ocurrió algo. Hizo girar el sillón hacia la ventana y, ya de pie, se puso a levantar los tiestos uno por uno. Nada. Después metió por si acaso los dedos en la tierra.

En la tercera maceta encontró algo. Era una tela con algo duro en el interior... Al tirar, desenterró una bolsita. Dentro estaba la llave. Accionó la cerradura con el pulso acelerado, pero al abrir el cajón quedó decepcionada. No había ni disco duro ni lápiz USB, solo una pila de papeles relacionados con el Instituto. Informes, cartas intercambiadas con colegas... nada de carácter confidencial. ¿Por qué había cerrado entonces Xavier el cajón con llave? ¿Por qué no lo había dejado abierto como los otros? Separando las hojas, se fijó en una carpeta de cartón menos gruesa que las demás. La sacó y la puso bajo la lámpara. En el interior había solo unas cuantas hojas, entre las que se contaba una lista de nombres distribuidos en varias columnas. Diane advirtió que llevaba el sello del ayuntamiento de Saint-Martin y que se trataba de una fotocopia. Como la lista ocupaba dos hojas, levantó la primera.

Tenía pegada una hojita de notas que acercó a la lámpara. Xavier había escrito en ella varios nombres seguidos de signos de interrogación:

Gaspard Ferrand?

Lisa?

Irène Ziegler?

Colonias?

Venganza?

Por qué caballo???

Se preguntó qué era lo que estaba viendo, aunque ya lo sabía. Aquellos interrogantes eran un eco de los suyos. Dos de los nombres le resultaban desconocidos y la palabra «colonias» la remitió, como no podía ser de otro modo, a la desagradable experiencia que había vivido en medio de aquellos edificios abandonados dos días atrás. Lo que tenía delante era una lista de sospechosos. De pronto se acordó de la conversación que había escuchado a través del conducto de ventilación, en la que Xavier se había comprometido con aquel policía a realizar sus propias pesquisas entre los miembros del personal. Aquellas preguntas plasmadas en un trozo de papel demostraban que había comenzado a hacerlo. De aquello se desprendía que si Xavier llevaba a cabo una investigación en secreto, no era él el cómplice que buscaba la policía. En ese caso, ¿qué significaba aquella tanda de medicamentos que había encargado?

Perpleja, Diane devolvió la lista a la carpeta y la carpeta al cajón antes de volver a cerrarlo con llave. Nunca había oído hablar de las otras dos personas... pero en la lista había un nombre en el cual podía concentrar a partir de ese momento sus indagaciones. ¿Incluyendo la palabra «colonias» al final de la lista, Xavier dejaba implícito que todas aquellas personas estaban relacionadas de una manera u otra con ese lugar? Se acordó del hombre que gritaba y sollozaba. ¿Qué habría ocurrido allí? ¿Y qué conexión podía tener con los crímenes que se habían cometido en los alrededores de Saint-Martin? La respuesta se hallaba sin duda en la palabra que el psiquiatra había escrito justo debajo. Venganza... Diane se dio cuenta de que le faltaban demasiados elementos para poder aproximarse a la verdad. Al parecer, Xavier sabía mucho más, pero todavía le quedaban bastantes interrogantes.

De repente se inmovilizó, con la mano posada todavía en la llave del cajón. Había oído un ruido de pasos en el pasillo... Se hundió de manera inconsciente en el sillón y deslizó despacio la mano para apagar la lámpara. Volvió a encontrarse rodeada de la penumbra gris azulada dispensada por la luna, con el corazón desbocado. Los pasos se habían detenido delante de la puerta... ¿Sería uno de los guardianes que hacía la ronda? ¿Habría advertido la luz por debajo de la puerta? Los segundos transcurrieron con interminable lentitud. Después el vigilante reanudó la ronda y los pasos se alejaron.

Con el golpeteo del flujo de la sangre en los oídos fue recuperando la respiración normal. Lo único que ansiaba era subir a su habitación y meterse entre las sábanas. También ardía en deseos de interrogar a Xavier a propósito de sus pesquisas, pero sabía que en cuanto le confesara que había registrado su escritorio perdería el empleo y toda expectativa de ascenso profesional. Debía encontrar otra manera de conseguir que se confiara a ella…

—Su moto está aquí. Sigue dentro.

Servaz cortó la conexión del móvil y encendió la luz del rellano. Su reloj marcaba la 1.27. Miró la puerta del segundo apartamento. No se oía ningún ruido. Todo el mundo dormía. Después de limpiarse con cuidado los pies en el felpudo, sacó las llaves maestras y comenzó a introducirlas en la cerradura. Al cabo de treinta segundos se hallaba en el interior. Ziegler no había añadido ni cerrojo suplementario ni cerradura de tres puntos.

Tenía un pasillo delante, con dos puertas a la derecha. La primera daba a otro pasillo y la segunda a una sala de estar. La luz proveniente de las farolas de la calle iluminaba la habitación. Detrás de las ventanas nevaba cada vez con más brío. Servaz se adentró en el oscuro y silencioso salón y buscó un interruptor. La luz brotó, revelando un interior espartano. Se quedó quieto, con el pulso acelerado.

«Busque el blanco», le había dicho Propp.

Recorrió la pieza con la mirada. Las paredes eran blancas y el mobiliario, frío y descarnado; moderno. Trató de hacerse una idea de la persona que vivía allí, al margen de la que ya conocía. No se le ocurrió nada. Tenía la impresión de contemplar el apartamento de un fantasma. Se acercó a la decena de libros colocados en las estanterías entre las copas deportivas y sufrió un terrible sobresalto. Todos tenían una temática similar: los crímenes sexuales, la violencia contra las mujeres, la opresión de las mujeres, la pornografía y la violación. Era vertiginoso. Se acercaba a la verdad… Se trasladó a la cocina. De repente, algo se movió a la derecha. Antes de que pudiera reaccionar, notó que algo le tocaba la pierna. Dio un salto atrás, presa de pánico, con el corazón desbocado. Emitiendo un prolongado maullido, el gato fue a refugiarse a otro rincón del piso. «¡Joder! ¡Menudo susto me has dado!» Servaz aguardó a que se le apaciguara el pulso y después fue abriendo los armarios. No había nada de particular. Solamente advirtió que, a diferencia de él, Irène Ziegler mantenía una estricta dieta alimentaria. Atravesó el salón para dirigirse a las habitaciones. Una de ellas, cuya puerta estaba abierta, contenía un escritorio, una cama y un archivador metálico. Abrió los cajones uno por uno. Había documentos diversos, declaraciones de renta, facturas de electricidad, de cursos de la escuela de gendarmería, de alquiler, cuotas de servicios sanitarios, abonos... En la mesita de noche reposaban unos libros en inglés: *The Woman-Identified Woman (La mujer identificada con la mujer)* y *Radical Feminism: A Documentary History (Feminismo radical: una historia documental).* Dio un brinco cuando el teléfono vibró en su bolsillo.

—¿Qué tal? —preguntó Espérandieu.

—Nada por ahora. ¿Hay movimiento?

—No, sigue dentro. ¿No has pensado que igual no vive sola? ¡No sabemos nada de ella, por Dios!

A Servaz se le heló la sangre. Espérandieu tenía razón. ¡Ni siquiera se lo había planteado! Había tres puertas cerradas en el apartamento. ¿Qué habría detrás? Una de ellas al menos debía de ser un dormitorio. El cuarto donde estaba no parecía ocupado. No había hecho ruido al entrar y eran casi las dos de la madrugada, una hora en la que la gente duerme profundamente en general. Con un retortijón de estómago, salió de la habitación y se quedó quieto delante de la puerta de al lado, aguzando el oído. No se oía nada. Pegó la oreja al batiente; lo único que turbaba el silencio era el zumbido de su propia sangre. Al final apoyó la mano en la manecilla y la hizo girar muy despacio.

Un dormitorio... Una cama deshecha...

Estaba vacía. El corazón le había vuelto a dar un vuelco. Se dijo que quizá se debía a su penosa forma física. Debía plantearse seriamente hacer un poco de deporte si no quería morir un día de un ataque cardiaco.

Las dos últimas puertas daban a un cuarto de baño y a un excusado. Lo confirmó abriéndolas. Luego volvió a la habitación donde se encontraba el escritorio y abrió los cajones. No había nada aparte de bolígrafos y extractos de tarjeta bancaria. Después le llamó la atención una mancha de color debajo del escritorio. Era un mapa de carreteras, que debía de haber caído al suelo. El móvil volvió a zumbar en su bolsillo.

—¡Ha salido!

—De acuerdo. Síguela y llámame cuando estéis a un kilómetro.

—Pero ¿qué dices? —protestó Espérandieu—. ¡Lárgate de ahí, por el amor de Dios!

—Es posible que haya encontrado algo.

—¡Ya ha arrancado! ¡Se va!

—No dejes que se aleje. ¡Date prisa! Necesito cinco minutos. Colgó.

Luego encendió la lámpara del escritorio y se inclinó para coger el mapa.

Eran las 2.02 cuando Espérandieu vio salir a Irène Ziegler del Pink Banana en compañía de otra mujer. Con su traje de motorista y sus botas de cuero negro, Ziegler tenía el aspecto de una fascinante amazona. Su compañera, por otra parte, con su cazadora blanca satinada con cuello de piel, su ajustado vaquero y sus botas blancas con tacón y cordones de arriba abajo, parecía salida de una revista. Ziegler era rubia, y la otra lucía una larga cabellera morena, desparramada sobre la piel del cuello. Las dos jóvenes se acercaron a la moto de Ziegler, sobre la cual se montó la gendarme. Después de charlar un momento, la morena se inclinó hacia la rubia. Espérandieu tragó saliva viendo cómo se besaban en la boca.

«Por dios», se dijo con la boca seca.

A continuación Ziegler hizo rugir el motor de la moto, como una amazona de cuero soldada al acero de su máquina. «Esta mujer es tal vez una homicida», pensó para apaciguar su incipiente ardor.

De improviso se le ocurrió algo. Los que habían matado el caballo de Éric Lombard eran dos. Disparó a la morena con su pequeña cámara digital justo antes de que desapareciera en el interior de la discoteca. ¿Quién sería? ¿Era posible que los asesinos fueran dos mujeres? Sacó el móvil y llamó a Servaz.

«¡Mierda!», juró para sí después de colgar. ¡Martin le había pedido cinco minutos! ¡Aquello era una locura!

¡Tendría que haberse ido sin esperar más! Espérandieu arrancó y pasó como una tromba delante del portero. Cogió la curva de la salida del parking un poco bruscamente y volvió a derrapar en la nieve antes de acelerar cuando se encontró en la amplia línea recta. No levantó el pie hasta que divisó la luz de atrás de la moto y miró, maquinalmente, el reloj del coche: las 2.07.

«¡Martin, por el amor de Dios, lárgate ya!»

Servaz inspeccionaba el mapa en todos los sentidos.

Era un mapa detallado del Alto Comminges, a una escala de 1/50000. Por más que lo escrutaba, lo desplegaba y lo acercaba a la lámpara, no veía nada. No obstante, Ziegler había consultado ese mapa hacía poco, antes de salir sin duda. «Está ahí, en algún sitio, pero no lo ves», pensó. Pero ¿qué? ¿Qué había que buscar? De repente sintió un fogonazo: ¡el escondite de Chaperon!

Estaba allí, seguro. En algún lugar de ese mapa.

Había un lugar donde la carretera trazaba varias curvas. Como llegaban después de una larga línea recta, había que reducir bastante la velocidad. La ruta serpenteaba entre un paisaje de abetos y abedules cargados de nieve y de blancos cerros en medio de los cuales discurría un riachuelo. Ese paisaje de tarjeta postal de día se tornaba casi fantástico de noche, con la luz de los faros.

Espérandieu vio que Ziegler aflojaba y frenaba para después inclinar con gran prudencia su potente máquina en la entrada de la primera curva, antes de desaparecer detrás de los altos abetos. Levantó el pie del acelerador. Abordó la curva con la misma cautela y rodeó la primera colina a una velocidad moderada. Casi llegó al ralentí al lugar por donde fluía el arroyo, pero aquello no fue suficiente…

En ese momento habría sido incapaz de decir qué era. Una sombra negra...

Surgió del otro lado de la carretera y brincó ante la luz de los faros. Instintivamente, Espérandieu apretó el pedal del freno. Fue un mal reflejo. El coche se colocó de través, precipitándose hacia el animal. El choque fue violento. Aferrado al volante, logró controlar la dirección pero ya era demasiado tarde. Paró el coche, puso las luces de emergencia, se quitó el cinturón y tras coger la linterna de la guantera se precipitó fuera. ¡Un perro! ¡Había chocado contra un perro! El animal yacía en medio de la calzada, sobre la nieve. A través del haz de la linterna dirigía a Espérandieu una mirada implorante. Una respiración afanosa le levantaba el costado y envolvía su hocico de blanco vapor; una de las patas tenía un convulsivo temblor.

«¡No te muevas de aquí, perrito! ¡Ahora vuelvo!», pensó Espérandieu casi en voz alta.

Hundió la mano en el anorak. «¡El móvil! ¡No estaba allí!» Miró con desespero hacia a la carretera. La moto había desaparecido hacía mucho. «¡Mierda, mierda, mierda!» Se precipitó hacia el coche y encendió la luz cenital. Pasó la mano debajo de los asientos. ¡Nada! ¡Ni rastro del maldito teléfono! Ni encima de los asientos, ni en el suelo. ¡¿Dónde estaba el teléfono, joder?!

Por más que examinó cada detalle del mapa, Servaz no localizó ningún signo, ningún símbolo que le diera pie a pensar que Ziegler había marcado la situación del lugar donde se escondía Chaperon. Aunque quizá no había tenido necesidad de hacerlo. Tal vez se había limitado a echarle una ojeada para comprobar algo que ya sabía. Servaz tenía ante sí Saint-Martin, su estación de esquí, los valles y los picos de los alrededores, la carretera por la que había llegado y la que conducía a la central, la casa de colonias y el Instituto, y todos los pueblos de los contornos...

Al mirar en derredor, le llamó la atención una hoja que había encima del escritorio, un papel más entre otros.

Lo cogió y se inclinó. Era un título de propiedad... Se le

aceleró el pulso. Una escritura a nombre de Roland Chaperon, domiciliada en Saint-Martin-de-Comminges. Había una dirección: camino 12, sector 4, valle de Aure, municipio de Hourcade... Servaz exhaló una maldición. No tenía tiempo de ir a consultar el catastro ni el registro de hipotecas. Después se dio cuenta de que Ziegler había anotado una letra y un número con rotulador rojo debajo de la hoja. D4. Enseguida comprendió.. Con las manos humedecidas, consultó el mapa, deslizando febrilmente el índice por el papel...

Espérandieu dio media vuelta y descubrió el teléfono móvil encima de la carretera. Se abalanzó sobre él. El aparato estaba partido en dos. ¡Mierda! Trató de todas formas de establecer comunicación con Servaz. Fue inútil. El miedo se apoderó al instante de él. «¡Martin!» El perro emitió un desgarrador gemido. Espérandieu lo miró. «¡No es posible! ¡Qué coño es esta pesadilla!»

Abrió precipitadamente la puerta de atrás y fue a coger el animal. Pesaba bastante. El perro lanzó un amenazador gruñido, pero no opuso resistencia. Espérandieu lo dejó encima del asiento de atrás y luego se situó frente al volante. Echó un vistazo al reloj. ¡Las 2.20! ¡Ziegler no tardaría en llegar a su casa! «¡Martin, vete! ¡Vete! ¡Vete! ¡Por el amor de Dios!» Arrancó a toda velocidad, perdió el control y después de recobrarlo *in extremis* se alejó como un bólido por la blanca carretera. Aunque derrapó varias veces en las curvas, siguió así, con las manos crispadas en el volante, como un piloto de rally. El corazón le latía a ciento sesenta pulsaciones por minuto.

Una cruz... Una minúscula cruz trazada con tinta roja que primero había pasado inadvertida a su escrutinio, en pleno centro del recuadro D4. Servaz advirtió, exultante, que en aquel lugar había en el mapa un diminuto cuadrado negro en medio de una zona de bosques y montañas. ¿Sería un chalet o una cabaña? Daba igual. Servaz sabía ya adónde iba a dirigirse Ziegler al salir de la discoteca.

De pronto, consultó el reloj. Las 2.20... Estaba pasando

algo raro... Espérandieu debía haber llamado hacía rato. ¡Hacía dieciséis minutos que Ziegler había salido de la discoteca! No se necesitaba tanto tiempo para... Un sudor frío le recorrió la espalda. ¡Tenía que irse inmediatamente! Después de lanzar una atemorizada mirada en dirección a la puerta, volvió a dejar el mapa donde lo había encontrado, apagó la lámpara del escritorio y el interruptor de la habitación. Cuando entró en el salón, oyó un rugido fuera... Se precipitó hacia la ventana, justo a tiempo para ver aparecer la moto de Ziegler en la esquina el edificio. Se quedó helado. «¡Ya está aquí!»

Se abalanzó para apagar la luz de la sala de estar.

Después se dirigió a toda prisa hacia la puerta, salió del apartamento y cerró con suavidad tras de sí. Le temblaba tanto la mano que estuvo a punto de caérsele la llave maestra. Una vez hubo cerrado con llave, se abalanzó hacia las escaleras pero se paró en seco a los pocos peldaños. ¿Adónde iba? No podía tomar aquella salida. Si bajaba por allí, se toparía de frente con ella. Oyó, sobrecogido, el chirrido de la puerta principal, situado dos pisos más abajo. ¡Estaba atrapado! Volvió a subir los escalones de dos en dos, tratando de no hacer ruido. Se volvía a encontrar en el punto de partida: el rellano del segundo. Miró en torno a sí. No había salida ni escondite posible... Ziegler vivía en el último piso.

El corazón le brincaba en el pecho como si quisiera excavar un túnel. Intentó reflexionar. Ella iba a aparecer de un momento a otro y lo encontraría allí. ¿Cómo iba a reaccionar? Se suponía que él estaba enfermo en cama y eran casi las dos y media de la mañana. «¡Piensa!» No podía. No le quedaba otra opción. Volvió a sacar la llave maestra, abrió la puerta y la cerró. «¡Dale la vuelta a la llave!» Después se precipitó hacia el salón. Aquel maldito apartamento estaba demasiado despejado, era demasiado espartano. ¡No había ningún sitio donde esconderse! Por un instante se planteó la posibilidad de encender la luz, sentarse en el sofá y recibirla así, como si nada. Le diría que había entrado con su llave maestra, que tenía algo importante que decirle. ¡No! ¡Era una estupidez! Estaba sudoroso, jadeante, y ella percibiría enseguida el miedo en su mirada. Debería haberla esperado en el rellano. ¡Qué imbécil! ¡Ahora era demasiado tarde! ¿Sería capaz de matarlo?

Se acordó con un escalofrío de que ya había intentado matarlo, en la casa de las colonias, ese mismo día. Aquel pensamiento lo espabiló. «¡Escóndete!» Corrió hacia el dormitorio y se metió debajo de la cama justo en el momento en que introducían la llave en la cerradura.

Reptó bajo la cama, justo a tiempo para ver por la puerta un par de botas enmarcadas en el vestíbulo. Con la barbilla pegada al suelo y la cara empapada de sudor, de pronto tuvo la impresión de que aquello era una pesadilla. Era como si viviera algo que no era real del todo... algo que no podía estar sucediendo.

Ziegler depositó ruidosamente las llaves encima del mueble de la entrada. Él oyó el ruido del manojo, porque no la vio efectuar el gesto. Durante una terrorífica fracción de segundo, creyó que iba a entrar directamente a la habitación.

Luego vio desaparecer las botas en dirección a la sala de estar al tiempo que oía el crujido de su traje de cuero. Iba a secarse con la manga el sudor que le resbalaba por la cara cuando de repente se quedó petrificado: ¡el móvil! ¡Se había olvidado de apagarlo!

El perro gemía en el asiento de atrás, pero al menos no se movía. Espérandieu abordó la última curva como había tomado todas las demás: en el límite extremo de la pérdida de control. La parte posterior del coche pareció querer sustraerse a la trayectoria inicial, pero él desembragó, enderezó la dirección y después pisó el acelerador, logrando evitar el desastre.

El edificio de Ziegler.

Aparcando delante, cogió el arma y bajó de un salto. Vio que arriba había luz en la sala de estar. La moto de Ziegler estaba allí también. No había, en cambio, señales de Martin. Aguzó el oído, pero el único sonido que percibió fue el atiplado gemido del viento.

«¡Vamos, Martin, ponte donde te vea!»

Espérandieu observó con desesperación los alrededores del edificio cuando se le ocurrió una idea. Volvió al coche y arrancó. El perro protestó débilmente.

—Ya sé, pobrecillo. No te preocupes, que no te voy a dejar solo.

Subió la empinada cuesta de acceso al parking y con los prismáticos en la mano fue a colocarse en el hueco del seto. Lo hizo a tiempo para ver a Ziegler saliendo de la cocina, con una botella de leche en la mano. Había dejado la cazadora encima del sofá. Después de beber directamente de la botella, vio que se desabrochaba el cinturón del pantalón de cuero y se quitaba las botas. Luego salió del salón. Una luz se encendió detrás de una ventana más pequeña, a la izquierda, una ventana de vidrio esmerilado. El cuarto de baño… Se iba a duchar. ¿Dónde se había metido Martin? ¿Le habría dado tiempo a marcharse? Y si se había ido, ¿dónde estaba escondido, por Dios? Espérandieu tragó saliva. Entre el cuarto de baño y el ventanal del salón había otra ventana. Como la persiana no estaba bajada y la puerta de la habitación estaba abierta, atisbó, gracias a la luz procedente de la entrada, una cama de dormitorio. De repente, una figura surgió de debajo de la cama. La sombra se enderezó y, tras un instante de vacilación, salió del dormitorio y se dirigió con paso sigiloso a la entrada. «¡Martin!» A Espérandieu le dieron ganas de echarse a gritar de alegría, pero se limitó a mantener encarados los prismáticos hacia la entrada del edificio hasta el momento en que por fin apareció Servaz. Entonces se le iluminó la cara. Servaz miraba a derecha e izquierda, buscándolo, cuando Espérandieu se metió dos dedos en la boca y silbó.

Servaz levantó la cabeza y lo vio. Luego señaló con un dedo hacia arriba y Espérandieu comprendió. Recorrió las ventanas con los prismáticos; Irène Ziegler seguía en la ducha. Después le indicó con un ademán a Martin que se dirigiera a la esquina y volvió a subir al coche. Al cabo de un minuto, su jefe abría la puerta del asiento del pasajero.

—Mierda, ¿dónde te habías metido? —preguntó con una bocanada de vapor ante la cara—. ¿Por qué no has…? —Calló al ver el perro tendido en el asiento trasero—. ¿Qué es esto?

—Un perro.

—Ya veo. ¿Qué hace ahí?

Espérandieu le narró en pocas palabras el accidente mientras él se instalaba en el asiento y cerraba la puerta.

—¿Que me has dejado en la estacada por un… perro?

—Es mi lado Brigitte Bardot —explicó Espérandieu contrito—. Además, mi teléfono estaba roto, de todas maneras. ¡Me has hecho pasar un miedo! Esta vez sí que hemos estado a punto de cagarla.

Servaz sacudió la cabeza en la zona de sombra del habitáculo.

—Ha sido todo por culpa mía. Tenías razón. No era una buena idea.

Aquella era una de las virtudes que Espérandieu apreciaba en Martin. A diferencia de muchos jefes, él sabía reconocer sus errores.

—En cualquier caso, he encontrado algo —añadió.

Le habló del mapa y de la escritura. Sacó un pedazo de papel en el que había tenido tiempo de anotar la dirección. Después permanecieron callados un momento.

—Hay que llamar a Samira y a los otros. Necesitamos refuerzos.

—¿Estás seguro de que no has dejado rastro de tu presencia?

—No creo. Aparte de un litro de sudor debajo de la cama.

—Bueno, de acuerdo —convino Espérandieu—. Pero hay algo más urgente.

—¿Ah sí? ¿Qué?

—El perro. Hay que encontrar un veterinario enseguida.

Servaz miró a su ayudante sin saber si bromeaba. Tras comprobar que Vincent tenía una expresión muy seria, se volvió para mirar al animal. Lo vio mal, abatido. El perro levantó con esfuerzo el hocico y los observó con sus ojos tristes, resignados y tiernos.

—Ziegler se está duchando —dijo su ayudante—. No va a volver a salir esta noche. Sabe que tiene todo el día de mañana para acorralar a Chaperon puesto que se supone que tú te vas a quedar descansando. Lo hará en pleno día.

—De acuerdo —aceptó Servaz—. Llamo a la gendarmería para saber dónde hay un veterinario. Mientras tanto, saca a Samira de la cama y dile que se presente aquí con dos personas más.

Espérandieu miró el reloj —las 2.45— y descolgó el teléfono del coche. Estuvo hablando con Samira más de diez minutos. Después colgó y se volvió hacia su jefe. Con la cabeza apoyada en el montante de la puerta, Servaz dormía.

25

*L*a cama crujió cuando se incorporó y sacó las piernas de debajo de las mantas para apoyar los pies en el frío mosaico. Era una habitación pequeña, sin mobiliario. Mientras encendía, bostezando, la lámpara colocada directamente en el suelo, Servaz se acordó de que había soñado con Charlène Espérandieu. Estaban desnudos, tendidos en el suelo de un pasillo de hospital y… ¡hacían el amor mientras los médicos y enfermeras pasaban a su alrededor sin verlos! «¿En el suelo de un hospital?» Bajó la vista, constatando su erección matinal. Estallando en risas a causa de lo incongruente de la situación, cogió el reloj que había dejado bajo la cama de tijera. Eran las seis de la mañana. Se levantó, se estiró y cogió la ropa limpia que le habían dejado en una silla. La camisa era demasiado grande, pero el pantalón era de su talla. También habían puesto a su disposición ropa interior, una toalla y gel de ducha. Aunque había pocas posibilidades de que se cruzara con alguien a esa hora, Servaz aguardó a haber recuperado toda la compostura para salir y dirigirse a las duchas del fondo del pasillo. Habían puesto a Ziegler bajo vigilancia constante y prefería dormir en la gendarmería para supervisar las operaciones en tiempo real en lugar de hacerlo desde el hotel.

Las duchas estaban desiertas. La pugnaz corriente de aire que las atravesaba arruinaba los esfuerzos de un medroso radiador. Servaz sabía que los gendarmes dormían en la otra ala, donde disponían de alojamiento individual, y que esas instalaciones no se utilizaban apenas. No obstante, lanzó una maldición cuando después de hacer girar el grifo de agua caliente, en el cráneo le cayó un agua que a duras penas se podía calificar de tibia.

Cada movimiento que efectuó para enjabonarse le provocó una mueca de dolor. Se puso a pensar. Ya no abrigaba dudas sobre la culpabilidad de Irène Ziegler, pero quedaban algunas zonas de sombra, algunas puertas por abrir en el largo pasillo que conducía a la verdad. Como otras mujeres de la región, Ziegler había sido violada por aquellos cuatro hombres. Los libros que había visto en su apartamento demostraban que el trauma no había sanado. A Grimm y Perrault los habían matado por las violaciones que habían cometido. Pero ¿por qué los había ahorcado? ¿A causa de los suicidios? ¿O había algo más? Un detalle lo obsesionaba: Chaperon había huido y abandonado su casa como si lo persiguiera el mismo diablo. ¿Acaso sabía quién era el asesino?

Intentó tranquilizarse: tenían a Ziegler vigilada y sabían dónde se escondía Chaperon. Tenían todas las cartas en la mano.

No obstante, tal vez se debiera a la glacial corriente de aire, o a aquella agua cada vez más fría, o bien al recuerdo de tener la cabeza presa en una bolsa de plástico… Lo cierto era que esa mañana no paraba de temblar y que el sentimiento que experimentaba en aquellas duchas desiertas era, ni más ni menos, que de miedo.

Se encontraba ya sentado frente a un café, en la sala de reuniones vacía, cuando fueron llegando los otros: Maillard, Confiant, Cathy d'Humières, Espérandieu y dos miembros más de la brigada, Pujol y Simeoni, los dos horteras que la tenían tomada con Vincent. Cada cual se sentó y consultó sus notas antes de empezar, de modo que el ruido de los papeles invadió la sala. Servaz observó sus caras pálidas, que evidenciaban cansancio y nerviosismo. La tensión era palpable. Mientras tanto, escribió algo en el cuaderno y, cuando todos estuvieron listos, levantó la cabeza y tomó la palabra.

Trazó la relación de los hechos. Cuando refirió lo que le había ocurrido en la casa de colonias, se instaló un silencio sepulcral. Pujol y Simeoni lo miraron de hito en hito. Parecía como si ambos pensaran que algo así no habría podido ocurrirles nunca a ellos. Tal vez estaban en lo cierto. Pese a que representaban lo peor de la profesión, eran policías experimentados, con los que se podía contar en los momentos difíciles.

Después evocó la culpabilidad de Ziegler y entonces fue Maillard el que palideció y apretó la mandíbula. El ambiente se enrareció. Una gendarme sobre la que los policías centraban sus sospechas de asesinato era garantía de toda clase de fricciones.

—Qué asunto más horrible —comentó concisamente D'Humières.

Raras veces había visto tan pálida a la fiscal. La fatiga confería un aspecto enfermizo a su cara. Lanzó un vistazo al reloj: las ocho. Ziegler no tardaría en despertarse. Como para confirmar sus sospechas, en ese momento sonó su móvil.

—¡Ya se levanta! —anunció Samira Cheung por el auricular.

—Pujol, ve a reunirte con Samira —indicó de inmediato—. Ziegler se acaba de despertar. Y quiero un tercer coche de apoyo. Ella es de la profesión y no conviene que os descubra. Simeoni, cógelo tú. No os peguéis demasiado a ella. De todas maneras, sabemos adónde va. Es preferible que la perdáis a que se entere de que la seguís.

Pujol y Simeoni salieron sin decir ni una palabra. Servaz se levantó y fue hasta la pared, donde había un gran mapa de los alrededores. Después de posar alternativamente la mirada en su cuaderno de notas y en el mapa, apoyó el índice en un punto. Sin retirar el dedo, se volvió y paseó la vista por los asistentes.

—Aquí.

Una espiral de humo se elevaba por encima de la cabaña, proveniente del tubo de estufa que salía del techo recubierto de musgo. Servaz miró en torno a sí. Las nubes entrelazaban las grises volutas de sus jirones sobre las boscosas laderas. El aire olía a humedad, a niebla, a moho y a humo. A sus pies, la cabaña se erguía en la hondonada de un pequeño valle lleno de nieve, en el centro de un claro rodeado de árboles. Un solo sendero conducía hasta allí, y tres gendarmes y un guarda de caza controlaban su acceso, escondidos. Servaz se volvió hacia Espérandieu y Maillard, que respondieron con un gesto afirmativo y, acompañados de una decena de hombres, comenzaron a bajar despacio hacia el valle.

Se detuvieron en seco. Un hombre acababa de salir de la cabaña. Se estiró saludando el flamante día, aspiró el aire, escupió en el suelo y, desde el lugar donde se encontraban, lo oyeron expulsar un pedo tan sonoro como un cuerno de pastor. Curiosamente, un pájaro cuyo canto semejaba una burlona risa le respondió en el bosque. El hombre lanzó una última ojeada en derredor antes de desaparecer dentro.

Servaz lo había reconocido de inmediato, pese a su incipiente barba.

Era Chaperon.

Llegaron al claro por la parte posterior de la cabaña. Allí, la humedad evocaba un baño turco, aunque con mucho menos calor. Servaz miró a los demás. Después de intercambiar unas mudas señales, se dividieron en dos grupos. Avanzaron despacio, con la nieve hasta las rodillas. Después se encorvaron para pasar bajo las ventanas y acercarse a la puerta. Servaz iba en cabeza del primer grupo. En el momento en que doblaba la esquina de la fachada de delante de la cabaña, la puerta se abrió bruscamente. Servaz retrocedió, con el arma en la mano. Vio que Chaperon daba tres pasos y tras desabrocharse la bragueta, orinaba voluptuosamente encima de la nieve tarareando una canción.

—Acaba de mear y pon las manos en alto, Pavarotti —le dijo Servaz a su espalda.

El alcalde emitió un juramento: se acababa de salpicar los zapatos.

Diane había pasado una noche horrenda. Se había despertado cuatro veces bañada en sudor con una sensación de opresión tan fuerte que era como si un corsé le apretara el pecho. Advirtiendo que las sábanas también estaban empapadas de sudor, se preguntó si no habría contraído algo.

Recordaba asimismo que había sufrido una pesadilla en la que estaba inmovilizada con una camisa de fuerza y atada a una cama en una de las celdas del Instituto, rodeada de una multitud de pacientes que la miraban y le tocaban la cara con sus manos humedecidas a causa de las drogas. Ella sacudía la cabeza y gritaba hasta el momento en que se abría la puerta de su celda y entraba Julian Hirtmann con una malévola sonrisa en los labios. Un segundo después ya no se encontraba en su celda, sino en un espacio más vasto, un espacio exterior. Era de noche, había un lago e incendios, y millones de grandes insectos con cabeza de pájaro que reptaban por el negro suelo y centenares de cuerpos desnudos de hombres y de mujeres que copulaban entre sí bajo la rojiza luz de las llamas. Hirtmann era uno de ellos y Diane comprendió que había sido él quien había organizado aquella gigantesca orgía. La invadió el pánico cuando se dio cuenta de que también ella estaba desnuda, en su cama, atada todavía pero sin camisa de fuerza... y se debatió hasta el momento en que se despertó.

Después había pasado un buen rato bajo la ducha para tratar de desprenderse de la viscosa sensación que le había dejado el sueño.

Ahora se planteaba qué conducta iba a adoptar. Cada vez que pensaba en hablar con Xavier, se acordaba del encargo de anestésicos veterinarios y se sentía mal. ¿Y si iba a meterse en la boca del lobo? Igual que en esas fotos en tres dimensiones en las que el individuo fotografiado cambia de expresión según la manera como se encara la foto, no llegaba a estabilizar la imagen. ¿Qué papel desempeñaba el psiquiatra en todo aquello?

A la luz de los elementos de que ella disponía, Xavier parecía hallarse en su misma situación. Sabía por boca de los policías que alguien del Instituto estaba implicado en los asesinatos e intentaba descubrir quién era. La diferencia estaba en que él disponía de mucha más información. Por otra parte, había recibido varios productos destinados a dormir a un caballo apenas unos días antes de la muerte de ese animal. Siempre acababa volviendo al mismo punto: dos hipótesis totalmente contradictorias que estaban, sin embargo, corroboradas con hechos. ¿Cabía la posibilidad de que Xavier hubiera suministrado los anestésicos a alguien sin saber lo que iba a ocurrir? En ese caso, el nombre de esa persona debía aparecer en sus pesquisas. Diane no salía de su confusión.

¿Quiénes eran Irène Ziegler y Gaspard Ferrand? Todo apuntaba a que eran dos personas relacionadas con la casa de colonias Los Rebecos. Al igual que Lisa Ferney... Debía comenzar por allí. La única pista concreta de que disponía era la enfermera jefe.

Servaz entró en la cabaña. El tejado era muy bajo, en pendiente, y la cabeza le rozaba el techo. Al fondo vio una cama con sábanas blancas y una manta marrón arrugada y una almohada manchada. Había asimismo una gran estufa cuyo tubo negro desaparecía por el techo, con una pila de leña al lado. Bajo una de las ventanas, un fregadero y una reducida encimera con un hornillo, conectado sin duda a una bombona de gas. Un libro de crucigramas abierto encima de una mesa cerca de una botella de cerveza y un cenicero lleno de colillas; un quinqué colgado encima. Olía a humo de leña, a tabaco, a cerveza y sobre todo a sudor agrio. No había ducha. Se preguntó cómo haría Chaperon para lavarse.

«He aquí lo que queda de estos cerdos: dos cadáveres y un pobre tipo que se encierra como una rata y que apesta.»

Abrió los armarios, pasó la mano bajo el colchón y registró los bolsillos de la cazadora colgada detrás de la puerta. En ellos encontró dos llaves, un monedero y un billetero. Lo abrió: un carnet de identidad, un talonario, una tarjeta de la seguridad social, una Visa, una American Express... En el monedero encontró ochocientos euros en billetes de veinte y de cincuenta. Después abrió el cajón, donde encontró el arma y las balas.

A continuación salió.

En menos de cinco minutos, el dispositivo quedó desplegado. Diez hombres alrededor de la cabaña, en el bosque; seis más en puntos estratégicos en la parte alta del valle y con vistas al sendero para detectar su llegada, macizos como unos Playmobil con sus chalecos antibalas de fibra de Kevlar; Servaz y Espérandieu en el interior de la cabaña en compañía de Chaperon.

—Váyanse al infierno —espetó el alcalde—. Si no tienen

nada contra mí, yo me largo. No pueden retenerme contra mi voluntad.

—Como quiera —contestó Servaz—. Si quiere acabar como sus amigos, es libre de irse. Pero le confiscamos el arma, y en cuanto haya salido de aquí se encontrará sin protección. Los espías que pierden su cobertura llaman «estar en el frío» a esta situación.

Chaperon le asestó una rencorosa mirada y tras sopesar pros y contras, se encogió de hombros y se recostó en la cama.

A las 9.45, Samira lo llamó para avisar de que Ziegler salía de su casa. «No tiene prisa —pensó—. Sabe que dispone de todo el día. Debe de tener bien preparada su estrategia.» Por el walkie-talkie, informó a todas las unidades de que el objetivo estaba en movimiento. Luego se sirvió un café.

A las 10.32 Servaz se sirvió el tercer café de la mañana y fumó el quinto cigarrillo pese a las protestas de Espérandieu. Chaperon hacía solitarios en la mesa, en silencio.

A las 10.43, Samira volvió a llamar para anunciarles que Ziegler se había parado a tomar café en un bar, y también había comprado tabaco, sellos y flores.

—¿Flores? ¿En una floristería?

—Sí, no será en la carnicería.

«Los ha detectado...»

A las 10.52 supo que por fin había tomado la dirección de Saint-Martin. Para llegar al valle donde se encontraba la cabaña había que ir por la carretera que comunicaba Saint-Martin con la localidad donde residía Ziegler y después desviarse por una carretera secundaria que seguía hacia el sur, recorriendo un paisaje de gargantas, paredes rocosas y tupidos bosques para después continuar por una pista forestal, de donde partía el camino que conducía al pequeño valle.

—Pero ¿qué hace? —preguntó Espérandieu a las once y pico.

No habían pronunciado ni tres frases desde hacía más de una hora, descontando los diálogos que había mantenido por teléfono Servaz con Samira.

«Buena pregunta», pensó este último.

A las 11.09, Samira llamó para anunciar que había pasado de largo en el desvío de la carretera del valle sin reducir siquiera la velocidad y que se dirigía a Saint-Martin. «No va a venir aquí…» Mascullando una maldición, Servaz salió a respirar el aire fresco de fuera. Maillard emergió del bosque para reunirse con él.

—¿Qué hacemos?

—Esperar.

—Está en el cementerio —comunicó Samira por el móvil a las 11.45.

—¿Cómo? ¿Qué coño hace en el cementerio? Os está despistando. ¡Os ha descubierto!

—Puede que no. Ha hecho algo raro…

—¿Ah, sí?

—Ha entrado en un panteón y se ha quedado como unos cinco minutos. Las flores eran para eso, porque no las llevaba cuando ha salido.

—¿Un panteón familiar?

—Sí, pero no de su familia. He ido a comprobarlo. Es el panteón de los Lombard.

Servaz dio un respingo. Ignoraba que los Lombard estuvieran sepultados en Saint-Martin… De repente, sintió que la situación se le estaba yendo de las manos. Había un ángulo muerto que no veía… Todo había empezado con el caballo de Éric Lombard, después las pesquisas habían dejado ese asunto momentáneamente de lado para concentrarse en el trío Grimm-Perrault-Chaperon y los suicidas. Y ahora la carta

Lombard regresaba de pronto al juego. ¿Qué significaba aquello? ¿Qué había ido a hacer Irène Ziegler a ese panteón? Ya no entendía nada.

—¿Dónde estás?

—Todavía en el cementerio. Como ella me ha visto, Pujol y Simeoni me han relevado.

—Ahora llego.

Salió de la cabaña y fue caminando por el sendero hasta la pista forestal para luego adentrarse en la espesura, a la derecha. Después de apartar las ramas cargadas de nieve que lo camuflaban, se introdujo en su Jeep.

Eran las 12.12 minutos cuando Servaz aparcó delante del cementerio. Samira Cheung lo esperaba en la entrada. A pesar del frío, llevaba una simple cazadora de cuero, un pantalón cortísimo encima de unas medias opacas y unas botas militares muy usadas de color marrón. Tenía tan alta la música que escuchaba en los cascos que Servaz la oyó en cuanto bajó del coche. Bajo el gorro, su cara enrojecida le recordó aquella extraña criatura que había visto en una película, una que le había llevado a ver Margot llena de elfos, de magos y de anillos mágicos. Frunció el entrecejo al advertir que Samira llevaba también una calavera en la camiseta. Bastante ajustado a las circunstancias, se dijo. Más que un policía, parecía una profanadora de tumbas.

Subieron la cuesta de la pequeña colina, entre los abetos y tumbas, acercándose al bosque de coníferas que delimitaba el cementerio. Una anciana los miró con severidad. La tumba de los Lombard destacaba entre todas las demás. Por su talla, era casi un mausoleo, una capilla. Estaba flanqueada por dos tejos bien podados, precedida de tres escalones de piedra y de una hermosa reja de hierro forjado que impedía el acceso. Samira arrojó su cigarrillo, rodeó el monumento y después de buscar un minuto volvió con una llave.

—He visto que Ziegler hacía lo mismo —dijo—. Estaba escondida debajo de una piedra suelta.

—¿No se ha fijado en ti? —preguntó Servaz con escepticismo, observando la indumentaria de su subordinada.

—Sé hacer mi trabajo —replicó, molesta, la franco-chino-marroquí—. Cuando me ha visto yo estaba arreglando un ramo de flores de una tumba, de un tipo que se llamaba Lemeurt.

Samira introdujo la llave y tiró de la verja, que se abrió con un chirrido. Luego Servaz se adentró en la densa sombra de la sepultura. Por una abertura penetraba una débil luz del día, insuficiente para distinguir algo más que las vagas formas de tres tumbas. Como otras veces, se interrogó sobre el porqué de toda aquella gravedad, toda aquella tristeza, toda aquella oscuridad... como si con la muerte no bastara. Había, sin embargo, países donde la muerte era casi liviana, donde era casi alegre, donde la gente festejaba, comía y reía en lugar de concentrarse en aquellas iglesias tristes y apagadas, con todos esos réquiem, todas esas salmodias, todas esas oraciones llenas de valles de lágrimas. Como si el cáncer, los accidentes de tráfico, los ataques de corazón, los suicidios y los asesinatos no fueran suficientes, se dijo. Reparó en un solitario ramo depositado en una de las tumbas, que formaba una mancha clara en la penumbra. Samira sacó su iPhone y activó la aplicación «linterna». La pantalla se volvió blanca, dispensando una débil claridad que encaró por encima de las tres sepulturas: ÉDOUARD LOMBARD - HENRI LOMBARD. El abuelo y el padre... Servaz previó que la tercera tumba debía de ser la de la madre de Éric, la esposa de Henri, la actriz fracasada, la antigua señorita de compañía, la puta según Henri Lombard... ¿Por qué diantre había puesto flores Irène en esa tumba?

Al inclinarse para leer la inscripción, se llevó una sorpresa.

Luego pensó que acababa de acercarse aún más a la verdad, pero también que todo se volvía a complicar.

Miró a Samira y después observó de nuevo las letras grabadas con la luz del móvil:

MAUD LOMBARD, 1976-1998

—¿Quién es?

—La hermana de Éric Lombard, nacida cuatro años después de él. Ignoraba que estuviera muerta.

—¿Es importante?

—Quizá sí.

—¿Por qué crees tú que Ziegler le pone flores en la tumba? ¿Tienes alguna idea?

—Ni la más mínima.

—¿Te habló de ella? ¿Te había dicho que la conocía?

—No.

—¿Qué relación tendrá con los asesinatos?

—No lo sé.

—En todo caso, ahora tiene al menos un lazo de conexión —apuntó Samira.

—¿Cómo?

—Entre Lombard y el resto del caso.

—¿Qué lazo? —preguntó desconcertado.

—Ziegler no ha venido a poner flores a esta tumba por casualidad. Existe una relación, y aunque tú no la conozcas, ella sí. Bastará con preguntárselo cuando la interroguen.

Sí, reconoció para sí. Irène Ziegler sabía mucho más que él de todo aquel asunto. Calculó que Maud Lombard y ella debían de tener más o menos la misma edad. ¿Habrían sido amigas? Como antes con su estancia en la casa de colonias, ahora otra vertiente de su pasado se sumaba a la investigación. Definitivamente, Irène Ziegler ocultaba más de un secreto.

En cualquier caso, no se veía ni rastro de la esposa de Henri Lombard. No se le había autorizado a compartir la lamentable eternidad de la familia; la habían repudiado hasta en la muerte. Mientras se encaminaba a la salida del cementerio, Servaz calculó que Maud Lombard había muerto a los veintiún años. Al instante intuyó que aquel era un detalle crucial. ¿De qué había muerto? ¿A consecuencia de un accidente? ¿De una enfermedad? ¿O bien de otra cosa?

Samira tenía razón: Ziegler disponía de todos los elementos, aunque dudaba de que cuando se hallara entre rejas quisiera explicarlo todo. Había tenido diversas ocasiones de constatar que Irène Ziegler poseía una fuerte personalidad.

Mientras tanto, había que seguir al tanto de sus actividades.

De repente lo asaltó la inquietud. Consultó el reloj. Hacía un rato que no tenía noticias. Iba a llamar a Pujol cuando sonó el móvil.

—¡La hemos perdido! —vociferó Simeoni.

—¿Cómo?

—¡Creo que esa bollera nos ha descubierto! ¡Con esa puta moto que tiene no le ha costado nada dejarnos atrás!

«¡Mierda!» Servaz sintió la adrenalina que corría por sus venas mientras se le formaba un nudo en el estómago. Buscó el nombre de Maillard en la lista del móvil.

—¡Pujol y Simeoni han perdido al objetivo! —gritó—. ¡Anda suelta por ahí! ¡Avise al teniente Espérandieu y manténgase alerta!

—De acuerdo. No se preocupe. La esperamos.

Servaz colgó, lamentando no poder compartir la calma del gendarme.

De improviso se le ocurrió algo. Volvió a sacar el móvil para marcar el número de Saint-Cyr.

—¿Diga?

—Maud Lombard, ¿te suena de algo?

Hubo un breve titubeo al otro lado del auricular.

—Por supuesto que me suena. Era la hermana de Éric Lombard.

—Murió a los veintiún años. Un poco joven, ¿no? ¿Sabes cómo fue?

—Un suicidio —repuso el juez, sin el menor asomo de duda esa vez.

Servaz retuvo la respiración. Aquello era lo que esperaba oír. Se estaba perfilando un esquema, cada vez más nítido…

—¿Qué ocurrió? —preguntó con el pulso acelerado.

Advirtió otra vacilación por parte del juez.

—Fue una historia trágica. Maud era una persona frágil, idealista. Durante el tiempo en que estuvo estudiando en Estados Unidos amó apasionadamente a un joven, me parece. El día en que este la dejó por otra, no pudo soportarlo. Fue aquello más la muerte de su padre el año anterior… Volvió aquí para acabar con su vida.

—¿Eso es todo?

—¿Qué esperabas?

—Las esculturas vegetales del parque de los Lombard, ¿se mantienen en recuerdo suyo?

—Sí —confirmó después de otro instante de duda—.

Como sabes, Henri Lombard era un hombre cruel y tiránico, pero a veces tenía detalles como ese, momentos en que el amor paterno afloraba. Hizo esculpir esos animales cuando Maud tenía seis años, si no me falla la memoria. Y Éric Lombard los ha conservado en recuerdo de su hermana, como bien dices.

—¿Ella nunca estuvo en Los Rebecos?

—¡Una Lombard en Los Rebecos, estás de broma! Esa casa de colonias estaba reservada a los hijos de familias pobres que no tenían medios para pagarles unas vacaciones.

—Ya sé.

—En ese caso, ¿cómo puedes imaginar que una Lombard hubiera puesto los pies allí?

—Un suicidio más. ¿No tuviste la tentación de incluirlo en la lista?

—¿Cinco años después? La serie se había terminado hacía mucho, y Maud era una mujer, no una adolescente.

—Una pregunta más. ¿Cómo se suicidó?

Saint-Cyr hizo una pausa.

—Se cortó las venas.

Servaz quedó decepcionado: no se había ahorcado.

A las 12.30 Espérandieu recibió un mensaje en su walkie-talkie. «Comer...» Tras mirar a Chaperon tumbado en su cama, se encogió de hombros y salió. Los demás lo esperaban en la linde del bosque. Como «invitado» de la gendarmería, le dieron a elegir entre un bocadillo parisino compuesto de baguette con jamón y emental, un *pan-bagnat* al estilo de Niza y un sándwich oriental con carne kebab, tomate, pimiento y lechuga.

Optó por el oriental.

Mientras subía al Cherokee, Servaz sintió que un pensamiento tomaba forma entre el magma de preguntas sin respuesta. Maud Lombard se había suicidado... El caballo de Lombard había sido el primero de la lista... ¿Y si la clave de la investigación se encontraba allí y no en la casa de colonias? El instinto le decía que aquello abría nuevas perspectivas. Había una puerta que aún no habían abierto y que llevaba escrito encima el apellido Lombard. ¿Qué había colocado a Éric Lombard entre los objetivos del justiciero? Comprendiendo que no había prestado suficiente atención a aquella cuestión, se acordó de la palidez de Vilmer cuando sugirió en su despacho la existencia de un vínculo entre los agresores sexuales y Lombard. En ese momento fue solo una ocurrencia destinada a desestabilizar al arrogante director de la policía judicial de Toulouse. Detrás de esta había, con todo, un verdadero interrogante. La presencia de Ziegler en la tumba de los Lombard lo convertía en un punto crucial: ¿cuál era la naturaleza exacta del vínculo que relacionaba a Lombard con las otras víctimas?

—Ya llega.
—Recibido.
Espérandieu se irguió de golpe. Tras soltar el botón del walkie-talkie, miró el reloj. Las 13.46. Después cogió el arma.

—Base 1 a autoridad, la tengo en la mira. Acaba de dejar la moto en la entrada del camino. Se dirige hacia ustedes. Corto.
—Aquí base 2. De acuerdo, acaba de pasar...

Un corto lapso de tiempo.
—Aquí base 3, no ha pasado delante de mí. Repito: el objetivo no ha pasado por aquí.
—Mierda, ¿dónde está? —chilló Espérandieu en el walkie-talkie—. ¿Alguno de vosotros la ve? ¡Contestad!
—Aquí base 3, no, no se la ve...
—Base 4, yo tampoco veo nada...
—Base 5, nadie a la vista...
—La hemos perdido, autoridad. Repito: ¡la hemos perdido!

¿Dónde estaba Martin, joder? Espérandieu todavía apretaba el botón del walkie-talkie cuando la puerta de la cabaña se abrió bruscamente y fue a rebotar contra la pared. Dio media vuelta, empuñando el arma... y se encontró de frente con el cañón de una pistola reglamentaria. Espérandieu tragó saliva, viendo el negro ojo que lo apuntaba.

—¿Qué hace aquí? —espetó Ziegler.

—Voy a detenerla —respondió con un tono que él mismo notó exento de convicción.

—¡Irène! ¡Baje el arma! —gritó Maillard desde fuera.

Siguió un terrible momento de incertidumbre. Después ella obedeció y depuso el arma.

—¿Ha sido esto idea de Martin?

Espérandieu percibió una profunda tristeza en sus ojos, embargado por un sentimiento de inmenso alivio.

A las 16.35, mientras un glacial crepúsculo se adueñaba de las montañas y se volvía a iniciar la danza de los copos blancos impulsados por el viento, Diane salió de su habitación para dirigirse al desierto pasillo del cuarto piso. No había el más mínimo ruido. A esa hora todo el personal se hallaba en las plantas inferiores. Ella misma debería haberse encontrado en compañía de uno de sus pacientes o en su despacho, pero había vuelto a subir discretamente hacía quince minutos. Después de haber dejado la puerta entreabierta, atenta al menor ruido, había llegado a la conclusión de que en el dormitorio no había nadie.

Lanzó una mirada a ambos lados y solo dudó una fracción de segundo antes de hacer girar la manecilla. Lisa Ferney no había cerrado con llave. Diane lo consideró un mal augurio, razonando que si esta hubiera tenido algo que ocultar habría echado la llave. La pequeña habitación, casi exacta a la suya, estaba sumida en la penumbra. Las montañas se oscurecían al otro lado de la ventana, con los flancos azotados por una nueva tempestad. Diane accionó el interruptor y una luz apagada inundó la estancia. Igual que un viejo detective avezado en el arte de la investigación, deslizó una mano bajo el colchón, abrió el armario, la mesita de noche, miró debajo de la cama, examinó el botiquín del cuarto de baño... Como no eran muchos los escondrijos posibles, no necesitó más de diez minutos para volver a salir con las manos vacías.

26

—𝒩o la puede interrogar —advirtió D'Humières.

—¿Por qué? —preguntó Servaz.

—Esperamos a dos oficiales de inspección de la gendarmería. No habrá interrogatorio mientras no estén aquí. Debemos evitar cualquier paso en falso. El interrogatorio de la capitana Ziegler tendrá lugar en presencia de su jerarquía.

—Si no quiero interrogarla. ¡Solo quiero hablar con ella!

—Vamos, Martin… La respuesta es no. Hay que esperar.

—¿Y cuánto van a tardar en llegar?

Cathy d'Humières consultó el reloj.

—Deberían estar aquí dentro de dos horas, más o menos.

—Parece que Lisa va a salir esta noche.

Diane volvió la cabeza hacia la puerta de la cafetería y vio a Lisa Ferney, que se dirigía a la barra para pedir un café. La psicóloga observó que la enfermera jefe no llevaba el uniforme de trabajo. Había sustituido la bata por un abrigo blanco de cuello de piel, un largo jersey de color rosa pálido, unos tejanos y unas botas altas. Llevaba el pelo desparramado sobre la sedosa piel del abrigo y no había escatimado sombra de ojos, rímel, colorete y carmín.

—¿Sabes adónde va? —preguntó.

Alex sacudió la cabeza con una sonrisa de complicidad. Sin dedicarles ni una mirada, la enfermera jefe apuró el café y se fue. Luego la oyeron alejarse a paso vivo por los pasillos.

—Va a verse con su «hombre misterioso» —dijo.

Diane lo observó. En ese momento, tenía el aspecto de un chico travieso que se dispusiera a revelar un gran secreto a su mejor amigo.

—¿Qué?

—Todo el mundo sabe que Lisa tiene un amante en Saint-Martin, pero nadie sabe quién es. Nadie lo ha visto nunca con ella. Cuando sale así, en general no vuelve hasta la mañana. Algunos han intentado pincharla con la cuestión y hacerla hablar, pero siempre los ha mandado a paseo. Lo más extraño es que nadie los ha visto nunca juntos, ni en Saint-Martin ni en ninguna parte.

—Debe de ser un hombre casado.

—En ese caso, la esposa debe de trabajar de noche.

—O tener un oficio que la obligue a desplazarse lejos de casa.

—A menos que se trate de algo más difícil de confesar aún —sugirió Alex, inclinándose sobre la mesa con aire demoníaco.

Aunque se esforzaba por adoptar una actitud de indiferencia, Diane no conseguía hacer abstracción de lo que sabía ni desprenderse de la tensión.

—¿Como qué, por ejemplo?

—Que participe en reuniones libertinas… O bien que ella sea el asesino que todo el mundo busca…

Una bola de frío se le instaló en el vientre. Cada vez le costaba más disimular la inquietud. Se le aceleró el ritmo cardiaco: Lisa Ferney estaría fuera toda la noche… Tenía que ser entonces o nunca…

—No es que sea muy práctico un abrigo blanco y un jersey rosa para ir a cargarse a la gente —trató de bromear—. Se ensuciaría demasiado, ¿no? Y además, maquillada de esa manera.

—Puede que los seduzca antes de liquidarlos. Ya sabes, como una mantis religiosa.

Parecía que Alex se divertía mucho. Diane habría preferido poner fin a aquella conversación. Tenía el estómago como un bloque de cemento.

—¿Y después cuelga a su víctima de un puente? Eso más que una mantis religiosa es Terminator.

—El problema con vosotros los suizos es vuestro sentido práctico —la provocó.

—Yo creía que te gustaba nuestro sentido del humor típicamente helvético...

Alex se echó a reír y Diane se levantó.

—Me tengo que ir —dijo.

Él inclinó la cabeza elevando la mirada hacia ella con una sonrisa un poco demasiado calurosa.

—De acuerdo. Yo también tengo trabajo. Hasta luego, espero.

A las 18.30 Servaz había bebido tanto café malo y fumado tanto que empezó a sentirse francamente mal. Se fue al baño a lavarse la cara con agua fría y estuvo a punto de vomitar en la taza del váter. Después las náuseas cedieron sin desaparecer del todo.

—Pero ¿qué coño están haciendo? —preguntó a su regreso a la pequeña sala de espera provista de asientos de plástico donde aguardaban los miembros de la brigada.

Diane cerró la puerta tras de sí y se apoyó en ella con el pulso acelerado.

La habitación estaba bañada con la misma claridad gris azulada que el despacho de Xavier la noche anterior.

Había un perfume mareante, que reconoció: Lolita Lempicka. En la lisa superficie del escritorio, un frasco captaba la pálida luz llegada de la ventana.

¿Por dónde empezar?

Había archivadores metálicos, como en la oficina de Xavier, pero el instinto le dictó que era mejor concentrarse en el escritorio.

Ningún cajón estaba cerrado con llave. Encendió la lámpara para examinar su contenido y descubrió un objeto muy curioso colocado encima de una carpeta: una salamandra de oro amarillo con rubíes, zafiros y esmeraldas incrustados. Viéndola puesta allí a la vista de todos para servir de pisapapeles y en vista de su tamaño, Diane dedujo que tenía que tratarse de piedras preciosas falsas y chapado. A continuación volcó su atención en los cajones. Abrió varias carpetas de distintos colores. Todos los papeles estaban relacionados con el trabajo de la enfermera jefe en el Instituto: notas, facturas, informes de entrevistas, relaciones de tratamientos… Nada desentonaba, al menos hasta que llegó al tercer cajón.

Allí había una carpeta de cartón, en el fondo…

Diane la sacó y la abrió. Había recortes de prensa, y todos hacían alusión a los asesinatos cometidos en el valle. Lisa Ferney había coleccionado cuidadosamente todas las informaciones relacionadas con estos.

¿Por simple curiosidad… o por algo más?

El viento mugió bajo la puerta y, durante un instante, Diane interrumpió sus pesquisas. Percatándose de la tempestad que arreciaba afuera, la recorrió un escalofrío. Luego reanudó su labor.

En los archivadores metálicos halló colgados los mismos historiales que en los de Xavier. Mientras los trasladaba hasta el cerco de la luz y los examinaba uno por uno, se dijo que perdía el tiempo, que no encontraría nada porque no había nada que encontrar. ¿Quién sería tan loco o tan idiota como para dejar en su escritorio vestigios de sus crímenes?

Mientras consultaba los papeles, su mirada se volvió a detener en la joya, la salamandra que centelleaba en la aureola de la lámpara… Aunque no era una especialista, consideró que era una imitación muy lograda.

Siguió observando el objeto. ¿Y si fuera auténtico?

Suponiendo que lo fuera, ¿qué podía inferir con respecto a la enfermera jefe? Por una parte, que su poder y su autoridad eran tales en aquel centro que sabía que nadie se atrevería a entrar en su despacho a espaldas suyas. Por otra, que su amante era un hombre rico, porque si aquella joya era auténtica, valía una pequeña fortuna.

Meditando sobre ambos aspectos, Diane intuyó que eran relevantes.

Los dos representantes de la inspección de la gendarmería iban vestidos de civil y con sus caras inexpresivas parecían casi muñecos de cera. Después de saludar a Cathy d'Humières y a Confiant con un breve y formal apretón de manos, pidieron interrogar a la capitana Ziegler con prioridad y a solas. Servaz iba a protestar, pero la fiscal se le adelantó accediendo de inmediato a su petición. Transcurrió media hora antes de que la puerta de la habitación donde estaba encerrada Ziegler se volviera a abrir.

—Ahora me toca a mí interrogar a la capitana Ziegler a solas —intervino Servaz en cuanto salieron—. No voy a tardar mucho. Después cotejaremos nuestros puntos de vista.

Cathy d'Humières se volvió hacia él y se disponía a decir algo cuando se cruzaron sus miradas. Ella se calló, pero una de las dos estatuas de cera cobró vida.

—Un representante de la gendarmería no tiene por qué ser interrogado por un...

La fiscal levantó la mano para interrumpirlo.

—Ustedes ya han dispuesto de su turno, ¿no? Tiene diez minutos, Martin, ni uno más. Después, el interrogatorio proseguirá en presencia de todos.

Empujó la puerta. La gendarme estaba sola en un pequeño despacho, con el perfil de la cara iluminado por una lámpara. Como la última vez en que ambos se habían encontrado en aquella habitación, los copos de nieve caían tras los estores de la ventana, bajo la luz de las farolas. Fuera era de noche. Se sentó y la miró. Con su pelo rubio, su traje de cuero oscuro lleno de cremalleras, de aros y protecciones que realzaban los hombros y las rodillas, parecía una heroína de ciencia-ficción.

—¿Estás bien?

Ella inclinó la cabeza, apretando los labios.

—Yo no creo que tú seas culpable —anunció Servaz de entrada, con convicción.

Ella lo miró con más intensidad, pero no dijo nada. Servaz aguardó unos segundos antes de continuar. No sabía por dónde empezar.

—No fuiste tú quien mató a Grimm y a Perrault. Sin embargo, todas las apariencias están en tu contra. ¿Eres consciente de ello?

Ziegler volvió a asentir con la cabeza.

Servaz pasó a enumerar los hechos: había mentido —u ocultado la verdad— en lo tocante a la casa de colonias y a los suicidios, había omitido decir que sabía donde se escondía Chaperon...

—Y no estabas allí cuando Perrault murió. Puesto que te encontrabas más cerca, deberías haber llegado la primera.

—Tuve un accidente de moto.

—Reconocerás que es un argumento un poco endeble, un accidente sin testigos.

—Fue así.

—No te creo —contestó.

Ziegler entreabrió ligeramente los ojos.

—A ver si nos aclaramos. ¿Me crees inocente o me crees culpable?

—Inocente, pero mientes en lo del accidente.

En su rostro se evidenció asombro por su perspicacia. Esa vez, no obstante, fue ella quien lo sorprendió: acababa de sonreír.

—Enseguida supe que eras bueno —dijo.

—La noche pasada —prosiguió él—, después de que fueras a esa discoteca pasada la medianoche, yo estaba escondido debajo de tu cama cuando volviste. Deberías cerrar la puerta con algo más que una cerradura cualquiera. ¿Qué fuiste a hacer allí?

Sorprendida, lo estuvo mirando con aire pensativo durante un momento.

—Ver a una amiga —respondió por fin.

—¿En plena noche y con una investigación en curso? ¿Una investigación próxima a su desenlace y que exigía toda nuestra energía?

—Era urgente.

—¿Cuál era la urgencia?

—Es difícil de explicar.

—¿Por qué? —inquirió—. ¿Porque yo soy un hombre, un poli machista, y tú estás enamorada de una mujer?

—¿Qué sabes tú de esas cosas? —replicó con aire retador.

—Nada, en efecto, pero no soy yo el que se arriesga a ser acusado de doble asesinato. Y yo no soy tu enemigo, Irène, ni tampoco el primer imbécil que aparece de mentalidad cerrada, machista y homófoba, así que tienes que hacer un esfuerzo.

Ziegler le sostuvo la mirada sin pestañear.

—Anoche al volver a casa encontré una nota de Zuzka, mi chica. Es eslovaca. Había decidido distanciarse de mí. Me reprochaba que estaba demasiado volcada en mi trabajo, que la descuidaba, que estaba ausente con ella... ese tipo de cosas. Tú has pasado por lo mismo, me imagino, puesto que estás divorciado, o sea que ya sabes de qué hablo. Hay muchos divorcios y separaciones entre los policías, incluso los policías homosexuales. Yo necesitaba poner en claro las cosas, sin tardanza. No quería que ella se fuera así, sin que hubiéramos podido hablar. En ese momento me pareció insoportable, así que me fui al Pink Banana sin pensarlo. Zuzka es la gerente del local.

—¿Hace mucho que estáis juntas?

—Dieciocho meses.

—¿Y estás muy enamorada de ella?

—Sí.

—Volvamos al accidente. O más bien al supuesto accidente, porque no sucedió, ¿no?

—¡Por supuesto que sí! ¿No viste cómo tenía la ropa? ¿Y las raspadas? ¿Dónde crees que me hice eso?

—Hubo un momento en que pensé que te lo habías hecho al saltar de la cabina del teleférico —repuso—. Después de haber empujado a Perrault al vacío.

Ella se revolvió en la silla.

—¿Y ahora ya no lo piensas?

—No, puesto que eres inocente.

—¿Cómo lo sabes?

—Porque creo saber quién es. Pero también creo que, aunque sí tuviste un accidente, no me estás contando toda la verdad.

Otra vez, Ziegler manifestó asombro por su perspicacia.

—Después del accidente llegué tarde a propósito —confesó—. Me demoré *ex profeso*.

—¿Por qué motivo?

—Quería que Perrault muriese... o más bien quería dejar al asesino la posibilidad de liquidarlo.

Servaz se quedó observándola un momento.

—A causa de lo que te hicieron —dijo— Grimm, Chaperon, Mourrenx y él. —Aunque no respondió, Irène confirmó con una inclinación de cabeza—. En la casa de colonias —añadió Servaz.

Ella levantó la vista, sorprendida.

—No... fue mucho más tarde. Yo estudiaba derecho en Pau y me topé con Perrault en una fiesta de un pueblo, un fin de semana. Se ofreció a acompañarme a casa... Grimm y Mourrenx nos esperaban al borde de un camino, a unos kilómetros de donde fue la fiesta... Chaperon no estaba esa noche, no sé por qué. Por eso no establecí un vínculo entre él y los otros hasta que tú encontraste esa foto. Cuando... cuando vi que Perrault salía de la carretera y tomaba ese camino, comprendí enseguida sus intenciones. Quise bajar, pero me pegó una y otra vez, mientras conducía y después de parar, acusándome de calientabraguetas y de cerda. Estaba que chorreaba de sangre. Después...

Calló. Servaz dudó momento antes de formular la pregunta:

—¿Por qué no...?

—¿Por qué no los denuncié? Por aquel entonces me acostaba con bastante gente. Hombres, mujeres... incluida una de mis profesoras de la facultad, una mujer casada y con hijos. Y mi padre era gendarme. Sabía lo que iba a ocurrir: la investigación, las salpicaduras, el escándalo... Pensé en mis padres, en la manera en que reaccionarían, y también en mi hermano y en mi cuñada, que no sabían nada de mi vida privada...

Así era como habían conseguido mantener tanto tiempo el secreto, se dijo. La primera intuición que había tenido en la casa de Chaperon era certera. Debían de contar con el hecho de que el 90 por ciento de las víctimas de violaciones no las denuncian y, aparte de los adolescentes de las colonias que no les habían visto la cara, elegían presas propicias, cuyo modo de vida poco conformista los disuadiría de recurrir a la justicia. Eran unos depredadores inteligentes... Sus mujeres, no obstante, habían acabado sospechando algo, durmiendo en habitaciones aparte o abandonándolos.

Pensó en el director de la casa de colonias, que había

muerto en un accidente de moto. Aquella también fue una muerte muy oportuna para ellos.

—¿Te das cuenta de que pusiste mi vida en peligro?

—Lo siento mucho, Martin, de verdad. Pero por ahora estoy sobre todo acusada de asesinato —matizó con una tenue sonrisa.

Tenía razón. Iba a tener que jugar bien las cartas. Confiant no iba a renunciar tan fácilmente en esa ocasión, ahora que tenía una culpable ideal. ¡Y había sido el mismo Servaz quien se la había servido en bandeja!

—El punto donde las cosas se complican —señaló— es cuando aprovechaste mi ausencia para remontar la pista de Chaperon sin decir nada a nadie.

—No quería matarlo... Solo darle miedo. Ansiaba ver el terror en sus ojos, igual que él había visto el terror en los de sus víctimas y se había refocilado con ello. Quería ponerle el cañón de un arma en la boca, estando los dos solos en ese bosque y que él creyera hasta el último segundo que había llegado su hora. Después lo hubiera detenido.

Su voz se había reducido a un fino hilo de hielo y, por un instante, Servaz se preguntó si no se habría equivocado.

—Otra pregunta más —dijo—. ¿En qué momento comprendiste lo que ocurría?

Lo miró directamente a los ojos.

—Desde el primer asesinato tuve dudas. Luego, cuando Perrault murió y Chaperon se esfumó, supe que alguien estaba haciéndoles pagar sus crímenes, pero ignoraba quién.

—¿Por qué robaste la lista de los niños?

—Fue un reflejo idiota. Yo estaba allí, sacando lo de la caja, y parecía que tú te interesabas por todo lo que había. No quería que me interrogaran, que hurgaran en mi pasado.

—Una última pregunta: ¿por qué has ido a poner flores a la tumba de Maud Lombard hoy?

Irène Ziegler guardó silencio un momento. Aquella vez no evidenció sorpresa alguna. Ya había comprendido que la habían estado vigilando todo el día.

—Maud Lombard también se suicidó.

—Lo sé.

—Yo siempre supe que, de una manera u otra, ella había

sido víctima de esos depredadores. También yo estuve tentada de aplicar esa solución en un momento dado. Durante un tiempo, Maud y yo habíamos asistido a las mismas fiestas... antes de que yo me fuera a la universidad, antes de que ella se cruzara en el camino de esos cabrones. No éramos amigas, solo conocidas, pero yo la apreciaba mucho. Era una chica independiente y reservada, que hablaba poco y que intentaba sustraerse a su medio. Por eso, cada año, el día de su cumpleaños, le llevo flores a la tumba. Esta vez, antes de detener al último de esos cerdos que sigue vivo, he querido transmitirle un mensaje.

—Sin embargo, Maud Lombard nunca estuvo en las colonias.

—Pero ¿y después? Maud se fugó varias veces de casa. Frecuentaba a personas un poco raras; a veces volvía tarde. Debió de toparse con ellos en algún sitio... como yo.

Servaz reflexionaba a toda velocidad. Su hipótesis iba cobrando cuerpo. Era una solución inaudita...

Ya no tenía más preguntas. La cabeza le daba vueltas otra vez. Se masajeó las sienes y se levantó con esfuerzo.

—Existe quizás una opción que no hemos tomado en cuenta.

D'Humières y Confiant lo esperaban en el pasillo. Servaz se dirigió hacia ellos luchando contra la sensación de que las paredes y el suelo se movían y la aprensión de perder el equilibrio. Aunque se frotó la nuca y respiró a fondo, no logró desprenderse de la extraña impresión de tener los zapatos llenos de aire.

—¿Y bien? —inquirió la fiscal.

—No creo que sea ella.

—¿Cómo? —exclamó Confiant—. ¡Está de broma, espero!

—No tengo tiempo de explicárselo ahora. Hay que actuar con rapidez. Mientras tanto, manténgala encerrada si quieren. ¿Dónde está Chaperon?

—Están tratando de hacerle confesar las violaciones de los chicos de las colonias —respondió D'Humières con tono glacial—, pero se niega a decir nada.

—¿No hay prescripción para eso?

—No en tanto surjan elementos nuevos que nos induzcan a volver a abrir la investigación. Martin, espero que sepa lo que hace.

Intercambiaron una mirada.

—Yo también lo espero —contestó.

El vértigo era cada vez más acentuado y le dolía la cabeza. En la recepción pidió una botella de agua y después engulló una de las pastillas que le había dado Xavier antes de encaminarse al Jeep.

¿Cómo podía hablarles de su hipótesis sin atraerse las iras del joven juez y poner en una situación incómoda a la fiscal? Un detalle lo preocupaba. Quería despejar las dudas antes de poner las cartas sobre la mesa. Necesitaba asimismo la opinión de otra persona, de alguien que le dijera si iba bien encaminado, alguien que le indicara sobre todo hasta dónde podía llegar sin quemarse las alas. Miró el reloj. Eran las 21.12.

El ordenador...

Lo encendió. Al contrario del de Xavier, aquel tenía bloqueado el acceso. «Vaya, vaya...» Consultó el reloj. Hacía casi una hora que estaba en ese despacho.

El problema era que no tenía ni de lejos las competencias de una pirata informática. Pasó alrededor de diez minutos estrujándose el cerebro para encontrar una contraseña e intentó escribir Julian Hirtmann y Lisa Ferney en todos los sentidos, pero ninguna de sus penosas tentativas dio resultado. Volvió a recurrir al cajón donde había visto una carpeta que contenía documentos personales e introdujo primero números de teléfono y también de la Seguridad Social, del derecho y del revés, después fecha de nacimiento, combinación del primero y segundo nombre (el nombre completo de la enfermera jefe era Élisabeth Judith Ferney), asociación de las tres iniciales y la fecha de nacimiento... En vano. «¡Mierda!»

Volvió a posar la mirada en la salamandra.

Escribió «salamandra» y después «ardnamalas». Nada...

Diane desvió la mirada hacia el reloj de la esquina de la pantalla. Las 21.28.

Miró una vez más el animal. Obedeciendo a un repentino impulso, lo levantó y lo puso boca abajo. En el vientre había una inscripción: «Van Cleef & Arpels, Nueva York». Introdujo las palabras en el ordenador. Nada... «¡Mierda! ¡Es ridículo! ¡Esto parece una de esas películas malas de espionaje!» Invirtió la serie de letras; tampoco funcionó. «¿Qué esperabas, boba? ¡No estamos en el cine!» En último extremo, probó solo con las iniciales: VC&ANY. Nada. Al revés, pues: YNA&CV...

De repente, la pantalla se puso a parpadear antes de darle acceso al sistema operativo. «¡Bingo!» Diane no se lo podía creer. Aguardó a que aparecieran todos los iconos en el escritorio del ordenador.

«Ahora puede dar comienzo la partida...» El tiempo transcurría, sin embargo. Las 21.32.

Rogó por que Lisa Ferney se hubiera ido realmente a pasar la noche fuera.

Los mensajes...

Había por lo menos un centenar provenientes de un misterioso Démétrius, y cada vez, en la columna «Asunto» aparecía la advertencia destacada *Encrypted email* (correo encriptado).

Aunque abrió uno, solo obtuvo una serie de signos incomprensibles. Luego entendió lo que ocurría, porque ya le había pasado en la universidad: el certificado utilizado para codificar el mensaje había caducado y, por consiguiente, el destinatario ya no lo podía descodificar.

Se puso a pensar en una posible solución.

En general, para evitar ese tipo de problemas se aconsejaba que el destinatario salvara de inmediato el contenido del mensaje en alguna parte, grabándolo por ejemplo en formato HTML. Eso era lo que ella habría hecho de haberse encontrado en el lugar de Lisa Ferney. Abrió «Mis documentos» y después «Mensajes recibidos» y enseguida lo vio. Un archivo denominado «Démétrius».

Lisa Ferney no había tomado muchas precauciones: su ordenador estaba ya bloqueado y, de todas maneras, sabía que nadie se atrevería a husmear en su contenido.

Lisa,
Estoy en Nueva York hasta el domingo. Central Park está todo blanco y hace un frío polar. Es magnífico. Pienso en ti. A veces me despierto a medianoche sudando y sé que he soñado con tu cuerpo y con tu boca. Espero estar en Saint-Martin dentro de diez días.
Éric.

Lisa,
El viernes me voy a Kuala-Lumpur. ¿Podríamos vernos antes? No me voy a mover de casa. Ven.
Éric.

¿Dónde estás, Lisa?
¿Por qué no das señales de vida? ¿Aún estás enfadada por lo de la última vez? Tengo un regalo para ti. Lo he comprado en Boucheron. Es muy caro. Te va a encantar.

Eran cartas de amor... O más bien mensajes. Había decenas de ellos, o centenares, llegados en el transcurso de varios años.

Lisa Ferney los había salvado meticulosamente. Todos. Y todos estaban firmados con el mismo nombre: «Éric». Éric viajaba mucho, Éric era rico, los deseos de Éric eran más o menos órdenes. A Éric le gustaban las imágenes altisonantes y era un amante aquejado de unos celos enfermizos:

Las olas de los celos vienen a romper contra mí y cada una de ellas me deja más jadeante que la anterior. Me pregunto con quién te acuestas. Te conozco bien, Lisa: ¿cuánto tiempo puedes estar sin meterte un pedazo de carne entre las piernas? Júrame que no hay nadie.

A veces, cuando ni las quejas ni los lamentos surtían efecto, Éric derivaba hacia la automortificación complaciente:

Debes de pensar que soy un hijo de puta, un loco y un cabrón. No te merezco, Lisa. Me equivoqué creyendo que podía comprarte con mi dinero sucio. ¿Me podrás perdonar?

Diane hizo desfilar la lista hacia el final, avanzando en el tiempo hasta la actualidad. Advirtió que en los últimos correos, el tono había cambiado. Ya no se trataba solo de una historia de amor. Había algo más:

Tienes razón. Ha llegado el momento de pasar a la acción. Ya he esperado demasiado: si no lo hacemos ahora, no lo haremos nunca. No he olvidado nuestro pacto, Lisa. Y tú sabes que soy un hombre de palabra. Oh, sí, lo sabes…

Verte tan fuerte y resuelta me infunde valor, Lisa. Creo que tienes razón: ninguna justicia del mundo podrá devolvernos la paz. Eso nos corresponde hacerlo a nosotros.

Hemos esperado mucho, por eso creo que es el momento adecuado.

De pronto, el dedo de Diane se quedó inmóvil encima del ratón. Sonaban pasos en el pasillo… Contuvo la respiración. Si el que pasaba sabía que Lisa había salido, se extrañaría de ver luz bajo su puerta.

Los pasos prosiguieron sin detenerse, sin embargo.

Normalizando la respiración, siguió haciendo desfilar los mensajes, jurando entre dientes. Hasta el momento no tenía nada concreto aparte de alusiones y sobreentendidos.

Tras decidir que en cuestión de cinco minutos se marcharía, abrió de forma sistemática los treinta últimos mensajes.

Tenemos que hablar, Lisa. Tengo un plan, un plan terrible. ¿Sabes qué es un gambito, Lisa? En el ajedrez, un gambito es el sacrificio de una pieza al comienzo de la partida para obtener una ventaja estratégica. Es lo que me dispongo a hacer. El gambito de un caballo, aunque ese sacrificio me parta el corazón.

«El caballo», pensó Diane sin resuello.

Tuvo la impresión de que el corazón se le iba a saltar del pecho, que se hundía en las tinieblas mientras abría el siguiente mensaje.

¿Has recibido el pedido? ¿Estás segura de que no se va a dar cuenta de que lo has efectuado a su nombre?

Con los ojos desorbitados y la boca seca, Diane buscó la fecha: 6 de diciembre... La respuesta no figuraba en el archivo, como tampoco en los otros e-mails, pero daba igual: acababa de encontrar la última pieza del rompecabezas. Las dos hipótesis se habían reducido a una: Xavier investigaba por la sencilla razón de que era inocente y no sabía nada; no era él quien había realizado el pedido de anestésicos. Era Lisa quien lo había hecho... en su nombre.

Diane se arrellanó en el sillón y se puso a pensar en lo que aquello implicaba. La respuesta era evidente: Lisa y un hombre llamado Éric habían matado al caballo... y probablemente también al farmacéutico.

Lo habían hecho en nombre de un pacto que habían efectuado hacía mucho... un pacto que por fin habían decidido cumplir...

Prosiguió con apuro la reflexión, consciente de que el tiempo apremiaba.

Con lo que sabía ahora, disponía de suficientes elementos para avisar a la policía. ¿Cómo se llamaba ese policía que había ido al Instituto? Servaz. Después de ordenar una impresión del último e-mail por la pequeña impresora que se encontraba debajo del escritorio, sacó el teléfono móvil.

Con la luz de los faros, los árboles surgían de la noche semejantes a un ejército hostil. Aquel valle amaba las tinieblas, lo secreto; detestaba a los forasteros que venían a husmear. Servaz pestañeó, en un intento de aliviar el dolor en los globos oculares, mientras fijaba la mirada en la estrecha carretera que serpenteaba en medio del bosque. La migraña había empeorado tanto que tenía la impresión de que iban a estallarle las sienes. La tempestad arreciaba y sus ráfagas hacían volar en todos los sentidos los copos, que venían a precipitarse contra el coche, iluminados cual breves cometas por sus faros. Había puesto Mahler a todo volumen. La *Sexta sinfonía* acompañaba los aullidos de la ventisca con sus terribles inflexiones pesimistas y premonitorias.

¿Cuánto tiempo había dormido durante las últimas cuarenta y ocho horas? Estaba agotado. Sin motivo aparente, volvió a pensar en Charlène. El recuerdo de Charlène, de la ternura que le había manifestado en la galería, lo reconfortó un poco. El teléfono del coche sonó…

—Necesito hablar con el comandante Servaz.

—¿De parte de quién?

—Me llamo Diane Berg. Soy psicóloga en el Instituto Wargnier y…

—No está disponible en este momento —la interrumpió el gendarme que respondió a la llamada.

—¡Pero tengo que hablar con él!

—Déjeme sus datos y él la llamará.

—¡Es muy urgente!

—Lo siento, pero ha salido.

—Usted podría quizá darme su número.

—Oiga, yo…

—Yo trabajo en el Instituto —declaró con la voz más serena y firme posible—, y sé quién sacó el ADN de Julian Hirtmann. ¿Entiende lo que eso significa?

Se produjo un dilatado silencio.

—¿Puede repetir eso?

Diane así lo hizo.

—Un minuto. Le paso con alguien…

Sonaron tres timbrazos.

—Capitán Maillard, dígame…

—Oiga —advirtió ella—, no sé quién es usted, pero necesito hablar con urgencia con el comandante Servaz. Es de extrema importancia.

—¿Quién es usted?

Se volvió a presentar.

—¿Para qué necesita hablar con él, doctora Berg?

—Tiene que ver con la investigación sobre esas muertes que ha habido en Saint-Martin. Tal como acabo de decirle, trabajo en el Instituto... y sé quién sacó el ADN de Hirtmann...

Aquella última información dejó mudo a su interlocutor, hasta el punto de que Diane dudó si no habría colgado.

—Muy bien —dijo por fin—. ¿Tiene papel y lápiz? Le doy su número.

—Servaz.

—Buenas noches —saludó una voz femenina—. Me llamo Diane Berg, soy psicóloga en el Instituto Wargnier. Usted no me conoce, pero yo sí a usted. Yo estaba en la habitación de al lado cuando usted se encontraba en el despacho del doctor Xavier y escuché toda la conversación.

Servaz estaba a punto de decirle que tenía prisa, pero algo en el tono de la mujer, sumado al dato de que trabajaba en el Instituto, lo indujo a guardar silencio.

—¿Me oye?

—La escucho —dijo—. ¿Qué quiere, señora Berg?

—Señorita. Sé quién mató al caballo. Es con toda probabilidad la misma persona que sacó el ADN de Julian Hirtmann. ¿Le interesa saber quién es?

—Un momento —dijo.

Aminoró la marcha y aparcó en el arcén, en medio del bosque. El viento combaba los árboles a su alrededor. Las retorcidas ramas se agitaban ante la luz de los faros como en una vieja película expresionista alemana.

—Adelante. Cuéntemelo todo.

—¿Dice que el autor de los mensajes se llama Éric?

—Sí. ¿Sabe quién es?

—Creo que sí.

Parado en el borde de la carretera, en pleno bosque, pensaba en lo que le acababa de contar aquella mujer. La hipótesis que había comenzado a atisbar después del cementerio, la que se había precisado en la gendarmería cuando Irène Ziegler le había revelado que Maud había sido sin duda violada acababa de hallar una nueva confirmación. Y menuda confirmación... Éric Lombard. Se acordó de los vigilantes de la central, de sus silencios, de sus mentiras. Desde el principio, había tenido el convencimiento de que ocultaban algo. Ahora sabía que no mentían porque fueran culpables, sino porque los habían obligado a callar mediante chantaje o porque habían comprado su silencio. Seguramente había habido un poco de ambas cosas. Ellos habían visto algo pero habían preferido callar y mentir, aun a riesgo de atraer las sospechas sobre ellos, porque sabían que no daban la talla para aquella clase de delito.

—¿Hace mucho que indaga de ese modo, señorita Berg?

La joven tardó un poco en responder.

—Solo hace unos cuantos días que estoy en el Instituto —explicó.

—Podría ser peligroso.

Hubo una nueva pausa. Servaz se preguntó si no estaba corriendo demasiados riesgos aquella mujer. No era policía y seguramente habría cometido algún error. Se encontraba además en un entorno habitado por una violencia intrínseca en el que podía ocurrir cualquier cosa.

—¿No ha hablado del asunto con nadie?

—No.

—Escúcheme con atención —dijo—. Le voy a indicar lo que debe hacer. ¿Tiene coche?

—Sí.

—Perfecto. Abandone inmediatamente el Instituto, coja su coche y baje a Saint-Martin antes de que la tormenta de nieve se lo impida. Vaya a la gendarmería y diga que tiene que hablar con la fiscal del caso. Explique que va de mi parte y cuéntele todo lo que me acaba de decir. ¿Lo ha comprendido todo?

Servaz había colgado ya cuando Diane se acordó de que su coche no funcionaba.

Las instalaciones del centro ecuestre aparecieron alumbradas por los faros. Todo estaba desierto y oscuro. No había ni caballos ni palafreneros a la vista. Habían cerrado los boxes por esa noche... o por lo que quedaba de invierno. Aparcó delante del gran edificio de ladrillo y madera y bajó del coche.

Enseguida se vio rodeado de copos de nieve. Escuchando los gemidos cada vez más estridentes del viento en los árboles, se subió el cuello y se encaminó a la entrada. Los perros se pusieron a ladrar y tirar de sus cadenas en medio de la oscuridad. Por la ventana que estaba iluminada vio una silueta que se acercó a echar un vistazo fuera.

Servaz entró por la puerta, que estaba entornada, al pasillo central. El olor a estiércol lo asaltó de inmediato. A la derecha vio un caballo y un jinete que entrenaban en la gran pista, bajo varias hileras de lámparas, a pesar de la hora tardía. Marchand surgió de la primera puerta de la izquierda.

—¿Qué ocurre? —preguntó.

—Debo hacerle unas preguntas.

El capataz señaló otra puerta, situada un poco más allá. Servaz entró. Era la misma oficina llena de trofeos, de libros sobre caballos y de archivadores que la última vez. En la pantalla del ordenador portátil había la foto de un caballo, un animal magnífico de pelo bayo. Quizá fuera *Freedom*. Cuando Marchand pasó delante de él, percibió un aroma de whisky en su aliento. En un estante había una botella de Label 5 bien terciada.

—Es a propósito de Maud Lombard —especificó.

Marchand le asestó una mirada de asombro y recelo. Tenía los ojos demasiado brillantes.

—Sé que se suicidó.

—Sí —confirmó el viejo encargado de las cuadras—. Fue una historia horrible.

—¿De qué manera?

Vio que Marchand dudaba. Durante un instante, mantuvo la mirada esquiva antes de posarla en Servaz. Se disponía a mentir.

—Se cortó las venas...

—¡No me venga con esas! —vociferó Servaz, agarrando bruscamente al capataz por el cuello—. ¡Está mintiendo, Marchand! ¡Escúcheme bien! ¡Una persona inocente acaba de ser acusada de los asesinatos de Grimm y de Perrault! ¡Si no me dice ahora mismo la verdad, lo inculpo por complicidad de asesinato! ¡Piénselo rápido, que no tengo toda la noche! —añadió cogiendo las esposas, pálido de ira.

El capataz pareció impresionado por aquel imprevisto estallido de cólera. Después, al oír el tintineo de las esposas, abrió mucho los ojos con súbita palidez. De todas maneras, sondeó al policía.

—¡Es un farol!

Era un buen jugador de póker, que no renunciaba así como así. Servaz lo cogió por la muñeca y lo hizo girar sin miramientos.

—Pero ¿qué hace? —preguntó Marchand, atónito.

—Ya le he avisado.

—¡No tiene ninguna prueba!

—¿Y cuántos acusados sin pruebas cree usted que hay pudriéndose en prisión preventiva?

—¡Un momento! ¡No puede hacer eso! —protestó el hombre, asustado—. ¡No tiene derecho!

—Se lo aviso: hay fotógrafos delante de la gendarmería —mintió Servaz mientras lo arrastraba con brusquedad hacia la puerta—. Aunque le vamos a poner una chaqueta encima de la cabeza al bajar del coche y solo tendrá que mirar al suelo y dejarse llevar.

—¡Espere, espere! ¡Espere, hombre!

Servaz seguía arrastrándolo, sin embargo. Se encontraban ya en el pasillo. Fuera el viento aullaba y por la puerta abierta entraba la nieve.

—¡De acuerdo! ¡De acuerdo! He mentido. ¡Quíteme esto!

Servaz se detuvo. Los jinetes los observaban desde la pista, parados.

—Primero quiero la verdad —le murmuró al oído.

—¡Se ahorcó! ¡Fue en el columpio que había en el parque de la casa, hostias!

Servaz retuvo el aliento. Ahorcada... Habían llegado al punto de partida. Abrió las esposas y Marchand se frotó de manera automática las muñecas.

—Nunca me olvidaré de aquello —confió cabizbajo—.

Era un anochecer de verano... Se había puesto un vestido blanco casi transparente. Flotaba como un fantasma por encima del césped, con la nuca rota, bajo el sol del crepúsculo... Aún conservo esa imagen en la retina... La veo casi cada noche.

Un verano. Como los otros, había elegido aquella estación para acabar con su vida. Un vestido blanco; «busque el blanco», le había aconsejado Propp...

—¿Y por qué mentía?

—Porque alguien me lo pidió, por supuesto —reconoció Marchand, bajando la vista—. No me pregunte qué importancia tiene, porque no lo sé. El jefe no quería que eso se supiera.

—Tiene una gran importancia —aseguró Servaz mientras se dirigía a la salida.

Espérandieu acababa de apagar el ordenador cuando sonó el teléfono. Con un suspiro miró la hora —las 22.40— antes de contestar. Luego irguió de manera imperceptible el torso al reconocer la voz de Luc Damblin, su contacto en Interpol. Había estado esperando aquella llamada desde su regreso a Toulouse y ya comenzaba a perder esperanzas.

—Tenías razón —declaró Damblin sin preámbulos—. Era efectivamente él. ¿En qué estás trabajando en concreto? No sé lo que ocurre pero, por Dios, tengo la impresión de que has agarrado un pez gordo. ¿No me quieres contar nada más? ¿Qué puede tener que ver un tipo como ese con una investigación de la brigada criminal?

A Espérandieu le faltó poco para caerse de la silla. Tragó saliva, enderezándose.

—¿Estás seguro? ¿Tu contacto del FBI lo ha confirmado? Cuéntame cómo obtuvo la información.

En el transcurso de los cinco minutos siguientes, Luc Damblin se lo explicó punto por punto. «¡Virgen santísima! —pensó Espérandieu no bien hubo colgado—. Esta vez tengo que avisar a Martin. ¡Ahora mismo!»

Υ

Servaz tenía la impresión de que los elementos se confabulaban contra él. Los copos se paseaban delante de los faros y los troncos de los árboles comenzaban a ponerse blancos en el costado norte. Una verdadera tormenta de nieve, precisamente esa noche… Se preguntó con aprensión si aquella psicóloga habría conseguido llegar a Saint-Martin, si la carretera no estaría ya en condiciones demasiado malas allá arriba. Unos minutos antes, al salir del centro ecuestre, había efectuado una llamada.

—¿Diga? —le habían respondido.

—Tengo que verte esta misma noche. Y tengo un poco de hambre, si no es demasiado tarde…

Al otro lado de la línea sonó una carcajada. La risa paró enseguida en seco, sin embargo.

—¿Hay novedades? —preguntó, sin disimular la curiosidad, Gabriel Saint-Cyr.

—Ya sé quién es.

—¿De verdad?

—Sí, de verdad.

Saint-Cyr hizo una pausa.

—¿Y tienes una comisión rogatoria?

—Todavía no. Antes querría saber tu opinión.

—¿Qué te propones hacer?

—Primero aclarar algunas cuestiones legales contigo y después pasar a la acción.

—¿No me quieres decir quién es?

—Primero cenamos y después hablaremos.

El juez volvió a soltar una risita.

—Reconozco que me tienes en ascuas. Ven. Me queda pollo, por lo menos.

—Ahora voy —dijo Servaz antes de colgar.

Las ventanas del molino aparecían rebosantes de luz y de calor en medio de la tormenta cuando aparcó el Jeep cerca del torrente. Durante el trayecto no se había cruzado con un solo vehículo ni con ningún peatón. Después de cerrar el Cherokee se dirigió con paso apurado al puentecillo, doblando el cuerpo para protegerse de las ráfagas cargadas de nieve. La puerta se abrió enseguida, dando paso a un agradable olor a pollo asado, a fuego, vino y especias. Saint-Cyr cogió la chaqueta de Servaz y la colgó antes de señalarle el salón.

—¿Un vaso de vino caliente para empezar? El pollo estará listo dentro de veinte minutos. Así podremos hablar.

Servaz consultó el reloj: las 22.30. Las próximas horas iban a ser decisivas. Debía mover cada peón previendo varias jugadas con antelación, pero no estaba seguro de tener las ideas bastante claras. El viejo juez, con su experiencia, lo ayudaría a no cometer ninguna torpeza. El adversario era temible y aprovecharía el más mínimo fallo judicial. Aparte, tenía un hambre atroz; el olor del pollo que se cocía le producía retortijones de estómago.

En la chimenea crepitaba un gran fuego. Al igual que la vez anterior, las llamas poblaban las paredes y las vigas del techo de resplandores y de sombras. El crepitar de los leños, los gemidos del viento llegados a través del conducto de la chimenea y el ruido del torrente invadían la estancia. Nada de Schubert, esa vez. Saltaba a la vista que Saint-Cyr no quería perderse ni una palabra de lo que Servaz le iba a decir.

En una mesita, entre dos sillones de orejas colocados frente a la chimenea, había dos copas de coñac medio llenas de un humeante vino color rubí.

—Siéntate —lo invitó el juez.

Servaz cogió la copa más cercana. Estaba caliente. La hizo girar en la mano, aspirando los aromáticos efluvios que exhalaba. Le pareció detectar naranja, canela y nuez moscada.

—Vino caliente con especias —explicó Saint-Cyr—. Vigorizante y calorífico para una velada como esta y, sobre todo, excelente contra el cansancio. Te va a aportar un poco de energía. La noche se presenta larga, ¿verdad?

—¿Se me nota tanto? —preguntó Servaz.

—¿El qué?

—El cansancio.

—Pareces agotado.

Servaz tomó un trago. Esbozó una mueca, quemándose la lengua. El potente sabor del vino y las hierbas le llenó, con todo, la boca y la garganta. Saint-Cyr había dispuesto unos pedacitos de pan de especias en un platito para acompañar el vino caliente. Servaz engulló uno y luego otro. Estaba hambriento.

—¿Y bien? —inquirió Saint-Cyr—. ¿Me lo vas a contar? ¿Quién es?

—¿Está seguro? —preguntó Cathy d'Humières a través del altavoz.

Espérandieu se miró la punta de las Converse posadas encima de su escritorio del bulevar Embouchure.

—La persona que me ha transmitido la información es categórica. Trabaja en la sede de la Interpol de Lyon. Se trata de Luc Damblin. Ha podido establecer comunicación con uno de sus contactos en el FBI. Está seguro al 200 por cien.

—¡Virgen santa! —exclamó la fiscal—. Y no ha conseguido contactar con Martin, ¿verdad?

—Lo he intentado dos veces. Cada vez, o comunica o sale el contestador. Lo volveré a intentar dentro de unos minutos.

Cathy d'Humières consultó su reloj Chopard de oro amarillo que le había regalado su marido para su vigésimo aniversario de casados: las 22.50, constató con un suspiro.

—También querría que me hiciese un favor, Espérandieu. Llámelo cuantas veces sea necesario. Cuando le conteste, dígale que quiero irme a acostar antes del amanecer y que no vamos a pasar toda la noche esperándolo.

Al otro lado de la línea, Espérandieu ejecutó un saludo militar.

—Muy bien, señora.

Irène Ziegler escuchaba el viento desde el otro lado de la ventana con barrotes. Había una violenta tormenta de nieve. Pegó el oído al tabique. Era la voz de D'Humières. Sin duda a consecuencia de una política de ahorro en los costes de construcción, las paredes eran finas como cartón en el interior de aquella gendarmería… como ocurría con tantas otras.

Ziegler lo había oído todo. Por lo visto, Espérandieu había recibido una información capital, una información que imprimía un giro radical a la investigación. A Irène le pareció comprender de qué se trataba. En cuanto a Martin, estaba ilocalizable. Ella creía saber dónde se encontraba: había ido a recabar consejo antes de pasar a la acción... Golpeó la puerta, que se abrió casi de inmediato.

—Necesito ir al baño —dijo.

El ordenanza volvió a cerrar la puerta. Después la volvió a abrir una joven en uniforme que la miró con suspicacia.

—Sígame, capitana. Y nada de bromas.

Ziegler se levantó, con las muñecas esposadas.

—Gracias —dijo—. También querría hablar con la fiscal. Dígaselo. Dígale que es importante.

El viento mugía en el conducto de la chimenea, combando las llamas. Al borde de la extenuación, Servaz dejó la copa en la mesa y se dio cuenta de que le temblaba la mano. La pegó al cuerpo para evitar que Saint-Cyr se diera cuenta. El sabor del vino y las hierbas le resultaba agradable en la boca, pero le dejaba un regusto amargo. Se sentía achispado y aquel no era un momento oportuno para eso. Por ello tomó la resolución de no beber más que agua durante la media hora siguiente y pedir a continuación un café bien cargado.

—Parece que no estás muy en forma —comentó el juez, observándolo con atención.

—No estoy pletórico, pero no pasa nada.

En realidad, no recordaba haber experimentado nunca un estado tal de agotamiento y nerviosismo. Estaba muerto de fatiga, con la cabeza embotada, aquejado de vértigos... y aun así a punto de resolver el caso más extraño de toda su carrera.

—¿Entonces no crees que la capitana Ziegler sea culpable? —prosiguió el juez—. Sin embargo, todas las apariencias apuntan en su contra.

—Ya sé, pero hay un elemento nuevo.

El juez enarcó las cejas.

—Esta noche he recibido la llamada de una psicóloga que trabaja en el Instituto Wargnier.

—¿Sí?

—Se llama Diane Berg y es suiza. Lleva poco tiempo allá arriba. Por lo visto, le pareció que ocurrían cosas raras en el centro y ha realizado su propia investigación, a escondidas de todos. Así ha descubierto que la enfermera jefe del Instituto se procuró anestésicos para caballos... y también que es la amante de un tal Éric, un hombre muy rico que viaja mucho, según se desprende de los mails que le envía.

—¿Cómo ha descubierto todo eso esa psicóloga? —planteó, escéptico, el juez.

—Es largo de explicar.

—¿Y entonces, crees que ese Éric es...? Pero si estaba en Estados Unidos la noche en que mataron al caballo...

—Una coartada perfecta —comentó Servaz—. Y además, ¿quién habría sospechado que la víctima era a la vez el culpable?

—Esa psicóloga... ¿ha sido ella la que se ha puesto en contacto contigo? ¿Tú la crees? ¿Estás seguro de que es digna de confianza? El Instituto debe de ser un sitio capaz de alterar los nervios de quien no está acostumbrado.

Servaz miró a Saint-Cyr y por un instante, abrigó dudas. ¿Y si el juez estaba en lo cierto?

—¿Te acuerdas de que me dijiste que todo lo que ocurría en este valle estaba arraigado en el pasado? —dijo el policía.

El juez asintió en silencio.

—Tú mismo me contaste que la hermana de Éric Lombard, Maud, se suicidó a los veintiún años.

—Así es —corroboró Saint-Cyr, abandonando su mutismo—. ¿Crees que ese suicidio guarda relación con los suicidas de las colonias? Ella nunca estuvo allí.

—Al igual que dos de los suicidas —señaló Servaz—. ¿Cómo encontraron a Grimm y a Perrault? —preguntó, mientras su corazón se ponía a palpitar sin motivo.

—Ahorcados.

—Exacto. Cuando te pregunté cómo se había suicidado la hermana de Éric Lombard, me respondiste que se había cortado las venas. Esa es la versión oficial. Resulta que yo he descubierto esta noche que en realidad también se ahorcó. ¿Por qué mintió Lombard al respecto, si no fue para evitar que se estableciera una conexión directa entre el suicidio de Maud y los asesinatos?

—Esa psicóloga, ¿ha hablado con alguien más?

—No, no creo. Le he aconsejado que fuera a Saint-Martin, a hablar con Cathy d'Humières.

—¿Entonces crees que...?

—Creo que Éric Lombard es el autor de los asesinatos de Grimm y de Perrault —verbalizó Servaz, con la impresión de que la lengua se le pegaba al paladar y que se le agarrotaban los músculos de las mandíbulas—. Creo que se venga de lo que le hicieron a su hermana, una hermana a la que adoraba, y que les imputa, no sin razón, el suicidio de esta y de los otros siete jóvenes que fueron víctimas del cuarteto Grimm-Perrault-Chaperon-Mourrenx. Creo que elaboró un plan maquiavélico para tomarse la justicia por su mano al tiempo que alejaba las sospechas de su persona, con ayuda de una cómplice del Instituto Wargnier, y quizá de alguien más en el centro ecuestre.

Se miró la mano izquierda, que se balanceaba encima del reposabrazos y trató de inmovilizarla en vano. Al levantar la cabeza, se percató de que Saint-Cyr lo observaba.

—Lombard es un hombre muy inteligente. Comprendió que, tarde o temprano, quien investigara los asesinatos acabaría estableciendo un vínculo con la oleada de suicidios de adolescentes que se produjeron quince años atrás, incluido el de su hermana. Debió de pensar que la mejor manera de alejar las sospechas de él era incluyéndose a sí mismo en la categoría de víctima. Por eso era preciso que fuera él el objetivo del primer crimen. De todas maneras, no quería matar a una persona inocente. En un momento dado, debió de tener una iluminación: mataría a un ser muy apreciado por él; así nadie podría sospechar que hubiera cometido ese crimen. Es probable que la decisión de dar muerte a su caballo favorito fuera muy dolorosa para él, pero ¿qué mejor coartada podía tener que ese crimen ocurrido cuando se suponía que estaba en Estados Unidos? Por eso no ladraron los perros del centro ecuestre ni relinchó el caballo. Es posible incluso que tenga otro cómplice en el centro, además de la enfermera jefe en el Instituto, porque se necesitaron al menos dos personas para transportar el caballo hasta allá arriba. Y la alarma del centro no funcionó. Sin embargo, al igual que en el caso de Grimm y de Perrault, y también para asegurarse de que *Freedom* no sufría, no habría permitido que otra persona se encargara de matar al animal. No es esa su forma de actuar. Lombard es un atleta, un aventurero, un guerrero, acostumbrado a los retos más extremos y a asumir sus responsabilidades. Además, no tiene miedo a mancharse las manos.

¿Sería el agotamiento? ¿La falta de sueño? Le pareció que comenzaba a enturbiársele la vista, como si de repente se hubiera puesto unas gafas de corrección inadaptada.

—También creo que Lombard o uno de sus hombres chantajearon a los dos vigilantes de la central, amenazándolos con mandarlos otra vez a la cárcel o comprando su silencio. Por otra parte, Lombard debió de comprender pronto que la hipótesis de Hirtmann no se iba a sostener mucho tiempo, pero no debía de importarle mucho, puesto que solo se trataba de la primera cortina de humo. El hecho de que nos remontásemos a la oleada de suicidios ocurridos quince años atrás tampoco debía de inquietarlo mucho, sino más bien al contrario porque así se multiplicaban las pistas. El culpable podía ser cualquiera de los padres o incluso uno de los adolescentes a los que habían violado los miembros del cuarteto llegado a la edad adulta. No sé si debía de saber que Ziegler había estado también en las colonias y que podía constituir una sospechosa ideal, o si se trata de una pura coincidencia.

Saint-Cyr callaba, taciturno y pensativo. Servaz se secó con la manga el sudor que le resbalaba hasta los ojos.

—En definitiva, Lombard debió de calcular que incluso si todo lo que había imaginado no funcionaba exactamente como había previsto, había emborronado tanto las pistas que sería casi imposible desentrañar la verdad y llegar, por lo tanto, hasta él.

—Casi —apuntó Saint-Cyr con una triste sonrisa—, pero eso era porque no contaba con alguien como tú, claro.

Servaz advirtió que el tono del juez había cambiado. También se fijó en que el anciano le sonreía de una manera admirativa pero ambigua a la vez. Trató de mover la mano, que ya no temblaba, pero notó el brazo pesado como el plomo.

—Eres un investigador extraordinario —alabó Saint-Cyr con voz glacial—. Si hubiera tenido a alguien como tú a mis órdenes, ¿quién sabe cuántos casos archivados por falta de pruebas hubiera podido resolver?

En el bolsillo de Servaz comenzó a sonar el móvil. Quiso cogerlo, pero parecía que su brazo estuviera preso en una masa de cemento de secado rápido. ¡Tardó un tiempo infinito en desplazar apenas unos centímetros la mano! El móvil sonó y sonó, desgarrando el silencio que se había instalado entre los dos hombres. Después, cuando salió el contestador, paró. El juez tenía la mirada fija en él.

—Me, me... siento... raro... —farfulló Servaz, dejando caer el brazo.

¡Mierda! ¿Qué le ocurría? Las mandíbulas se le agarrotaban; le costaba articular las palabras. Trató de levantarse, apoyando los brazos en el sillón. La habitación se empezó a mover. Sin fuerzas, se hundió en el sillón. Le pareció oír que Saint-Cyr decía: «Incluir a Hirtmann fue un error...». Se preguntó si había oído bien. Trató de aguzar su cerebro enturbiado y concentrarse en las palabras que salían de la boca del juez.

—... previsible. El ego del suizo prevaleció, como era de prever. Le tiró de la lengua a Élisabeth a cambio de su ADN y luego te puso sobre la pista de esos adolescentes solo por el gusto de demostrar que era él quien dirigía el juego, para halagar su orgullo, su inmensa vanidad. Debiste de caerle simpático.

Servaz frunció vagamente el entrecejo. ¿Era Saint-Cyr quien estaba hablando? Por un momento le pareció tener a Lombard delante de él. Después pestañeó para aliviar el escozor que el sudor le producía en los ojos y vio que era efectivamente el juez, sentado en el mismo lugar de antes. Saint-Cyr sacó un móvil del bolsillo y marcó un número.

—¿Lisa? Soy Gabriel... Por lo visto, esa pequeña fisgona no ha hablado con nadie más. Solo ha tenido tiempo de avisar a Martin. Sí, estoy seguro... Sí, tengo la situación bajo control... —Después de colgar, volvió a concentrar la atención en Servaz—. Te voy a contar una historia —anunció, aunque Servaz tuvo la impresión de que su voz le llegaba desde el fondo de un túnel—, la historia de un niño que era el hijo de un hombre tiránico y violento, un niño muy inteligente, un niño maravilloso. Cuando venía a vernos, siempre traía un ramo de flores recogidas al borde del camino o guijarros rescatados en la orilla del torrente. Mi mujer y yo no teníamos hijos. Por eso, la llegada de Éric a nuestra vida fue un don del cielo, un rayo de sol.

Saint-Cyr efectuó un ademán que parecía destinado a mantener el recuerdo a mucha distancia, para no ceder a la emoción.

—Pero en ese cielo azul había una nube. El padre de Éric, el célebre Henri Lombard, hacía reinar el terror a su alrededor, tanto en sus fábricas como en su casa, esa mansión que tú conoces. Aunque por momentos podía mostrarse afectuoso con sus hijos, en otros los aterrorizaba con sus ataques de furia, sus gritos y los golpes que descargaba contra su madre. Huelga decir que tanto Éric como Maud estaban muy perturbados por el ambiente que reinaba en su hogar.

Servaz trató de tragar sin conseguirlo. Intentó moverse. El teléfono volvió a sonar un buen rato en su bolsillo y luego calló.

—Por aquel entonces, mi mujer y yo vivíamos en una casa situada en el bosque no lejos de la mansión de los Lombard, al borde de este mismo torrente —prosiguió Saint-Cyr sin preocuparse por el aparato—. Pese a ser un individuo tiránico, desconfiado, paranoico y en resumidas cuentas, loco, Henri Lombard nunca rodeó la propiedad de vallas, cercas y cámaras como sucede hoy en día. Eso no se estilaba en aquella época. Entonces no había todas estas amenazas y todos estos delitos. Por más que digan, se vivía en un mundo que aún era humano. Bueno, nuestra casa se convirtió en un refugio para el joven Éric, que pasaba a menudo las tardes enteras allí. A veces llevaba a Maud, una bonita niña de mirada triste, que no sonreía casi nunca. Éric la quería mucho. A los diez años, ya parecía que se había hecho el propósito de protegerla.

Hizo una breve pausa.

—Yo tenía una vida profesional muy intensa y no estaba con frecuencia allí pero, a partir del momento en que Éric entró en nuestras vidas, procuré concederme momentos de libertad siempre que podía. Para mí era una alegría verlo aparecer por el camino, solo o con su hermana. En realidad, yo cumplí el papel que no cumplió su padre. Yo crié a ese niño como si fuera mi hijo. Ese es mi mayor orgullo, mi mayor logro. Yo le enseñé todo cuanto sabía. Era un niño extraordinariamente receptivo y que devolvía con creces lo que se le daba. ¡No hay más que ver lo que ha llegado a ser! No solo gracias al imperio que heredó, no, sino gracias a mis lecciones, a nuestro amor.

Servaz advirtió con estupor que por las hundidas mejillas del viejo juez resbalaban las lágrimas.

—Después se produjo esa tragedia. Aún me acuerdo del día en que encontraron a Maud colgada de ese columpio. A partir de entonces, Éric no volvió a ser el mismo. Se encerró en sí mismo, se volvió más sombrío, más duro. Se parapetó. Imagino que eso ha debido de serle útil en los negocios, pero ya no era el Éric que yo había conocido.

—¿Qué... le... pasó... a...?

—¿A Maud? Éric no me lo dijo todo, pero creo que se cruzó en el camino de esos desgraciados.

—No... después...

—Pasaron los años. Cuando Maud se suicidó, Éric acababa de heredar el imperio. Su padre había muerto el año anterior. Se encontró acaparado por su trabajo, un día en París, otro en Nueva York o en Singapur. No disponía ni de un minuto para él. Después volvieron los interrogantes y las dudas sobre la muerte de su hermana. Lo comprendí cuando vino a verme y empezó a hacerme preguntas, hace unos años. Se había propuesto descubrir la verdad. Contrató a un equipo de detectives privados, personas poco escrupulosas con los métodos y la ética cuyo silencio podía comprar con dinero. Debieron de realizar más o menos el mismo recorrido que tú has hecho y descubrir la verdad sobre esos cuatro hombres... A partir de ahí, Éric pudo imaginar fácilmente lo que le había sucedido a su hermana y a otras mujeres antes que a ella. Decidió tomarse la justicia por su mano. Tenía los medios para ello. Desde su posición, sabía que no podía confiar totalmente en la justicia de su país. También encontró una ayuda inigualable en su amante, Élisabeth Ferney. Además de haberse criado en la región y estar enamorada de Éric Lombard, también fue víctima del cuarteto.

La luz de las velas y las lámparas hería los ojos de Servaz, que estaba empapado de sudor.

—Yo soy viejo y me queda poco tiempo por vivir —dijo Saint-Cyr—. Un año, cinco años, diez; ¿qué más da? Yo ya he hecho mi vida. De todas maneras, el tiempo que me queda no será más que una larga espera hasta el final. ¿Por qué no voy a acortarla si mi muerte puede servir para algo o para alguien? Para alguien tan inteligente e importante como Éric Lombard.

Servaz sintió un acceso de pánico. El corazón le palpitaba con tal fuerza que estaba convencido de que le iba a dar un ataque al corazón. Aun así, no conseguía moverse y para entonces, percibía la habitación completamente difuminada a su alrededor.

—Voy a dejar una carta en la que afirmo que he sido yo quien cometió esos crímenes —anunció Saint-Cyr con asombrosa calma y firmeza en la voz—, para que por fin se haga justicia. Muchas personas saben lo mucho que me obsesionó el caso de los suicidas. Nadie se quedará extrañado, pues. Diré que maté al caballo porque creía que Henri, el padre de Éric, también había participado en las violaciones y que te maté a ti porque me habías descubierto. Después, al comprender que no tenía salida, asaltado por los remordimientos, he considerado que era preferible denunciarme antes de darme muerte. Será una hermosa carta, conmovedora y digna. Ya la he redactado.

La agitó delante de Servaz. Por espacio de un instante, el terror que se había adueñado de él despejó las brumas de su cerebro y lo despertó un poco.

—No va a servir de nada… Diane Berg tiene pruebas… culpabilidad… Habla… con Cathy d'Hu… d'Humières…

—Por otra parte —continuó Saint-Cyr imperturbable—, a esa psicóloga la encontrarán muerta esta noche. Después de investigar, descubrirán en sus papeles la prueba indiscutible de que vino de Suiza con un solo objetivo: ayudar a escapar a su compatriota y antiguo amante Julian Hirtmann.

—¿Por… qué… haces… eso?

—Ya te lo he dicho. Éric es mi gloria. Fui yo quien lo crié. Fui yo quien hice de él lo que es hoy, un hombre de negocios brillante pero también un hombre recto, ejemplar… Él es el hijo que nunca tuve…

—Está implicado en malversaciones…, en… corr… corrupción… explota… niños…

—¡Mientes! —gritó Saint-Cyr, levantándose como un resorte del sillón.

Tenía un arma en la mano. Una pistola automática.

Servaz entornó los ojos. Enseguida, el sudor que le bajaba de las cejas le quemó la córnea. Tuvo la impresión de que la voz de Saint-Cyr, los sonidos y los olores le llegaban con excesiva nitidez. Todos sus sentidos se hallaban inmersos en un paroxismo de sensaciones que le ponía los nervios a flor de piel.

—Los alucinógenos —señaló Saint-Cyr sonriendo—. No te imaginas las posibilidades que ofrecen. Tranquilízate, que la droga que has ingerido en cada una de las comidas que te he preparado no era mortal. Tenía solo el propósito de debilitar tus capacidades intelectuales y físicas y hacer que tus reacciones resultaran sospechosas tanto para ti como para ciertas personas. La que he puesto en el vino te mantendrá paralizado un momento, pero no tendrás ocasión de despertar porque estarás muerto antes. Siento mucho tener que llegar a estos extremos, Martin. Eres sin duda la persona más interesante que he conocido desde hace mucho.

Servaz tenía la boca abierta como un pez sacado del agua. Miró a Saint-Cyr, embobado y con los ojos desorbitados. De improviso, sintió un arrebato de cólera. ¡A causa de esa maldita droga iba a morir con cara de idiota!

—Yo que he pasado la vida luchando contra el crimen, voy a acabar cumpliendo el papel de un asesino —comentó con amargura el juez—. Pero no me dejas ninguna alternativa. Éric Lombard debe permanecer libre. Ese hombre tiene un sinfín de proyectos. Gracias a las asociaciones que financia, hay niños que pueden saciar su hambre, muchos artistas pueden trabajar, muchos estudiantes reciben becas… No voy a permitir que un policía cualquiera destruya la vida de uno de los hombres más relevantes de su tiempo, que lo único que ha hecho además es impartir la justicia a su manera, en un país donde esta palabra ha dejado hace tiempo de tener sentido.

Servaz se preguntó si hablaban del mismo hombre: el que había hecho todo lo posible junto· con otras grandes empresas farmacéuticas para impedir que los países de África fabricaran medicamentos contra el sida o la meningitis, el que animaba a los subcontratistas a explotar mujeres y niños en India o Bangladesh, el mismo cuyos abogados habían comprado Polytex por sus patentes antes de despedir a los obreros. ¿Quién era el verdadero Éric Lombard? ¿El hombre de negocios cínico y sin escrúpulos o el mecenas y filántropo? ¿El niño que protegía a su hermanita o el tiburón explotador de la miseria humana? Ya no era capaz de pensar con claridad.

—Yo… esa psicóloga… —logró articular—. Asesinatos… Reniegas… de todos tus princip… acabar tu vida… en la piel de… un asesino…

En la cara del juez vio un asomo de duda, pero este sacudió enérgicamente la cabeza para ahuyentarla.

—Me voy sin lamentar nada. Es verdad: a lo largo de mi vida, jamás he transigido con ciertos principios. Lo que ocurre es que hoy en día esos principios se ven continuamente pisoteados. La mediocridad, la falta de honradez y el cinismo se han convertido en norma. Los hombres de hoy en día quieren ser como niños: irresponsables, estúpidos, delincuentes, unos imbéciles sin ninguna moralidad… Pronto seremos barridos por una ola de barbarie sin precedentes. Ya estamos viendo las primicias. Y francamente, ¿quién vendrá a apiadarse de nuestra suerte? Estamos desperdiciando por egoísmo y por codicia la herencia de nuestros antepasados. Solo algunos hombres como Éric flotan todavía en medio de este fango…

Agitó el arma delante de la cara de Servaz. Clavado en el asiento, este sentía cómo la ira crecía en su cuerpo, como un antídoto al veneno que pasaba de su estómago a sus venas. Tomó impulso, pero apenas se hubo levantado del sillón, comprendió que su tentativa era vana. Mientras se le doblaban las piernas, Saint-Cyr se apartó y vio cómo caía y chocaba contra una mesita, haciendo caer un jarrón y una lámpara. La cegadora luz de esta fue como un restallido contra sus nervios ópticos. Servaz se encontró tumbado boca abajo encima de la alfombra persa; la luz de la lámpara tumbada cerca de su rostro le quemaba la retina. Se había hecho un corte en la frente y la sangre manaba hasta las cejas.

—Vamos, Martin, es inútil —dijo Saint-Cyr con indulgente tono.

Servaz se apoyó con esfuerzo en los codos. La rabia ardía en su interior como una brasa. La luz lo cegaba. Unas manchas negras danzaban ante sus ojos. Solo veía resplandores y sombras.

Reptó lentamente hacia el juez y tendió una mano hacia la pernera de su pantalón, pero él retrocedió. Servaz veía las llamas de la chimenea entre las piernas del juez. Lo deslumbraban. Después, todo se desarrolló muy deprisa.

—¡Tire el arma! —gritó a su izquierda una voz que recordaba haber oído sin alcanzar a identificar a su propietario.

Con el cerebro paralizado por la droga, Servaz oyó una primera detonación y luego otra. Vio que Saint-Cyr se estremecía y caía contra la chimenea. Su cuerpo rebotó en el marco de piedra y fue a parar encima de Servaz, que bajó la cabeza. Cuando la levantó, alguien lo liberaba de aquel cuerpo, pesado como un caballo.

—¡Martin! ¡Martin! ¿Estás bien?

Abrió los ojos como si quisiera quitarse una pestaña. Entre el lagrimeo, vio una cara borrosa. Irène... Detrás de ella había alguien más: Maillard.

—Agua... —pidió.

Irène Ziegler se precipitó a la cocina americana y llenó un vaso de agua que le acercó a los labios. Servaz engulló despacio, con los músculos de las mandíbulas doloridos.

—Ayúdame... al baño...

Los dos gendarmes lo cogieron por las axilas y lo sostuvieron. Servaz tenía la impresión de que iba a venirse abajo con cada paso.

—Lom... bard... —tartamudeó.

—¿Qué?

—Con… controles… carreteras…

—Ya está previsto —se apresuró a responder Irène—. Después de la llamada de tu ayudante, se han dispuesto controles en todas las carreteras del valle. Es imposible salir del valle por carretera.

—¿Vincent…?

—Sí. Ha conseguido la prueba de que Éric Lombard mintió y que no estaba en Estados Unidos la noche en que mataron a *Freedom*.

—El heli…

—Imposible. No podría despegar con este tiempo.

Se inclinó encima del lavabo. Ziegler abrió el grifo y lo roció con agua fría. Servaz se inclinó aún más para poner la cara bajo el chorro. El agua helada le produjo el efecto de una suave descarga eléctrica. Luego se puso a toser y a escupir. No supo cuánto tiempo permaneció así, inclinado sobre el lavabo, normalizando la respiración y despejándose un poco.

Cuando se irguió, se encontraba ya mucho mejor. Los efectos de la droga comenzaban a disiparse. Además, la urgencia le fustigaba la sangre, combatiendo el sopor. Debían actuar… Deprisa…

—¿Dónde está… Cath…?

—Nos esperan en la gendarmería.

Ziegler lo miró.

—Bueno. Vamos —resolvió—. No hay tiempo que perder.

Lisa Ferney desconectó el móvil. En la otra mano, empuñaba un arma. Aunque no sabía gran cosa de armas, Diane había visto suficientes películas para saber que el grueso cilindro de la punta del cañón era un silenciador.

—Me temo mucho que nadie vaya a venir a socorrerla, Diane —dijo la enfermera jefe—. Dentro de media hora o menos, ese policía con el que ha hablado estará muerto. Ha sido una suerte que mi velada se haya ido al traste por culpa de ese poli.

—¿Sabe utilizar eso? —preguntó la psicóloga señalando el arma.

Lisa Ferney esbozó una sonrisa.

—Aprendí. Soy miembro de un club de tiro. Fue Éric quien me inició, Éric Lombard.

—Su amante —comentó Diane—, y su cómplice.

—No está bien eso de fisgar en los asuntos de los otros —ironizó la enfermera jefe—. Sé que le costará creerlo, Diane, pero Wargnier podía elegir entre varias candidaturas cuando se le metió en la cabeza que necesitaba un adjunto... De paso diré que me ofendió al considerar que yo no tenía las cualificaciones necesarias... y fui yo quien la eligió, fui yo quien lo presionó para que le diera el puesto.

—¿Por qué?

—Porque es suiza.

—¿Cómo?

Lisa Ferney abrió la puerta y lanzó una ojeada en dirección al silencioso pasillo sin dejar de apuntarla con la pistola.

—Como Julian... Cuando vi su candidatura entre las otras, me dije que era una señal muy favorable para nuestros proyectos.

Diane comenzaba a entrever una explicación que le producía escalofríos.

—¿Qué proyectos?

—Matar a esos cerdos —respondió Lisa.

—¿Quiénes?

—Grimm, Perrault y Chaperon.

—Por lo que hicieron en la casa de colonias —aventuró Diane, recordando la nota que había visto en la oficina de Xavier.

—Exacto. En las colonias y en otras partes... Este valle era su territorio de caza...

—Yo vi a una persona en la casa de colonias... Alguien que gritaba y que sollozaba... ¿Era una de sus antiguas víctimas?

Lisa le dirigió una penetrante mirada con la que dejó entrever una duda con respecto hasta dónde sabía Diane.

—Sí, Mathias. El pobre no lo superó nunca. Perdió la cabeza, pero es inofensivo.

—Sigo sin ver qué relación guarda eso conmigo.

—Da igual —contestó Lisa Ferney—. Usted va a ser la persona que vino de Suiza para ayudar a huir a Hirtmann, Diane, la persona que prendió fuego en el Instituto y lo acompañó hacia la salida. Aunque su mala suerte hará que, una vez fuera, ese ingrato de Julian no consiga contener las pulsiones tanto tiempo reprimidas. No resistirá a la tentación de matar a su compatriota y cómplice, usted. Y así acaba la historia.

Diane se quedó petrificada, presa de terror.

—Al principio planteamos diversas maneras de confundir las pistas, pero yo pensé enseguida en Julian. Al final resultó un error. Con alguien como Hirtmann siempre hay que pagarlo todo. A cambio de su saliva y de su sangre, quiso saber para qué lo necesitábamos. Sus exigencias no se acabaron ahí, sin embargo. Tuve que prometerle otra cosa, y ahí es donde interviene usted, Diane...

—Es absurdo. Mucha gente me conoce en Suiza y nadie va a creer algo así.

—Pero no es la policía suiza la que se va ocupar de la investigación. Además, todo el mundo sabe que este sitio es muy perturbador para las psiques frágiles. El doctor Wargnier tenía una duda con respecto a usted. Percibía una «vulnerabilidad» en su voz y en sus e-mails. En el momento oportuno, yo me encargaré de indicarlo a la policía... que a su vez interrogará a Wargnier. Y no será Xavier, que no deseaba su presencia aquí, el que me contradiga. Ya ve que se van sumando muchos testimonios en su contra... No debería haberse atravesado en mi camino, Diane. Estaba decidida a perdonarle la vida. Solo habría pasado unos cuantos años en la cárcel.

—Pero no puede achacarme a mí lo del ADN —aventuró Diane como último recurso.

—Es cierto. Por eso hemos previsto otro candidato. Desde hace varios meses estamos ingresando dinero al señor Mundo. A cambio de ello, cierra los ojos con respecto a mis idas y venidas en la unidad A y mis chanchullos con Hirtmann. Lo malo es que ese dinero se va a volver en contra suya cuando la policía descubra los ingresos que se han efectuado desde Suiza y también una jeringa con restos de sangre de Julian que dejó en su casa.

—¿También lo va a matar a él? —preguntó Diane con una sensación de vértigo, como si cayera por un pozo sin fondo.

—¿A usted qué le parece? ¿Cree que tengo ganas de pasarme el resto de la vida en la cárcel? Venga —añadió Lisa—. Ya hemos perdido bastante tiempo.

27

—¿*M*e esperaban?

Cathy d'Humières dio un respingo al oír la voz. Se volvió hacia la puerta y mantuvo un momento la mirada fija en Servaz antes de desplazarla hacia Ziegler y Maillard para volver a posarla en él.

—¡Dios santo! ¿Qué le ha pasado?

Cerca de la puerta había una foto enmarcada. Servaz vio su reflejo: las ojeras negras, los ojos inyectados en sangre y la expresión azorada.

—Explícaselo —pidió a Ziegler al tiempo que se dejaba caer en una silla, porque el suelo se movía todavía un poco.

Irène Ziegler refirió lo que acababa de ocurrir. D'Humières, Confiant y las dos máscaras de cera de la gendarmería escucharon en silencio. Había sido la fiscal quien había decidido soltar a la gendarme justo después de la llamada de Espérandieu. La intuición de Ziegler de que Servaz se encontraba en casa del juez lo había salvado. Eso y el hecho de que solo había cinco minutos en coche de la gendarmería al molino.

—¡Saint-Cyr! —exclamó D'Humières sacudiendo la cabeza—. ¡No me lo puedo creer!

Servaz estaba disolviendo una aspirina efervescente en un vaso de agua. De pronto, las brumas de su cerebro acabaron de disiparse y pudo repasar íntegramente la escena del molino.

—¡Mierda! —rugió con los rojos ojos desorbitados—. Mientras yo estaba atontado, Saint-Cyr ha llamado a esa... Lisa al Instituto. Le ha dicho que la psicóloga solo había hablado conmigo... que tenía controlada la situación justo antes de que intentara...

La fiscal se puso pálida.

—¡Eso quiere decir que esa chica corre peligro! Maillard, ¿todavía tiene un equipo allá arriba vigilando el Instituto? ¡Ordene a sus hombres que intervengan ahora mismo!

Cathy d'Humières sacó el teléfono y marcó un número. Volvió a colgar al cabo de unos segundos.

—El doctor Xavier no responde.

—Hay que interrogar a Lombard —dijo Servaz con esfuerzo— y ponerlo en prisión preventiva. Claro que no es seguro que podamos. Puede encontrarse en cualquier sitio, en París, en Nueva York, en un remoto islote de su propiedad o aquí... aunque dudo que nos lo digan por voluntad propia.

—Está aquí —afirmó Confiant.

Todas las miradas se concentraron en él.

—Antes de venir, he ido a su casa a petición suya para informarle de los progresos de la investigación. Justo antes de que llamara su ayudante —precisó a Servaz—. No me ha dado... eh... tiempo de hablar de ello. Después han sucedido demasiadas cosas...

Servaz se preguntó cuántas veces se habría desplazado el joven juez a la mansión de Lombard desde el inicio de la encuesta.

—Hablaremos más tarde de eso —dijo con severidad D'Humières—. ¿Hay controles en todas las carreteras? Muy bien. Vamos a contactar con la dirección de la policía. Quiero que se efectúe un registro en el domicilio de París de Lombard al mismo tiempo que llevamos a cabo el de la mansión de aquí. El dispositivo debe estar perfectamente coordinado y hacerse con discreción. Solo se pondrán al corriente las personas estrictamente necesarias. Ha cometido un error agrediendo a uno de mis hombres —añadió mirando a Servaz—. Por más Lombard que sea, ha rebasado los límites, y quien los rebasa tiene que vérselas conmigo. —Se puso en pie—. Tengo que llamar al Ministerio de Justicia. Disponemos de poco tiempo para desplegar el dispositivo y concretar los detalles. Después pasaremos a la acción. No hay ni un minuto que perder.

En torno a la mesa estalló al instante una discusión. Había opiniones divergentes. Los mandos de la gendarmería vacilaban, aduciendo que Lombard era un pez gordo, que había carreras en juego, cuestiones jerárquicas, aspectos colaterales...

—¿Cómo se enteró Vincent de que Lombard no estaba en Estados Unidos? —preguntó Servaz.

Ziegler se lo explicó. Habían tenido suerte. La brigada financiera de París estaba comprobando la contabilidad de diversas filiales del grupo, a consecuencia de una denuncia anónima. Por lo visto, había un gran escándalo en ciernes. Unos días atrás, mientras examinaban los libros de cuentas de Lombard Media, habían detectado una nueva irregularidad: una transferencia de 135.000 dólares de Lombard Media a una sociedad de producción de reportajes de televisión y unas facturas. Después de realizar una comprobación automática en la sociedad de producción, había quedado claro que ese reportaje no se había filmado nunca y que las facturas eran falsas. Aquella sociedad de producción trabajaba de forma regular para Lombard Media pero, en ese caso, no les habían encargado ningún reportaje que correspondiera a esa suma. La brigada financiera se había planteado entonces a qué correspondía aquel importe y, sobre todo, por qué habían tratado de camuflarlo. ¿Por un soborno? ¿Un desvío de fondos? Habían recabado una nueva comisión rogatoria, esa vez para el banco que había efectuado la transferencia, exigiendo que se les comunicara quién era el verdadero beneficiario. Por desgracia, los autores de aquella manipulación habían tomado toda clase de precauciones: el dinero había sido transferido en unas horas a una cuenta de Londres, de esta a otra de las Bahamas y después a una tercera cuenta del Caribe... A continuación, se perdía el rastro. ¿Con qué objetivo se habían tomado tantas molestias? 135.000 dólares constituía una buena suma para según quien, pero para el imperio Lombard era una mera gota de agua. Entonces convocaron al presidente ejecutivo de Lombard Media y lo amenazaron con inculparlo por falsedad en documento. Amedrentado, el hombre acabó confesando: aquella falsificación se había realizado a petición del propio Éric Lombard, con toda urgencia. Asimismo, juró que ignoraba a qué iba destinado ese dinero. Puesto que Vincent había pedido a la brigada financiera que lo tuvieran al corriente de cualquier irregularidad que se hubiera producido en época reciente, su contacto le había transmitido la información, aunque no tuviera nada que ver en apariencia con la muerte del caballo.

—¿Y qué relación tenía? —preguntó uno de los jefes de la gendarmería.

—Pues bien, al teniente Espérandieu se le ocurrió una cosa —explicó Ziegler—. Llamó a una compañía aérea que fleta aviones para empresarios ricos y resultó que una suma así podía corresponder perfectamente al precio de un vuelo transatlántico de ida y vuelta efectuado a bordo de un jet privado.

—Éric Lombard tiene sus propios aviones y sus propios pilotos —objetó el mando—. ¿Para qué iba a recurrir a otra compañía?

—Para que no quedara ningún registro de ese vuelo, para que no apareciera en ninguna parte en la contabilidad del grupo —respondió Ziegler—. Luego solo había que disimular de alguna manera ese gasto.

—Y lo justificaron con ese reportaje inexistente —intervino D'Humières.

—Exactamente.

—Interesante —concedió el mando—, pero no son más que suposiciones.

—No. El teniente Espérandieu pensó que si Éric Lombard había regresado en secreto de Estados Unidos la noche en que murió el caballo, debió de aterrizar no lejos de aquí. Por eso llamó a los diferentes aeródromos de la zona, comenzando por el más cercano y alejándose de forma progresiva: Tarbes, Pau, Biarritz... En el tercero, obtuvo la confirmación de que un jet privado de una compañía aérea americana había aterrizado en Biarritz-Bayona la noche del martes 9 de diciembre. Según las informaciones de que disponemos, Éric Lombard entró en el territorio con un nombre falso y documentos falsos. Nadie lo vio. El avión permaneció en tierra una decena de horas y volvió a despegar de madrugada. Tuvo tiempo para realizar el trayecto de Bayona a Saint-Martin en coche, desplazarse al centro ecuestre, matar a *Freedom*, colgarlo en lo alto del periférico y volverse a ir.

Para entonces, todas las miradas convergían en la gendarme.

—Y eso no es todo —continuó—. En el aeropuerto de Biarritz conservaron las referencias de la compañía aérea americana en el registro de los vuelos nocturnos y en los impresos de los movimientos del aeropuerto. Vincent Espérandieu recurrió entonces a uno de sus contactos en Interpol, que a su vez se puso en contacto con el FBI americano. Hoy mismo han ido a ver al piloto, el cual reconoció sin margen de duda a Éric Lombard y está dispuesto a testificar. —Dirigió la vista hacia Servaz—. Es posible que Lombard ya esté al corriente de nuestras intenciones —señaló—. Probablemente dispone de sus propios contactos en el FBI o en el Ministerio de Interior.

Servaz levantó la mano.

—Tengo dos de mis hombres montando guardia delante de su casa desde el anochecer —les avisó—, desde que he empezado a sospechar lo que ocurría. Si el señor juez está en lo cierto, Lombard sigue allá dentro. A propósito, ¿dónde está Vincent?

—Ahora viene. Llegará dentro de unos minutos —respondió Ziegler.

Servaz se puso en pie, aunque apenas le sostenían las piernas.

—Tú tienes que estar en una unidad antiveneno —intervino Ziegler—. No estás en condiciones de participar en una intervención. Necesitas un lavado de estómago y vigilancia médica. Ni siquiera sabemos qué droga te ha hecho tragar Saint-Cyr.

—Iré al hospital cuando todo haya terminado. Esta investigación es también la mía. Me quedaré atrás —añadió—. Salvo si Lombard acepta dejarnos entrar sin poner inconvenientes... cosa que me extrañaría.

—Suponiendo que aún esté allí —observó D'Humières.

—Algo me dice que sí.

Hirtmann escuchaba los gélidos copos que acribillaban la ventana impulsados por el viento. «Una auténtica tormenta de nieve», se dijo sonriendo. Aquella noche, sentado en la cabecera de la cama, se disponía a concretar qué haría en primer lugar si un día recobraba la libertad. Se trataba de una hipótesis que se planteaba a menudo y, cada vez, lo transportaba en alas de largas y deliciosas ensoñaciones.

En uno de sus guiones preferidos, recuperaba el dinero y los papeles que había escondido en un cementerio de Saboya, cerca de la frontera suiza. Había un detalle divertido: el dinero, cien mil francos suizos en billetes de cien y doscientos y los documentos falsos se hallaban encerrados en una caja isotérmica hermética, metida dentro del ataúd donde reposaba la madre de una de sus víctimas, la cual le había hablado del ataúd y del cementerio antes de que la matara. Con ese dinero, pagaría los honorarios de un cirujano plástico francés que lo había honrado con su presencia en sus «veladas ginebrinas». Hirtmann poseía en otro escondrijo algunos vídeos potencialmente demoledores para la reputación del médico, y tuvo la presencia de ánimo de reservarlos en el curso de su juicio. Mientras esperase, con la cabeza vendada, en la clínica del buen doctor, en una habitación de mil euros cuyas ventanas daban al Mediterráneo, exigiría un equipo de música para escuchar a su querido Mahler y la presencia nocturna de una *call-girl* especializada.

De repente, su soñadora sonrisa se esfumó. Se llevó la mano a la cabeza con una mueca de dolor. Aquel maldito tratamiento le daba unas horribles migrañas. Ese cretino de Xavier y todos esos imbéciles psicólogos… ¡¡Argh!! ¡Todos iguales con su religión de charlatanes!

Sintió que la cólera se apoderaba de él. La furia se abrió paso a través de su cerebro, desconectando poco a poco todo pensamiento racional para reducirse a la condición de negra nube de tinta que se desparramaba en el océano de su pensamiento, cual ávida morena que surgiera de un orificio para devorar su lucidez. Le dieron ganas de descargar un puñetazo contra la pared, o de hacerle daño a alguien. Hizo rechinar los dientes y girar la cabeza en todas direcciones, gimiendo como un gato escaldado, hasta que por fin se calmó. A veces le costaba horrores calmarse, pero lo conseguía a fuerza de disciplina. Durante sus estancias en distintos hospitales psiquiátricos había pasado meses leyendo los libros de esos imbéciles de psiquiatras, había aprendido sus pequeños trucos de prestidigitación mental, sus pamplinas de ilusionistas y había ensayado y ensayado en el fondo de su celda como solo un obsesivo es capaz de hacer. Conocía su debilidad principal: no existía un solo psiquiatra en el mundo que no tuviera un elevado concepto de sí mismo. Había habido, no obstante, uno que había adivinado su tejemaneje y le había retirado los libros, uno entre las decenas que había conocido.

De golpe, un estridente sonido le taladró los oídos. Se irguió en el asiento. La ensordecedora sirena que sonaba en el pasillo mandaba unas desgarradoras flechas sonoras que le herían los tímpanos, acentuando su migraña.

Apenas le dio tiempo a preguntarse qué ocurría cuando se apagó la luz. Se encontró sentado en una oscuridad aplacada por la pálida claridad de la ventana y por una luz anaranjada que entraba de manera intermitente por la ventanilla de la puerta. ¡La alarma de incendios!

El pulso se le disparó hasta ciento sesenta pulsaciones por minuto. ¡Un incendio en el Instituto! Aquella era quizá la ocasión esperada...

De repente, la puerta de su celda se abrió y Lisa Ferney entró a toda prisa, con la silueta recortada por la violenta luz naranja giratoria.

Llevaba un cortaviento con forro polar, una bata y un pantalón blancos y un par de botas en la mano, que le lanzó.

—Vístete. ¡Rápido!

También depositó en la mesa una máscara de protección antihumo con filtro facial y gafas de plexiglás.

—Métete esto también. ¡Date prisa!

—¿Qué ocurre fuera? —preguntó mientras se apresuraba en vestirse—. ¿Las cosas no han salido bien? Necesitáis a alguien para distraer, ¿no es eso?

—Nunca te lo creíste ¿verdad? —dijo ella sonriendo—. Lo hiciste porque te divertía. Pensabas que no iba a cumplir mi parte del contrato. —Lo miró sin pestañear. Lisa era una de las raras personas que eran capaces de hacerlo—. ¿Qué tenías previsto para mí, Julian? ¿Para castigarme? —Lanzó un vistazo por la ventana—. ¡Acelera! —lo apremió—. No tenemos toda la noche.

—¿Dónde están los guardianes?

—He neutralizado al señor Mundo. Los otros corren aquí y allá para impedir que los internos se fuguen. El incendio ha desactivado los sistemas de seguridad. Esta noche hay puertas abiertas. ¡Date prisa! Hay un equipo de gendarmes abajo. El incendio y los otros internos los van a tener ocupados un rato.

Cuando se puso la máscara en la cara, Lisa quedó satisfecha del resultado. Con la blusa, la máscara y la falta de luz, resultaba casi irreconocible... descontando su estatura...

—Baja la escalera hasta el sótano. —Le dio una pequeña llave—. Una vez abajo, no tienes más que seguir las flechas que hay pintadas en las paredes, que te conducirán hasta una salida secreta. Yo he cumplido mi parte del trato. Ahora te corresponde a ti cumplir la tuya.

—¿Mi parte del trato? —Su voz resonó de una manera extraña dentro de la máscara.

Lisa sacó un arma del bolsillo y se la tendió.

—Encontrarás a Diane Berg en el sótano, atada. Llévatela contigo y mátala. Abandónala en algún sitio por allá fuera y desaparece.

En cuanto salió al pasillo, notó el olor del humo. Los cegadores haces de la alarma de incendios le atormentaron los nervios ópticos y el aullido de la sirena cercana le desgarró los tímpanos. El pasillo estaba desierto y todas las puertas abiertas. Al pasar delante de las celdas, Hirtmann comprobó que estaban vacías.

El señor Mundo yacía en el suelo de su cubículo de cristal, con una horrible herida en la cabeza. En el suelo había sangre, mucha. Después de franquear la antecámara, vieron el humo que subía por la escalera.

—¡Hay que darse prisa! —dijo Lisa Ferney con un asomo de pánico en la voz.

La luz de la alarma iluminaba su largo cabello castaño y le peinaba la cara con un grotesco color naranja, acentuando la sombra de los arcos de las cejas y de la nariz y resaltando su mandíbula cuadrada, confiriéndole así un aire un poco masculino.

Bajaron corriendo las escaleras entre un humo cada vez más denso. Lisa tosió. Al llegar a la planta baja, se detuvo y le indicó el último tramo de escaleras que faltaba para el sótano.

—Golpéame —dijo.

—¿Cómo?

—¡Que me golpees! ¡Dame un puñetazo! En la nariz. ¡Rápido!

Hirtmann solo dudó un segundo. La enfermera se echó atrás con el impacto del puño. Luego exhaló un grito, llevándose las manos a la cara y contempló con satisfacción la sangre que brotaba antes de desaparecer.

Lo miró mientras se hundía en el humo. El dolor era intenso, pero peor era la inquietud. Había visto cómo los gendarmes escondidos en la montaña se dirigían al Instituto antes incluso de que hubiera provocado el incendio. ¿Qué hacían allí si ese policía estaba muerto y Diane seguía atada e inconsciente abajo?

Algo no había funcionado tal como tenían previsto…

Se enderezó. Con la bata y la barbilla manchadas de sangre, se encaminó titubeando a la entrada del Instituto.

Servaz se mantenía delante de las rejas del recinto de la mansión. También estaban presentes Maillard, Ziegler, Confiant, Cathy d'Humières, Espérandieu, Samira, Pujol y Simeoni. Detrás de ellos había tres furgones de la gendarmería con hombres armados en el interior. Servaz había llamado dos veces al timbre, sin obtener respuesta.

—¿Y bien? —inquirió Cathy d'Humières dando palmadas con las manos enguantadas para calentarse las manos.

—Nada.

Habían pisoteado tanto la nieve delante de la verja que las huellas de sus pasos se entrecruzaban y se solapaban.

—Es imposible que no haya nadie —dijo Ziegler—. Incluso

cuando Lombard no está, siempre están los guardias y el personal de la casa. Eso quiere decir que se niegan a responder.

Sus alientos se materializaban en un blanco vapor que dispersaba rápidamente el viento.

La fiscal consultó su reloj de oro. Eran las 0.36.

—¿Todo el mundo está en su sitio? —preguntó.

Al cabo de cuatro minutos, iba a iniciarse el registro en un apartamento del distrito VIII de París, próximo al Arco de Triunfo. Dos civiles helados de frío golpeteaban el suelo con los zapatos. Uno era el doctor Castaing y el otro el notario Gamelin, cuya presencia se requería en condición de testigos neutros en caso de ausencia del propietario de la casa. Puesto que se trataba de un registro nocturno, la fiscal había argüido además que había una urgencia por riesgo de desaparición de pruebas, teniendo en cuenta el flagrante delito constituido tras la tentativa de asesinato de Servaz.

—Maillard, pregunte si están a punto los de París. Martin, ¿cómo se encuentra? Parece agotado. Quizá podría esperar aquí, ¿no? Y dejar la dirección de las operaciones a cargo de la capitana Ziegler. Lo hará muy bien.

Maillard se fue hacia uno de los furgones. Servaz observaba sonriendo a Cathy d'Humières, cuyo cabello teñido de rubio y bufanda ondeaban azotados por la tormenta. Al parecer, la rabia y la indignación habían prevalecido sobre sus aspiraciones de ascenso profesional.

—Aguantaré —aseguró.

Desde el interior del furgón llegó un estallido de voces.

—¡Ya le he dicho que no puedo! —gritaba Maillard—. ¿Cómo? ¿Dónde? ¡Sí, ahora mismo los aviso!

—¿Qué pasa? —preguntó d'Humières, viéndolo regresar a galope tendido.

—¡Hay un incendio en el Instituto! ¡Ha cundido el pánico! ¡Nuestros hombres están allí e intentan impedir junto con los guardianes que escapen los internos! ¡Todos los sistemas de seguridad están desactivados! Tenemos que enviar allí todas nuestras fuerzas con urgencia.

Servaz reflexionó un instante. Aquello no podía ser una casualidad…

—Es una estratagema para desviar la atención —afirmó.

Cathy d'Humières lo miró con gravedad.

—Ya lo sé. —Luego se dirigió a Maillard—. ¿Qué han dicho exactamente?

—Que el Instituto está ardiendo. Todos los internos están fuera, bajo la vigilancia de algunos guardianes y del equipo que teníamos allá arriba. La situación puede degenerar de un momento a otro. Por lo visto, varios han aprovechado ya para fugarse. Están intentando cogerlos.

—¿Y los internos de la unidad A? —preguntó Servaz palideciendo de pronto.

—No lo sé.

—Con esta nieve y este frío, no irán muy lejos.

—Lo siento, Martin, pero hay una urgencia —zanjó D'Humières—. Le dejo su equipo, pero envío el máximo de hombres allá. También voy a pedir refuerzos.

Servaz miró a Ziegler.

—Déjeme también a la capitana —dijo.

—¿Quiere entrar ahí dentro sin apoyo? Es posible que haya hombres armados.

—O bien que no haya nadie...

—Yo voy con el comandante Servaz —intervino Ziegler—. No creo que exista ningún peligro. Lombard es un asesino, pero no un gánster.

D'Humières miró, uno por uno, a los miembros de la brigada.

—De acuerdo. Confiant, usted se queda con ellos. Pero nada de imprudencias. A la menor alerta esperan refuerzos, ¿entendido?

—Usted se queda en la retaguardia —indicó Servaz a Confiant—. Lo llamaré para el registro en cuanto tengamos vía libre. Solo entraremos si no hay peligro.

Confiant asintió con aire sombrío mientras Cathy d'Humières volvía a consultar el reloj.

—Bueno, nos vamos al Instituto —dijo encaminándose al coche.

Maillard y los otros gendarmes subieron a los furgones y se marcharon en cuestión de un minuto.

Υ

El gendarme que vigilaba la salida de emergencia del lado del sótano se llevó la mano al arma cuando se abrió la puerta metálica. Vio a un hombre muy alto vestido con bata de enfermero y con una máscara provista de filtro de aire en la cara, que subía los escalones llevando a una mujer inconsciente en brazos.

—Se ha desmayado —dijo el individuo a través de la máscara—. Por el humo… ¿Tienen un vehículo? ¿Una ambulancia? Tiene que verla un médico. ¡Rápido!

El gendarme titubeó. La mayoría de los internos y los guardianes estaban concentrados en el otro lado del edificio e ignoraba si había un médico entre ellos. Él, por su parte, tenía órdenes de vigilar aquella salida.

—Hay que darse prisa —insistió el hombre—. Ya he intentado reanimarla. ¡No hay un minuto que perder! Disponen de un vehículo, ¿sí o no?

La voz sonaba grave, cavernosa e imbuida de autoridad bajo la máscara.

—Voy a buscar a alguien —anunció el gendarme antes de alejarse corriendo.

Al cabo de un minuto se presentó un coche en el terraplén. El gendarme bajó y el chófer, también gendarme, indicó con un ademán a Hirtmann que subiera atrás. En cuanto hubo instalado a Diane en el asiento, arrancó. Mientras rodeaban el edificio, el suizo percibió caras familiares, las de los internos y el personal concentrados a distancia del incendio. Las llamas devoraban ya buena parte del Instituto. Unos bomberos desenrollaban una manga de incendio de un camión rojo que parecía recién salido de la fábrica; otro estaba escupiendo ya agua. Era demasiado tarde, sin embargo. Aquello no iba a bastar para salvar los edificios. Delante de la entrada, varios enfermeros desplegaban una camilla que habían sacado de una ambulancia.

Mientras se distanciaban del incendio, Hirtmann contemplaba la nuca del conductor a través de la máscara, palpando el frío metal del arma que llevaba en el bolsillo.

—¿Cómo hacemos para franquear la verja?

Servaz la examinó. El hierro forjado parecía robusto, vulnerable solo al embate de un vehículo de ataque. Ziegler señaló la hiedra que crecía en torno a uno de los pilares.

—Por allí.

«Directamente debajo del ojo de la cámara», pensó.

—¿Se sabe cuántas personas hay dentro? —preguntó Samira, mientras verificaba el contenido de la recámara de su arma.

—Puede que no haya nadie, que ya hayan escapado todos —apuntó Ziegler.

—O que sean diez, veinte o treinta —añadió Espérandieu antes de sacar su pistola Sig Sauer y un flamante cargador.

—En ese caso, habrá que confiar en que sean gente respetuosa del orden —bromeó Samira—. Esto de los asesinos que se piran al mismo tiempo en dos sitios diferentes constituye una situación inédita.

—Nada demuestra que Lombard haya tenido tiempo de «pirarse» —contestó Servaz—. Seguramente está dentro. Por eso quería que nos fuéramos al Instituto.

Confiant guardaba silencio, observando con aire siniestro a Servaz. Ziegler se aferró a la hiedra y se lanzó sin más preámbulos al asalto del pilar. Después de agarrarse a la cámara de seguridad, se irguió en lo alto y saltó al otro lado. Servaz indicó a Pujol y a Simeoni que montaran guardia junto con el joven juez. Después respiró hondo e imitó a la gendarme, aunque con más dificultades, entorpecido además por el chaleco antibalas que llevaba bajo el jersey. Espérandieu cerró la marcha.

Servaz sintió un dolor fulgurante al aterrizar en el suelo y lanzó un grito ahogado. Cuando quiso dar un paso, volvió a experimentar el dolor. ¡Se había torcido el tobillo!

—¿Te pasa algo?

—Estoy bien —respondió con sequedad.

Con el propósito de corroborar su afirmación, se puso en marcha cojeando. El pie le dolía a cada paso. Apretando la mandíbula, comprobó que esa vez al menos no había olvidado el arma.

—¿Está cargada? —preguntó Ziegler a su lado—. Prepara ahora mismo una bala. Y manténla en la mano.

Tragó saliva. La observación de la gendarme le había puesto los nervios a flor de piel.

Era la 1.05.

Servaz encendió un cigarrillo y contempló la mansión, situada al final de la larga avenida asfaltada bordeada de centenarios robles. La fachada y el césped estaban iluminados. Las esculturas vegetales, también. Los pequeños proyectores brillaban entre la nieve. En la parte central había varias ventanas con luz. Como si los estuvieran esperando...

Aparte de eso, no se advertía el menor movimiento detrás de las ventanas. Habían llegado al final del camino, se dijo. Una mansión, un palacio... como en los cuentos de hadas; un cuento de hadas para adultos...

«Está ahí dentro. No se ha ido. Va a ser aquí donde se decida todo. Así estaba escrito desde el principio.»

Bajo aquella iluminación artificial, la residencia presentaba un aspecto fantasmagórico. Resultaba realmente imponente con su fachada blanca. Una vez más, Servaz pensó en lo que había dicho Propp: «Busque el blanco».

¿Cómo no se le había ocurrido antes?

—Deténgase.

El chófer volvió ligeramente la cabeza hacia atrás sin despegar la vista de la carretera.

—¿Cómo dice?

Hirtmann apoyó el frío metal del silenciador en la nuca del gendarme.

—Pare —dijo.

El hombre redujo la velocidad. Hirtmann esperó a que el coche se hubiera inmovilizado para disparar. El cráneo estalló, despidiendo un fluido de sangre, hueso y cerebro que salpicó la esquina superior del parabrisas antes de que el hombre se desplomara encima del volante. El acre olor a pólvora se dispersó en el habitáculo. Viendo los largos regueros oscuros que empezaron a resbalar por el parabrisas, Hirtmann pensó que debería limpiarlo antes de volver a ponerse en marcha.

El suizo se volvió hacia Diane, que seguía dormida. Después de quitarse la máscara, abrió la puerta y salió en plena ventisca. A continuación abrió la puerta del conductor y arrojó al hombre fuera. Una vez hubo abandonado el cadáver en la nieve, buscó un trapo con el que limpió mal que bien la sanguinolenta pasta. Luego volvió a la parte de atrás para coger a Diane por las axilas. Aunque estaba flácida, notó que no tardaría en salir de las brumas del cloroformo. La instaló en el asiento del pasajero y tras ponerle el cinturón, dio la vuelta para instalarse frente al volante, con el arma entre las piernas. En aquella fría noche, en medio de la nieve, del cuerpo aún caliente del gendarme comenzó a desprenderse vapor, como si se estuviera consumiendo.

Ziegler se detuvo al final de la larga avenida bordeada de robles, en el linde de la gran explanada semicircular que precedía la mansión. El viento era glacial y estaban ateridos. Las grandes esculturas vegetales, los arriates de flores cubiertos de nieve como confites, la fachada blanca... Todo parecía irreal.

Y calmado. Aquella era una calma engañosa, pensó Servaz con todos los sentidos en alerta.

Detrás del tronco del último roble, al abrigo del viento, Ziegler tendió un walkie-talkie a Servaz y otro a Espérandieu. Luego impartió instrucciones con autoridad.

—Nos separamos en dos equipos: uno va por la derecha y el otro por la izquierda. En cuanto estéis en posición para cubrirnos, entramos. —Señaló a Samira—. En caso de que haya oposición, nos replegamos y esperamos la unidad de intervención.

Junto con Samira, atravesaron rápidamente la avenida central en dirección a la segunda hilera de árboles, entre los cuales desaparecieron sin dejarle margen para reaccionar. Servaz miró a Espérandieu, que se encogió de hombros. Luego se deslizaron también entre los árboles, en el sentido contrario, para rodear la explanada semicircular. Mientras avanzaban, Servaz no despegaba la mirada de la fachada.

De repente, se estremeció.

Un movimiento... Le había parecido advertir una sombra que se movía detrás de una ventana.

El walkie-talkie chisporroteó.

—¿Estáis en posición?

Era la voz de Ziegler. ¿Había visto algo, sí o no?, se preguntó, dubitativo.

—Me ha parecido ver moverse a alguien en el piso de arriba —dijo—. No estoy seguro.

—Bueno, vamos a ir de todas maneras. Cubridnos.

Por espacio de un breve instante, estuvo a punto de decirle que esperase.

Demasiado tarde. Ellas ya se desplazaban entre los nevados parterres, corriendo encima de la gravilla. En el momento en que pasaban entre los dos grandes leones vegetales, a Servaz se le heló la sangre. Se acababa de abrir una ventana en el primer piso. ¡Percibió un arma en el extremo de un brazo extendido! Sin vacilar, apuntó y tiró. Se llevó una sorpresa al ver saltar en pedazos un vidrio. ¡No era la ventana correcta! La sombra desapareció.

—¿Qué pasa? —preguntó Ziegler por el walkie-talkie.

Vio que se parapetaba detrás de uno de los animales gigantes. En realidad no ofrecía ninguna protección. Una sola ráfaga bastaría para atravesar el arbusto y dejarla fuera de juego.

—¡Cuidado! —gritó—. ¡Hay como mínimo un tipo armado dentro! ¡Iba a disparar!

Ziegler dirigió una señal a Samira y ambas se abalanzaron hacia la fachada. Después desaparecieron en el interior. ¡Por todos los demonios, cada una de ellas tenía más testosterona que Espérandieu y él juntos!

—Ahora os toca a vosotros —reclamó Ziegler por el aparato.

Servaz maldijo para sí. Habría debido volver atrás y esperar los refuerzos. Se lanzó hacia delante, no obstante, seguido de Espérandieu. Corrían hacia la entrada de la casa cuando en el interior resonaron varias detonaciones. Después de subir los escalones de tres en tres, se precipitaron por la gran puerta abierta. Ziegler estaba disparando hacia el fondo, desde detrás de una estatua. Samira se encontraba en el suelo.

—¿Qué ha pasado? —gritó Servaz.

—¡Nos han disparado!

Servaz escrutó con recelo la sucesión de oscuros salones. Ziegler se inclinó hacia Samira. Tenía una herida en la pierna por la que manaba sangre en abundancia; había dejado un largo reguero rojo en el mármol del suelo. La bala le había lacerado el muslo, sin tocar la arteria femoral. Tendida en el suelo, Samira se apretaba ya la herida con la mano para contener la hemorragia. No se podía hacer otra cosa hasta que llegara el auxilio. Ziegler sacó el walkie-talkie para reclamar una ambulancia.

—¡No nos movemos más! —decretó Servaz cuando hubo terminado—. ¡Esperaremos los refuerzos!

—¡Si van a tardar más de una hora!

—¡Da igual!

—De acuerdo —asintió Ziegler—. Te voy a hacer un vendaje compresivo —dijo a Samira—. Nunca se sabe. Quizá tengas necesidad de utilizar la pistola.

En cuestión de segundos, con ayuda de una venda que sacó del bolsillo y de un paquete de pañuelos de papel que dejó en su envoltorio, confeccionó un vendaje compresivo, apretando fuerte para detener la hemorragia. Servaz sabía que una vez que había parado de sangrar, el herido podía permanecer así sin arriesgar su integridad física.

—Pujol, Simeoni —llamó por el walkie-talkie—. ¡Venid!

—¿Qué ocurre? —preguntó Pujol.

—Nos han disparado. Samira está herida. Necesitamos apoyo, estamos en la entrada de la casa. La pista está libre.

—Recibido.

Al volver la cabeza, experimentó un sobresalto.

Varias cabezas de animales disecados lo observaban desde las paredes del vestíbulo. Un oso, un rebeco, un ciervo... Una de las cabezas le resultaba familiar. *Freedom*... El caballo lo miraba con sus ojos dorados.

De improviso vio que Irène se levantaba y se precipitaba hacia las profundidades del edificio. «¡Mierda!»

—¡Tú quédate con ella! —ordenó a su ayudante, echando a correr tras ella.

Diane tenía la impresión de haber dormido durante horas. Al abrir los ojos, percibió primero la carretera que desfilaba delante del parabrisas, con la luz de los faros, y los millares de copos de nieve que se precipitaban a su encuentro. También oyó las ristras de crepitantes mensajes que brotaban del salpicadero, ligeramente a su izquierda.

Después volvió la cabeza y lo vio.

No se planteó si estaba soñando porque sabía que, por desgracia, no era así.

Advirtiendo que se había despertado, él cogió el arma que tenía entre las piernas y la apuntó sin dejar de conducir.

No pronunció palabra alguna... No era necesario.

Diane se preguntó dónde y cuándo la iba a matar, y de qué manera. ¿Iba a acabar como las otras, como las decenas de mujeres que no habían encontrado nunca, en el fondo de un agujero cavado en algún bosque? Solo de pensarlo quedó paralizada de terror. Era como un animal atrapado en aquel coche. La perspectiva le resultó tan insoportable que después del miedo, sintió que la rabia y la determinación tomaban el relevo. También tomó una firme resolución, igual de glacial que el ambiente del exterior: aunque tuviera que morir, no pensaba hacerlo como una víctima. Iba a luchar, a vender cara su vida. Ese cabrón no sabía aún lo que le esperaba. Debía acechar el momento propicio. Alguno tenía que presentarse, por fuerza. Lo importante era mantenerse alerta...

Maud, mi hermanita adorada. Duerme, hermanita. Duerme. Estás tan bonita cuando duermes, tan sosegada, tan radiante...

He fracasado, Maud. Quería protegerte y tú confiabas en mí, creías en mí. Fracasé. No logré protegerte del mundo, hermanita; no pude impedir que el mundo te ensuciara y te hiriera.

—¡Señor! ¡Hay que irse! ¡Venga!

Éric Lombard se volvió, con el bidón de gasolina en la mano. Otto empuñaba un arma; el otro brazo pendía inerte en su costado... la manga estaba empapada de sangre.

—Espera —dijo—. Déjame un poco más, Otto. Mi hermanita... ¿Qué le hicieron? ¿Qué le hicieron, Otto?

Se volvió hacia el ataúd. A su alrededor había una gran estancia circular iluminada con multitud de apliques. En aquella sala todo era blanco, las paredes, el suelo, los muebles... En el centro se alzaba un estrado cuadrado, con dos escalones a cada lado. Encima reposaba un gran ataúd de color blanco marfil. También había dos veladores con jarrones de flores. Las flores eran blancas, al igual que los jarrones y los veladores.

Éric Lombard agitó el bidón de gasolina por encima del catafalco. El ataúd estaba abierto. Dentro, tendida entre el acolchado forro de color marfil, Maud Lombard parecía dormir vestida de blanco. Tenía los ojos cerrados y sonreía, inmaculada, inmortal…

Había sido conservada mediante plastinación, un procedimiento con el que sustituían los líquidos biológicos por silicona, como en esas exposiciones en las que exhibían cadáveres de verdad en perfecto estado. Éric Lombard fijó la mirada en el joven rostro angelical, por donde resbalaba ya la gasolina.

> La violencia se ha levantado en vara de maldad; ninguno quedará de ellos, ni de su multitud, ni uno de los suyos, ni habrá entre ellos quien se lamente. El tiempo ha venido, se acercó el día. A causa de su iniquidad ninguno podrá amparar su vida. Ezequiel, VII, 11-14.

—¿Me oye, señor? ¡Nos tenemos que ir!

—Mira cómo duerme. Mira qué tranquila está. Nunca estuvo más hermosa que en este instante.

—¡Está muerta, por Dios! ¡Muerta! ¡Domínese, por favor!

—Papá nos leía la Biblia todas las noches, Otto. ¿Te acuerdas? El Antiguo Testamento. ¿Verdad, Maud? Nos enseñaba lecciones, nos enseñaba a impartir justicia nosotros mismos… a no dejar nunca impune ninguna afrenta ni crimen.

—¡Despierte, señor! ¡Tenemos que irnos!

—Pero él mismo era un hombre injusto y cruel. Y cuando Maud comenzó a salir con chicos, la trató como había tratado a mi madre.

> Y los que escapen de ellos huirán y estarán sobre los montes como palomas de valles, gimiendo todos, cada uno por su iniquidad. Toda mano se debilitará, y toda rodilla será débil como el agua. Se ceñirán también de cilicio, y les cubrirá terror. Ezequiel VII, 16-18.

Arriba sonaron unas detonaciones. Otto se volvió y se acercó a la escalera, empuñando la pistola, con una mueca de dolor a causa de la herida del brazo.

El hombre había surgido de una esquina. Todo transcurrió muy deprisa. La bala pasó tan cerca de Servaz que la oyó silbar, sin tener tiempo para reaccionar.

Ziegler tiró enseguida y el hombre se desplomó como una estatua de mármol. Su arma rebotó en el suelo con ruido de ferralla.

Ziegler se acercó a él, con la pistola en la mano. Una gran mancha roja se agrandaba en su hombro. Estaba vivo pero en estado de shock. La gendarme transmitió un mensaje por el walkie-talkie antes de ponerse en marcha.

Servaz, Pujol y Simeoni descubrieron detrás de la estatua una puerta que daba a una escalera de comunicación con el sótano.

—Por allí —indicó Pujol.

Era una escalera de caracol blanca, de blanco mármol, que se hundía en las entrañas del inmenso edificio. Ziegler bajaba la primera, con la pistola a punto. De improviso sonó un disparo y retrocedió a toda prisa para ponerse a salvo.

—¡Mierda! ¡Hay otro tirador abajo!

Vieron que se desprendía algo de la cintura. Servaz dedujo enseguida de qué se trataba.

Otto vio el objeto negro que llegó rebotando como una pelota de tenis por las escaleras y siguió rodando por el suelo cerca de él. Toc-toc-toc... Comprendió demasiado tarde de qué se trataba... Era una granada incapacitante... Cuando explotó, un fogonazo cegador de varios millones de candelas le anuló literalmente la visión. Luego se produjo una espantosa detonación que sacudió la sala. La onda de choque le atravesó el cuerpo y los tímpanos. La impresión de que la habitación giraba en torno a él le hizo perder completamente el equilibrio.

Aún no se había recuperado del todo cuando surgieron dos

siluetas en su campo de visión. Una le propinó una patada en la mandíbula, obligándolo a soltar el arma. Después lo pusieron boca abajo y sintió el frío acero de las esposas que se cerraron en torno a sus muñecas. En ese momento vio las llamas, que habían comenzado a devorar el catafalco. Su jefe había desaparecido. Otto no opuso resistencia. De joven, en los años sesenta había trabajado de mercenario en África a las órdenes de Bob Denard y David Smiley. Había conocido las atrocidades de las guerras poscoloniales; había torturado y había sido torturado. Después había pasado a las órdenes de Henri Lombard, un hombre igual de duro que él, antes de servir a su hijo. Era muy poco lo que lo impresionaba.

—Que os den por saco a todos —dijo tan solo.

El calor del fuego les quemaba la cara. Las llamas que ocupaban el centro de la habitación habían ennegrecido ya el elevado techo. El ambiente se estaba volviendo irrespirable.

—¡Pujol y Simeoni, llevadlo al furgón! —indicó Ziegler, señalando la escalera.

Luego se volvió hacia Servaz, que contemplaba el estrado en llamas. Aunque el fuego devoraba ya el cuerpo que yacía en el ataúd, alcanzaron a entrever el juvenil rostro enmarcado por una larga cabellera rubia.

—¡Virgen santa! —musitó Ziegler.

—Yo vi su tumba en el cementerio —señaló Servaz.

—Pues debe de estar vacía. ¿Cómo han conseguido conservarla durante tanto tiempo? ¿Embalsamándola?

—No, eso no habría bastado. Lombard tiene dinero y existen otras técnicas más perfeccionadas.

Servaz observaba el joven y angelical semblante transformado en un amasijo de carne quemada, de huesos y de silicona fundida. La impresión era la de algo absolutamente irreal.

—¿Dónde está Lombard? —preguntó Ziegler.

Sustrayéndose al aturdimiento provocado por el espectáculo de las llamas que devoraban el ataúd, Servaz señaló con la barbilla la puertecilla que había abierta en el otro extremo de la sala. Después de rodear la estancia pegados a la pared circular para huir del calor, salieron por ella.

Daba a otra escalera que subía a la superficie, más estrecha y menos lujosa que la anterior, de piedra gris, plagada de negras manchas de humedad.

Fueron a parar a la parte posterior de la mansión. A la nocturna tempestad de viento y nieve.

Ziegler se detuvo y aguzó el oído. Solo se oía el sonido del viento. La luna llena asomaba y desaparecía alternativamente detrás de las nubes. Servaz escrutó las cambiantes sombras del bosque.

—Allí —dijo Ziegler.

El triple surco de una motonieve en el claro de luna seguía un sendero que abría una brecha entre los árboles. El techo de nubes se cerró y los surcos se volvieron invisibles.

—Demasiado tarde. Ha huido —constató Servaz.

—Yo sé adónde conduce esta pista. Hay un circo glaciar a dos kilómetros de aquí. La pista va hasta allí y después sube por la montaña, pasa por un collado y baja a otro valle. Allí hay una carretera que comunica con España.

—Pujol y Simeoni pueden dirigirse allí.

—¡Tendrán que dar un rodeo de cincuenta kilómetros y Lombard llegará antes que ellos! ¡Seguramente tiene un coche esperándolo al otro lado!

Se encaminó a una caseta adosada al bosque, de donde partían las huellas de la motonieve. Abrió la puerta y encendió el interruptor. Dentro había dos motonieves más, un tablero de llaves, esquís, botas, cascos y unos monos de anorak colgados de la pared cuyas bandas reflectantes amarillas brillaban con la luz.

—¡Jesús! —exclamó Ziegler—. ¡Tengo curiosidad por saber de qué clase de licencia dispone!

—¿Cómo?

—El uso de estos artefactos está sometido a una estricta reglamentación —explicó al tiempo que descolgaba uno de los monos.

Servaz tragó saliva viendo cómo se lo enfundaba.

—¿Qué haces?

—¡Ponte esto!

Le señalaba otro traje para el frío y un par de botas. Servaz titubeó. Debía de haber otra manera… Montar controles de carretera, por ejemplo. Pero todas las fuerzas del orden estaban movilizadas en el Instituto. Una vez del otro lado de la frontera, Lombard tendría sin duda previsto un plan. Después de rebuscar en el tablero de llaves, Irène puso en marcha uno de los alargados vehículos y lo condujo al exterior. Encendió los faros y luego volvió adentro para coger dos cascos y dos pares de guantes. Servaz se debatía con aquel mono demasiado grande que, sumado al chaleco antibalas, acababa de entorpecerle los movimientos.

—Ponte esto y sube —le indicó ella por encima del ruido del motor de cuatro tiempos.

No bien se hubo colocado aquel casco rojo y blanco, experimentó una sensación de ahogo. Se subió la capucha del anorak encima y salió. Las botas le conferían un andar de astronauta… o de pingüino.

Fuera, la tormenta había amainado un poco. El viento se había calmado y los copos de nieve eran menos abundantes en el túnel de luz que practicaba el faro de la motonieve. Servaz apretó el botón del walkie-talkie.

—¿Vincent? ¿Cómo está Samira?

—Bien, pero el otro tipo está mal. Las ambulancias llegarán dentro de cinco minutos. ¿Y vosotros?

—¡No tengo tiempo de explicártelo! Quédate con ella.

Cortó la comunicación, se bajó la visera del casco y se montó sin gracia en el asiento de detrás de Ziegler. Luego apoyó los riñones en el respaldo. Ella arrancó de inmediato. En el haz de luz, los copos se precipitaron hacia ellos cual estrellas fugaces. Los troncos, revestidos de blanco de un solo lado, comenzaron a desfilar a gran velocidad. La máquina se deslizaba con facilidad sobre el camino de tierra apisonada, produciendo con el contacto de la nieve un silbido que se combinaba con el potente rugido del motor. Las nubes se abrieron una vez más y entonces con el claro de luna vio, a través del casco, las montañas cercanas recortadas por encima de los árboles.

—Ya sé qué está pensando, Diane.

La voz ronca y profunda la sacó bruscamente de su ensimismamiento.

—Se pregunta de qué manera la voy a matar y busca desesperadamente una salida. Acecha el momento en que cometa un error. Lamento decirle que no voy a cometer ninguno y que, por consiguiente, va a morir, en efecto, esta noche.

Oyéndolo, sintió que un inmenso frío se abatía sobre ella, extendiéndose de la cabeza al estómago y después a las piernas. Por un instante creyó que se iba a desmayar. Quiso tragar saliva, pero una dolorosa bola le obstruía la garganta.

—O puede que no… Puede que le perdone la vida, después de todo. No me gusta que me manipulen. Élisabeth Ferney podría arrepentirse de haberme utilizado. Ella, que siempre quiere tener la última palabra, se podría llevar una cruel decepción esta vez. Matándola me privaría de esta pequeña victoria. Quizás en eso resida una posibilidad para usted, Diane. En realidad, aún no he tomado una decisión.

Mentía… Ya lo había decidido. Toda su experiencia de psicóloga se lo gritaba a voces. Se trataba tan solo de juegos macabros, de un ardid: conceder un ápice de esperanza a la víctima para luego retirársela, para dejarla devastada. Sí, eso era, otro placer perverso más. El terror, la esperanza insensata… y después, en el último momento, la decepción y la desesperación absoluta.

Hirtmann calló de repente para prestar oído a los mensajes que brotaban de la radio. Diane trató de escuchar también, pero con su caótico estado de ánimo fue incapaz de concentrarse en las llamadas.

—Parece que nuestros amigos gendarmes tienen mucho quehacer allá arriba —comentó—. Están un poco desbordados.

Diane observó el paisaje que se sucedía del otro lado de la ventanilla. Pese a que la carretera estaba blanca, circulaban a bastante velocidad; el vehículo debía de estar equipado con neumáticos para nieve. Nada quebraba la inmaculada blancura con excepción de los oscuros troncos de los árboles y alguna roca gris que afloraba aquí y allá. Al fondo, entre las altas montañas que se erguían en el cielo nocturno, Diane percibió una brecha justo al frente. Tal vez sería por allí por donde pasaba la carretera.

Lo miró una vez más. Observó al hombre que la iba a

matar. En su cabeza tomó cuerpo un pensamiento, nítido como una estalactita de hielo bajo la luz de la luna. Había mentido al decir que no cometería ningún error. Lo que quería era convencerla de ello, para que no se hiciera ilusiones y se pusiera en sus manos, con la esperanza de que le perdonara la vida.

Se equivocaba. No era eso lo que ella pensaba hacer...

Salieron del bosque, flanqueados por dos ventisqueros helados. Divisando la entrada del circo, una garganta de ciclópeas dimensiones, volvió a pensar en aquella arquitectura de gigantes que había descubierto a su llegada. Allí todo era desmesurado: los paisajes, las pasiones, los crímenes... De repente, la tormenta recobró vigor. Se encontraron rodeados de copos de nieve. Ziegler se aferraba al manillar, encorvada frente al viento detrás de la irrisoria pantalla de plexiglás. Servaz se encogía para aprovechar la escasa protección que le ofrecía su compañera. El gélido viento atravesaba la ropa; solo el chaleco antibalas contenía un poco el frío. Por momentos, el vehículo rebotaba a derecha e izquierda contra los ventisqueros a la manera de un trineo articulado y en más de una ocasión pensó que iban a volcar.

Pronto, a pesar de las ráfagas de viento, vio que se aproximaban al inmenso anfiteatro escalonado, lleno de estrías provocadas por los desprendimientos y de ríos de hielo. Las cascadas de agua, congeladas, se habían transformado en altos cirios blancos pegados a la pared, que a aquella distancia semejaban los regueros de cera prendidos a una vela. Cuando la luna llena asomó entre las nubes, iluminó un paraje de sobrecogedora belleza en el que reinaba un compás de espera, una sensación de tiempo suspendido.

—¡Ya lo veo! —gritó.

La alargada forma de la motonieve ascendía por el otro lado del circo. Servaz creyó distinguir el vago trazado de un sendero que se dirigía a una gran falla abierta entre las paredes rocosas. La moto se encontraba ya en mitad de la pendiente. De improviso, las nubes dejaron una gran brecha en el cielo y la luna volvió a salir, como si flotara en medio de un negro estanque invertido. Su lechosa claridad nocturna inundó el circo, perfilando cada detalle de la roca y del hielo. Servaz levantó la vista. La silueta acababa de desaparecer en la sombra del farallón; volvió a surgir del otro lado, al claro de luna. La silueta se inclinó hacia delante y se aferró a la potente máquina que mordía sin dificultades la cuesta.

Una vez franqueada la falla, volvieron a hallarse en medio de abetos. Lombard había desaparecido. La pista seguía subiendo en zigzag por el bosque y el viento se animaba con repentinas rachas, levantando una cegadora cortina gris y blanca que no alcanzaba a penetrar el haz de luz del faro. Servaz tenía la impresión de que un dios furibundo les escupía su gélido aliento en la cara. Aunque temblaba bajo el anorak, también notaba que le corría un hilillo de sudor entre los omóplatos.

—¿Dónde está? —gritó Ziegler delante de él—. ¡Mierda! ¿Dónde se ha metido?

Adivinó el nerviosismo que la poseía, con todos los músculos tensos para controlar el vehículo, y también la rabia. Lombard había estado a punto de mandarla a la cárcel en su lugar; se había aprovechado de ellos. Durante un fugitivo instante, Servaz se preguntó si Irène conservaba intacta la lucidez, si no iba a precipitarse junto con él en una trampa mortal.

Después el bosque se aclaró. Franquearon un collado e iniciaron el descenso por la otra vertiente. La tormenta se calmó de repente y las montañas aparecieron a su alrededor, como un ejército de gigantes que acudieran a presenciar un duelo nocturno. Y de pronto, lo vieron. Un centenar de metros más abajo. Había abandonado la pista y dejado la motonieve. Plegado en dos, tendía las manos hacia el suelo.

—¡Tiene una plancha de *snowboard*! —vociferó Ziegler—. ¡El muy cabrón se nos va a escapar de las manos!

Servaz vio que Lombard se encontraba en lo alto de una pendiente muy abrupta sembrada de grandes rocas y se acordó de todos los artículos que elogiaban sus hazañas deportivas. Se preguntó si la motonieve sería capaz de seguir por allí y enseguida se dijo que, de ser así, Lombard no habría prescindido de la suya. Para entonces Ziegler bajaba por el camino a toda pastilla. Cuando dio un giro siguiendo el rastro dejado por el artefacto de Lombard, Servaz pensó por un instante que iban a saltar por los aires. Vio que el empresario giraba rápidamente la cabeza y levantaba un brazo hacia ellos.

—¡Cuidado! ¡Tiene un arma!

No habría sabido decir exactamente qué maniobra había efectuado Ziegler, pero el caso fue que su moto quedó bruscamente de través y él cayó de bruces sobre la nieve. Delante de ellos brotó un fogonazo, seguido del estruendo de un disparo. El ruido rebotó contra la montaña, amplificado por el eco. Luego hubo otra detonación y otra más... Los disparos y el eco producían un ensordecedor retumbo. Luego los tiros cesaron. Servaz aguardó, con el pulso alterado, recubierto de nieve. Ziegler estaba acostada a su lado. Había sacado el arma, pero por una misteriosa razón había decidido no utilizarla. El eco aún no se había apagado del todo cuando otra clase de ruido pareció solaparse a él, una especie de enorme crujido...

Era un ruido desconocido que Servaz no alcanzaba a identificar...

Todavía tumbado en la nieve, sintió que el suelo vibraba bajo su vientre. Por un momento, pensó que se estaba mareando. Nunca había oído ni sentido nada parecido a aquello.

Al crujido le sucedió un ruido más ronco, más profundo, más amplio y más sordo, de misteriosa naturaleza también.

El grave gruñido se amplificó... como si él se hallara acostado encima de unos raíles y se acercara un tren; no, un tren no, varios a la vez.

Cuando se incorporó, vio que Lombard elevaba la vista hacia la montaña, inmóvil, como paralizado.

De repente comprendió.

Siguió el curso de la aterrorizada mirada que Ziegler tendió hacia lo alto de la pendiente, por la derecha. Entonces ella lo agarró del brazo para levantarlo.

—¡Rápido! ¡Hay que correr! ¡¡¡Rápido!!!

Lo arrastró hacia el sendero, hundiéndose en la nieve hasta las rodillas. Él la siguió, lastrado por el mono y las botas. Se detuvo un instante para mirar a Lombard a través de la visera del casco. Este había parado de tirar y forcejeaba con las fijaciones de la plancha de *snowboard*. Servaz lo vio lanzar una inquieta ojeada hacia la cuesta. Cuando él mismo dirigió la mirada hacia allí, sintió como si un puño le retorciera las entrañas. Allá arriba, en el claro de luna, una placa entera del glaciar se movía como un gigante dormido que despierta. Presa de un miedo cerval, Servaz se apuró y fue dando saltos mientras agitaba los brazos para ir más deprisa, sin perder de vista el glaciar.

Una gigantesca nube se elevó y comenzó a bajar la montaña entre los pinos. «No hay nada que hacer —pensó—. ¡Se acabó!» Trató de acelerar, dejando ya de mirar lo que ocurría más arriba. La enorme ola se abalanzó sobre ellos unos segundos después. Se vio levantado del suelo, proyectado y revolcado como una brizna de paja. Emitió un débil grito, que enseguida sofocó la nieve. Luego fue como si rodara en el tambor de una lavadora. Abrió la boca, tosió a causa de la nieve, hipó, agitó los brazos y las piernas. Se asfixiaba. Se ahogaba. Cruzó la mirada de Irène que, un poco más allá, boca abajo, lo observaba con una expresión de puro horror en la cara. Después desapareció de su campo de visión, mientras él seguía dando tumbos.

Ya no oía nada...

Le zumbaban los oídos...

Le faltaba el aire...

Iba a morir asfixiado... enterrado...

«Se acabó.»

Diane vio antes que él la inmensa nube que bajaba por la montaña.

—¡Cuidado! —chilló a causa del peligro, pero también para asustarlo y desestabilizarlo.

Hirtmann miró sorprendido de ese lado y Diane vio cómo entornaba los ojos con estupor. En el momento en que la masa de nieve, detritos y piedras llegaba a la altura de la carretera y los iba a engullir, dio un brusco volantazo que le hizo perder el control del vehículo. Diane se golpeó la cabeza contra el marco de la puerta y sintió que el coche se colocaba de través. En ese mismo instante, la avalancha se precipitó sobre ellos.

El cielo y la tierra se invirtieron. Sacudida de un lado a

otro, Diane vio cómo la carretera giraba igual que en un tiovivo. Se golpeó la cabeza contra el vidrio y la manecilla de la puerta. Una blanca niebla los envolvió con un sordo y terrorífico mugido. El coche dio varias vueltas de campana en la pendiente, hasta que a duras penas lo frenaron los arbustos. Diane perdió brevemente el conocimiento un par o tres de veces, de tal modo que aquella secuencia se le presentó como una serie de irreales fogonazos intercalados de negras pausas. Cuando el coche se inmovilizó por fin con un lúgubre chirrido metálico, estaba aturdida pero consciente. Delante de ella, el parabrisas había estallado en añicos; el capó estaba totalmente recubierto de un montón de nieve; por el salpicadero resbalaban pequeños regueros de nieve y guijarros que le caían encima de las piernas. Miró a Hirtmann. Estaba sin cinturón, inconsciente, y tenía sangre en la cara... «El arma...» Diane intentó desesperadamente desabrocharse su propio cinturón y lo consiguió con esfuerzo. Después se inclinó y buscó la pistola con la mirada. Acabó descubriéndola entre los pies del asesino, casi debajo de los pedales. Tuvo que inclinarse todavía más y, con un estremecimiento, pasar el brazo entre las piernas del suizo para cogerla. Estuvo mirándola un momento, preguntándose si tendría puesto o no el seguro. «Existe una buena manera de saberlo...» La apuntó hacia Hirtmann, con el dedo en el gatillo, y de inmediato comprendió que no tenía madera de asesina. Pese a todo lo que había hecho aquel monstruo, era incapaz de apretar el gatillo. Bajó pues la pistola.

Solo entonces tomó conciencia de algo: el silencio.

Aparte de las desnudas ramas agitadas por el viento, todo estaba inmóvil.

Atisbó alguna reacción en la cara de Hirtmann, algún indicio de que se fuera a despertar, pero permanecía completamente inerte. «Quizás está muerto...» No tenía ganas de tocarlo para comprobarlo. El miedo seguía allí... y no cesaría mientras siguiera encerrada con él en aquel caparazón de metal. Miró en los bolsillos buscando el móvil y constató que se lo había quitado. Era posible que Hirtmann lo llevara encima, pero tampoco se sentía con ánimos para registrarle los bolsillos.

Sin dejar de empuñar la pistola, comenzó a trepar por encima del salpicadero. Pasando a gatas por el hueco del parabrisas, emergió encima de la nieve que cubría el capó. No notaba siquiera el frío. La adrenalina le aportaba calor. Al bajar del coche, se hundió hasta los muslos en la nieve que la rodeaba. Le iba a resultar difícil avanzar. Dominando un acceso de pánico, emprendió el ascenso hacia la carretera. Con la reconfortante compañía del arma, echó un último vistazo al coche. Hirtmann no se había movido. Quizás estaba muerto.

Parece que se deeespiertaaa
¿Nos oyeeeeee?

Percibió unas voces lejanas. Le hablaban a él. Y luego el dolor, o los dolores más bien... El agotamiento, las ganas de descansar, los medicamentos... Tuvo un instante de lucidez durante el cual entrevió rostros y luces. Después, de nuevo, el alud, la montaña, el frío y, por fin, la oscuridad...

Maaartiin, ¿meee oyeeeees?

Abrió los ojos... despacio. Primero quedó deslumbrado por el círculo luminoso del techo. Después una silueta entró en su campo de visión y se inclinó hacia él. Servaz trató de enfocar la cara de aquella persona que le hablaba con suavidad, pero le dolían los ojos al mirar hacia el círculo de luz que había detrás y que la perfilaban con una aureola. La cara aparecía tan pronto borrosa como nítida. Le dio, sin embargo, la impresión de que era una cara hermosa.

Una mano de mujer tomó la suya.

Martin, ¿me oyes?

Asintió con la cabeza. Charlène le sonrió. Después le dio un beso en la mejilla. Fue un contacto agradable, acompañado de un tenue perfume. A continuación la puerta de la habitación se abrió, dando paso a su ayudante.

—¿Está despierto?
—Parece que sí. Todavía no ha dicho nada.

Charlène se volvió hacia él para dirigirle un guiño de complicidad y de repente se sintió muy despierto. Espérandieu cruzó la habitación con dos humeantes vasos en la mano y tendió uno a su esposa. Servaz trató de volver la cabeza y enseguida sintió una molestia en el cuello: un collarín.

—¡Madre mía, qué peripecias! —dijo Espérandieu.

Servaz quiso incorporarse, pero no pudo. Espérandieu advirtió su mueca de dolor.

—El médico ha dicho que no tenías que moverte. Tienes tres costillas astilladas, diversas contusiones a nivel del cuello y la cabeza y sabañones. Y te han amputado tres dedos del pie.

—¿¿Cómo??

—No, era broma.

—¿E Irène?

—Salió de esta. Está en otra habitación, un poco más escacharrada que tú, pero nada grave. Tiene varias fracturas solo.

Servaz sintió un gran alivio. Luego formuló con precipitación otra pregunta.

—¿Y Lombard?

—No han encontrado su cuerpo. Hace demasiado mal tiempo allá arriba para buscar bien. Lo han dejado para mañana. Sin duda murió enterrado en el alud. Vosotros dos tuvisteis suerte, porque solo os rozó.

Servaz volvió a esbozar una mueca. Habría preferido ver a su ayudante expuesto a esa clase de «roce».

—Sed… —dijo.

Espérandieu volvió a salir y regresó con una enfermera y un médico. Luego abandonó la habitación con Charlène y Servaz fue sometido a un interrogatorio y un exhaustivo examen. Después la enfermera le ofreció un vaso de agua con una paja. Tenía una terrible sequedad en la boca. Después de apurar el contenido pidió otro. Acto seguido, la puerta se abrió y apareció Margot. Por su expresión, dedujo que debía de tener muy mala cara.

—¡Podrías salir en una película de terror! ¡Das miedo! —bromeó.

—Me he permitido traértela —dijo Espérandieu, con la mano en el picaporte—. Os dejo solos.

Cerró la puerta.

—Un alud —dijo Margot sin atreverse a mirarlo demasiado—. Ufff, para cagarse de miedo. —Sonrió con embarazo y después se puso seria—. ¿Te das cuenta de que la habrías podido palmar? ¡Joder, no me vuelvas a hacer algo así, mierda!

«¡Pero qué manera de hablar!», se dijo una vez más. Luego se dio cuenta de que tenía lágrimas en los ojos. Debía de haber llegado mucho antes de que recobrara el conocimiento y seguramente había quedado afectada por lo que había visto. De repente, sintió un cosquilleo en el estómago.

—Siéntate —la invitó, señalando el borde de la cama.

Le cogió la mano y, por una vez, ella no se soltó. Después de un momento de silencio, iba a decir algo cuando llamaron a la puerta. Al volver la mirada hacia allí, vio entrar en la habitación a una mujer de unos treinta años. Estaba seguro de que nunca la había visto. Tenía algunos cortes en la cara... en la ceja y el pómulo derechos, un profundo tajo en la frente y los ojos rojos y ojerosos. ¿Sería otra víctima del alud?

—¿Comandante Servaz?

Asintió con la cabeza.

—Soy Diane Berg, la psicóloga del Instituto. Hablamos por teléfono.

—¿Qué le ha ocurrido?

—Tuve un accidente de coche —respondió sonriendo, como si aquello tuviera algo de divertido—. Podría hacerle la misma pregunta a usted, pero ya conozco la respuesta. —Dirigió la vista hacia Margot—. ¿Podría hablar un minuto con usted?

Servaz miró a Margot quien, tras observar de arriba abajo a la joven, se levantó con mala cara y salió. Diane se acercó a la cama y Servaz le señaló la silla libre.

—¿Sabe que Hirtmann ha desaparecido? —preguntó, sentándose.

Servaz la observó un instante. Luego negó con la cabeza, a pesar del collarín. «Hirtmann libre...» De pronto, se le endureció la expresión y ella vio cómo su mirada se volvía sombría, como si alguien hubiera apagado la luz en el interior. A fin de cuentas, pensó, toda esa noche no había sido más que un inmenso desastre. Aunque fuera un asesino, Lombard solo representaba un peligro para un puñado de individuos dañinos. Lo que animaba a Hirtmann era, en cambio, muy distinto. Él estaba habitado por un furor incontrolado que ardía sin cesar como una negra llama en su corazón, separándolo del resto de los mortales; una crueldad sin límites, una sed de sangre y una total ausencia de remordimientos. Servaz sintió un hormigueo en la columna. ¿Qué iba a ocurrir ahora que el suizo andaba suelto? Fuera, sin medicamentos, se despertarían su comportamiento psicopático, sus pulsiones y sus instintos de predador. La perspectiva lo dejó helado. Los grandes perversos psicópatas del estilo de Hirtmann no conservaban ningún resto de humanidad. El goce que les procuraban la tortura, la violación y el asesinato era demasiado grande. En cuanto tuviera ocasión, el suizo volvería a las andadas.

—¿Qué ocurrió? —preguntó.

Diane le relató la noche que había vivido desde el momento en que Lisa Ferney la había sorprendido en su despacho hasta cuando había echado a andar por aquella carretera helada, abandonando a Hirtmann inanimado en el coche. Había caminado durante casi dos horas antes de encontrar un alma y cuando había llegado a la primera casa del pueblo estaba helada, en estado de hipotermia. Cuando los gendarmes llegaron al lugar del accidente, el coche estaba vacío, y había huellas de pasos y de sangre que subían hasta la carretera y que después se perdían por completo.

—Lo ha debido de recoger alguien —dedujo Servaz.

—Sí.

—Un coche que pasaba por allí o bien... otro cómplice.

Volvió la mirada hacia la ventana. Detrás del cristal, todavía era noche cerrada.

—¿Cómo consiguió descubrir que era Lisa Ferney la cómplice de Lombard? —preguntó.

—Es largo de contar. ¿De verdad lo quiere oír?

La miró sonriendo y se percató de que ella, la psicóloga, necesitaba hablar con alguien, sacar lo que llevaba dentro sin tardanza. Aquel era el momento adecuado, para ella y para él. Comprendió que en ese instante ella experimentaba el mismo sentimiento de irrealidad que él, un sentimiento nacido de esa extraña noche llena de terrores y de violencia, pero también de los días anteriores. Allí, solos en el silencio de aquella habitación de hospital, con la noche pegada contra el cristal, aun siendo dos desconocidos, estaban muy cercanos.

—Tengo toda la noche —respondió.

Ella le sonrió.

—Pues bien —inició su evocación—, yo llegué al Instituto la mañana en que encontraron muerto allá arriba a ese caballo. Me acuerdo muy bien. Nevaba y...

EPÍLOGO

Crimen extinguitur mortalite
[La muerte extingue el crimen]

*C*uando César se dio cuenta, dirigió la señal convenida a la cuarta hilera que había formado con seis cohortes. Aquellas tropas se precipitaron hacia delante a gran velocidad y efectuaron, en formación de asalto, una carga tan vigorosa contra la caballería de Pompeyo que nadie pudo resistir.

—Allí están —dijo Espérandieu.

Servaz despegó la vista de *La guerra de las Galias* y bajó la ventanilla. Al principio solo vio una multitud compacta que caminaba con prisas bajo las iluminaciones navideñas… después, como si hubiera aplicado el zoom en una foto de grupo, dos figuras emergieron entre el gentío. La visión le oprimió el pecho: Margot no iba sola. A su lado caminaba un hombre alto, vestido de negro, elegante, de unos cuarenta y pico años…

—Es él —confirmó Espérandieu quitándose los cascos, por los que sonaba *The Rip* de Portishead.

—¿Estás seguro?

—Sí.

Servaz abrió la puerta.

—Espérame aquí.

—Nada de tonterías, ¿eh? —le advirtió su ayudante.

Sin responder, se fundió en la muchedumbre. A ciento cincuenta metros de él, Margot y el hombre torcieron a la derecha. Servaz se apresuró a llegar a la esquina, por si se les ocurría desaparecer por una calle lateral pero, una vez que hubieron cruzado, comprobó que iban directamente a la plaza del Capitole, con su mercadillo de Navidad. Después de reducir el paso, se encaminó a la vasta explanada donde se elevaban un centenar de casetas de madera. Margot y su amante se detenían a mirar los puestos. Su hija se veía absolutamente feliz. De vez en cuando rodeaba el brazo del hombre y le enseñaba algo; él reía y le mostraba otra cosa a su vez. Aun cuando evitaran manifestarlo, en sus gestos se evidenciaba una clara proximidad física. Servaz sintió un acceso de celos. ¿Cuánto hacía que no había visto tan contenta a Margot? Acabó por admitir que Espérandieu tenía tal vez razón… que aquel hombre podía ser inofensivo.

Después atravesaron la plaza en dirección a los cafés de los porches y se sentaron en una terraza a pesar de la temperatura invernal. Viendo que el hombre pedía para él solo, infirió que Margot no se iba a quedar. Aguardó disimulando detrás de una caseta y al cabo de cinco minutos, se confirmaron sus sospechas. Su hija se levantó y tras depositar un somero beso en los labios del hombre, se alejó. Servaz esperó todavía unos minutos, que aprovechó para observar al amante de Margot. Un hombre apuesto, con aplomo, de frente despejada, vestido con ropa cara que indicaba una buena posición. Aunque estaba bien conservado, Servaz le calculó algunos años más que él. Cuando reparó en una alianza en el anular izquierdo, se reavivó su cólera. Su hija de diecisiete años salía con un hombre casado más viejo que él…

Respirando hondo, cubrió los últimos metros con paso decidido y tomó asiento en la silla libre.

—Buenos días —saludó.

—Este sitio está ocupado —dijo el hombre.

—No creo, porque la chica se ha ido.

El hombre lo miró con sorpresa, examinándolo. Servaz le sostuvo la mirada, sin manifestar la menor emoción. Una sonrisa divertida iluminó la cara del hombre.

—Hay otras mesas libres, ¿ve? Me gustaría estar solo, si no le molesta.

Lo había expresado correctamente, con un tono irónico que demostraba confianza en sí mismo. No era una persona fácil de desestabilizar.

—Es una menor, ¿no? —comentó Servaz.

Aquella vez su vecino dejó de sonreír y se le endureció el semblante.

—¿Y eso qué le importa a usted?

—No ha respondido a mi pregunta.

—¡No sé quién es usted, pero se va a largar ahora mismo de aquí!

—Yo soy el padre.

—¿Cómo?

—Soy el padre de Margot.

—¿Es el poli? —preguntó, incrédulo, el amante de su hija.

A Servaz la pregunta le sentó como una patada.

—¿Así es como me llama?

—No, así es como lo llamo yo —respondió el hombre—. Margot dice «papá». Lo quiere mucho.

—¿Y su mujer, qué piensa? —atacó Servaz sin dejarse ablandar.

El hombre recuperó al instante la frialdad.

—No es asunto suyo —replicó.

—¿Ha hablado de ello con Margot?

Advirtió con satisfacción que había conseguido irritarlo.

—Oiga, por más padre que sea, esto no es de su incumbencia. Evidentemente que se lo he explicado todo a Margot. A ella le da igual. Ahora le pido que se vaya.

—Y si no tengo ganas, ¿qué va a hacer? ¿Llamar a la policía?

—No debería tomarse esas libertades conmigo —apuntó el hombre en voz baja y tono amenazador.

—¿Ah, no? ¿Y si fuera a ver a su mujer para hablarle de este tema?

—¿Por qué hace esto? —preguntó el amante de su hija.

Servaz observó, con asombro, que más que asustado parecía perplejo. Dudó un momento antes de responder.

—No me gusta la idea de que mi hija de diecisiete años sirva de juguete para adultos, con un tipo de su edad que nada tiene que hacer con ella.

—¿Y usted qué sabe?

—¿Se divorciaría por una chica de diecisiete años?

—No sea ridículo.

—¿Ridículo? ¿Usted no encuentra ridículo a un individuo de su edad que se folla a una niña? ¿Acaso no hay en eso algo profundamente patético?

—Ya me he cansado de este interrogatorio —contestó el hombre—. Ya basta. Pare con sus procedimientos de poli.

—¿Qué acaba de decir?

—Lo que ha oído.

—Es una menor, puedo trincarlo.

—¡Bobadas! La mayoría sexual está fijada en quince años en este país. Y es usted el que podría tener graves problemas si sigue por este camino.

—¿Ah, sí? —replicó Servaz con sarcasmo.

—Soy abogado —anunció el hombre.

«Mierda» pensó Servaz. Solo faltaba eso.

—Sí —confirmó el amante de su hija—, inscrito en el colegio de abogados de Toulouse. Margot temía que usted descubriera nuestra… relación. Ella siente mucho aprecio por usted, claro está, pero en ciertos aspectos lo encuentra un poco… anticuado…

Servaz guardó silencio, tendiendo la vista al frente.

—Bajo su apareciencia de rebeldía, Margot es una chica formidable, inteligente e independiente, y mucho más madura de lo que usted parece pensar. Ahora bien, usted tiene razón: no tengo intención de abandonar mi familia por ella. Margot lo sabe perfectamente. Por otra parte, por su lado, ella a veces sale también con jóvenes de su edad.

A Servaz le dieron ganas de ordenarle que se callara.

—¿Hace mucho que dura esto? —preguntó con una voz que él mismo encontró extraña.

—Diez meses. Nos conocimos en una cola de cine, y fue ella la que dio el primer paso, por si lo quiere saber.

«Entonces tenía dieciséis años cuando empezó…» La sangre le zumbaba en los oídos, creándole la impresión de que la voz del hombre quedaba ahogada por el tumulto de un millar de abejas.

—Comprendo su inquietud —dijo el abogado—, pero es infundada. Margot es un chica sana, equilibrada, satisfecha… y capaz de tomar decisiones por sí misma.

—¿Satisfecha? —alcanzó a reaccionar—. ¿No la ha visto estos últimos tiempos, con esa… tristeza? ¿Es por usted?

El hombre le sostuvo la mirada, incómodo.

—No —repuso—, es por usted. Lo siente perdido, desamparado, solitario. Percibe que la soledad lo está minando, que querría que ella pasara más tiempo con usted, que su trabajo lo consume, que echa de menos a su madre, y eso le parte el corazón. Se lo repito: Margot lo quiere muchísimo.

Se produjo una pausa de silencio y cuando Servaz tomó la palabra, lo hizo con gran frialdad.

—Un bonito alegato —dijo—, pero deberías guardarte esos camelos para los juzgados. Conmigo pierdes el tiempo. —De reojo, advirtió con satisfacción que al hombre le había irritado el tuteo—. Ahora escúchame bien. Tú eres abogado, tienes una reputación y sin ella eres hombre muerto. El hecho de que mi hija sea sexualmente mayor desde el punto de vista legal no cambia absolutamente nada. Si mañana empieza a correr el rumor de que follas con muchachitas, se habrá acabado tu carrera. Perderás los clientes, uno detrás de otro. Y puede que tu mujer cierre los ojos ante tus aventuras, pero seguro que estará menos dispuesta a hacerlo cuando el dinero deje de entrar en la cuenta, créeme. O sea que le vas a decir a Margot que lo vuestro ha terminado, de una manera correcta. Le contarás lo que te parezca, que para eso tienes mucha labia, pero no quiero volver a oír hablar de ti. De hecho, he grabado esta conversación, con excepción del final, por si acaso. Que pases un buen día.

Se levantó y se alejó sonriendo, sin siquiera cerciorarse del efecto de sus palabras. Sabía ya cuál era. Después pensó en el dolor que sentiría Margot y experimentó un breve acceso de remordimientos.

El día de Navidad, Servaz se levantó temprano. Bajó sin hacer ruido a la planta baja. Se sentía pletórico de energía. No obstante, se había quedado hasta la madrugada charlando con Margot, después de que se hubieran ido a acostar todos: el padre y la hija en aquel salón que no era el suyo, sentados en la punta del sofá, cerca del árbol de Navidad.

Al llegar al final de la escalera, dirigió la mirada al termómetro que registraba la temperatura interior y exterior. Hacía un grado bajo cero fuera y quince dentro. Sus anfitriones habían bajado la calefacción durante la noche y hasta se notaba el frío en la casa.

Servaz se quedó quieto unos segundos escuchando el silencio de la casa. Los imaginó bajo las mantas: Vincent y Charlène, Mégan, Margot... Aquella era la primera vez desde hacía mucho que se despertaba en una casa ajena una mañana de Navidad. La persistente sensación de extrañeza que aquello le producía no era desagradable, sin embargo, sino más bien al contrario. Bajo un mismo techo dormían su ayudante y mejor amigo, una mujer que le inspiraba un violento deseo y su propia hija. Lo más raro era que aceptaba la situación tal como se presentaba. Cuando había dicho a Espérandieu que iba a pasar la noche de Navidad con su hija, este se había apresurado a invitarlos. Servaz se dispuso a rehusar, pero él mismo se llevó una sorpresa aceptando.

—¡Si ni siquiera los conozco! —había protestado Margot en el coche—. ¡Me habías dicho que íbamos a estar los dos solos, no que íbamos a pasar una velada entre policías!

Margot, no obstante, se había llevado muy bien con Charlène, Mégan y sobre todo con Vincent. En un momento dado, bastante achispada ya, había incluso levantado una botella de champán exclamando: «¡Nunca habría pensado que un madero pudiera ser tan simpático!». Aquella era la primera vez que Servaz veía borracha a su hija. A Vincent, casi tan ebrio como ella, le había dado un ataque de risa, tendido en la alfombra al lado del sofá. Servaz, por su parte, se había sentido incómodo al principio por la presencia de Charlène, sin poder dejar de evocar el gesto que había tenido en la galería. Gracias al alcohol y al ambiente reinante, al final había acabado por relajarse.

Se dirigía descalzo a la cocina cuando topó con un objeto que comenzó a emitir intermitentes luces y estridentes sonidos. Era un robot japonés, o chino. Se preguntó si en aquel momento no habría más productos chinos que franceses en circulación en ese país. Luego, una forma negra surgió del salón y se precipitó hacia él. Servaz se inclinó para acariciar vigorosamente el lomo del perro que Espérandieu había atropellado en la carretera de la discoteca, salvado *in extremis* por un veterinario al que había sacado de la cama a las tres de la mañana. Como el animal resultó ser muy dulce y afectuoso, Espérandieu había decidido quedárselo. En recuerdo de aquella glacial noche de angustia, le había puesto el nombre de *Sombra*.

—Hola, amigo —lo saludó—, y feliz Navidad. Quién sabe dónde estarías en este momento si no hubieras tenido la buena idea de cruzar esa carretera, ¿eh?

Sombra le respondió con unos cuantos ladridos aprobadores, golpeándole las piernas con la negra cola, mientras se quedaba quieto en la entrada de la cocina. Al contrario de lo que había creído, no era el primero en haberse levantado: Charlène Espérandieu estaba ya de pie. Había puesto en marcha el hervidor de agua y la cafetera y, de espaldas a él, introducía rebanadas de pan en la tostadora. La contempló un instante, con la larga melena pelirroja desparramada sobre el batín. Se disponía a dar media vuelta, con un nudo en la garganta, cuando ella se volvió hacia él, con una mano posada en su prominente vientre.

—Buenos días, Martin.

Un coche pasó muy despacio por la calle, al otro lado de la ventana. En el borde del techo, una guirnalda parpadeaba tal como debía haberlo estado haciendo durante toda la noche. «Una auténtica noche de Navidad», se dijo. Dio un paso hacia delante y pisó un peluche, que lanzó un chillido bajo su pie. Riendo, Charlène se encorvó para recogerlo. Después se irguió, lo atrajo hacia sí con una mano apoyada en su nuca y lo besó en la boca. Servaz notó que se le subían los colores. ¿Qué ocurriría si llegaba alguien? Al mismo tiempo, sintió el deseo que se despertaba de manera instantánea, a pesar del redondo vientre que los separaba. No era la primera vez que besaba a una mujer embarazada, pero sí la primera que lo hacía con una mujer embarazada de otro.

—Charlène, yo...

—Shh... No digas nada. ¿Has dormido bien?

—Muy bien. Eh... ¿puedo tomar un café?

Después de acariciarle afectuosamente la mejilla, se dirigió a la máquina.

—Charlène...

—No digas nada, Martin. Ya hablaremos en otro momento. Ahora es Navidad.

Cogió la taza de café y lo engulló sin darse cuenta siquiera, con el pensamiento en otra parte. Tenía la boca pastosa. De repente, lamentó no haberse lavado los dientes antes de bajar. Cuando se volvió, ella había desaparecido. Servaz se apoyó contra la encimera con la impresión de tener unas termitas que le roían el estómago. También sentía en los huesos y en los músculos las consecuencias de su expedición en la montaña. Aquella era la Navidad más extraña que había vivido nunca, y también la más terrorífica. No se le había olvidado que Hirtmann estaba libre en algún lugar. ¿Habría abandonado la región? ¿Se encontraba a miles de kilómetros o bien merodeaba por la zona? Servaz no paraba de pensar en él, y también en Lombard. Al final habían encontrado su cadáver, congelado. Le daban escalofríos cada vez que lo pensaba. Debía de haber sido una agonía horrible... que por muy poco no sufrió también él.

A menudo se acordaba de aquel helado y sangriento paréntesis que había representado la investigación. Era algo tan irreal, que quedaba ya tan lejos... Servaz pensó que en aquella historia había detalles para los que probablemente no hallarían nunca explicación, como esas iniciales «C-G» de los anillos. ¿A qué debían de corresponder? ¿Cuándo debía de haberse iniciado la nutrida serie de delitos del cuarteto? ¿Cuál de ellos habría sido el instigador de los otros, el cabecilla? Aquellas preguntas iban a quedar para siempre sin respuesta. Chaperon se había atrincherado en su mutismo. Encarcelado a la espera de ser juzgado, no había confesado nada. Después, Servaz pensó otra cosa: dentro de unos días cumpliría cuarenta años. Había nacido un 31 de diciembre, a las doce en punto, según aseguraba su madre, que explicaba que había oído descorchar las botellas de champán en la habitación de al lado en el momento en que él daba su primer grito.

La idea le produjo el efecto de una bofetada. Iba a cumplir cuarenta años... ¿Qué iba a hacer con su vida?

—En el fondo, fuiste tú el que realizó el descubrimiento más importante de esta investigación —afirmó, perentorio, Kleim162, el día de San Esteban—. No fue tu comandante, ¿cómo se llama?

Kleim162 había ido a pasar las fiestas de fin de año en la zona del Suroeste y había llegado a Toulouse el día anterior con el tren de alta velocidad proveniente de París.

—Servaz.

—Bueno, puede que ese señor que cita proverbios latinos para hacerse el interesante sea el rey de los investigadores, pero eso no quita que tú le ganaste la mano.

—Tampoco hay que exagerar. Tuve suerte, y Martin hizo un trabajo extraordinario.

—¿Y qué tendencias sexuales tiene ese Dios encarnado?

—Hetorosexual al ciento cincuenta por ciento.

—Lástima.

Kleim162 sacó las piernas de debajo de las sábanas y se sentó al borde de la cama. Estaba desnudo. Vincent Espérandieu aprovechó para admirar su espalda ancha y musculosa mientras fumaba un cigarrillo, con un brazo detrás de la nuca, recostado contra las almohadas. Una tenue película de sudor brillaba en su pecho. Cuando Kleim162 se levantó para encaminarse al cuarto de baño, el policía deslizó la mirada hacia las nalgas del periodista. Detrás de los estores, nevaba, por fin, ese 26 de diciembre.

—¿No estarás un poco enamorado de él? —planteó Kleim162 por la puerta abierta del cuarto de baño.

—La que lo está es mi mujer.

—¿Cómo? ¿Se acuestan juntos? —inquirió el periodista, asomando la cabeza.

—Todavía no —respondió Vincent, exhalando el humo en dirección al techo.

—Pero yo creía que estaba embarazada. Y que él iba a ser el futuro padrino.

—Exacto.

Kleim162 lo observó con estupefacción.

—¿Y no estás celoso?

Espérandieu esbozó una gran sonrisa, elevando la vista hacia el techo. El joven periodista sacudió la cabeza, escandalizado, antes de volver a desaparecer en el cuarto de baño. Espérandieu se colocó los cascos y la maravillosa voz ronca de Mark Lanegan respondió a los diáfanos murmullos de Isobel Campbell, cantando *The False Husband*.

Una hermosa mañana de abril, Servaz pasó a buscar a su hija a la casa de su exmujer. Al verla salir con su mochila y sus gafas de sol, sonrió.

—¿Lista? —consultó cuando la tuvo sentada a su lado.

Tomaron la autopista en dirección a los Pirineos y luego la salida Montréjeau/Saint-Martin-de-Comminges. Al desviarse, Servaz frunció el entrecejo, experimentando un hormigueo en la base del cráneo. Después siguieron hacia el sur, adentrándose en las montañas. Hacía un día hermoso. El cielo estaba azul y los picos, blancos. El aire puro que entraba por el cristal entreabierto era embriagador como el éter. La única pega era que Margot había puesto su música favorita a todo volumen en sus cascos y que encima cantaba, pero aquello no llegó a alterar el buen humor de Servaz.

Se le había ocurrido efectuar aquella salida una semana atrás, cuando Irène Ziegler lo había llamado para saber cómo estaba, después de meses de silencio. Atravesaron pintorescos pueblos y las montañas se fueron acercando hasta que las tuvieron tan cerca que no alcanzaban ya a verlas. La carretera subía y en cada curva descubrían espectaculares panorámicas de verdes praderas, aldeas agazapadas en el fondo de los valles, ríos resplandecientes bajo la luz del sol, capas de bruma nimbadas de luz que difuminaban la imagen de los rebaños. El paisaje no tenía para nada el mismo aspecto, constató. Después llegaron al pequeño parking, adonde todavía no llegaba el sol matinal oculto tras las montañas. No eran los primeros. Había una moto aparcada ya. Dos personas los aguardaban sentadas en las rocas.

—Buenos días, Martin —lo saludó Ziegler, levantándose.

—Buenos días, Irène. Irène, te presento a Margot, mi hija.

Después de estrechar la mano de Margot, Irène se volvió para presentar a la bonita joven morena que la acompañaba. Zuzka Smatanova tenía un apretón de manos firme, una larga cabellera de color azabache y una deslumbrante sonrisa. Intercambiaron solo unas cuantas palabras antes de ponerse en marcha, como si se hubieran visto el día anterior. Ziegler y Martin se colocaron en cabeza y Zuzka y Margot dejaron tranquilamente que tomaran distancia. Servaz las oyó reír tras ellos. Él se puso a charlar con Irène un poco más lejos, iniciado ya el largo ascenso. Las piedras del camino crujían bajo las gruesas suelas de sus botas y el murmullo del agua llegaba del riachuelo cercano. El calor del sol se dejaba notar ya en sus caras y en sus piernas.

—Continué con las pesquisas —anunció de repente ella cuando acababan de cruzar un puentecillo de madera.

—¿A propósito de qué?

—Del cuarteto —respondió.

Él la miró con circunspección, sin ganas de estropear aquel hermoso día removiendo el cieno.

—¿Y?

—Descubrí que a los quince años, los padres de Chaperon, Perrault, Grimm y Mourrenx los mandaron de colonias, al borde del mar. ¿Sabes cómo se llamaban esas colonias?

—Dime.

—Las colonias de las Golondrinas.

—¿Y entonces?

—¿Te acuerdas de las letras que había en el anillo?

—Sí.

—¿Tú crees que...? ¿Que fue allí donde empezaron a...?

—Es posible.

La luz de la mañana danzaba por entre las hojas de un bosquecillo de tiemblos que susurraban impulsados por la leve brisa, al borde del sendero.

—Quince años... La edad en la que uno descubre quién es realmente... la edad de las amistades duraderas... la edad del despertar sexual también —comentó Servaz.

—Y la edad de los primeros delitos —añadió Ziegler.

—Sí, podría ser eso.

—O también otra cosa —admitió Ziegler.

—Sí, también.

—¿Qué pasa? —preguntó Margot, llegando a su altura. ¿Por qué nos paramos?

Zuzka les dirigió una penetrante mirada.

—Desconectad —dijo—. ¡Desconectad de una vez!

Servaz miró en torno a sí. Se trataba, en efecto, de un magnífico día. Luego, recordando a su padre, sonrió.

—Sí, desconectemos —aceptó, reanudando la marcha.

Precisiones

Algunas informaciones y hechos que se exponen en este libro podrían aparecer como fruto de una imaginación desbordante. En realidad no es así. La central subterránea situada a dos mil metros de altura existe y yo no he hecho más que desplazarla unas decenas de kilómetros. De igual manera, determinadas técnicas psiquiátricas aquí descritas, como el tratamiento aversivo o la pletismografía peneana se practican, por desgracia en más de un hospital de Europa y del mundo. Lo mismo ocurre con los electroshocks que, aun habiendo experimentado ciertos cambios desde la época en que Lou Reed compuso *Kill Your Sons*, todavía son un tema de actualidad en esa región en el siglo XXI. En cuanto a la música que escucha Espérandieu, se puede bajar por Internet.

Agradecimientos

*E*n cuestión de agradecimientos, el sospechoso número uno se llama Jean-Pierre Schamber, culpable ideal en quien convergen un gusto certero, la pasión por la novela negra y otras literaturas y unos conocimientos musicales de los que yo carezco a mi pesar. Fue él quien me hizo comprender desde las primeras páginas que no habría sido de recibo detenerme allí. ¡Gracias, amigo mío!

Los otros sospechosos tienen, con diferentes grados de culpabilidad, una parte de responsabilidad en este crimen: mi mujer, que sabe lo que significa vivir al lado de un escritor y que me facilita sobremanera la vida; mi hija, trotamundos a quien el propio planeta se le queda pequeño (yo necesitaría tres vidas para poder alcanzarla); mi hijo, que está muchísimo más al día que yo en lo relativo a las nuevas tecnologías y de quien espero que abra un paréntesis en su atención en ellas para leer este libro.

Dominique Matos Ventura representa sin lugar a dudas otra pista: sin sus palabras de ánimo, su talento y su complicidad, este libro no existiría. Sus canciones han constituido, además, la música de fondo durante su redacción.

Quizá no culpable del todo, pero sospechoso claro es Greg Robert, infatigable detector de anomalías y relector paciente que posee como único defecto su fascinación por la literatura fantástica. Aparte de ser mi amigo, Greg es tambien mi sobrino.

A continuación hay que mencionar otros cómplices declarados: todo el equipo de XO Éditions, empezando por el propio

Bernard Fixot, inflexible forjador de talentos; Édith Leblond, por su competencia y su apoyo; Jean-Paul Campos, por haberse autoerigido como mi fan número uno; Valérie Taillefer, por su tacto y su capacidad de comunicar; Florence Pariente; Gwenaëlle Le Goff y, por supuesto, *last but nos least*, Caroline Lépée, capaz hasta de transformar el vil metal en oro.

Gracias, además, a Gaëlle por sus fotos, a Patrick por su especial humor, a Claudine y a Philippe por haber engrasado los engranajes, a mi hermana y a Jo por estar siempre ahí, y todo el resto del clan K: Loïc por su Bretaña, Christian por su bodega (y sus herramientas), Didier por ser una especie de colega ideal, Dominique, Ghislaine, Patricia, Nicole por sus carcajadas...

En definitiva y al contrario de lo que yo creía, la escritura no es una actividad tan solitaria.

Queremos compartir más momentos contigo.

Únete a la comunidad de Penguin Libros y encuentra tu siguiente lectura.

Penguin
Random House
Grupo Editorial